LIS VIBEKE KRISTENSEN

Ein Haus am Ende der Welt

LIS VIBEKE KRISTENSEN

Ein Haus am Ende der Welt

Roman

Aus dem Dänischen von
Holger Wolandt und Lotta Rüegger

Piper Nordiska

Die Originalausgabe erschien 2005 unter dem Titel
»At finde vild« bei Modtryk, Århus.

Von Lis Vibeke Kristensen liegt im Piper Verlag außerdem vor:
Ein bretonischer Sommer (SP 3582)

ISBN-13: 978-492-04935-1
ISBN-10: 3-492-04935-4

Satz: Satz für Satz. Barbara Reischmann, Leutkirch
Druck und Bindung: Clausen & Bosse, Leck
Printed in Germany

www.piper.de

Draw a map to get lost.
Yoko Ono

Teile dieses Buchs wurden durch wirkliche Ereignisse und wirkliche Personen angeregt. Die Autorin hat sich dem Material gegenüber Freiheiten erlaubt. Dieses Buch soll als fiktives Werk gelesen werden und nimmt nicht für sich in Anspruch, historisch korrekt zu sein.

Joyce

Ich bin im achten Monat, und der Arzt des Stützpunkts tätschelt mir das Knie unter dem Laken, das entweder mein oder sein Schamgefühl schonen soll, während ich mit den Beinen in den Schienen des Stuhls liege und mich darauf konzentriere, keinen fahren zu lassen.

Solche Probleme seien bei Schwangeren vollkommen normal, sagt er und lächelt sein zuvorkommendes Ärztelächeln.

Die Blähungen sind aber gar nicht mein Problem. Mein Problem ist, daß ich gar nicht schwanger sein will. Ich will nicht in einem Kleidungsstück herumwatscheln, das einem Viermannzelt ähnelt. Ich will in voller Feldausrüstung auf verschneiten Bergpfaden marschieren. Ich will mich hinter einen Busch hocken können, meinen Durst mit lauwarmem Wasser aus einer Feldflasche löschen und die Nächte unter einem Moskitonetz verbringen.

Moskitonetze könnte man in diesem Land an und für sich auch gut gebrauchen, aber Mücken sind meine geringste Sorge an diesem Vormittag, an dem ich an einer Kreuzung in Reykjavík stehe und so diskret wie nur möglich einen fahren lasse.

Meine Gase riechen genauso schlimm wie die Schwefeldämpfe, die in diesem Land überall dort aus der Erde aufsteigen, wo man am wenigsten damit rechnet. Ich hoffe, die Umstehenden halten das für eine Naturerscheinung, während ich darauf warte, daß der Verkehr nachläßt.

Der Gestank aus meinem Inneren ist nur eines der Symptome meines Verfalls. Mein Gehirn ist ein Moorloch, aus dem nur Sumpfgas entweicht. Ich werde ausfällig gegen alle und jeden und besonders gegen den armen Bill, der nur das getan hat, was von einem Mann in seiner Situation zu erwarten war, nämlich mich zu heiraten, als es für die morgendliche Übelkeit und die ausgebliebene Regel keine Ausrede mehr gab.

Ich bin fünfundzwanzig und sitze in einer furchtbaren Falle. Wäre nicht alles so katastrophal, dann könnte ich an dieser Alliteration sogar Gefallen finden.

Bill, durchtrainiert und fürchterlich uninspirierend, hat von mir geträumt, seit wir in der High-School ein Liebespaar waren. Es ist nicht auszuschließen, daß er seit dem Moment, in dem ich sein Organ losließ, kurz bevor er auf der Rückbank des Pontiacs meines Vaters gekommen wäre, mit einer Erektion herumgelaufen ist.

Partner sind, wie meine Basisgruppe schon lange festgestellt hat, ein notwendiges mentalhygienisches Übel und nur dazu geeignet, die Spannungen abzubauen, die einen daran hindern, sich auf das Wesentliche zu konzentrieren. In meinem Fall mein Fachgebiet, das ich mit unglaublicher Leidenschaft liebe. Sprache ist die Luft, die ich zum Atmen brauche, und die linguistische Anthropologie verleiht meiner Existenz ihren Sinn.

Als Bill also auf der Hochzeit meiner Schwester auftauchte, bei der ich eine etwas überreife Brautjungfer darstellte, sah ich das als reine Entspannung.

Marge rauschte in Taft und Tüll und auf Vaters Arm gestützt durch den Mittelgang, und ich stand in malvenfarbenem Musselin mit einem passenden Strauß Margeriten da, und meine Gedanken kreisten um meine Doktorarbeit, die zu diesem Zeitpunkt nur noch eine Frage von Zeit und Fleiß war. Und dann stand er vor mir.

Mr. Middle America in frisch gebügelter Galauniform, mit glattrasiertem Nacken und glatter Haut, nach frischgeputzten Schuhen, Menthol und frischgereinigter Gabardine duftend.

Ein alter Beau. Wo fühlt man sich geborgener als in einer Umarmung, die man kennt und die man bequem auf der Suche nach neuen Abenteuern wieder verlassen kann?

Oder eben nicht.

Die Falle ist zugeschnappt. Es ist was unterwegs, und eine illegale Abtreibung ist keine Alternative. Obwohl ich das Geld vielleicht sogar aufbringen könnte, hat die Sonntagsschule trotz allem ihre Spuren hinterlassen. Und Höllenqualen erscheinen mir weniger reizvoll als der schöne, langweilige Bill. Es gibt jedoch keinen Grund, die Familie mit einer weiteren Hochzeit zu behelligen.

Ein Friedensrichter verwandelt in zweieinhalb Minuten Joyce Deirdre Dunne M. A. in Mrs. William D. Turnbull.

In meinem keuschen Jugendzimmer übergebe ich mich so geräuschlos wie möglich in eine Plastiktüte, wenn ich nicht gerade das Notwendigste zusammenpacke, vor allen Dingen meine Reiseschreibmaschine, und einen Artikel über die isländische Sprachpolitik plane, der mein geistiges Überleben sichern soll, bis das Kind auf der Welt ist.

Ich weiß noch nicht, daß jeder Ehrgeiz, der das morgendliche Sich-aus-dem-Bett-Quälen übersteigt, unausweichlich blasenziehend in dem mentalen Morast versinkt, den das Mutterwerden mit sich bringt.

Wenn schon etwas so Normales wie eine Schwangerschaft meine intellektuellen Fähigkeiten in diesem Ausmaß lähmt, wie sieht es dann erst aus, wenn daraus unausweichlich ein Kind mit seinem unbestreitbaren Anrecht auf Stillen, Baden, Wickeln, Wiegen und Trost resultiert?

Das Ergebnis meiner rudimentären Überlegungen über die Zukunft läßt sich in drei Worten zusammenfassen: Angst, Schrecken, Panik.

Der Verkehr rauscht an mir vorbei, so wie der Verkehr in dieser Einöde eben rauscht. Meist sind es klapprige Karren, die die Soldaten des Stützpunktes, die in die Heimat zurückgekehrt sind, mit Profit verkauft haben. Heckflossen und lila Lack dominieren. Auf den Schotterstraßen fahren alle schnell, wie richtige Wikinger eben.

Ein Bus keucht die leichte Steigung hinauf. Im Schutz des Lärms lasse ich noch einen fahren und verlagere dann mein nicht unbeträchtliches Gewicht auf das andere Bein.

Ich stehe an einer Kreuzung in einem Ort, bei dem es sich wahrscheinlich um Reykjavík handelt. Direkt nach meiner Ankunft, ehe meine Figur ihre gegenwärtigen nilpferdhaften Ausmaße annahm und mein Gehirnschwund einsetzte, wußte ich noch, was der Name der Stadt bedeutet. Ich legte mir ein Wörterbuch zu, machte mich mit den Deklinationen der Substantive vertraut und telefonierte mit dem nationalen Sprachinstitut.

Jetzt bin ich mir nicht mehr sicher, ob Straßen über Namen verfügen oder Substantive Deklinationsendungen besitzen. Mein Horizont endet beim gegenüberliegenden Bürgersteig, wo ein roter Ballon im Wind treibt.

Ein roter Ballon. Keiner dieser eleganten, heliumgefüllten, die befreit in den Himmel fliegen, sondern einer, den irgendeine ermattete Mutter mit der letzten Kraft ihrer erschöpften Lungen aufgeblasen hat. Vielleicht kommt er direkt von meinem eigenen Stützpunkt. Ein echter amerikanischer Ballon, den ein Windstoß jetzt über die Straße treibt.

Ein kleiner Junge wirft sich bereits über die Bordsteinkante. Seine entsetzten Augen sind auf den Ballon gerichtet. Seinen Ballon, vermute ich. Den am heißesten begehrten Ballon in der Geschichte Reykjavíks, nach dem Geheul des Knäbleins zu urteilen, als ihn seine Mutter am Ärmel packt und davor bewahrt, sich vor den Bus zu werfen.

Zwei kräftige Windstöße schleudern den Ballon auf meine Seite, aber meine Körperfülle hindert mich daran, ihm nachzueilen, und er treibt weiter. Über den Rasen des kleinen Parks, über die nächste Straße und den Abhang hinunter auf den schwarzblauen Atlantik zu.

Der Junge heult. Seine Mutter schüttelt ihn. Der Junge stampft wütend auf. Die Mutter schüttelt ihn noch mehr.

Mit einem Quietschen hat der Bus gebremst. Vorn auf der Hose, die der Junge trägt, breitet sich rasch ein dunkler Fleck aus. Ein dünnes gelbes Rinnsal läuft aus seinem Hosenbein und bildet auf dem rissigen Asphalt des Bürgersteigs eine Pfütze.

Schwerfällig fährt der Bus an, und als er vorbei ist, sind die beiden fort. Vermutlich sind sie auf die unterirdische Toilette verschwunden, die auch ich ab und zu benutze.

Sie sind fort, aber ich habe genug gesehen.

Getrieben von dem Willen, mit dem ich auch mein Studium als Mitglied von Phi Beta Kappa in Rekordzeit mit Bestnote abgeschlossen habe, getragen von unsichtbaren Flügeln und ohne nach rechts und links zu sehen, lege ich die Meilen zurück, die mich von dem trennen, was man als die Freiheit bezeichnen könnte.

Statt die Schritte Richtung Stützpunkt zu lenken, biege ich zum Verkehrsflugplatz ab, und obwohl die Nachrichten am Morgen voll davon waren, habe ich vergessen, daß heute Bobby-Tag ist. Mr. Fischer, das Schachwunder, hat endlich eingesehen, was sich gehört, und sein Erscheinen angekündigt. Auf der anderen Seite des Globus bomben unsere Jungs die Kommunisten zurück in die Steinzeit, auf dieser Seite konzentrieren wir uns darauf, sie im Schach zu besiegen.

Eine größere Menschenmenge sammelt sich an, aber die Größe meines Bauchs verschafft mir freien Durchgang. Niemand hat den Mut, in der Nähe zu sein, wenn das Fruchtwasser abgeht. So kann ich ungehindert Bobbys wieselähnliche Gestalt in Augenschein nehmen, die sich in den Schutz eines niedrigen, europäischen Autos flüchtet, um sich zu der Arena zu begeben, in der er die sogenannte Zivilisation gegen die Barbaren verteidigen will.

Sie haben uns reingelegt, Bobby. Ich melde mich jetzt ab, was ist mit dir?

Als ich schließlich in der Abfertigungshalle stehe, fällt mir ein erschwerender Umstand auf. Ich habe kein Geld für ein Ticket.

In Colorado ist es mitten in der Nacht. Das hindert meinen Vater jedoch nicht daran, ein R-Gespräch anzunehmen.

»Hast du das Telegramm bekommen?«

Welches Telegramm? Etwas an Vaters Stimme, etwas Zerbrechliches, das ich nicht wiedererkenne, läßt meinen Atem stocken.

»Sie behalten sie vorläufig da.«

Sie behalten sie? Wen? Marge? Mutter? Die Großmütter haben schon längst das Zeitliche gesegnet, nur die engste Familie ist übrig.

»Marge ist unterwegs«, schluchzt Vater. »Niemand weiß, wie lang es noch geht.«

Die Verzögerungen der transatlantischen Telefonleitung lassen seine Stimme künstlich klingen, so wie die eines Roboters im Kino.

Marge ist unterwegs. Es muß sich also um Mutter handeln. Ist ihr etwas zugestoßen? Danach klingt es nicht. Es klingt nach etwas Schleichendem, Unberechenbarem.

Viele tausend Meilen entfernt putzt sich mein Vater die Nase.

Als ich drei Stunden später in der nächsten Maschine sitze, weiß ich alles, was es in diesem Stadium zu wissen gibt.

Die Betrachtung des Stuhlgangs und des Toilettenpapiers, mit dem meine Mutter ihr ganzes Umfeld terrorisierte, hat ein Ende. Sie braucht sich keine Gedanken mehr zu machen.

Es ist unter dem Radar hindurchgeschlüpft, während sie einen Augenblick lang unaufmerksam war, während sie noch eine Pille einnahm oder noch einen Schluck eines Spezialgebräus trank.

Jetzt ist es ernst. Krebs im Enddarm, offenbar fortgeschritten. Eine palliative Operation ist übermorgen geplant. Ein künstlicher Darmausgang ermöglicht es, alles im Beutel im Auge zu behalten.

Vielleicht hätte sie sich so einen schon längst zulegen sollen, vielleicht wäre ihr Leben dann glücklicher gewesen.

Jetzt wird es nur kurz.

Wladimira

Der Wagen ist bereits verspätet. Wladimira steht auf dem Bürgersteig neben dem, den sie nicht leiden kann, und wartet.

Sie haben ein weiteres Treffen in dem weißen Gebäude hinter ihnen absolviert. Daß es ergebnislos verlaufen ist, liegt nicht an ihr. Wladimira beherrscht die Kunst, die Worte bedeutungsmäßig korrekt und mit einem Gefühl, das demjenigen des Absenders haargenau entspricht, wiederzugeben.

Wladimiras Übersetzungen sind Klone des Originals und enthalten keinerlei Anteile ihrer eigenen Persönlichkeit. Wenn sie einmal selbständige Gedanken faßt, dann läßt sie sich von niemandem in die Karten sehen. Das ist am effektivsten und auch am sichersten.

Der Mann, um den sich alles dreht, liegt noch in seinem Bett im Hotel. Obwohl alles unternommen wird, um ihn zu beschützen, läßt es sich nicht vermeiden, daß er mit fremden Mikroben in dem fremden Land in Kontakt kommt. Nun hat er sich eine Infektion der Atemwege zugezogen.

Der Meister muß auf sein tägliches Tennismatch verzichten und hinter den dicken Mauern des Hotels seinen Schnupfen auskurieren, wo er, wie man allgemein annimmt, die Zeit nutzen wird, um die früheren Schachpartien seines Herausforderers Zug um Zug durchzugehen.

Aber der Mann, der schniefend, eine Kanne Tee in Reichweite, in seinem Hotelbett liegt, der Mann mit dem kräftigen Haar und den traurigen Augen, hat größere Probleme als eine banale Erkältung. Wladimiras Zimmer liegt direkt unter seiner Suite. Nachts kann sie seine Schritte hören. Auf und ab, auf und ab. Sie kann ihn auch stöhnen hören.

Vermutlich das Lampenfieber des Gladiators, ehe die Gitter der Arena hochgehievt und die Löwen losgelassen werden.

Vielleicht ist es auch etwas anderes.

Der Mann, den sie nicht mag, tritt ungeduldig von einem Fuß auf den anderen. Seine Augen hinter den dicken Brillengläsern sind halb geschlossen. Die Oberlippe ist ständig etwas über seine dunkelgelben Zähne hochgezogen. Das läßt sich nicht als Lächeln, aber auch nicht als Grimasse bezeichnen. Außerdem stinkt er.

Erst hier auf Island ist Wladimira ihr Geruch aufgefallen. Sie riecht. Der Weltmeister und sein handverlesenes Gefolge riechen.

Nach dem Rauch brennender Briketts. Nach Kohl. Nach harter Seife. Nach Körperausdünstungen. Nach Fußschweiß.

In diesem Land herrschen andere Gerüche. Was nicht nach Fisch riecht, riecht nach Parfüm. Die Seife im Hotelzimmer ist hellrot. Sie schäumt und duftet.

Jetzt stampft er wieder ungeduldig mit den Füßen.

Wladimira ist geduldig. Der Wagen wird schon kommen. Wenn man auf seine Chance wartet, dann kommt sie. Früher oder später, das ist ein Naturgesetz. Und es hängt von einem selbst ab, ob man sie ergreift.

Man nehme sich an ihr selbst ein Beispiel.

Wladimira glaubt nicht an Wunder. Dennoch steht sie in diesem Augenblick wie durch ein Wunder auf einem Bürgersteig in der Hauptstadt der Heimat ihrer Eltern.

Die Dolmetscherin der Botschaft, vom KGB geprüft und genehmigt, wird von einer Hirnhautentzündung heimgesucht, und gegen Krankheiten solcher Art ist nicht einmal der Sowjetmensch gefeit.

In der Panik des Augenblicks wird man auf sie aufmerksam, und jetzt ist sie hier. Rasch eingeflogen und schon bei der Arbeit. Ein unentbehrliches Rädchen in der Maschinerie, die das Schachturnier des Jahrhunderts ermöglicht, welches den endgültigen Beweis dafür liefern soll, daß das System, an das Wladimiras Eltern geglaubt haben, an das ihre Mutter, die überlebt hat, immer noch glaubt und dem Wladimira, ohne zu viele Fragen zu stellen, immer noch dient, zu guter Letzt siegen wird.

Der Vormittagsverkehr ist rege. Breite, chromblitzende Autos geben Gas und verschwinden in Richtung des Sees in der Mitte der Stadt. Weißblonde Frauen mit Kinderwagen, aus denen weißblonde Kinder in die Sonne blinzeln, halten inne und unterhalten sich. Die Männer in den Autos haben es eilig. Die Frauen sehen aus, als hätten sie alle Zeit der Welt.

Wladimira versteht fast immer, was sie sagen, dafür um so seltener, was sie damit meinen. Eine Sprache muß den Dingen entsprechen, die man kennt, wenn sie etwas anderes sein soll als bloße Worte. Die blonden Frauen unterhalten sich über Waschmaschinen. Sie verwenden dabei das Wort Seifenflocken.

Wladimira kann die Worte übersetzen, das schon. Aber die Wirklichkeit, der sie entsprechen, ist eine andere als ihre. Das macht das Ganze komplizierter oder einfacher, je nach Temperament.

Vor die Wahl gestellt, entscheidet sich Wladimira immer für das Einfache.

Eine Schwangere geht wiegenden Schritts mit ihrem großen Bauch auf dem gegenüberliegenden Bürgersteig entlang und versucht die stark befahrene Straße zu überqueren. Sie setzt probehalber einen Fuß auf den Bordstein und zieht ihn dann rasch wieder zurück. Ein Oberbekleidungsstück, eine Art Mantel oder Umhang –, Wladimira sucht einen Augenblick nach dem passenden Ausdruck und entscheidet sich für Mantel –, verbirgt ihre umfangreiche Figur.

Verschwenderische Mengen eines aufgerauhten Stoffs haben für diesen Mantel Verwendung gefunden. Er ist großkariert in Lila und Gelb, was besser zu Wladimiras schwarzen Haaren gepaßt hätte.

Wladimira steckt sich ihr Haar jeden Morgen zu einem festen Knoten hoch. Hochgestecktes Haar muß man nicht so oft waschen wie offenes, und das spart Zeit und Seife.

Die Frau auf der anderen Seite ist größer als Wladimira, in der Tat ungewöhnlich groß für eine Frau, und sie sieht, wie Wladimira selbst auf diese Entfernung feststellt, provozierend gesund und gepflegt aus. Das Gesicht unter der rotblonden Mähne ist fein geschnitten und hätte besser zu einem anderen, schlankeren Körper gepaßt. Sie ist etwa zehn Jahre jünger als Wladimira, die gerade vierunddreißig Jahre alt geworden ist.

Wladimira wurde in einer Winternacht gezeugt. In der Nacht

vor dem Morgen, an dem sie ihren Vater abholten. Das behauptet zumindest ihre Mutter.

Wladimira verspürt Genugtuung bei dem Gedanken daran, daß ihre Mutter eine letzte Liebesnacht erlebte, ehe sich die Dämmerung über sie und das Kind legte, das nach dem eigentlichen Erfinder der Revolution benannt worden war.

Die Geschichte von Wladimiras Namen gehört zum Repertoire ihrer Mutter.

»Würden wir ein Kind bekommen, so sollte es Lenins Namen tragen.« Hier machte ihre Mutter immer eine Kunstpause. »Zu Ehren der Revolution.«

Unter Schmerzen geboren, etwas anderes kam ohnehin nicht in Frage, während ihr Vater sich außer Reichweite befand oder gar tot war.

Wladimiras Vater war Spion. Ein Volksfeind. Sogar ihre Mutter glaubte das und glaubt es immer noch. Aus welchem Grund hätten sie ihn sonst festgenommen?

Aber der Volksfeind war trotz allem ihr Mann und Wladimiras Vater, und seinem Mann bringt man Essen. Soviel, wie man sich nur vom Mund absparen kann. Und Zigaretten. Auch die, die man gut selbst hätte rauchen können.

Vielleicht haben ja die Gefängniswärter das Essen gegessen und die Zigaretten geraucht, das kann die Mutter nicht ausschließen. Aber sie waren die Diener der Revolution. Sie arbeiteten hart für einen niedrigen Lohn. Die Wurstzipfel und Zigaretten konnte man ihnen gönnen.

Der Mann, den Wladimira nicht mag, nimmt sich immer das größte Bratenstück mit dem wenigsten Fett und Knorpel. Rein mit der Gabel, und schon liegt der Klumpen auf seinem Teller. Er läßt auch immer etwas übrig. Er nimmt mehr, als er essen kann, und läßt den Rest übrig. Jetzt sucht er in seiner Manteltasche nach den Bonbons, die er dauernd lutscht und von denen er nie jemandem anbietet.

Der Schachkommissar ist ein Diener der Revolution. Es bereitet Wladimira ein schlechtes Gewissen, daß sie ihn nicht mag.

Loyalität, Wladimira. Die Stimme ihrer Mutter hallt in ihren Ohren wider, während ein plötzlicher Windstoß sie erschaudern läßt. Obwohl es mitten im Sommer ist, ist es hundekalt. In Reykjavík gebe es kein Wetter, hat ihre Mutter gesagt. Jetzt weiß Wladimira, was sie damit meinte.

Die Loyalität der Sache gegenüber, die das Ich übertraf, hatte ihren Vater und ihre Mutter dazu veranlaßt, ihre Heimat zu verlassen, um den wirklichen Sozialismus mit aufzubauen.

Mutters Geschichten sind die Märchen ihrer Kindheit. Sie haben ebensowenig mit einer wiedererkennbaren Wirklichkeit zu tun wie die Diktatur des Proletariats und die gleichen Rechte für alle Menschen. Von der Mutter erhielt Wladimira ihre beiden Sprachen, Isländisch für die einfachen Dinge, Russisch für die wichtigen wie Solidarität, Pflicht und Kollektiv.

Auf der Universität lernte sie, die Sprachen mit der Genauigkeit eines Chirurgen anzuwenden. Im Laufe der Zeit hat sie gelernt, zwischen Worten und wirklichen Sachverhalten zu unterscheiden.

Der Mann, den sie nicht mag, sagt etwas, aber die Worte werden vom Lärm eines Busses verschluckt, der keuchend in die Kurve am Fuß des kleinen Hügels biegt.

Das Geschrei des kleinen Jungen, der neben Wladimira steht, übertönt das Keuchen des Busses. Ein Ballon hat sich aus seiner kleinen Faust losgerissen und treibt über die Straße. Eine Frau packt den Arm des Jungen. Seine Mutter, vermutet Wladimira.

Der Ballon ist so rot wie das Abzeichen, das die Mantelkragen der Delegation schmückt, mit Hammer, Sichel und den Strahlen der Sonne. Rot wie der rote Stern, wie das Halstuch der Pioniere, wie ihr eigenes Pionierhalstuch.

Ein Kind, das sich nicht beherrschen kann, ist ein scheußlicher Anblick. Glücklicherweise schüttelt die Mutter den Jungen, er hat es nicht besser verdient. Wladimira hätte ihm an ihrer Stelle wahrscheinlich eine Ohrfeige gegeben, damit er es sich merkt.

Mit unartikulierten Gefühlsausbrüchen hat Wladimira gar keine Geduld.

Vielleicht waren ja mit ihrem Vater die Gefühle durchgegangen. Vielleicht hatte er ja deshalb das Vertrauen der Herrschenden verloren oder war in einer Zeit aufgefallen, in der es lebensnotwendig war, unsichtbar zu sein. Einige der Geschichten der Mutter ließen dies erahnen.

Der Ballon treibt Richtung Meer. Der Junge hätte besser auf ihn achtgeben sollen. Er hat es sich selbst zuzuschreiben. Einen Ballon bekommt man nicht jeden Tag.

Hinter dem Bus taucht die große Limousine der Botschaft auf. Der Fahrer ist ein mürrischer Mann mit einer Warze im Nacken, die Wladimira während der Fahrten vom Hotel zu verschiedenen offiziellen Niederlassungen ausgiebigst hat betrachten können.

Wladimira kratzt es im Hals. Vielleicht bekommt sie die Erkältung ja auch. Wie auch immer, sie rechnet damit, bis spätabends arbeiten zu müssen. Hoffentlich sind die letzten Verhandlungen mit dem Vorsitzenden der Schachunion dann abgeschlossen. Dieser lebhafte Mann ist allen wohlgesinnt, aber auch nur eine Figur in einem Spiel, das sein Verständnis und sein Auffassungsvermögen übersteigt.

Es ist nach Mitternacht, als Wladimira endlich wieder ihr Hotelzimmer betritt. Das Zimmermädchen hat die Tagesdecke entfernt, und das Bett sieht mit seinen gestärkten weißen Laken, dem Federbett und den weichen Kissen sehr einladend aus.

Eine Thermosflasche Tee steht auf einer ausgebreiteten Serviette auf dem kleinen Schreibtisch. Dazu das dunkle, süße Brot, das Wladimira so schmeckt, Butter und geräucherte Forelle statt des Abendessens, das sie verpaßt hat.

Die Schritte über ihrem Kopf halten sie noch lange, nachdem sie fertiggekaut hat und in die weiche Wärme des Bettes gekrochen ist, wach. Schwere Schritte auf einem leise knarrenden Boden. In regelmäßigen Abständen putzt er sich die Nase – und stöhnt.

Oh, oh, oh.

Dort oben leidet ein Mensch. Ein lautstarkes Leiden, das sie wach hält. Der Druck, der auf dem Mann mit den traurigen Augen lastet, ist groß. Aber Leid läßt sich wie alles andere beherrschen.

Jedenfalls gibt es nichts, was sie tun könnte, um es zu lindern.

Zu guter Letzt muß sie eingedöst sein, denn sie befindet sich mitten in einem diffusen Traum, als ein dumpfes Geräusch sie veranlaßt, sich aufzurichten und Licht zu machen.

Etwas ist dort oben zu Boden gestürzt. Ein Möbelstück? Ein Mensch?

Jetzt ist es ganz still. Wladimira hört ihr eigenes Herz pochen. In ihrem Magen spürt sie ein Brennen. Die unregelmäßigen Mahlzeiten, die ihre Arbeit mit sich bringt, fordern ihren Tribut. Normalerweise schläft sie trotz Sodbrennen ein. Jetzt liegt sie wach und lauscht, obwohl sie es eigentlich nicht will.

Ein neues Geräusch. Jemand klopft laut gegen die Decke ihres Zimmers. Klopf. Klopf. Jetzt ist wieder ein Stöhnen zu hören. Lauter als vorher.

Oooh. Oooh.

Unter solchen Umständen kann man nicht schlafen.

Wladimira zieht ihre Bluse an und ihren Faltenrock. Dann schlüpft sie mit nackten Füßen in die Schuhe, die zwar schon den ganzen Tag drücken, aber ihre schönsten sind.

Sie geht die Treppe hoch und überlegt, ob es statthaft ist, jemanden zu bitten, etwas leiser zu leiden.

Als sie vor der Tür steht und die Hand zum Klopfen hebt, kommt ihr in den Sinn, daß sich der Mann dort drinnen verletzt haben könnte.

Der Mann, den sie nicht mag, hat sein Zimmer etwas weiter den Gang hinunter. Das korrekte Verhalten in dieser Situation wäre zweifellos, bei ihm anzuklopfen und ihn zu bitten, sich des Problems anzunehmen, aber sie weiß nicht einmal, wie sie es formulieren soll, worin es überhaupt besteht.

Statt dessen legt sie ein Ohr an die Tür. Von innen ist nichts zu hören.

Wladimira bleibt einen Augenblick stehen und horcht in die überraschende Stille. Bestenfalls ist er dort drinnen eingeschlafen. Und schlimmstenfalls? Die Stille verheißt nichts Gutes.

Ganz von selbst hebt sich ihre rechte Hand. Mit dem Mittelfinger schlägt sie zweimal auf die braune Türfüllung, ein zweifaches, diskretes Klopfen.

Ein Geräusch. Jemand bewegt sich auf der anderen Seite der Tür. Es klingt, als würde jemand kriechen, wie Knie auf einem Teppich. Dann wird es wieder still.

Die Tür ist nicht abgeschlossen und läßt sich halb aufdrücken. Etwas ist im Weg, so daß sie sich nicht ganz öffnen läßt. Ein liegender Mann.

Nun richtet er sich mit Mühe auf. Das bekannte Gesicht taucht im Türspalt auf, das kräftige, rotbraune Haar, die grünen, traurigen Augen.

Dann steht sie plötzlich mitten im Zimmer. Zwei Hände haben sie an den Oberarmen gepackt, und sie wird durchgeschüttelt, wie der Junge vorhin, aber sie hat nichts getan, nichts gewagt. Schließlich war nicht sie es, die sich einem roten Ballon hinterher- und um ein Haar vor einen Bus geworfen hätte.

Den ganzen Tag ist sie ihrer Arbeit nachgegangen, hat Worte in andere Worte übersetzt, und jetzt ist sie müde und will schlafen. Sie ist gekommen, um das zu sagen.

Sie bringt kein Wort über die Lippen.

»Setzen Sie sich«, sagt der Mann.

Die Stühle des Zimmers, Empire mit Intarsien, sind mit Kleidern und zerknülltem Papier bedeckt. Ein Tennisschläger lehnt an dem riesigen Sofa. Auf einem zierlichen Schreibtischstuhl steht ein Schachbrett mit den Figuren in der Ausgangsposition.

Der Gestank von Zigarettenkippen ist überwältigend.

Durch die Tür zum Schlafzimmer sieht sie, daß das breite Doppelbett gemacht ist, die Bettdecke ist festgesteckt.

»Kommen Sie.«

Ein Finger deutet anklagend auf ihre Nase. Dann wird er zur Decke gehoben. Sie folgt ihm mit dem Blick.

Nun deutet der Finger zu Boden. Wladimira starrt auf das Muster des Teppichs. Dunkelblaue Blumen auf rotem Grund. Der Teppich sieht persisch aus.

Das ist ein Perserteppich, sagt eine Stimme in ihrem Kopf. Die Stimme spricht isländisch.

Eine Hand packt ihr Kinn. Sie muß ihn ansehen, wenn sie nicht die Augen schließen will. Die Hand drückt ihren Kopf hin und her, immer fester und immer schneller.

Noch nie hat sie jemand so behandelt. Ihre Mutter hat nie die Hand gegen sie erhoben. Kein Lehrer hatte je einen Grund, sie zu bestrafen.

Endlich läßt er los.

»Was denken Sie?«

Er wirkt ungeduldig, aber seine Stimme klingt beunruhigend

normal. Ist er verrückt? Bei Genies ist das möglich. Und er ist zweifellos ein Genie.

»Was ich denke?«

»Was denken Sie, wenn ich Sie so schüttele? Was denken Sie?«

»Das weiß ich nicht.«

Denkt sie überhaupt?

»Setzen Sie sich.« Er nickt in Richtung eines Stuhls und fegt mit der Hand einen Stoß Papiere zu Boden. Wladimiras Beine geben nach, und sie setzt sich. Sie wagt es nicht anders.

»Stehen Sie auf.«

Sie zögert. Wenn das so weitergeht, muß sie um Hilfe rufen. Sie hofft, daß ihre Stimme, wenn nötig, bis zur Außenwelt durchdringt.

»Stehen Sie auf, habe ich gesagt.«

Chaotische Signale erreichen ihre verschiedenen Körperteile. Hinter ihren Augen hat sich etwas Warmes angesammelt.

»Stehen Sie endlich auf.«

Ihr Körper gehorcht mehr schlecht als recht. Sie kommt auf die Beine.

»Gehen Sie rüber zur Wand. Kommen Sie zurück. Gehen Sie rüber zur Wand. Kommen Sie zurück. Schneller. Machen Sie schon. Rüber zur Wand. Zurück. Rüber zur Wand. Zurück.«

Sie tut es. Hin und her, bis sie nach Luft ringt.

»Was denken Sie? Was denken Sie? Was denken Sie?«

Seine Hand hält sie auf. Seine Finger bohren sich in ihre Schulter. Sein Mund ist ganz nah an ihrem Ohr. Jetzt schreit er.

»Was denken Sie?«

»Nichts.«

»Nichts?«

»Nichts, habe ich gesagt. Nichts.«

Sie hört selbst, daß sie schreit. Das ist überraschend.

Noch mehr überrascht sie, daß sie isländisch spricht.

Das verwirrt ihn so sehr, daß er eine Sekunde lang losläßt, aber einen Augenblick später hat er ihre Schulter schon wieder im Schraubstock.

»Natürlich denken Sie nichts. Wer kann schon mit einer Pistole an der Schläfe denken? Sie können es nicht. Ich kann es nicht.

Man kann weinen, man kann sich in die Hose machen, aber man kann nicht denken.«

Der Junge mit dem Ballon konnte das Wasser nicht halten. Das Bild der kleinen Lache auf dem Bürgersteig ist plötzlich wieder da. Sie wußte nicht einmal, daß es ihr aufgefallen war. Ihre eigene Blase drückt unter dem Faltenrock.

Seine Augen sind immer noch traurig. In ihnen ist keine Wut. Vielleicht kann sie ihn überreden, sie gehen zu lassen.

»Können wir uns nicht hinsetzen?«

Das wirkt. Er deutet durch die Tür auf das Fußende des Bettes.

»Dort.«

So langsam, wie sie es nur wagt, begibt sie sich mit ihm auf den Fersen ins Schlafzimmer und läßt sich ganz außen auf die Bettkante sinken.

Er selbst setzt sich auf den Fußboden.

Dann sitzen sie da. Die Minuten vergehen. In Wladimiras Kopf drehen sich die Worte im Kreis. Isländische und russische durcheinander. Wenn sie etwas sagen soll, so muß sie die Worte wählen, die ihn dazu bringen, sie gehen zu lassen.

Er bricht das Schweigen.

»Das ist meine Aufgabe. Mein Gehirn zu gebrauchen.« Er spricht diese Worte aus der Hocke. »Mir den Zug vorzustellen, bevor ich die Figur bewege. Ich lasse mir Zeit. Oder ich bin schnell. Manchmal ist es das beste, schnell zu sein. Überraschungsangriff. Man muß die richtige Entscheidung treffen. Jeder einzelne Zug muß korrekt sein. Und elegant. Daran denke ich. Jedesmal. Korrekt und elegant. Vorgestern sagten sie, wir würden nach Hause fahren. Sie wollten mich ohne Kampf zum Sieger ernennen. Aber ich gehöre nicht zu den Leuten, die dem Gegner den Rücken zukehren. Egal, wie er sich benimmt. Er ist der Gegner. Ich habe mich bereit erklärt zu spielen, und ich spiele.«

Die Worte richten sich nicht an sie, sondern an die Wand hinter ihr.

In Wladimiras Kopf verwandeln sie sich in isländische Worte, korrekte Worte, eins nach dem anderen. Auf diese Weise ergeben sie keinen Sinn, und sie muß zu ihnen nicht Stellung nehmen.

»Wenn ich nicht denken kann, dann gibt es mich nicht.«

Wenn sie so tut, als sei sie bei der Arbeit, dann braucht sie nicht zu reagieren. Sie kann ihn ausreden lassen, dann kann sie gehen und hat sich nichts vorzuwerfen. Morgen ist sie dann wieder die Dolmetscherin, eine von vielen, die irgendeine Funktion erfüllen. Morgen ist er wieder der Weltmeister. Alles kann so weitergehen wie bisher.

Nichts ist mehr gefährlich. Sie ist in Sicherheit.

Die Wärme hinter ihren Augen ist verschwunden. Ihre Knie fühlen sich wieder normal an.

Er schweigt. Wladimira sieht auf ihre Uhr. Eine Minute vergeht. Zwei. Sie stemmt ihre hohen Absätze auf den Boden und erhebt sich probehalber. Vielleicht kann sie ja an ihm vorbeihuschen und die Tür erreichen, bevor er aufgestanden ist.

»Sie bleiben sitzen.«

»Können wir nicht Schluß machen? Der Tag war anstrengend. Man muß auch mal schlafen.«

Er hat nicht das Recht, sie zu tyrannisieren. Sie weigert sich, ihm das zu erlauben. Sie ist sowjetische Staatsbürgerin. Er ist sowjetischer Staatsbürger. Sie hat Rechte.

»Schlafen kann man immer. Würde. Ich spreche von Würde. Beruflicher Ehre.«

Wladimiras Gehirn überschlägt sich fast bei dem Versuch, diese Worte zu übersetzen, sie zu entschärfen, aber er spricht weiter.

»Wenn er der Beste ist, dann ist er der Beste. Wer immer er sein mag.«

Er macht eine Pause und wartet auf eine Antwort. Als keine kommt, fährt er fort.

»Er darf es nicht sein. *Nasche Lutschsche.* Wir sind die Besten. Das Zentralkomitee hat es so beschlossen. Das Politbüro hat das beschlossen. Die Partei hat das beschlossen. Ich bin kein Mitglied des Zentralkomitees, ich bin nicht mal Mitglied der Partei. Aber Befehl ist Befehl. Mein Kopf weiß das. Aber er kann keine Befehle befolgen. Ich empfinde, was ich empfinde. Der Kopf gehorcht nicht mehr. Ich habe Angst. Ich bin wütend. Ich bin aufgebracht.«

»Niemand kann es sich erlauben, sich von seinen Gefühlen beherrschen zu lassen.«

Die Worte kommen ihr unüberlegt über die Lippen. Ein ungläubiger Ausdruck breitet sich auf dem Gesicht des Mannes aus.

»Wo habe ich das schon einmal gehört?«

Er lacht. Ein trockenes Lachen wie ein Husten. Es hört nicht auf.

»Wladimira«, hustet er.

Sie wußte nicht, daß er ihren Namen kennt. Sie erfüllt eine Funktion. Deswegen ist sie mitgekommen, nicht um ein Individuum zu sein.

»Wladimira hat ihren Glauben.«

Sein Gelächter übertönt ihren Versuch, zu protestieren. Ein befreites Lachen.

»Erzählen Sie mir eine Geschichte, Wladimira.«

Das Lachen hat ihm die Tränen auf die Wangen laufen lassen, auf denen sich die Bartstoppeln wie ein Schatten abzeichnen. Seine Haut ist braun und glatt, das Haar gewellt und so dicht, daß man mit den Fingern hindurchfahren will.

»Wladimira.«

Das ist ihr Name. Zu Ehren der Revolution. In seinem Mund klingt er wie eine lebensgefährliche Liebkosung.

»Eine Geschichte?«

Sie kann ihre Hand gerade noch davon abhalten, etwas Dummes zu tun. Ihre Gedanken kann sie aber nicht aufhalten. Und auch nicht die Wärme. Sie breitet sich von ihrem Schoß über die Brust bis zur Kehle aus und wird zu zwei heißen Flecken auf ihren Wangen.

»Setzen Sie sich hierher.«

Er klopft auf den Teppich neben sich.

Wladimira läßt sich zögernd zu Boden gleiten.

»So ist es gut.«

Sein Kopf liegt in ihrem Schoß. Seine Hände fallen kraftlos zur Seite.

»Wladimira«, sagt er. »Sie ähneln einem Apfel. Ihr Haar ähnelt einem Apfel auf einem Apfel. Wenn Sie alt werden, dann werden Sie aussehen wie zwei Äpfel, ein glatter und ein verschrumpelter.«

Sein Kopf liegt schwer auf ihren unter dem dünnen Stoff ihres Rocks verborgenen Schenkeln. Es pocht in ihrer Brust.

»Eine Geschichte, Wladimira. Ich brauche Geschichten.«

Sie zögert. Dann sagt sie: »Ich habe heute einen kleinen Jungen gesehen.«

Das ist keine Geschichte, aber es ist das einzige, was ihr einfällt.

»Er hat seinen Ballon verloren. Einen roten Ballon. Der ist wohl einfach weggeflogen. Er hat ihn nicht ordentlich festgehalten. Er ist weggeflogen. Vielleicht übers Meer. Fast wäre er vom Bus überfahren worden. Seine Mutter hat ihn gerettet.«

Er hat die Augen geschlossen. Jetzt öffnet er sie.

»Hat ihn seine Mutter gerettet?«

»Sie hat ihn geschüttelt, weil er heulte.«

»Müßte man mich schütteln?«

Wladimira sucht nach dem isländischen Wort für schütteln. Einen festen Punkt, während sich alles um sie dreht.

»Das weiß ich nicht.«

Die Wärme hinter ihren Augen ist wieder da.

»Erzählen Sie mir noch eine Geschichte.«

»Ich weiß keine.«

»Versuchen Sie es.«

Eine der Geschichten ihrer Mutter. Sie läßt sich alle möglichen durch den Kopf gehen, aber keine von den üblichen eignet sich.

Dann taucht eine auf.

»Es war einmal ein Mann, der hieß Gunnar.«

Die Stimme der Mutter, feierlich wie die einer Rezitatorin an einem Rednerpult.

Ein Bauer wird von seinesgleichen für vogelfrei erklärt. Nur die eigenen Leute können einen verurteilen, Wladimira. Dein Vater wurde von seinesgleichen verurteilt.

Vielleicht ist das wahr. Zumindest hat sie sich daran gewöhnt, das zu glauben.

»Er sattelt sein Pferd. Er packt seine Satteltaschen. Er wird seinen Hof, seine Frau und seine Kinder verlassen und nie mehr zurückkehren. Jeder, der ihm begegnet, kann ihn erschlagen. Er ist vogelfrei. Das bedeutet dieses Wort. Er hat einen Mann erschlagen und darf nun seinerseits erschlagen werden.«

Die Bilder tauchen in rascher Folge vor ihrem inneren Auge auf.

Das Bild des Mannes zu Pferd, die grüne, hügelige Landschaft, das klare Wasser des Flusses. Überall blüht es. Es ist Frühling.

»Er reitet vom Hof weg. Niemand sieht ihm nach. Er soll von dannen ziehen können, ohne daß ihn jemand zurückhält. Es muß sein.

Sein Gesinde hat vor vielen Sommern eine Brücke über den Fluß gebaut. Die Brücke hätte repariert werden müssen, aber es gab zuviel anderes. Zwietracht. Ein Balken ist unter dem Schnee des Winters verrottet. Das Pferd rutscht aus, es stolpert und verliert den Halt.

Gunnar steigt vom Pferd. Er will es über die Brücke führen, damit sie beide sicher auf die andere Seite gelangen.

Bevor er sich wieder in den Sattel schwingt, dreht er sich um. Ein letztes Mal will er seinen Hof sehen.

Hinter ihm ist der Abhang grün. Das Gras scheint ihm üppiger denn je. Die Sonne funkelt im Tau.

Gunnar steht da, und er schaut. Er betrachtet das Grün. Die Sonne. Die Tautropfen. Den Himmel. Die Blumen, gelb und lila. Er steht lange da und schaut, bis das Pferd ungeduldig mit den Hufen stampft.

Aber Gunnar steigt nicht aufs Pferd. Er ergreift die Zügel und führt das Pferd den schmalen Pfad hinauf. Zurück zum Hof. Zurück zu dem grünen Hang und den Torfkaten und dem Leben, das er für sich und seine Familie gewählt hat.«

Sie schweigt.

Der Mann hat die Augen geschlossen.

»Schläfst du?« flüstert sie. Seine Mundwinkel zucken.

»Was ist dann aus ihm geworden?« fragt er.

Wladimira hebt die rechte Hand vom Boden und läßt sie einen kurzen Augenblick über dem schweren Kopf schweben. Dann fährt sie mit den Fingern durch sein kräftiges Haar.

So muß es sich anfühlen, mit bloßen Händen einem Pferd durch die Mähne zu fahren.

»Das weiß ich nicht mehr«, sagt sie.

Olivier

Jetzt, wo seine Mutter tot ist.

Jetzt, wo er niemandem mehr Rechenschaft schuldig ist.

Jetzt, wo er sich ganz seinen Wünschen hingeben kann.

Jetzt.

Unmittelbar bevor ihm der Traum verriet, was er eigentlich begehrt, erwacht er.

Irgend etwas, vielleicht ein Donnern, hat ihn geweckt, ein rollendes Krachen, das weitergeht, sich verwandelt, sich zu etwas Mahlendem verstärkt, zu etwas Pfeifendem abschwächt und sich zu etwas Knirschendem verdichtet. Dann wird es still. Die Stille ist genauso ohrenbetäubend, wie der Lärm es war.

In seiner Kajüte riecht es nach seinem Erbrochenen. Seekrank tagsüber, seekrank in jeder Nacht der ganzen langen Reise. Das Fett hängt in schlappen Wülsten an seinem wenig beeindruckenden Skelett.

Eigentlich wäre es natürlich gewesen, zu bereuen, sich je auf diese Reise begeben zu haben. Olivier weiß nicht, ob er es bereut. Das Meer hat ihn davon abgehalten, darüber nachzudenken.

Die Dünung. Das Rollen. Die kurzen, kräftigen Wellen. Die schaumbedeckten Hügel, die brodelnden Täler.

Sein ganzes Leben lang hat er an Land gestanden und sie betrachtet. Jetzt erlebt er zum ersten Mal, welche Wirkung sie auf seinen Körper ausüben.

Er hat sich nie fürs Schwimmen begeistern können. Er wollte sein Fett nicht den Augen der Welt darbieten, es war so schon schlimm genug. Nie zuvor hatte er seinen Fuß auf ein Schiff gesetzt. Selbst wenn er Lust dazu gehabt hätte, hätte seine Mutter jeglichen Versuch unterbunden.

Wer hätte geglaubt, daß er sich erst mit achtundfünfzig seiner Mutter widersetzen würde.

Das Schiff liegt still. Jetzt merkt er es. Ein leises Schwanken, das ist alles.

Schlaf. Sich so ausgiebig wiegen lassen, daß man nie mehr erwacht. Vielleicht ist es ja das, wovon er sein Leben lang geträumt hat.

Ein Poltern an der Tür.

»Wir liegen im Hafen.«

Vor Durst klebt ihm die Zunge am Gaumen. Er trinkt fast eine ganze Flasche Wasser. Dieses Mal dreht es ihm ausnahmsweise nicht den Magen um. Er taumelt aus seiner Koje, zieht eine Hose und ein Hemd an und einen Wollpullover über den Kopf.

Oben haben sie bereits die Gangway in Position gebracht.

Sie befinden sich im Hafen. Lagerhäuser begrenzen die Sicht auf Kräne und Öltanks. Auf dem Kai haben sich stämmige Männer in Ölzeug aufgebaut, Blonde und Dunkelhaarige mit Schirmmützen. Der durchdringende Geruch von Fisch steigt ihm in die Nase.

Hier genauso wie zu Hause.

Auf der Brücke unterhält sich der Kapitän in Zeichensprache mit einem Mann, dessen unnatürlich breite Schultern seine blaue Uniform zu sprengen drohen. Auf einem Bord hinter ihnen stehen eine Cognacflasche und zwei geleerte Gläser.

So ist es recht. Olivier kennt die Methode. Ein kleines Glas kann einen Weg bahnen, der bis vor kurzem unpassierbar erschienen ist.

»Ich wollte mich eben noch verabschieden.«

Der verbindliche Händedruck. Der Kapitän weicht seinem Blick aus. Vielleicht glaubt er, Olivier würde einen Teil des Geldes zurückfordern.

Die Reise hat er im voraus bezahlt. Eine stattliche Summe, die auch die Rückfahrt umfaßt, auf die er lieber verzichtet hätte, wie auf all das, was er auf der Fahrt ohnehin nicht hatte essen und trinken können.

Auf dem Schiff hat er nichts mehr verloren. Für die Heimreise kann er sich ein Flugticket leisten, aber er wollte mit dem Schiff ankommen.

Der harte Koffer schlägt unangenehm gegen das rechte Bein,

als er, nach dem langen Fasten ganz schwach, die Straße hochstolpert.

Außerhalb des Hafengebiets ist die Luft salzig und sauber. So weit das Auge reicht, gibt es keine hohen Gebäude und keine Fabrikschornsteine. Der Himmel über ihm ist mit dramatischen Wolken überzogen. Hinter ihm ragt jenseits der Bucht ein beeindruckender, schwarzblauer Gebirgskamm auf.

Ein fremdes Land. Er hat an dieses Land gedacht, jetzt ist es plötzlich da. Er weiß nicht, was er sich vorgestellt hat und ob er sich überhaupt etwas vorgestellt hat. Eis muß es geben, warum sollte es sonst Island heißen? Islandponys und isländische Vulkane kennt er. Er hat eine Fernsehsendung über eine Insel gesehen, die aus dem Meer aufgetaucht ist, eine Vulkaninsel.

Trockenfisch. Das Schiff, mit dem er gekommen ist, würde eine Ladung getrockneten, gesalzenen Dorsch mit zurücknehmen.

Der Dorsch hat seinen Vater das Leben gekostet. Jetzt ist es fast schon soweit, daß sich die Fischer wegen dieses Fisches gegenseitig umbringen. Dorschkrieg. Als ob es nicht auch so schon genug Kriege gäbe.

Über die Sprache, die hier gesprochen wird, weiß er nichts. Er beherrscht nur seine Muttersprache. Mit den zwei bis drei englischen Ausdrücken, die er sich mit Rücksicht auf die Touristen mühsam angeeignet hat, wird er nicht weit kommen.

In einem Hotel wird er sich wohler fühlen. Hotels sind überall auf der Welt gleich.

Ein Hotel wie sein eigenes zu Hause, wo er sich waschen und umziehen und etwas essen kann, jetzt wo die Übelkeit langsam in Hunger übergeht. Eine Flasche Wein. Schlafen, tief und lange. Ein breites Bett statt der unbequemen Koje. Frische Bettwäsche. Ein Boden, der nicht unter seinen Füßen schwankt.

Bereits morgen will er in den Norden. Vielleicht kann er ja mit der Bahn fahren. Oder mit dem Bus. Sein Führerschein steckt in der Innentasche seiner Jacke. Vielleicht kann er ja einfach ein Auto mieten und selbst dorthin fahren.

Er weiß den Namen des Ortes. Fáskrudsfjördur. Er hat ihn auf der Landkarte gefunden. Ein kleiner Flecken auf einer Landzunge, die nach Osten weist.

Im Hotel werden sie schon Bescheid wissen. In Hotels weiß man immer Bescheid. Dort werden Fremdsprachen gesprochen, vielleicht sogar Französisch.

Die Kleider schlottern ihm um den Körper. Unrasiert ist er außerdem. Vermutlich sieht er aus wie ein Landstreicher.

Die Stadt erinnert an den Fußboden im Kinderzimmer, wenn er die Kiste mit den Bauklötzen darauf ausgekippt hatte. Der schwarzgraue Asphalt der Straßen ist rissig. Schwarzer Splitt knirscht unter seinen Sohlen.

Die Straße, an der er wartet, um sie überqueren zu können, beschreibt einen leichten Bogen. Er steht auf dem Rücken eines gestrandeten Riesenwals.

Wale gibt es auch hier, fällt ihm plötzlich ein. Er hat Fotos von Harpunen auf großen Schiffen gesehen, von der blutigen Arbeit des Ausnehmens, von Speck und Tran.

Er kann sich nicht vorstellen, Walfleisch zu essen. Er will eine Suppe und Brot, um es in die warme Flüssigkeit zu tunken. Er braucht etwas, um seinen Magen wieder in Gang zu bringen. Gebratenen Fisch. Vielleicht etwas Käse zum Dessert, vorzugsweise einen weichen, tröstenden. Karamelpudding.

Im Kopf hat er das Menü bereits zusammengestellt. Ihm läuft das Wasser im Mund zusammen.

Autos brausen an ihm vorbei. Schwere, flache Autos, wie er sie in amerikanischen Fernsehfilmen gesehen hat. Chevrolets und Chryslers und riesige Fords.

Auf dem kurzen Weg vom Hafen ist der Sprühregen in Sonnenschein übergegangen. Jetzt treiben von neuem Wolken vom Meer heran und pressen die Sonnenstrahlen zusammen, bis sie dem Licht aus einem Filmprojektor gleichen.

Auf dem gegenüberliegenden Bürgersteig sieht er, wie eine Frau nach vorne springt und mit den Armen fuchtelt. Ihr Mund öffnet sich zu etwas, was ein Schrei sein könnte, aber im Lärm des Verkehrs untergeht.

Die Frau besteht nur aus Bewegung. Ihre Arme wirbeln herum.

Das Ganze spielt sich im Bruchteil einer Sekunde ab.

Ein Kind, sie packt ein Kind. Einen knubbeligen Jungen in kurzer Hose.

Das hätte er selbst in diesem Alter sein können, mit dem Unterschied, daß sich dieses Kind wehrt. Der kleine, kräftige Körper windet sich unter dem festen Griff der Mutter, und die Füße stampfen auf den Boden.

Es nützt nichts.

Die Mutter schüttelt ihn unsanft.

Ein dummes Kind, das nicht begriffen hat, daß Widerstand nur zu Strafe führt, und zwar nicht notwendigerweise in Form körperlichen Schmerzes oder böser Worte.

Sondern Kälte. Verlust von Geborgenheit.

Ein roter Ballon treibt an Oliviers Ohr vorbei. Der Junge streckt beide Arme nach dem Ballon aus, in Oliviers Richtung, aber noch ehe dieser seinen Koffer abstellen, sich mit seinen müden Gliedern umdrehen und den Arm nach dem fliegenden Rot ausstrecken kann, ist es zu spät.

Der Ballon wird in wiegendem Tanz von einer Bö weggetragen.

Es ist wohl kaum der erste und ganz sicher nicht der letzte. Aber man gewöhnt sich nie daran.

Erst jetzt bemerkt er den Bus, der nur einen Meter von ihm entfernt angehalten hat. Ein schweres Unglück wurde abgewehrt. So kann man die Dinge auch sehen.

Aber es erfüllt ihn Trauer, als er die Straße überquert, Trauer, die sich ihm an die Fersen geheftet hat, während er durch einen kleinen Park geht, in dem unerwarteterweise Blumen in ordentlichen Rabatten stehen.

Ihre Farben sind durchdringender als normal und glühen beklemmend in der klaren, kühlen Luft. Solche Blumen hat er noch nie gesehen.

Ihr Duft, ein bitterer Duft von Honig gemischt mit Teer, gehört zu einer anderen Welt, auch die Blumen gehören zu einer anderen Welt.

Er flieht vor dem Blumenduft auf die Straße, auf der die Autos entlangbrausen. Eines streift seinen Koffer, es ist nur ein leichter Stoß, und der Fahrer wirft seinen Wagen zur Seite. Der Koffer fällt ihm nicht aus der Hand, und das Auto fährt weiter.

Ein flacher und luxuriöser Citroën, der aus der Menge der protzigen Amischlitten hervorsticht. Ein Stück seiner Heimat, das ihm ein Gefühl der Geborgenheit vermitteln sollte, das aber nur sein Gefühl der Trauer verstärkt und in einen pochenden Kopfschmerz verwandelt.

So ein Auto hatte er auch kaufen wollen. Nächstes Jahr.

Auf dem Bürgersteig stellt er seinen Koffer ab. Irgendwo in der Nähe funkelt Wasser, aber es kann nicht das Meer sein, denn das liegt hinter ihm.

Eine Bank. Wasser funkelt in den letzten Sonnenstrahlen, ehe ein Schauer die glatte Oberfläche aufpeitscht und den Enten, die dort ihre Kreise ziehen, das Gefieder aufwühlt. Das Wasser ist braun, grau, dann plötzlich wieder blau und weiß, eine Wolke spiegelt sich, und der Regen ist vorbei.

Seine Uhr zeigt die Zeit an. Aber ist das die richtige Zeit? Er weiß es nicht. Die Zeit hat auf dem Schiff stillgestanden, und er hat sich durch sie hindurchbewegt. Vielleicht in eine neue Zeit. Vielleicht hat er sich ja nur im Kreis bewegt, und die Zeit ist noch dieselbe.

Jemand spricht ihn in einer Sprache an, die er nicht versteht. Jemand stellt seinen Koffer neben ihn hin und sagt mehrere Worte.

Ein Mund spricht Worte aus, die er nicht versteht. Der Mund einer Frau. Er ist kräftig, in einem hellen Lila geschminkt und sitzt unter einer Nase, die dem Himmel entgegenstrebt. Es ist ein Gesicht, die Wangen sind hell und mit Flaumhaar bedeckt, ein Pfirsich spricht zu ihm durch eine kleine Öffnung, in der weiße Zähne schimmern und eine rosafarbene, feuchte Zunge.

Die Worte versteht er nicht. Das macht nichts.

Vor seinen Füßen steht ein Koffer. Vielleicht ist das seiner.

»Hotel«, sagt er. Das ist das einzige Wort, an das er sich erinnert.

Vielleicht versteht sie ihn, vielleicht nicht. Jedenfalls bleibt sie sitzen und legt eine Hand mit kurzen Fingern auf seine.

Er betrachtet seine Hand. Die dicke Hand eines zu groß geratenen Kindes mit Vertiefungen, wo die Knöchel hätten sein sollen. Sicher fühlt sie sich weich an, wenn man sie streichelt. Jedenfalls streicheln die kurzen Finger sie offenbar mit einem gewissen Genuß.

Früher hat ihn auch jemand gestreichelt, seine Hand, seinen drallen Kinderkörper, seinen fetten Jungenkörper. Jemand hat seine Nase in seinem Nacken vergraben und mit seinen Zehen gespielt. Weich und gut, Olivier. Weich und gut. Nicht am Daumen lutschen, es gibt anderes, was du dir in deinen kleinen Mund stopfen kannst, was schmilzt und Wohlbehagen bereitet und deinen hungrigen Magen füllt. Hier hast du, eine Brust, einen süßen, tröstlichen Geschmack.

Eine Brust im Mund eines Dreijährigen, eines Vierjährigen und immer so weiter.

Olivier, Sohn von Olivier. Das Kind eines Toten kann viel Trost gebrauchen.

Dem Kind eines Toten bürdet man viel auf. Das weiß er inzwischen.

Unter diesem Himmel wird alles klarer. Die Farben der Blumen. Das Licht auf dem See, das ihn in flüssiges Metall verwandelt. Eine Hand streichelt seine Hand, so als würde das nichts kosten.

Eine Hand hebt einen Koffer an. Ein Pfirsichgesicht lächelt, und er macht sich auf den Weg, geht neben ihr her, eine Straße entlang, um eine Ecke.

Ein gelbes Gebäude. Eine schwarze Uniform mit rotem Besatz hinter einem Tresen. Bleiche Wände. Christus, gequält und gemartert an seinem Kreuz.

Die Uniform deutet auf etwas, das sein Koffer sein muß. Über dem Uniformkragen ein Gesicht, hellgrau und ohne Lächeln.

Er will dort nicht sein. Er ist nicht arm. Das ist ein Ort für Arme. Ein Obdachlosenasyl. Oder ein Asyl für Kranke. Oder Verrückte.

Sie hat ihn dorthin gelockt. Wenn er dort bleibt, kommt er nie mehr raus.

Die Tür hinter ihm steht offen. Mit drei raschen Schritten ist er wieder auf der Straße, den Koffer läßt er stehen.

Es pfeift in seinen Lungen, als er den unebenen Bürgersteig entlanghastet, er kann sich nicht erinnern, wann er zuletzt gerannt ist. Er kommt nur ein paar Meter weit, da hält ihn ein stechender, linksseitiger Schmerz auf.

Jetzt ist sie wieder neben ihm, immer noch lächelnd. Sie hat seinen Koffer in der Hand und legt eine Hand auf sein Schulterblatt. Er hat zu starke Schmerzen, um sie abzuschütteln.

Die Hand drückt ihn weiter. Jetzt deutet sie auf sein Knie, und er hebt es automatisch. Der Schmerz läßt nach.

Die flaumige Haut eines Pfirsichs, ein leuchtender lilafarbener Mund. Ihr Haar hat sie unter eine Strickmütze geschoben, aber er sieht ihre Augen. Sie sind grau, graue Augen unter einer hellbraunen Mütze, das Himmelwärtsstreben der Nase, der Pfirsichflaum der Wangen, so jemanden wie sie hat er noch nie gesehen, ein freundlich gesinnter Troll, eine üppige, flaumige Elfe.

Eine Elfe, die auf ihn deutet.

»Edda«, murmelt er. »Edda.«

Sie schüttelt den Kopf, deutet wieder. Da versteht er.

»Olivier.«

Sie legt ihre Hand in seine, sie ist klein, fest und warm. Wie zwei wohlerzogene Kinder gehen sie die schmalen Straßen und an einer Friedhofsmauer entlang. Auf der anderen Seite schwanken niedrige Bäume mit dünnen, verkrüppelten, moosbewachsenen Stämmen. So sehen Bäume am Meer aus, so sehen Bäume aus. Er kann unbekümmert weiterwandern.

Vor einem grauen Haus stellt sie den Koffer ab.

Der ungleichmäßige Putz der Fassade erinnert an Elefantenhaut. Das Haus wirkt privat, es handelt sich um kein Hotel, aber auch nicht um eine beängstigende Einrichtung. Es lehnt sich schwer Richtung Straße, aber im Treppenaufgang riecht es gut nach Lack und Schmierseife. Mit einem Schlüssel an einem kleinen Schlüsselbund schließt sie eine grüngestrichene Tür auf, und er folgt ihr in ein freundliches Zimmer.

Er läßt sich wiegen. So gründlich, daß er nie mehr erwacht.

Aber er erwacht doch, und zwar in einem Bett, das zu schmal für zwei ist. Er erwacht in Armen, die ihm unbekannt sind, mit dem Geschmack einer unbekannten Brust in seinem trockenen Mund. Sein Glied liegt groß und schwer an einem unbekannten Körper und er gehört nicht einer der Dirnen, für die ihm seine Mutter Geld gab, als er für das andere zu groß wurde. Es ist eine Frau, die seine Hand nimmt und auf ihren Bauch legt, der groß und rund ist und von einer Furche geteilt wird. Ihre Schenkel sind biblische Säulen, und ihr Mund schmeckt nach Pfirsich, er schmeckt nach Sahne, und er läßt sich immer weiter wiegen, hinein in die gütige Dunkelheit.

Eine Stimme spricht. Die Worte versteht er nicht, aber er versteht das Glas Wasser in ihrer Hand. Er versteht die Hand, die ihm über das zerzauste Haar und über die unrasierte Wange streicht.

Sie ist jetzt angekleidet und trägt eine Strickjacke und eine Hose. Die Elfe ist verschwunden, er hat einen Frauenkörper vor sich, den Körper einer kräftigen Frau. Draußen vor dem Fenster ist dunkle Nacht. Während er hier lag, ist es Nacht geworden. Wenn er Glück hat, wird es nie Morgen.

Die Nacht kann man durchschlafen, nicht aber den Morgen.

Ein Mantel, sie zieht jetzt ihren Mantel an, aber er kann sie nicht gehen lassen. Eine Hand, um sich festzuklammern, das ist das mindeste. Zum Schluß gestattet sie ihm mitzukommen. Sie hilft ihm in die Kleider, gibt ihm frische Strümpfe und ein Hemd aus dem Koffer, der geöffnet auf dem Fußboden steht. Pullover und Jacke, und schon sind sie auf dem Weg.

Sie schiebt ein Fahrrad durch die schlafende Stadt, und er strauchelt hinterher, seine Beine wollen ihn nicht tragen. Der Weg ist weit, aber schließlich sind sie da.

Eine Halle.

Aus einem Schrank taucht ein Wagen mit einem Eimer, Besen und Flaschen auf. Sie läßt Wasser ein und legt los. Andere Frauen gehen mit ihren Wagen vorbei, sie begrüßt sie und deutet auf ihn, und sie lachen. Nicht bösartig. Laut und gut gelaunt.

Eine der Frauen faßt ihn mit ihren putzeimerfeuchten Händen an den Wangen, und er läßt es geschehen. Er ist eine Puppe in Frauenhänden, ein weiteres Mal.

Das macht nichts. Eine große Ruhe hat sich seiner bemächtigt. Er fühlt sich satt, obwohl er den ganzen Tag nichts gegessen hat.

Ein seltsamer Tisch steht auf der großen Bühne der Halle. Ein Tisch aus braunem Holz, in den ein Schachbrett eingelassen ist. Es gibt Fächer für Uhren und andere Dinge. Die beiden Stühle sind bequem gepolstert, einer hat Rollen. Er nimmt bereitwillig Platz, als sie darauf deutet. Er zieht auf der Bühne ein paar Kreise, und die Frauen lachen, bis sie sich aneinander festhalten und nach Luft schnappen müssen.

Die Sprache. Die Sprache kehrt zurück. Warum hat er nicht schon früher daran gedacht? Die Worte pflanzen sich in seinem Körper fort, so daß das Unverständliche verständlich wird.

Die Brust seiner Mutter in seinem Mund war eine Sprache. Sie sagte, ich habe Macht. Ich kann dir all die Geborgenheit geben, die du dir je wünschen wirst, und ich kann sie dir auch nehmen.

Der Finger, der auf das Knie deutet, das man nur beugen muß, damit der Schmerz verschwindet, ist eine Sprache.

Sein Körper übersetzte sie. Das war einfach.

Das Lachen ist eine Sprache. Das Pfirsichlächeln ist eine Sprache. Die Füße, die sich über den unebenen Asphalt des Bürgersteigs schleppen. Seine Hand, die den Koffer losläßt, damit sie diese und auch ihn finden kann. Alles ist eine Sprache. Sein Spiel mit dem Stuhl und das Lachen der Frauen sind Sprachen.

Sie brauchen keine Worte. Sie können sich unterhalten. Er kann ihr seine Geschichte erzählen und sie ihm die ihre. Das ist nicht schwer.

Oliviers Geschichte

Ich muß ganz von vorn anfangen, meine Edda. Ich muß mit meinem Vater anfangen, dem Islandfischer.

Olivier Créach, geboren in Paimpol in der Bretagne. Gestorben hier in deinem Land. Er wurde zwanzig Jahre alt.

Zweimal hatte er die Reise als Schiffsjunge gemacht. Wenn man Prügel, Strapazen und eine solche See mehr als einmal überlebt, dann ist man Vollmatrose.

Am Tag vor seiner letzten Reise fand ihre Hochzeit statt, die von ihm und meiner Mutter. Das Ergebnis der Hochzeitsnacht sitzt hier an deinem Tisch.

Ein zwanzigjähriger Vollmatrose, der eine Frau zu ernähren hatte. Der Kinder zu ernähren haben würde, natürlich würden sie Kinder bekommen.

Hunger trieb die Fischer hier hinauf. Hungernde Familien. Kinder mit weichen Knochen und schwachen Lungen.

Hier oben gab es genug Fisch, hier konnte ein tüchtiger Fischer in einer Saison viertausend Dorsche fangen. Gesalzener Fisch war bares Geld.

Ihre Hände gingen vom Salz kaputt, ihre Rücken von der harten Arbeit. Keiner der Männer, die noch am Leben sind, ist vollkommen gesund. Aber diejenigen, die überlebten, mußten immerhin nicht hungern. Reich wurden sie nicht, aber sie kamen zurecht.

Olivier Créach überlebte nicht. Das Meer forderte Olivier Créach. Er wurde Vater eines Sohnes, den er nie sah. Er wurde mein Vater, ohne je davon zu erfahren.

Mein Vater war eine Gedenktafel an der Wand der Kirche zu Hause. Einer von vielen. Das Schiff hieß L'Espoir. Ein hoffnungsvoller Name.

Ich bin hierhergekommen, um …

Ich bin hierhergekommen.

Ich glaubte, ich wüßte es. Ich war ganz sicher. Jetzt weiß ich bald nichts mehr.

Mein Vater liegt an dieser Küste begraben. Soviel weiß ich. Seine Leiche trieb an Land, das taten nicht alle.

Will ich sein Grab sehen? Bin ich deswegen gekommen?

Das habe ich geglaubt. Ich habe geglaubt, ich könnte an seinem Grab knien und ihm von dem Leben erzählen, das er mir gegeben hat. Ich habe geglaubt, das könnte helfen.

Meine Mutter.

Meine Mutter, Caroline, la belle Paimpolaise.

Familie Créach wollte mich zu sich nehmen und mich wie ihren Sohn erziehen. Als Ersatz für den Toten und als Investition in die zukünftige Versorgung.

Aber Caroline war zu schnell für sie. Einerseits war sie Witwe mit einem unmündigen Kind, andererseits war sie siebzehn Jahre alt und schlank. Ihre schmalen Beine steckten in Holzschuhen, und sie hielt den Kopf mit dem gestärkten Kopftuch hoch erhoben. Ehe ein Jahr um war, war sie wieder verheiratet und zwar mit dem Hotelbesitzer des Ortes, einem Mann in seinen besten Jahren, der nie seinen Fuß auf ein Schiffsdeck setzte.

Damals war Krieg, meine Edda. Zwei Tage nach der Hochzeit zog der Hotelbesitzer in den Krieg, und in einem Schützengraben an der Marne sprengte man ihm den Kopf in Stücke. Caroline war erneut Witwe. Dieses Mal mit einem Erbe, mit dem sie sich selbst und ihr Kind versorgen konnte.

Vermutlich ist meine Mutter die einzige Frau, die genau drei Tage mit zwei verschiedenen Männern verheiratet war.

Caroline zwang ihren Sohn, auf das Meer zu verzichten.

Eine Landratte in einer Stadt, wo die meisten vom Meer leben und auf ihm zugrunde gehen. Vor Anker. Mit Händen und Füßen ans Hotel und an immer dieselben grauen Straßen gefesselt. Beaufsichtigt und versorgt, verwöhnt und verhätschelt. Mit Liebe erstickt, meine Edda. Mit Pflicht, Schuld und Scham.

Überfüttert bereits als Kind, fett und zum Gespött der Schlanken, Mageren und Sehnigen. Ein blinder Ochse, der ein Mühlrad antrieb. Von seiner Mutter geliebt, sonst von kaum jemandem.

So fett und kurzatmig, daß er nicht als Soldat taugte, als der nächste Krieg kam. Caroline hatte das gut eingefädelt.

Nie zur See.

Es gibt Dinge, die ich nicht erzählen kann. Über meine Mutter und mich. Weder mit Worten noch ohne.

Jetzt ist sie nicht mehr da. Caroline ist nicht mehr da.

Es fällt mir leichter, an sie als Caroline zu denken. Caroline liegt unter einem grauen Marmorgrabstein auf dem Friedhof. Und ich bin hier.

Die Papiere sind alle vorhanden. Ich besitze das Hotel. Ein Vermögen nenne ich mein eigen. Ich weiß nicht, ob ich zum Hotelbesitzer tauge, aber ich weiß, daß du bei mir sein solltest.

Hier oder dort. Und ich werde nie mehr schlafen.

Eddas Geschichte

Einen Mann will ich nicht, das möchte ich klarstellen. Von den Männern habe ich genug, Olafur, ich nenne dich der Bequemlichkeit wegen Olafur. Nicht deswegen habe ich dich mitgenommen.

Erst wollte ich nur helfen. Einem hilflosen Mann. Das sieht man in diesen Breitengraden nicht so häufig, doch wenn man genauer hinsieht, sind sie es alle. Aber sie können es gut verbergen. Du hast nichts verborgen. Dein Koffer stand da und sah verlassen aus, man mußte also nur jemanden suchen, der genauso verlassen wirkte.

Dort auf der Bank. Nicht betrunken, nicht verrückt, nur müde. Und ein wenig fett.

Ich mag fette Männer. Mein Vater war fett, bis er an Krebs erkrankte, vom Fleisch fiel und starb. Bei ihm konnte man sich ankuscheln, in seinen weichen Armen. Du hattest was davon. Aber vor allem hast du mir leid getan.

Ich wußte es bereits, bevor du mir bei der Heilsarmee davonliefst. Daß ich dich mit nach Hause nehmen würde. Ich zögerte es nur hinaus.

Du bist ein Fremder. Du wirst wieder verschwinden.

Ich brauche keinen Mann, Olafur. Ich will ein Kind. Ein Kind für jenes, um das man mich gebracht hat. Es wurde mir aus dem Leib geprügelt.

Die Furche auf meinem Bauch stammt von damals. Eine Operation. Ich lag lange im Krankenhaus, und er bereute es. Saß da und flennte und gelobte Besserung, aber ich antwortete nicht. Ich drehte ihm meinen Rücken zu und starrte an die Wand.

Als ich wieder zusammengewachsen war, packte ich meine Siebensachen und setzte mich in den Bus nach Süden. Man kann sagen, ich begab mich in mildere Landstriche. Alles ist milder als das, wo ich herkomme. Hier unten verändert das Meer seine

Farbe, dort oben ist es schwarz. Ein Meer hat blau zu sein oder grün oder grau. Dort oben ist es schwarz.

Dein Vater ist in diesem Meer umgekommen. Dort oben hat es ihn an Land getrieben. Dort liegt er begraben. Ich habe das Grab deines Vaters gesehen, Olafur. Wir haben als Kinder auf dem französischen Friedhof gespielt.

Du hast mir den Ort auf der Landkarte gezeigt, und ich wollte ihn nicht sehen. Ich will diesen Ort nicht wiedersehen, nicht einmal auf einer Karte.

Sie versprachen mir, daß ich immer noch Kinder bekommen könnte. Ich habe nicht gewagt, es zu versuchen. Keinem Mann hier in der Stadt habe ich erlaubt, mein Bett zu teilen.

Ich habe meinen Platz. Mein Zimmer, mein Bett, meinen Tisch, mein Radio. Meine beiden Stühle.

Zwei Teller, zwei Gläser. Zwei Messer, zwei Gabeln. Ich habe zwei von allem gekauft, als würde ich einen Gast erwarten.

Jetzt ist der Gast hier. Du bist mein Gast, Olafur. Du bist willkommen.

Wladimira

Heute beginnt es.

Wladimira wiederholt isländische Vokabeln. Schachbrett, Filmkamera, Schachuhr. Immer wieder, bis das Auto sie vor der Sporthalle ablädt, in der die Atmosphäre bereits zum Zerreißen gespannt ist.

Der Nervenkrieg dort oben hat sich bis in die letzten Winkel der Halle ausgebreitet, und Wladimira leidet mit dem, der unter diesen Umständen sein Bestes geben soll. Gleichzeitig strengt sie sich an, ihn nicht anzusehen, nicht an ihn zu denken, und ist sich doch die ganze Zeit seiner Anwesenheit bewußt.

Jeder Zug ist mit Bedeutung aufgeladen, und das nicht nur auf dem Brett.

Wladimira ist die Figur in einem anderen Spiel. Stunde um Stunde folgt ihre nasale Stimme Wort für Wort und verwandelt sie in Muster, die für jeden Empfänger logisch und wiedererkennbar sind. Das Ganze ist bis ins kleinste Detail korrekt. Vielleicht ist es außerdem auch elegant, sie ist sich nicht sicher. Das hat noch nie eine Rolle gespielt. Jetzt tut es das.

In der Halle beweist der Meister trotz allem seinen Scharfsinn, den eiskalten Überblick, aber jetzt weiß sie, wie hoch der Preis dafür ist. Der Mann, den sie nicht mag, platzt fast vor Stolz. Wladimira schämt sich.

Glücklicherweise wartet die nächste Aufgabe und dann eine weitere, sie ißt im Vorbeigehen ein Stück Brot, ihre Blase ist zum Bersten gefüllt und verursacht ihr Übelkeit, aber sie hat keine Zeit. Nicht einmal zum Nachdenken, und vielleicht ist das ein Glück.

Erst als sie spätabends auf ihr Bett sinkt, holt es sie ein.

Etwas Unbekanntes, das sie packt und mit sich zieht. Vom Bett, auf dem sie liegt, voll bekleidet und auf alles gefaßt. Durchs Zimmer. Zur Tür hinaus, die Treppe hinauf, deren Teppich die Geräusche ihrer Absätze verschluckt, so daß sie sich einbilden kann, daß sie sich gar nicht dort befindet, sondern immer noch hinter ihrer eigenen, sicheren Zimmertür liegt.

Der Hotelkorridor ist menschenleer. Aber hinter einer der braunen Türen wird gefeiert. Der, den sie nicht mag, erhebt die Stimme. Es klingt, als hielte er eine Rede.

Die Hauptperson nimmt nicht teil. Die Hauptperson geht in ihrem Zimmer auf und ab. Auf und ab. Und stöhnt ihr leises Stöhnen, oh, oh, oh.

Sie muß zweimal klopfen, ehe die Tür einen Spalt geöffnet wird.

»*Room Service*?«

Die Tür wird aufgerissen, und der Gestank von kalten Zigarettenstummeln dringt auf den Korridor. Wäre sie klug, dann würde sie jetzt umkehren. Eine neutrale Bemerkung machen. Ein Kompliment, ihm eine gute Nacht wünschen. Und dann die Beine in die Hand nehmen.

Ein großer Spiegel mit Goldrahmen wirft das Bild einer kräftigen Frau zu ihr zurück. Sie erkennt die vollen Brüste unter der unvorteilhaften Hemdbluse, den Bauch und die breiten Hüften. Sie gleicht einem Seezeichen. Stabil und wenig charmant.

»Komm her.«

Er legt einen Finger auf ihren Oberarm und schubst sie sachte durch die Tür ins Schlafzimmer.

Zerknitterte Kopfkissen liegen auf der Bettdecke. Auf einem ist ein rotbrauner Fleck. Sie schiebt es beiseite und setzt sich auf die äußerste Bettkante.

Durch sein Gewicht geben die Bettfedern nach. Ohne zu wissen, wie es eigentlich zugegangen ist, liegt sie stocksteif neben ihm. Ein Kissen wird unter ihren Kopf geschoben.

»Erzähl mir eine Geschichte.«

Er legt sich mit angezogenen Beinen und dem Rücken zu ihr hin. Der Kopf mit dem dichten Haar drückt das fleckige Kissen ein.

In Reichweite.

»Eine Geschichte, Wladimira.«

Sie kann ihre Hand zurückhalten. Die Wärme in ihrem Unterleib kann sie nicht zurückhalten.

»Ich weiß keine.«

»Erzähl schon, Wladimira.«

Geschichten sind ihre Eintrittskarte. Ohne Geschichten riskiert sie, verstoßen zu werden. Von seiner Nähe zur äußersten, einsamsten Dunkelheit, zum Gulag der Seele.

»Ein Mann«, sagt sie.

Ein Gemisch aus russischem und isländischem Kauderwelsch schwirrt hinter ihren geschlossenen Augen. Worte und Begriffe werden auf ihre Netzhaut projiziert. Kein einziges von ihnen ergibt einen Sinn.

Mit größter Mühe schaltet sie ihr Gehirn ab. Aus ihrem Mund kommt ein Satz.

»Ein Mann hieß Árni.«

Der Name ihres Vaters. Tabu, verachtet. Jetzt nimmt sie ihn in den Mund, sein Geschmack ist süß und bitter, ein Name mit samtweichen Vokalen. Der Name ihres Vaters.

Der Mann neben ihr legt sich zurecht. Jetzt nimmt sie seinen Geruch wahr. Er riecht nach einem überstandenen Fieber. Warm und ein wenig bitter.

»Árni?«

Wladimira kneift die Augen zu. Gleich wird sie die Tränen wegwischen müssen, aber jemand hat ihre Hand genommen.

Sie schwebt einen Augenblick, dann landet sie direkt oberhalb des Hemdes auf einem Hals, einem warmen Hals, in dem der Puls schlägt.

Es ist zu spät, um die Hand wieder an sich zu ziehen. Bereits als sie ihr eigenes Bett verließ, als sie an seine Tür klopfte, als sie den ersten Schritt in dieses Zimmer machte, hat sie das Recht verloren, etwas zu bereuen.

Der Kontakt mit der nackten Haut eines anderen Menschen ist nicht Bestandteil von Wladimiras normalem Repertoire. Sie verfügt nur über wenig sexuelle Erfahrungen, und diese haben keine Erinnerungen zurückgelassen, die zur Wiederholung einladen.

Jetzt schlägt der Puls eines Mannes in ihrem eigenen Blutkreislauf. Der kräftige Körper eines Mannes liegt neben ihr, und solange sie ihre Hand auf seinem Hals ruhen läßt, sind sie ein Fleisch.

Die Wärme in ihrem Unterleib hat sie gestern bis in ihr Zimmer im Stockwerk darunter und unter ihre eigene Decke begleitet. Jetzt breitet sie sich beharrlich bis zum Zwerchfell und zur Brust aus.

Ihre Brustwarzen haben sich zu Himbeeren zusammengezogen, die unter dem steifen Stoff des BHs brennen und jucken.

Die Wärme ist mit dem Chaos verwandt. Worte sind nötig, wenn sie das Schlimmste verhindern will.

»Árni«, sagt sie im letzten Moment.

Ihre Hand findet einen sichereren Ort auf dem glatten Nylonstoff der Schulter, und da weiß sie auf einmal, wovon ihre Geschichte handelt.

»Ein Gespenst ging durch Europa, und Árni folgte ihm. Er nahm nicht viel mit, nur das Buch nahm er mit, *Das kommunistische Manifest*. Darüber hinaus besaß Árni nichts. Nur einen hellen Kopf und seine Hoffnung und seinen Glauben. Und Elin, seine Frau und Gefährtin. Geld besaßen sie nicht. Sie arbeiteten unterwegs, er an Deck des Schiffes, sie in der Kombüse. Es war Herbst. Stürmisch und kalt, aber kein Opfer war zu groß.

Man empfing sie. Man machte sie zu Vertretern, Vertretern in Hoffnung und Glauben, und sie reisten. Für die Komintern. Zusammen und jeder für sich. Meist jeder für sich. Arbeit ist wichtiger als Liebe. Das wußten sie beide.«

Er wendet ihr sein Gesicht zu, und zwar lange genug, daß sie sein ironisches Lächeln sehen kann.

»Ach? Wußten sie das?«

»Die Sache ist wichtiger. Als die Liebe. Das wußten sie beide.«

Etwas verschlägt ihr die Stimme. Die Tränen laufen ihr in die Mundwinkel, warm und salzig, und egal wieviel sie schnieft und sich mit den Fingerspitzen und den Fäusten die Augen reibt, strömen sie aus irgendeinem unbekannten Reservoir in ihrer Brust weiter.

Wladimira weint nie.

Der Stolz ihrer Mutter, wenn die Frauen mit ihren Kindern angaben. Wolodja bekommt Prämien für Rechtschreibung. Elena näht ihre eigenen Kleider. Olga tanzt Ballett wie eine Tänzerin.

Nicht einmal als Kleinkind hat Wladimira geweint. Stramm gewickelt und in die Wiege gelegt, wo sie dann lag, ohne Tränen.

Die Geschichte von Wladimira kennt keine Tränen. Vielleicht hätte sie sich dazu entschließen sollen, statt dessen diese Geschichte zu erzählen. Jetzt ist es zu spät.

Rotz läuft ihr über die Oberlippe, sie hat es aufgegeben, ihn wegzuwischen. Statt dessen weint sie so lautlos wie möglich.

Ein Arm hebt ihren Kopf, eine Hand drückt ein Taschentuch an ihr Gesicht.

»Putz dir die Nase, Wladimira.«

Ihre tränennasse Stirn ruht auf dem Nylonstoff seines Hemds. Der Stoff klebt an seiner Schulter. Sie ist kräftig, die starke, sonnengebräunte Schulter eines Sportlers. Er ist kein verwachsenes, pubertäres Jüngelchen wie sein Gegner, er ist ein erwachsener Mann mit muskulösen Armen, die sie in seinem Duft von Hals und Haut drücken und festhalten.

Als er sie endlich losläßt, ist sie zu erschöpft, um verlegen zu sein.

Das Geräusch harter Knöchel an der Tür bringt sie wieder auf die Beine. Mit einem Satz steht sie mitten im Zimmer, das durchnäßte Taschentuch in ihrer kraftlosen Hand. Sie würde sich dort auf dem Boden am liebsten in nichts auflösen, wäre am liebsten gar nicht zur Welt gekommen und hätte ihn und dieses Zimmer am liebsten gar nicht gesehen.

»Wer da?«

Abwehrend hebt er die Hand und deutet auf die Tür neben dem Schrank. Dort drinnen funkeln weiße Fliesen.

Die Stimme vom Korridor ist rauh und etwas belegt. Sie erkennt sie wieder.

»Einen Augenblick.«

Die Badezimmertür schließt sich hinter Wladimira, und sie bleibt allein mit einem Spiegel zurück.

Ihre Nase ist hochrot. Ihre Lider erinnern an eben zur Welt gekommene Mäuse.

All diese Häßlichkeit will sie abspülen, aber glücklicherweise kann sie noch ihre Hand bremsen, ehe sie den Wasserhahn erreicht.

Ein vergoldeter Wasserhahn. Sie schluckt und starrt das Gold an.

Kein Geräusch darf sie verraten.

Im Wohnzimmer prallen Worte aneinander. Der, den sie nicht leiden kann, insistiert. Droht und schmeichelt, und Wladimira wünscht sich, der Mann dort drinnen gäbe nach und ließe sich feiern, täte seine Pflicht, wenn schon sonst nichts.

Niemand kann es sich erlauben, sich von seinen Gefühlen leiten zu lassen.

Der Satz ist plötzlich da. Gestern hat er über ihn gelacht, aber sie hatte recht. Wenn er sich überreden läßt, bleiben ihr seine Augen auf ihrem aufgelösten Gesicht erspart.

Erleichtert hört sie, wie er das Zimmer verläßt. Die Disziplin ist wiederhergestellt, die Disziplin, ohne die alles in Auflösung gerät.

Sie kann jetzt gehen. Sie braucht nie mehr zurückzukommen. Wie oft er noch stöhnen mag, wie sehr er auch leidet. Seine Geschichten muß er sich woanders besorgen.

Aber ihre Beine wollen sie nicht tragen, und da ist auch noch etwas anderes. Die Erregung und die psychische Anstrengung lassen ihre Blase reagieren. Der Toilettensitz ist nach Männermanier hochgeklappt, sie zieht ihre Unterhose herunter, und es gelingt ihr gerade noch, sich auf die Kante des kalten Porzellans zu setzen.

Während sie sich erleichtert, sieht sie sich um.

Ein Buch lehnt an den Fliesen. Sie nimmt es zur Hand und liest den Titel. Eine Neuausgabe der *Brüder Karamasow*. An einem Haken hängt ein Frotteebademantel. Der hellbraune Fleck auf dem einen Ärmel hat dieselbe Form wie Afrika. An einer Zahnbürste in einem Zahnputzbecher aus Stahl klebt Zahnpasta.

Es riecht nach Seife und Rasierwasser. Und nach etwas, was sie nicht identifizieren kann, eine ungewöhnliche Mischung. Der private Geruch eines Mannes, der gebadet und sich fertiggemacht hat. Der auf der Toilette ein Buch gelesen und darauf gewartet hat, daß die Peristaltik das Ihrige erledigt.

Sie betätigt die Spülung, wäscht sich die Hände, trocknet sie mit einem Handtuch ab, seinem Handtuch.

Auf einem Hocker steht eine Kulturtasche aus Kunstleder.

Privatleben. Das isländische Wort kennt sie. Die Idee kommt ihr suspekt vor. Jeder pflichtbewußte Sowjetbürger kann jeden beliebigen anderen Bürger mit gutem Gewissen einer Prüfung unterziehen. Außerdem hat er sie selbst eingeschlossen. Es ist ihr gutes Recht, das diffuse Schuldgefühl, das sie empfindet, als sie die Tasche öffnet, zu ignorieren.

Der Eigentümer der Kulturtasche drückt Tuben in der Mitte aus. Ein Päckchen Kondome ist schon etwas abgegriffen, als hätte es seinen Besitzer auf viele Reisen begleitet.

Wladimira stellt die Tasche dorthin zurück, wo sie sie hergenommen hat, trinkt einen Schluck Wasser aus dem Hahn. Es ist lauwarm und schmeckt schweflig.

Jetzt muß sie gehen, diesen Entschluß hat sie bereits gefaßt. Sie muß gehen, um nie mehr zurückzukehren. Aber noch einmal entzieht sich ihre eigene Schwerkraft der Kontrolle ihres Gehirns.

Noch nicht geboren worden zu sein, willenlos zu sein, im Fruchtwasser zu schwimmen. So muß es sich anfühlen.

Zwei Hände, von denen sie annehmen muß, daß es sich um ihre eigenen handelt, knöpfen ihre Bluse auf und öffnen die Haken ihres BHs am Rücken, dort wo er einschneidet. Der Rock landet in einem Ring auf der zerknitterten Badematte, und sie tritt aus ihm heraus und streift ihre zweckmäßige Unterhose ab.

Der Bademantel fühlt sich überraschend weich an. Es schaudert sie, und die Härchen auf ihren Armen und ihren kräftigen Beinen sträuben sich.

Ohne ihr Spiegelbild anzusehen, nimmt sie die Zahnbürste aus dem schimmernden Becher. Dann drückt sie sorgfältig auf die Mitte der Zahnpastatube und putzt sich die Zähne mit kleinen, energischen Bewegungen.

Der Schaum, den sie ausspuckt, hat rote Streifen. Jetzt vermischen sie ihr Blut. Was das zu sagen hat, weiß niemand.

Olivier

Es liegen dreißig Jahre zwischen ihnen. Der Gedanke verfolgt ihn. Edda streicht ihm über die Schläfe, an der sich graue Haare in die schwarzen mischen, und er wendet rasch den Kopf ab.

Die Linke bewegt sich vorsichtig nach oben, um die schlaffe Haut seines Halses zu verbergen.

Tagsüber, wenn sie nebeneinander zwischen den grauen und bunten Häusern herumlaufen, wenn er ihre Hand so hält, daß er sie nicht verliert, schämt er sich ihres Spiegelbildes in den Fensterscheiben. Ein Vater mit seiner Tochter an der Hand – als Liebende. Das ist gegen die Natur. Das ist eine Sünde, und das sollte es auf Erden nicht geben.

Tagsüber späht er in die Augen der Leute und sucht nach Abscheu und Verurteilung.

Nachts, wenn sie miteinander verschmelzen und sich zur Ruhe wiegen, sanft und gewaltsam, flüchtig und beharrlich, wild und mild, hat keiner von ihnen ein Alter und deswegen keinen Anlaß zu Schuldgefühlen.

Tagsüber muß er sich dazu zwingen, sich dem Licht und den Blicken zu stellen.

Mitten in der Nacht erwacht er. Eine samtige Wange auf dem Kissen neben ihm lädt zum Küssen ein, aber er widersteht der Versuchung. Sie braucht ihren Schlaf.

In der morgendlichen Dunkelheit, es duftet schon nach Kaffee, rüttelt er sie sanft wach. Ihre Hand hält ihn fest, und er will wieder zu ihr ins Bett kriechen und vergessen, daß die Sonne bald aufgehen wird. Wenn sie die Decke beiseite schlägt, sich reckt und so ausgiebig gähnt, daß ihre hellrote Zunge zu sehen ist, wird er beim Anblick ihres nackten Körpers im Schein der Nachttischlampe ganz benommen vor Glück.

Es ist immer noch dunkel, als er sie durch die schlafende Stadt begleitet. Seine Hand ruht auf ihrer am Lenker, während sie geduldig ihr Fahrrad neben ihm herschiebt. In der Halle lachen die Frauen. Sie bringen ihm Wörter bei, lachen über seine Aussprache und klopfen sich dabei auf ihre kräftigen Schenkel.

Kona heißt Frau. Nur daran wird er sich erinnern.

Sie singen bei der Arbeit. Edda singt ebenfalls. Lieder, die er nicht kennt, isländische Lieder und solche, die klingen wie amerikanische Schlager. Zusammen mit Edda und den gut gelaunten Frauen verschwinden seine Schuldgefühle.

In der großen Halle hallt es leer. Der besondere Tisch und die gepolsterten Stühle sind in einen kleineren Raum gebracht worden, aber es gibt immer noch genug damit zu tun, Bonbonpapierchen, Zigarettenstummel und den Dreck von unzähligen Schuhsohlen in dem großen Gebäude zusammenzukehren.

Er hilft gerne mit. Er leert Eimer mit Schmutzwasser und füllt sie erneut am Wasserhahn. Mit warmem Wasser, das nach Schwefel riecht, wie nach einem Mittel für Pestbeulen, reinigend und gesund.

Der Schwefelgeruch sitzt noch lange nach dem täglichen Besuch der Badeanstalt in der Haut. Im Schwefeldampf des Duschraums sehen etliche aus wie er, fett wie er und noch älter. Faltige Männer, Kleinkinder und abgearbeitete, sehnige Frauen befinden sich im Becken, und es gibt nichts, weswegen er in Verlegenheit geraten müßte.

Zusammen mit Edda sitzt er geschrubbt und in seiner neuen Badehose in einem Becken mit gebärmutterwarmem, tröstendem Wasser, und er merkt, wie sich sein Körper auflöst und wieder geboren wird, hellrot und neu.

Edda schläft nach Arbeit und Bad ihren Vormittagsschlaf. Er pflegt währenddessen einen Spaziergang auf dem Friedhof zu unternehmen, um sie nicht zu stören, zwischen den Steinen mit den merkwürdigen Namen.

Dort hinter der Mauer verblassen die Blumen mit jedem Tag mehr. Die dünnen, moosbewachsenen Bäume haben ihr Laub verloren, das Gras verändert seine Farbe von Grün über Gelb zu Grau. Bald ist Winter.

Joyce

Auf dem Nachttisch steht ein Raumspray neben einem kleinen Plastikkruzifix. Der Gestank ist fürchterlich.

Mutters Gesicht auf dem weißen Kissen ist hellgelb.

»Du siehst strahlend aus. Wie geht es Bill?«

Mit ihren mageren Händen umklammert sie ihren Rosenkranz. Marge und ich haben die Gebete gelernt, während wir wie hypnotisiert auf ihre raschen Finger starrten, die die Perlen aus echtem Perlmutt in Bewegung hielten. Jetzt halte ich diese Finger fest, die sich in meiner Hand wie ein paar trockene, zerbrechliche Zweige anfühlen.

»Du hättest nicht zu kommen brauchen.«

Mutters mädchenhafte Stimme hängt nur an einem seidenen Faden. Jetzt verschwindet sie ganz.

Marge kommt durch die Tür. Ihr Bauch ist womöglich noch größer als meiner, und wir können uns nicht ordentlich umarmen, und vielleicht habe ich nur darauf gewartet, damit ich endlich meinen Tränen freien Lauf lassen kann.

Wir sitzen rechts und links von Mutters Sterbebett, beide mit einem Ungeborenen im Bauch. Mutters erste Enkel. Gerade drehen sie sich dort drinnen ein letztes Mal um und bereiten sich darauf vor, ihren Kopf im Becken in Stellung zu bringen, und vielleicht lebt sie noch lange genug, um zumindest einen ihrer Enkel zu sehen, möglicherweise sogar beide. Eventuell keinen von beiden.

Es ist am wahrscheinlichsten, daß letzteres eintritt, sagt Vater, der aus seinem OP hereinschneit und sich mit uns in einer Ecke flüsternd unterhält, während Mutter herumdöst und dann wieder mit benebelten Augen erwacht, und zwar jedesmal etwas weiter entfernt.

Allmählich beginnt die Skisaison, und Vater operiert Bänderrisse und Knochenbrüche rund um die Uhr. Das kann er wirklich gut.

Marge und ich wechseln uns damit ab, zu wachen und zu schlafen. Den Gestank nehmen wir nicht mehr wahr. Wir sind nur noch zwei Paar Hände, die Mutter kalte Umschläge auf die Stirn legen und ihr den Mund mit einem kleinen Schwamm auf einem Stöckchen befeuchten. Wir sind zwei Paar Ohren, die auch die geringste Veränderung ihrer angestrengten Atemzüge wahrnehmen.

Bill ruft jeden Tag an, aber ich bin zu müde, um mich mit ihm zu unterhalten. Ich weiß auch gar nicht, was ich sagen soll.

Und dann kommt der Tag, an dem sowohl Marge als auch ich gebären. Gejammer, Lachgas, Dammschnitt, Genähtwerden und Geschrei verdunkeln den Horizont, hinter dem dann die Ruhe kommt, aber das wissen wir nicht, ehe das Ganze plötzlich überstanden ist und zwei Knäblein faltig und rosenrot in ihren Wiegen schlummern.

Meine Schwester und ich dösen in verstellbaren Betten in unserem Doppelzimmer. In der Kapelle der Klinik schläft Mutter den letzten Schlaf. Ihre dünnen Finger sind über dem Rosenkranz gefaltet, und das dicke Gesangbuch hat man ihr unter das Kinn geschoben.

Alles ist zu Ende, und alles kann beginnen.

Alles ist unerklärlich und vollkommen selbstverständlich. Die Tage bestehen aus Minuten unterschiedlicher Länge, sie stellen sich in Reih und Glied wie Dominosteine und stürzen um und hinab in einen unendlichen Abgrund aus Trauer und Babygeschrei und Windeln, die mit einer grünlichen Substanz gefüllt sind. Was Mutter wohl dazu gesagt hätte, meint Marge, und wir lachen und weinen in unseren Lehnstühlen mit unseren Söhnen an der Brust.

In der Nacht nach der Beerdigung liege ich wach. Dave ist gekommen, und eheliches Geflüster dringt von Marges Zimmer zu mir herein. Mit einem Mal weiß ich, daß ich nie mehr zu Bill zurückkehren kann.

Mein eingeborener Sohn schläft schnaufend in seiner Wiege. Bald wird er erwachen und hungrig sein, seine geheimnisvollen Babyaugen werden nach meinen suchen, während er trinkt, und wir werden ein Fleisch sein, von Ewigkeit zu Ewigkeit. Bill ist nur ein anstrengendes Zubehör, wir brauchen ihn nicht.

An dem Tag, an dem meine Doktorarbeit fertig ist, steht mir die akademische Welt offen, und ich kann uns beide ohne größere Probleme versorgen.

Marges große Augen, einer ihrer wichtigsten Vorzüge, werden doppelt so groß, als ich ihr von meinem Beschluß erzähle.

Ob ich mit Bill gesprochen habe? Natürlich habe ich das nicht.

»Das kannst du ihm nicht antun.«

Nach nur neun Monaten Ehe gehört Marge zur Truppe der loyalen Gattinnen, die keine Grenzen dafür kennen, was Frauen sich selbst antun können.

Begriffe wie Familiengründung und gegenseitige Verpflichtungen strömen von ihren Lippen wie Manna vom Himmel. Marge ist mit der Selbstverständlichkeit eines Bären, der sich zum Winterschlaf verkriecht, in die Rolle von Daves Ehefrau und Mutter des kleinen David junior geschlüpft, und ich dringe nicht mehr zu ihr durch.

»Wie willst du mit einem Säugling im Haus eine Doktorarbeit schreiben?«

»Das klappt schon irgendwie.«

Die Stunden, bevor es für die kleine Familie Zeit ist, zum Flughafen zu fahren, laufen meine Schwester und ich im Haus herum wie zwei Fremde. Ich nehme an, daß meine Verantwortungslosigkeit Marge erbost, und ich selbst bin zu stolz, um zuzugeben, daß sie einen wunden Punkt getroffen hat.

Die Koffer werden nach unten getragen, und das Auto wird mit Marge und ihren beiden Männern, wie sie sie nennt, beladen, Vater hat bereits den Zündschlüssel umgedreht.

Ich habe auf der Veranda in sicherem Abstand von den schwesterlichen Vorwürfen Stellung bezogen.

»Wenn ich dir helfen kann, mußt du es nur sagen.«

Marge hat das Seitenfenster heruntergekurbelt und ruft mir diese letzte Bemerkung zu, während Vater bereits rückwärts aus der Auffahrt fährt.

Plötzlich weiß ich, was ich zu tun habe. Ich gebe Vater ein Zeichen, daß er warten soll. Dann renne ich Hals über Kopf ins Haus und stopfe eine Tasche mit Babysachen voll. Mein Sohn schläft den Schlaf der Gerechten in seiner Wiege und wacht nicht auf, als ich ihn in die Babytragetasche hebe.

Marge sieht mit offenem Mund mit an, wie ich Tasche und Kind neben sie und David junior auf den Rücksitz packe.

»Wenn deine Milch nicht reicht, mußt du ihm eben ein Fläschchen geben.«

Meine Schwester kennt mich von Geburt an und weiß, daß ich mich nicht mit leeren Versprechungen abspeisen lasse. Sie knickt also ein und rückt die Babytragetasche rasch auf dem Rücksitz zurecht.

Einmal Pfadfinder, immer Pfadfinder, Marge. Schließlich sind wir aus demselben Holz geschnitzt, obwohl du im Augenblick etwas anderes glaubst.

Dave öffnet den Mund, offenbar will er protestieren, aber kein Laut kommt über seine Lippen. Vater starrt durch die Windschutzscheibe auf das offene Garagentor und auf die Obstkisten dort drinnen, die auf die Ernte dieses Jahres warten.

»Wie lange?« fragt meine Schwester.

»So lange wie nötig.«

Ich winke, bis das Auto nicht mehr zu sehen ist. Dann gehe ich ins Haus.

Vater sagt nichts, als er vom Flughafen zurückkommt. Er geht ins Schlafzimmer hinauf und verbringt dort ein paar Stunden, bis sein Piepser ihn zum nächsten Knochenbruch ruft. Als er nach Hause kommt, bin ich bereits bei der Arbeit.

In den wenigen Stunden, die Vater zu Hause verbringt, ist er ein Schatten, der summend und in einem alten Jogginganzug von einem Zimmer ins nächste geht. Er schleppt sich auch in den Garten und starrt träge auf die Erde unter den Apfelbäumen, wo das Obst verfault. Wenn er vergessen hat, das Garagentor zu schließen, beugt er seinen bereits stark gekrümmten Rücken, um die von den Waschbären zerrissenen Müllsäcke und verstreuten Dosen aufzusammeln. Mich beschleicht das Gefühl, daß er jeden Augenblick abheben und im Gleitflug über die Berge verschwinden könnte.

Und dies stellt letzten Endes auch meine Rettung dar. Selbst Bill kann nachvollziehen, was es für einen Mann bedeutet, seine

Frau nach fast dreißig Jahren zu verlieren. Selbst Bill begreift, daß eine Tochter Pflichten hat, obwohl sie mit ihm verheiratet und Mutter seines Sohnes ist. Während eines stotternden und von Echos erfüllten Telefongesprächs einigen wir uns darauf, ihn nach Bills Großvater Joel und nach meinem Vater und dem Erzengel Gabriel zu nennen.

Es gibt keinen Grund, Bill zu verraten, wo sich Joel Gabriel im Augenblick befindet. Marge hält mich telefonisch auf dem laufenden. Offenbar hat sie so viel Milch, daß es für mehrere Zwillingspaare reichen würde, und die beiden Knäblein entwickeln sich vorbildlich, was Marge jedoch nicht daran hindert, mich auf die Verwerflichkeit meines Tuns hinzuweisen.

Marge hat sich zu Mutters Stellvertreterin auf Erden ernannt, und um ihr das Maul zu stopfen, suche ich den Priester und Beichtvater der Familie auf.

Pater Jeremy empfängt mich mit offenen Armen. Natürlich findet er meinen Plan, Bill zu verlassen, unchristlich. Als ich ihm verspreche, mir die Sache noch einmal zu überlegen, kramt er als eine Art Belohnung die Geschichte vom Salomonischen Urteil aus der Schublade, und ich verlasse beschwingt seine Wohnung. Joel ist, wo er hingehört, bei jener Person, die sich im Augenblick am besten um ihn kümmern kann.

Vaters kleines Büro habe ich in mein Arbeitszimmer verwandelt. Die alte Schreibmaschine stottert und dröhnt, aber die Papierstapel wachsen, und abgesehen von gespannten Brüsten und davon, daß ich in regelmäßigen Abständen heulen muß, weil mir mein Kleiner, mein Geliebter fehlt, bin ich so glücklich wie schon sehr, sehr lange nicht mehr

Zu Thanksgiving kommt Bill.

Dann sehen wir weiter.

Wladimira

Reykjavík ist in diesen Tagen ein Hexenkessel aus Gerüchten. Unbekannte Kräfte aus amerikanischen U-Booten beeinflussen das Gehirn des Meisters. Auf seinen Stuhl wird ein Sabotageakt verübt. Der Kaffee ist vergiftet, jemand hat ihm Medizin in den Saft gemischt, die ihn träge macht und ihm die Kräfte raubt.

Gestern spendete er seinem Gegner Applaus. Jeder andere hätte sich zurückgezogen, um seine Revanche vorzubereiten, er nicht. Mit gebeugtem Kopf, ein leichtes Lächeln auf den Lippen, stand er da und klatschte.

In der großen Halle, in der das Staunen zu einem gemeinsamen Seufzer gerann, war Wladimira die einzige, die begriff, warum das geschah.

Das Korrekteste und Eleganteste hat Beifallsstürme verdient. Diese Einsicht ist logisch und lebensgefährlich zugleich.

Ein Sieg wird ihm den Heiligenschein eines Helden sichern, aber der Held ist am Ende, und es ist fraglich, ob er einen Sieg überleben wird, ebenso eine Niederlage.

Was auch geschehen mag, sie wird ihn verlieren. Sie wird dazu verurteilt sein, den Rest ihres Lebens mit einem unerträglichen, unauslöschlichen Mangel zu leben.

Zwischen Schlafen und Wachen schwebt ein roter Ballon. Zwischen Schlafen und Wachen klopft es an der Tür.

In ihrem Traum klopft jemand an ihrer Tür. Sie rappelt sich aus dem Bett auf und zieht sich hastig einen Unterrock über ihren nackten Körper.

Draußen ist niemand.

Die Stille im Korridor ist ohrenbetäubend. Bald ist es Morgen.

Die letzten Nächte hat sie an ihrem Beschluß festgehalten, ihn nicht mehr aufzusuchen. Aber morgen landet ein Flugzeug mit seiner Frau. Morgen ist es zu spät.

Noch einmal steht sie vor seiner Tür.

»Wladimira.«

Sie sieht es seinen Augen an, daß er nicht geschlafen hat. Eine Zigarette verglimmt im Aschenbecher, der auf dem Fußboden neben dem Schachbrett steht. Er zieht sie ins Zimmer, aber seine Beine tragen ihn nicht, er schwankt und stolpert und fällt mit dem Kopf zwischen die Schachfiguren, die in alle Richtungen kullern.

Sie kniet sich neben ihn und legt eine Hand auf seinen kraftlosen Arm.

»Bist du krank?«

Eine idiotische Frage! Trotzdem wiederholt sie sie, schreit sie ihm ins Gesicht, schüttelt sie in seinen unbeweglichen Körper, und bekommt nur ein Flüstern zur Antwort.

Zuletzt läßt sie ihn liegen.

Er hat die Knie angezogen und liegt mit der Stirn auf dem Muster des Teppichs.

Seine nackten Füße haben einen hohen Spann. Es handelt sich um seltsam unverbrauchte Füße ohne Hühneraugen und Hornhaut. Die Füße einer Statue. Sie nimmt den Fuß, der ihr am nächsten liegt, in die Hände. Er ist kalt wie Marmor, und sie reibt ihn warm. Wie ihre Mutter es machte, als sie klein war, rieb und knetete, bis es weh tat und sich eine angenehme Wärme ausbreitete, prickelnd wie leichtes Jucken.

Das senfgelbe Hemd hängt aus der Hose. Es ist hochgerutscht, denn er trägt keinen Gürtel. Die Haut seines Bauchs ist bleich und mit rötlichen Haaren bedeckt.

Auch der andere Fuß ist jetzt warm, und er streckt die Beine aus, reckt sich, dreht sich auf den Rücken und starrt an die Decke.

»Wladimira.«

Er holt Atem. Dann kommen die Worte. Zögernd, stotternd, undeutlich, aber nicht mißzuverstehen.

»So ein Mist. Du hast es ja gehört. Er hat dagesessen und zum Schiedsrichter rübergeschielt. So ein Mist. In dem Moment habe ich den Kampf verloren. Es hat keinen Sinn, es zu leugnen. In diesem Augenblick war es entschieden. Ich habe verloren. Ich hätte gehen sollen. Ich bin sitzen geblieben. Er hat mir leid getan. Wir sind Opfer, Wladimira. Wir verlieren beide. Die Gladiatoren hatten eine Chance, wir haben keine.«

Er hat ihren Arm gepackt und hält sie fest. Sie riecht, daß er sich schon lange nicht mehr die Zähne geputzt hat, und sie will ihm ihr Gesicht hinhalten, damit er auf ihre Lider atmet, auf ihren Mund, damit er seinen bitteren Atem in ihre Nase bläst und ihr Leben schenkt, ein neues Leben jenseits dessen, das sie beide nur allzu gut kennen.

»Erzähl mir eine Geschichte, Wladimira.«

Isländisch. Sie summt, ein Wiegenlied, und seine verspannten Glieder werden weich unter ihrer Hand, und jetzt kommt es, es bricht hervor und wird zu einer Rettungsleine, die Halt bietet, es wird zu Vision und Realität, zu einer praktischen, durchführbaren Wirklichkeit. Nichts ist mehr unmöglich.

»Ein roter Ballon schwebt über einer Straße. Ein Kind rennt hinter dem Ballon her. Der Bus bremst rechtzeitig, die Autos bleiben stehen, um das Kind vorbeizulassen, das Kind, das seinem Ballon über den Rasen hinterherläuft. Den grünen, üppigen Rasen. Das Kind läuft zum Meer hinunter. Das Meer empfängt das Kind und trägt es an eine andere Küste, das Kind winkt, und der Ballon leuchtet, ein kleiner roter Punkt an einem anderen Ufer.«

»Wovon handelt deine Geschichte, Wladimira?«

Jetzt auf russisch.

»Es war einmal ein Mann, der … Nein. Das spielt keine Rolle. Ein Mann. Steht auf. Steht auf und geht. Jemand nimmt ihn bei der Hand. Sie gehen gemeinsam. Sie rennen. Über den Rasen. Das Gras ist grün, es ist saftig. Sie laufen, hinunter zum Meer. Ins Meer hinaus. Das Meer empfängt sie und trägt sie an eine andere Küste. Dort stehen sie und winken, und der Ballon leuchtet, ein kleiner roter Punkt an einem anderen Ufer.«

»Welcher Ballon?«

»Der rote Ballon. Dem sie hinterhergerannt sind. Der ihnen fast weggeflogen wäre.«

»Wo wollen sie hin?«

»Woandershin. Sie wollen woandershin.«

Und sie erzählt, und Lüge mischt sich mit Wahrheit und Mythos mit Wirklichkeit. Sie malt ein Bild der Möglichkeiten, auch von ihrer isländischen Familie, die sie nie gesehen hat, aber was macht das schon. Eine ganze Insel, ein ganzes Land wird bereitstehen mit Hilfe, mit einem Dach über dem Kopf und mit Freundlichkeit.

Es gibt Arbeit, das hat sie gehört, darüber sprechen die Menschen auf dieser Insel, auf der alle ständig arbeiten. Sie arbeiten doppelt, fast wie zu Hause, aber nicht um zu überleben. Für die Extras, für ein Auto, einen Kühlschrank, einen Fernseher, alles gibt es zu kaufen, Autos gibt es auf allen Straßen, und Fernseher flimmern hinter jeder Fensterscheibe.

»Das ist ein Traum, Wladimira. Dein Traum ist schön.«

»Das ist kein Traum.«

Der Traum ist, daß er sie lieben wird. Daß das andere Wirklichkeit wird. Wenn er nur will.

Mit dem Rücken zum Bett sitzt er neben ihr, und sie kann sein Gesicht nicht sehen, aber jetzt gibt es kein Zurück.

Wladimira ist der Kavalier, der gerade die Tanzfläche überquert, einer der Kadetten, zu deren Bällen sie ab und zu während ihres Studiums eingeladen wurde, weiße Handschuhe, den Blick zu Boden gerichtet und die Hand wund vom stumpfen Rasiermesser, bereit dazu, mit einer widerstrebenden Partnerin zu tanzen, gefaßt darauf, abgewiesen zu werden.

Wladimira, schwer und phantasielos, geduldig und loyal, Wladimira, die den Kopf über Wasser behält, hat ihr Debüt als Verführerin und ist halb bewußtlos vor Anstrengung, aber falls sie Zweifel hegt, dann weist sie diese Zweifel von sich. In Wladimiras Körper und Kopf wird ein Pakt geboren.

Bald ist der Traum vorbei, und das wache Leben kann beginnen.

Olivier

Sein letztes Geld ist gewechselt und ausgegeben. Edda bezahlt die Lebensmittel, sie bezahlt alles, und alles ist teuer. So kann es nicht weitergehen.

In Paimpol ist er ein wohlhabender Mann, aber wenn er nicht arbeitet, bekommt das Geld rasch Beine. Wenn es ihm nicht gelingt, das Hotel wieder in Gang zu bringen. Über einen Monat ist er jetzt schon fort, und alles ist geschlossen.

Mitten in der Hauptsaison ist er gefahren, und das kann man sich nicht erlauben. Die Leute müssen sich darauf verlassen können, daß man geöffnet hat. Sonst wählen sie andere Möglichkeiten, und man ist bald vergessen.

Er muß los. Daß er sein Ziel nie erreicht hat, bedauert er nicht. Wie sollte er das auch bedauern können. Aber jetzt muß er etwas tun, jetzt bewegen sich seine Füße Richtung Hafen. Zum Kai, wo er an Land gegangen ist.

Ein Schiff ragt vor ihm auf. Er erkennt seine Umrisse, seinen Namen und seine Flagge wieder. Der Kapitän steht an der Gangway und hebt die Hand, als er ihn sieht. Er kennt ihn noch.

Ganz selbstverständlich drückt er ihm die Hand. Ganz selbstverständlich heißt er ihn an Bord willkommen, obwohl er schon vor etlichen Wochen hätte zurückreisen sollen. Die Kajüte ist geschrubbt und riecht nach Chlor und Schmierseife.

Alles kann sich immer noch einrenken.

Es ist sinnlos, den Versuch zu unternehmen, ihr etwas zu erklären. Das muß warten. Er muß ihr schreiben und kann nur hoffen, daß es ihr jemand übersetzen kann. Oder er muß zurückkehren und hoffen, daß sie ihn wieder empfängt. Daß sie dann mit ihm zurückkehrt. In Paimpol kann er ihre Ankunft vorbereiten. Dafür sorgen, daß ihr neues Zuhause bereitsteht. Daß alles fertig ist und er auf der Schwelle stehen und sie willkommen heißen kann.

So soll es sein. Es gibt keinen anderen Ausweg.

Das Schiff wird gleich den Anker lichten. Die Gangway wird bereits eingezogen. Er steigt mit leeren Händen und ohne Gepäck an Bord. Nur mit einem Stein in seiner rechten Hosentasche.

Einem kleinen schwarzen und porösen Stein, den das Meer rund geschliffen hat. Einem Stück Lava, einem kleinen Teil der schwarzen Insel, auf der sie wohnt.

Wenn er ihn berührt, wird er sich an alles erinnern.

Edda

Eine Frau hatte sich heute morgen im Lager versteckt. Ich habe sie gefunden.

Das Schachturnier ist zu Ende, und wir haben geschrubbt und geputzt. Der Fußboden der Halle war ganz klebrig von dem Bankett, und morgen wird wieder Handball gespielt.

Weinpfützen auf dem Boden. Wikingerblut. So stand es auf der Speisekarte. Mit Eis vom Vatnajökull. Alles, was sie bekamen, trug das Wort Wikinger im Namen.

Spanferkel war übriggeblieben, Rinderbraten lag in blutigen Bergen auf den Platten, hatte die ganze Nacht dort gelegen, aber sah noch ganz akzeptabel aus. Gunlaug holte Tüten, und wir packten uns jede eine voll. Essen für mehrere Tage.

Die Trinkhörner aus Plastik und die bedruckten Teller hatten die Gäste mit nach Hause genommen. Als Erinnerung, ebenso wie die Speisekarten, außer jenen, die zerrissen waren oder über die zuviel Wein verschüttet worden war. Es gab nicht mehr viel abzuräumen und wegzutragen.

Ich war unten, um noch mehr Schmierseife zu holen. Die Tür ist nie abgeschlossen, aber jetzt war sie es.

Ein Schlüssel wurde geholt, und hinter der Tür saß sie. Mitten auf dem Fußboden. Eine der Unterirdischen. Das dachte ich zuerst. Aber dort stand auch ein Eimer und stank vor sich hin. Eine Gefangene aus einem Lager, so sah sie aus. Ihr Haar stand in alle Richtungen ab, ihr Blick war glasig. Ich habe normalerweise keine Angst, aber sie war groß und kräftig, und sie wirkte nicht normal.

Das Pferd sei gestolpert, sagte sie. Auf isländisch. Aber sie ist Russin, eine vom Schachturnier. Dolmetscherin. Das sagte sie. Sonst sagte sie nicht sonderlich viel. Abgesehen von dieser Sache mit dem Pferd. Es ging um einen, der umgekehrt war und den es den Kopf kosten würde.

Sie folgte mir die Treppe hinauf. Ich hatte noch Kaffee in meiner Thermosflasche, den gab ich ihr. Thorunn hatte ein Milchbrötchen dabei. Wir fragten, ob sie was von dem Braten wolle. Da übergab sie sich: Kaffee, Milchbrötchen, alles. Direkt auf den Boden.

Das Pferd sei gestolpert. Das sagte sie immer wieder, während wir ihr Erbrochenes wegwischten und den Boden ein weiteres Mal putzten. Wir hatten alle keine Lust, sie danach zu fragen, was für ein Pferd das gewesen sei.

Eigentlich waren wir jetzt fertig, aber was sollten wir mit ihr anfangen? Keine von uns wußte es.

Gunlaug kam auf die Idee, die Polizei zu rufen. Aber wir hatten keine Münzen für das Telefon in der Eingangshalle. Wir ließen sie also warten und erledigten noch den Rest.

Ich könne sie mitnehmen, sagte ich zu den anderen. Sie haben es immer eilig nach Hause, weil die Kinder in die Schule müssen.

Auf mich wartet niemand.

Olafur ist weg. Gestern ist er wie immer gegangen, während ich schlief. Aber er ist nicht zurückgekommen. Wahrscheinlich hatte er das Ganze über, obwohl er nicht den Eindruck erweckt hat. Jedenfalls ist er weg.

Im Bett ist es leer ohne ihn. Vermutlich soll es so sein. Einen Mann will ich nicht. Nicht einmal Olafur. Nicht einmal ihn. Aber ich hätte ihm gern Lebewohl gesagt.

Gunlaug und Thorunn haben nach ihm gefragt. Sie dachten vermutlich, ich sei traurig. Vielleicht bin ich das auch.

Sie ist nicht alt, sieht aber älter aus. Eine schwere Frau, die hinter meinem Fahrrad hertrottete. Die schlurfte. Es regnete, und ihre Schuhe wurden naß. Hohe, schiefe Absätze. Ihre Kleider sitzen schlecht. Vielleicht hat sie kürzlich zugenommen und hatte keine Zeit, neue zu kaufen. Die Bluse sitzt zu eng, und es sieht so aus, als würden gleich die Knöpfe abspringen. Ihre Brüste sind größer als meine. Groß und kugelrund wie zwei Fußbälle in einem Netz.

Olafur hat an meinen Brüsten gesaugt wie ein kleines Kind und mich gleichzeitig mit seinen dunklen Augen angesehen. Seehundsaugen. In mir habe ich eine große Hand gespürt, eine warme Hand. Trost.

Vielleicht ist es geglückt. Vielleicht brauche ich niemand anderen mehr zu suchen. In einem Monat weiß ich es sicher.

Seine Lippen sind rot. Rote Lippen in einem großen Gesicht. Die Haut nicht sonderlich straff. Jedenfalls nicht, als er kam. Jetzt ist er wieder rundlich. Man kann sich an ihn ankuscheln, und er riecht gut. Er riecht, wie ein Mann riechen soll. Nicht nach Schnaps, nicht nach Angst und auch nicht nach Rachsucht. Nicht nach Bösartigkeit. Nur gut.

Wohin sie wolle, frage ich sie, nachdem wir ein Stück gegangen sind. Sie weiß es nicht. Wir trotten weiter. Es regnet in Strömen, und ich würde mich am liebsten aufs Fahrrad schwingen und lossausen. Nach Hause zu meinem warmen Bett. Obwohl es verwaist ist.

Plötzlich kriegt sie einen Koller und rennt los. Um die Ecke, die Straße entlang, in einen Hinterhof.

Ein Auto fährt vorbei. Um diese Tageszeit ist sonst nicht viel Verkehr. Vielleicht hat sie sich deswegen aus dem Staub gemacht. Wer in dem Auto saß, konnte ich nicht erkennen.

Ich bleibe stehen und warte darauf, daß sie zurückkommt. Dann gehe ich weiter. Aber nach einer Weile höre ich sie hinter mir. Sie rennt und ist ganz außer Atem. Der Absatz des einen Schuhs ist abgebrochen. Sie steht auf bloßen Strümpfen in einer Pfütze.

»Polizei«, sage ich. »Vielleicht solltest du zur Polizei gehen. Die können dir helfen.«

Sie packt mich am Arm. Sie weint. Sie fleht mich inständig an, eine Bleibe für sie zu finden. Nur für einen Tag, vielleicht auch zwei. Ein Versteck, bis sie in Sicherheit ist.

Jetzt beginne ich zu verstehen. Sie ist ein Flüchtling. Sie will nicht zurückfahren. Nach dem, was man so gehört hat, ist das vermutlich klug. Wenn sie nicht in den Verdacht geraten will, eine Spionin zu sein. Wenn sie nicht nach Sibirien geschickt werden will. Oder noch Schlimmeres.

Olafur ist weg, und ich habe noch immer zwei von allem. Zwei Teller, zwei Gläser, zwei Messer, zwei Gabeln.

Jetzt habe ich einen neuen Gast. Vielleicht soll das ja so sein.

Wladimira

Keine Ehrendelegation wartet vor der Polizeiwache.

Kein Journalist hat an ihrem Schicksal Interesse gezeigt. Die internationale Presse hat in dem Moment, als das Turnier entschieden war, die Insel wie ein Heuschreckenschwarm verlassen, und Reykjavík kehrt mit einem Seufzer der Erleichterung zur Normalität und zu wichtigeren Nachrichten über den Fischereikrieg und die Grenzen der Hoheitsgewässer zurück.

Wladimira ist bestenfalls bedeutungslos, schlimmstenfalls eine Belastung der internationalen Beziehungen, ein Fleck auf dem frisch gereinigten Anzug irgendeiner Person.

Wenn er doch bloß mit ihr zusammengeblieben wäre, dann wären sie ein gefragtes Paar. Niemand fragt nach ihren Geschichten. Ohne ihn gibt es sie nicht.

Eine vorläufige Aufenthaltsgenehmigung kann man ihr anbieten und Geld für das Nötigste.

Ein paar vernünftige Halbschuhe statt ihrer havarierten Pumps. Eine Strickjacke. Ein Regenponcho. Alles unglaublich teuer. Ein Schirm für den strömenden Herbstregen liegt definitiv außerhalb ihrer Möglichkeiten.

Notdürftig eingekleidet. Weder hungrig noch satt. In der Warteschleife, ohne zu wissen, worauf sie wartet und was sie zu erwarten hat, wenn überhaupt etwas.

Eine Matratze vom Speicher der Nachbarin stellt ihr Nachtlager dar. Die Wolldecke taucht wie ein Wunder auf, Edda hat sie von der Heilsarmee bekommen. Sie ist grau und so schwer, als sei sie durch und durch feucht.

Wladimira hat ihr ganzes Leben beengt und umgeben von Menschen verbracht, und es macht ihr nichts aus, am Fußende von Eddas Bett zu schlafen, zu ihren leisen Seufzern und Schmatzern einzuschlafen und von ihrem Schnarchen zu erwachen.

Zu zweit sitzen sie am Wachstuch des Tisches, erwachsene Frauen mit gesundem Appetit. Edda reicht ihr die Töpfe, und Wladimira beobachtet sich selbst, wie sie einmal von dem Fisch, den Kartoffeln und der dicken weißen Sauce nimmt und noch einmal und noch ein weiteres Mal, also mindestens einmal zuviel, und trotzdem fühlt sich ihr Magen immer noch leer an.

Edda sieht weg, sie trinkt einen Schluck Milch und leert das Glas dann mit zwei, drei weiteren Schlucken. Ihr Blick schweift in die Ferne. Etwas hinter Wladimiras Schulter muß interessant sein, vielleicht ist es aber auch peinlich, daß jemand soviel essen kann, obwohl er nicht dafür bezahlt hat, aber Edda sagt nichts, sondern räumt einfach die Teller vom Tisch und spült sie unter fließendem Wasser ab.

Wladimira hält beide Hände ins warme Schwefelwasser des Spülbottichs und planscht mit der Spülbürste zwischen Geschirr und Gläsern, bis alles blitzt, einer der wenigen genüßlichen Momente im Verlauf der grauen und eintönigen Tage.

Das Spülen hat sie übernommen, die Böden putzt sie jeden Freitag, und während Edda bei der Arbeit ist, staubt sie die Möbel ab und schrubbt die kleine Toilette mit einem stark riechenden Pulver. Das ist das mindeste, was sie tun kann. Edda läßt sie nie spüren, daß sie ihr im Weg wäre oder daß sie etwas von ihr erwarten würde. Ihr bisheriges Leben war angefüllt mit Pflichten, Studien, Arbeit, Planung, Eilaufträgen und Verrichtungen, mit Sorge um die Mutter und unermüdlichen, täglichen Besorgungen für den Haushalt, mit Hamstern, Tauschhandel, Kopfrechnen und raschen Kaufentschlüssen, ehe ihr jemand zuvorkam. Jetzt sind ihre Tage konturlos und so durchsichtig wie eine Qualle.

Edda badet jeden Tag in der Badeanstalt, aber das kostet Geld, mehr als Wladimira annehmen kann.

Es ist auch so schon zuviel. Das Essen. Die Seife, mit der sie sich wäscht. Die samtweichen Binden aus dem Kleiderschrank, von denen ihr Edda welche abgibt, ein unglaublicher Luxus.

Wladimira wäscht sich mit einem Waschlappen in der Küche. Einmal in der Woche kocht sie den Lappen und ihre Unterhosen in einem Topf auf dem Herd aus und wäscht ihre Hemdbluse, ihren Büstenhalter, der mit immer größerer Mühe sauber wird, und das eine ihrer zwei Paar Strümpfe mit der Hand. Edda hat ihr gezeigt, wie das geht. Edda ist geschickt mit den Händen. Bei ihr sieht alles immer so unkompliziert aus. Sie verschüttet nie Spülwasser auf dem Küchenfußboden und verbrüht sich auch nicht am Dampf des Wasserkessels, so daß sie Margarine auf die Brandblasen schmieren muß.

An ihrem freien Tag schläft Edda lange, und für die Ruhepause nach der Arbeit und nach dem Besuch der Badeanstalt, die sonst immer eine Stunde dauerte, braucht sie in letzter Zeit zwei. Die Wochen vergehen, und es werden drei oder vier.

Bald verbringt Edda die Nachmittage in Gesellschaft eines Büchereibuchs im Bett, isländische Klassiker, die sie Wladimira anbietet. Diese lehnt höflich ab. In ihrem Kopf ist kein Platz für fiktive Personen. Und das, obwohl ihre Mutter keine Aufmerksamkeit von ihr fordert.

Edda legt das Buch neben sich auf den Fußboden. Die Decke rutscht hoch, und Wladimira sieht einen nackten Schenkel. Er ist kräftig und hat kleine Vertiefungen. Darüber rundet sich der Bauch.

»Willst du eine Arbeit?«

Eine Arbeit. Edda hat zwei, Putzen in der Sporthalle und dann noch drei Stunden in der Gemeindeverwaltung, nachdem dort die Angestellten Feierabend gemacht haben. Der Lohn reicht mehr als genug für den Lebensunterhalt. Wladimira hat sich schon gedacht, daß sie den einen übernehmen könnte, aber sie hat nichts gesagt. Die Veränderungen sollen von Edda ausgehen, wenn die Zeit reif ist.

»Eine Arbeit?«

»Bald. In ein paar Monaten. Du kannst meine übernehmen. Vielleicht beide.«

Edda lächelt. Edda lehnt sich ins Kissen zurück, eine große, zufriedene Katze, und klopft mit einer kräftigen und breiten Hand auf die Decke. Allmählich begreift Wladimira, was alle außer ihr schon längst begriffen haben müssen.

Edda nimmt unentwegt zu, aber seit Wladimira in der Wohnung wohnt, ist kein Mann in Eddas Gesellschaft zu sehen gewesen. Es wurde auch kein Mann erwähnt.

Der Vater muß ein verheirateter Mann sein. Oder vielleicht enthalten die Briefe mit den französischen Briefmarken, die durch den Briefkastenschlitz in der Tür fallen, oder das Fotoalbum, in das sie dreisterweise, während Edda bei der Arbeit ist, hineinguckt, eine Erklärung. Ein rotes Album mit undurchschaubaren Schnappschüssen von Möbeln, Fischerbooten und Männern in Ölzeug, von Häusern aus Feldstein und von einer niedrigen, grauen Kirche.

Ein unscharfes Bild zeigt einen Mann, und seine vom Blitz roten Augen erinnern an die einer Ratte. Es handelt sich um einen älteren, dicklichen Mann, und wenn Wladimira überhaupt etwas glaubt, dann, daß er ein Verwandter von Edda sei, obwohl er ihr alles andere als ähnlich sieht, aber vielleicht muß sie ihre Überzeugung ja revidieren.

Edda summt den ganzen Tag lang. Eddas Freundinnen kommen mit vollen Tüten vorbei, und kleine Kleidungsstücke türmen sich auf dem Spitzendeckchen der Kommode, außerdem Stapel von Windeln und Flanelltüchern. Die abgelegten Kindersachen in Blau, Rosa und Weiß – denn man weiß ja nie – würden für ein ganzes Kinderheim reichen.

»Es wird ein Mädchen.«

Gunlaug leert eine Tüte mit gehäkelten Jacken in Grellrosa und Windelhöschen aus weicher, ungefärbter Wolle aus.

Gunlaug und Edda trinken Kaffee, und selbst die wortkarge Edda redet wie ein Wasserfall. Wladimira nippt an ihrer Tasse und hat nichts beizutragen.

Gunlaug hat ihr erstes Kind mit siebzehn bekommen, jetzt sind es vier. Die Älteste hat Gunlaug bereits zur Großmutter gemacht, der Jüngste ist gerade erst eingeschult worden, und vielleicht werden es noch mehr.

»Man weiß es nie.« Gunlaug lacht und schiebt noch ein Stück Pfannkuchen zwischen ihre nikotingelben Zähne. Edda und sie brechen bei jeder Kleinigkeit in prustendes Gelächter aus. Man hat das Gefühl, die Wände der kleinen Wohnung könnten jeden Augenblick unter dem Druck von Fleischlichkeit, Fruchtbarkeit und Ausgelassenheit nachgeben. Wladimira sucht in dem einen der beiden Lehnstühle ganz hinten in der Ecke Schutz und verschanzt sich hinter der Zeitung, während sie darauf wartet, daß Gunlaug verschwindet und Edda wieder einschläft.

Sie liest auf der Jagd nach Neuigkeiten über ihn jedes Wort und jede Silbe, aber die Welt hat das Interesse verloren. Nur in Wladimiras Gedanken ist er immer noch präsent. Wenn sie es nur wagte und wenn Edda nur zuhören würde, könnte sie ihn mit Worten wieder erstehen lassen. Ihn wieder lebendig und präsent machen.

Die Scham hält sie zurück. Die Scham darüber, im Stich gelassen worden zu sein, etwas riskiert und verloren zu haben, eine lächerliche, betrogene Frau zu sein. Fortwährend arbeitet sie an einer Deutung, die sie über die Lippen bringen kann.

Edda ist zu sehr mit ihren eigenen Dingen beschäftigt, als daß es einen Sinn gehabt hätte.

Und dann kommt der Tag, an dem es an der Tür klopft, laut und anhaltend. Es wird zu einem Gehämmer mit etwas, was wie eine Keule klingt, wobei es sich aber um Fäuste handelt, und der Treppenaufgang hallt von wütenden Rufen wieder.

Eddas Name, immer wieder, aber Edda ist auf ihrem rostigen Fahrrad zum letzten Job dieses Tages losgeeiert, und sie erwartet sie so bald nicht zurück. Wladimira hält den Atem an und versteckt sich in der Küche, bis die schweren Schritte endlich die Treppe hinabdonnern.

Aus dem Küchenfenster sieht sie den riesigen Körper eines Mannes den Bürgersteig entlangstampfen, allein seine Größe jagt einem Angst ein. Die heisere, volltrunkene Stimme prallt an die Scheibe, und jetzt stolpert er dort unten auf der Straße und fällt fast um. Vielleicht ist er es ja.

Vielleicht ist er der Vater von Eddas Kind, und wenn er es ist, dann wird er zurückkommen, und zwar immer wieder, bis man ihn einläßt. Die Wohnung ist nicht groß genug für sie alle. Wladimira macht sich bereits Sorgen darüber, wie es gehen soll, wenn das Kind kommt.

Eddas Summen verstummt, als sie von dem Mann hört. Eddas rosenrote Wangen erblassen unter ihrem Flaum. Sie packt rasch eine Tasche mit Nachthemd, Zahnbürste und einem der dicken Romane aus der Bibliothek, und dann nichts wie weg.

Gunlaug empfängt sie mit offenen Armen. Ihr Zweitältester

befindet sich auf einer langen Reise mit einem Frachter, sein Bett ist frei, und das Essen reicht immer für einen weiteren Esser.

»Du darfst ihn niemals reinlassen«, sagt Edda, »versprich mir das.« Wladimira verspricht es, und dann steht Edda wieder unten auf der Straße, und in Wladimiras Kopf findet sich nur ein Wort.

Preisgegeben.

Geräusche schwerer Schritte auf einer Treppe. Unerbittliches Klopfen, bis die Tür geöffnet wird, hier beschützt dich niemand, jemand hat das Recht oder nimmt es sich einfach, deine Grenzen zu überschreiten und dich deines letzten Restes Macht zu berauben, die dir geblieben ist, der Macht über deinen Körper und dein Leben.

In der Wohnung zu sitzen und darauf zu warten, daß er zurückkehrt, ist keine Alternative.

Die Stadt ist an diesem blauschwarzen Abend eiskalt und abweisend, und sie hat ihre Angst nicht artikulieren wollen, denn was hätten Edda und Gunlaug schon tun sollen.

Sie lenkt ihre Schritte ins Stadtzentrum und streift durch die Straßen, bis ihre Beine sie nicht mehr tragen. Der Mann ist nicht dort, nur andere Männer mit lauten Stimmen, geröteten Gesichtern und großen Jacken, die schwanken und taumeln und versuchen, sich am Wellblech der Hausfassaden abzustützen. Es sind mehr als sonst, selbst für einen Zahltag. Flüchtlinge vor einem Vulkanausbruch überschwemmen die Stadt, und das müßige Warten in den Häusern und Wohnungen von Fremden bringt vermutlich jeden dazu, sich um den Verstand zu trinken.

Eine wohlbekannte Gestalt taucht plötzlich auf dem schmalen Bürgersteig auf. Der Vorsitzende der Schachunion, der von einer Versammlung kommt, mit gerötetem Gesicht, nüchtern, ein gesunder Beitrag zum Straßenbild. Er streckt ihr seine Hand hin, als hätten sie sich gestern zuletzt gesehen.

»Sie sind immer noch hier«, stellt er fest, und das kann Wladimira nicht leugnen.

Es ist zu spät oder zu früh, um andere Worte zu finden als die, die bereits darauf warten, gesagt zu werden. Aus ihrem Mund kommt das ungeschminkte Bild ihrer Fluchtpläne. Das letzte, was sie von ihm gesehen hat, wie er neben dem Mann saß, der ihn vernichtet hatte, den Kopf über ein Minischachspiel gebeugt, allein gelassen in seinem Unglück.

»Was ist aus ihm geworden?«

»Soweit ich weiß, geht es ihm gut.« Der Vorsitzende der Schachunion versucht sie zu beruhigen. »Erholung, heißt es. Außer der Erschöpfung war da vielleicht noch ein Nervenzusammenbruch.«

In dem System, das sie verlassen hat, hatten die Dinge nie den Namen, den sie verdienten. Erholung kann alles bedeuten. Ein zwangsweiser Aufenthalt in einer psychiatrischen Anstalt gehört noch zu den milderen Varianten, die krasseren heißen Deportation, vielleicht auch tödlicher Unfall.

Preisgegeben.

Ein Laut kommt über ihre Lippen. Auf einem rissigen Bürgersteig im schwachen Licht einer Straßenlaterne jammert Wladimira.

Der Vorsitzende der Schachunion legt ihr eine Hand auf die Schulter.

»Kann ich irgend etwas tun?«

»Sie können mich auf dem laufenden halten.«

Eddas Adresse ist auf Dauer zu unsicher. Statt dessen läßt sie sich die seine geben und seine Telefonnummer. Als sie sich trennen, ist etwas verändert.

Wladimira geht erfüllt von einer Art Hoffnung weiter durch die Dunkelheit. Sie kommt durch Straßen, die jetzt menschenleer sind, und am Friedhof vorbei, auf dem ein kühler Wind durch die Büsche pfeift.

Der Himmel ist sternenhell, und im Haus ist es still, als sie die Tür mit dem Schlüssel öffnet. Niemand hält an der Hausecke nach einer Prostituierten Ausschau, keine groben Hände versuchen sie zu packen.

In dieser Nacht schläft sie nicht. Statt dessen schreibt sie einen Brief, den ersten von vielen. Vielleicht wird sie ihn nie abschicken. Im Augenblick spielt das keine Rolle.

Die Woche vergeht ohne weitere gewaltsame Anschläge, und daß er nicht zurückgekommen sei, bedeute wohl, daß er zurück nach Hause gefahren sei, meint Edda, oder auch, daß er wieder angeheuert habe. Er sei nicht der Vater des Kindes, nie im Leben, aber wie er sie gefunden habe, das sei ihr ein Rätsel. Nicht einmal ihre Mutter kenne die Adresse.

Zum Wochenende kommt sie zurück, denn Gunlaugs Kinder brauchen Platz und machen Krach, und zwar so sehr, daß es selbst Edda schwerfällt, mitten in diesem Tumult zu schlafen. Sie ist rund wie ein kleiner Walfisch und müde wie ein ganzes Altersheim, und sie kann auf dem Fahrrad kaum das Gleichgewicht bewahren. Es fällt ihr schwer, sich zu bücken und einen Putzlappen aufzuheben, und schließlich schlägt Wladimira es selbst vor.

Zum ersten Mal hat sie sich ihr Essen verdient, und sie schämt sich nicht mehr, Edda in die Badeanstalt zu begleiten. Zusammen sitzen sie in dem heißen Wasser und warten darauf, daß sich ihre schmerzenden Muskeln entspannen.

»Eigentlich sollte man hier sein Kind zur Welt bringen«, meint Edda. »Hier tut nichts weh.«

Aber Eddas Tochter kommt dann doch im Krankenhaus zur Welt, und zwar an einem windigen Morgen im Mai. Es ist eine angenehme Geburt, keine Betäubung bitte, sagt Edda, die nicht will, daß ihr etwas entgeht, und für die jede Wehe einen Triumph darstellt. Sie sei zum Gebären geschaffen, sagt die Hebamme und streicht ihr über ihr flaumiges Kinn.

Als Wladimira am Vormittag auf die Entbindungsstation kommt, schläft das Mädchen in seiner Wiege, gesund, schön, rund und anmutig. Die Haare über den Pausbacken sind pechschwarz. Das Kind sieht in jedem Fall nicht seiner Mutter ähnlich, aber wem es ähnelt, ist eine andere Frage.

»Muß sie nicht fest gewickelt werden?«

Wladimiras Weltbild sieht nicht vor, daß Kinder Platz beanspruchen und sich entfalten dürfen, Freiheit solle Kindern in passender Dosis verabreicht werden, aber Edda schüttelt nur den Kopf und lacht. Hier strampeln Kinder, soviel sie wollen, während der hellen Nächte rennen sie noch spät draußen herum und spielen. Hier wird niemand eingesperrt.

Die Milch spritzt aus Eddas Brüsten, und das Mädchen gedeiht. Wladimira hält sich auf Abstand, während sie die Windeln im Bottich kocht und die Jacken und Strampelanzüge in heißem Seifenwasser wäscht. Die Wäscheleine auf dem Trockenspeicher hängt ständig voll. Glücklicherweise weht der Sommerwind durch die Dachfenster.

Edda schiebt den Kinderwagen zum Fotografen, und die Kleine zeigt sich von ihrer besten Seite. Lächelnd liegt sie bäuchlings auf der gehäkelten Decke, zu der jede von Eddas Freundinnen vierundzwanzig Quadrate beigetragen hat. Ein Abzug wird vergrößert und gerahmt auf die Kommode gestellt, was mit den anderen passieren soll, verrät Edda nicht.

Dafür hat das Kind jetzt einen Namen. Man hat Wasser über den Kopf von Carolina Olafsdóttir gegossen, die aus diesem Grund wie ein gestochenes Schwein geschrien und fast die Orgel in der hellen Kirche, die selbst einer gigantischen Orgel gleicht, übertönt hat. Irgendwo muß es also einen Olafur geben, aber was hat das schon zu bedeuten, solange Edda zufrieden ist und Carolina Olafsdóttir wächst und sich wohl fühlt.

Wladimira steht in aller Herrgottsfrühe auf und tut, was sie zu tun hat. Auf dem Heimweg kauft sie ein und kann über die Preise nur den Kopf schütteln.

Das Kochen hat sie übernommen, und wenn Edda sich satt essen will, dann muß sie sich mit Kohlsuppe, Borschtsch und Pelmeni abfinden.

Verbissen reibt Wladimira Meerrettich und hackt Zwiebeln, während ihr die Tränen über die Wangen laufen, und es kommt vor, daß ein Schluchzer zwischen ihren zusammengebissenen Zähnen hervorbricht. Ihre Augen tupft sie mit einem Topflappen trocken, rasch, damit Edda nichts sieht und keine Fragen stellt.

Wladimira knetet Brotteig, weil das um einiges billiger werden müßte, als es zu kaufen, aber das Brot wird hart wie Stein, und man muß es in die Suppe stippen, wenn man sich keinen Zahn ausbeißen will.

Wladimira kocht Rote Bete, und die Küche sieht aus wie nach einem blutigen Verkehrsunfall.

Wladimira legt Gurken ein, und sie gären. Der Boden der Speisekammer ist mit einer sauren, klebrigen Flüssigkeit bedeckt. Schließlich muß Edda eingreifen.

»Ich koche, wenn du dich um sie kümmerst.«

Das Kind hängt im Arm seiner Mutter wie eine fette kleine

Schlange und fuchtelt wild mit seinen dicken Ärmchen. Ehe Wladimira noch protestieren kann, hat sie es schon auf dem Arm.

Wladimira sind die Flektionsmuster verschiedener Sprachen vertraut, etymologische Spitzfindigkeiten sind ihr Spezialgebiet, aber was die Betreuung von Kleinkindern angeht, muß ihr Edda selbst die einfachsten Dinge beibringen.

Daß die Windel so und nicht anders sitzen muß, daß sie den kleinen Körper in ein Handtuch wickeln muß, damit das kleine Ding nicht friert. Sie muß an das Lätzchen denken und an das saubere Tuch, mit dem man die eigenen Kleider vor dem, was beim Aufstoßen aus dem Mund läuft, schützt und das jeden Tag gewaschen werden soll. Das sagt Edda, die Fähigkeiten und Wissen aus geheimnisvollen Quellen hervorzaubert und alles so selbstverständlich erscheinen läßt.

Eddas Fahrrad stellt eine übermäßige Herausforderung dar. Wladimira trabt auf ihren kräftigen Beinen durch das ungemütliche Herbstwetter, denn alles ist besser als die Geräusche und Gerüche des Säuglings in der Wohnung. Alles ist besser, als mit einem hilflosen Wesen auf dem Arm dazustehen und sich genauso hilflos vorzukommen.

Einmal in der Woche ruft sie auf dem Heimweg von einer Telefonzelle aus den Vorsitzenden der Schachunion an und erhält immer den gleichen Bescheid: Nichts Neues. Einmal in der Woche schreibt sie ihm einen Brief, oder ist er an sie selbst? Zwei Bögen liniertes Papier, nicht mehr und nicht weniger. Bald braucht der Briefstapel, mit Gummibändern fest zusammengehalten, mehr Platz als der Rest ihrer bescheidenen Habseligkeiten. Solange es ihn gibt und er zunimmt, sind sie zusammen.

Bis auf weiteres kommt sie damit zurecht. Sie wartet ab.

Joyce

»Du hast mein Kind verschenkt.«

Bill befindet sich in einem Auflösungszustand, den ich mit einer militärischen Laufbahn nicht für vereinbar gehalten hätte. Meine Versuche, ihn damit zu beruhigen, daß das nur ein vorläufiges Arrangement sei, prallen an seiner zunehmenden Verzweiflung ab. Ich schließe mich in meinem Büro ein, klemme die Lehne des Schreibtischstuhls unter der Klinke fest und lasse ihn toben. Erst als die Rufe und das Hämmern an der Tür verstummen und ich Vaters Stimme in der Diele höre, wage ich mich heraus.

Vaters Anwesenheit erweist sich als der beruhigende Faktor, der nötig ist, um zu einer Vereinbarung zu kommen.

Joel Gabriel bleibt, wo er ist. Ich kann mich nicht um ihn kümmern, jedenfalls nicht gerade jetzt, und Bill als alleinerziehender Vater in der Lavawüste ist ebenfalls ausgeschlossen.

Wir rufen Marge an, und Bill besteht darauf, mit Dave zu sprechen. Dieser hat sich an das zusätzliche Kind gewöhnt und hat keine Einwände.

Hier kann Bill nicht bleiben. Nicht noch eine Nacht unter demselben Dach wie ich. Ich fahre ihn zurück zum Flughafen. Irgendwie bin ich erleichtert.

Das ist meine letzte Begegnung mit Bill. Die Scheidung, im Prinzip undenkbar für einen guten Katholiken, aber unvermeidlich, wenn sich die Ehefrau als Monster erweist, regeln die Anwälte.

Bill erhält das Sorgerecht für Joel. Ich besitze nicht die Kraft zu protestieren, und die Regelung, die wir aushandeln, wirkt akzeptabel, jedenfalls bis auf weiteres. Ein Wochenende im Monat, zwei Wochen im Sommer und jedes zweite Jahr zu Weihnachten darf ich meinen Sohn an seinem, wie sorgfältig festgelegt wird, vorübergehenden Wohnort treffen. Dafür muß ich einen Kurs für katholische Eltern absolvieren. Bills Mutter hat sich das als angemessene Strafe ausgedacht.

Joel bleibt bei Marge, die wenig später das nächste Kind erwartet, bald darauf das dritte bekommt und, ehe man sichs versieht, das vierte, das im Doppel kommt.

Joel ist zusammen mit David junior, seinem Beinahezwilling, der Älteste einer Geschwisterschar.

In den Ferien wird er von seinem Vater abgeholt und nach Florida gebracht, wo Bills Eltern seit der Pensionierung leben. Sie besuchen das Disneyland und frühstücken dort mit Mickey und seinen Freunden. So meint Bill die wenige Zeit mit seinem einzigen Kind verbringen zu müssen.

Zu den vereinbarten Zeiten tauche ich dann mit ungewöhnlichen Teddybären und seltsamen Masken auf, mit neuen Ausdrücken und komplizierten Kinderreimen, und ich bin wahrscheinlich seine Mutter, aber was spielt das schon für eine Rolle. Joel ist glücklich, wo er ist, was kann ich mehr verlangen?

Joel ist ein nettes Kind. Ein freundliches Kind, das sich um andere kümmert. Als Vierjähriger hebt er ganz beiläufig und selbstverständlich ein Einjähriges, das gestolpert ist, vom Boden auf und umarmt es, um es zu trösten. Kinder und Erwachsene werden in Joels Gegenwart und unter seinen Händen, die im Verhältnis zu seinem Körper unerwartet groß und breit sind, ruhiger, und nicht nur seine Hände sind groß. Mein Sohn hat auch ein großes Herz. Es schlägt für einen Teddy, der einen Arm verloren hat, für tote Vögel und für Insekten in Not. Seiner Mutter streicht er über den Kopf, wenn sie ihre Stirn in zu besorgte Falten legt.

Ich würde jede Faser von ihm lieben, auch wenn er nicht mein Sohn wäre. Das bedeutet jedoch nicht, daß ich mir ein Leben mit ihm rund um die Uhr vorstellen kann. Jedenfalls nicht in den Jahren, die es mich kostet, von meinen zeitlich begrenzten Dozentenstellen auf eine feste Stelle an meinem alten Institut zu wechseln.

Das Verhältnis zwischen Sprachen und den einsickernden Fremdwörtern und von Sprachen und dem überall gegenwärtigen Einfluß meiner imperialistischen Muttersprache belegt mich den Großteil meiner wachen Stunden mit Beschlag. Aus einem ziemlich marginalen Spezialgebiet ist ein Modethema geworden. Ich bin gefragt und reise durch die Gegend, halte gut besuchte Vorträge und nehme an Seminaren und Podiumsdiskussionen teil.

Meine Affären, von kurzer Dauer und geringer Bedeutung, wickele ich bei diesen Gelegenheiten ab, und zwar so weit von meinem Zuhause entfernt wie möglich.

Vater hingegen hat wieder Boden unter seinen Füßen. Er geht neuerdings aus und sucht ab und zu eine gleichaltrige Witwe, Katholikin oder auch nicht, namens Mary-Ann auf. Dieser Tatsache ist es zu verdanken, daß ich schließlich das Nest verlasse und in eines der alten Häuser in der Nähe des Campus ziehe, in dem es zufällig eine freie Wohnung gibt. Groß genug, daß darin ein Kind ein eigenes Zimmer haben kann.

Die Tür zu einer leuchtenden Zukunft ist weit geöffnet, da passiert es.

Olivier

Tagsüber liegt der Stein in seiner Hosentasche, immer in der rechten. Er findet ihn leicht. Nachts hat er seinen Platz unter dem Kopfkissen. Er ist seinen Fingerspitzen ein Trost und gibt seiner Handfläche Geborgenheit.

Das Hotel ist ein müder Motor, der schon lange nicht mehr geölt oder gewartet worden ist. Erst kam die lange Krankheit seiner Mutter, dann ihr Tod und seine plötzliche Abreise. Die Zeit ist einfach vergangen, und jetzt blättert die Farbe von den Fensterläden.

Im Schaukasten wellen sich die vergilbten Speisekarten. Der Halter für die Broschüren auf dem kleinen Empfangstresen ist gähnend leer, und das gilt auch für die Zimmer und das Restaurant, in dem die Kupferkessel über dem Kamin braun angelaufen sind.

Die Angestellten haben sich mit irgendwelchen Jobs durchschlagen müssen, während er weg war. Jetzt kommen sie nacheinander zu ihm. Er verspricht ihnen andere Arbeitsbedingungen und eine Lohnerhöhung, und zum ersten Mal hat er keine Lust, sich beim Weggehen umzudrehen, um zu sehen, ob sie ihn hinter seinem Rücken auslachen.

Olivier geht aufrechter. Wenn er seiner eigenen Stimme lauscht, erkennt er sie kaum wieder. Es ist die Stimme eines erwachsenen Mannes und kein zischender Diskant.

Er bezahlt gut, aber nicht zu gut. Der Respekt muß woandersher kommen, und er tut es auch, das merkt er.

Mit dem Dasein als ältlicher Junggeselle, der seiner Mutter am Rockzipfel hängt, ist jetzt endgültig Schluß. Freunde besitzt er keine, nur Angestellte und Lieferanten und ein paar Nachbarn, mit denen er ab und zu ein paar Worte wechselt. Es gibt niemanden, der andere Fragen als die absolut oberflächlichsten stellen könnte, beispielsweise, wie die Reise war oder ob er auf Island gefroren habe. Niemand erwartet Vertraulichkeiten. Sein Geheimnis dort hat das andere abgelöst. Das schwere Geheimnis, das ihn und seine Mutter betraf, darf er für sich behalten.

Das Geheimnis, daß er nicht mehr nur der Hotelbesitzer Olivier Créach ist. Eine Stütze der Gesellschaft, einer, der zum Wohlstand und guten Ruf der Stadt einiges beiträgt.

Er ist auch Olafur, der Liebhaber, der sich ein neues Auto leistet, eine flache und luxuriöse Limousine wie die, die ihn beinahe auf einer Straße in Reykjavík überfahren hätte.

Olafur setzt sich mit größter Selbstverständlichkeit ans Steuer. Er tritt aufs Gaspedal und schlägt den Kurs nach Rennes ein, um den besten Fotoapparat zu kaufen, der auf dem Markt ist.

Die Fotos macht er im Vorübergehen, während seiner täglichen Arbeit mit den Gästen, den Angestellten, dem Einkauf und der Planung. Es ist Winter, und die Saison ist längst zu Ende, es ist ruhig, und er hat genug Zeit.

Immer mehr gelbe Umschläge mit Abzügen treffen ein, während er sich mit Handwerkern darauf einigt, aus der Wohnung im Obergeschoß des Hotels alle Möbel und Erinnerungsgegenstände zu räumen. Sie sollen nicht im Weg sein, wenn sie kommt.

Zuerst will er sie bitten, den ganzen Plunder auf die Müllkippe am Rand der Stadt zu fahren, aber als es endlich soweit ist, verlangt er einen Preis und wird gut bezahlt. Geld kann man immer gebrauchen. Die Sachen werden auf einer Auktion in einer anderen Stadt verkauft, das ist ihm wichtig, denn er will es nicht riskieren, daß sie in den Häusern anderer Leute in der Stadt auftauchen.

Die gelben Umschläge mit den Abzügen türmen sich, und jetzt sind nicht nur die Häuser der Stadt, die Fassade des Hotels, die einlaufenden Boote der Austernfischer, die Fischer in ihrem Ölzeug unten am Speicher und die Kirche mit dem Namen seines Vaters auf einer Gedenktafel zu sehen, sondern auch Bilder eines Zuhauses, das mit der Zeit immer vollkommener wird. Lieferwagen liefern Polstermöbel, ein geblümtes Sofa und Lehnstühle, Tische, Vorhänge und Teppiche, Schränke und Wandborde, Kissen und Kommoden und ein breites, bequemes Bett.

Aus dem Speisesaal holt er den großen Spiegel mit dem Goldrahmen. Der Koch hilft ihm dabei, ihn die Treppe hoch zu wuchten, und das zu Oliviers Erleichterung wortlos. Jetzt hängt er oben in den Privaträumen direkt hinter der Tür. Ehe er morgens zur Arbeit geht, stellt er sich davor und übt, sich anzuschauen, ohne den Kopf abzuwenden.

In der Stadt wird geredet, das merkt er, aber nicht mehr voller Verachtung. Die Leute betrachten ihn mit einer Art Bewunderung im Blick, wenn er am Nachmittag, während die Stadt aus ihrem Mittagsschlaf erwacht, die steile Straße zum Meer hinuntergeht.

Die Flut läuft mit kleinen, runden Wellen an der Küste auf, die Möwen stoßen unter einem blauen, grauen oder weißen Himmel ihre Schreie aus, die an ein Lachen erinnern. Es ist derselbe Himmel, es ist dasselbe Meer. In diesem Augenblick sitzt sie vielleicht irgendwo und blickt darüber hin. Seine Hand sucht den Stein in seiner Tasche. Er ist so rund und glatt wie eine nackte Schulter.

Das letzte Foto soll ihn selbst zeigen. Er stellt den Selbstauslöser so ein, wie es in der Bedienungsanleitung beschrieben wird. Dann baut er den Fotoapparat sorgfältig auf einem Stuhl auf und setzt sich dann aufs Sofa hinter den niedrigen Couchtisch und die Vase mit den roten Rosen, die er extra gekauft hat.

Ein Lächeln. Er wartet. Es dauert zu lange, vielleicht hat er ja etwas falsch verstanden. Er will sich gerade erheben, da blendet ihn der Blitz.

Auf dem Foto ist er etwas unscharf. Seine Augen sind seltsam rot, aber es sind seine Augen, wenn sie auch rot sind. Seine glattrasierten Wangen und sein weiches Kinn, sein runder Bauch unter der blauen Wolljacke. Sein schwarzes Haar mit den grauen Schläfen. Das ist er. Olivier. Jetzt muß er es eben drauf ankommen lassen.

Der Stapel Fotos kann jetzt verschickt werden. Er hat die besten ausgesucht und in ein rotes Album mit goldenen Lettern geklebt. Den Brief hat er kurz gehalten. Er hatte schon immer eine schöne Schrift, jetzt ist jeder Buchstabe von seiner Sehnsucht erfüllt.

Die Frau auf der Post, die er seit seiner Kindheit kennt, zieht die Brauen hoch, als er das teure Porto bezahlt. Sie kommentiert es nicht, das wäre ja auch noch schöner. Sie sagt nur: »Guten Tag, Olivier, nett dich mal wieder zu sehen, uns hat das Hotel letzten

Sommer gefehlt, aber unter diesen Umständen war das ja verständlich.« Und dann vielen Dank und auf Wiedersehen.

Hochzeiten und Begräbnisse lösen sich im Speisesaal des Hotels ab, dann ist Erstkommunion mit Unmengen von Schalentieren, Pâté und Lammbraten, und Olivier tritt in Carolines Fußstapfen, und es fällt ihm überraschend leicht, Bestellungen entgegenzunehmen, zu organisieren, einzukaufen, Anweisungen zu erteilen und Geld zu verdienen. Er weiß nur zu gut, daß seine Mutter das für ihn getan hat. Nachts liegt er wach und fragt sich, was das alles für einen Sinn haben soll, wenn sie nicht kommt.

Nachmittags, wenn er vom Strand zurückgekehrt ist und die Männer der Stadt zu ihrem Aperitif eintrudeln, steht er hinter der Bar, gießt ein, wischt die Tische ab, leert die Aschenbecher und hält ein Schwätzchen.

Seine Hand sucht nach dem Stein in der Hosentasche.

Er überlegt sich, was aus dem Päckchen geworden ist, das schon längst angekommen sein müßte. Es kann etwas schiefgegangen sein. Das Flugzeug kann abgestürzt sein, im Laderaum des Frachters kann es gebrannt haben.

Die Frau auf der Post kann es aus Ahnungslosigkeit oder Unwillen unterfrankiert haben, und das Päckchen könnte schmählich zurückkommen.

Oder Edda ist, enttäuscht von seinem plötzlichen Verschwinden, umgezogen. Sie hat den Bus nach Norden genommen, und das Päckchen verstaubt auf irgendeinem Postamt in Reykjavík.

Das Wetter wird stürmisch und ungemütlich und hält ihn vom Strand fern. Die Samstagsmesse in der kleinen Kirche wird zu seiner Zuflucht, wenn ihn die Einsamkeit zu sehr belastet. Zwei alte Frauen, die für die frischen Blumen auf dem Altar sorgen und den düsteren Raum fegen, nicken ihm zu und flüstern ein paar Worte in der alten Sprache, wenn er zu seiner Bank geht. Mit ihren Rosenkränzen setzen sie sich ganz nach vorn. Hinten in der Kirche ist er allein.

Dort oben am Altar wird das Wort Fleisch. Wortlos betet er: Werde Fleisch, meine Edda. Laß uns ein Fleisch werden wie Gott und seine Gemeinde. Das ist Blasphemie, aber das ist ihm gleichgültig.

Das harte Holz des Betstuhls drückt gegen seine Stirn und hilft ihm dabei, sich zu konzentrieren, aber der leidende Christus, die Heiligen und die schmachtende Muttergottes aus Gips haben keine Chance gegen eine üppige Frau mit einer Furche auf dem Bauch und appetitlichen Wangen, und wenn er jemanden anbetet, dann bestimmt nicht den Gott seiner Kindheit, der nie seinen wichtigsten Wunsch erfüllte, sondern einfach nur sein Antlitz abwendete.

Die bewölkte und stürmische Weihnacht ist vorüber. Die Natursteinfassade des Hotels ist graunaß, und das Regenwasser schießt die steile Straße zum Meer hinunter. Es tropft vom Mützenschirm des Briefträgers, als er seinen Poststapel auf den Hoteltresen legt.

Eine Tasse Kaffee, um sich die Nase zu wärmen, ist das mindeste, was er ihm anbieten kann. Der Mann läßt sich viel Zeit und berichtet umständlich vom Weihnachtsfest mit Frau, Kindern und Schwiegereltern, während er immer wieder mal einen Schluck trinkt.

Olivier murmelt etwas und legt wie zufällig seinen Zeigefinger auf den dicken Briefumschlag zuoberst.

Er fühlt sich irgendwie wärmer an als alles andere. Ein Herz schlägt darin. Oder er bildet sich das nur ein und ist ein alter Idiot.

Endlich wuchtet sich der Postbote vom Barhocker hoch. Aber dann klingelt das Telefon, der Koch will etwas wissen, und ehe er sich's versieht, ist Mittag, und ausgerechnet heute gibt es Gäste, die essen wollen. Am Nachmittag kann er endlich schließen.

Unter zwei Schichten Packpapier findet er eine sorgfältig zugebundene Plastiktüte, in der eine kleine Dose liegt. Eine Dose, in der vielleicht einmal ein Stück Seife lag. Aber jetzt ist sie mit rosa Watte von einem Goldschmied gepolstert, feuchter Watte.

Unter der Watte befindet sich ein Lavastein, ein schwarzer, poröser Stein, zwei grüne Herzblätter schauen aus ihm hervor. Vielleicht hat ein Vogel einen Samen verloren, und dieser Samen hat gekeimt.

Etwas Erde braucht man vermutlich, damit eine Pflanze wachsen kann. Olivier hat noch nie in seinem Leben etwas gepflanzt. Caroline pflegte in die langen Blumenkästen unter den Fenstern der Fassade Geranien zu setzen, und diese schienen zu gedeihen, ohne daß man sich um sie kümmerte. Er nimmt einen der kleineren Kupfertöpfe vom Kaminsims im Speisesaal und gräbt dann in der dunklen, nassen Erde unter dem Baum auf dem Hotelparkplatz.

Er fotografiert den Topf und läßt die Aufnahme entwickeln. Sein Schatten ist auf dem Bild zu sehen, aber das macht nichts, dann legt er das Foto in seinen nächsten Brief. Er schreibt im Schnitt zwei Briefe in der Woche. Er zwingt sich dazu, die Zahl zu begrenzen, damit er sich eine Weile auf jeden Brief freuen kann.

Zwei Abende in der Woche sitzt er im Bett und benutzt das Telefonbuch als Unterlage. Die Bewegungen des Kugelschreibers lassen ihn innerlich ganz ruhig werden. Mit dem Kugelschreiber in der Hand spricht er hoffnungsvoll mit ihr, über das Wetter und die ereignislosen Tage, die sich unendlich aneinanderreihen, da sie nicht da ist.

Meist geht es um die Arbeit, aber in letzter Zeit schreibt er auch über alte Schulkameraden, die sterben. Sie hatten ihn als Kind gehänselt. Jetzt geht er auf ihre Beerdigungen. Sie sterben, weil sie jahrelang gesoffen haben. Er hat ihrem Niedergang zugesehen. Andere sterben an Krebs oder Herzkrankheiten. Von den meisten weiß er nicht, ob sie glücklich oder unglücklich gewesen sind. Jetzt nimmt er von ihnen Abschied. Ohne Schadenfreude und ohne Groll.

Jeden Tag beerdigt er ein Stück seiner Vergangenheit. Hinter einem Sarg herzugehen ist nur ein äußerlicher Ausdruck dafür.

Die Pflanze ist gewachsen. Sie hat jetzt einen winzigen Stamm und oben zwei richtige Blätter. Runde, gezackte Blätter, die so grün sind, daß sie fast schon gelb wirken. Birkenblätter. Auf seiner Fensterbank wächst eine Birke.

Das Frühjahr ist stürmisch, und es kommt zu Überschwemmungen und einem Schiffbruch. Von Edda kommt nichts, kein Brief, keinerlei Lebenszeichen.

Ende Mai weiß er, daß er sie verloren hat. Diese Einsicht überfällt ihn eines Nachts. Er erwacht mit pochendem Glied, nachdem er von ihr geträumt hat. In weniger als einer Sekunde ist der Traum wie weggeblasen. Sie ist weg. Nur er ist noch da. Ein törichter alter Mann in hellblauem Schlafanzug in einem viel zu breiten Bett, für einen alten Mann ein hoffnungsloses, lächerlich optimistisches Bett.

Das Bäumchen im Stein war der Abschied, der Ersatz für sie. Jetzt erst versteht er es.

Der Kupfertopf spiegelt das Licht der Straßenlaterne. Er taumelt über den Fußboden und stolpert über seine Pyjamahose. Er reißt den kleinen Baum mitsamt der Wurzel aus und zerbricht ihn mit zitternden Fingern.

Am nächsten Morgen kehrt er die Erde und die Pflanzenreste vom Fußboden auf. Der Topf kommt wieder an seinen Platz auf dem Kaminsims. Er nimmt dies zum Anlaß, das Zimmermädchen zu bitten, alle Kupfersachen zu putzen.

Einige Tage lang ist er erleichtert. Wenn er darüber nachdenkt, dann hat sie es ihm vielleicht erspart, sich hier in der Stadt lächerlich zu machen, wieder das Opfer von Spott, Hohn und Verleumdung zu werden.

Die Terrasse des Hotels muß neu ausgestattet werden, und er kauft elegante Metallmöbel und ersetzt die üblichen Reklamesonnenschirme durch rotweiß gestreifte. Niemand soll ihm nachsagen können, daß ihm Frauengeschichten zusetzen. Es weiß zwar niemand etwas, aber trotzdem. Zum ersten Mal in seinem Leben will er hocherhobenen Hauptes umhergehen können, und vielleicht hat sie ihm ja einen Gefallen getan.

Der Zorn kommt überraschend. Er lauert ihm in Form einer unbezwingbaren Lust zu weinen auf, ohne daß er eigentlich traurig gewesen wäre.

Er wischt sich die Tränen mit einem Geschirrhandtuch ab, während es in seiner Brust pocht und lärmt, seine Hände und Füße zucken und er die Faust auf den Tisch knallt und gegen Stuhlbeine tritt. Die Angestellten schleichen an den Wänden entlang. Inmitten eines Wutausbruchs feuert er den Koch, einen kleinlauten Mann, der schon seit einem Menschenalter erst für Caroline und dann für ihn gearbeitet hat. Diese Kündigung nimmt er einige Stunden später sehr reumütig zurück.

Unten am Strand wirft er einen Stein nach dem anderen ins Wasser, auch dann noch, als es wegen der Ebbe schon längst sinnlos ist. Als letztes wirft er den Lavastein aus seiner Hosentasche.

Er wirft ihn so weit wie möglich. Er trifft seitlich auf einen flachen Felsen auf und kehrt in einem kleinen, höhnischen Bogen zu ihm zurück.

Zwischen Tangbüscheln und Muscheln bleibt er auf dem feuchten Meeresboden liegen, ein Fleck der Trauer in einem Ozean des Zorns.

An diesem Abend trabt er im ganzen Gebäude herum und zählt seinen Besitz. Stühle, Tische, die duftenden Wäscheschränke mit ihren Bergen von Tischtüchern und Bettlaken, die mit Geschirr und Gläsern beladenen Regale, die Schubladen mit schwerem Besteck aus Neusilber, die Kupfertöpfe in der Küche, die riesigen Siebe, Schüsseln und Schneebesen. Den Keller mit den Weinflaschen, die auf den Regalen hübsch geschichtet liegen. Der Kühlschrank mit seinen Butter- und Sahnemengen, mit seinem Fischfond und seinen sorgfältig eingedickten Saucen.

Olivier Créach ist ein reicher Mann. Wuchert er mit seinem Pfund, dann wird er noch reicher, und Edda läßt sich ein Leben in Polstermöbeln entgehen – ohne morgendliches Putzen und mit der Möglichkeit, eine flache, luxuriöse Limousine statt eines rostigen Fahrrads zu benutzen.

Die Hoteltreppe knarrt unter seinem Schritt, und der Zorn wächst, verzweigt sich in seinem Körper und verdichtet sich in seinen Hoden. Als er schließlich in seinem Bett liegt, hat er eine anhaltende, quälende Erektion.

Nichts hilft. Er schmiert eine kühlende Salbe auf sein Glied, schüttelt es und schlägt darauf ein, ohne dem Erguß dadurch näher zu kommen.

Es ist nach eins, als er sich in sein Auto setzt. Er kennt den Weg, er hat seinen Besuch telefonisch angekündigt. Die Stimme am anderen Ende war schlaftrunken. Es ist lange her seit dem letzten Mal, aber jetzt ist es nötig.

Der Preis sei gestiegen, sagt sie, als sie ihn eingelassen hat und sie die schmale Treppe hochgehen. An ihrem mageren, bleichen Körper hängt ein Kimono. Wegen ihres Körperbaus hatte er sie damals vor vielen Jahren ausgesucht. Dünn und sehnig mit kleinen Brüsten, ein alternder Mädchenkörper, keine mütterliche Fülle.

Sie sind beide seitdem nicht jünger geworden, aber sie hat sich zumindest die Mühe gemacht, sich die Lippen zu schminken. Die Augen unter den pechschwarzen Wimpern betrachten ihn neugierig.

»Das war wirklich nicht gestern, Olivier.«

Früher saßen sie immer ein paar Minuten da und tauschten Gemeinplätze aus, ehe sie sich den Schlüpfer auszog und sich auf dem Bett auf den Rücken legte. Jetzt nicht. Wenn er was sagt, besteht die Gefahr, daß die Tränen zurückkehren.

Dieses Mal soll sie es ihm mit der Hand besorgen. Diesen Entschluß trifft er spontan. Nie mehr in eine Frau hinein.

»Wie du willst.« Sie zuckt mit den Schultern.

Das Geld liegt auf dem Tisch. Er zieht den Reißverschluß herunter und läßt sie machen, aber er spürt nichts. Nicht einmal, als er sieht, daß sich sein Unterleib zusammenzieht und es in das Klopapier spritzt, das sie bereithält. Was da passiert, widerfährt einem anderen, der kaum zugegen ist.

Das lauwarme Wasser in ihrem Bidet befördert ihn in die Gegenwart zurück. Eine Idee nimmt in seinem Kopf Gestalt an.

Es dauert eine Weile, bis sie versteht, daß es nicht um Pornographie geht.

»Meine besten Kleider?« Sie lächelt. Eine Abwechslung, nicht die Alltagsroutine, obwohl sie nicht versteht, was er damit bezweckt. Gut bezahlt ist es auch.

Zwei Tage später ist er zurück. Sein Glied hat ihn seit dem letzten Mal in Frieden gelassen. Es ist auch nicht der Grund seines Kommens.

Ihr strenges schwarzes Kleid, das kompliziert gefältelt ist, läßt ihn an eine Beerdigung denken. Ein passender Gedanke. Er will seine Beziehung zu Ebba zu Grabe tragen, ein für alle Mal und wirkungsvoll.

Sie trägt rote Schuhe mit Pfennigabsätzen. An den Ohrläppchen baumelt ein Paar große Goldringe mit glitzernden Steinen, aber er protestiert nicht. Es ist, wie es ist. Es kann gar nicht anders sein.

Den Rosenstrauß hat er in einem Blumenladen auf dem Weg gekauft. Ein riesiges Bukett aus gelben, rosafarbenen und dunkelroten Rosen mit Grün dazwischen und einer glänzenden Schleife. Sie sucht eine Weile nach einer Vase, die groß genug ist. Schließlich muß sie bei der Nachbarin anklopfen.

Stocksteif sitzt sie auf dem Stuhl, auf dem während des Kundenverkehrs ihr Schlüpfer und ihre Strumpfhose landen. Der Fotoapparat steht auf dem Bett, und er hat sich hinter ihr aufgebaut. Besitzergreifend legt er ihr eine Hand auf die schwarze Schulter, die sie gerne mit einem Tuch aus Goldlamé bedeckt hätte, aber das war ihm zu weit gegangen.

»Lächeln«, kann er gerade noch sagen, da blendet der Blitz ihn.

Noch eins, zur Sicherheit. Hierher wird er nie mehr zurückkehren.

Die Fotos läßt er in Rennes entwickeln, während er in einem Café wartet und eine Fußballzeitung von vorn bis hinten durchliest. Jedes Wort, jeden Buchstaben.

Der Mann im Fotogeschäft bedauert. Nur zwei Bilder auf dem Film, falls ihm ein Fehler unterlaufen sei, brauche er nichts zu bezahlen.

Olivier begleicht die Rechnung. Er nimmt den Umschlag mit den Fotos und setzt sich in seinen Wagen. Ohne sich die Bilder anzusehen, fährt er auf demselben Weg nach Hause.

Es ist Dienstag, und das Hotel ist geschlossen. Das gedrungene Gebäude atmet schwer und regelmäßig, ein schlafender Koloß.

Irgendwo knarrt eine der alten Dielen. Ein Eisklumpen fällt von der Decke des Kühlraums krachend auf die Bodenfliesen. Mit kratzendem Geräusch fährt der Kugelschreiber über das Papier, das auf dem Telefonbuch auf seinen Knien liegt.

Leb wohl, Edda, du wirst verstehen, daß ich den Kontakt abbrechen muß. Viel Glück. Er faltet das Blatt zusammen und schreibt ihre Adresse auf einen Umschlag.

Die Fotos sind fast identisch. Ein dicker Mann in grauem Anzug und blauem Schlips mit der Hand auf der Schulter einer schwarzgekleideten, mageren Frau. Ein Strauß Rosen steht neben dem Paar auf dem Tisch. Ihre glänzende Schleife wirft den Blitz zurück. Das Paar hat vom Blitz rote Augen. Die Frau wirkt erschrocken.

Ein Mann in einem schlecht sitzenden Anzug, der über seinem

viel zu dicken Bauch spannt. Die Knöchel seiner Finger sind vor Fett nicht zu sehen, und er hat die runden Schultern einer Frau. Die magere Frau mit kurzem, gekräuseltem Haar sieht ziemlich mitgenommen aus. Das Kleid ginge ja noch, aber die Ohrringe und die auffälligen Schuhe haben etwas Nuttiges.

Mit den roten Augen sehen beide aus wie verheulte Zombies.

Wie hatte er je glauben können, daß Edda etwas bereuen, daß sie eifersüchtig werden würde? Wenn er ihr diese Fotos schicken würde, dann wäre sie sicher aus guten Gründen erleichtert.

Er knüllt das Papier zusammen und wirft es in den Papierkorb. Seit er vor mehreren Jahren zu rauchen aufgehört hat, trägt er keine Streichhölzer bei sich. Er trottet die Treppe hinunter zum Tresen, auf dem die Schale mit den Reklamestreichholzbriefchen steht.

Die Post liegt zwischen der Schale und dem Ständer für die Broschüren des Fremdenverkehrsamts. Er klemmt sich den Pakken unter den Arm, während er die Fotos verbrennt und das Spülbecken von Asche reinigt.

Auf dem Weg die Treppe hinauf fällt ein Brief aus dem Packen.

Ein hellroter Umschlag. In einer Ecke klebt ein vierblättriges Kleeblatt aus Silberfolie, in einer anderen ein Hufeisen. Die Briefmarken kennt er schon.

Was er auch enthalten mag, es ist zu spät. Er sagt sich das immer wieder vor, während er den Umschlag mit zitternden Fingern öffnet. Niemand soll jemals über ihn bestimmen können. Soviel ist niemand wert.

Eine hellrote Klappkarte liegt in seiner Hand. In sie ist ein Foto eingeklebt, das Foto eines Säuglings. Schwarzes, gelocktes Haar über Pausbacken. Hellroter Strampelanzug mit einem schmalen weißen Kragen. Eine gestrickte bunte Decke. Ein ausgelassenes Babylächeln. Hier komme ich.

Auf der gegenüberliegenden Seite stehen ein Datum und zwei Worte.

Carolina Olafsdóttir.

Ein Schwert hat ihn entzweigehauen.

Irgendwo auf der Welt lebt sein Kind.

Irgendwo auf der Welt gibt es ein Kind, das den Namen seiner Mutter trägt.

Caroline lebt in dem kleinen Körper weiter, in der Nase, dem Mund und in der breiten Stirn. Der Ausdruck, das Unabweisbare, das Abweisende, das Einschmeichelnde, das zu Eindringliche strahlt ihn unerbittlich aus dem glatten Babygesicht an.

Er bildet sich das ein, das weiß er. Es ist nur eine Projektion, aber wo verläuft die Grenze zwischen dem Kind und ihm selbst? Er ist das Kind, und das Kind ist er.

An diesem Abend trinkt der maßvolle Olivier, der vorsichtige Olivier, bis er voll bekleidet auf seinem Bett das Bewußtsein verliert. Gegen Morgen erwacht er. Decke und Überwurf und er selbst sind eingenäßt. Sein Schädel dröhnt, und er ist von seinem eigenen Gejammer erwacht.

Er bezieht das Bett neu, allerdings mit gewisser Mühe, und bald liegt er frisch gewaschen in seinem blauen Pyjama da und starrt an die Decke, an die frisch gestrichene Decke über dem breiten, bequemen Bett, das für mindestens einen weiteren Bewohner breit genug wäre.

Das erste Morgenlicht fällt durchs Fenster. Die Scheiben müssen geputzt werden. Er muß daran denken, dem Zimmermädchen Bescheid zu geben.

Auf dem Nachttisch liegt die Karte. Auf dem Bild ist ein schmieriger Fingerabdruck, auf der hellroten Pappe sind Weinflecken, aber was spielt das schon für eine Rolle?

Edda hat ihrem Kind diesen Namen gegeben als ein Geschenk an ihn. Ein Sohn hat seine Mutter verloren und statt dessen eine Tochter bekommen. Ein Mensch, der die Begabung zum Glück besitzt, denkt so.

Seine Hände sind über der Pyjamabrust gefaltet. Er könnte in diesem Augenblick sterben. Carolina Olafsdóttir würde trotzdem der Welt beweisen, daß er gelebt hat.

Er hat mit seinen eigenen, pflichtbewußten Händen die Hände seiner Mutter auf ihrer eingesunkenen Brust gefaltet. Er hat an ihrem Sarg Tränen vergossen, aber nicht ihretwegen. Das ihm vorenthaltene Leben sank mit ihr ins Grab. Als sie starb, starb er selbst.

Jetzt ist es höchste Zeit wiederaufzuerstehen.

Joyce

Vielleicht erlebten es die Passagiere der Titanic genauso. Ein kleines Beben, während die Musik spielte und die Telegramme über den Atlantik hin und her gemorst wurden. Nichts, worum man sich kümmern mußte, und dann stand alles ganz plötzlich auf dem Kopf und verschwand in der Tiefe.

Ein Brief von Bills Anwalt unterrichtet mich, daß die Gegenseite die Vereinbarung hinsichtlich Joel neu verhandeln will, unter anderem auch mein Umgangsrecht.

Das klingt recht harmlos. Ich sehe es als eine Gelegenheit, zu erwirken, daß Joel mich gelegentlich auf eine Reise begleiten kann. Mein Sohn ist groß genug, um Gefallen daran zu finden, was ich ihm zu bieten habe, und es ist höchste Zeit, daß er eine andere, weniger konventionelle Seite der Welt kennenlernt.

Worum es bei diesem Brief in Wirklichkeit geht, nämlich ganz andere Dinge, stellt sich recht bald heraus.

Die Gegenseite möchte – und wenn ich daran denke, bekomme ich noch immer Lust, mit der Axt auf sie loszugehen – Joels Kindheit auseinanderreißen.

Sie will ihn aus der Familie nehmen, in der er als ein über alles geliebtes Mitglied aufgewachsen ist, sie will ihm die Geborgenheit nehmen, die er genossen hat, seit er als Neugeborenes in der Babytragetasche auf dem Rücksitz von Vaters Wagen abgestellt wurde.

Außerdem wünscht die Gegenseite, daß der Kontakt zwischen Joel und seiner Mutter ganz abgebrochen wird. Jedenfalls für einige Zeit und so lange, bis Joel sich an die neuen Verhältnisse gewöhnt hat.

Bill hat zum zweiten Mal geheiratet, dieses Mal was Richtiges. Theresa ist bis ins Mark ihrer in Boston ansässigen Knochen Katholikin. Daß Bill überhaupt als Ehemann in Frage kam, liegt ausschließlich daran, daß sie selbst etwas schwer verkäuflich ist.

Theresa schielt zwar nicht und hat auch keine O-Beine, aber sie ist vier oder sechs Jahre älter als Bill.

Theresa ist vermögend. Dafür wohnt sie mit ihrer Mutter zusammen, die, wie es gerüchteweise heißt, nicht alle Tassen im Schrank hat.

Theresa war noch nie verheiratet. Sie hat sich sogar, fromm, wie sie ist, zeitweilig überlegt, ins Kloster zu gehen. Deswegen hat Theresa auch keine Kinder. Aber bevor ich mir noch einbilden kann, daß sich das gegen sie verwenden ließe, knallen sie schon ihren nächsten Trumpf auf den Tisch.

Die Person ist Kinderpsychologin, und das mußt du erst mal toppen, Joyce! Gutachter werden mit einem Mal überflüssig. Theresa hat speziell ausgebildetes Personal eingestellt, das sich um ihre Mutter kümmern soll, also ist auch sie zu nichts nütze.

Ich bin Theresa noch nie begegnet. In meinen Träumen tritt sie in Form einer Riesenkrake auf.

Als ich endlich begreife, worauf das alles hinauslaufen soll, vergehen nicht viele Minuten, ehe ich den Einsatz erhöhe.

Ich will mich nicht mit ein paar Stunden hie und da abspeisen lassen. Ich will das alleinige Sorgerecht für meinen Sohn, nicht mehr und nicht weniger. Das mit dem Umgangsrecht werde ich recht großzügig handhaben, Bill, aber meine Geduld ist am Ende.

Am 17. Mai stehe ich in einem heulenden Schneesturm vor dem Gerichtsgebäude. Das Urteil ist gefällt. Vater ist da. Marge ist da. Es geht auch um sie. Um Gefühle. Um Bande, von deren Existenz ich keine Vorstellung hatte, ehe die Wanderung nach Golgatha der letzten Monate begann.

Ich habe kein Kind mehr. Marge hat eine amputierte Familie.

So viele Tränen, so wenig Trost.

Joel G. Turnbull ist mit seiner neuen Kernfamilie vereinigt, einmal abgesehen davon, daß das neue Familienoberhaupt nach Thule gefahren ist, kein geeigneter Ort für Frauen und Kinder, um in aller Ruhe seinen letzten Verpflichtungen dem Militär gegenüber nachzukommen.

Mutter Theresa, wie Marge sie getauft hat, hat freie Bahn. Der Verlust von Joel verbindet Marge und mich in einem Pakt, der noch unverbrüchlicher ist als der Bund der Kindheit, der aus Ohnmacht geboren wurde und gegen einen gemeinsamen Feind gerichtet war, der seine Anschläge als Rücksicht und gesunden Menschenverstand ausgab.

Es gelang mir, die Erlaubnis zu erwirken, meinen Sohn anrufen zu dürfen. Einmal pro Woche nach der Sonntagsschule. Wenn ich nicht zum ausgemachten Zeitpunkt anrief, mußte ich eine ganze Woche warten. Ein Kind muß sich auf die Erwachsenen verlassen können, darauf weist mich Theresa, die Kinderpsychologin, hin.

Marge hat keine Rechte. Sie ist so großmütig, mir keine Vorwürfe zu machen, aber ich sehe, daß sie leidet.

Wie es Joel geht, ist schwer zu durchschauen. Theresa macht sich während unserer Telefongespräche im Hintergrund zu schaffen. Sie verlaufen folgendermaßen:

»Hallo, mein Liebling.«

»Hallo, Joyce.«

Theresa legt wert darauf, daß er mich mit Joyce anspricht. Ich bin nicht mehr Joels Mutter, falls ich es je war. Ich bin eine von Joels erwachsenen Bezugspersonen.

»Geht's dir gut?«

Wenn es ihm beschissen geht und er mir das sagt, was soll ich dann tun?

»Hast du irgendwas Nettes unternommen?«

»Ich hab' im Pool gespielt.«

»Mit wem?«

»Kennst du nicht.«

Er hört geduldig zu. Sechsjährige sollen nicht geduldig zuhören. Aber statt mir Sorgen zu machen, verletzt es mich, und ich habe das Gefühl, eine Belastung zu sein.

»Lernst du schwimmen?«

»Ich kann gut schwimmen.«

»Wer hat dir das beigebracht?«

»David und ich haben uns das gegenseitig beigebracht. Dave und Marge waren zwar auch da, aber wir haben uns das selbst beigebracht.«

Er will noch etwas sagen, aber Theresa fällt ihm ins Wort.

»Joel G., denk dran, daß wir losmüssen, wenn wir rechtzeitig dort sein wollen.«

»Wo wollt ihr denn jetzt hin? Warum müßt ihr denn immer irgendwohin, gerade wenn ich anrufe?«

Meine Stimme droht sich zu überschlagen.

»Theresa will noch etwas sagen. Tschüs, Joyce.«

»Joel. Geh nicht. Joel.«

Mein Sohn ist geflüchtet, und ich verstehe ihn.

»Ich rufe nächsten Sonntag wieder an. Küßchen«, kann ich gerade noch ins Leere sagen, da ist sie auch schon am Apparat.

Theresas Stil ist beleidigend korrekt.

»Hallo, Joyce. Wir sind auf dem Weg zu einer Geburtstagsfeier bei einem von Joel G.s Freunden.«

Joel hat Freunde, und ich weiß nicht mal, wie sie heißen, weiß nicht, ob sie rothaarig sind oder dick und fett, weiß nicht, ob sie lieber Schokoladeneis oder Erdbeersorbet essen, ob ihnen rote Ballons gefallen oder ob sie lieber gelbe wollen, ich weiß überhaupt nichts.

»Joel G. ist ein sehr gefragter junger Mann, und darüber freuen wir uns«, fährt seine Stiefmutter fort. Bei dem Wort dreht sich mir der Magen um. »Joel G. veranstaltet nächste Woche seine eigene Party. Du denkst doch daran, daß er Geburtstag hat?«

Denke ich an den Geburtstag meines eigenen Sohns?

Das schlimmste ist, daß ich nichts tun kann, weder protestieren noch neue Diskussionen vom Zaun brechen. Theresa hat die Macht, Joels Vater, der nichts davon hält, die andere Backe hinzuhalten, hat sie ihr übertragen.

Ich haue mit der Faust auf den Putz der Küchenwand, der bereits herabfällt, und lege dann so besonnen wie nur möglich den Hörer auf die Gabel.

Die Monate vergehen, und die Restriktionen werden etwas gelockert. Es ist möglich, Joel einmal in der Woche spontan anzurufen, was unsere Gespräche aber auch nicht erschöpfender gestaltet.

Marges Versuch, auch nur einen einzigen Besuch zuwege zu bringen, stößt ständig auf Hindernisse, wichtige Ereignisse in dem, was Theresa als Joel G.s primäres Netzwerk bezeichnet.

So könnte es immer noch sein. In der Tat geht es auch wirklich einige Zeit so weiter, eine Zeit, in der ich mehr denn je arbeite. Die Arbeitslust stellt jedoch das verdrängte Verlangen dar, den

Schmerz zu betäuben, die Sehnsucht zu übertönen und die Frustration und die Wut in Schach zu halten.

Um nicht von noch Schlimmerem abhängig zu werden, beschließe ich, eine neue Sprache zu lernen. Eine schwere Sprache, die sowenig wie möglich mit denen zu tun hat, mit denen ich mich bisher beschäftigt habe.

Meine Wahl fällt auf das Keltische, das immer noch von alten Menschen in der Bretagne gesprochen wird. Eine Fischer- und Bauernsprache, eine Stein- und Mythensprache, in deren Zentrum das Meer, die Erde und die Sterne stehen.

Eine Sprache, die sich langsamer verändert als die Wirklichkeit, die sie umgibt, aber auch eine Sprache, die sich einer zweifachen Kolonialisierung ausgesetzt sah, und zwar von seiten der Zentralregierung und von seiten der globalen Sprachverflachung – das Ergebnis des schleichenden Kulturimperialismus, den das Land meiner Geburt so effektiv betreibt.

Ich beschäftige damit nicht nur meine Gedanken, sondern bekomme auch wieder Lust zu reisen. Das Reisen hatte ich bislang ad acta gelegt, weil ich meinte, mich auf demselben Kontinent befinden zu müssen wie Joel, um ihn nicht ganz zu verlieren.

In dieser Zeit entwickelte sich mein diplomatisches Talent von Null zu etwas, was auf irgendeiner bekannten Skala einen Ausschlag geben könnte. Bill ist wieder zu Hause, und es zeigt sich, daß mit ihm leichter zu verhandeln ist als mit Theresa.

Durch eine Verkettung von Wundern gelingt es mir, die Erlaubnis zu bekommen, Joel für ein langes Wochenende von seinem väterlichen Zuhause loszueisen. Natürlich unter der Bedingung, daß ich ihn abhole, allerdings nicht dort, sondern auf einem Flughafen, wo er von bevollmächtigtem Personal zu einem näher bestimmten Zeitpunkt angeliefert wird. Dort soll ich ihn nach beendetem Auftrag auch wieder abgeben.

Die Blumen der Wüste von Arizona blühen, und ich habe meine angespannten Nerven damit beruhigt, eine Entdeckungsreise zu planen. Sogar eine Schatzkarte habe ich gezeichnet. Hinter jedem Kaktus werden wir nach Gold suchen, dieses Gold werde ich verstecken, nachdem Joel abends im Hotel eingeschlafen ist.

Wir werden Limonensaft aus Feldflaschen trinken und Brot aus

Maismehl, Pollo, Tacos und Guacamole essen, und ich werde Joel die ersten spanischen Worte beibringen.

Ich kann mir keinen Neunjährigen vorstellen, der sich nicht für eine Schatzkarte interessiert.

Mein Sohn ist dieser Neunjährige. Mein Sohn ist so wohlerzogen, daß es fast schon servil wirkt. Mein Sohn probiert vorsichtig und höflich von den exotischen Delikatessen. Mein Sohn spricht sein Tischgebet so diskret, daß mir klar ist, daß er seine Mutter, die sich nach ihrem ersten Hühnerschlegel bereits die Finger ableckt, nicht beleidigen will. Mein Sohn folgt seiner Mutter höflich, aber wenig enthusiastisch durch Sträucher und Büsche und läßt die Münzen, die sie aus dem Sand ausgräbt, rasch in seiner kleinen Gürteltasche verschwinden.

Abends bringe ich ihn ins Bett und liege dann in meinem eigenen, viel zu breiten, und lausche auf seine Atemzüge von dem anderen. Als er glaubt, daß ich eingeschlafen bin, wagt er es, sein Nachtgebet zu sprechen, in dem neben Vater und Tessie – erst glaube ich, daß es sich dabei um ein Haustier handelt, bis mir einfällt, daß Theresa eine Allergie hat – auch Großmutter Bernadette, Marge und Dave und alle ihre Kinder, eine Anzahl Fische aus dem Aquarium und zum Schluß jemand namens Joyce bedacht werden.

Mein Sohn schnieft in der Dunkelheit, aber ich wage es nicht, aufzustehen, um ihn zu trösten. Falls es sich wirklich um Weinen handeln sollte, was könnte ich denn tun, wenn ich das Problem wäre?

Am nächsten Morgen geht es weiter.

Mein Sohn macht Konversation und sagt absolut überhaupt nichts.

Mein Sohn ist neun und langweiliger als ein Büroangestellter.

In der Nacht, bevor wir zurückfliegen wollen, wache ich mit hohem Fieber auf und Mandeln so groß wie Hühnereier, und der Joel, der mit meinem kleinen Tauchsieder geduldig Wasser für meinen Tee erhitzt und mir kalte, nasse Waschlappen auf die Stirn meines schmerzenden Kopfes legt, erinnert mich an den Joel, den ich einmal gekannt habe.

Aber als ich mich auf zitternden Beinen winkend von dem kleinen Jungen verabschiede, dessen rotes Haar, mein rotes, irisches

Haar, gut unter einer blauen Baseballmütze verborgen ist und der artig einer professionell lächelnden Bodenhosteß folgt, weiß ich, daß das so nicht weitergehen kann.

Stundenlange Telefongespräche mit Marge lösen keine Probleme. Joel befindet sich außerhalb unserer Reichweite. In meinen Gedanken ist er eine kleine, einsame Gestalt, die in Richtung Horizont trottet, während sowohl sein primäres als auch sein sekundäres Netzwerk in der Ferne verschwinden.

Aber vielleicht ist das nur Lüge und Wunschdenken, daß es ihm bei Marge oder sogar bei seiner Mutter mit ihrem nicht allzu strukturierten Privatleben besserginge.

Joel ist das einzige Kind einer wohlhabenden Familie. Er ist von Menschen umgeben, die ihn auf ihre Art mögen. Ich habe kein Recht, das zu bezweifeln. Er hat Freunde, ist aktiv und gesellig und lebt in geordneten Verhältnissen.

Zu guter Letzt sind es meine Zweifel, die die Sache entscheiden.

Was mich betrifft, ist der Kampf zu Ende. Ein Forschungsstipendium, das mir zwei Jahre Arbeit in Europa ermöglicht, rettet mich aus tiefster Depression. Nach einiger Überredung genehmigt die Universität mir Urlaub.

Die Telefongespräche mit Joel gehen weiter, genauso unsinnig und genauso mechanisch, bis ich aufbreche.

Irgendwo über dem Atlantik lasse ich ihn los.

Olivier

Dreimal begibt er sich auf Brautwerbung.

Dreimal, wie im Märchen.

Er ist kein Drachentöter, aber er überwindet die Seekrankheit. Er kommt wieder an Land. Er muß den Seeweg benutzen, es gibt keine andere Möglichkeit. Er muß über das Meer zu ihr kommen, über sein Meer, ihr Meer. Über dasselbe Wasser. Unter demselben Himmel.

Das erste Mal geht er die Gangway herunter, immer noch mit der Bewegung der Wogen im Körper. An einem Novembermorgen direkt nach Allerheiligen.

In Paimpol welkt sein Pflichtstrauß auf einem grauen Grabstein dahin, auf dem Caroline Créachs Namen in Goldschrift prangt.

In Reykjavík schläft Carolina Olafsdóttir in einem Gitterbett, satt und zufrieden und vollkommen unbeeindruckt von der Tatsache, daß sie bald ihrem Vater begegnen wird.

An der grüngestrichenen Tür steht immer noch kein Name, aber es ist Edda, die den Schlüssel im Schloß umdreht und ihm die Tür öffnet. Da steht sie, sein grauäugiger Troll, seine runde, freundliche Elfe, und ist genauso flaumig und stupsnasig wie früher, nur noch üppiger.

»Olafur«, sagt sie, und vielleicht wird er erwartet.

Jedenfalls nimmt sie seinen Arm, zieht ihn in die Wärme und kocht Kaffee. Sie setzt ihn an den Eßtisch und schenkt ihm ein, reicht ihm Brot und die gute, gelbe Butter, die wie zu Hause salzig schmeckt, und es ist, als sei er nie fort gewesen.

Aber etwas ist trotz allem verändert. Eine Schaumstoffmatratze lehnt hinter einem Gitterbett an der Wand. Auf den Lehnstühlen stapeln sich Kinderkleider, eine Fotografie, dieselbe wie seine, steht auf der Kommode.

Ein Wesen schlummert unter der Decke des Gitterbettes. Ein

schwarzer Schopf. Eine Faust in Miniaturformat ragt über den Rand der Decke.

Das Wesen läßt ein Schnaufen vernehmen, und Olivier sieht hastig weg. Zum Brot in seiner Hand, das von nervösen Fingern, seinen eigenen, zerkrümelt wird. Braune Krümel, die er in seine hohle Hand zusammenkehrt.

Sorgfältig, um nicht hinsehen zu müssen.

Zum Schluß läßt es sich nicht länger hinauszögern.

»Carolina«, sagt Edda und deutet mit dem Finger. »Carolina Olafsdóttir.«

Edda lächelt mit offenem Mund, wie sie das immer tut. Sie hat keinen Lippenstift aufgetragen, um jederzeit bereit zu sein, die Kinderwange zu küssen, ihre Zunge ist feucht und rosa.

Lachend deutet sie auf ihn. Lachend bringt sie ihn dazu, ebenfalls zu lachen und den Namen zu wiederholen. Carolina. Olafsdóttir.

Das Schreien hallt zwischen den Wänden wider. Edda schnappt sich das Kind und knöpft ihre Jacke auf, und das Geschrei geht in ein Gluckern und Schmatzen über. Die Brust mit ihrem feinen Netz blauer Adern ist die Brust seiner Geliebten. Milch spritzt aus den braunen Brustwarzen seiner Geliebten und in den Mund seiner Tochter. Schon der Anblick macht ihn satt.

Aber ein Schlüssel dreht sich im Schloß, und die Tür öffnet sich, und mit einem Mal ist das Zimmer von Angst und Skepsis erfüllt. Die Frau ist dunkelhaarig, und ein runder Knoten krönt das ebenso runde Gesicht. Das Haar hängt feucht um die breite Stirn, die markanten Wangenknochen sind vom Regen, der draußen herabpeitscht und den er gar nicht wahrgenommen hat, gerötet.

Die Temperatur im Zimmer fällt ein paar Grade, und das nicht nur durch die Regenkälte, die die wuchtige Gestalt in dem quietschenden Gummimantel ausstrahlt.

Edda deutete auf ihn und dann auf die Frau.

»Olafur. Wladimira.«

Die Frau bleibt in der Tür stehen.

»Frönsk. Russki.«

Olivier hat sich erhoben. Frauen begrüßt man stehend, aber die Dunkelhaarige will ihn nicht wahrnehmen, will seine ausgestreckte Hand nicht schütteln, und erst ein Wortschwall aus Eddas Mund bringt sie dazu, den Mantel abzulegen und ihn zum Trocknen in die Küche zu hängen, ein weiterer Schwall ist nötig, um sie dazu zu bringen, eine Tasse Kaffee anzunehmen. Sie dazu zu bewegen, ein Käsebrot zu essen, erfordert eindringliche Nötigung.

Schweigen breitet sich aus. Olivier sieht die Frau von der Seite an. Sie trinkt ihren Kaffee mit gesenktem Blick. Wenn sie die Tasse absetzt, sind ihre Lippen zusammengepreßt und abweisend.

Carolina ist an der Brust eingeschlafen, und Edda wiegt sie wach. Dabei stößt sie leise Geräusche aus und klopft auf den kleinen Rücken im Strampelanzug, bis das Bäuerchen kommt, dann wischt sie das runde Kinn mit einem Handtuch ab und packt die nächste Brust aus der Jacke, damit sie auch diese leer trinkt.

Alle Bewegungen von Edda wirken im Vergleich zu seiner Erinnerung reduziert. Heruntergefahren auf weiche Brauchbarkeit und bequeme Effektivität.

Aus den Augenwinkeln sieht er, daß ihn die Dunkelhaarige finster anschaut.

Es könnte sich um ein Kindermädchen handeln, soviel ist ihm klar. Jemand muß sich um seine Tochter kümmern, wenn seine Frau arbeitet, und das tut sie wohl. Niemand anders versorgt die beiden, soweit er weiß.

Mehrmals hat er erwogen, Geld zu schicken, dann aber nie gewußt, wie. Bald ist das auch nicht mehr nötig.

Bald. Wenn sie nach Hause kommen.

Aber sie kommen nicht nach Hause, jedenfalls nicht dieses Mal. Olivier zeigt Fotos und erklärt und sagt Worte, die sie vielleicht versteht, zumindest wiederholt sie sie, und er macht sich die Mühe, deutlich zu sprechen, und Edda schüttelt den Kopf und lächelt ihr Pfirsichlächeln.

»Nein, Olafur, nein, nein, nein.«

Aber sie küßt ihn und vergräbt ihre Nase in seinem Nacken. Sie schmiegt sich an ihn und tätschelt seinen runden Bauch unter dem blauen Pullover. Sie und die Dunkelhaarige, die im Verlauf der Stunden immer düsterer wird, tragen wortlos die Matratze in die Küche, als es Zeit ist, zu Bett zu gehen.

In ihrem Bett wollte er wieder ganz werden. Während er fort

war, hat die Sehnsucht immer nur zugenommen, und ihr runder Körper ist noch runder, noch verheißungsvoller, er ist die Erfüllung aller seiner Träume. Aber es geht nicht, es geht überhaupt nicht, und nicht die Frau in der Küche, die sich seufzend auf ihrer Matratze herumwälzt, oder das hungrige Schmatzen Carolinas hindert ihn, sondern Edda selbst. Vom Geruch der Milch ihrer Brüste wird ihm ganz anders. Er befindet sich wieder im Bett seiner Mutter, in seiner Kindheit, seiner Scham und Erniedrigung. Sein Geschlecht schrumpft in ihrer Hand, und als sie ihm helfen will und es in den Mund nimmt, stößt er sie weg. Er kann einfach nicht bleiben.

Unten auf der Straße will er wieder umkehren, die Treppen hinauflaufen und so demütig, wie er nur kann, anklopfen und hoffen, daß sie sich seiner in seinem Unglück erbarmt, aber wie soll er es ihr erklären? Für das, was ihm widerfahren ist und ihn ein weiteres Mal eingeholt hat, besitzt er keine Worte, weder in seiner Sprache noch in ihrer. Was will eine Frau wie Edda auch mit einem wie ihm? Einem alten, fetten Mann. Einem kaputten Mann, der nicht einmal im Bett zu etwas taugt.

Stundenlang läßt er sich im eisigen Wind treiben. Seine dicke Lodenjacke ist tropfnaß, als er am Morgen wieder vor dem grauen Haus steht.

Im Küchenfenster brennt Licht. Jemand bewegt sich dort oben hinter der Gardine. Bald kommt sie vermutlich nach unten, um mit dem Fahrrad zur Arbeit zu fahren.

Er kann sie wie früher begleiten. Seine Hand auf die ihre legen, die auf dem Lenker ruht, und mit ihr mitgehen. Die anderen Frauen werden ihn empfangen, sie werden etwas zu lachen haben, und er wird mithelfen. Alles wird wieder so sein wie früher, und wenn er sie nur dazu bringt, ihn nach Hause zu begleiten, dann werden die Gespenster verschwinden, und alles wird gut.

Aber es ist nicht Edda, die schließlich aus der Haustür tritt, sondern diese düstere Frau. Ihr steht der Atem vor dem Mund, und ihr Knoten ist noch straffer als am Tag zuvor. Ihr steifer Regenmantel raschelt im Wind, und sie sieht ihn und spricht zu ihm. In seiner Sprache. Zwar mit einem seltsamen Akzent, und erst versteht er sie nicht, dann aber doch.

»Geh weg«, sagt sie wie zu einem Hund. »Weg mit dir. Wir können dich hier nicht gebrauchen.«

Dann tritt sie in die Pedale, mit ihren festen Schuhen, fährt die Straße entlang, vornübergebeugt wegen des Windes. Der schwarze Mantel bläht sich auf und erinnert an die Flügel eines Engels der Finsternis.

Ihre Worte haben ihn auf dem Bürgersteig erstarren lassen. Alles erscheint unüberwindbar.

Die Treppe ist unüberwindbar. An eine verschlossene Tür zu klopfen und zu wissen, daß sie verschlossen bleiben wird, ist unüberwindbar.

Er hat seine Chance vertan.

Das Schiff fährt erst in zwei Tagen zurück, aber er kann an Bord schlafen, und das tut er. Er verschläft die Mahlzeiten und den Lärm aus den Laderäumen, er schläft und träumt, er träumt von Edda, aber die Träume sind kein Trost. Bösartig verhöhnen die Träume sein Unglück.

Auf der Heimreise hat sich der Wind gelegt. Zum ersten Mal bleibt ihm die Seekrankheit erspart, und er hat Zeit zum Nachdenken.

Die Saison war hervorragend, und er schwimmt im Geld. Vom Schiff geht er direkt zur Bank und von der Bank direkt zum Postamt.

Formulare werden ausgefüllt, und die Dame am Schalter, seine alte Bekannte, zählt das Geldbündel und sieht ihn rasch von der Seite an, aber sie kommentiert weder das eine noch das andere, und das ist ein großes Glück für sie.

Die Postbeamtin zählt mit raschen Fingern. Es ist genug, damit mehrere Monate lang niemand vor Morgengrauen aufstehen muß. Wenn das Geld aufgebraucht ist, kann er mehr schicken. Dann muß er weitersehen.

Der Brief, der ihn nach mehreren Wochen erreicht, enthält zwei Fotos.

Auf dem einen blinzelt Carolinas kleines Gesicht aus einem Kinderwagen in die Sonne. Ein richtiger Fotograf war dieses Mal nicht beteiligt, der Daumen des Fotografen hat in der Ecke unten links einen dunklen Schatten hinterlassen.

Auf dem anderen Foto ist eine glänzende, weiße Kiste zu sehen, die er nach genauerer Betrachtung als eine Waschmaschine der Marke Whirlpool identifiziert.

Seine eigene Kamera liegt unbenutzt im Regal, und er sieht keinen Grund, sie wieder in Gebrauch zu nehmen. Die Bilder, die sie überzeugen könnten, kann er sich selbst in seiner wildesten Phantasie nicht ausmalen. Er hat getan, was er tun konnte. Jetzt muß die Zeit für ihn arbeiten.

Im Hotel ist Winterflaute, es wird nur von Vertretern besucht und Leuten, die auf eine Beerdigung müssen. Das Personal ist bis auf die Allernotwendigsten reduziert, und Olivier serviert das Abendessen selbst.

Die beiläufige Konversation beim Tellerwechsel war immer seine Stärke, Wetter, Fischerei und Politik. Jetzt ist er stumm. Die Stimmung im Speisesaal ist gedrückt, nur das Klirren der Gabeln und seine schleppenden Schritte auf dem Teppich sind zu hören. In dieser Atmosphäre halten sich die Vertreter ans Essen und lassen den Kaffee ausfallen, und dann wählen sie bei ihrem nächsten Besuch in der Gegend vielleicht das Hotel in der Nachbarstadt.

Das Geräusch seiner schleppenden Schritte weckt ihn. Nur richtig alte Leute ziehen ihre Füße so hinter sich her, und er ist nicht mal sechzig. Gibt er dieser grauen Trägheit nach, die sich in seinem Körper breit- und seine Beine schwermacht, dann kann er sich ebensogut zum Sterben legen, und sterben will er nicht. Jedenfalls nicht, solange er noch eine Hoffnung hegt.

Die Erinnerung an die demütigende Nacht in Reykjavík verblaßt allmählich. Er träumt von Edda wie früher, und die Träume hinterlassen mit der Zeit nur noch Lust und angenehme Entspannung. Etwas muß geschehen, damit er nicht vollkommen versackt.

Ein paar neue Schuhe könnten die Antwort sein, neue Schuhe mit stabilen Absätzen. Eine gute Marke, die man nicht in seiner Stadt kaufen kann. Außerdem kommt er so zu einem Ausflug, das ist sicher erfrischend.

Am folgenden Dienstag setzt er sich ins Auto und fährt die vielen Kilometer nach Rennes. Der Dezember liegt wie eine feuchte Decke über der Landschaft, aber in der Stadt leuchten die Schaufenster. Er kauft seine teuren Schuhe und ißt ausgiebig zu Mittag, zwei Vorspeisen, Hauptgericht, Käse und Dessert, weniger kommt nicht in Frage. Der Tropfen Calvados zum Kaffee wärmt ihn noch auf der Heimfahrt.

Auf dem Weg zurück zum Auto zieht ihn ein Schaufenster in seinen Bann.

Babysachen. Eine Orgie aus weichen Stoffen und Pastellfarben. Wickeltische, Babywippen, Teddys und Rasseln, Laufställe, Fläschchen mit Flaschenwärmern, Gitterbetten und Tragesitze. Kaninchenjunge und Rehkitze aus Plüsch tollen überall herum, Blumensträuße und gestreifte Wasserbälle zieren alle Lätzchen, und er stolpert widerstandslos durch die Tür.

Eine beflissene Verkäuferin will alles über sein vermutetes Enkelkind wissen, aber er winkt ab. Es handelt sich um meine Tochter, Madame, meine Tochter Carolina, und die Miene der Verkäuferin drückt eine Mischung aus Ungläubigkeit und Bewunderung aus. Ein Mann mit seinem Aussehen und in seinem Alter mit einem Baby ist entweder ein großer Lügner oder etwas ganz Besonderes.

Olivier bezahlt mit großen Scheinen. Die Verkäuferin weiß endlich, welche Haltung sie einnehmen will, folgt ihm höflich zur Tür und reicht ihm die Tüten mit den Sachen, die er im Auto mitnehmen kann. Die größeren Gegenstände würden baldmöglichst gebracht, selbstverständlich, vielen Dank, Monsieur, *au plaisir*.

Zu Hause richtet er sein altes Zimmer in den privaten Räumen ein. Es hat seit dem großen Umzug leer gestanden und war zu nichts gut. Jetzt streicht ein Maler die Wände blau wie das Meer, und Olivier hängt Bilder von Fischen, Vögeln, Wolken und Wasser auf.

Das weiße Gitterbett hat hellrote Decken und bestickte Laken. Ein ganzes Heer von Stofftieren hält am Kopfende Wache, Teddys und Katzen, ein Pinguin und ein Hund mit traurigen Augen. Olivier gibt ihnen Namen und befestigt mit Nadeln kleine Zettel im Plüsch, Nounours, Minette und Minou. Auf den Namenszettel des Hundes schreibt er nach kurzer Überlegung seinen eigenen, Olivier.

Die große Puppe ist blond, dunkelhaarige Puppen seien nicht zu bekommen. Aber sie heißt Carolina, Blondine hin oder her. Er gibt sich Mühe mit dem letzten a, das sie von seiner Mutter unterscheidet und sie zu einem Teil von ihm macht. In den Rand des kleinen Papierherzens, auf das er in zierlicher Schrift mit Tinte ihren Namen geschrieben hat, schneidet er Zacken.

Er hat den Fotoapparat wieder in Betrieb genommen. Es werden viele Bilder, die meisten sind gelungen. Das kleine Album legt er in ein Paket mit den schönsten Kleidchen aus dem Geschäft, es sind fast dieselben wie die der Puppe, sie haben aber laut der Verkäuferin die richtige Größe. Ein Kleid für Weihnachten. Rosa Samt mit Rüschen und langen Puffärmeln, genau das richtige für eine kleine, dunkelhaarige Prinzessin.

Carolinas Kleid wird von riesigen Schachteln mit Pralinen und glasierten Nüssen begleitet, hausgemacht vom besten Konditor der Stadt. Die Dame auf der Post kann nicht garantieren, daß alles noch rechtzeitig bis Weihnachten ankommt, aber das ist auch nicht das wichtigste.

Weihnachten verbringt er mit dem Fotoapparat in der Hand. Er hat eine Idee, für die er Bilder aller Räume in dem großen Gebäude benötigt, die Zimmer für die Gäste ausgenommen. Auf einigen von ihnen ist er selbst zu sehen. Seine Augen sind immer noch rot vom Blitz, aber jetzt weiß er zumindest, wie man den Selbstauslöser bedient.

Aus Papier schneidet er mehrfach die Figur einer Frau aus, er bemalt sie mit dem blonden Haar Eddas, ihrer hellen Haut und ihren Strickjacken. Er wirft seine Entwürfe so lange weg, fängt so lange von vorn an, bis sie wiederzuerkennen ist. Zum Schluß klebt er die Figuren auf die Fotos, und da steht sie nun, quicklebendig, und da sitzt sie.

Edda hinter dem Tresen der kleinen Rezeption. Edda serviert an einem reichgedeckten Tisch. Edda begrüßt die Gäste auf der Treppe des Hotels.

Edda auf dem geblümten Sofa der privaten Räume. Edda mit Carolina im Arm über das Bett im Kinderzimmer gebeugt. Eddas nackter Körper in der großen Badewanne, in der das Wasser einladend dampft.

Werken und Schönschrift waren in der Schule seine Lieblingsfächer. Dieses Mal macht sich niemand über seine Figuren lustig, niemand bezeichnet ihn als Muttersöhnchen und Streber. Seine kurzen, breiten Finger gehen mit Schere, Leim und Aquarellpinsel professionell um, und er genießt jeden Moment.

Abgesehen von dem Schnappschuß einer lächelnden Carolina in einer Kinderwanne lösen seine Anstrengungen keine Reaktionen aus.

Der Mai bringt die Sommerwärme. Die Sonne brennt zwischen den schweren Steinfassaden der Straße und lockt zeitige Touristen an.

Tagsüber drängen sich die Aquarellmaler unten am Hafen, und natürlich brauchen sie nach den Anstrengungen des Tages gutes und reichliches Essen sowie ein ordentliches Bett zum Schlafen. Das Geschäft läuft blendend. Aber Olivier ist mit seinem Herzen woanders, und schließlich wird es ihm zuviel.

Der Entschluß kommt von selbst, als das Foto der Geburtstagstorte mit der einen Kerze und seiner Tochter, die gerade den Mund zum Ausblasen spitzt, eintrifft. Edda hält sie um ihr rundes Bäuchlein.

Ein Ausflug, so kurz, daß er die Führung des Hotels getrost seinem Personal überlassen kann. Ein paar Tage in Reykjavík, während das Schiff gelöscht und wieder beladen wird, genug Zeit für das Wichtigste.

Der Kapitän heißt ihn an Bord willkommen und lädt ihn auf einen Aperitif in seine Kajüte ein. Plötzlich sind sie alte Freunde. Welchen Geschäften Olivier so weit im Norden wohl nachgehe, wer würde schon freiwillig immer wieder dieses Nest aufsuchen?

Olivier ergeht sich in Andeutungen. Der Kapitän lächelt komplizenhaft, ja, die Liebe, die bewege Menschen zu allem möglichen. Die isländischen Frauen seien immerhin blond, und einige seien sogar regelrecht hübsch. Olivier denkt an Edda, die niemand als hübsch bezeichnen kann, die aber trotzdem die Schönste ist, die es gibt.

Dieses Mal war Olivier in der Apotheke und hat Tabletten gegen Seekrankheit gekauft. Er kann sogar auf Deck stehen und den Anblick der Seevögel genießen, der Baßtölpel, der Gryllteisten und der Raubmöwen. An den Mahlzeiten des Schiffskochs tut er sich gütlich, Seeluft macht hungrig, das weiß schließlich jeder.

Der Kapitän lädt ihn auf die Brücke ein und zeigt ihm die Instrumente, und beim Abendessen in der Messe redet Olivier munter bei den meisten Themen mit. Er ist ein Mann unter Männern, wohlhabend und erfahren.

Ausgeruht und gutgelaunt trabt er bei seiner zweiten Brautwerbung die Gangway hinunter.

Die Innentasche seiner Jacke platzt fast von dem dicken Skizzenbuch. Die Tasche in seiner Hand ist schwer von Spielzeug, Süßigkeiten und einem Sommerkleid für Carolina. Ein großes Seidentuch mit Motiven aus der Bretagne für Edda. Sicherheitshalber hat er noch eines extra dabei, ein kleineres, falls die dunkelhaarige Russin immer noch dasein sollte. Er will es nicht hoffen.

Das Wichtigste hat er in einer kleinen blauen Schachtel in der Hosentasche, so daß er mit der rechten Hand leicht drankommt.

In den Ring ist Olafur eingraviert, der Name, den sie ihm gegeben hat, dazu ein Datum, das wichtigste Datum in seinem Leben. Ein Rubin leuchtet wie ein Blutstropfen in einem Kranz aus Brillanten an Caroline Créachs kostbarstem Ring.

Paßt er von der Größe her nicht, muß man ihn eben enger oder weiter machen lassen.

Niemand öffnet, als er anklopft, und er wagt es nicht, an andere Türen des Treppenaufgangs zu klopfen, denn was sollte er sagen, falls jemand öffnet?

Die Stadt ist tropfnaß. Überall knirscht grober, schwarzer Sand unheilverkündend unter seinen Sohlen, er ist schwärzer und knirscht lauter, als er es in Erinnerung hatte. Überall sieht er nur anonyme Gesichter unter Südwestern und nassen Mützen, aber die Dame an der Kasse der Badeanstalt erkennt ihn.

Das einzige, was er versteht, als sie ihm den Schlüssel am Gummiband reicht, ist Eddas Name.

Natürlich versteht sie ihn nicht, wie oft er seine Frage auch wiederholt, wie sehr er auch mit den Händen fuchtelt. Ihre seltsamen Diphthonge, die wie das Maunzen einer Katze klingen, verwirren ihn nur noch mehr, und schließlich gibt er auf.

Das heiße Wasser war sonst immer die reinste Verjüngungskur, jetzt führt es bei ihm zu Herzflattern, und er fühlt sich gereizt und rastlos. In das größere Becken mit dem kühleren Wasser wagt er sich nicht aus Angst zu ertrinken. Und obwohl das kleine, warme

Becken sehr verlockend wirkt, hat er Angst, daß sich die Mütter der Kleinkinder, die mit Schwimmflügeln und Badebällen darin herumplanschen, über ihn lustig machen könnten.

Unter der kalten Dusche findet sein Herz zu seinem normalen Rhythmus zurück. Eddas Tür ist immer noch abgeschlossen, und er hängt die vollgestopfte Tasche an die Türklinke.

Sie hängt immer noch dort, als er mehrere Stunden später zurückkommt. Bevor er in die Koje kriecht, geht er noch einmal dort vorbei. Sie ist immer noch unberührt. Eine halbe Stunde lang sitzt er auf der obersten Treppenstufe und lauscht auf die Haustür, aber niemand kommt, und er muß unverrichteter Dinge abziehen. Sicherheitshalber nimmt er die Tasche mit.

Der Laderaum ist leer, aber obwohl Nacht ist, herrscht Geschäftigkeit auf dem Schiff. Die Kräne heben einen Ballen nach dem anderen an Bord. Der Gestank von Dörrfisch raubt ihm fast den Atem.

Die Abfahrt sei vorverlegt, teilt der Kapitän mit. Ein Sturm ziehe auf, und mit etwas Glück könnten sie dem Schlimmsten ausweichen. Sobald das letzte geladen sei, würden sie ablegen.

Das Kreischen und Jaulen der Kräne hält ihn fast die ganze Nacht wach. Am nächsten Morgen trinkt er rasch eine Tasse Kaffee und erkundigt sich.

Er hat gerade noch Zeit für einen letzten Versuch.

Dieses Mal wird die Tür geöffnet, aber nicht von Edda.

Das Haar der Frau ist genauso grau wie ihre Augen. Ihre runden Wangen sind flaumbedeckt, aber auch altersfleckig. Ihre ganze Person strahlt Mißtrauen aus.

Hinter ihr wiegt Edda ihre schreiende Tochter im Arm. Hinter Eddas Schulter wacht ein rundes Gesicht unter einem schwarzen Knoten.

Keine Sekunde ist zu verlieren. Die Schachtel fällt zu Boden, als er sie endlich aus der Hosentasche genestelt hat. Seine Hände zittern, als er Edda den Ring auf den Finger streift. Er paßt. Er paßt perfekt.

Er kommt in dem Moment an Bord, als sie die Gangway einholen.

Olafur, der Freier.

Wladimira

In der Schublade mit ihren Unterhosen türmen sich die Briefe an ihn. Sie hat jetzt mehrere Unterhosen und hat auch neue Kleider gekauft. Praktisch müssen sie sein und billig. Mit den isländischen Preisen kann sie sich einfach nicht abfinden.

Edda hat wieder ihre alten Jobs übernommen. Glücklicherweise haben sie in der Fischfabrik Leute gesucht. Wladimira arbeitet Nachtschicht. Das ist gut bezahlt, und das Geld des Franzosen reicht für die Miete einer größeren Wohnung und noch mehr.

Carolina wird ohne fremde Hilfe betreut. Jeden Morgen müssen sie sie allein lassen, und zwar die halbe Stunde, in der Kinder mit Streichhölzern spielen und die Fenster öffnen, aber bisher ist alles gutgegangen.

Wladimira füllt und leert die Waschmaschine, die jeden Tag läuft. Bettwäsche und Handtücher werden häufig gewechselt, und es gibt genug Seife und warmes Wasser in schwefelduftenden Strömen.

In der neuen Wohnung hat sie ein eigenes Zimmer. Ein richtiges Bett, das sie zusammen mit der Kommode und dem Nachttisch von ihrem eigenen Geld gekauft hat. Sie hat es gekauft, weil es billig war, obwohl Edda den Kopf geschüttelt hat. Die Matratze ist zu weich, und ihr Rücken ist nie ganz ausgeruht, aber der Preis war in Ordnung.

Privatleben. Jetzt weiß sie, was das ist. Sie kann ihre Briefe in die Schublade legen, und niemand darf sie lesen. Man kann ihr Fragen stellen, aber niemand kann sie zwingen, sie auch zu beantworten.

Edda stellt keine Fragen. Alltägliche Themen bestimmen ihre Unterhaltungen, und nachdem Edda ihre Arbeit wiederaufgenommen hat, vergehen die Tage, ohne daß viele Worte gewechselt werden. Wenn die eine nach Hause kommt, bricht die andere gerade auf.

Sie wechseln sich mit dem Schlafen ab. Wechseln sich damit ab, Carolina in die Badeanstalt mitzunehmen, wechseln sich damit ab, sie zu füttern und mit ihr zu spielen. Sie reichen ihr Bauklötze, lassen einen Ball kullern und ziehen einen Teddybär an.

Edda hat Spaß daran. Wladimira denkt währenddessen an etwas anderes.

In ihren Gedanken ist die Aussicht von der Datscha betörend schön, ein kleiner See funkelt zwischen jungfräulichen Birken, und sie serviert Tee mit Marmelade und fährt mit ihren Fingern, die weder blau vor Kälte noch vom Filetiermesser ramponiert sind, durch sein dickes Haar. Die Sonne wärmt sie bis zu den Knochen, bis Carolina ungeduldig zu schreien beginnt und nach Keksen oder Milch oder beidem verlangt.

Wladimira übersetzt die französischen Briefe. Gewisse Passagen überspringt sie. Das ist ihr gutes Recht. Edda wäre nie in der Lage, die Rolle einer Hotelwirtin zu verkörpern, und Wladimira ist dem Franzosen nichts schuldig. Von Anfang an hat sie sich geweigert, Antworten zu schreiben. Es gibt keinen Grund, ihn auch noch regelrecht zu ermuntern.

Glücklicherweise hält er sich fern. Er war krank, vielleicht ernsthaft. Eine Operation im Gesicht, aber jetzt ist es überstanden, und die neue Saison läuft auf Hochtouren. Es wird richtig Geld verdient, und die Tochter bekommt ihre Postanweisungen, von denen der ganze kleine Haushalt profitiert.

Jeden Monat legt Wladimira ein paar Dollarscheine in einen Brief an ihre Mutter, ohne zu wissen, ob sie sich auch über das Geld freut, so wie ihre Mutter damals Pakete zum Gefängnis trug. Sie kaufte sich frei. Oder bezahlte für irgend etwas. Vielleicht für das Leben. Die Liebe. Egal was.

Die Arbeit beschert ihr keine neuen Kontakte. Die Kolleginnen betrachten sie neugierig unter ihren Nylonhauben, aber was sie in ihren wachen Stunden beschäftigt, auch gefühlsmäßig, könnte sie nie mit ihnen teilen.

Die Anfängergruppe des Schachclubs wird zu einem Neubeginn.

Anfänglich spielt sie mit kleinen, elf- oder zwölfjährigen Jungen, lernt dann aber die Züge recht rasch, auch wie man eine Strategie entwickelt und sie verfolgt. Bald ist der Schachclub ihr zweites Zuhause.

Die Selbstdisziplin am Brett stellt ein ausgezeichnetes Training dar für etwas, von dem sie nicht weiß, was es ist, für das sie aber vielleicht eines Tages Verwendung haben wird.

Korrekt. Das ist Wladimiras Stil, auch auf dem Schachbrett. Mit der Eleganz ist es nicht so weit her.

Aber wenn ihre von der Arbeit rauhen Hände eine Rochade ausführen, Schach bieten und schachmatt setzen, dann sieht sie nur ihn. Seine geschmeidigen Finger, seine kurzen, gepflegten Fingernägel.

Der Vorsitzende der Schachunion hat sie willkommen geheißen und sie vorgestellt. In den Pausen verwandelt sie sich in eine Schamanin und in ein Medium, ein Sprachrohr für einen Abwesenden, verantwortlich für seine Manifestation auf dieser Insel, auf der er immer noch viele Bewunderer hat.

Wladimira ist keine Nebenperson mehr, sondern das eigentliche Zentrum der Aufmerksamkeit. Die Aureole des Meisters ruht auf ihr, und obwohl es das erste Mal ist, daß sie selbst einen Springer über das Brett bewegt, wird sie eine Art spirituelle Autorität des Schachs mit Antworten auf die meisten Fragen. Alle wollen etwas wissen, alle wollen etwas hören, und hier kann sie sich entfalten.

Während sie unentwegt redet und seinen Namen auf der Zunge schmeckt wie einen guten Wein, wird eine neue Wahrheit geboren. Seine Kindheit wird die ihre, seine Mutter und sein Vater werden zu guten Bekannten, die Scheidung sei schwer für ihn gewesen, das sei durchaus verständlich, das Volleyballtraining hingegen … Auch der Journalismus sei nichts für ihn gewesen, seine Begabung liege woanders, und das Schachspiel sei eine Offenbarung gewesen.

Die ersten Siege, die ersten Niederlagen, die Tränen, die ständig mitschwingenden russischen Tränen.

Alles, was sie sich in Zeitungen und Illustrierten angelesen hat, hat sie selbst erlebt, und sie glaubt jedes einzelne Wort.

Zwei Abende in der Woche weilt er dank ihrer mitten unter ihnen. Zwei Abende, an denen sie direkt vom letzten Spiel zu ihrer Schicht gehen muß, immer noch erfüllt von seiner Anwesenheit, bis die Eiseskälte, die Feuchtigkeit und der glitschige Fisch ihn unter die Bodenfliesen der Fabrikhalle drängen. Bis zum nächsten Mal.

Abgesehen von ihren Händen ist Wladimiras Haut weicher als je zuvor, seit ihrer Kindheit. Warmes Baden und eine pflegende Hautcreme sind für den Unterschied verantwortlich. Edda hat sie dazu überredet, sich einen Pagenschnitt zuzulegen, und er ist hübscher, als sie es für möglich gehalten hätte, ihre Haare sind dick und glatt wie poliertes Holz.

Edda hat ihr auch das Schwimmen beigebracht, ihr Bauch hängt nicht mehr in ihrem Badeanzug, und sie bleibt auch nicht mehr mit ihrem Hintern in Eddas neuen Lehnstühlen stecken.

Die Flamme, die sie mit neuer Nahrung versorgt, die Worte, die sein Fleisch werden, während sie spricht, erhalten die Hoffnung am Leben.

Eddas Mutter ist wieder zu Besuch gewesen, und Edda begleitet sie mit Carolina in der Sportkarre zum Bus. Als sie zurückkommt, ist der Teufel los.

Das Gefängnis hat ihren Peiniger so lange verwahrt, daß die Gefahr fast vergessen ist, aber mit Gefängnissen verhält es sich so, daß die Leute irgendwann freigelassen werden, und jetzt ist er wieder draußen, eine riesige, breitschultrige Bedrohung.

Bekannte Augen hinter den Scheiben eines Busses. Kornblumenblau, aber voller Haß. Das ist er. Es kann keinen Zweifel geben.

Eddas Mutter ist nicht dumm, das ist es nicht. Trotzdem ist es nur eine Frage der Zeit, davon ist Edda überzeugt, denn er schmeichelt sich ein und ist freundlich, charmant und lustig, wenn er etwas erreichen will, vielleicht hat das Gefängnis auch einen neuen Menschen aus ihm gemacht, vielleicht hat er eine Chance verdient, wird die Mutter denken, denn sie ist gutgläubig und wird nie widerstehen können, egal wie sehr Edda sie bekniet hat, ihre Adresse nicht preiszugeben, nicht einmal unter Folter.

Ihre Mutter wird tun, was alle vor ihr getan haben. Sie wird sich überreden und reinlegen lassen, sich von Schmeicheleien, Versprechungen und Komplimenten umgarnen lassen.

Bis er zuschlägt. Bis er ihr Gesicht an die Wand knallt, ihr in die Nieren schlägt, in den Bauch und in den Unterleib. Bis sie alles preisgibt, nur um nicht dort auf dem Küchenfußboden zu sterben.

Gunlaugs Familie ist vollzählig und mehr als das: Ein neuer Zwerg strampelt in der untersten Kommodenschublade von Gunlaugs überfülltem Schlafzimmer, und selbst Gunlaug sieht ein, daß kein Platz für weitere Personen vorhanden ist.

Ein zusätzliches Schloß, ein Spion in der Tür und strenge Anweisungen. Sieh dich um, ehe du ins Haus gehst, nimm verschiedene Wege zu und von der Arbeit und der Badeanstalt. Jederzeit, tagsüber oder nachts, könne er auftauchen, und dann sei nicht nur Edda in Gefahr, sondern alle drei.

Carolina schreit jede Nacht. Sie wird von Alpträumen verfolgt. Morgens sind die Laken des Gitterbetts naß, obwohl sie eigentlich bereits seit mehreren Monaten trocken war.

Eine Erkältung folgt auf die andere, und ein verspannter Nakken und eine Magenschleimhautentzündung gehören zur Tagesordnung. Die wenigen Stunden, die sie zusammen verbringen, gehen sie sich gegenseitig auf die Nerven. Ein Tropfen Milch auf dem Wachstuch kann einen Streit auslösen.

Aber auch die Anspannung wird zur Gewohnheit, und Todesangst kann man nicht ständig empfinden. Schließlich streikt der Kopf, und der Körper entspannt sich, die Aufmerksamkeit läßt nach, und eines Tages stellt Wladimira die Sportkarre auf ihren Platz unter der Treppe und hebt Carolina heraus, ohne die Fußspuren auf den Treppenstufen zu bemerken.

Er hatte Schlamm unter seinen Stiefeln, das Linoleum der Treppe ist voller Dreckklumpen.

Carolina hat einen Schwan gesehen, und der weiße Vogel flattert aus ihrem Mund, während Wladimira den Schlüssel in die Tür steckt. Erst als sie das Blut auf dem Boden der Diele sieht, begreift sie.

In der Wohnung ist es still, und sie bleibt stehen. Sie ist vollkommen erstarrt, ihre Füße kleben am Boden, ihre Hände haben sich in Klauen verwandelt, ihre Kehle schnürt sich zusammen.

Carolina will von ihrem Arm und auf den Boden. »Mama«, ruft sie, »Mama, der Schwan hat gezischt!« Dann explodiert alles in Dunkelheit, eiserne Fäuste treffen Wladimiras Kopf, daß es ihr nur so in den Ohren klingelt, aber sie hält es fest, als die Fäuste nach dem Kind in ihren Armen greifen, sie drückt den kleinen Körper an sich, und endlich überwindet sie die Lähmung und schreit, und das Kind schreit, sie kreischen wie Schweine, wie wilde Tiere und durchgehende Pferde, und auf der Treppe sind jetzt Schritte zu hören und von unten Stimmen. Die Stimmen lenken ihn genau die Sekunde lang ab, die nötig ist.

Carolina ist ihr vom Arm geglitten, und Wladimira schiebt und drängt ihn mit Händen, Knien und Füßen durch die Tür. Wie ein riesiger Kegel fällt er rückwärts die steile Treppe hinunter.

Durch die Tür hört sie, daß er wieder auf die Beine kommt, hört sein Gebrüll, das von anderen, wütenden Stimmen übertönt wird, aber er kommt nicht zurück und tritt auch nicht die Tür ein. Weiter unten auf der Treppe kommt es zum Tumult, etwas wird über den Boden geschleift, die Haustür fällt krachend ins Schloß, und dann sind nur noch ihr eigenes Keuchen und Carolinas Schluchzen zu hören.

Edda liegt am Ende der Blutspuren. Die Wand ist voller Blutstropfen, das Laken auf dem Bett hat große Flecken. Eine große Blutlache breitet sich zwischen ihren verdrehten Beinen aus, er hat ein Messer verwendet oder Glasscherben. Eine zerbrochene Flasche ist unter das Bett gekullert. Die Brüste haben dunkle Blutergüsse, die schwarzen Abdrücke am Hals zeugen von harten Fingern. Nichts hat es verhindern können, nichts konnte sie beschützen.

Das eine Auge ist blau, die Wangen sind wächsern, aber sie atmet noch.

Edda lebt, aber ihr Leben hängt am seidenen Faden.

Das sagen sie im Krankenhaus, stundenlang liegt sie im OP und bekommt eine Bluttransfusion nach der anderen. Die Ärzte tun ihr möglichstes, sie flicken und bringen die Blutungen zum Stillstand, entfernen ihre zerstörte Gebärmutter und nähen alle Risse. Sie sind gute Handwerker, diese Chirurgen, aber gewisse Dinge können auch sie nicht reparieren, und Edda dreht ihr Gesicht zur

Wand und beweint die Geschwister, die Carolina nie bekommen wird. Sie weint über ihren Körper, der zum Gebären geboren und zur Unfruchtbarkeit verdammt ist.

Sie ist keine flaumige Elfe mehr, als sie endlich nach Hause entlassen wird. Sie ist ein kleiner, zerzauster Vogel, und Wladimira muß Carolina noch eine ganze Weile lang tragen, weil sich Edda nicht anstrengen darf.

Sie darf nicht schwer heben, ja überhaupt nichts darf sie in den kommenden Monaten heben, und jemand muß auf Carolina aufpassen und sich um den Haushalt kümmern. Die großzügige Wohnung haben sie aufgegeben, die Finanzen sind miserabel. Der Täter ist wieder im Gefängnis, aber auch das wieder nur für kürzere Zeit.

So kann es nicht weitergehen.

»Schreib ihm«, sagt Edda schließlich, und selbst Wladimira muß einsehen, daß kein Weg daran vorbeiführt, und sie schreibt.

»Monsieur«, schreibt sie, *»es ist etwas geschehen, was Ihren Besuch nötig macht.«*

Olivier

Dieses Mal wartet sie auf ihn.

Dieses Mal wird er erwartet und ist willkommen, so willkommen, wie jemand in einer Landschaft, die von einem Wirbelsturm dem Erdboden gleichgemacht worden ist, nur sein kann.

Die Wunde auf seiner Oberlippe ist vernarbt. Eine Narbe, die eine Öffnung umgibt, die so groß ist wie der Nagel eines kleinen Fingers. Das ist wenig kleidsam, aber der Krebs ist besiegt, und um dies zu erreichen, hatten sie tief schneiden müssen. Vielleicht gewöhnt er sich eines Tages an den Anblick.

Bis dahin bedeckt er das Loch mit einem Pflaster, tut die Fragen der Bargäste mit einem Scherz ab, kleine Rauferei, ihr solltet erst mal den anderen sehen. Er vermeidet es, sich im Spiegel zu betrachten, wenn er jeden Morgen nach dem Rasieren das Pflaster wechselt.

Eddas müde Finger ziehen vorsichtig das Pflaster ab und streichen über die glatten Kanten der Narbe.

»Sie haben auch an dir herumgeschnippelt, Olafur. Ein kleines Loch.«

Die Worte versteht er nicht, aber die Hand. Die Hand und die Tränen. Sie laufen aus dem Augenwinkel in den Mundwinkel, und sie fängt sie mit der Zunge auf.

Seine eigenen Hände wagen sie kaum zu berühren, aber in der Dunkelheit im Bett nimmt sie sie und legt sie auf die Haut ihres Bauchs, auf Falten und harte Streifen. Ihr Bauch ist nicht mehr rund und weich.

Edda liegt auf dem Rücken. Sie schmiegt sich nicht mehr an ihn wie früher, und er kann sie nicht fragen, ob ihr etwas weh tut, ob es deswegen ist oder aus einem anderen Grund.

In die Regionen unterhalb des Bauchs wagt er sich nicht. Sie hat seine Hand losgelassen. Sie liegen nebeneinander wie Puppen in einer Schachtel. Olivier spürt, daß sein Glied pocht. Wenn sie es nur nicht merkt.

Vor Anspannung zuckt sein ganzer Körper.

»Olafur.«

Ihre Fingerspitzen sind weich, und schon daß sie ihn mit der Hand streift bringt sein ganzes Rückgrat zum Kribbeln, aber er ist nicht mehr Olafur, der Freier, er ist Olafur, der Beschützer, der sie hier auf Erden vor allem Bösen beschützen soll.

Als Kind saß er allein in seinem Zimmer, gekränkt, fett und ausgeliefert, und vergab seinen Feinden, wie der Priester es predigte. Vergab seiner Mutter. Vergab denen, die ihn verhöhnten, verspotteten und entwürdigten, und obwohl er in seinem Innersten daran zweifelte, sagte er sich immer wieder, daß Gott ihm eines Tages Genugtuung gewähren würde.

Dem zu vergeben, der sie verletzt hat, das vermag er nicht. Der Mann ist in Gewahrsam und bekommt vermutlich seine Strafe. Trotzdem wird Olivier von Rachegelüsten erfüllt, er wird ihm nie verzeihen können, aber jetzt ist anderes wichtiger.

Am wichtigsten ist, sie ein für alle Mal aus der Reichweite des Bösen zu bringen. Sie und Carolina.

Wladimira wird sie begleiten. Sie sagt ihm das selbst und sieht ihm dabei direkt in die Augen. Das ist Eddas Beschluß, und Wladimira betont, daß sie es wegen Edda tut. Sie selbst würde lieber bleiben, wo sie ist, und sie hat nicht vor, einen Tag länger als nötig in Frankreich zu bleiben. Damit kann er rechnen. Sie will niemandem zur Last fallen.

So hat er sich das nicht vorgestellt, aber er sieht durchaus den Nutzen ein. Jemand muß sich um Carolina kümmern, solange Edda so hinfällig ist, und er wagt es nicht, das selbst zu übernehmen.

In Oliviers Augen ist seine Tochter ein seltenes Tier, ein Wal auf den Felsen vor Paimpol, überwältigend und schön, aber fast das Fassungsvermögen eines Menschen übersteigend. Man kann sich nicht satt sehen an ihr, jetzt tut sie das und das und das, und schau nur, ihre Augen, ihr Haar, es ist schwarz und wie Seide.

Carolina hält bis auf weiteres Abstand zu dem fremden Mann,

der die Aufmerksamkeit ihrer Mutter stiehlt und seltsame Laute und Worte ausstößt.

Wladimiras Anwesenheit könnte auch andere Vorteile haben. Edda und er haben ihre eigene stumme Sprache, aber in einem fremden Land haben sie vielleicht Verwendung für eine Dolmetscherin, was die praktischen Dinge angeht. Eddas Geborgenheit ist die Hauptsache, und wenn die Russin eine Voraussetzung dafür darstellt, dann kann er mit ihrer finsteren Miene und ihrer abstoßenden Stimme leben, solange das nötig ist.

Die Koffer stehen gepackt mitten im Wohnzimmer. Wladimira und er waren in der Stadt und haben sie gekauft. Sie sind groß und aus kräftigem Kunststoff, und in ihnen findet das meiste Platz. Carolinas Puppen liegen in ein paar großen Stofftaschen.

Die Schachtel mit den Bauklötzen kommt in den größten Koffer. Die Sportkarre ist bereit zur Abfahrt, der neue Paß liegt auf dem Tisch.

Vor dem Fenster verschmilzt die helle Nacht mit einem noch helleren Morgen, während sie mit ihren Kaffeetassen und Carolina mit ihrem Schälchen Brei am Wachstuch des Tisches sitzen, die letzte Mahlzeit, ehe sie aufbrechen müssen, um noch rechtzeitig aufs Schiff zu gelangen.

Die Betten sind abgezogen, und die Wäsche liegt im Wäschekorb. Dort kann sie liegenbleiben, bis Wladimira zurückkehrt. Die Miete wird bezahlt, es hat damit keine Eile.

Das Blut ist weg, und die Schrammen im Lack der Tür sind repariert. Die Waschmaschine steht wieder an ihrem normalen Platz, in den Schränken finden sich dieselben Töpfe, Pfannen, Tassen und Teller wie vorher. Die Möbel stehen, wo sie die ganze Zeit gestanden haben. Wüßte man es nicht besser, würde alles wie vorher wirken.

Aber alles ist verändert, und es wird sich noch mehr verändern, und jemand weiß davon.

Eddas Miene ist feierlich, als sie sich vom Tisch erhebt und die Hand ihrer Tochter ergreift.

Zusammen gehen sie durch die Wohnung und berühren alle Wände. Berühren alle Stühle, das Sofa und die hellroten Begonien auf dem Fensterbrett. Sie berühren den Schrank, und Carolina berührt ihr Töpfchen, das sie gnädig endlich wieder in Gebrauch genommen hat. Sie berühren alles, und Edda spricht leise zu den Dingen und läßt Carolina die Worte wiederholen.

Lebt wohl, Möbel. Lebe wohl, Wohnung. Lebt wohl, lebt wohl.

Der letzte Brei aus dem Topf wird in eine Schale gefüllt, und Edda stellt diese in den Schrank unter der Spüle und murmelt dabei eine Beschwörung. Er versteht überhaupt nichts, aber das Ganze hat vermutlich einen ihm nicht ersichtlichen Sinn.

Edda geht vorneweg. Das Seidentuch mit den Frauen in dem weißen Kopfputz, den Pfannkuchen und den großen, mystischen Steinen darauf hat sie sich fest um die Haare gebunden, und sie geht vorsichtig, als würde sie etwas Zerbrechliches tragen. Kein einziges Mal sieht sie sich um.

Ein brauner Teddy baumelt in Carolinas Faust. Sie hopst und tanzt um die kleine Karawane herum, bis Wladimira sie anweist, sich an der Sportkarre festzuhalten.

Die Sportkarre rollt knirschend über den groben, schwarzen Sand auf dem Bürgersteig. Sie ist mit vertrauten, tröstlichen Dingen angefüllt. Den Puppen in ihren Taschen, dem aufgerollten Lammfell, auf dem man liegen kann, wenn man friert und traurig ist, und einem kleinen in braunes Papier eingeschlagenen Paket mit Dörrfisch und Butter, etwas Gutem für die lange Reise.

Die Koffer ziehen Oliviers Arme nach unten, die Griffe schneiden in seine Handflächen ein und lassen sie weiß werden.

In ihm ist alles leicht. Sie sind auf dem Weg nach Hause.

Edda

Ich habe in meinem ganzen Leben noch nie in einem Hotel übernachtet. Jetzt wohne ich in einem. Ich bin kein Gast, obwohl ich mich ständig wie einer fühle.

Olafur zeigt mir alles, und ich nicke, als würde ich ihn verstehen.

Olafur öffnet eine Tür, und wir stehen zusammen mit den Köchen in der Küche. Sie schwitzen und lärmen mit den schweren gußeisernen Töpfen. In den Pfannen brutzelt die Butter, und es duftet nach frischgebratenem Fisch. Es ist ein wenig wie zu Hause und dann doch wieder nicht.

Olafur öffnet noch eine Tür. Im Speisesaal rascheln die weißen Tischtücher, und die Gläser funkeln. Es gibt Weinflaschen und rote Rosen in blauen Vasen. Ich bewege mich vorsichtig, um nichts zu zerbrechen.

Die Kupfersachen auf dem Kaminsims müßten wieder einmal geputzt werden. Auch den Fensterrahmen könnte etwas Seifenlauge nicht schaden.

Noch eine Tür. Der Kühlschrank ist so groß, daß ich aufrecht darin stehen kann. Dort gibt es Essen im Überfluß, und es ist so kalt, daß uns der Atem vor dem Mund steht.

Ich erkenne alles von den Fotos wieder, die er geschickt hat, mit den Zeichnungen von mir. Eines Tages finde ich vielleicht meinen Platz in ihnen. Es ist noch zu früh, um das zu wissen.

Seit wir angekommen sind, ist mir nicht mehr warm geworden. Die Luft ist milde, die Sonne scheint, und ich friere. Eines von Carolinas Lammfellen liegt auf meinem Sessel, und Olafur wikkelt eine Decke um meine Beine, bevor er nach unten geht, um mit der Arbeit des Tages zu beginnen. Dort sitze ich dann den ganzen Tag und zittere vor Kälte.

Hier sind wir in Sicherheit. Warum friere ich dann so?

Nachts schläft Carolina in ihrem neuen Zimmer. Zusammen

mit Wladimira und allen Teddys und Katzen, dem Hund und der Puppe schläft sie dort. In der Nacht wacht sie auf und schreit. Ich kann das durch die Wand hören, aber es ist dann Wladimira, die aufsteht, sie zudeckt und sie dazu bringt, wieder einzuschlafen.

Schlaf jetzt, Carolina. Wladimira weiß, daß ich lausche, sie wagt es also nicht, harte Worte zu gebrauchen. Schlaf jetzt.

Das denke ich, während ich sein schlafendes Antlitz betrachte. Schlaf, Olafur. Laß uns schlafen. Vielleicht wachen wir eines schönen Tages alle zusammen auf.

Carolina hat deinen Namen in beiden Sprachen gelernt, aber sie nennt dich nicht beim Namen. Sie deutet auf dich und sagt »er«.

Das ist dein Vater, Carolina. Das ist Papa, sagt Wladimira. Er sorgt für uns. Bezahlt alles und verlangt keine Gegenleistung.

Hier bekommst du Eis, Carolina, mehr, als du je gegessen hast. Er reicht dir eine Glasschale mit drei bunten Eiskugeln und einer knusprigen Waffel, und du nimmst es in Empfang und sagst gar nichts. Schleckst einfach das Eis auf. Läßt dir die Waffel schmekken. Ißt die Schokolade und die Bonbons, die er immer in der Tasche hat.

Wladimira hat dir beigebracht, in seiner Sprache danke zu sagen, aber du sagst es nicht, jedenfalls nicht zu ihm, deinen Teddys bringst du es jedoch bei.

»Merci«, sagst du, wenn du sie mit Keksen von deinem neuen Puppengeschirr fütterst. *»Merci, merci.«*

Auf dem Schiff warst du die einzige, die nicht seekrank wurde. Du saßest auf dem Boden der Kajüte, und auf einmal warst du verschwunden.

Ich war zu seekrank, um nach dir zu suchen. Aber einer der Seeleute fand dich und brachte dich zurück. Setzte dich auf den Boden, und plötzlich stand er neben meiner Koje.

Olafur kam angelaufen, als ich schrie. Der Seemann sah erschrocken aus. Er wollte mir sicher kein Leid zufügen. Aber es fällt mir immer noch schwer, das zu begreifen.

Olafur bewacht uns. Niemand darf uns nahe kommen. Die Seeleute haben hinter seinem Rücken über ihn geredet. Sich über ihn, über uns lustig gemacht. Wir waren eine merkwürdige Gesellschaft, das ist mir auch klar. Aber wieso müssen sich die Menschen eigentlich immer übereinander lustig machen?

Eines Nachmittags war ich unten in der Bar. Carolina war mit Wladimira am Strand, und nachdem wir unseren Mittagsschlaf gehalten hatten, ging ich mit Olafur die Treppe hinunter.

Kakao in einer großen Tasse, süß und gut. Ich saß an einem kleinen, runden Tisch und sah ihm zu, wie er bediente. Wein und anderes servierte. In kleinen Gläsern. Bier und Kaffee.

Die Männer rauchten und unterhielten sich. Olafur war freundlich, und alle lachten. Niemand betrank sich. Alles war friedlich, und ich hörte beinahe auf zu frieren.

Sie halten dich wahrscheinlich für tüchtig, mein Olafur. Ich friere, und tüchtig, das bin ich nicht.

Wladimira

Sie ist mit auf dem Bild. Erst hat sie ihren eigenen Augen nicht getraut, aber das da hinter seiner Schulter ist ihr Gesicht. Ihr Gesicht unter einem Knoten, der weit von dem Pagenschnitt entfernt ist, den ihr eine geschickte französische Frau gerade verpaßt hat. Ihr Gesicht wirkt flacher, die Augen sind aufgerissen, aber es handelt sich zweifellos um sie. Das Foto muß am letzten Tag aufgenommen worden sein, und zwar in der Sporthalle, die später ihre Einnahmequelle wurde.

Sie schauen alle in die Kamera.

Der Vorsitzende der Schachunion hat zwei senkrechte Falten zwischen den Augenbrauen. Der Abscheuliche mit seinen Fischaugen hinter den dicken Brillengläsern hat die Zähne gebleckt, was wohl der Versuch eines Lächelns sein soll.

Und dann er. Sein Gesicht. Sein kräftiges Haar, seine schönen, traurigen Augen. Seine glattrasierten Wangen, seine Grübchen. Die Lippen. Sie hat sie nie vergessen, genausowenig wie seinen Geruch. Warm und etwas bitter wie nach einem Fieber.

Das ist er. Zum ersten Mal, seit sie ihm bei diesem schicksalhaften Bankett den Rücken gekehrt hat, ist er etwas anderes als ein flüchtender Schatten in ihren ewigen, bald tröstlichen, bald quälenden Träumen.

Die Illustrierte liegt aufgeschlagen auf dem Empfangstresen. Olivier überfliegt die Illustrierten und Zeitungen zwischen seinen vielen Verrichtungen in dem großen Haus.

Wladimira liest am Ende des Tages die Lokalzeitung von vorn bis hinten, ehe sie im Mülleimer neben der Küchentür landet. Anschließend weiß sie nicht, was sie gelesen hat, aber zumindest ist die Zeit vergangen. Die unendliche Wartezeit.

Carolina zieht sie am Ärmel.

»Laß das, Carolina.«

Wladimira lehnt sich über den Tresen und läßt die Worte in sich hineinströmen.

Emigriert. Erlaubnis zum Verlassen des Landes, oder hat man ihn gezwungen? Das kann jeder selbst entscheiden.

Paris ist sein neues Zuhause. Eine neue Ehefrau flimmert an Wladimiras hungrigen Augen vorbei, aber das muß eine reine Formsache sein. Ein Manöver, um sich die Aufenthaltsgenehmigung zu sichern.

Sie muß es sein, die er sucht, sie, Wladimira, weshalb hätte er sich sonst Frankreich aussuchen sollen? Es war ein kluger Schachzug von ihr, dem Vorsitzenden der Schachunion ihre neue Adresse zu schicken.

Bald wird er an ihre Tür klopfen, und die Geschichte kann weitergehen.

Die Seite mit dem Foto reißt sie heraus. Olivier soll sich darüber aufregen, falls er Lust hat. Sie faltet die Seite zusammen und steckt sie in die Brusttasche ihrer Hemdbluse ganz nah an ihr galoppierendes Herz.

Carolina hat sich unsichtbar gemacht, und Wladimira muß überall nach ihr suchen, bis sie sie endlich in einem der großen Wäscheschränke findet.

Jetzt kommen sie wieder zu spät, und die Vorschullehrerin wird sie von oben herab durch ihre vorurteilsvolle, randlose Brille ansehen.

Wladimira wird dastehen wie ein beschämtes Dienstmädchen. Carolina wird ein weiteres Mal weniger wert sein als die anderen Kinder, die von ihren Müttern abgeholt und gebracht werden, von Müttern, die mit lauten, schrillen Stimmen völlig akzentfrei sprechen. Gerade heute ist ihr das gleichgültig, alles ist ihr heute gleichgültig, aber sonst nicht.

Die Vorschule beginnt in diesem Land früh, und obwohl Wladimira alles gutheißt, was sie zum Abrichten von Carolina beitragen kann, ist es ein besonderer Streß, sie dazu zu bringen, sich anzukleiden und loszugehen, und gleichzeitig noch die Zwischenmahlzeit in die hellrote Schultasche im Miniaturformat zu packen.

Kekse und zwei Quadrate Bitterschokolade, jeden Tag dasselbe, aber heute vergißt sie es.

Heute schiebt sie die Sportkarre mit hocherhobenem Haupt. Sie hat den Kopf voll. Die Gedanken drehen sich im Kreis und pochen auf Aufmerksamkeit. Sie hat seine Stimme im Kopf. Erzähl mir eine Geschichte, Wladimira. Mit den Bildern auf ihrer Netzhaut übersieht sie das Auto, das schnelle Auto, dessen Fahrer Gas gibt, gerade als sie über die Straße geht.

Die Sportkarre liegt platt unter dem Vorderreifen. Ein untersetzter Mann taucht in Wladimiras Gesichtsfeld auf. Er steht vor ihr auf Zehenspitzen und brüllt ihr schockiert und wütend ins Gesicht.

»*Tu es malade, conasse?*«

Es dröhnt in ihren Ohren, in ihrem Kopf, und ihr unsteter Blick fängt nur ein Bild auf. Carolina mitten auf dem Asphalt. Das Blut auf ihrem kleinen Knie.

Das Bild hat keinen Ton.

Die Luft anhalten. Das muß sie. Bis sie das Bewußtsein verliert. Bis die Knie nachgeben und sie umfällt. Mitten auf der Straße, in der die Ladenbesitzer an die Ladentüren kommen und Leute stehenbleiben, sie anstarren und flüstern. Sieh mal, das muß diese Russin sein. Und ist das jetzt ihr Kind oder das von der anderen?

Als sie wieder zu sich kommt, liegt sie seitlich auf einer unbekannten Couch. Spucke ist aus ihrem Mundwinkel auf ein kariertes Geschirrtuch gelaufen. Jemand hat ihr die Bluse aufgeknöpft und ihren BH aufgehakt. Ihre Unterhose fühlt sich naß und kalt an.

In der Tür steht Olivier mit Carolina auf dem Arm und spricht mit einer fremden Frau. Der Mund des Kindes ist bis zu den Ohren schokoladenverschmiert, und Tränen haben in dem klebrigen Braun Streifen hinterlassen.

Carolina klammert sich an ihn. Sie hält Oliviers Ohrläppchen in der Hand, und ihr rundes Bäckchen ist an seine morgendlich glattrasierte Wange gedrückt. Er preßt sie mit seinen Armen ganz fest an sich, und plötzlich lacht er.

Zum ersten Mal hört Wladimira ihn lachen.

»Alles ist gut, meine Kleine.«

Wladimira sitzt schweigend auf dem Rücksitz von Oliviers Wagen und tastet vergeblich nach dem Zeitungsausschnitt in ihrer

Brusttasche. Irgendwo auf dem Weg muß er verschwunden sein. Vielleicht hat es ihn ja nie gegeben.

Zu Hause im Hotel wechselt sie die feuchte Unterhose. Jetzt kann sie nicht mal mehr das Wasser halten. Die Euphorie von vorhin ist eine neblige Illusion, eine weitere vergebliche Hoffnung, und Wladimira ist nur eine unbeholfene Figur, ein Kopf, der sich kaum ein paar Minuten hintereinander auf die Wirklichkeit konzentrieren kann. Sie stellt eine Gefahr für sich und ihre Umgebung dar.

Carolinas laute Stimme aus den privaten Räumen macht ihre Sorgen noch größer.

»Wir sind umgefallen. Peng. Aber ich war artig, ich habe fast gar nicht geweint.«

Jetzt weint sie trotzdem, weint und tut sich selbst leid. Das aufgeschlagene Knie wird gereinigt, und Eddas Stimme soll beruhigend klingen, aber auch sie ist den Tränen nahe, und an allem ist Wladimira schuld.

Wladimira zögert an der Tür. Dort drinnen hat sie nichts mehr zu suchen.

Sie hört Oliviers Schritte hinter sich. Er trägt Geschenke, große und kleine. Beim größten ist das Papier kaputtgegangen, und sie kann ein Vorderrad sehen.

Olivier würdigt sie keines Blickes und macht ihr die Tür vor der Nase zu. Sie steht auf der zugigen Treppe, während sie dort drinnen in der Wärme zusammen sind.

Carolinas Verwundung und daß sie am Leben geblieben ist, schweißt sie zusammen. Carolina auf einem Dreirad auf dem Teppich des Korridors stellt ein weiteres Band dar, ein zusätzliches, eher schmückendes, und der Unfall hat etwas in Edda Erstarrtes gelöst, und ihre Wangen runden sich ein weiteres Mal unter dem Pfirsichflaum, und sie und Olivier halten sich an der Hand und rufen in ihren zwei Sprachen der Kleinen fröhlich etwas zu.

Wladimira ist von Schweigen umgeben. Selbst Edda wird in ihrer Gesellschaft einsilbig. Sie sehen sich nicht mehr an. Olivier macht einen Umweg, wenn er sie sieht. Carolina schlägt nach ihrer Hand, wenn sie ihr wie früher den Milchbart mit dem Taschentuch abwischen will.

Edda verläßt ihren Sessel jetzt mehrmals täglich, geht in dem großen Gebäude herum und faßt alles an. Sie hat ein Staubtuch in der Tasche und poliert diskret wie ein Ladendieb hier eine Türklinke, dort einen Spiegel. Wladimira wäscht nicht mehr die Sachen der Kleinen, das tut jetzt deren Mutter. Sie trägt den Bottich mit den Hemdchen und Unterhosen zur Wäscheleine hinter dem Küchentrakt und bügelt die braunen Vorschulkittel.

Für Wladimira gibt es immer weniger Verwendung, und der, auf den sie wartet, kommt nicht.

Der Vorsitzende der Schachunion beantwortet ihre Briefe auch nicht mehr, und sie weiß deswegen nicht, ob ihre Adresse in die rechten Hände gelangt ist.

Vielleicht hindert ihn die neue Frau daran, sie aufzusuchen.

Als der nasse Winter endlich ein Ende nimmt, kann sie nicht länger warten.

Für ihren Lebensunterhalt hat seit ihrer Ankunft Olivier gesorgt, und sie hat aus Angst vor der harten Arbeit am Fließband der Fischfabrik mit Argusaugen auf ihr Erspartes achtgegeben. In der Sowjetunion herrscht Brotmangel, und es droht eine Hungersnot. Sie hat die monatlichen Geldsendungen an ihre Mutter wiederaufgenommen. Diese ist vielleicht noch am Leben und steht mit knurrendem Magen um Brot an.

Abgesehen davon ist ihr kleines Kapital intakt. Jetzt begibt sie sich auf die Bank und folgt aufmerksam dem routinierten Daumen des Kassierers, der die Scheine nachzählt und das beunruhigend dünne Bündel über den Tresen schiebt.

Was ein Haarschnitt kostet, weiß sie. Die Preise beim Lebensmittelhändler und im Schaufenster des Metzgerladens sagen ihr nichts. Sie hat auch keine Ahnung, wie hoch die Mieten sind, was das Heizen und gute neue Schuhe anstelle der jetzt fast ganz abgelaufenen kosten würden.

In Reykjavík steht die Wohnung leer und könnte sie jederzeit wieder beherbergen. Der Fisch landet in einem lebenspendenden Strom auf den weißen Filetiertischen der Fischfabrik und wartet nur auf ihre flinken Hände, aber was soll sie in Reykjavík, wenn er in Paris ist? Sie muß nach Paris, hat aber erst noch anderes zu erledigen.

Recht muß Recht bleiben, Olivier, du und deine Edda hattet jahrelang ein kostenloses Kindermädchen und außerdem noch eine Dolmetscherin zur Verfügung. Daß eure Tochter beinahe umgekommen wäre, weil euer Kindermädchen es an Geistesgegenwart fehlen ließ, ist keine Entschuldigung dafür, sie mit Kost und Logis abzuspeisen. Hier muß Geld auf den Tisch.

Olivier sitzt an seinem kleinen Schreibtisch, als sie sich mit ihrer Forderung meldet. Sie sieht, daß seine Augen schmal werden, während er überlegt, ob ihre Forderung berechtigt ist. Doch, natürlich, obwohl er sich nicht gerade freut und rasch überschlägt, wie er möglichst billig davonkommt, aber dann besinnt er sich eines Besseren und beendet die Rechenübung damit, daß er den kleinen Geldschrank öffnet und die Scheine langsam und umständlich auf den Tisch zählt.

Wladimira schielt auf das Geldbündel. Es ist dicker, als sie zu hoffen gewagt hatte, und sie sieht seinem Gesicht, seinen Augen und seinen zusammengekniffenen Lippen an, daß es sich hier nicht um Lohn für geleistete Arbeit handelt, sondern um Bezahlung dafür, daß sie verschwindet und sich nie wieder blicken läßt.

Zwei Geldbündel, ihr eigenes dünneres und Oliviers etwas dikkeres, stellen ihr Sicherheitsnetz dar. Das Geld muß reichen, bis sie ihn findet. Weiter denkt sie nicht.

Der Frühling nähert sich kribbelnd, die Zugvögel rasten auf den Marschwiesen und fliegen beim geringsten Anlaß in brausenden Wolken auf. Die Luft hallt vom Gekreisch der Vögel wider, als sie ihre wenigen Habseligkeiten zusammen mit dem dicken Ulster in den Koffer legt. Die Packen mit Briefen, die sie über das Meer hierher geschleppt hat, jetzt nähern sie sich endlich ihrem Empfänger. Draußen in dem strahlenden Sonnenschein sind Möwen auf der Partnersuche, eine neue Saison geht an den Start, die Tage sind hell, voller Veränderung und Erneuerung.

Die Schachtel mit den Schachfiguren, den kleinen Wikingern aus einem weichen Stein, die sie die Hälfte ihrer ersten Lohntüte aus der Fabrik gekostet haben, legt sie ganz oben in den Koffer. Das Wiedersehensgeschenk. Der Beweis dafür, daß sie immer an ihn gedacht hat.

Carolina ist in der Vorschule, als sie aufbricht, aber Edda besteht darauf, sie mit dem Auto zum Bahnhof zu begleiten. Wladimira hat keine Erklärung für ihre Abreise geliefert. Edda hat auch nicht nachgehakt, das ist eine ihrer guten Seiten.

Olivier hebt ihren Koffer aus dem Kofferraum und reicht ihr zum Abschied die Hand.

»*Au revoir, Madame.*«

Wladimira weicht seinem Blick aus. Statt dessen richtet sie ihre Augen auf die Narbe an seiner Oberlippe, die bleicher ist, Weiß auf Weiß. Sein höfliches Lächeln ist bereits erloschen, und zwar schneller, als es gekommen ist.

Wladimira hat gerade noch Zeit, sich auf ihren Platz zu setzen, da verläßt der Zug schon den Bahnsteig. Abgesehen von ihr ist das Abteil leer. Sie macht es sich bequem und schließt die Augen. Bald ist sie da.

In Wladimiras Welt besteht eine Großstadt aus deprimierenden Mietshäusern, gigantischen Fassaden und Straßen, die so breit sind, daß man sich jeden Morgen genau überlegen muß, ob man wirklich eine von ihnen überqueren soll. Eine Stadt, das sind Bauklötze in bunten Farben, die jemand auf schwarzem Lavasand ausgeleert hat. Eine Stadt, das sind kleine, steile Straßen, die auf Hafen und Schiffe zuführen.

Paris ist weder Großstadt noch Stadt, Paris ist ein riesiger Körper, weich und organisch. Im Erdgeschoß jedes zweiten Hauses befindet sich ein Café mit Tischen im Freien, wo an diesem verheißungsvollen Nachmittag Leute in die noch schwache Sonne blinzeln und an Gläsern und Kaffeetassen nippen.

Wladimira schleppt ihren Koffer. Sie hat wahnsinnigen Hunger, obwohl sie auf der Reise ein üppiges Sandwich verzehrt hat. Aber sie kann sich nicht dazu entschließen, sich an einen Tisch zu setzen und sich anstarren zu lassen, während sie überlegt, was sie bestellen soll. Außerdem ist es zu spät zum Mittagessen und zu früh zum Abendessen.

Ein Dach über dem Kopf hat höchste Priorität. Olivier hätte ihr dabei helfen können, hat es aber nie angeboten, und sie hat es nicht über sich gebracht, ihn zu bitten.

Straßauf, straßab trabt sie auf ihren dünnen Sohlen, und plötzlich hat sie lauter kleine Hotels vor sich. Die Preise sind auf einem

Stück Pappe im Fenster angeschlagen, und sie kann sich eines aussuchen.

Bald wird sie kein Hotel mehr brauchen, wenn sie denjenigen findet, der auf sie wartet. Wenn sie wieder zusammen sind, wie es die ganze Zeit geplant war.

Eine magere Frau mit scharfem Blick mustert sie von ihrem Platz hinter einem geschwungenen Tresen. Man hat Wladimira ihr ganzes Leben lang gemustert, in der Schule, bei den Pionieren und in der Universitätsbibliothek, und die Tochter des Volksfeindes hält noch einmal die Luft an und entspannt sich erst wieder, nachdem sie die steile Treppe bezwungen hat und im fünften Stockwerk heftig atmend den schweren Schlüssel ins Schlüsselloch steckt.

Das Zimmer hat sie im voraus bezahlt, vorläufig für eine Woche. Ihr Plätzchen auf Erden ist ein hohes Zimmer mit gesprungenem Waschbecken und Bidet hinter einem verschossenen Vorhang. Aber die Bettwäsche ist sauber, die braunen Blumen der Tapete lächeln munter, und der braungebeizte Kleiderschrank hat einen Spiegel, der das kleine Zimmer doppelt so groß erscheinen läßt und das Bild einer grundsoliden, schwarzhaarigen Frau zu Wladimira zurückwirft.

Schwarzer Pagenkopf, etwas kürzer als sonst. Runde Wangen und eine kräftige Kinnpartie hat sie noch immer, aber das Doppelkinn ist fast verschwunden. Der Busen ist üppig wie eh und je, und die Hüften breiten sich unter dem Faltenrock aus. Ihre Beine entsprechen vielleicht keinem Ideal, sind aber auch nicht direkt unschön. In der Tat sieht sie besser aus als je zuvor in ihrem Leben.

Niemand soll sich ihrer schämen müssen.

Jeden Tag füllt sie mit Projekten, die sie ihrem Ziel näher bringen sollen. Die falkenäugige Frau an der Rezeption leiht ihr das Telefonbuch.

»Suchen Sie jemanden, Madame?«

Sie vermag es nicht, der inquisitorischen Hotelbesitzerin von ihrem Vorhaben zu erzählen, aber ihre Hilfe kann sie trotzdem annehmen. Die Frau gibt ihr die Adressen der Verwaltungen von sämtlichen Arrondissements und erklärt ihr, welche Metro oder welchen Bus sie nehmen muß. Kreuz und quer, unter- und überirdisch fährt sie durch die Stadt, verläuft sich in den Metrostationen und findet nur mit Mühe auf den richtigen Weg zurück.

Nach ein paar Tagen kennt sie sich mit dem öffentlichen Nahverkehr aus. Sie schreitet durch die schweren Türen und steigt die knarrenden Treppen hinauf, klopft in dunklen Korridoren an Türen und wechselt Worte mit Beamten, die bald abweisend und bald hilfsbereit sind, doch alles ist vergebens.

Als die Woche um ist, ist sie ihm nicht näher gekommen. Dafür hat sie eine Art Beziehung zu der Hoteldame entwickelt, die primär aus dem Austausch französischer Höflichkeitsfloskeln besteht: Wie geht's? Nur Mut! Viel Glück! Aber als Wladimira das Geld für eine weitere Woche auf den Tresen legt, ist es an der Zeit, den nächsten Schritt zu wagen.

Es kommt vor, daß man Selbstverständliches übersieht, weil man zu beschäftigt ist, einen bestimmten Plan zu verfolgen, oder daß ein Außenstehender einen auf etwas hinweist, das man selbst schon lange hätte einsehen können.

Die Hotelbesitzerin präsentiert ihr die Lösung mit einem Achselzucken, nonchalant wie ein Magier, der ein weiteres Kaninchen aus seinem Zylinder zaubert.

Das versteht doch jeder, Madame, Schachclub lautet das Stichwort. In einem Schachclub muß man über ihn Bescheid wissen. Falls er also wirklich so berühmt oder, wie sie behauptet, weltberühmt ist.

Sie selbst spiele kein Schach, das sei etwas für Geduldige, für Intellektuelle, Madame, und sie sei weder das eine noch das andere, ihr Vetter hingegen schon.

Mit einem Mal ist alles einfach. Mit einem Mal befindet sich Wladimira an einem Schnittpunkt, an dem Gespräche plötzlich wieder einen Sinn ergeben und sich Lösungen auftun, korrekte und elegante – so wie die Bewegungen der Schachfiguren, die von seinen kenntnisreichen Fingern bewegt werden.

Niemand weiß, wo er wohnt, aber alle wissen, daß er in der Stadt ist und daß er außerdem an einem der nächsten Tage seinen ersten Schaukampf im Exil absolvieren wird. Alle wissen, wann und wo, sie braucht nur hinzugehen.

Stundenlang wartet sie vor der Saaltür, die erste in einer immer länger werdenden Schlange von Schachbegeisterten, aber natürlich nimmt er nicht diesen Weg, natürlich wird die Tür erst im letzten Augenblick geöffnet, und natürlich sitzen er und sein Gegner bereits am Schachbrett.

Aber als er gesiegt hat, ganz selbstverständlich und eindeutig, und, sich verbeugend, den Applaus entgegennimmt, steht sie auf. Von Angesicht zu Angesicht sind alle Zweifel verschwunden.

Er hat sie wiedererkannt. Das kleine Lächeln auf seinen Lippen gilt ihr und nur ihr. Das Funkeln seiner grünen Augen verrät ihn, er ist genauso erleichtert und glücklich wie sie. Aber Leute drängen sich ihm entgegen, und noch ehe sie sich einen Weg durch die Schar der Schachbegeisterten und Autogrammjäger gebahnt hat, ist er weg.

Über die drängelnde und schubsende Menge hinweg sieht sie ihn nochmals. Eine dünne Brünette zieht ihn hinter sich her, aber sein letzter Blick über die Schulter gilt ihr, daran ist nicht zu zweifeln. Seine Augen bitten sie um Hilfe.

Er wird gegen seinen Willen weggeschleift. Ein weiteres Mal befindet er sich in der Gewalt anderer Menschen, und sie kann nur hilflos dastehen und zusehen, während sich die Leute auf dem Weg zum Ausgang an ihr vorbeidrängen.

In ihrer Tasche liegt der Packen Briefe, die Summe ihrer Sehnsucht. Wenn er ihn nur erhält, dann wird er die Kraft finden, sich freizukämpfen, und sie wird ihm beistehen und seine Dolmetscherin sein und mehr als das. Sie wird seine Tage mit Geschichten füllen, wo sie diese auch immer herbekommen mag, und nachts wird er sein schweres Haupt auf dem tröstenden Kissen ihrer Brust ruhen lassen.

Wladimira bleibt stehen, während der Saal sich leert. Ein kleiner Mann in ausgebeulten Hosen klappt das Schachbrett zusammen. Die Figuren klappern bereits in der Holzschachtel unter seinem Arm.

»Ich schließe jetzt ab, Madame. Kann ich Ihnen mit etwas dienen? Einer Auskunft?«

Mit etwas dienen. Sie sollte sich an die Höflichkeit, die in diesem Land so üblich ist, gewöhnen. Sie kommt häufiger vor als Abweisung und Arroganz. Sie sollte sich daran gewöhnen, ihr eigenes

Mißtrauen auf Sparflamme zu setzen, und daran, daß die anderen das ebenfalls tun.

Auf einmal wird es merkwürdig einfach. Sie muß nicht einmal mehr Lügen über sich erzählen oder, wenn überhaupt, nur unbedeutende. Sie ist eine alte Freundin, ebenfalls im Exil, die den Meister willkommen heißen und ihm ihre Unterstützung anbieten will.

Der Name des Restaurants, in dem der Veranstalter die Hauptperson des Abends und seine Gattin – eine hübsche Frau, nicht wahr? – gerade zum Abendessen einlädt, während sie hier stehen und sich unterhalten, fällt von den Lippen des Mannes wie Rosenblätter. Von Gegenleistungen kann nicht die Rede sein, keine impliziten Erwartungen hinsichtlich diskret in Jackentaschen geschobener Geldscheine verschmutzen die Atmosphäre.

Die Schaufenster mit ihren schweren Metallmarkisen haben sich in blinde Augen verwandelt, es ist plötzlich stockdunkel, und die wenigen Straßenlaternen leuchten nur schwach, aber sie kennt die Gegend, und ihre Füße tragen sie durch die richtigen Straßen auf ihr Ziel zu, ohne daß sie ein einziges Mal innehalten muß.

Die Schultertasche mit den Briefen schlägt gegen ihre Hüfte. Sie ist recht groß, aus grobem Baumwollstoff und hat Metallschnallen. Ein Tourist hat sie im Hotel vergessen. Die Briefe sind ein Pfand, eine Eintrittskarte und gleichzeitig nichts von alldem.

An der Tür des Etablissements neben einem ausgestopften Wildschwein geht es nicht weiter. Einen Tisch hat sie nicht reserviert, und der Name des Meisters ist nicht das Losungswort, er ist niemand, den man hier kennt, niemand, der auf irgendeiner Liste stehen würde. Hinter dem Rücken des Türstehers verschwindet eine Treppe nach oben, und sie kann keine Tische sehen, Leute gehen an ihr vorbei und werden auf einer Liste abgehakt, man hilft ihnen aus ihren Mänteln und Capes, und sie steht dem Strom aus Männern und Frauen, die gepflegt und schlank wie Vollblutpferde sind, im Weg, das merkt selbst sie. Es duftet nach exklusivem Parfüm, Mimosen und Lilien, und nach Rasierwasser mit einer Note von Gräsern und Zaumzeug.

Wladimira in ihrer Strickjacke, ihren plumpen Schuhen und ihrer Aura aus billiger Seife und herbem Deodorant wirkt behäbig und deplaziert.

Auf der gegenüberliegenden Straßenseite stellt sie sich in eine Toreinfahrt, in der es schwach nach Urin riecht, aber hier ist sie wenigstens vom Wind geschützt, der eine Zeitung in losen, flatternden Blättern die Straße entlang vor sich hertreibt. Wladimira lehnt sich an die Mauer. Jetzt muß nur noch die Zeit vergehen. Sie wagt es nicht, die Augen zu schließen. Nicht auszudenken, wenn er ins Freie träte, während ihre Augen geschlossen sind, aber zuletzt läßt es sich nicht verhindern.

Eine Hand auf ihrer Schulter, viel zu nahe an ihrem Hals, jetzt nähert sie sich ihrer Brust. Das ist er nicht, wie sollte er das sein können, für so etwas ist er zu fein. Dies ist ein Grobian mit gewaltsamen Händen, der ihr Obszönitäten ins Ohr flüstert und sie mit rauher, undeutlicher Stimme nach dem Preis fragt. Ein Grobian, der üppige Frauen bevorzugt. Ob sie einverstanden sei?

Einen Korb zu bekommen macht keinen Mann froh, und Wladimira beißt die Zähne zusammen und versucht wegzuhören, als er sagt, daß ohnehin niemand im Traum daran dächte, sie zu bumsen, nicht einmal wenn er dafür bezahlt würde.

Und dann steht er plötzlich in einem grauen Trenchcoat, der mit seinen akkuraten Falten aussieht, als sei er gerade erst aus einer größeren Sendung ausgepackt worden, unter der Glasmarkise des Lokals. Das Hemd ist hellrot. Er muß das weiße nach dem Schachturnier ausgezogen haben, wie er das immer tut. Seinen verschwitzten Rücken hat er mit einem Handtuch abgetrocknet, das jetzt nach ihm riecht.

Wladimira wird von Stolz erfüllt. Darüber, daß sie soviel über ihn weiß. Mehr als die meisten anderen, mehr als sonst jemand in diesem Land. Möglicherweise mit Ausnahme dieser lächerlich dünnen Frau, die sich in ihr Tuch hüllt, während sie mit ihren dunkel wie geronnenes Blut bemalten Lippen lächelt, den Lippen eines Vampirs.

Im Schein der Hängelampen an der Markise schimmert seine rotbraune Mähne kupfern. Wladimiras Hände wissen, wie es sich anfühlt, mit den Fingern hindurchzufahren, und das ist ein Wissen, das ihr die Kraft verleiht, ihrem schreienden Angreifer einen Stoß zu versetzen.

Er taumelt in den Rinnstein, aber die Gesellschaft auf dem

gegenüberliegenden Bürgersteig geht bereits die Straße hinunter. Ein nächtlicher Tumult dieser Art erregt keine Aufmerksamkeit. Eine Nutte hat Probleme mit einem Freier, das gehört zum Alltag, und man braucht keine Notiz davon zu nehmen.

Wladimira sieht, wie sie um die Ecke biegen, und macht einen Schritt vorwärts, da erhält sie einen Schlag, daß es ihr nur so in den Ohren klingelt.

Der Mann hat ihr den Weg versperrt. Im Schein der Straßenlaterne sind seine Augen schwarze Abgründe, sein Mund eine Kloake, die Worte ausspuckt, die sie nicht hören, nicht verstehen will.

Die Schultertasche. Ohne zu zielen, schwingt sie sie und erwischt ihn im Auge, und zwar so fest, daß er das Gleichgewicht verliert. Die Tasche ist aufgegangen, und der gesamte Inhalt fällt heraus, packenweise, linierte weiße Bögen aus ihrem Schreibblock, beschrieben mit ihrer zierlichen Schrift.

Die Briefe verteilen sich über die Straße, den Bürgersteig, den nassen Rinnstein mit seinen halb aufgelösten Hundehaufen und feuchten Kippen. Der Wind hat bereits ein paar von ihnen gepackt. Sie kann sie einfach nicht zurücklassen.

Obwohl sich der Mann direkt hinter ihr befindet, bleibt ihr keine Wahl. Sie muß sich auf die Knie werfen und die Papiere aufraffen. Der Schuh des Mannes erwischt sie an der Lende und Hüfte, seine schweren Fäuste hämmern auf ihre Schläfen, in ihr Gesicht, aber die Briefe hat sie wieder. Sie sind schmutzig, aber sie gehören ihr und nicht zuletzt ihm, sie kann sie einfach nicht zurücklassen, und es spielt keine Rolle, daß ein Mann auf sie einprügelt.

Blut rinnt ihr in schwarzen Tropfen aus der Nase, und sie hört sich selbst schniefen, während sie die Bögen zurück in ihre Tasche stopft. Der Anblick des Blutes hat ihren Angreifer in die Flucht geschlagen, vielleicht war es aber auch das junge Paar, das auf der gegenüberliegenden Straßenseite stehengeblieben ist und ihr jetzt etwas zuruft.

Sie schlägt das Hilfsangebot der beiden aus. Wenn sie Glück hat, kann sie die anderen immer noch einholen.

Wenn auch nur, um zu sehen, wie er hinter einer Haustür verschwindet, und sich eine Adresse zur späteren Verwendung zu notieren.

Wladimira rennt. Blut läuft langsam über ihre Oberlippe, tropft ihr in kleinen, warmen Tropfen vom Kinn auf die Jacke. Die Tasche mit den Briefen hat sie über die Schulter gehängt, und sie bewegt sich mit ziemlichem Tempo den Boulevard entlang.

Endlich sieht sie sie.

Glücklicherweise sind sie nicht in der Metro verschwunden. Glücklicherweise schlendern sie hundert Meter vor ihr über den breiten Bürgersteig. Es hat den Anschein, als ruhe sein Arm auf dem Rücken der dünnen Frau, aber sie kann sich da auch irren.

Natürlich irrt sie sich.

Wladimira verlangsamt ihre Schritte. Es ist nicht der richtige Zeitpunkt, um sich zu erkennen zu geben, so zerschlagen, wie sie ist. Sie will nicht mit blutigem Gesicht und fleckiger Jacke vor ihm stehen. Außerdem soll er allein sein, wenn sie ihm wiederbegegnet. Etwas anderes kommt nicht in Frage.

Licht aus einer Bar fällt weiter vorn auf die Straße. Das Paar ist stehengeblieben, und er hat sich in Wladimiras Richtung umgedreht. Sicherheitshalber kehrt sie ihm den Rücken zu. Als sie sich wieder umdreht, ist der Bürgersteig leer.

Im blauweißen Licht der Bar sitzen sie in der Nähe des Tresens, an dem ein schläfrig wirkender Mann Bier in ein Glas zapft.

Wladimira kann von ihrem Beobachtungsposten im Schatten einer großen Platane das Gesicht der Frau sehen.

Jemand hat ein Lächeln auf ihr Gesicht tätowiert, zumindest sind die Mundwinkel permanent nach oben gezogen. Die Brauen sind Pinselstriche über harten, glatten Wangenknochen, die unreifen Pflaumen ähneln. Das Kinn weist ein kleines Grübchen auf. Das ganze Gesicht erinnert an ein auf ein Osterei gemaltes Herz. Es ist demütigend charmant.

Jetzt lacht sie auch noch und zeigt dabei kleine, weiße Zähne. Sie lacht den Mann an, der mit dem Rücken zur Glasfassade sitzt.

Wladimira sieht, wie sie ihr Bierglas hebt und beim Trinken halb die Augen schließt. Das Bild ist stumm, aber die dunkelroten Lippen der Frau bewegen sich, und der Mann ihr gegenüber nickt mit seinem großen Kopf, und sein Haar glänzt in der grellen Dekkenbeleuchtung. Er hat sich eine Zigarette angezündet, und hellgrauer Rauch steigt zur Spiegeldecke der Bar auf.

Die Frau sitzt auf Wladimiras Platz. Das ist unbestreitbar. Aber es ist noch zu früh, daran etwas zu ändern.

Wladimira lehnt sich an die fleckige Rinde des Baums und wartet. Das Blut tropft nicht mehr, dafür friert sie im Nachtwind, aber sie wagt weder stehenzubleiben noch zu gehen, wagt es nicht, sich der Gefahr auszusetzen, zu erkranken oder ihn verschwinden zu lassen. Nicht jetzt, wo sie ihn endlich gefunden hat. Nicht so kurz vor dem Ziel.

Als sie sich dort drinnen endlich erheben, klappern ihre Zähne laut. Die Hände, mit denen sie ihre Tasche ganz fest hält, sind blau vor Kälte, aber jetzt ist alles leicht. Ihm im passenden Abstand zu folgen, im richtigen Moment stehenzubleiben. Zu warten, bis die Haustür hinter ihnen zufällt, aus der Dunkelheit zu treten und sich die Hausnummer einzuprägen, die sie nie vergessen wird. Hundertsieben. Dieselbe Nummer wie die ihrer Mitgliedskarte vom Schachclub in Reykjavík.

Für Eddas Zeichen und Omen hatte sie immer nur ein Kopfschütteln übrig, aber vielleicht hatte Edda ja doch recht. Vielleicht gibt es ja doch mehr zwischen Himmel und Erde.

Jedenfalls steht Wladimira hier zwischen Himmel und Erde, und nur eine Haustür trennt sie von ihm, vielleicht auch eine Treppe, eine weitere Tür, aber hinter der ist er dann.

Vor einigen Augenblicken wurde dort oben Licht gemacht. Dort wohnt er. Im ersten Stock über einem Klaviergeschäft. Hinter dem Gitter vor dem Schaufenster kann sie die Ecke eines Flügels erkennen.

Dort oben zieht er sich in diesem Augenblick das Hemd über den Kopf, ohne es aufzuknöpfen. Er läßt die Hose zu Boden fallen, ehe er sie zusammengelegt über eine Stuhllehne hängt. In einem Zimmer, das nach der Zigarette riecht, die er angezündet hat und die in einem Aschenbecher verglimmt.

Ein Zimmer, dessen Aussehen sie nicht kennt. Noch nicht.

Er hingegen hat sich nicht verändert. Was auch immer sie in ihrem gemeinsamen Vaterland mit ihm angestellt haben mögen, er hat sich nicht verändert, abgesehen davon, daß er gesünder und weniger verzweifelt aussieht. Seine Haut ist gebräunt und glatt, und die Augen sind grün wie Wasser und noch klarer.

Wladimira weiß, wie seine Schultern unter dem Hemd aussehen.

Sportlich-durchtrainiert und mit kräftigen Muskeln geht er durch die Welt, obwohl seine spezielle Disziplin genausogut von einem Schwächling ausgeübt werden könnte. Seine Schritte sind elegant und korrekt. Ohne überflüssige Bewegungen.

Die Freiheit gehört genauso ihm wie ihr. Eine Freiheit, die sie bisher dazu verwendet hat, sich das Haar kurz schneiden zu lassen und das Schachspielen zu lernen, von einem Exil ins andere zu ziehen und zu überleben.

Und zwar so lange, bis sie ihn gefunden hat. Was kann man von einem Menschen mehr verlangen?

Namensschilder gibt es keine, wohl aber eine Klingel für die Concierge, doch es ist zu spät, um zu klingeln und Fragen zu stellen, und zu spät, um einen Brief dazulassen.

Sie muß sich das Blut aus dem Gesicht waschen, sich umziehen und versuchen, ihre Jacke vor dem Untergang zu retten. Trotzdem kann sie nicht einfach gehen, ohne ein Zeichen zu hinterlassen.

Die Augen auf das Quadrat der Fensterscheibe gerichtet, hinter der ein Schatten eine Gardine zuzieht und ein schmaler Lichtspalt wenig später dunkel wird, spuckt sie in ihre Hand und reibt sie übers Gesicht, bis sie rot von Blut ist.

Der Abdruck ihrer Handfläche ist auf dem grünen Lack der Tür kaum zu erkennen, aber das ist nicht entscheidend.

Sie war dort.

Jetzt wird alles gut.

Edda

Carolina hat es wirklich im Griff. Ihr Vater fährt sie zur Schule und holt sie auch wieder von dort ab. Sie hängt ihm an den Fersen, sobald sie frei hat. Ich bin nur eine, die auch noch dabei ist. Das macht nichts.

Wladimira ist weg. Ich weiß nicht, ob sie mir fehlt. Ich hatte mich an sie gewöhnt, so wie man sich an eine Hose gewöhnt, die zu eng ist. Ich half ihr, als es nötig war, und sie half mir. Wir sind uns gegenseitig nichts schuldig.

Olafur und ich liegen eng nebeneinander in dem großen Bett, wenn der Tag vorbei ist, und ich bohre meine Nase in seine Schulter. Meine Lippen berühren seine Narbe, das kleine Loch, das zurückgeblieben ist, und seine Hand liegt auf meinem Bauch. Ich lege sie dorthin und halte sie fest, bis sie zu einem Teil von mir wird. Weiter sind wir nicht gekommen.

Carolina schläft in ihrem eigenen Zimmer. Morgens weckt Olafur sie. Sie planschen im Badezimmer, und sie kreischt und lacht.

Ich liege da und höre ihnen zu, unter dem frischgebügelten Laken, unter der warmen Decke und mit dem Kopf auf der harten Nackenrolle, an die ich mich vielleicht eines Tages gewöhne.

Unten in der Küche trinkt Carolina aus einer geblümten Schale das heiße Malzgetränk. Sie tunkt Brot hinein, und es tropft auf das Tischtuch, und niemand weist sie zurecht.

Erst wenn ich höre, daß der Motor des Autos angelassen wird, stehe ich auf.

Auf den Bildern, die mir Olafur geschickt hat, empfange ich die Gäste hinter dem Empfangstresen, bediene an den Tischen und stehe als Wirtin hinter der Bar. So wird es wohl nie sein. Wollte ich all dies tun, müßte ich mit den Leuten sprechen können. Französisch werde ich wohl nie lernen. Die paar Worte, die Olafur und Carolina mir beibringen, genügen mir. Die Zahlwörter und ein

Satz oder zwei, mit denen ich mich mit den Zimmermädchen und der Dame, die mir die Haare schneidet, verständigen kann. Olafur und ich brauchen sie nicht.

Die Menschen hier mögen die Worte. Sie wickeln sie in ihre Zungen ein. Sie bauen sie in schönen Reihen auf. Sie dressieren sie, um sich gegenseitig mit ihnen zu beeindrucken. Das höre und sehe ich nachmittags in der Bar.

Jeden Tag gehe ich mit nach unten, und zwar nicht mehr als Gast. Jetzt spüle ich Gläser, und ich habe auch gelernt, wie man die Kaffeemaschine bedient. Olafur gibt mir ein Zeichen, ein Finger, zwei Finger. Die Maschine spuckt und pfeift, und der Kaffee läuft tropfend in die Tassen. Den Zucker in den kleinen Tütchen habe ich bereits auf die Untertassen gelegt.

Die Leute haben sich daran gewöhnt, daß ich nicht antworte, daß ich mit dem Kinn auf Olafur deute, wenn sie etwas bestellen wollen. Die Worte für Kaffee und Bier sind ja noch recht einfach, aber im nächsten Moment wollen sie dann Himbeersirup mit Wasser oder eine Mischung aus Bier und Limonade, und dann ist es wieder soweit.

Olafur gefällt es, daß ich dort unten bin. Er streichelt mich im Vorbeigehen, aber so diskret, daß es niemand sieht. Seine Hände sind dick und weich und warm und tröstlich wie sein dicker Bauch.

Wir essen gut, und ich habe meine Rundungen wieder. Bald bin ich ganz gesund. Vielleicht bin ich es schon jetzt. Jedenfalls träume ich nicht mehr soviel, und ich zittere schon lange nicht mehr.

Heute nacht bin ich aufgewacht und konnte nicht wieder einschlafen. Olafur war auch wach. Vielleicht war es der Wind, vielleicht war es etwas anderes. Der Mond schien, und ich sah seine Augen. So viel Liebe. Es fällt mir leicht, sie anzunehmen. Was ich ihm dafür gebe, ist offensichtlich genug. Aber ist es das wirklich?

Er hat in der Dunkelheit etwas geflüstert. Worte, die ich nicht verstand.

Gerade eben kam er mit Carolina herein. Ich saß auf meinem Stuhl und dachte an nichts. Carolina hatte ein Bild dabei, das sie in meinen Schoß legte. Olafur sah feierlich aus. Sogar Carolina war ernst. Dann gingen sie wieder. Ich konnte hören, wie sie den ganzen Weg die Treppe hinunter redeten und lachten.

Auf dem Bild sind drei Menschen. Ein Mann und eine Frau. Ein Kind. Der Mann ist groß und kräftig und hat dunkles Haar. Die Frau trägt ein langes, weißes Kleid. Ein Schleier rauscht um ihren Kopf. Ein Brautschleier.

Olafur. Du hast mir einen Ring geschenkt. Ich trage ihn jeden Tag, weil du sonst traurig wärst. Er paßt nicht zu meinen Putzhänden. Er paßt nicht zu mir.

Ich wollte keinen Mann. Aber das ist es nicht. Nicht mehr. Wir gehören jetzt zusammen. Du und ich und Carolina. Daran kann ich nichts ändern. Daran will ich auch nichts ändern. Aber Hotelbesitzerin bin ich nicht. Ich würde lieber die Zimmer saubermachen. Ich würde gerne die Fußböden und die Toiletten putzen, wenn ich das dürfte. Das kann ich gut. Ich will am liebsten das tun, was ich gut kann. Aber die Falte auf deiner Stirn sagt mir, daß du das nicht willst. Daß sich das nicht schickt.

Ach, Olafur. Ich will dich nur heiraten, wenn ich ich selbst sein darf. Aber das kann ich dir nicht erklären. Die Worte, die ich beherrsche, reichen dafür nicht aus. Wir haben uns immer ohne Worte unterhalten, jetzt sind wir stumm.

Joyce

Irgendwo über dem Atlantik lasse ich Joel los.

Einen Tag nach meiner Ankunft holt mich auf einer Straße in Paris ein anderer Teil meiner Familiengeschichte ein.

Der Diarrhö gibt man lustige Namen. Montezumas Rache, Pharaos Fluch. Eine humoristische Bezeichnung für das, was mich am Tag nach meiner Ankunft in Paris ereilt, habe ich hingegen nie gehört. Aber Hämorrhoiden sind natürlich zunächst etwas Lächerliches, und es ist möglich, daß sich jemand bei der Inschrift auf meinem Grabstein vor Lachen auf die Schenkel geklopft hätte.

Sie starb an einer geplatzten Hämorrhoide.

Tatsache ist, daß ich daran hätte sterben können. Die ganze langgezogene, zermürbende Abschiedsprozedur hat ihre Spuren in meinem Darmtrakt hinterlassen. Die letzten Monate war es so, als sei ich wieder schwanger, dieses Mal mit einem bald Zehnjährigen. Joel hat sich als ständiger Schmerz in meinem Unterleib eingenistet, als eine Bürde, die ich als einen Teil von mir herumtrage und nie ablegen kann.

Mein Kopf erzählt mir, daß es nichts nützt, daß ich ihn bereits verloren hatte. In meinen düstersten Stunden erzähle ich mir selbst, daß es bereits damals geschah, als ich seine Babytragetasche neben Marge auf dem Rücksitz deponierte.

Rein physisch drückt sich das Ganze in Form von schmerzenden Schwellungen, blutigem Stuhl und in dem unbehaglichen Gefühl aus, die Kontrolle verloren zu haben. Das ist gar nicht weit von der Wahrheit entfernt. Ich tue, was ich kann, um die Symptome zu ignorieren. Der tyrannische Dickdarm meiner Mutter steckt hinter meinem Entschluß, daß niemals irgendein Teil meiner Anatomie, mein Verdauungssystem eingeschlossen, mich oder meine Umgebung beherrschen darf.

Als ich also beim Verzehr einer Portion Schnecken in einem

Bistro auf der Ile Saint-Louis plötzlich eine nasse Hose habe, bin ich erst verwirrt. Der kanadische Linguist auf der anderen Seite des Tisches ähnelt einem klassischen deutschen Teddybären und kann unmöglich der Grund unkontrollierter Sekretbildungen sein.

Die Schnecken sieden appetitlich in ihren Häusern, doch selbst wenn sie verdorben gewesen wären und ich sie bereits genossen hätte, hätte das noch keine Wirkung zeitigen können.

Ausnahmsweise rumort mein Magen einmal nicht, und nichts tut weh.

Dafür ist die Toilette voller geronnenen Bluts, und ich sehe mich gezwungen, mich mitten im Dessert zu entschuldigen.

Der Kanadier ist schon seit ein paar Monaten in der Stadt und mit dem örtlichen Gesundheitswesen vertraut. Nachdem ich die Nacht mit dem Großteil einer Schachtel Tampax in meinem schmerzenden Hinterteil auf meinem Hotelzimmer verbracht habe, lasse ich mich in eine Klinik aufnehmen, die auf so etwas spezialisiert ist, wie es der Kanadier, der robuster aussieht, als er ist, formuliert.

Entleerung stehe auf dem Programm, teilt man mir mit. Entleerung und Untersuchung meines Innenlebens mit Hilfe eines zu diesem Zweck konstruierten optischen Instruments.

Ich sehe sie schon vor mir, die sehnigen Männer in gefechtsmäßiger Montur, wie sie auf eine leicht brodelnde Sumpflandschaft blicken. Merkwürdigerweise kommt es mir erst anschließend in den Sinn, daß das, wonach sie suchen, dasselbe ist, was Mutter das Leben gekostet hat. Dafür denke ich in den nächsten Monaten so intensiv daran, daß meine Angst vor dem Tod nur noch von meinem eisernen Überlebenswillen übertroffen wird. Ich bin fünfunddreißig und habe meine Sterblichkeit bisher nicht für eine absolute Notwendigkeit gehalten. Jetzt hat man sie mir vor Augen geführt, und zwar so deutlich wie mit einem Schaubild in der Schule.

Die Klinik ist ein Vorgeschmack, eine Minihölle, die von uniformiertem Personal bewacht wird, das nicht nachgibt. Krankenpflege ist nicht unbedingt ihre Stärke, jedenfalls nicht der Teil, der mit Schmerzstillen und Trösten zu tun hat.

Man hat mich in einem Doppelzimmer untergebracht. Meine Leidensgefährtin ist eine kräftige, einsilbige Frau, deren kurzer

Pagenschnitt wieder einmal gestutzt werden müßte. Wir leeren unsere Karaffen mit süß-salziger Flüssigkeit, wir entledigen uns unseres flüssigen Darminhalts und stöhnen und jammern, während uns der kalte Schweiß ausbricht. Wir wissen nicht, wie die andere heißt, aber sie hilft mir trotzdem vom Boden auf, als ich auf halbem Weg auf die Toilette ohnmächtig werde. Sie hält mich fest, als mir Elend und Gestank den Magen umdrehen. Dafür borge ich ihr meinen Bademantel und mein bestes Handtuch, denn die Temperatur ist genauso unterkühlt wie das Pflegepersonal dieser Klinik. Handtücher, so etwas haben wir wirklich nicht, Madame, nicht einmal für Geld, teilt das herbeigeklingelte Drecksweib mit.

Wir wissen nicht, wie wir heißen, aber als endlich der Morgen graut, sind wir eng verwandt. Schwestern oder zumindest Cousinen.

Als wir beide wieder aus der Narkose erwachen, ist der Zeitpunkt gekommen, unsere Daten auszutauschen.

Wladimira ist ein Produkt dessen, was meine politischen Gesinnungsgenossen und ich stets als übertrieben von uns gewiesen haben. Aber ihre Vergangenheit ist nicht das Wichtigste. Wladimira ist ein Mensch, der sich für eine Leidenschaft verzehrt, und nicht nur das.

Meine neugefundene Freundin wird von einer Berühmtheit geliebt. Das kann man sich nur schwer vorstellen, wenn man sie sieht, aber trotzdem scheint es so zu sein. Sie trägt sein Porträt immer bei sich, ein abgegriffenes Illustriertenfoto. Je mehr ich von der Geschichte erfahre, desto haarsträubender wirkt sie.

Etwas an dem Foto kommt mir bekannt vor, und plötzlich fällt mir ein, daß sein Gesicht in meiner letzten Zeit in Reykjavík ständig auf den Titelseiten der Zeitungen zu sehen war, in einer Zeit, die ich gründlich aus meiner Erinnerung getilgt habe. Damals war er der Schachkönig, aber was ist seither passiert, und wer hat damals eigentlich gewonnen?

Wladimira weiß es. Wladimira referiert Fakten und Mutmaßungen.

Wladimiras doppeltes Erbe verschmilzt in ihrem Erzählstil. Selbst in ihrem angebüffelten Französisch klingt ihre Geschichte wie eine Mischung aus Saga und Dostojewski. Fasziniert höre ich zu.

Die Universität hat mir vor meiner Abreise einen Intensivkurs bezahlt, und mein französischer Wortschatz ermöglicht es mir, auf einem akzeptablen Niveau zu kommunizieren. Ein mittelstarker Akzent stellt für Wladimira offenbar kein Hindernis dar.

»Ich war Dolmetscherin«, sagt sie, als erklärte das alles.

Wenn man Wladimira glauben will, so handelt es sich um eine Intrige mit internationalen Verwicklungen, in der Asyl und Aufenthaltsgenehmigungen und nicht zuletzt die Ehefrau der Weltberühmtheit tragende Rollen spielen.

Irgendwann komme ich einfach nicht mehr mit, vor allen Dingen auch deshalb, weil man mich aus dem Bett und runter in die Röntgenabteilung kommandiert. Was diese Späher mit ihrem optischen Instrument in meinem Darmsystem lokalisiert haben und jetzt auf eine Röntgenplatte bannen wollen, will mir niemand erzählen.

Es spricht überhaupt niemand mit mir, abgesehen von den Befehlen, den Bauch gegen die Platte zu pressen und tief Luft zu holen. Ehe ich noch den Mund öffnen kann, sind sie hinter einen Wandschirm aus Blei geflüchtet, und niemand macht Anstalten, meine Fragen zu beantworten. Die Aufnahmen werden dann eingehend in einem Nebenzimmer betrachtet. Doktor Soundso mache Visite, das ist die einzige Information, die ich erhalte, wie sehr ich auch darum bitte.

Wladimira kleidet sich gerade an, als ich zurückkomme. Sie ist entlassen, freigesprochen sozusagen, ein banaler Polyp, den man einfach weggeknipst hat, weil man ohnehin schon mal drin war, und dann danke und *au revoir*.

Die Tür hat sich hinter ihr geschlossen. Sie hat mir die Adresse des kleinen Hotels gegeben, in dem sie sich als Zimmermädchen ihren Lebensunterhalt verdient, während sie auf ihren Schachspieler wartet.

Am Tag darauf werde auch ich freigesprochen, jedoch mit der strikten Anweisung, mich nicht anzustrengen. Ich soll die vier Wände, die ich nicht habe, nicht verlassen, schon gar nicht ohne die Begleitung, über die ich nicht verfüge. Im Fall einer erneuten

Blutung, gnädige Frau, solle ich einfach nur ein Paket Watte ich wisse schon wohin stopfen und mein Gestell in ein Taxi werfen.

In der Klinikverwaltung, deren Rechnung für zwei Tage Plage und Pflege ein hübsches Loch in meinem Monatsbudget hinterläßt, sehe ich mich genötigt, einen Beschluß zu fassen. Wahrscheinlich würde es in meinem Mittelklassehotel, das zu einer bekannten Kette gehört und genausogut in Cincinnati, Ohio, liegen könnte, zu einer akuten Krise führen, wenn ich etwas anderes als die Standardversorgung forderte.

Die Empfangsdame läßt sich dazu überreden, mir das Telefon zu leihen. Zwei Minuten später habe ich Wladimira am Apparat.

Ein Zimmer sei kein Problem, im Gegenteil. Wladimira sieht auch sofort ein, daß es um mehr als nur um ein Bett zum Schlafen geht, und übernimmt es persönlich, für mein Überleben zu sorgen.

Milde Abführmittel werden aus der Apotheke geholt, fast ohne daß ich darum bitten muß. Tütensuppen werden mit Hilfe von Wladimiras privatem Tauchsieder gewärmt und in extra dafür angeschafften Bechern serviert.

Ich bin überrumpelt, überwältigt, dankbar und vollkommen ahnungslos, was den Plan betrifft, der gerade geboren wird oder der in Wladimiras Kopf vielleicht bereits geboren ist und in dem ich eine Topkandidatin für eine Hauptrolle abgebe.

Als ich mich wieder aus dem Hotelzimmer wage, ist meine Dankbarkeitsschuld an meinen schwarzen Schutzengel bereits auf eine unmögliche Größenordnung angewachsen, und ich beginne gewisse Zusammenhänge zu ahnen.

Es ist Sonntag, der wöchentliche Ruhetag des Hotels und der freie Tag von Wladimira. Der Zeitpunkt ist gekommen, an dem ich an den Ort geführt werden soll, wo das Objekt von Wladimiras Gefühlen wohnt.

Bei Wladimira eingehakt, flaniere ich in passendem Kurgasttempo den Boulevard entlang unserem Ziel entgegen, einem weißverputzten Haus, das sich in nichts von Hunderten anderen in dieser Stadt unterscheidet.

In Wladimiras Vorstellungswelt hat es sich jedoch im Verlauf von fünf Jahren in eine Mischung aus Tempel und Festung verwandelt, in einen Heiligenschrein und einen Kerker.

Fünf Jahre sind eine lange Zeit.

In mir hätten schon jetzt gewisse Ahnungen aufsteigen sollen. Anschließend rechtfertigte ich mich damit, daß Wladimira bestechend nüchtern gewirkt hatte. Ihre nasalen Auslassungen besitzen etwas Professorales, dem sich nichts entgegensetzen läßt, ihr Vortrag ist logisch und würde sich zum Mitschreiben eignen.

Ein unschuldiges Klaviergeschäft liegt im Erdgeschoß des Hauses. Eine Platane, wie es sie überall in der Stadt gibt, beschattet die Fenster im ersten Stock. Dort wirken die weißen Gardinen alles andere als kerkerhaft.

Aus den Tiefen ihrer Schultertasche zieht Wladimira einen kleinen Gegenstand hervor, den ich als Schachfigur identifiziere, er ist aus Speckstein oder ähnlichem Material geschnitzt. Ein Pferd, vertraut sie mir an. Ein Pferd gehe nie direkt aufs Ziel zu, sondern sei auf Volten, Seitensprünge spezialisiert. Es nähere sich von der Seite und in Sprüngen und sei unberechenbar, anmutig und lebensgefährlich.

Das Pferd liegt auf meiner Handfläche. Sein Kopf ist leicht zur Seite gewendet, als würde es schnauben. Es handelt sich um ein gutes Stück Kunsthandwerk, dessen graugrüne Farbe an die Lavafelder in der Nähe des isländischen Truppenstützpunktes erinnert, wenn der tägliche Regen aufgehört hat und Moose und Flechten im Sonnenuntergang glimmen. Ein Bild, von dem ich nicht wußte, daß ich es bewahrt hatte, aber offenbar ist die Kapazität meines Gehirns größer als vermutet.

»Hübsch«, sage ich, aber das ist nicht die richtige Bemerkung, denn Wladimira schüttelt den Kopf, was andere Teile ihrer gehaltvollen Anatomie in Bewegung setzt.

Wladimiras Brüste sind eine Kategorie für sich. Melonen ist ein zu abgedroschener Ausdruck, aber einen passenderen finde ich nicht. Melonen, aufgehängt in Beuteln aus dünnem Stoff, vibrierend und schaukelnd. Es ist ein Busen, den man entweder fasziniert anstarrt oder von dem man schamhaft den Blick abwendet, je nach Geschmack, Neigung, Geschlecht, Alter und Erziehung.

»Wenn du jetzt«, Wladimiras Hand hält mich auf, als ich ihr die Schachfigur zurückgeben will, »wenn du jetzt sagst, daß du von diesem Amerikaner kommst. Diesem Fischer.«

Wladimira legt die Schachfigur zurück in den blauen Umschlag, den ich von der Rezeption des Hotels her kenne, obwohl der Name mit einem dicken Bleistift durchgestrichen ist.

»Die Concierge kennt mich schon«, sagt sie, und ich akzeptiere widerspruchslos, daß dieser Umstand meine Beteiligung erforderlich macht. In diesem Moment akzeptiere ich alles.

Ich bin zurück in meiner Kindheit. Damals ließen Marge und ich uns alles mögliche einfallen, um an schüchterne Jungen heranzukommen. Wir heckten Pläne und Fallen aus und steckten ihnen heimliche Botschaften in die Schultaschen. Unerwartet tauchten wir im Badeanzug auf, wenn sie mit dem Fahrrad zum Baseball fuhren. Aufmerksame Mütter und beflissene Lehrerinnen waren unsere Gegner, und wir wurden zu Expertinnen, was List, Verrat und das Abstreiten offensichtlicher Sachverhalte betraf.

Eine Concierge mehr oder weniger spielt da wohl auch keine Rolle mehr.

Die Klingel macht ein schnarrendes Geräusch, ebenso wie der Türöffner, der mich einläßt. Meine Strategie ist klar, und ich verhalte mich so klischeehaft amerikanisch, wie es ohne blaugetöntes Haar und straßbesetztes Brillengestell überhaupt nur möglich ist. Der Südstaatenakzent, den ich von meinem Vater gelernt habe, besitzt Vokale aus Gummi, und bei meinem charmanten Lächeln lasse ich das Zahnfleisch sehen, und die Perlenaugen hinter den Spitzengardinen werden unsicher.

Die Überrumpelung gelingt über Erwarten. Das sichere Weiterbefördern des famosen Umschlags wird mit wiederholtem Kopfnicken und zahlreichen Gebärden garantiert, meine diskret hervorgezogene Dollarnote wird mit einer raschen Handbewegung ausgeschlagen. Ich tue nur meine Arbeit, Madame.

Ich widerstehe der Versuchung, das Angebot anzunehmen, den Gruß persönlich zu überbringen, schließe jedoch nicht aus, später darauf zurückzukommen.

Triumphierend kehre ich zu Wladimira zurück, die unter der Platane auf mich wartet, die Augen auf die Fenster im ersten Stock geheftet.

Sie strahlt Entschlossenheit aus.

»Er ist zu Hause«, verkündet sie. »Er hat mir zugewinkt.«

Ich baue mich neben ihr auf. Es ist ein warmer Tag, und das Fenster ist ein wenig geöffnet, aber niemand bewegt sich hinter den weißen, bauschigen Gardinen.

Nachdem wir zehn Minuten dort gestanden haben, kann ich mich nicht mehr beherrschen.

»Warum stehen wir hier, Wladimira?«

Eine dumme Frage, das hätte ich einsehen müssen. Ich erhalte auch keine Antwort. Wladimira wendet ihren Blick nicht ab. Falls sie mich überhaupt sieht, läßt sie sich das jedenfalls nicht anmerken.

»Jetzt ist er da.« Wladimira stößt mir verschwörerisch einen Ellbogen in die Rippen.

Ein Frauengesicht taucht hinter den Gardinen auf. Wladimiras Verwandlung ist ebenso unerwartet wie total. In weniger als einer Sekunde hat sie sich von einer harmlosen Babuschka in eine fauchende, kampfbereite Löwin verwandelt.

Das Fenster dort oben wird zugeworfen. Die Frau ist verschwunden, soweit ich sehen kann, ohne uns hier unten auf dem Bürgersteig die geringste Aufmerksamkeit zu schenken.

»Sie haßt mich. Du hast doch den Blick gesehen, den sie mir zugeworfen hat.«

Niemand hat in Wladimiras Richtung geschaut, das kann ich beschwören. Nichtbeachtung könnte natürlich auch eine Aggression darstellen, meint mein innerer Kommunikationsexperte, und fünf Jahre auf die Folter gespannt worden zu sein könnte Wladimira überempfindlich für nonverbale Beleidigungen gemacht haben.

Ich habe mit dieser Vorstellung zu kämpfen. Ein erwachsener Mann, der außerstande sein soll, seine eigenen Entscheidungen zu treffen, läßt sich schwer akzeptieren. Aber da sowohl die Literatur als auch das wirkliche Leben Beispiele im Überfluß bieten, lasse ich die Sache auf sich beruhen.

Als sich eine weitere halbe Stunde dahingeschleppt hat, ohne daß sich hinter den Gardinen oder auf dem Bürgersteig etwas Bemerkenswertes ereignet hätte, und da meine Beine angefangen haben zu zittern, habe ich genug.

»Ich bin müde, Wladimira.«

Ein Bonbon aus ihrer Baumwolltasche ist nicht genug, um mich dazu zu bewegen, stehenzubleiben und weiter auf eine Hausfassade zu glotzen. Im übrigen ist sie mir etwas schuldig. Schließlich ist es mir gelungen, ihre verdammte Schachfigur abzugeben. Außerdem bin ich noch zu schwach, um mich allein durch Paris zu bewegen.

Wladimira ist jedoch unerbittlich. Es ist Sonntag, und Sonntag ist der einzige Tag, den sie voll und ganz zu ihrer Verfügung hat. Sonntag ist außerdem der Tag, an dem ihr Geliebter mit seiner Wächterin zu einem vorhersehbaren Zeitpunkt im Restaurant zu Mittag ißt. Sonntag ist der Tag, an dem Wladimira ihm nahe kommen kann, und zwar so nahe, daß sie sich fast berühren können. Sie können Blicke und die heimlichen Zeichen und Signale austauschen, die sie durch die nächste Woche bringen werden.

Das Projekt ist lebenswichtig und kein Sonntag zu entbehren.

Mein Magen knurrt. Eine Woche mit Tütensuppe hat ihren Preis. Jetzt sehne ich mich nach einer kräftigen Sauce, die ich mit einem Stück Brot auftunken kann. Ich habe bereits beschlossen, Wladimira zum Mittagessen einzuladen, und sie gerade am Ärmel gezogen, um ihr eine Belagerungspause vorzuschlagen, als die Haustür geöffnet wird.

Eine dunkelhaarige Frau in meinem Alter mit schlanken, bestrumpften Pariserinnenbeinen auf hohen Absätzen tritt auf den Bürgersteig. Eine Hand mit spitzen, dunkelroten Nägeln ruht auf dem Arm des Mannes an ihrer Seite.

Daß es der Mann ist, auf den wir warten, ist nicht zu übersehen.

Mein eigener Geschmack, was Männer betrifft, geht eher in Richtung schlaksig, jungenhaft und schmalbrüstig, Männer, die sich leicht beiseite drängen lassen, wenn andere Aktivitäten meine volle Aufmerksamkeit erfordern. Wladimiras verbotene Liebe bohrt sich wie ein Laserstrahl durch jeden persönlichen Geschmack und durch jede Neigung. Er ist einfach so gutaussehend, daß einem das Wasser im Mund zusammenläuft, ein geschmeidiger Kater mit einem goldroten Streifen in seinem kräftigen Pelz. Ich wende mich an Wladimira, um ihr mein Lob auszusprechen, aber Wladimira ist verschwunden.

Das Paar hat einige Meter weiter vorn, offenbar in einer Diskussion begriffen, innegehalten. Der Verkehr auf dem Boulevard hat jetzt um die Mittagszeit zugenommen. Außerdem rast gerade mit lautem Sirenengeheul ein Krankenwagen vorbei. Es ist unmöglich zu hören, was sie sagen.

Die Hand der Frau ruht auf seinem Arm. Sie hat den Kopf auf die Seite gelegt. Frauen mit auf die Seite gelegtem Kopf bedeuten in der Regel eins: Überredung, wenn die Argumente nicht mehr ausreichen.

Jetzt wendet sie mir den Kopf zu, aber als ich mich umdrehe, sehe ich nur die Ecke der Baumwolltasche hinter dem fleckigen Stamm der Platane.

Offenbar bin ich der Gegenstand ihrer Aufmerksamkeit. Noch ehe ich reagieren kann, steht der Mann bereits vor mir.

Die Worte verstehe ich nicht. Seine Stimme hat etwas von dem nasalen Klang von Wladimiras Stimme, eine Andeutung ihres ständig beleidigten Untertons. Seine Wut ist nicht zu übersehen, seine grünen Augen sprühen Funken.

»Ich verstehe kein Russisch«, stottere ich endlich, und sein Blick wird eine Sekunde lang unsicher. Aber während er sich noch überlegt, ob er sich vielleicht geirrt hat, ob er sich vielleicht sogar bei mir entschuldigen sollte, dämmert ihm schon ein neuer Verdacht.

»Wie konnten Sie wissen, daß das Russisch ist?«

»Ich bin Sprachwissenschaftlerin, Monsieur.«

Ein prächtiger Einfall, finde ich zumindest selbst, aber er läßt sich nicht an der Nase herumführen.

Der Kater hat die Nackenhaare aufgestellt. Während vor meinem inneren Auge neue Bilder auftauchen, starren wir uns finster an. Ich beschließe, die Bobby-Finte bleiben zu lassen, und improvisiere.

»Ich bin eine Bewunderin.« Noch vor einer Minute wäre das eine Lüge gewesen, aber jetzt ist das offenbar die Wahrheit. »Ich war damals in Reykjavík.«

Auch das ist keine Lüge, obwohl es mit dem, was ich vorher gesagt habe, nichts zu tun hat. Komm schon, Boris, du hast es mit einer gleichrangigen Gegnerin zu tun.

Während er überlegt, wie er reagieren soll, füge ich hinzu: »Heute ist es genau zehn Jahre her.«

Das ist ins Blaue hinein gesagt, aber ich kann auch etwas riskieren.

Er nickt feierlich. Fast hätten wir beide bei der Erinnerung an die Niederlage und Demütigung die Köpfe gesenkt.

»Der Falsche hat damals gesiegt. Das sage ich als Amerikanerin.« Ich bin zu Hochform aufgelaufen, und jetzt gibt es kein Halten mehr. »Ich freue mich, daß ich mich in derselben Stadt befinde wie Sie, und wollte nur meinen Gruß überbringen.«

Selbst auf französisch klingt das eine Spur zu gespreizt. Ich sehe, daß er die Augen zusammenkneift und überlegt, wie er sich am besten aus der Affäre ziehen soll.

Weniger als eine Sekunde später ist diese Chance vertan.

Wladimira, mit offener Tasche und einem zerknitterten Brief in einer Hand, ist neben mir aufgetaucht, und das reicht offenbar, damit er auf dem Absatz kehrtmacht und flüchtet.

Zwanzig Meter weiter glückt es ihm, zusammen mit seiner Frau, gerade bevor es rot wird, die Straße zu überqueren.

Wladimira ist noch immer ganz außer Atem, als ich sie einhole.

»Da siehst du es«, keucht sie, die Hand auf eine Stelle gepreßt, an der ich ihre Milz im Krampfzustand vermute. »Er hat Angst. Er steht vollkommen neben sich.«

»Ich habe gar nichts gesehen, Wladimira. Er hat mit mir gesprochen und wirkte nicht besonders verängstigt. Wenn man weltberühmt ist, wird man sicher im Laufe der Zeit von allen möglichen Verrückten aufgesucht. Man kann verstehen, daß er es langsam leid ist.«

Plötzlich wird mir klar, was ich da sage. Plötzlich fällt es mir wie Schuppen von den Augen. Ich verstehe, was ich gerade miterlebe und an welcher absurden und tragischen Intrige ich mich nichtsahnend beteiligt habe.

Wladimira, die mich umsorgt und mir Tütensuppen kocht, Wladimira in ihrem Polyesterrock und ihren abgelatschten, aber ordentlich geputzten Pumps, Wladimira mit dem Pagenkopf, der bald nachgeschnitten werden muß, Wladimira mit der Tasche voller Andenken und Geschenke ist keine normale Immigrantin mit einer fixen Idee.

Wladimira ist nicht nur ein wenig absonderlich, Wladimira ist vollkommen durchgedreht.

Jetzt, wo das Objekt weg ist, können wir die Belagerung genausogut aufheben.

Bei einem kräftigen Mahl, das mit reichlichen Mengen Rotwein hinuntergespült wird, feiern wir den Abschluß der Suppenphase und führen das erste der Gespräche, die mich in den kommenden Monaten begleiten werden. Die Rolle der Therapeutin oder, wenn man so will, Missionarin, liegt mir nicht, aber etwas in mir – oder ist es etwas in Wladimira? – läßt mich weitermachen.

Einen fruchtlosen Tag nach dem anderen.

Olivier

Edda hat sich in sich selbst zurückgezogen. Tagsüber weicht sie seinem Blick aus. Abends im Bett bleibt sie auf ihrer eigenen Seite. Sie nimmt nicht mehr mit festem Griff seine Hand und legt sie auch nicht mehr auf ihren jetzt nicht mehr platten Bauch.

Wenn er erwacht, merkt er, daß sie nicht geschlafen hat, und er wagt es kaum, ihr übers Haar zu streichen.

Carolina hilft ihm, durch die Tage zu kommen. Eine leichte Erkältung dient als Entschuldigung, sie von der Schule zu Hause zu behalten, und ihr Malblock und ihre Filzstifte liegen auf dem Empfangstresen herum.

Carolina hat einen eigenen Stuhl, einen richtigen Bürostuhl, der sich dreht.

»Meine Assistentin.« Olivier lächelt die Gäste an, die etwas sagen. »Meine Tochter Carolina. Mit A. Nicht Caroline. Meine Tochter ist halbe Isländerin, ein Wikingerkind.«

Meine Tochter. Die Worte zergehen ihm auf der Zunge wie eine gute Schokolade. Es ist wichtig, sie auszusprechen, der Welt zu erzählen, wie sich die Dinge verhalten. Eine Tochter. In seinem Alter. Mit seinem Aussehen und seiner Vergangenheit als halbwegs absonderlicher Junggeselle.

Die Tage vergehen, und seine Unsicherheit wächst. Was weiß er denn schon über Eddas Pläne? Mit der Zeit hat er sich von der Gewißheit einlullen lassen, daß sie für alle Ewigkeit zusammenbleiben würden. Aber in Reykjavík wartet eine Wohnung. Jeden Monat bezahlt seine Bank die Miete. Er hat nie erwogen, die Überweisungen einzustellen.

Edda soll frei sein, aber Eddas Freiheit kann seinen eigenen Untergang bedeuten.

Wenn Edda zurückfährt und Carolina mitnimmt, stirbt er. So einfach ist das.

Keine Heiratsurkunde kann ihn davor bewahren. Die Heiratsurkunde ist aus anderen Gründen wichtig. In den Augen der Welt soll sie seine Frau sein. Keiner soll über ihren Status im Zweifel sein. Obwohl er sich nicht die Mühe macht, diesen Gedanken zu Ende zu denken, taucht auch die Frage des Erbes auf. Niemand kann verlangen, daß Edda ein Hotel betreiben soll, aber wenn die Zeit kommt, dann sollen seine Witwe und seine Tochter bis an das Ende ihrer Tage abgesichert sein.

Nach einer Woche der Ungewißheit hält er es nicht mehr aus.

Edda döst, die nackten Füße auf einem der dicken Lammfelle, in ihrem Sessel. Der Anblick hat dieselbe Wirkung auf ihn wie immer, ein dumpfes und tränenersticktes Gefühl der Dankbarkeit über ihre Existenz und ihre flaumige und stupsnasige Gegenwart.

Einen Augenblick lang verläßt ihn sein Wille, und er will sich ihr nur mit seinem Kopf in ihrem Schoß zu Füßen legen. Aber Carolina kommt ihm zuvor, läßt seine Hand los und läßt sich auf das Fell zwischen die Füße ihrer Mutter fallen.

Edda stupst ihre Tochter mit dem Fuß an und sieht nicht einmal auf. Sie sagt etwas auf isländisch, und Carolina nickt, streicht über das Lammfell und nickt nochmals.

Wenn er nichts unternimmt, kann es ihm passieren, daß er einfach nur als Zuschauer dasteht und unverrichteter Dinge wieder abziehen muß.

»Carolina. Frag Mutter, ob sie niedergeschlagen ist.«

Stundenlang hat er sich auf diese Szene vorbereitet und seine Tochter bis ins kleinste Detail instruiert, was sie zu tun hat, aber jetzt kommen ihm Zweifel.

»Ist Mutter alles zuviel, Carolina?«

Carolina hat ihren kleinen Körper zwischen die Beine der Mutter geklemmt und hält sich an den kompakten Waden wie an zwei Torpfosten fest. Vielleicht beherrscht sie die beiden Sprachen gar nicht gut genug, um etwas sinngemäß zu übermitteln, aber jetzt sagt sie endlich etwas, was so klingt wie ein ganzer Satz, und Eddas graue Augen nehmen einen aufmerksamen Ausdruck an. Sie blicken von ihm auf die Tochter, von der Tochter auf ihn.

»Frag sie jetzt, Carolina.«

Worte, die er nicht versteht, kommen aus ihrem Mund, und das

Wunder geschieht. Edda antwortet. In mehreren Worten, einem ganzen kleinen Reim.

»Was sagt Mutter, Carolina?«

»Ihr ist es gar nicht zuviel.«

Nicht zuviel. Aber was ist es dann?

»Was ist es dann, Carolina?«

Mit ernster Miene fügt sie Wort an Wort, Bedeutung an Bedeutung, und Edda ist jetzt ganz dabei, sie lehnt sich vor und flüstert ihrer Tochter ins Ohr.

Ein Bonbon oder auch zwei aus seiner Tasche dienen als Bestechung, denn das Ganze ist anstrengend, und er versteht nicht alles, und Carolina schüttelt den Kopf, weil er so schwer von Begriff ist, und wiederholt die Sätze, während sie die Augen verdreht – wie kann er denn nur so dumm sein?

Schließlich hat er eine Art Fazit in der Hand.

Sie sind eine Familie, Edda hat das Wort gebraucht, vielleicht ist es aber auch erst in Carolinas Mund entstanden. Jedenfalls gibt es keinen Zweifel. Edda und Carolina bleiben, wo sie sind.

Eine Hochzeit hingegen? Eddas Miene verdüstert sich. Ihre Augen werden härter, als er sie je gesehen hat.

»Ich will ich selbst sein.«

Aus Carolinas Mund klingen diese Worte erwachsen, sie klingen nach mehr als einer Deutung, statt dessen sind sie Mutter und Tochter in ein und derselben Person, die Pfirsichflaumige, die Sternenäugige, die Große und die Kleine. Zwei Exemplare weiblichen Geschlechts mit stabilen Knochen und klarem Willen, selbständig und stark.

»Ich will ich selbst sein.«

»Du kannst du selbst sein, Edda. Auch als meine Frau. Sag das zu Mama, Carolina. Sie kann sie selbst sein. Sie ist die, die sie ist. Ich will es gar nicht anders.«

Aber Carolina ist müde geworden. Statt zu dolmetschen, wiederholt sie nur seine Worte, singt *toi-même, toi-même*, ein sinnloser französischer Singsang. Sie ist aufgestanden und springt auf einem Bein herum. Edda folgt ihr mit den Augen. Ihr kleines Lächeln gilt nur ihr, er ist nicht mehr dabei.

Ein Schritt, zwei Schritte, und er läßt sich zu ihren Füßen auf das Lammfell fallen, und sie rückt ihre Füße beiseite und macht ihm Platz. Dort liegt er jetzt, etwas außer Atem.

Mit dem Zeigefinger zeichnet er zwei Kreise auf ihren Schoß. Zwei Kreise, die sich ein wenig überlagern.

Er deutet auf sich und dann auf sie.

»Zwei Kreise. Du und ich. Und das haben wir gemeinsam.«

Die Spannung im Zimmer verdichtet sich zu etwas, das in der Luft hängt und darauf wartet, irgendwo landen zu können. Carolina lehnt sich über die Stuhllehne.

»Was malst du da, Papa?«

Aber es bleibt keine Zeit für eine Antwort, denn Edda erhebt sich.

Mit ächzenden Knien folgt er ihr, und sie schwingt ihn in einem wirbelnden Tanz über den Fußboden. Carolina drängt sich dazwischen und tanzt mit, und er gerät ganz außer Atem, ihm wird schwindlig, er ist ein alter Mann, aber er tanzt trotzdem, einen wirbelnden, atemlosen Brautwalzer.

Carolinas alte Puppe bekommt ein weißes Kleid und einen Brautschleier, aber die Kirche hat mit Oliviers Leben nichts zu tun, und Edda ist darüber vermutlich nur froh. Also heiraten sie unter dem Porträt des Präsidenten im Amtszimmer des Bürgermeisters mit einem der Köche und dessen Frau als Trauzeugen, die die Papiere unterschreiben.

Der Bürgermeister drückt Olivier die Hand. Er ist ein junger Mann mit fröhlichen Augen, der Sohn eines alten Klassenkameraden, und seine Tochter geht in Carolinas Klasse. Olivier und er begegnen sich gelegentlich am Schultor, zwei stolze Väter.

Ausgerechnet an diesem Tag entschließt sich der Wind dazu, die Wolken wegzufegen und die Sonne auf Eddas neues Kleid scheinen zu lassen, das so lila ist wie ihre Lippen an dem Tag, an dem sie sich erstmals begegneten.

Oliviers grauer Anzug ist weder zu eng noch zu weit. Das Glück hat seinen kräftigen Körper, seine Glieder und sein graumeliertes Haupt zu einem Ganzen verschmolzen. Zum ersten Mal in seinem Leben ist alles im Lot.

Joyce

Nach dem ersten Sonntag habe ich mich geweigert, an der Überwachung teilzunehmen. Ich habe mich im Hotel eingerichtet, das in bequemem Abstand von der Metro und von einem Supermarkt liegt und in dem Wladimira einen Teil des Mobiliars darstellt.

Die Tage verbringe ich in der Nationalbibliothek und ackere Quellentexte zur französischen Sprachpolitik der letzten fünfundzwanzig Jahre durch. Aber für meine neue Forschung wende ich auch nicht mehr Energie auf als für meine neue Aufgabe, den beherzten Versuch, Wladimira zur Vernunft zu bringen und in Regionen zurückzuholen, die man landläufig als Wirklichkeit bezeichnet.

Ein dümmeres und aussichtsloseres Projekt hat es nie gegeben.

Unsere Gespräche folgen immer demselben vorhersehbaren Muster, wenn wir uns am Spätnachmittag auf meinem Zimmer treffen, um das zu trinken, was Wladimira euphemistisch einen Aperitif nennt.

Wladimira klopft an meine Tür, zweimal kurz. Ich schalte die Reiseschreibmaschine aus, die auf dem winzigen Schreibtisch zwischen Bergen von Notizbüchern und Fotokopien beruhigend vor sich hin brummt.

»Ein Glas Wein, Wladimira?«

Wladimira trinkt immer den billigsten Rotwein, den es nur in Literflaschen aus Plastik gibt. Wenn man hinnimmt, daß er nicht nach Wein schmeckt, sondern so, als würde man eine leere Thunfischdose auslecken, ist er durchaus trinkbar.

Wladimira hat eine Ecke des Bettes abgeräumt. Wir stoßen mit unseren Senfgläsern an. Ich nehme eine Handvoll Chips, um mich für das, was kommt, zu stärken.

Und es kommt, vollkommen übergangslos.

»Er hat mir zugezwinkert. Zweimal. Er stand hinter der Gardine. Er hatte die Hand gehoben, um zu winken, aber sie zerrte ihn weg.«

»Wladimira, hör mir mal zu.«

»Sie hat ihn weggezogen. Ich habe heute einen Brief an ihn geschickt. Dieses Mal in einem grünen Umschlag. Druckschrift. Große Buchstaben. Das durchschaut er nie.«

Wladimira schickt mindestens zwei Briefe pro Woche, und zwar an unterschiedlichen Tagen, damit die vermutete Gefängniswärterin keinen Verdacht schöpft.

Ich trinke einen vertretbaren Schluck der roten Flüssigkeit.

»Er liest deine Briefe nicht, Wladimira. Wenn er wirklich einen Kontakt wünschte, dann hätte er alle Möglichkeiten. Er ist ein erwachsener Mann.«

»Das System hat ihn nicht unterkriegen können, jetzt versucht sie es. Er ist ein Opfer. Das ist doch ganz klar.«

»Mir nicht, Wladimira.«

»Du kennst das System nicht. Du weißt nicht, wie es funktioniert.«

»Wladimira, verdammt noch mal. Finde dich endlich damit ab. Er ist verheiratet, vielleicht liebt er seine Frau. Es ist ihm peinlich, an etwas erinnert zu werden, das er schon längst hinter sich gelassen hat.«

»So etwas läßt man nicht hinter sich. Ein Pakt liegt nie hinter einem.«

Bei solchen Gesprächen ist Wladimira stets ungewöhnlich eloquent. Ich hingegen überlege mir jedes Wort und versuche mit Fingerspitzengefühl die richtige Formulierung zu finden. Eine, die sie nicht unnötig verletzt und die vielleicht ein blockiertes Zahnrad in ihrem Inneren löst, das für das Kreisen, den Leerlauf ihres Gehirns verantwortlich ist.

»Dann nenn es halt anders. Vorbei. Nicht mehr aktuell. Passé.«

»Deine Synonyme sind nichtssagend.«

»Es ist zehn Jahre her, Wladimira.«

Sie wischt meine Einwände beiseite. Wladimira hat ihr Glas geleert und bedeutet mir mit einem Kopfnicken, daß ich nachschenken soll.

»Wenn ich treu bin, warum sollte er es nicht sein?«

Gegen diese Logik kann ich nichts ausrichten, alle meine Argumente prallen an ihr ab, ohne Spuren zu hinterlassen.

Beim dritten Glas pflegt mir der Geduldsfaden zu reißen.

»Wenn ich jetzt sage, daß du dein Leben zerstörst und daß du Gefahr läufst, seins zu zerstören?«

»Du weißt nicht, wovon du redest.«

Und so weiter, und so weiter.

Bis zu dem Tag, an dem das Objekt von Wladimiras unermüdlicher Aufmerksamkeit genug hat und eine einstweilige Verfügung erwirkt.

Fünfhundert Meter Abstand, keine Briefe, auch keine anderweitige Kontaktaufnahme, sonst drohen Strafverfolgung und hohe Geldbußen.

Wer hinter diesem Anschlag auf die verbotene Liebe ihres Mannes steckt, ist ganz offensichtlich.

Das Spektrum von Wladimiras Plänen, wie dieses Verbot zu umgehen sei, ist imponierend. Das Originellste ist, ein Zimmer im Nachbarhaus zu mieten.

»Sie können mir nicht verbieten, mich in meinen eigenen vier Wänden aufzuhalten.«

Glücklicherweise ist der Gedanke von vornherein zum Scheitern verurteilt. Wladimiras kärglicher Lohn, der dem Mindestlohn entspricht und es ihr nur erlaubt, sich satt zu essen, reicht unmöglich für eine zusätzliche Miete, und ich habe mich ohnehin geweigert – in diesem wie auch in allen übrigen Punkten, einschließlich des Briefeschreibens und stellvertretender Besuche an seiner Adresse.

In den folgenden Wochen bin ich aus nächster Nähe Zeugin einer Verwandlung. Vor meinen Augen wird die Geliebte und Liebende, wie illusorisch das auch immer gewesen sein mag, erst zu einer manisch planenden Furie, deren Haare in alle Richtungen abstehen, und dann zu einer Person, die in Apathie und Zwangshandlungen verfällt. Wladimira ist keine zerbrechliche und harmlose Babuschka mehr, sondern ein eingesperrter Bär.

Hin und her im Käfig, mit dem Kopf an einen Gitterstab schlagen, hochspringen und immer auf derselben schmerzenden

Schulter aufprallen. Mit den Zähnen die Haut von der Pranke nagen und sich das Auge blutig kratzen.

Fünf Wochen nach Empfang des amtlichen Papiers bietet sie ein mitleiderregendes Bild.

Mit dem vierten Glas des nach Blech schmeckenden Rotweins in der Hand ist sie auf meiner Bettkante zusammengesunken. Ihre beachtlichen Brüste haben sich in traurige Ballons verwandelt, aus denen die halbe Luftmenge entwichen ist. Ihr Haar ist lange nicht geschnitten worden, und es ist fettig. Die Haut ihres Gesichts wirkt im Schein der Nachttischlampe unrein und verfroren.

Schweigend leeren wir unsere Senfgläser. Wladimiras Seufzer, als sie sich zum Gehen erhebt, kommt aus den tiefsten Kellern ihrer Seele, und selbst meine abgehärtete Psyche hat Mühe, das Geräusch ihrer resignierten Schritte auf dem Teppich des Korridors zu ertragen.

So viel Unglück, so viel unerwünschte Liebe. Wladimira hat ein Dach über dem Kopf und ein Bett zum Schlafen, jedenfalls im Augenblick, aber im Grunde hat sie kein Zuhause, und das beruht nicht, wie bei mir, auf Freiwilligkeit.

Wladimira schläft nachts nicht mehr. Dafür ist sie nicht wachzubekommen, wenn die Hotelgäste, darunter auch ich, nach ihrem Frühstückstablett verlangen oder wenn Betten gemacht, Handtücher ausgetauscht oder Badezimmer geputzt werden müssen. Wladimira tut einfach nichts mehr für ihr Auskommen und ist bereits einmal verwarnt worden.

Die Hotelbesitzerin ist Geschäftsfrau. Das vertraut sie mir bei einer unseren Unterhaltungen über Wladimiras zunehmenden Verfall an. Das müsse ich verstehen, sie könne keine Mitarbeiterin gebrauchen, die nicht arbeite, das könne sie sich nicht leisten.

Ich verstehe. Natürlich verstehe ich das. Jede Menschenliebe hat ihre Grenzen, das ist klar, und obwohl ich ein Herz für Wladimira habe, muß ich auch an mich denken.

Nachdem ich die Bibliothek eine Woche lang habe sausenlassen, um Wladimira wachzurütteln und mit Tabletts die Hoteltreppen mit ihr rauf- und runterzuwetzen, sage ich stop.

Die Axt liegt schon an der Wurzel, wie wir das in der Sonntagsschule gelernt haben, aber noch ehe das Kündigungsschreiben auf dem Tresen landet, habe ich einen Krisenplan in Gang gesetzt.

Trotz Wladimiras passivem Widerstand und mit Hilfe einer Mischung aus Schönmalerei und Drohungen gelingt es mir, sie zu einem Kuraufenthalt in dem Hotel in der Bretagne zu überreden, wo sie ihre erste Zeit in Frankreich verbracht hat, zur Unterbrechung eines Alltags, der immer mehr den Charakter eines langsamen Selbstmords angenommen hat.

Die Bedingung ist, daß ich mitkomme.

Was mich dazu veranlaßt, weiß ich nicht. Ein bisher übersehenes Fürsorge-Gen, vielleicht auch eine unbezahlte Dankbarkeitsschuld. Auf jeden Fall packe ich Wladimiras und meine Habseligkeiten in zwei Koffer, ihren und meinen, während sie auf einem Stuhl sitzt und mir zuschaut, ohne mich zu sehen, ohne etwas zu kommentieren.

Was übrigbleibt, packe ich in Bananenkisten aus dem Supermarkt um die Ecke.

Es gelingt mir, die Hotelbesitzerin zu überreden, die Kisten auf dem Speicher deponieren zu dürfen, gewissermaßen als Brückenkopf für meine Rückkehr.

Edda

Wladimira ist zurückgekommen. Sie war gänzlich aus meinen Gedanken verschwunden, da tauchte sie auf. Stand mit einem Koffer in der Hand neben einer Frau unten am Tresen.

Wladimira ist bleich. Dünner. Ihr Haar ist zerzaust, und im Schwarz sind graue Strähnen zu erkennen.

Die andere Frau ist rothaarig. Eine rothaarige Amerikanerin mit Storchenbeinen. Ihr Mundwerk ist ständig in Betrieb. Sie schwatzt mit allen, den anderen Gästen, Olafur, Carolina. Ihre Augen sind neugierig. Neugierig, aber freundlich. Ich würde mich gern mit ihr unterhalten können. Aber wenn sie etwas zu mir sagt, verstehe ich nur vereinzelte Wörter.

Carolina klebt ihr dauernd an den Fersen. Drückt sich an der Tür zu ihrem Zimmer herum. Setzt sich dicht neben sie an die Bar, wenn sie dort ihr Buch liest.

Sie benutzt nie Lippenstift, schminkt sich aber die Augen. Carolina macht es ihr nach. Einen ganzen Tag lang läuft sie mit grünem Lidschatten herum, bis Olafur es bemerkt und ihr die Farbe oben im Badezimmer mit einem Frotteehandschuh abwäscht. Kleine Mädchen sollen sich nicht schminken, jedenfalls nicht, wenn es nach Olafur geht.

Kleine Mädchen sollen spielen, finde ich. Wenn sie Erwachsene spielen wollen, dann sollen sie das dürfen.

Wladimira steht spät auf und geht, ohne gefrühstückt zu haben. Vom Fenster aus kann ich sie Richtung Hafen verschwinden sehen. Was sie dort will, weiß ich nicht. Es ist Zeit zum Mittagessen, wenn sie zurückkehrt. Sie und die anderen essen zusammen, *Plat du jour*. Ihre Weinflaschen werden auf den Tisch gestellt, und Wladimira trinkt ein paar Gläser. Den Nachmittag verschläft sie vermutlich. Ich habe gelegentlich bei ihr angeklopft, aber sie reagiert nicht.

Olafur hat ihr das kleinste Zimmer gegeben, das er ihr in Rechnung stellen wird. Das kann nicht rechtens sein. Wladimira gehört trotz allem hierher. Wladimira ist es gewohnt, sich nützlich zu machen, und wird es auch wieder tun. Bis dahin sollte man sie in Ruhe lassen.

Sie ist aus dem Gleichgewicht. Etwas muß vorgefallen sein. Ich werde schon noch erfahren, was.

Menschen sollte man nicht unter Druck setzen. Olafur hat auf mich gewartet, bis ich bereit war. Jetzt sind wir Mann und Frau. Olafur ist er selbst, und er ist mein Mann. Ich bin Edda, und ich bin Olafurs Frau. Carolina ist Olafurs Tochter, fast mehr als die meinige. So soll es sein.

Carolina könnte allein zur Schule gehen, aber Olafur bringt sie jeden Tag hin. Er bringt sie hin und holt sie ab. Wartet am Schultor mit allen Müttern und einem einzelnen Vater. Dann läßt er sich vor den Augen von Carolinas sämtlichen Freundinnen umarmen. Carolina würde sich nie für ihren Vater schämen.

Olafur sieht aus wie ein Großvater. Weiße Haare und dicker Bauch, wie ich es mag. Sein Hosenboden hängt ein wenig. Das ist bei alten Männern immer so.

Die Leute behandeln ihn mit Respekt, so wie man sich eben dem reichsten Mann der Stadt gegenüber verhält. Einige sind regelrecht unterwürfig. Die Angestellten lachen mit ihm und machen Witze, wissen aber genau, was sie sich herausnehmen dürfen. Olafur ist der Chef. Er hat das Sagen.

Carolina darf die meisten Dinge, solange sie nicht gefährlich sind. Also kein Reiten, kein Segeln. Olafur ist strikt dagegen. Und dann wird nichts draus.

Andere Kinder in ihrem Alter sausen mit kleinen Jollen im Hafen herum. Ein paar Mädchen reiten auf einem Hof in der Nähe der Stadt.

Carolina besitzt das Bild eines Islandponys. Ich habe es in einer Zeitschrift gesehen und ausgeschnitten. Es hängt über ihrem Bett. Irgendwann soll sie ein Pferd bekommen. Das habe ich entschieden. Aber es eilt nicht.

Sie fahren in die Stadt, um Einkäufe zu machen, Olafur und sie, und kommen mit neuen Kleidern für sie und mit Spielzeug zurück, mit Geschenken für mich, einer Flasche Parfüm, die Carolina ausgesucht hat. Mein eigener Geruch genügt mir, also verwendet sie das Parfüm.

Abends sehen sie zusammen fern. Sie sitzen da und sehen sich Leute an, die Fragen beantworten und Geld gewinnen. Carolina hat versucht, mir zu erklären, was sich da abspielt, aber es interessiert mich nicht.

Gunlaug schickt mir isländische Bücher. Olafur bezahlt sie dafür. Er gibt ihr immer ein wenig zusätzliches Geld für die Mühe und damit sie etwas für die Kinder kaufen kann. Seit ich weg bin, hat sie noch zwei bekommen. Jetzt sind es sieben.

Die Wohnung in Island ist neu vermietet. Es gab keinen Grund, sie weiter zu halten. Jetzt bin ich hier.

Mein Alltag ist rege, allerdings nicht so geschäftig wie damals, als ich putzen ging, aber ausreichend geschäftig, um mich angenehm müde zu machen.

Niemand wurde meinetwegen entlassen. Fast alles, was ich tue, ist über das Normale hinaus, und die Zimmermädchen haben dadurch mehr Zeit für das, was sie ohnehin tun müssen.

Die Kupfersachen putze ich, bis sie funkeln. Ich nähe neue Aufhänger an die Handtücher des Hotels, stopfe ein Laken, falls ein Gast im Bett geraucht und ein Brandloch hinterlassen hat. Ich wasche Olafurs Jacken und unsere gesamte Unterwäsche. Dienstags, wenn das Hotel geschlossen ist und die Köche frei haben, koche ich aus Obst und Beeren vom Markt Marmelade. Die Marktfrauen kennen mich inzwischen. Wir verstehen uns auch ohne viele Worte.

Den Gästen schmeckt die Marmelade. Für sie ist es fast so, als seien sie zu Hause, und für uns ist es billiger, als Marmelade zu kaufen.

Im großen Kamin im Speisezimmer hat schon seit Jahren kein Feuer mehr gebrannt. Olafur hat den Schornsteinfeger kommen lassen. Ohne die Elsternnester und den Ruß brennt das Feuer mit klarer Flamme.

Ich heize ein. Ich kehre die Asche zusammen und streue einen Teil davon unter die Rosen, die ich auf einem Beet hinter der Küchentür angepflanzt habe. Den Rest trage ich zur Mülltonne.

Im Schuppen hacke ich das Brennholz, wenn der Mann aus dem Wald eine Fuhre auf den Parkplatz gekippt hat. Ich hacke, bis mir der Schweiß auf der Stirn steht und die Muskeln schmerzen. Olafur schüttelt nur den Kopf, aber er läßt mich. Massiert mir die Arme, ehe wir einschlafen. Küßt meinen müden Nacken.

Abends setzen sich die Gäste so dicht wie möglich an den Kamin. Sie bestellen einen Cognac zum Kaffee. Ich lege noch einen Scheit aufs Feuer und schiebe die Glut mit dem Schürhaken zusammen. Im Feuerschein werden die Gesichter aller ganz milde.

Ihre Kommentare verstehe ich nicht. Das ist auch nicht nötig.

Joyce

Der Plan stand in groben Zügen fest, es war nur noch die Feinarbeit nötig. Eine kleine Pause, fernab vom Lärm und Gedränge der Großstadt. Wladimira in sicheren Händen, Meeresluft und Unmengen von Krabben und Krebsen, und dann zurück nach Paris zur Bibliothek und den Bananenkisten.

Jetzt sitze ich schon den zweiten Monat hier und komme nicht weg. Seltsamerweise macht mir das nichts aus.

Wladimira ist nur ein Vorwand. Ich gehöre hierher.

Ich vernachlässige mein Tagewerk, ich tue nicht, was Gott hat erschaffen lassen. Obwohl mir die Arbeit förmlich vor den Füßen liegt. Niedrige Häuser, bevölkert mit alten Menschen, deren Redensarten und Tonfall ich belauschen könnte, um französischen und englischen Lehnwörtern auf die Spur zu kommen. Ich könnte registrieren und analysieren, wie ich es immer tue und immer getan habe.

Etwas, woran ich die Tage aufhängen könnte oder womit sie sich verdünnen ließen.

Der Motor, der mich mein ganzes Leben angetrieben hat, ist jedoch abgesoffen, und ich tue nichts, um ihn wieder in Gang zu bekommen. Bevor ich einschlafe, habe ich eine Vision, ich sehe mich, nur schwach in der Wirklichkeit verankert, auf einem Luftkissen schweben.

Vielleicht ist dies nur eine verspätete Reaktion auf die Invasion meines Verdauungstrakts. Vielleicht ist es auch nur der Himmel. Sahneweiß und diesig, perlblau und giftig gelb, grüngelb oder schmutziggrau. Vielleicht sind es die Sonnenuntergänge, dieser billige Dreck. Oder die Häuser aus jahrhundertealten Granitblöcken.

Vielleicht ist es auch die Gedenktafel für die Fischer und Seeleute in der Vorhalle der Kirche, die auf See geblieben sind. Achtzehn- und zwanzigjährige Grünschnäbel, die nie gelebt haben. Sie starben auf See. Starben in irgendeinem gottvergessenen isländischen Fjord. Hier stehen ihre Namen, und es sind dieselben Namen, die in der Stadt auf den Türschildern und Lieferwagen stehen. Selbst der Hotelbesitzer hat hier einen Namensvetter. Alle haben jemanden verloren. Alle haben irgendwie weitergelebt.

Vielleicht liegt es an den Gezeiten. Ebbe und Flut. Ich stehe bis zu den Knöcheln im Wasser und merke, wie die Flut zur Ebbe wird. Die kleine Welle wird zu Sand, der alles aufsaugt, zu funkelnden Blasen. Die leeren Schneckenhäuser wandern mit ihren Einsiedlerkrebsen einem unbekannten Ziel entgegen.

Vielleicht läßt der Himmel unerwartet ein paar Sonnenstrahlen auf mein nach oben gerichtetes Gesicht fallen, und vielleicht ist ja dies gemeint, wenn man von der Gnade der Sonne spricht.

Ich werde von etwas beschützt, von dem ich nicht weiß, was es ist. Mein Inneres ist leer. Wie durch ein Wunder bin ich nur für die einfachsten Gedanken empfänglich, für die unkompliziertesten Genüsse. Mein Nachtschlaf ist problemfrei, meine Verdauung vorbildlich. Selbst der Gedanke an Joel verfolgt mich nicht mehr.

Wladimira bereitet mir keine Sorgen mehr. Sie ist zwar nicht unbedingt mit offenen Armen empfangen worden. Unter den Rundungen des Hotelbesitzers verbirgt sich das harte Gerippe des Geschäftsmannes. In seinen Augen kostet Wladimira nur Geld, und aus diesem Grund sieht er sie lieber gehen als kommen.

Seine Ehefrau ist umgänglicher.

Wladimiras isländische Freundin ist halb so alt wie ihr Mann und sehr klein. Mit etwas mehr Flaum auf ihren flaumigen Wangen würde sie aussehen wie eine bisher unentdeckte Tierart. Trotzdem oder gerade deswegen sieht sie appetitlich aus. Eßbar wie ein guter Pfirsich. Daß sie, was ihre Handlungsfähigkeit betrifft, geradezu taubstumm wirkt, ist nur Oberfläche, ihre Anwesenheit ist auf unaufdringliche Weise spürbar, ihre Art der Kommunikation tadellos und effektiv. Ohne Gesten, ohne Grimassen und fast, wenn auch nicht ganz, ohne Worte.

Der Mann läßt sie nicht aus den Augen. Erdreistet sich ein Gast, sich an sie zu wenden, wirft er ihm einen Blick zu, der sagt:

Finger weg, Freundchen! Der Blick reicht, und jeder entfernt sich unter Verbeugungen.

Die Tochter, eine präpubertäre Schönheit mit schwarzen Locken und blauen, alles sehenden Augen, gehört zu der Art Menschen, die an einem kleben und es gewohnt sind, ihren Willen durchzusetzen. Ein kleines Miststück in Markenklamotten, immer mit einem Bonbon oder einem Stück Schokolade im Mund. Den größten Teil des Tages ist sie glücklicherweise in der Schule oder klebt ihrem Vater an den Fersen, aber wenn er nicht da ist, weil er irgendwas zu tun hat, dann schmeißt sie sich an mich ran. Sie hängt über meiner Schulter, wenn ich unten an der Bar sitze und lese, und kommentiert meine Haarfarbe und meine alten Levis, sie liegt mir damit in den Ohren, meinen Eyeliner ausprobieren zu dürfen, bis ich nachgebe oder sie bitte zu verschwinden.

Ihre Mutter behandelt sie konsequent von oben herab und verächtlich. Sie redet mit ihr französisch, und die Antworten kommen auf isländisch. Sie tut so, als würde sie nichts verstehen, schüttelt den Kopf und verdreht die Augen.

Das Mädchen ist in Joels Alter. Sie ist aber sein vollkommenes Gegenteil und verursacht auch keine gefühlsmäßigen Krisen. Jeder Tag ist eine Übung im friedlichen Umgang mit mir selbst.

Wladimira hingegen hat einen Teil ihres alten Kampfgeistes zurückgewonnen. Trotz räumlichen Abstands und juristischer Komplikationen fährt sie unverdrossen mit der Planung neuer Feldzüge fort. Unten in ihrem Kleiderschrank liegen stapelweise nicht abgeschickte Briefe.

Die Reste des Wikingerschachspiels hat sie auf ihrem kleinen Schreibtisch aufgestellt. Die Lücke, die das Pferd hinterlassen hat, hat sie mit einem Salzstreuer gefüllt, und jeden Nachmittag spielt Wladimira gegen einen imaginären Gegner, wer immer das sein mag, und zwar die Partien, die sie in einem Buch mit den besten Partien ihres Meisters findet.

Jeden Tag verliert sie. Meinen Vorschlag, daß ich ja hin und wieder seine Farbe übernehmen könnte, überhört sie einfach.

Jede Abweichung von Wladimiras düsterer Passivität sollte mich freuen, aber die Wahrheit ist, daß mir ihre Tiraden auf die Nerven gehen. Wenn ich mich ihr gegenüber zum Abendessen setze, weiß ich, was kommen wird, und mir vergeht der Appetit. Die Alternative ist, eine Crêpe im Ort oder ein Sandwich in einer Bar zu essen. Eine andere Möglichkeit ist, Wladimira zu bitten, den Mund zu halten, und das tue ich.

Unsere Kaubewegungen begleiten als einzige Geräusche den Verzehr des Bratfisches. Jedes Schlucken erscheint plastisch. Beim Dessert reicht es mir.

»Wladimira, verdammt noch mal.«

Das wenige an Haltung, das sie zurückgewonnen hatte, entweicht stoßweise – wie Luft aus einer undichten Luftpumpe. Selbst ihre Brüste hängen herab wie punktierte Fußbälle.

»Wir können uns gern unterhalten, aber nicht über ihn.«

Zum ersten Mal sehe ich Tränen in ihren Augen. Wladimira erschien mir meist kampflustig und ihrer Sache sicher. Ich habe sie auch am Boden zerstört und depressiv erlebt, aber ich habe sie noch nie weinen sehen.

Und auch diesmal kommt es nicht soweit. Hastig wischt sie sich mit dem Handrücken über die Augen, konzentriert sich auf den Karamelpudding und schiebt einen Löffel nach dem anderen in den Mund, während sie vielleicht sogar meinem Bericht vom Strand, von der Farbe der Seeanemonen und meiner flüchtigen, aber wichtigen Begegnung mit einer Sandkrabbe, lauscht.

Während ich spreche, brodelt es in mir vor Wut. Ich will kein schlechtes Gewissen haben, Wladimira, ich habe mir deine Klagen monatelang angehört und habe einen ernstgemeinten Versuch unternommen, dir zu helfen. Jetzt haben wir eine Grenze erreicht, das mußt selbst du verstehen.

Ich werfe meine Papierserviette in die Reste meines Desserts und marschiere hinaus.

Die beste Bar des Ortes, nur unwesentlich besser als die verruchteste, ist halb leer, als ich die Tür aufreiße. Zwei bemooste alte Männer brüten über einem Ecktisch. Am Tresen vertiefen sich zwei junge Männer in blauen Arbeitskleidern in ihre Biergläser, Austernsammler oder Fischer. Sie wirken mit ihrer gegerbten Haut und ihren hellblauen Augen provozierend gesund.

Ich setze mich auf einen Barhocker und bestelle einen Whisky. Ich leere das Glas, es schüttelt mich, und ich bestelle ein weiteres.

Einer der Blaugekleideten bietet mir eine Zigarette an, ich nehme sie, lasse sie mir anzünden und rauche. Einfach so. Fast ohne zu husten, fast ohne daß mir übel würde.

Als ich geraucht und die Zigarette im Aschenbecher ausgedrückt habe, als hätte ich nie etwas anderes getan, bestelle ich noch einen Whisky.

Dieses Mal zündet er die Zigarette an, bevor er sie mir zwischen die Lippen steckt.

Beim vierten Whisky, offenbar ist es seine Runde, haben wir einen Wendepunkt erreicht. Entweder wir beginnen jetzt, uns zu unterhalten, meine nüchterne Hälfte ist bereits dabei, interessierte Fragen über den Lebenszyklus der Austern zu formulieren, oder wir stehen auf und suchen uns ein Plätzchen, an dem Worte überflüssig sind.

Meine Levis kleben am Kunstlederpolster, aber das kommt mir nur so vor. Mit weichen Knien gehe ich mit ihm eine Straße entlang, auf noch weicheren Knien folge ich ihm eine Treppe hinauf, und jetzt tragen mich meine inzwischen knochenlosen Beine nicht weiter als bis zu einem Bett, das wunderbar frischbezogen dasteht.

Ein paar stramme Pobacken füllen mein Gesichtsfeld aus, als ich aufwache. Ihr Besitzer zieht sich gerade Socken über seine großen Füße, und ich habe freie Sicht auf seinen von rotem Haar umgebenen Anus. Es ist ebenso rot wie das auf meinem Kopf und zwischen meinen Beinen.

Ich recke mich so sehr, daß die Gelenke knacken.

»Du bist rothaarig.«

Was auch immer im Verlauf der Nacht vorgefallen ist, es hat mir gutgetan. Trotz eines leichten Pochens hinter der Stirn fühle ich mich leicht und übermütig, ich fühle mich jeder Herausforderung gewachsen.

»Du bist wach.«

»Dich kann man auch gar nicht reinlegen.«

Er kann lachen, das ist etwas Neues. Gestern abend wurde nicht gelacht, nur getrunken. Getrunken und verführt, aber ohne Lachen. Seriös und zielbewußt. In Gesellschaft von Wladimira wird nicht gelacht, und das ganze Gelächter, das ich mir in den letzten Monaten verkniffen habe, bricht jetzt aus mir hervor.

Eine Hand landet auf meinem Bauch, und es kommt mir ganz natürlich vor, die Beine zu spreizen, und plötzlich sind Finger an all den guten Stellen, und noch ehe ich weiß, was mich da getroffen hat, ist er in mir, und er vergeudet keine Zeit, er ist hart und zielbewußt mit Netz und Haken, bis wir beide keuchend auf dem Laken liegen wie zwei frischgefangene Fische.

Sekunden später ist er auf den Beinen, weniger als eine Minute später steckt er in den Kleidern.

Kühles Metall landet auf meinem Bauch.

»Heute abend nicht. Morgen. Wirf den Schlüssel in den Briefkasten, wenn du gehst.«

Das ist keine Frage. Die Tür ist jedenfalls hinter ihm zugefallen, ehe ich es schaffe zu antworten.

Heute abend nicht. Morgen.

Tja.

Durch das offene Fenster dringen Möwenschreie und milde Morgenluft. Ich lasse mich selbst und das Laken von der Luft trocknen, während ich mich umsehe.

Die Wohnungen von Männern wecken meine Neugier, und jetzt spreche ich nicht von schwulen Inneneinrichtungsfreaks oder minimalistischen Modearchitekten, sondern von Männern wie jene neue Bekanntschaft, normalen Männern mit einem normalen Leben und normalen Bedürfnissen. Meine Studien sind unwissenschaftlich, aber das Material ist reichhaltig und stammt von mehreren Kontinenten.

Gewisse Gemeinsamkeiten sind augenfällig. Funktionalität siegt normalerweise über Ästhetik. Der bequemste Sessel steht vor dem Fernseher, obwohl er so häßlich ist, daß er in schwarze Plastikfolie gewickelt in der Garage stehen müßte. Das Schuhregal steht vor dem Heizkörper, der Lesestoff auf der Toilette hängt in einer Plastiktüte aus dem Baumarkt an der Wand, und im Regal stehen Schnapsflaschen. Die Fernbedienung muß in greifbarer Nähe liegen, der Staubsauger gehört dorthin, wo der Staub ist, Bücher sind dort, wo Bücher gelesen werden, und warum sollte ein Plakat mit einem Kunstwerk wichtiger sein als der Kalender von der Sparkasse, auf dem in Blickhöhe Verabredungen eingetragen sind?

Obstschalen und hübschere Aschenbecher, Geschenke von Müttern oder wohlwollenden Freundinnen, schweben herrenlos und etwas angeschlagen auf Wandborden und Tischplatten.

Nichts in der Wohnung erschüttert meine Grundtheorie. Das Bett ist zusammenklappbar, und ich amüsiere mich damit, es mit ein paar raschen Handgriffen in ein Sofa zurückzuverwandeln. Die Kondome liegen in einer praktischen Metallschachtel auf dem Nachttisch bereit. Der Fernseher ist groß und neu und sendet auf drei Kanälen Werbung. Die Stereoanlage plärrt auf den kleinsten Knopfdruck hin los. Irgendein Kinderlied.

Eine Hühnerleiter führt auf einen Hängeboden mit einem schmaleren Bett. Plastikspielzeug in grellen Farben liegt leblos auf dem Boden, ein Lastwagen mit Anhänger, ein Fährschiff an einer Schnur. Legosteine und kleine Männer mit Maschinenpistolen, Bücher mit Bildern von winzigen Kindern und Lokomotiven, die sprechen können. Hier hat ein Kind gespielt, vielleicht hat jemand diesem Kind auch vorgelesen, und der Esel hat eine lustige Stimme gehabt. Jemand hat ihm dabei geholfen, einen Turm und eine Tankstelle zu bauen, vielleicht hat er auch ein Auto zur Tankstelle geschoben.

Trotz des Geländers und der Gittertür des Hängebodens wirkt alles recht provisorisch, und ohne Vorwarnung taucht Joels Gesicht vor meinem widerstandslosen inneren Auge auf.

Natürlich war es naiv zu glauben, das, was jetzt über mich hereinbricht, habe mich für immer verlassen.

Ich beiße die Zähne zusammen und wende dem Hängeboden den Rücken zu. Meine neue Bekanntschaft wohnt in einem hochkant gestellten Schuhkarton. Ich gehe eine Treppe hinunter in die Küche und hoffe auf Kaffee. Schlimmstenfalls Pulverkaffee und H-Milch.

Am Kühlschrank hängt ein Bild von einem roten Haus und etwas, was offenbar ein Löwe sein soll. Reiner Masochismus bringt mich dazu, den Kühlschrank zu öffnen. Mir bietet sich die unvermeidliche Auswahl an Desserts in kleinen Plastikbechern dar. Das Sortiment der Speisekammer beschränkt sich auf Nudeln und Fertigsaucen.

Kinder in aller Welt essen das, ohne zu protestieren. Mein Sohn

Joel Gabriel bekam vermutlich gestern auch Spaghetti Bolognese und aß einen Becher Schokoladenpudding zum Nachtisch.

Jetzt nehme ich wirklich die Beine in die Hand. Der Schlüssel fällt klirrend in den Briefkasten. Sonst hätte ich mir vielleicht überlegt, ihn zu behalten, niemand wirft mir ungestraft Schlüssel auf den nackten Bauch, genausowenig wie man mir Befehle erteilt oder Bedingungen stellt.

In diesem Haus war ich zum letzten Mal, geschickte Finger hin oder her. Nicht einmal den Namen über dem Briefkastenschlitz sehe ich mir an.

Unten am Strand warte ich mit ein paar Ruderbooten auf die Flut, während die Phantomschmerzen langsam verschwinden. Als die Boote nach einiger Zeit flott sind und auf kleinen, durchsichtigen Wellen schaukeln, bin ich endlich in der Lage, mit energischen Schritten zum Hotel zurückzugehen.

Trotzdem bin ich mit den Begebenheiten des letzten halben Tages zufrieden. Mein Körper hat bekommen, wonach er verlangte. Es ist mir gelungen, mit einem unerwarteten Anschlag auf meinen Seelenfrieden umzugehen. Ich habe allen Grund, mit mir selbst zufrieden zu sein.

Edda

Gestern ging ich vor dem Zubettgehen noch einmal in den Speisesaal, um nach der Glut zu sehen. Ganz gegen ihre Gewohnheit saß dort unten Wladimira in einem Sessel.

Ich setzte mich zu ihr.

»Ich kann es nicht erklären«, sagte sie.

Wir sitzen lange. Ich stelle keine Fragen, ich wüßte auch gar nicht, welche. Wenn sie mir was erzählen will, dann tut sie es auch. Aber es kommt nichts.

Wir sitzen da, bis die letzte Glut verloschen ist. Die Fassadenbeleuchtung scheint auf die Gläser und auf die weißen Tischtücher. Es ist bereits für das Frühstück gedeckt.

»Ich kann arbeiten«, sagt sie schließlich. »Irgendwas tun. Egal, was.« Wladimira hat schon immer durch die Nase gesprochen. Jetzt ist die Nase verstopft. Sie ist kaum zu verstehen.

»Olafur hat sicher was«, sage ich.

Dann erheben wir uns. Wladimiras Schritte sind schwer, Gläser und Porzellan klirren. Wenn ich nachrechne, dann kann sie kaum älter als Mitte Vierzig sein, aber sie geht wie eine alte Frau, älter als Olafur.

Olafur liegt bereits im Bett, als ich nach oben komme. Es ist das erste Mal, daß wir nicht gleichzeitig unter die Decke kriechen. Er rollt von mir weg, als ich seine Hand ergreifen will. Seine Brust unter dem Pyjama ist kalt. Ich nehme seine Hand.

In der Dunkelheit sind wir zwei Fremde. Ich kann das Bett einfach nicht mit einem Fremden teilen, Olafur. Ich will nicht, daß mir das Beisammensein mit einem Mann Schmerzen bereitet.

Ich erwache beim Morgengrauen. Neben mir weint Olafur. Lange Schluchzer, die Tränen laufen über seine runden Backen. Ich wische sie mit der Hand weg, drücke mich an ihn, streichle seinen Rücken, seine Schenkel und anderes mehr.

Weinend dringt er in mich ein. Er erschlafft und weint, er zieht sich wieder heraus und weint und weint, bis meine Schulter ganz naß ist.

Dann ist seine Hand zwischen meinen Beinen, und er streichelt mich, und ich hindere ihn nicht daran, er streichelt mich härter als sonst, aber nicht zu hart.

Es pocht immer noch in mir, als ich aufstehe. Vom Bett aus sehen seine Augen mich bittend an, und ich lege mich wieder hin, nehme ihn in den Mund. Meine Stirn liegt auf seinem weichen Bauch, und ich liebkose ihn mit der Zunge, ich schmecke ihn, und alles ist gut.

Ich habe Asche aus dem Kamin nach draußen gebracht. Das Auto steht nicht in der Garage. Carolina ist in der Schule, und es ist zu früh, um sie abzuholen.

Es kann so viel sein. Geschäfte bei der Bank. Ein Einkauf, eine Erledigung bei der Post. Etwas, was er vergessen hat.

Es ist nichts dergleichen.

In der Tür ihres Zimmers steckt der Schlüssel, und eines der Zimmermädchen wirbelt darin herum. Die sauberen Laken hängen über dem Bettende. Die Decken liegen zum Lüften im Fenster. Im Papierkorb ist eine neue Plastiktüte.

Als Olafur zum Mittagessen zurückkommt, hat er Carolina dabei. Wie an jedem anderen Tag auch hat er seine Tochter am Schultor abgeholt. Wir essen, und Carolina redet mit vollem Mund. Sie plappert auf französisch. Wie an jedem anderen Tag.

Olafur sieht mich nicht an. Das ist der einzige Unterschied. Er sieht mich nicht. Ich beende mein Essen und erhebe mich vom Tisch. Ich sitze nicht länger als nötig an einem Tisch, an dem mich niemand wahrnimmt.

Olafur geht hinter mir die Treppe hoch.

Wir sitzen uns auf zwei Stühlen gegenüber, wie ein Arzt und sein Patient, aber wer hier Arzt und wer Patient ist, läßt sich nicht sagen. Olafur kratzt an seiner kleinen Narbe. Jetzt sagt er was, und ich höre Wladimiras Namen. Er deutet mit dem Finger und sagt immer wieder Paris, Paris. Dann reibt er den Daumen gegen seinen Zeigefinger. Geld, Geld. Und er nickt, nickt, nickt.

Man nickt einem kleinen Kind zu, und das Kind nickt zurück.

Man lächelt, und das Kind lächelt. Aber ich bin kein kleines Kind, Olafur. Ich nicke nicht. Ich lächele auch nicht.

Carolina stürmt herein. Die Mittagspause ist vorbei, und die Schule wartet. Jetzt soll ihr Vater seinen Wagen anlassen, sie wie immer ohne Fragen und ohne zu protestieren an ihren Bestimmungsort transportieren.

Dieses Mal warte ich auch auf dich, Olafur. Warte darauf, daß etwas geschehen wird.

Carolinas Stimme knallt, Olafurs auch. Zwischen ihnen gibt es Worte. Zwischen Olafur und mir in diesem Augenblick nichts.

Dann streckt Carolina ihre Zunge heraus. Mir. Ihrem Vater. Streckt die Zunge heraus und rennt hinaus, knallt die Tür zu. Ihre Absätze klappern auf der Treppe. Die Schuhe hat sie sich erbettelt. Für ein Kind haben sie etwas zu hohe Absätze, harte Absätze auf einer harten Treppe aus Stein.

Olafur und ich sind allein. Wir sitzen jeder auf einem Stuhl. Wir lassen uns nicht aus den Augen. Wir sagen nichts, weil es nichts zu sagen gibt.

Zusammen gehen wir die Treppe hinunter, Olafur. Du hältst meine Hand und wirst sie nie loslassen.

Carolina sitzt auf der Rückbank und wartet. Ihr beleidigter Mund gleicht einer Kaffeebohne. Sie könnte ohne weiteres allein gehen, aber warum sollte sie? Sie muß nur warten, dann wird sie gefahren. Kommt sie zu spät, ist es ihr auch egal. Tadel prallt an ihr ab. Verweise nimmt sie achselzuckend entgegen.

Olafur öffnet mir die Beifahrertür, und ich setze mich. Zusammen bringen wir unsere Tochter zur Schule.

Joyce

Wladimira hat sich unsichtbar gemacht. Wieso sollte ich auch an ihre Tür klopfen und sie in ihrer Situation einer leise vor sich hin summenden Zufriedenheit und einem satten Lächeln aussetzen? Beim Frühstück ist unser gemeinsamer Tisch nur noch für eine Person gedeckt. Ein rascher Gang die Treppe hinauf zeigt mir, daß ihr Zimmer leer ist. Der Schlüssel steckt in der Tür, die Fensterläden sind geschlossen, das Bett ist jungfräulich frisch bezogen.

Sollte ich jetzt Gewissensbisse haben, Wladimira, sollte ich die Koffer packen und dir hinterherfahren, dir meine Hilfe bei einem weiteren zum Scheitern verurteilten Feldzug anbieten?

Beim Käse beschließe ich, Wladimira müsse von nun an allein zurechtkommen. Ich habe getan, was ich konnte, mehr kann niemand verlangen.

Beim Kaffee ziehe ich meine Motive bereits in Zweifel.

Die Finger eines Fremden spielen eine größere Rolle, als ich mir eingestehen will. Fremde Finger und ein fremder Körper. Wieso sind fremde Finger eigentlich besser als die eigenen? Es ist einfach so. Mein namenloser Bettgefährte gewinnt die erste Runde, Wladimira. Ich will mich auch nicht besser machen, als ich bin.

An diesem Nachmittag ziehe ich zum ersten Mal, seit ich Paris verlassen habe, meine Joggingschuhe an. Meine Lungen protestieren, aber nachdem ich den ersten Hang bewältigt habe, gibt es kein Halten mehr. Der Schweiß läuft mir aufmunternd unter dem Stirnband hervor, als ich mich nach einigen Kilometern in raschem Tempo wieder dem bebauten Gebiet nähere.

Plötzlich stehen an einer Bordsteinkante eine Menge Autos, und kleine Kinder mit Schultaschen und bleichen Buchhaltergesichtern werden von gehetzten Müttern auf Rücksitze geschoben. Ich bahne mir einen Weg durch das Gedränge, ohne mit jemandem zusammenzustoßen, bis mir ein kleiner Junge mit Brille den Weg versperrt.

Ein kleiner blonder Junge mit runden Wangen, so süß wie eine Eule in einem Zeichentrickfilm. Er hat etwas verloren oder betrachtet vielleicht auch nur die Zusammensetzung eines Hundehaufens. Jedenfalls hockt er mitten auf dem Bürgersteig, ohne sich um das übrige Gedränge zu kümmern.

Ein kleiner Junge, der seinen Vater an der Hand hält. Die Hand gehört einem, den ich erkenne, und zwar nicht mit Namen, sondern ausschließlich in biblischer Bedeutung.

Der Vater hat mich gesehen. Jetzt bugsiert er seinen Sohn in ein Auto, legt sorgfältig einen Sicherheitsgurt um seinen runden Bauch und schenkt mir dabei ein Lächeln, das zum Verwechseln einer Einladung gleicht.

Ein paar runde blaue Augen hinter runden Brillengläsern sehen den Vater eine fremde Frau anlächeln, sie sehen, wie sich die Lippen bewegen, und sie hören hoffentlich nicht, was gesagt wird.

»Heute nacht schläft der Junge bei mir.«

Der Vater zuckt mit den Schultern, bedauernd, ist das wirklich möglich? Hier haben wir doch mal einen Sohn, der zugänglich ist, einen Sohn, der noch dazu übernachtet, und jetzt soll es so klingen, als sei es interessanter, mit einer Zufallsbekanntschaft zu kopulieren.

»Morgen«, sagt er. »Wie wär's mit morgen?«

»Vielleicht«, erwidere ich.

Ein paar Meter weiter die Straße hinunter überholt mich das Auto. Das kurze Hupen ignoriere ich. Aber ein Paar Brillengläser funkeln im Rückfenster. Das Bild eines Gesichts, rund und ernst, verfolgt mich den ganzen Weg ins Hotel.

Ich habe keine Kraft mehr. Den letzten Kilometer lege ich im langsamen Trab und mit schmerzenden Achillessehnen zurück.

Ich bin zu müde, um sie zu dehnen, zu ausgepumpt, um etwas anderes zu tun, als mich in meinen klammen Trainingssachen aufs Bett zu werfen und wieder einmal darauf zu warten, daß etwas vorübergeht.

Aber es geht nicht vorüber. Es geht so wenig vorüber, daß ich das Abendessen ausfallen lasse und mich auf der Suche nach Linderung und Trost in den Ort begebe.

Die Aperitiftrinker haben sich an ihre Fleischtöpfe begeben, und der Barkeeper und ich sind die einzigen im Lokal, als ich auf dem Kunstleder Platz nehme.

Die Augen des Barkeepers wissen vermutlich einiges, aber er ist professionell genug, sich nichts anmerken zu lassen. Er gießt mir einen Whisky ein, kaum daß ich ihn bestellt habe. Der Blick hinter der randlosen Brille, die besser zu einem Volksschullehrer gepaßt hätte, läßt keinesfalls erkennen, daß ich nicht nur gekommen sein könnte, um etwas zu trinken.

Bereits bevor ich den ersten Schluck getrunken habe, weiß ich, daß es vergeblich ist. Trotzdem bleibe ich sitzen. Für wen ich das tue, weiß ich eigentlich nicht. Ich bleibe sitzen und versuche, nicht an einen kleinen Jungen mit rundem Kopf und Brille zu denken, der gerade mit seiner Gabel in der Tomatensauce auf seinem Nudelteller rührt.

Der Barkeeper hat aus einem Hinterzimmer einen Werkzeugkasten geholt und ist dabei, das Tischfußballspiel zu reparieren. In der Ecke flimmert ein Fernseher. Der Ton ist abgestellt, weil im Radio auf einem gläsernen Wandbord die Spielergebnisse angesagt werden. Soweit ich sehen kann, konkurrieren zwei Mannschaften heftig gestikulierend und breit grinsend um irgend etwas.

Nachdem zwanzig Minuten vergangen sind, hat die eine Mannschaft die andere besiegt, und ich kann die gesamte Bandenwerbung auswendig.

Weitere zehn Minuten später stehe ich vor dem Haus mit dem Hängeboden.

Die Botschaft war deutlich genug. Heute abend nicht, dafür morgen. Meine Motive, weshalb ich das ignoriere, sind hingegen unklar, nicht zuletzt mir selbst.

Am meisten fällt natürlich die Liederlichkeit ins Auge, und sie wird die Machtbalance von Anfang an in die falsche Richtung verschieben. Wieso soll ich mich entwürdigenden Zurückweisungen aussetzen und in die peinliche Rolle eines brünstigen Kaninchens schlüpfen, um einen Fünfjährigen zu treffen, den ich nicht mal kenne und dessen Interesse daran, mich kennenzulernen, vermutlich verschwindend gering ist …

Die Antwort lautet, daß es einfach sein muß.

Der Stein trifft mit einem lauten Knall das Küchenfenster. Für Reue ist es jetzt zu spät.

Er öffnet das Fenster. Er schüttelt den Kopf. Er spricht langsam und pädagogisch.

»Morgen«, sagt er. »Morgen ist besser.«

Jetzt schüttele ich den Kopf.

»Jetzt.«

»My son«, sagt er. *»Tomorrow.«*

Jetzt redet er auch noch englisch.

Ein Mopedfahrer übertönt alle Kommunikationsversuche. Als er verschwunden ist, probiere ich es erneut.

»Ich würde ihn gerne kennenlernen.«

Die Stimme des Kleinen mischt sich in die Unterhaltung.

»Wer ist das, Papa?«

»Eine Frau, die dich kennenlernen will.« Trotz der schlechten Beleuchtung sehe ich ihn dort oben lächeln. Das ist vielversprechend.

»Wer?«

»Eine schöne Dame.«

Er hängt schon fast am Angelhaken. Jetzt geht es nur noch darum, eine ruhige Hand zu haben.

»Wenn es ihm recht ist.«

Das funktioniert. Sekunden später fällt ein Schlüsselbund neben meine Füße, und das im letzten Moment, denn hinter einem Fenster des Nachbarhauses ist jemand auf der Suche nach einer guten Geschichte und drückt sich die Nase an der Scheibe platt.

Kinder in Bademänteln müßten verboten sein. Kleine, rundköpfige, frischgebadete Jungen sollten bestimmten Beschränkungen unterworfen werden. Als ich klein war, haben Marge und ich uns immer im Spielhaus versteckt, um den tränenreichen Umarmungen einer kinderlosen Freundin unserer Mutter zu entgehen. Jetzt bin ich es, die auf einer fremden Schwelle steht und sich danebenbenimmt.

Mein Bettgefährte aus einer Zeit, die mir schon unendlich weit zurückzuliegen scheint, rettet mich.

»Mein Sohn Jean-Pierre. Jean-Pierre, sag der Madame guten Tag.«

Die knubbelige Hand ist warm und etwas klebrig, und er duftet nach Pfirsich oder nach Erdbeeren.

»Joyce«, flüstere ich. »Ich heiße Joyce.«

Bevor ich noch etwas tun kann, wofür ich mich später schämen müßte, hat er sich auf seinen Stuhl zurückgezogen. In den Brillengläsern spiegelt sich die Deckenlampe, und ich kann seine Augen nicht sehen, aber ich merke, wie er mir mit dem Blick folgt, als ich mich an den Tisch setze, wie er mit seinem Blick an meinen Lippen hängt, als ich das Angebot einer Tasse Kaffee annehme.

»Joyce.« Mein Gastgeber läßt den Namen auf der Zunge zergehen. »Joyce. Nimmst du Zucker?«

Zucker beugt drohenden Schockzuständen vor, dafür bürgt mein Vater, der Chirurg, Spezialgebiet Orthopädie. Ein Stück Würfelzucker im Kaffee könnte mich vielleicht retten.

»*Un canard.*« Das Kind hat den Mund geöffnet, deutet, richtet ein Paar flehende Augen auf seinen Vater, der den Kopf schüttelt. »Papa!«

»Hier.«

Glücklicherweise habe ich gleich zwei Stücke genommen, und ich tauche den Würfel ein, reiche ihn ihm und lächle verschwörerisch.

Glaubte ich etwa, daß ich mit meinem billigen Trick punkten könnte? Hatte ich mir vorgestellt, mir einen Verbündeten kaufen zu können, daß wir sofort zwei gegen einen sein würden?

Hier geht es nicht nur um Erziehungsfragen. Es geht um Loyalität von Vater und Sohn, um Prinzipien, die weiter reichen als bis zum Zähneputzen vor dem Zubettgehen und zu den Süßigkeiten, die es nur samstags gibt. Glaubst du im Ernst, Joyce, daß du das alles mit einem Stück Würfelzucker aus dem Weg räumen kannst?

Jetzt sollte ich aufstehen, mich für den Kaffee bedanken, sagen, das war nett, vielleicht begegnet man sich ja mal wieder. Ich weiß das. Trotzdem bleibe ich sitzen.

Das Zuckerstück liegt als klebriger brauner Fleck auf der Plastiktischdecke.

Ein Lappen wird geholt, der Fleck weggewischt und der Lappen sorgfältig ausgewaschen. Teller und Besteck werden abgeräumt und ohne unnötiges Geklapper in den Spülstein gestellt. Leere Plastikbecher wandern in den Treteimer.

Vater und Sohn sind einander behilflich. Das haben sie immer schon so gemacht, und jede Bewegung im Zimmer hat einen bestimmten Zweck. Alles ist so deutlich wie die Details eines Röntgenbilds. Nur meine Anwesenheit, mein Herumfläzen auf einem Stuhl, ist nicht zu durchschauen.

»Noch mehr Kaffee?«

Ich nicke und verbrenne mich am ersten Schluck. Meine Mundwinkel zittern, und meine Zunge brennt. Am Tisch herrscht Schweigen.

Als ich den Blick von der Tischplatte hebe, begegne ich zwei Augenpaaren.

Ich werde beobachtet, eine Patientin auf einer Untersuchungspritsche. Ich weiß nicht, was von mir erwartet wird, wenn überhaupt etwas.

Auf der anderen Seite des Tisches wird ein Entschluß gefaßt.

»Zeit, ins Bett zu gehen, Jean-Pierre. Zähneputzen. Denk an die Backenzähne.«

Kleine Füße in kleinen Pantoffeln trollen sich die Treppe hinauf, und mir bricht es fast das Herz. Wasser rauscht in Rohren, eine Tür wird geöffnet und wieder geschlossen.

»Papa. Ich bin fertig.«

»Ich komme.«

Ich könnte mich hinausschleichen und hoffen, sie zum letzten Mal gesehen zu haben. So tun, als sei das Ganze ein Mißverständnis gewesen. Statt dessen gehe ich die Treppe hinauf, an der Schlafcouch vorbei, die sich noch nicht wieder in ein Bett verwandelt hat, und steige dann die Hühnerleiter hoch.

Vater und Sohn sitzen auf dem Boden neben der Tankstelle, die jemand aus Lego gebaut hat. Der Vater fährt ein kleines rotes Auto zur Zapfsäule. Der Sohn füllt den Tank, Volltanken bitte!, und der Vater fährt weiter.

Ich setze mich auf die Bettkante. Ich hüte mich, ein Auto zu nehmen und zur Tankstelle zu fahren.

Ich erhebe mich vom Bett und mache einem schläfrigen kleinen Jungen Platz, dessen Brille der Vater auf ein Bord neben der Lampe legt, deren Fuß aussieht wie ein Fisch. Ich sitze auf dem Boden und lehne die Stirn ans Fußende des Bettes und höre mir die Geschichte von einem Bären an, der nicht schlafen will, und ich will nie mehr schlafen. Den Rest meines Lebens möchte ich wach bleiben, auf einem Hängeboden sitzen und zuhören, wie ein Vater seinem Sohn Geschichten vorliest.

Ein kleiner Junge, der fast schon schläft, bekommt einen Kuß auf die Stirn. Ehe ich hinter seinem Vater die Hühnerleiter herunterklettere, lege ich einen kurzen Augenblick meine Hand auf die Decke über seinen Füßen.

Wir sitzen auf der Schlafcouch. Meine Nase ist so verstopft, daß ich nicht einmal verstehe, was ich selbst sage.

»Entschuldige.«

Ich putze mir die Nase, mit irgendwas, was ich in der Hosentasche finde. Vielleicht ist es ein Hundertfrancschein.

Ich erhebe mich. Er erhebt sich.

»Seine Mutter verkauft Shampoo«, sagt er übergangslos. »Sie ist ein paar Nächte in der Woche unterwegs. In diesen Nächten habe ich keinen Besuch. Das ist ein Prinzip.«

»Natürlich.« Die bescheidene Frau, die ihm antwortet, ist eine neue Bekanntschaft für mich. Ich habe das Gefühl, daß sie mir eine ganz neue Sprache beibringen will, in der häufig Ausdrücke und Formulierungen wie »natürlich«, »wie du willst« und »wenn es dir paßt« vorkommen.

»Morgen.«

Die harte Beule an meinem Oberschenkel verrät mir, daß mein Gastgeber die Ereignisse dieses Abends nur als Unterbrechung betrachtet, bis wir wieder zur Normalität zurückkehren. Er begleitet mich die Treppe hinunter.

»Bis morgen«, wiederholt er.

Es steht mir immer noch frei, die Flucht zu ergreifen, am Morgen den ersten Zug nach Paris zu nehmen und mich nie mehr umzudrehen.

Das Fünfmeterbrett vibriert unter meinen Füßen. Am Beckenrand steht Marge und zittert vor Kälte und der Erleichterung, nicht selbst dort oben zu stehen. Ich strecke die Arme über den Kopf. Etwas Schlimmeres, als daß ich einen Bauchplatscher mache, kann nicht passieren.

Etwas Schlimmeres, als daß ich beim Aufprall bewußtlos werde und ertrinke, kann nicht passieren.

Im letzten Augenblick überlege ich es mir anders. Ich mache einen Satz, die Beine angewinkelt und schief, aber ich springe, und das Wasser schlägt über meinem Kopf zusammen. Die Luftblasen füllen meine Augen, und es dröhnt in meinen Ohren. Das Ganze ist unschön und stillos, aber es ist vollbracht und läßt sich wiederholen.

»Morgen.«

Wladimira

Das Zimmer befindet sich im Dachgeschoß des Nachbarhauses. Ein Dachfenster ist die einzige Lichtquelle, und sie muß sich auf einen Stuhl stellen, um hinausschauen zu können.

Die Miete hat sie mit Oliviers Geld bezahlt. Mit diesem Geld hat sie auch den Zwieback und das Dosenessen gekauft. Dank Olivier biegen sich die Bretter in ihrer Vorratskammer. Olivier weiß nichts davon, aber ihm ist es zu verdanken, daß die Belagerung monatelang dauern kann.

Wladimira steht auf ihrem Stuhl und wartet.

Die Tage vergehen, und sie wartet. Eines Tages wird er ohne seine Wächterin unten auf dem Bürgersteig stehen. Es ist nur eine Frage der Zeit, und Wladimira hat Geduld.

Wladimira steht in taubenblauem Rock und Strickjacke wie eine Säulenheilige auf ihrem Stuhl. Die Taschen der Jacke sind ausgebeult von dem Toilettenpapier, das sie zum Naseputzen verwendet.

Wladimira verlagert ihr Gewicht von einem Bein aufs andere und streckt die Arme, die sie auf dem Rahmen des Dachfensters ruhen läßt, über den Kopf, ohne auch nur einmal den Bürgersteig aus den Augen zu lassen.

Unten tost das Leben. Die Conciergen klopfen Teppiche und polieren Türklinken aus Messing. Die Möbelpacker, die die Klaviere transportieren, wischen sich den Schweiß aus der Stirn. Das Wasser läuft den Rinnstein entlang, die Straßenfeger arbeiten, daß es nur so spritzt, und Wladimira sieht alles.

Wladimira wartet. Der Rhythmus der Häuser wird zu ihrem Rhythmus, ihre Bewohner werden ein Teil ihres Blutkreislaufes. Es gibt Leute, die zwei Baguettes beim Bäcker kaufen, und Leute, die sich mit einem halben begnügen. Jemand läßt sich von einem unbändigen Hund wegzerren, und eine alte Frau schleppt sich mit Hilfe eines Stocks vorwärts. Sie weiß, welche Kinder zu welchen

Eltern gehören, wessen Ungehorsam mit einer Ohrfeige belohnt wird und wen man auf den Arm hebt.

Und am wichtigsten: Sie weiß, daß er und seine Frau jeden Tag zur selben Zeit ausgehen. Sie kaufen die Zeitung und ein Brot und trinken in einer Bar ein Stück die Straße hinunter einen Aperitif. Sie weiß, daß die Frau jeden Donnerstag und Sonntag auf dem Markt einkauft, sie sieht sie mit ihrem leeren Korbwagen unten auf dem Bürgersteig. Schwerbepackt und auf ihren hohen Absätzen einhertrippelnd kehrt sie zurück.

Den Gedanken, ihn bei dieser Gelegenheit aufzusuchen, gibt sie von vornherein auf. Die Concierge hat sich mit den Mächten verbündet und würde zweifellos die Polizei alarmieren. Statt dessen wartet sie erstaunlich zuversichtlich ab.

Eines Tages wird er dort unten stehen, und sie wird, so schnell sie kann, die Treppe hinunterlaufen, ihm auf dem Bürgersteig hinterherrennen und ihn anrufen, und zwar so leise, daß man es von oben aus der Wohnung nicht hören kann. Sie wird sich seiner Sprache bedienen, ihrer gemeinsamen Sprache, und er wird wissen, daß sie es ist. Wenn er sich ihr zuwendet, dann wird die Pause vorüber sein. Zusammen werden sie durch die Haustür treten, die Treppen hinauf und ins Zimmer gehen. Bis auf weiteres endet die Geschichte dort. Bald, sehr bald, wird sie die Fortsetzung erfahren.

Wenn es dunkel wird und die schweren Gitter lärmend vor die Schaufenster im Erdgeschoß geschoben sind, hat auch sie Feierabend. Ihre Fußgelenke sind geschwollen, der Magen knurrt, und die Straßenlaternen sind zu weit weg, als daß sie etwas Genaueres erkennen könnte.

Aber sie kann nicht ausschließen, daß er abends allein ausgehen könnte. Dieser Gedanke verfolgt sie, während sie Fischklopse, Linsen oder gekochten Schinken direkt aus der Dose ißt.

Nachts träumt sie, er hätte dort unten gestanden und in dem kurzen Augenblick, in dem sie auf die Toilette mußte, zu ihrem Fenster hochgeguckt. Vielleicht hat er das wirklich getan. Ein Eimer aus einem Speicherverschlag, der nicht abgeschlossen ist, löst auch dieses Problem, jedenfalls gewinnt sie mit seiner Hilfe jedesmal ein paar Minuten.

Wladimira steht auf ihrem Stuhl. Sie wartet.

Joyce

Ich habe einige Männer mit geschickten Fingern gekannt. Ich hatte auch phantasievolle Liebhaber, Männer, die nicht nur ein willenloser Anhang ihrer Waffe auf Unterleibsniveau waren.

So jemand wie Michel ist mir noch nie begegnet. Er läßt sich am ehesten mit einem Trawler vergleichen, dessen Grundschleppnetz einen maximalen Ertrag in kürzester Zeit garantiert. Eventuelle Umweltschäden sind Fragen, die erst in Zukunft gelöst werden müssen, und mit der Zukunft beschäftigen wir uns nicht. Michel ist das Hier und Jetzt. Die Arbeit als Fischexporteur hat ihn die Grundregeln gelehrt, und er liefert stabil und gleichbleibend an bestimmte Zielgruppen.

Jean-Pierre steht in der Schlange ganz vorn, was Zärtlichkeit und Fürsorge, Spiel und Gutenachtgeschichten angeht. Weil ich nicht weiß, was sich gehört, versuche ich mich in dieser Schlange vorzudrängen.

In Joyces Schlange heißt die Verlockung rasche Orgasmen, drei zum Preis von zweien. Die Hoffnung auf Vergessen in begrenzter Dosierung gibt es als Bonus dazu.

In einer anderen Zeit wäre das mehr als genug gewesen, um mich bei der Stange zu halten. Schnurrend wie eine frischgefütterte Löwin mit unbegrenzter Energie für wichtigere Aktivitäten.

In einer anderen Zeit. Vielleicht war sie glücklicher, ich weiß das nicht, aber zumindest blieben mir Unterhaltungen wie die folgende erspart:

»Können wir heute abend zusammen essen, Michel?«

»Heute abend habe ich Jean-Pierre.«

»Ich gehe auch, ehe er ins Bett muß.«

»Hör schon auf, Joyce.«

»Er hat nie die Möglichkeit, mich kennenzulernen, wenn wir uns nie sehen.«

»Wer sagt überhaupt, daß er dich kennenlernen soll?«

Wer das sagt? Du wohl kaum, Jean-Pierre, und dein Vater auch nicht.

Die Abende, an denen ich gnädigst meinen Kaffee am Tisch trinken darf, während Vater und Sohn ihren Nachtisch essen und abräumen, lassen sich an einer Hand abzählen. Michel legt auf Intimität keinen Wert – mit Ausnahme derjenigen von zwei Körpern auf einem Laken.

Das schlimmste ist, daß ich ihn verstehe. Ich verstehe ihn nicht nur. Ich bin er.

Jede Zurückweisung ist meine Zurückweisung. Jede Grenze ist meine Grenze. Jeden Satz, der ihm über die Lippen seines Kußmunds kommt, über seine leckende Zunge, habe ich im Kopf bereits formuliert. Michels Tempo war mein Tempo, solange ich mich erinnern kann, seine Zielstrebigkeit war meine. Direkt aufs Ziel zu, unbeirrbar. Egal, was kommt.

Jede abgeschlagene Bitte ist meine Strafe dafür, daß ich um diese Dinge weiß, meine Strafe für all das Unglück, alle Sehnsucht, alle Kränkungen und alle zähneknirschenden Tränen, für die ich verantwortlich war. Die Strafe hat mich eingeholt. Sie stellt sich tröpfchenweise ein, so als hätte ich eine Kanüle in der Vene. Jeder kleine Tropfen lullt mich ein und macht mich widerstandslos.

Das ist nicht gut, Joyce.

Du weißt, was ich gesagt habe.

Hör schon auf, Joyce.

Meine Strafe heißt Demut. Meine Strafe heißt Dankbarkeit. Für jeden Brosamen von dem Tisch, an dem Vater und Sohn im Licht der Lampe sitzen.

Ein Platz im selben Lampenlicht ist eine Gnade, von der ich nur träumen kann, jetzt, wo es Herbst geworden ist, die Stürme um die Hausecken pfeifen und der Schaum der Wellen durch die Straßen der Stadt treibt.

Gelegentlich empfinde ich die Strafe als gerecht, gelegentlich lehne ich mich dagegen auf, zu dem Kollektiv der manipulierenden Weiber, rachsüchtigen Hexen und verderbten Drachen zu gehören, in dem auch Michels Mutter eine Rolle spielt und dessen ungekrönter Star die shampooverkaufende Nadine ist.

Meine Versuche, ihn davon zu überzeugen, daß ich anders und ihm ähnlicher bin als diese Frauen, verpuffen.

Wenn ich meine Joggingrunden drehe, jeden Tag längere und anstrengendere, und wenn ich mich durch Sturm und Regen quäle, der mir ins Gesicht peitscht, dann verfluche ich Michel. Rasende Monologe beanspruchen immer mehr Platz in meinem Kopf, die aus Überredungsversuchen, Anklagen und Strafpredigten bestehen. Wenn ich dann endlich den Mund öffne und es wirklich tue, denn Worte sind auf einer Schlafcouch keine harte Währung, hat sich meine Rede in demütige Piepser verwandelt.

Zwei Abende in der Woche trinke ich unter Aufsicht des bebrillten Barkeepers Whisky. Die Nächte verbringe ich in meinem Hotelzimmer, mir ist vor lauter Alkohol schwindlig, und ich schreibe Joel seitenlange Briefe, die ausnahmslos im Papierkorb landen.

Worte sind meine Waffe gegen den Sog des Abgrunds. In systematischer Form bringen sie Ordnung ins Universum, jedenfalls für gewöhnlich, aber eine neue Sprache hat inzwischen die Bühne erobert, und ich kämpfe wie eine Ertrinkende und ohne größeren Erfolg darum, wieder an vertraute Küsten zu gelangen.

Dorthin, wo Ausdrücke wie Auf-dem-Teppich-Bleiben und Sich-mit-dem-Gebotenen-Begnügen angenehm bedeutungslos sind.

Wladimira

An jenem Tag, an dem sich die Tür dort unten öffnet und seine wohlbekannte Gestalt auf dem Bürgersteig auftaucht, als sei nichts, als sei das Routine und ganz normal, hat sie so lange gewartet, daß sie ihn erst gar nicht sieht. Er ist bereits ein gutes Stück den Boulevard hinuntergegangen, als sie endlich reagiert.

Der Stuhl fällt um, als sie zu Boden springt, und reißt den Eimer mit. Ihre Schuhe schlappen, während sie die Treppe hinunterrennt.

Ein Flügel, getragen von drei schwitzenden und stöhnenden Männern, versperrt ihr den Weg. Als sie endlich wieder freie Sicht hat, ist er verschwunden.

Wahrscheinlich in der Metrostation. Der Bürgersteig ist breit, und obwohl Hauptverkehrszeit ist und die Leute zielbewußt auf dem Heimweg zur Metrostation eilen, hat sie das Gefühl zu schweben. Sie hat Lust, die Arme auszubreiten und sich von dem schwachen Wind davontragen zu lassen. Er ist da, er ist in Reichweite, bald wird sie ihn sehen, am Fahrkartenschalter, auf dem Bahnsteig, auf einem der Klappsitze oder wie er sich an einer schmutzigen Stange festhält und auf sie wartet, ohne es zu wissen.

Eine Metro ist gerade am Bahnsteig eingefahren, sie wird vom Menschenstrom mitgerissen, und es könnte wirklich er sein, der da in den nächsten Wagen einsteigt. Durch die Scheibe in der Tür kann sie ein Auge auf den Bahnsteig haben und aussteigen, wenn sie ihn vorbeigehen sieht. Er wird sie mitten in der Menschenmenge wiedererkennen und stehenbleiben, während alle einen Schritt zurücktreten und ihnen für ihr Wiedersehen Platz machen.

Das Genie begegnet seiner Geliebten nach langer Trennung wieder – trotz aller Hindernisse und gegen alle Wahrscheinlichkeit. Das ist der Stoff für eine Bildreportage in einer der Illustrierten, die sie jede Woche auf der Jagd nach Neuigkeiten über ihn genauestens durchsieht.

Aber nach der ersten Station sieht sie nicht einmal mehr die Tür. Sie wird von einer kompakten Menschenmenge eingeschlossen, und das ständige Ein- und Aussteigen an den Stationen macht es auch nicht besser. Sie steckt fest. Ein junger Mann in voller Motorradmontur, den Helm hoch über den Kopf erhoben, versperrt ihr die Aussicht.

Ein älterer Herr in Anzug und Schlips drückt sich an ihre Seite. Sein Atem an ihrem Hals ist feuchtwarm, und der Gestank nach Zahnfleischentzündung und halbverdautem Essen ist überwältigend. Plötzlich ist die Hand da, die Hand zwischen ihren Beinen. Sie kommt von hinten und sucht ihren Weg. Sie drückt und reißt zwischen ihren Pobacken, zieht sie auseinander. Ein Finger sucht eine Öffnung, nestelt die Unterhose beiseite und findet eine Öffnung und dann noch eine, erst vorsichtig und dann zielbewußt, drückt sich hoch und dann hin und zurück, und sie kann sich nicht wehren und sich nicht befreien.

Die Gesichter vor ihr sind ausdruckslos. Sie kann ihren Kopf nicht nach hinten drehen, aber der giftige Atem kommt jetzt schneller, und sie weiß, daß er das ist, ein gutaussehender älterer Herr, der sein blutgefülltes Geschlecht an ihren Oberschenkel preßt und sich daran reibt, so gut es der Platz erlaubt. Er reibt und scheuert, bohrt seinen Finger in sie und atmet ihr mit seinem scheußlichen Mundgeruch an den Hals.

»Hören Sie auf! Schweinerei!«

Panisch versucht sie, sich an dem Motorradfahrer vorbeizudrängeln, aber die Menge ist zu kompakt. Dann hört sie das Gelächter.

Die Leute um sie herum lachen. Sie amüsieren sich über ihre Demütigung, über ihre Erniedrigung, das Lachen stellt eine kollektive Befreiung auf dem Weg von den Mühen des Tages zu den heimischen Fleischtöpfen dar. Selbst die Frauen halten sich nicht zurück.

Wladimira hört nichts mehr. Sie merkt nicht, daß die Metro an den Stationen anhält und nach und nach immer leerer wird. Sie registriert auch nicht die Blicke der Leute, die beim Aussteigen an ihr vorbeigehen. Der adrette Herr bleibt nach dem Aussteigen vor der Tür stehen und riecht mit einem anzüglichen Lächeln in seinem glattrasierten Gesicht an seinen Fingern. Sie sieht ihn nicht.

Sie merkt überhaupt nichts mehr, nicht einmal, daß sie zuletzt allein im Waggon ist und sie die Endstation erreicht haben, die weit weg von allem ist, was sie kennt.

Falls der, nach dem sie suchte, in dieser Metro war, ist er jetzt weg, aber ob er hier oder irgendwo anders ist, spielt keine Rolle mehr. All das gehört zu einem anderen Leben, einem Leben, das jetzt vorbei ist.

Der Lichtkegel einer Taschenlampe holt sie in die Wirklichkeit zurück. Laute Stimmen dringen durch die brausende Stille des leeren Bahnsteigs, sie gehören einem Mann und einer Frau. Taschenlampen und Schlüssel baumeln an ihren Gürteln. Ihre Hände sind kräftig, und sie können heben, ziehen und nach unten drücken.

Im Spiegel hängt ein waidwundes Tier zwischen ihnen. Seine Hinterbeine schleifen über den angestrichenen Betonfußboden, doch die Hinterbeine haben Füße, sie tragen Schuhe, und ein Schuh gleitet vom Fuß und wird von einer behandschuhten Hand aufgehoben und wieder angezogen.

Sie tragen Handschuhe. Wladimira kann sie verstehen. Wer faßt auch schon freiwillig so etwas Abstoßendes an? Es ist schon mehr als genug, daß sie die Frau stützen müssen, denn es handelt sich nicht um ein Tier, es ist eine Frau, und es geht viele Treppen hoch. Sie müssen sie davon abhalten, zu stolpern, zu fallen und als unhandlicher Haufen auf dem Boden zu liegen.

Der Bus steht bereits mit beschlagenen Fenstern am Bordstein. Augen richten sich auf sie, Augen, die ihr Interesse verloren haben, ehe sie noch etwas wahrgenommen haben, ehe sie sie gesehen haben. Falls das wirklich sie ist.

Die beiden laden sie auf einem Sitz ab, und nur mit knapper Not gelingt es ihr, nicht hinunterzugleiten, als der Fahrer die Handbremse löst, ruckartig anfährt und wendet.

»Du riechst nach Pisse.«

Die Worte dringen aus einem zahnlosen Mund in einem Gesicht neben ihrem.

»Du stinkst. Sie stinkt. Schafft sie weg.«

Die Faust trifft ohne sonderliche Kraft ihren Arm, aber die Worte gellen weiter, bis sie von einem langen Hustenanfall erstickt werden.

»Immer mit der Ruhe da hinten.«

Vorn beim Fahrer ist jemand aufgestanden, und die Gestalt neben Wladimira dreht beleidigt den Kopf zum Fenster.

In Wladimiras Augen stehen Tränen. Durch die beschlagenen Fenster sieht sie nur verschwommene Lichtpunkte, die wieder verschwinden. Sie schließt die Augen und läßt sich tragen und wiegen. Irgendwo im Bus singt jemand mit heiserer Stimme, und sie schläft halb ein, bis sie davon erwacht, daß ihr jemand die Hände vor die Ohren hält, aber das ist nur ein Tunnel, der Druck hat sich verändert, und jetzt ist sie wach, jetzt sieht sie.

Wladimira blickt auf ihre Hände. Sie sind schmutzig, fast schwarz, und die Nägel wachsen wie Krallen über die Fingerspitzen hinaus, außer einem, der abgebrochen ist, und zwar schon vor Tagen. Sie sieht ihren Körper, die Brüste unter der grauen Jacke, die vom Tragen und Waschen vollkommen verfilzt ist. Ihr Bauch beult ihren Rock aus, dessen knitterfreier Stoff das einzig Aufmunternde an ihrer Erscheinung darstellt.

Auf den anderen Sitzen haben sich die Köpfe schwer nach hinten geneigt, und die Kehlen mit den knochigen Adamsäpfeln liegen vollkommen schutzlos da. Strähniges Haar liegt auf abgetragenen Kragen, und sie hört trotz des Motorenlärms den Atem und das Schnarchen schlafender Menschen.

Vielleicht sind sie ja alle tot? Die Frau neben ihr hat wie zum Schutz ihren verschlissenen Pelzkragen hochgeklappt und könnte schon vor Ewigkeiten aufgehört haben zu atmen, und so ist nun mal der Tod. Man sitzt mit Fremden in einem Bus und versucht sich vor ihrer Gegenwart zu schützen.

Aber jetzt hat der Bus angehalten, und sie wird mit den anderen ins Freie getrieben. Sie ist immer noch am Leben und steht in einer Schlange. Die Erinnerung an das Schlangestehen hat sie im Rückenmark. Sie weiß mit jeder Faser ihres Wesens, wie man sich in einer Warteschlange benimmt. Am Ende der Schlange gibt es die Hoffnung, sich satt essen oder Waren tauschen zu können, eine hübschere Bluse als die, die man trägt, ein Paar Schuhe ohne Löcher, und man wartet, bis man an der Reihe ist, und wehrt sich gegen die, die sich vordrängeln wollen. Man tritt in der Kälte von einem Bein aufs andere und wechselt vielleicht ein paar Worte mit seinem Nebenmann.

Ihre Mutter steht neben ihr. Ihre Mutter streckt die Hand aus, und sie ist nicht mehr allein unter Fremden.

»Mutter.«

Wladimiras Hand greift ins Leere. Die Mutter ist einen Schritt zurückgetreten. Ihr Gesicht ist so jung wie in Wladimiras Kindheit. Es ist das Gesicht einer jungen Frau, aber die Haut ist streng gefurcht.

»Alle tun ihr möglichstes, Wladimira. Alle bekommen das Notwendigste.«

Hat sie getan, was sie vermochte? Auf die Mutter trifft das zu. Geduldig und ohne zu klagen hat sie die ihr zugewiesenen Straßen zu allen Jahreszeiten von Schmutz und Schnee freigehalten. Es ist möglich, daß ihre Talente zu mehr ausgereicht hätten, aber nach etwas anderem wurde nicht verlangt.

Wladimira hat genossen. Jeden einzelnen Tag, und das jahrelang. Sie hat sich an Weißbrot satt gegessen und die knusprige Kruste mit ihren Zähnen zerbissen, die ordentliche Füllungen hatten. Sie hat gesehen, wie richtige Butter auf dem noch ofenwarmen Brot geschmolzen ist. Hellrote Seife schäumt duftend auf ihrer Haut, bequeme Schuhe schützen ihre Füße vor Hühneraugen. Einen Monat nach dem anderen saugen daunenweiche Binden ihre Regelblutung auf und landen im Mülleimer, und alles so, als sei es eine Selbstverständlichkeit.

Das eine oder andere hat sie auch geleistet, aber spontan fallen ihr nur die Fischfilets für den Export ein.

Dollars hat sie geschickt, aber wer weiß, ob sie je ihr Ziel erreicht haben, und was ist mit all den Jahren, in denen sie nichts geschickt und nichts unternommen hat, in denen ein flüchtiger Schatten ihr Leben bestimmte?

Etwas, ein Gesicht, hat über ihre Tage gewacht. Jetzt weiß sie nicht einmal mehr, wie es aussah.

Jemand, dessen Aussehen sie vergessen hat, hat den gesamten Raum eingenommen.

In jedem Hohlraum, in jedem Winkel ihres Wesens hatte sie Freiheit angesammelt. Freiheit, die sie zusammen mit etwas verschenken konnte, das vielleicht Liebe war. Aber zu guter Letzt gab es da niemanden, der etwas davon hätte annehmen können. Nur ein Bär in einem Käfig, der zu träge ist, um auf den Beinen zu stehen.

In den Augen ihrer Mutter wiegt zweifellos die falsche Waagschale schwerer.

Die Stunde der Wahrheit ist gekommen, und ihre Mutter runzelt die Stirn. Ein roter Schimmer flimmert an Wladimiras Gesicht vorbei. Vielleicht gelingt es ihr ja, es ihrer Mutter zu erklären.

»Das war der Ballon, Mutter. Der rote Ballon.«

Die russischen Worte kommen aus ihrem Mund, ohne daß sie nachdenken muß, aber die Mutter schüttelt den Kopf. In der nächsten Sekunde ist sie verschwunden.

Wladimiras Hand liegt jetzt auf einer Theke. Dahinter steht jemand mit einer roten Spange im Haar. Sie ist rot wie der Ballon und wie der rote Stern, und Wladimira ist nun ganz vorn. Man reicht ihr ein Handtuch und ein kleines Stück Seife, und das kann sie, das beherrscht sie seit ihrer Kindheit, einmal gelernt, nie vergessen.

Der Richtung des deutenden Fingers zu folgen ist ein leichtes, sich unter eine der Duschen zu stellen, das Stück Seife über die Brüste gleiten zu lassen und zwischen die Beine und die Pobacken, wo etwas darauf wartet, abgewaschen zu werden, auch.

Das Wasser flutet grau und schäumend über die Fliesen, der Abfluß gurgelt. Andere Körper, magere und fette, verbrauchte und weniger verbrauchte, sehnige und konturlose, planschen unter den Duschen. Schultern hängen, Bäuche baumeln, bibbernde Fettansammlungen oder faltige Beutel, die Brüste darstellen.

Nirgends erkennt sie die Umrisse ihrer Mutter wieder.

Eine Frau in einem Kittel versperrt ihr den Weg. Die Hände, die Wladimiras nasses Haar und ihre feuchte Haut berühren, sind mit roten Gummihandschuhen bedeckt. Wie der Ballon, wie der rote Stern, und jetzt wird sie gelobt, so wie man einen Hund oder ein Kind lobt.

Wladimira weiß, wie man das macht. Weiß, daß das Läusemittel brennt, weiß, daß es vorübergeht und daß es keinen Sinn hat, zu protestieren.

Ein Bett. Eine Decke. Sie kann das. Sie kann das Bettzeug zusammenfalten, sich einwickeln. Sie hat auch früher schon gefroren.

»Mutter. Ich kann es.«

Isländisch. Sanft wie ein Wiegenlied. Sie steckt sich die Finger in die Ohren, und ihr Flüstern übertönt die Rufe, das Weinen, das Heulen, die Flüche, die Alpträume und die Panikattacken.

»Ich kann es. Ich kann es.«

Mit der eigenen Stimme in den Ohren schläft sie ein.

Ihre Schuhe sind weg, als sie erwacht. Sie weiß nicht, wo sie suchen soll und wen sie fragen kann.

Barfuß trottet sie hinter den anderen her zu den Stahlbehältern mit Kaffee, der dünn und süß ist, und zu dem halben Brot, das man ihr aus einem Korb hinter einer weiteren Theke reicht.

Das Brot ist zäh, und von dem Kaffee mit Zucker wird ihr übel, aber sie ißt das Brot und trinkt den Kaffee, während sie auf die Tischplatte starrt. Dann stößt man sie an.

»Es ist Zeit.«

Ein weiteres Mal bewegt sie sich in einer Schlange. Das kann sie, aber dabei sollen die Absätze klappern, aber ihre klappern nicht, ihre Fersen sind unbeschuht und tun weh. Auf Zehenspitzen geht sie über den harten Kies des Hofes.

Der Bus hält in der Sonne vor einem Tor und fährt los, als er voll ist. Jetzt schläft niemand, aber es unterhält sich auch niemand. An der Metrostation verschwinden alle rasch in unterschiedliche Richtungen, und wenn man nicht zur Seite schaut und so tut, als sei nichts, kann man sich einreden, man sei ein ganz normaler Mensch auf dem Weg von einem ganz normalen Zuhause zu einer ganz normalen Arbeit irgendwo in der großen Stadt.

Wladimira versteckt ihre nackten Füße unter dem Klappsitz. Wohin sie unterwegs ist, weiß sie nicht. Hier kann sie sich nirgends mehr einreihen und geborgen fühlen. Niemand gibt die Richtung oder das Ziel vor. Keine effektiven Hände teilen Brot und süßen Kaffee aus, aber irgendwo in der Stadt wartet ein Regal, ihr eigenes Regal mit Lebensmitteln.

Irgendwo in der Stadt gibt es Dosen mit Essen und eine Gabel, mit der sie es zu sich nehmen kann, nur wo?

Der Name einer Station fällt ihr ins Auge, und sie folgt dem Menschenstrom durch die langen Gänge. Ihre Füße berühren den kühlen Beton und die kalten Treppenstufen, und sie geht immer weiter, bis sie schließlich im Freien ist.

Die Sonne blendet sie, ein Kiosk versperrt ihr den Weg, und sie dreht sich um und stolpert. Ihr Fuß gleitet in den Rinnstein, in fließendes, eiskaltes Wasser. Sie zieht ihn an sich, und plötzlich steht sie mitten auf der Straße.

Autos hupen und halten mit kreischenden Bremsen, aber der Asphalt ist warm unter den Füßen. Sie könnte einfach stehenbleiben, sich vom Asphalt die Füße wärmen und die Autos hupen lassen, aber sie geht weiter. Sie bahnt sich zwischen den Autos, deren Fahrer ihr einen Vogel zeigen und ihr hinterherschimpfen, einen Weg.

Endlich findet sie den gegenüberliegenden Bürgersteig, und jetzt weiß sie endlich wieder, wie sie gehen muß. Etwas in der Luft oder das Muster der Fassaden, der Verlauf der Bordsteine oder die fleckigen Stämme der Bäume führen sie ans Ziel.

Es ist immer noch Morgen, als sie vor dem Haus steht. Die Tür geht auf, und Bewohner, die sie kennt, treten ins Freie, aber niemand im Haus hat sie je bei Tageslicht gesehen. Niemand weiß, wer sie ist, und niemand hat Lust, sich mit einer zerzausten, barfüßigen Frau abzugeben.

Ein Möbelwagen hält am Bordstein, und die Haustür wird mit einem Keil aufgestellt. Möbel werden ins Haus getragen, schwere Sessel und eine polierte Anrichte. Wladimira geht hinter der Anrichte her, am Fenster der Concierge vorbei, die Treppe hinauf ins Dachgeschoß.

Die Tür des Zimmers steht offen. Durch das Dachfenster fallen Sonnenstrahlen in eine kleine Pfütze auf dem Linoleumfußboden, wo ein umgestürzter Eimer und ein umgekippter Stuhl liegen. Sie stellt den Stuhl wieder hin und setzt sich.

Geräusche von Menschen dringen aus dem Stockwerk unter ihr zu ihr herauf. Die Spülung einer Toilette und Kinderstimmen, die im Treppenhaus widerhallen. Türen werden zugeschlagen, man grüßt sich, auf dem Weg durchs Treppenhaus bestätigt man die Existenz der anderen und sieht sich selbst bestätigt. Dann kann man sich in der Gewißheit, sich mitten im Leben zu befinden, hinaus in die Welt begeben.

Wladimira sitzt auf ihrem Stuhl, bis die Sonne aus dem Fenster verschwunden ist. Dann steht sie auf, geht auf das Regal mit den Dosen zu. Dort ragen aus einem leeren Marmeladenglas auch zwei Gabeln auf.

Die Sauce der Fischklopse schmeckt irgendwie bekannt, vielleicht schmeckt sie ja nach Krabben. Der Zwieback zerkrümelt in ihren Fingern. Sie leckt sich die Handflächen ab, damit ihr auch ja kein Krümel entgeht, und bekommt als Dreingabe noch den Geschmack der Haltestange aus der Metro.

Das Verfallsdatum des Milchkartons ist noch ein Jahr entfernt.

Ein Jahr. Als sie noch ein Kind war, war ein Jahr eine lange Zeit. Seit einer bestimmten Nacht in Reykjavík sind die Jahre so flüchtig wie ein Blinzeln. Von jetzt an werden sie wieder länger.

Jahre, eins länger als das andere, liegen vor ihr. Sie kann hier auf dem Stuhl sitzen bleiben, und die Jahre können einander ablösen. Zwischendurch kann sie immer mal wieder aufstehen und eine Dose öffnen. Sie kann einen Milchkarton aufreißen und die süßliche Flüssigkeit in sich hineinschlürfen, und niemand wird sich um sie kümmern.

Kleine Symptome verlangen nach Aufmerksamkeit oder fordern, ignoriert zu werden, etwa das Jucken zwischen den Pobacken oder die Haut, die sich zwischen zwei Zehen ablöst. Ihr Haar wird weiß werden, und die Kopfhaut wird zwischen den wenigen Strähnen hell hervorscheinen. Sie wird altern, ohne daß jemand davon erfährt, und eines Tages wird sie tot sein.

Ein Geräusch von der Tür bringt sie dazu, sich umzudrehen. Die Concierge steht mit einer Hand auf der Klinke im Türspalt.

»Darf ich reinkommen?«

Sie sieht von der Pfütze auf dem Boden auf Wladimiras Füße. Von der nackten Matratze des Bettes auf die geleerte Dose in Wladimiras Hand.

Wladimira ist gesehen worden. Die Concierge ist gekommen, um Wladimira das mitzuteilen. Von jetzt an wird sie niemand mehr sehen, aber noch ehe die Unsichtbarkeit sie in ihren großen Mantel hüllte, hat sie jemand gesehen. Der Falsche oder vielleicht auch der Richtige.

Hier kann sie nicht bleiben, das versteht sie nur zu gut. Was sie hier überhaupt verloren hatte, ist dagegen schon schwerer verständlich. Erklärungen verlieren sich wie Rauch und lassen sich unmöglich festhalten.

Die Concierge muß sich beherrschen, um Wladimira nicht zu packen und durch die leise schlagende Tür hinauszudrängen. Sie hat die Tür zum Dachgeschoß offengelassen, für den Fall, daß sich die Situation zuspitzen sollte, wie sie es ihrem Mann gegenüber ausgedrückt hat. Sie wußten beide, was sie damit meinte. Jetzt zieht es von einem offenen Fenster im Treppenhaus, und die Tür fällt hinter ihr ins Schloß.

Hätte man gewußt, was man jetzt weiß, dann hätte sie sie nie ins Haus gelassen, vor Russen soll man sich in acht nehmen, aber diese Russin in ihrer Strickjacke sieht geradezu friedlich aus, ihr Rock wirkt sogar regelrecht salonfähig. Nur die Füße stechen einem ins Auge, die schmutzigen Füße und die Hände mit ihren grotesken Fingernägeln.

»Ich bin Ihnen auch gern behilflich, Madame.«

Die Concierge kann es sich leisten, freundlich zu sein, sie kann es sich leisten, hilfsbereit und geduldig zu sein, und sie fängt schon einmal mit dem Wandbord an. Eine Plastiktüte, die an einem Nagel hängt, ist im Handumdrehen mit Dosen und einer aufgerissenen Tüte krümeligen Zwiebacks gefüllt.

Gleich kann sie sich dann mit einem Putzlappen und einem Eimer an die Arbeit machen und den Uringestank durch Chlorgeruch ersetzen. Sie kann das Zimmer zwar nicht attraktiv, aber zumindest wieder bewohnbar machen und Wladimiras im voraus bezahlte Miete in die eigene Tasche stecken, denn da eine polizeiliche Verfügung gegen sie vorliegt, wird sie kaum protestieren. Das ist ihre Gelegenheit, noch Schlimmerem zu entrinnen.

Auf der kleinen Toilette des Stockwerks kämmt sich Wladimira das Haar. Es ist unerklärlich lang, als sei es auf dem Kopf einer anderen gewachsen und in einem unbewachten Augenblick auf ihrem Kopf gelandet.

Etwas fehlt, etwas, was einmal dagewesen ist, sie behilft sich mit einem Gummiband aus der Tasche ihrer Jacke und einigen Haarklammern der vor der Tür lauernden Concierge. Der Knoten ist rund, ein Apfel auf einem Apfel, und einst hat sie auch gewußt, wer die Frau im Spiegel ist.

Der Spätnachmittag hüllt seinen Mantel aus Licht um Wladimira, die unten auf dem Bürgersteig steht. Die Concierge hat alles, was Platz fand, in die Plastiktüte zu den Dosen gestopft. Obwohl sie nicht viel besitzt, beult der Rest ihre Baumwolltasche aus und zieht ihre Schulter nach unten.

Winterstiefel wärmen ihre Füße. Die Luft ist lau und leicht. Die Straße liegt zu ihren Füßen, sie muß sie nur betreten.

Auf der anderen Seite wartet jemand, den sie noch früh genug sehen wird, und bevor sie sich dort hinüber begibt, hat sie noch genug Zeit, sich umzudrehen.

Hinter dem Schaufenster läßt ein grauhaariger Mann in blauem Anzug die Hand über den schwarzen Lack eines Flügels gleiten. Sein Schnurrbart bewegt sich, während er spricht. Eine Frau und ein Kind hören ihm zu und nicken im Takt.

Das Kind hat sich zum Fenster umgedreht, und Wladimira hebt die Hand, aber vielleicht sieht das Kind nicht, wie sie winkt. Sie versucht es nochmals, aber niemand dort drinnen reagiert. Vielleicht sind sie zu sehr mit ihren eigenen Dingen beschäftigt. Vielleicht ist sie ja wirklich unsichtbar, und die Concierge war die letzte, die sie zu sehen bekam.

Sie könnte sich so groß wie möglich machen, ihren Körper gegen das Schaufenster drücken und ihre Stirn gegen die spiegelnde Fläche hauen. Sie könnte die Lippen dagegen pressen und mit der Zunge daran lecken.

Sie breitet die Arme aus und ist bereit loszurennen, da geht die Haustür auf. Die grüne Tür, auf der jemand in einer anderen Zeit und in einem anderen Leben einen blutigen Handabdruck hinterlassen hat. Ein Paar tritt auf den Bürgersteig, und vielleicht kennt sie die beiden, und vielleicht wird sie auch von ihnen erkannt.

Das Gesicht der Frau ist ein Herz, das jemand auf ein Osterei gemalt hat. Der Mann legt ihr seinen Arm um die Schultern. Er ist groß, und seine Schultern sind breit, und die Stirn unter dem kräftigen, welligen Haar ist energisch.

»Hier bin ich.«

Sie wiederholt diesen Satz auf französisch, auf russisch und auf isländisch. Sie winkt, springt hoch und schwenkt die Arme.

»Hier bin ich. Hier bin ich.«

Die Augen des Mannes sehen sie, ohne sie zu sehen. Die Frau sieht sie, ohne sie zu sehen. Dann sind sie weg, die Straße hinunter.

»Hier bin ich.«

Ihre Stimme wird von den Geräuschen der Straße übertönt. Sie ruft lauter, brüllt den Fußgängern, die ihr entgegenkommen und rechts und links in immer größerem Bogen an ihr vorbeigehen, ihre Botschaft ins Gesicht, und niemand hört sie, und niemand sieht sie.

»Hier bin ich.«

Die Tasche ist ihr von der Schulter geglitten, und sie läßt sie fallen. Die Plastiktüte raschelt in ihrer Hand, und jetzt schwingt sie sie wie eine Schleuder.

Krachend landet sie auf der Straße. Ein Auto fährt darüber und noch eins. Der Verkehr hat zugenommen, und die Abgase schweben wie ein blauer Schleier über dem Asphalt.

»Hier bin ich.«

Die Knopflöcher ihrer Strickjacke geben nach, als sie sie aufreißt und ihre Brüste entblößt.

»Hier bin ich.«

Die Brüste schaukeln. Die Brüste wogen im Takt ihrer Schritte, als sie die Straße überquert. Die Autos halten an und lassen sie hinüber, und sie braucht jetzt auch nicht mehr zu rufen.

Die Brüste sind ihr letzter Trumpf, ihre Opfergabe, sie lassen sich nicht zurückweisen.

Joyce

Meine Chance kommt unerwartet.

Das Wetter ist drückend, und ich überlebe dank einfachster Routinen. Mein Gefühlsleben ist ein Morast, und der Frühling und das wiederkehrende Licht stellen die einzige Hoffnung auf Veränderung dar.

Der ganze Ort hat zuwenig zu tun, und Michel und den anderen Fischexporteuren bleibt Zeit für politische Diskussionen. Konspirative Mittagessen werden im Speisesaal des Hotels abgehalten. Von meinem Zuschauerplatz am entferntesten Ende des Lokals aus betrachte ich ihre anklagenden Zeigefinger und selbstgefälligen Mienen.

Die gemeinsamen Mahlzeiten gipfeln in Beschlüssen, und plötzlich ist von Taten die Rede und von einer Protestreise nach Paris zum verantwortlichen Minister. Michel wird zum Sprecher der Delegation ernannt, woraufhin er sich einen Schnurrbart wachsen läßt, sich eine Seidenkrawatte und einen Anzug mit italienischem Schnitt zulegt.

Der Minister will sie an einem Dienstag empfangen.

Dienstag ist einer von Nadines Shampootagen. Michels Mutter hat gerade eine Last-Minute-Reise nach Marokko gebucht. Nadines Mutter liegt schon lange unter der Erde, und Väter in dieser Generation hüten keine minderjährigen Kinder.

Die Mütter der Klassenkameraden haben eine Menge Ausreden, und ich lausche einem frustrierten Telefongespräch nach dem anderen und sage ausnahmsweise mal nichts.

Angebot und Nachfrage, Joyce. Du lernst es allmählich.

Der Telefonhörer knallt nach einem weiteren fruchtlosen Gespräch auf die Gabel.

»So eine dumme Kuh.«

Michel leert seine Kaffeetasse. Michel blättert in seinem kleinen Telefonverzeichnis. Michel findet eine Nummer und streckt die Hand nach dem Telefon aus.

Da fällt sein Blick auf mich, und seine Hand bleibt in der Luft hängen.

Ich sehe, wie er die Vorteile gegen die Risiken abwägt, der Fischexporteur in Aktion. Wenn der Preis zu hoch ist, landet man auf dem Hintern, riskiert man aber nie etwas, heimst die Konkurrenz die großen Gewinne ein.

In der einen Waagschale liegt die Gefahr eines Bündnisses zwischen seinem Sohn und seiner Geliebten, was ihn bedrohlich an Familienleben erinnert. In der anderen liegen seine Rolle als Unterhändler auf Ministerebene, die Schlagzeilen und seine Präsenz in den Abendnachrichten.

Die Hand fällt auf den Tisch. Er hat einen Entschluß gefaßt, und das Herz hüpft mir in der Brust.

Sicherheitshalber verleiht er seiner Stimme einen verärgerten Ton.

»Du könntest doch auch auf ihn aufpassen. Natürlich nur, wenn du Lust hast.«

Habe ich Lust? Ich muß alle meine Kräfte aufbieten, um mich nicht auf den Boden zu werfen und Michels Cowboystiefel zu küssen.

Ich nicke besonnen, ich wage nichts anderes. Jede überflüssige Bewegung wäre ein Risiko, er könnte es sich immer noch anders überlegen.

Aber die Tage vergehen, und er überlegt es sich nicht anders. Statt dessen legt er mir einen detaillierten Plan für die Operation vor. Ich verpflichte mich, Jean-Pierre von der Schule abzuholen, ihn zu verköstigen, sein Zähneputzen zu überwachen und ihn zum vereinbarten Zeitpunkt ins Bett zu bringen. Eine Nacht allein auf der Schlafcouch, und stell ja den Ton leiser, wenn du fernsehen willst, Joyce.

Michel wird mit der ersten Maschine früh genug zurück sein, um seinen Sohn zur Schule und mich zurück ins Hotel fahren zu können. Auf letzteres legt er besonderen Wert, und ich protestiere nicht. Jegliche Verhaltensweise, die auf Zweierbeziehung hindeuten würde, könnte den ganzen Plan zum Scheitern verurteilen.

Dienstag morgen erwache ich früh. Ich kann mir genau vorstellen, wie sich ein Soldat vor der Schlacht fühlen mag. Gegen Mittag sind meine Hände feucht, und ich habe mir die Unterlippe blutig gebissen.

Das ist meine Chance, jetzt oder nie. Wenn es schiefgeht, kann ich meine Sachen packen.

Den Tag verbringe ich mit Vorbereitungen, mentalen und praktischen. Das wichtigste ist ein Besuch des Supermarkts. Das Objekt meiner Begierde ist ausgesprochen oral veranlagt. Vielleicht hat die Scheidung aus ihm einen Jungen gemacht, der ißt, um sich zu trösten. Vielleicht ist Essen nur eines der Vergnügen, die das Leben noch zu bieten hat, wenn man mehrmals in der Woche mit seiner Identität in einer Plastiktüte zwischen Mutter und Vater hin und her verfrachtet wird. Er soll durch den Mund erobert werden, falls eine Eroberung überhaupt möglich ist.

Um fünf vor vier stehe ich mit Plastiktüten beladen vor dem Schultor. Die Pelzkante der Kapuze meines Parkas habe ich in die Stirn gezogen, um mich vor neugierigen Blicken zu schützen.

Die Gruppe wartender Mütter scheint geprobt zu haben. Wie auf ein unsichtbares Signal weichen sie zur Seite, und da stehe ich – mitten in der Blickrichtung der Kinderschar, die mit fliegenden Armen und Streichholzbeinen durchs Schultor kommt.

Jean-Pierre ist einer der letzten. Mein Anblick bringt ihn abrupt zum Stehen.

Hinter ihm wird das Tor von einer Verbündeten, mit der ich nicht gerechnet hatte, einer mütterlich wirkenden Lehrerin, verschlossen und verriegelt. Und dann stehen wir da, der Sheriff und der Bandit, mitten an der Hauptstraße, und es gibt keinen Weg zurück.

Keine Umarmung, kein Streicheln der Wange, keine Beweise der Zuneigung. Immer wieder habe ich mir das eingeschärft, jetzt kommt es mir nur lächerlich vor.

Bis auf weiteres ignoriert er mich. Ich winke diskret.

»Jean-Pierre.« Meine Stimme klingt wie ein idiotisches Bühnenflüstern. »Jean-Pierre. Hier bin ich.«

Bei einem Abstand von weniger als zwei Metern dürfte das eine überflüssige Information sein.

»Jean-Pierre.«

Ich spreche eine Idee lauter, was ihn nur dazu veranlaßt, mir den Rücken zuzuwenden und sich in eine Unterhaltung mit einem anderen Jungen zu vertiefen, dessen schwarzer Haarkamm ihm das Aussehen eines kleinen Dachses verleiht.

Wie kann ein Wesen, das so rund und weich ist, nur so herzlos sein.

Glücklicherweise taucht die Mutter des Dachses auf.

»Holt dich niemand ab, Jean-Pierre?«

Die Kommunikation von Erwachsenen beherrsche ich.

»Das tue ich gerade, Madame.« Meine Hand landet auf einer widerstrebenden Schulter. »Vielleicht erkennt mich Jean-Pierre ja nicht in dieser Verkleidung.«

Ich deute auf meine Kapuze mit dem Wolfspelz. Wir lächeln zuvorkommend.

Die Mutter des Dachses äußert ein paar Höflichkeitsfloskeln und zieht mit ihrem Sohn von dannen. Hinter mir hat sich der Rest der Herde auf Autos verteilt.

In einer Wolke aus Abgasen bleibe ich mit meinem finster dreinblickenden Opfer zurück.

»Guten Tag«, sage ich.

Gemurmel.

»Hattest du vergessen, daß ich dich abhole?«

Vielleicht schüttelt er den Kopf.

Die zehn Minuten Wanderung durch eiskalten Wind tragen kaum dazu bei, mir bessere Karten zu verschaffen, aber zumindest schlurft er mit seinen Gummistiefeln den ganzen Weg zu Michels Haustür hinter mir her.

Sobald wir durch die Tür sind, zieht er sich auf den Hängeboden zurück. Ich höre ihn dort oben laut brummend mit seinen Autos herumfahren, während ich die erste meiner Geheimwaffen vorbereite.

In Michels Welt folgt alles vom Beischlaf bis zu den Zwischenmahlzeiten festen Regeln. Warum auch Phantasie und Energie vergeuden, wenn man weiß, daß etwas funktioniert, egal ob es um Fischexport oder das Privatleben geht.

Um sechzehn Uhr verspeist Michels Sohn ein Rosinenbrötchen und trinkt dazu warme Milch, und das jeden Tag. Mit Ausnahme jenes Tages, an dem die Gastköchin ein Blech mit frisch aufgebackenen Tiefkühl-Pommes-frites aus dem Ofen zieht und sie zusammen mit einer neugekauften Flasche Ketchup auf den Tisch stellt.

Jean-Pierre wendet jede einzelne Pomme frite sorgfältig im Ketchup, bevor er sie in den Mund schiebt. Jeden Happen spült er mit einem Schluck eiskalter Cola aus einem Glas hinunter, das ich für diese Gelegenheit gekauft habe und auf dem Babar aufmunternd mit dem Rüssel winkt.

Ich sitze ihm gegenüber und sehe ihm beim Essen zu. Nichts entgeht meiner Aufmerksamkeit, jede Kaubewegung registriere ich, jedes Ablecken der Finger, ein Klecks Ketchup auf seiner weichen Wange, und ist das vielleicht die Andeutung eines Grübchens? Das Stirnrunzeln schreit förmlich danach, weggeküßt zu werden, diese kleine Bewegung mit dem Finger, wenn die Brille die Stupsnase heruntergerutscht ist.

Die Unterhaltung ist nicht weiter nennenswert.

Es gelingt Jean-Pierre, drei Viertel der Fritten zu verdrücken, ohne ein Wort zu sagen.

Mir gelingt es, die sich aufdrängenden Fragen zurückzuhalten. Was habt ihr heute in der Schule gemacht? Wie heißt der Junge, dessen Haare aussehen wie die eines Dachses? Ist er dein bester Freund?

Gemeinsam räumen wir den Tisch ab. Jean-Pierre holt den Lappen und wischt die Ketchupflecken auf. Irgendwo im Hintergrund meine ich ein Echo von Michels ermahnender Stimme zu hören.

Heute nicht. Heute wird alles anders werden, keine Pflichten, nur Lieblingsspeisen, Jux und Tollerei.

»Laß mich das machen.«

Nie im Leben. Hier gibt es feste Rollen, Pommes frites hin oder her, das mußt du einsehen, Joyce.

Die Schale mit Pralinen, die ich diskret auf den Tisch neben der Schlafcouch gestellt habe, streift er mit einem verstohlenen Seitenblick, als er die Hühnerleiter zum Hängeboden hochklettert.

Der ausgewrungene Lappen liegt zum Trocknen auf der Mischbatterie. Ich spritze Spülmittel auf das Blech, schrubbe es langsam und gründlich und überlege mir meinen nächsten Schachzug. Zeit ist ein Faktor, daran zweifle ich nicht. Ich setze mich mit der Zeitung hin und lasse die Minuten verstreichen, ehe ich zur Tat schreite.

Mit der Pralinenschale in der Hand steige ich die Hühnerleiter hoch.

Die Bettdecke ist zerwühlt, und man kann sich vorstellen, daß der kleine Junge auf dem Bett gelegen und mit den Beinen gestrampelt hat. Vielleicht hat er auch mit den Fäusten auf sein Kissen gehämmert.

Ich stelle die Schale auf den Boden, schüttele das Kissen aus und ziehe die Decke zurecht. Ich spüre seine Augen in meinem Rücken, aber als ich mich auf die Bettkante setze, wendet er rasch den Blick ab.

Die Autos sausen über den Boden und stoßen, von knubbeligen Händen brutal angeschoben, mit Legokonstruktionen und Bettpfosten zusammen. Die Brummgeräusche sind zu einem Brüllen angeschwollen.

Ein Auto gleitet ihm aus der Hand und fällt auf die Pralinen. Er zögert einen Augenblick, bevor er sich den Wagen schnappt und weiterfährt.

Ich nehme eine Praline und lasse sie auf der Zunge zergehen. Ein Blick aus den Augenwinkeln verrät mir, daß er mir seine Aufmerksamkeit schenkt.

Noch eine, sorgfältig ausgewählt. Ich esse genüßlich und rede mit vollem Mund.

»Kirsche in Rum mag ich am liebsten«, erzähle ich demjenigen, der Lust hat, mir zuzuhören.

»Welche Pralinen magst du am liebsten?«

»Weiß nicht.«

»Du kannst sie ja alle mal probieren.«

Nach kurzem Überlegen schnappt er sich eine. Vorsichtig und mit den Fingerspitzen. Zögernd beißt er ab.

»Nougat?«

Er kaut. Er schluckt.

»Trüffel.«

»Lecker?«

»Mmmm.«

»Noch eine?«

In kontemplativer Stille leeren wir die Schale.

Jean-Pierre rülpst diskret.

»Normalerweise esse ich so was nicht«, sagt er.

»Das hier ist eine Ausnahme«, erwidere ich.

»Eine Ausnahme.« Sein rundes Gesicht ist ernst. Er schiebt die Brille hoch. »Das hier ist eine Ausnahme.«

Ob er die Pralinen oder mich meint, weiß ich nicht, es ist mir auch egal. Wir reden miteinander, was kann ich mehr verlangen? Wir tauschen Informationen aus.

Weiße Schokolade sei keine richtige Schokolade, das meint zumindest Jean-Pierres Vater. Jean-Pierre ist da toleranter. Nüsse bleiben ihm dafür immer zwischen den Zähnen hängen, und Marzipan findet er langweilig. Die Pralinen mit kandiertem Ingwer findet er regelrecht widerlich, aber die erkenne man ja an der Form, und man brauche sie auch nicht zu nehmen.

Nach einiger Zeit ist das Thema erschöpft. Bevor die Pause peinlich wird, nehme ich die leere Schale und klettere die Hühnerleiter wieder herunter.

Von meinem Lauschposten auf der Schlafcouch höre ich, wie dort oben auf dem Hängeboden wieder Auto gefahren wird, jetzt jedoch in ruhigerem Tempo. Das Brummen klingt mehr wie ein Schnurren.

Die erste Runde geht an mich, und ich habe noch mehr in der Hinterhand.

Zum Abendessen gibt es Pizza aus der besten und teuersten Pizzeria des Ortes. Wir bestellen telefonisch und wählen einen extradicken Belag. Bei diesem Wetter würde man eigentlich nicht einmal einen Hund auf die Straße schicken. Auf dem Heimweg von der Pizzeria nimmt Jean-Pierre fast meine Hand.

Nach der Pizza schalten wir den Fernseher ein, das Quizprogramm, und machen Popcorn in der Mikrowelle. Jean-Pierre lernt, geschmolzene Butter aufs Popcorn zu gießen: der Sieg meiner Heimat über die französische Küche. Sein rundes Gesicht glänzt vor jener Sattheit, die immer noch Lust auf mehr hat und bei der es stets noch Platz für etwas mehr gibt und noch etwas mehr.

Wenn es nach mir ginge, gäbe es keine Grenzen. Die Rolle des Weihnachtsmannes und der Feenpatin Aschenputtels in ein und derselben Person steigt mir allmählich zu Kopf, und jetzt gibt es kein Halten mehr.

Es ist eine Ausnahme, Jean-Pierre, darin sind wir uns einig. Unsere Ausnahme.

Morgen werden wir uns dann darauf einigen, daß es nicht nötig ist, Michel davon zu erzählen.

Das Popcorn ist aufgegessen, und in diesem Stadium ist die Frage, ob ich ihm die Gutenachtgeschichte des Tages vorlesen darf, reine Formsache.

Das Buch habe ich mitgebracht. Es soll unsere neugewonnene Vertraulichkeit vertiefen und einige wichtige Begriffe umreißen.

Jean-Pierre legt sich mit ungeputzten Zähnen ins Bett, ein Tablett auf den Knien. In einer Kaffeeschale zwei Sorten Eis, Pfirsich mit Himbeer und Vanille mit Erdbeer, alles in Schokosauce aus der Plastikflasche getränkt, die im Supermarkt wie von selbst in meinem Korb gelandet ist.

Ich setze mich mit dem Buch neben ihn, nicht zu nahe, aber nahe genug, um mit meinem Körper seine Wärme und jede noch so kleine Bewegung spüren zu können.

Der kleine Prinz befindet sich mitten in der Unterhaltung mit dem Fuchs, als es passiert.

Wenige Augenblicke später wäre Freundschaft ein einleuchtendes Konzept gewesen. Jean-Pierre hätte gewußt, wie er den Fuchs hätte zähmen können. Vielleicht hätte er sogar gedacht, daß es gar nicht so gefährlich sei, zahm zu sein, und daß diese Joyce möglicherweise so etwas sei wie eine Freundin.

Der erste explosionsartige Schwall trifft auf die aufgeschlagenen Seiten des Buches. Der nächste landet auf dem Tablett mit der Eisschale. Jean-Pierre zieht die Knie ans Kinn, so daß das Tablett umkippt.

Erdbeereis, gemischt mit Schokosauce, hat auf seinen Brillengläsern braune Spritzer hinterlassen. Eine braune Flut hat Laken und Decke überschwemmt. Meine Levis sind durch und durch naß. Noch ist es dünnflüssig, eine wäßrige Lösung, aber man muß nur den nächsten Schwall abwarten. Es spritzt förmlich, einer Woge gleich, und bei der übernächsten kommen intaktes Popcorn und ganze Krabben in etwas, was an frisches Blut erinnert, bis sich unbestimmbare Mengen Teig und Käse melden.

Mein Kopf gleicht einem Kaleidoskop, in dem Bruchstücke meiner Mutter und eine rote Waschschüssel herumschweben. Irgendwo in diesem Bild landet eine Hand auf meiner Stirn, ein Glas Wasser schmeckt süß, und es brennt in der Kehle. Galle trifft grün auf den Boden der roten Plastikschüssel, und es gibt Trost. Erschöpfung, aber auch Trost.

In welcher Reihenfolge und wie, das weiß ich jedoch nicht. Genausowenig weiß ich, was ich mit Jean-Pierre anstellen soll, der sich im Bett wälzt wie ein Aal auf dem Trockenen.

Ratlos starre ich in die Panik seiner blauen Augen. Sein Mund hat sich in eine entsetzliche Fontäne verwandelt, und keiner von uns kann die Flut von Mageninhalt und die ihn schüttelnden Krämpfe aufhalten.

In einer Pause zwischen den Krämpfen ziehe ich die Decke von seinem zitternden Körper. Ich rolle das Laken zu einem Ball zusammen und wische den Boden auf, bis mich die Übelkeit überwältigt und ich die Hühnerleiter hinunter auf die Toilette haste, wo ich mich selbst übergebe.

Oben auf dem Hängeboden jammert eine leise Stimme: »Papa. Papa.«

Vielleicht hat er recht. Vielleicht wären jetzt Michels Effektivität und sein Mangel an Phantasie angebracht. Es gelingt mir, ein Glas mit Wasser zu füllen und es mit zitternden Händen zusammen mit einem Waschbottich die Hühnerleiter hoch zu transportieren, ohne etwas zu verschütten. Dafür schlägt Jean-Pierre es mir wenig später aus der Hand, und Glasscherben mit Babar und Celeste vermischen sich mit dem Erbrochenen und den Spielzeugautos auf dem Fußboden.

Richtige Mütter geben sich bei Glasscherben und Kotzerei nicht geschlagen. Richtige Mütter bestechen ihre Kinder auch nicht mit Pommes frites und Pralinen. Richtige Mütter schleppen ihre kranken Kinder durch Wüsten, richtige Mütter legen ihre

Kinder an Brüste, die vor Hunger und Durst schon lange versiegt sind. Richtige Mütter beißen die Zähne zusammen und stehen mit ihren Nachkommen Dinge durch, ohne an sich selbst zu denken.

Du bist keine richtige Mutter, Joyce. Du warst es nie, und auf diesem Boden, wo du jetzt sitzt und über Erbrochenes und ein zerbrochenes Glas flennst, kannst du ruhig den Gedanken aufgeben, daß du je eine sein wirst.

Ich bin deiner nicht würdig, Jean-Pierre. Wir hätten bestenfalls Spielkameraden werden können. Jetzt ist es dafür zu spät, wie auch für alles andere.

In den Morgenstunden schlafe ich im Lehnstuhl ein. Ich habe die Decke von der Schlafcouch um Jean-Pierre gewickelt, der schließlich mit grünbleichen, eingefallenen Wangen im Schein der Fischlampe eingeschlafen ist.

Ich habe mich darauf beschränkt, den schlimmsten Schmutz vom Boden zu entfernen, fest entschlossen, bei Morgengrauen aufzuwachen und mich um den Rest zu kümmern. Doch Erschöpfung ist ein unbekannter Faktor. Ich verschlafe einfach alles, einschließlich des Nachhausekommens Michels, und erwache erst, als eine Hand auf meiner Schulter landet.

Die andere Hand hält die Mülltüte, mit der ich mich bei Nacht und Nebel hatte nach draußen schleichen wollen, während Jean-Pierre schlief, und deren Inhalt jetzt mein Schicksal besiegelt.

Die Pommes-frites-Tüte. Pizzaschachteln. Die Pralinenverpackung, die Eisbecher, Pfirsich mit Himbeer und Vanille mit Erdbeer, eine halbleere Ketchupflasche.

»Wolltest du ihn umbringen?«

»Ich kann alles erklären.«

Aber das kann ich nicht, und nach dem ersten Halbsatz merke ich, daß ich eigentlich auch keine Lust dazu habe. Die Niederlage ist total, Rückzug die einzige Möglichkeit.

Michel ist vollauf damit beschäftigt, den Fußboden mit Chlorreiniger zu schrubben, als ich die Haustür hinter mir schließe.

Auf halbem Weg die Treppe hinunter spüre ich in der Tasche meines Parkas den Schlüssel zu seiner Wohnung. Das leise Klappern, als er auf den Boden des Briefkastens trifft, klingt wie ein Schlußakkord.

Olivier

Anschließend ist er überzeugt davon, daß es mit dem Traum begonnen hat. Daß der Traum schuld war.

Ein Traum schlich sich an ihn heran, als er wehrlos in seinem Bett lag und den ruhigen Schlaf der Satten schlief.

Edda murmelt im Schlaf und weckt ihn. Die Vorderseite seines Pyjamas fühlt sich feucht an, und er versucht sich einzureden, daß es nur ein paar Tropfen gewesen seien. Alte Männer sollten nachts aufstehen, und er ist da keine Ausnahme. In seinem Innersten weiß er, daß das nicht die Wahrheit ist.

Im Dunkeln steht er leise auf und wechselt die Hose. Hellblaue Schlafanzughosen sehen alle gleich aus, und Edda sortiert nie die Wäsche, sondern stopft den Inhalt des Wäschekorbs einfach in die Maschine und stellt den Knopf auf vierzig Grad.

Das schlimmste ist, daß er den Traum nicht fertiggeträumt hat. Er träumt sich von allein weiter. Als er einige Stunden später aufsteht, hat der Traum sich wie ein Filter vor seine Augen gelegt und verwandelt alles, was er sieht, in doppelt belichtete Bilder.

Beinahe läßt er die Marmeladenschale fallen, und dann schneidet er sich in den linken Daumen, als er mit dem Brotmesser abrutscht. Das Heftpflaster kann er nicht ohne fremde Hilfe befestigen, und Edda schläft aus, das hat sie sich nach all dem morgendlichen Putzen in Reykjavíks nassen Wintern verdient.

Der Morgen ist die beste Zeit des Tages. Es duftet nach frisch aufgebrühtem Kaffee, und die Geräusche aus der Küche, in der die Köche allmählich mit den Vorbereitungen des Tages beginnen, sind vertraut. Carolina sitzt mit zerzaustem Haar am Tisch, unwiderstehlich wie ein Sturm von Westen. Carolina, die ihm immer mit dem einen oder anderen in den Ohren liegt, und er tut dann so, als sei er unnachgiebig, obwohl sie beide wissen, daß das alles nur Spaß ist. Jeden Tag gibt es etwas Neues, worüber sie reden und worauf sie sich freuen können, etwas, das der gemeinsamen Planung bedarf.

An diesem Morgen ist nichts da außer den qualvollen Resten des Traums. Er ist abwesend und müde wie nach einer schlaflosen Nacht, und er weiß, daß er es vermeiden muß, sie anzusehen, er muß es vermeiden, ihr zu nahe zu kommen. Glücklicherweise hat Carolina ihre Nase in einem Buch vergraben wie immer, wenn sie vor dem Fernseher mit ihren Hausaufgaben nicht fertig geworden ist.

Der starke Kaffee ändert nichts. Egal, wieviel er auf das Blumenmuster des Tischtuchs und auf die Butter starrt, die gelb auf dem weißen Porzellan leuchtet, egal, wie sehr er auf seine rechte Hand starrt, die wie eine ganz normale Hand nach dem Buttermesser greift – die Bilder des Traums sind da.

Die Hand im Traum ließ sich nicht kontrollieren. Sie tat, was sie wollte, und berührte, was sie wollte.

Das, was er nie berühren darf. Er darf nicht einmal daran denken, es zu berühren.

Statt sich an den Tisch zu setzen und seinen Kaffee zu trinken, geht er geschäftig in die Küche, wo er den Koch mit Fragen stört, bis es Zeit ist, Carolina in die Schule zu fahren.

Carolina ist schon lange zu groß, um auf dem Rücksitz zu sitzen. Wenn sie irgendwohin fahren, nimmt sie neben ihm Platz und wartet darauf, daß er sie anschnallt und ihr über die Wange streicht. Jedesmal dasselbe Ritual, auch wenn Edda dabei ist, denn Edda ist es egal, wo sie sitzt, solange sie nur nicht zu Fuß gehen muß.

Heute öffnet er die hintere Tür und macht eine entsprechende Kopfbewegung.

Ein erstaunter Blick, eine Grimasse, dann springt sie in den Wagen, und dieses eine Mal wird sie ja wohl ohne Sicherheitsgurt auskommen.

Ein einziges Mal. Ein Traum kann nicht ewig dauern. Diesen Traum hätte es nie geben sollen. Jetzt will er ihn hinter sich bringen.

Ein Vater soll nicht von seiner Tochter träumen. Nicht auf diese Art. Ein Vater ist ein Vater. Ein Kind ist ein Kind, auch wenn das

Kind schon bald ein junges Mädchen mit Brüsten und Haaren an verschiedensten Stellen sein wird. Kein Traum kann daran etwas ändern.

Ob seine Mutter von ihm geträumt hat? War ein Traum an allem schuld?

Das Leben mit Edda hat die schlimmsten Wunden geheilt, jetzt zerstört ihn ein Traum, ein schamloser Traum. Jetzt holt die Schande ihn ein, und es ist die alte Schande, aber auch eine neue. Es ist noch schlimmer, und er will davon nichts wissen.

Edda liegt in der Badewanne, als er zurückkommt. Die Jahre waren gnädig zu ihr. Ihr Körper ist genauso üppig und einladend wie damals, als er zum ersten Mal in ihrem Bett erwachte und nicht ahnen konnte, wozu das einmal führen würde.

Sein Begehren ist dasselbe wie in der allerersten Zeit, aber etwas in ihr ist für immer kaputtgegangen. Eddas Körper trägt Narben, er hat sie gesehen, seine Hände können sie spüren, aber es gibt mehr Narben als die sichtbaren, nicht nur körperliche.

Olivier drängt sich nicht auf. Die Jahre haben ihn genügsam werden lassen, und sie meint es gut mit ihm, ist zärtlich und läßt ihn zärtlich sein, aber etwas drängt sich zwischen sie. Er merkt es schon, bevor sie sich zurückzieht.

Dem, der sie so mißhandelt hat, verzeiht er nicht. Wenn es jemand verdient hat, in der Hölle zu schmoren, dann er.

Oliviers Brillengläser beschlagen, und er kann sie nicht sehen, nur ihre Stimme hören.

»Olafur.«

Der isländische Name entlockt ihm immer ein Lächeln. Heute würde er sich am liebsten vor die Badewanne knien und weinen, bis die Wanne überläuft und ihn zusammen mit der schleimigen Spur des Traums von den Bodenfliesen schwemmt.

»Bist du traurig?«

Die einfachsten Worte hat sie in seiner Sprache gelernt. Traurig, froh. Danke, guten Tag und adieu, entschuldige und schlaf gut. Mehr braucht sie nicht. Aber obwohl ihre wenigen gemeinsamen Worte und ihre stumme Sprache weit reichen, kapitulieren sie vor Chaos und Verzweiflung.

In seinem Innersten weiß er, daß das nicht die Schuld der Sprache ist. Die Schuldgefühle bremsen ihn. Wieder einmal ist er zum Schweigen verurteilt und rettungslos allein.

Er schüttelt den Kopf. Traurig ist er nicht.

»Komm.«

Dieses Wort gebraucht sie, wenn sie seine Hand nimmt und sie auf ihren Bauch legt. Wenn sie sich an ihn schmiegt und ihm ihre Wärme leiht. Komm.

Badewasser tropft von ihrer Hand, als sie das Taschentuch entfernt, das er um seine verletzte Hand gewickelt hatte, und noch ehe sie etwas unternehmen kann, will er aufwischen. Nasse Böden sind glatt, und sie könnte hinfallen und sich weh tun. Schnaufend und stöhnend reibt er den Boden, bis er glänzt, und sie lächelt ihn an. Schließlich putzt er seine Brille mit einem Handtuch, und jetzt kann er sie sehen. Sie lächelt ihn an, während sie wartet.

Der Finger blutet nicht mehr, und Edda taucht ihn in das lauwarme Badewasser, nimmt die Seife und reibt ihn vorsichtig sauber. Ihre tröstende Stimme legt sich um ihn, aber heute ist nichts genug, und er flieht vor der Stimme, flieht vor ihren Augen, die ihn mit der Zärtlichkeit eines ganz normalen Tages ansehen.

Auf dem Weg die Treppe hinunter weiß er, warum es in seiner Brust so krankhaft pocht, er erkennt die unbezwingbare Wut, das Totschweigen, die ungeweinten Tränen, die sich zu einem brennenden, alles durchbohrenden Strahl verdichtet haben.

Die Amerikanerin kommt gerade von der Straße herein, als er in die Lobby tritt. Sie trägt nicht ihre normalen Joggingsachen, sondern eine Kapuze mit Pelzbesatz verbirgt ihr Gesicht. Sie erklimmt die Treppe, immer zwei Stufen auf einmal, ohne wie sonst etwas über das Wetter oder den Sport zu sagen, ohne ihn eines Blickes zu würdigen, und obwohl es irgendwie eine Erleichterung ist, in Ruhe gelassen zu werden, treiben ihm diese Arroganz und Zurückweisung fast die Tränen in die Augen. Niemand darf ihn mit Verachtung strafen, glaubt sie etwa, sie sei etwas Besseres als er?

Ein Vertreter will seine Rechnung begleichen, und Olivier unterbricht seine Beredsamkeit mit einem knappen *»Merci, au revoir.«* Oliviers Herz schlägt schwer, als die Tür hinter dem Mann zufällt, er muß einen Schluck Wasser trinken und sucht hinten an der Bar nach einer Flasche und einem Glas.

Als er zurückkommt, steht die Amerikanerin am Empfangstresen und zu ihren Füßen ein Riesenkoffer, eine Schreibmaschine und eine größere Anzahl Plastiktüten.

Sie hat für eine weitere Woche im voraus bezahlt, und sie soll nur nicht glauben, daß sie ihr Geld zurückbekommt. Seine Stimme klingt geradezu beleidigt ob eines so vermessenen Vorschlages. Vertrag sei Vertrag, und wie wolle sie wissen, daß jemand nicht gerade ihr Zimmer habe mieten wollen? Im übrigen sei das auch nicht alles. Sie seien alles andere als quitt.

Die Rechnung von Wladimiras Aufenthalt hat auf diesen Moment gewartet. Der hellblaue Bogen knallt auf den Tresen.

Bislang ist die Amerikanerin höflich geblieben. Bisher waren ihre Einwände sachlich und schwer zu entkräften, wollte man nicht jeden Anstand und jede gesunde Vernunft außer acht lassen. Aber jetzt geht es auch mit ihr durch, jetzt sind ihr die Formulierungen und die Fremdsprache egal, jetzt spuckt sie Gift und Galle, und zwar unkontrolliert und unzensiert. Die Rechnung zerreißt sie vor seinen Augen. Die hellblauen Schnipsel flattern auf den Tresen, und ihr Schimpfen hallt in der Lobby wider, seines und ihres. Olivier gibt sich dem Gefühl hin, der Hintergangene und Betrogene zu sein. Man hat ihn an der Nase herumgeführt, und er kann ihr die Verantwortung für all seine Wut, all sein Unglück zuschieben.

Schließlich stehen sie beide da und schnappen nach Luft wie zwei Ringer nach einem Kampf.

»In einer Stunde geht mein Zug.«

Ihr Zug. Was hat er mit ihrem Zug zu tun? Irgend etwas offenbar.

Den Koffer in den Kofferraum, die Frau auf den Rücksitz. Er würde sie wirklich nicht auf dem Beifahrersitz haben wollen.

Er gibt Gas und muß einige Male das Lenkrad herumreißen, um einen Zusammenstoß zu vermeiden, aber die Geschwindigkeit hilft ihm, die Geschwindigkeit und daß er sich verausgabt, als er den zentnerschweren Koffer auf den richtigen Bahnsteig schleppt, den widerspenstigen Türgriff des Waggons herabdrückt und ihr Gepäck im Abteil verstaut, ihre Tüten, ihre Schreibmaschine und ihren Koffer.

Der Zug gleitet den Bahnsteig entlang. Als letztes sieht er ihr

Gesicht hinter der Fensterscheibe, vielleicht schüttelt sie ja den Kopf, vielleicht auch nicht. Unter diesen Umständen kann ihm das egal sein. Sie hat ihre Funktion erfüllt.

Um zwölf hält er am gewohnten Platz vor der Schule. Carolina setzt sich wie immer nach vorne, und er legt ihr wie immer den Sicherheitsgurt an, aber er streicht ihr nicht über die Wange.

Seine Tochter sitzt wie immer auf ihrem Platz, und er sieht sie an und sieht das, was er sonst nicht sieht.

Die Locken ließen sich besser bändigen, und was hilft eine teure Bluse, wenn man keine Lust hat, sich den Hals zu waschen. Die Ohrringe funkeln und glänzen viel zu erwachsen für ein kleines Mädchen, und hat wirklich er sie ihr geschenkt, hat er sich wirklich in ein Geschäft nach dem anderen mitschleifen lassen, um ihr noch den kleinsten Wunsch zu erfüllen? Hat er ihr die Schuhe mit den viel zu hohen Absätzen gekauft, und wieso läßt er viermal am Tag alles stehen und liegen, um ihr etwas zu holen und zu bringen, obwohl sie ebensogut selbst gehen könnte?

»Heute habe ich dich das letzte Mal zur Schule gefahren. Ab morgen gehst du selbst.«

Der Rest seiner Wut schwingt in seiner Stimme mit und schokkiert ihn etwas. Er versucht die Härte mit einem Lächeln zu überspielen, aber neben ihm werden die Augen verdreht, und Mundwinkel wandern nach unten. Seiner Tochter ist ein großes Unrecht geschehen. Wenn er sich jetzt nicht zusammennimmt, wenn er jetzt nachgibt, ist er verloren.

»Warum. Warum. Warum.«

Grimassen. Seine Stimme überschlägt sich. Das gehört zum Spiel. Und vielleicht glaubt sie, daß er nur so tut. Daß alles so ist wie immer.

»Ich habe anderes zu tun, als Chauffeur zu spielen.«

»Und was wäre das?«

»Das laß mal meine Sorge sein.«

»Das ist ungerecht.«

Jetzt wirft sie den Kopf in den Nacken, wühlt im Handschuhfach herum und schiebt eine Kassette in den Rekorder. Zornige kleine Finger mit Resten von Nagellack drücken auf die Tasten.

Die Musik geht ihm auf die Nerven, aber er protestiert nicht, heute nicht. Er konzentriert sich aufs Autofahren. Bald sind sie zu Hause, bald ist er sie los.

Sie steigt aus, noch ehe er den Motor abgestellt hat. Sie knallt die Autotür zu. Sie hat die Lippen aufeinandergepreßt, und ihr kleiner Mund gleicht einer Kaffeebohne. Er folgt ihr mit den Augen, als sei sie eine Fremde, ihr kleiner Rücken unter der geblümten Jacke, ihre weiße Hose, die über dem Po spannt.

Sie sind zum letzten Mal Hand in Hand über den Kies des Parkplatzes gegangen. So muß es sein. Von jetzt an wird er sitzen bleiben, bis sich die Tür des Portals hinter ihr geschlossen hat. Von jetzt an werden sie getrennt und hinter sicheren Grenzen leben. Seine Tochter, das Licht seiner Tage, seine reine, ungebrochene Freude, wird sich verändern, so wie er selbst sich verändern wird.

Sie warten auf ihn dort drinnen, Mutter und Tochter. Sie warten darauf, daß er seinen Platz am Tisch einnimmt. Sie warten auf den Vater und Mann, auf Olafur, Olivier, Papa, aber wie soll er zu ihnen nur reingehen und der sein können, den sie erwarten?

Der Motor springt an, ohne daß er registriert hat, wie das Gehirn seiner Hand ein Signal gesandt hat. Es ist Mittagszeit, und auf den Straßen herrscht kein Verkehr. Er fährt schnell durch die wintergraue Landschaft. Ehe er sichs versieht, ist er bei dem kleinen Hafen, an dem die Fähren zu der Insel ablegen.

Ihr erster Sommer. Ihr erster Ausflug. Er und Edda und Carolina. Eddas erste Begegnung mit der Welt, außerhalb des geborgenen Kokons des Hotels, einer der wenigen Plätze, wohin sie sich wagt, und auch nur in seiner Gesellschaft.

Die Russin liegt mit geschwollenen Mandeln im Bett, und sie sind nur zu dritt unter einer weißen, optimistischen Sonne.

Es ist Sommer, Hitzewelle, aber Edda friert ständig, als wäre es Winter. Sie sitzt mit ihrem Lammfell im Sessel und zittert vor Kälte, aber heute trägt sie die neuen Sandalen, die er für sie gekauft hat, an nackten Füßen. Das paßt zu ihren kräftigen Beinen, die überraschend glatt und unbehaart sind. Vielleicht rasiert sie sie ja.

Der Strand in Paimpol mit all den neugierigen Augen kommt nicht in Frage. Auf der Insel läßt man sie in Frieden, und der hellrote Granit des Felsens müßte sich inzwischen auch durch und durch erwärmt haben.

Auf diesem Felsen wollen sie liegen, auf den dicksten Decken des Hotels und mit einem Kissen unter dem Kopf. Er hat die Körbe und Taschen selbst gepackt, jeder Gegenstand ist sorgfältig ausgewählt. Die Sonne soll sie bescheinen, und sie soll nie mehr frieren müssen. Das hat er beschlossen.

Carolina hält ihre Mutter an der Hand, als sie aus dem Auto steigen. Sie gehen dicht nebeneinander, Mutter und Tochter, und es bricht fast Panik aus, als einer der Seeleute Carolina aufs Schiff heben will. Aber schließlich sind sie an Bord. Er steigt als letzter mit ihren Sachen aufs Schiff und kommt ohne fremde Hilfe aus, so ein Tag ist das.

Schmale Wege auf Wiesen empfangen sie. Die schwarze Erde unter ihren Füßen ist elastisch vor Fruchtbarkeit, und der Duft von Glyzinien und Schmetterlingsbüschen ist mild und tröstend. Eine Kuh hinter einer Hecke muht, eine Möwe will an ihrem Mittagessen teilhaben und hackt nach Oliviers Hand, als er sie wegjagen will, und Carolina schreit und drückt sich an ihre Mutter.

Aber nach dem Essen zieht Carolina ihren Badeanzug an. Er ist neu und hat rote und weiße Streifen, und sie leuchtet appetitlich wie ein kleiner Pfefferminzbonbon in der Sonne. Edda cremt sich und ihre Tochter mit Sonnenöl ein, der durchdringende Geruch von Kokos breitet sich über dem kleinen Strand in der geschützten Bucht aus, in der es die richtige Mischung aus Sand und warmen, rosafarbenen Felsen gibt.

Edda ist auf ihrem Felsen eingeschlafen, und Carolina schaufelt Sand in ihren Eimer. Sie will etwas bauen, aber der Sand ist zu trocken, und ihre kleinen Türme fallen in sich zusammen.

Etwas Wasser in ihren Eimer, er holt es und gießt, und jetzt kann sie es selbst. Sie sieht ihn finster an und macht einen Schmollmund, und er holt mehr Wasser, und jetzt darf er ihr doch helfen, er formt und klopft den Sand fest, und zusammen bauen sie eine Burg, eine Festung. Schließlich gräbt er eine Rinne und läßt Wasser in den Wallgraben laufen, bis die Ebbe kommt und das Wasser verschwindet.

»Die Gezeiten«, sagt er und deutet. »Alles wird trocken, und dann wird es wieder naß.«

»Gezeiten«, sagt sie, und Olivier hält die Luft an.

»Gezeiten. Trocken. Und naß.« Sie spricht die Worte sorgfältig aus und gestikuliert.

Sie ahmt seine Gesten nach. Sie glättet mit den Handflächen und lockt die Wellen mit einem Finger zurück. Trocken, dann naß.

»Trocken«, sagt sie.

»Trocken«, sagt er und nickt. »Dann naß.«

»Naß.« Sie ruft, dann singt sie, die Worte werden zu einem Gesang, einem Vers, trocken, dann naß, trocken, dann naß, und er hat ihr das beigebracht. Das ist seine Sprache in ihrem kleinen Mund, seine Sprache soll mit der Zeit auch ihre werden.

Edda erwacht und ist durstig. Er gießt ihr Cidre ein und Carolina Apfelsaft. Er sieht ihnen beim Trinken zu und ist selbst nicht durstig.

Mit der Flut fahren sie zurück aufs Festland, und jetzt hilft er ihnen an Land, seine Hand hält Carolinas Rücken, als sie nach der Bootsfahrt wieder auf festen Boden springt. Seine Hände umfassen Eddas Oberarme. Sie sind hellrot und warm von der Sonne, und wenn ihn nicht alles täuscht, zittert sie nicht mehr.

Edda läßt ihre Wange an seiner ruhen, und Carolina zieht Edda am Kleid, eine ihrer kleinen Hände hat auch sein Hosenbein gepackt, und sie zerrt an ihnen herum, bis sie sich loslassen. Arme strecken sich ihm entgegen, und er hebt seine Tochter hoch und trägt sie auf dem Arm das letzte Stück bis zum Auto.

Carolinas schläfriges Gesicht auf dem Rücksitz, Locken, die an der Stirn kleben. Eddas Pfirsichwangen, die in der untergehenden Sonne leuchten. Diese Bilder hat er nie vergessen. Jetzt steht er am selben Fähranleger, der Wind pfeift ihm um die Ohren, und kein Boot ist zu sehen. Ein Schild informiert darüber, daß der Verkehr wiederaufgenommen werde, sobald das Wetter es zulasse. Vielleicht ist das ebenso gut, denn was hätte ihm die Insel schon anderes zu geben als die Sehnsucht nach etwas, was er ohnehin nie zurückbekommen kann.

Ohne Carolina wird ihn das Alter einholen. Der Traum ist verschwunden, alle seine Träume sind verschwunden, sowohl die glücklichen als auch die gefährlichen. Nur die Müdigkeit und der bittere Zorn eines alten Mannes sind ihm geblieben.

Joyce

Die Bananenkisten sind verschwunden, aber das ist mein geringstes Problem. Die Hotelbesitzerin mit den Falkenaugen zuckt mit den Schultern und schnauft verächtlich. Ich habe Ihnen doch gesagt, Madame, die Leute kommen und gehen, was soll ich da machen, wir können uns wirklich nicht um alles kümmern.

Was spielen ein Stapel Bücher und einige Notizen letzten Endes schon für eine Rolle verglichen mit dem Brief, mit dem sie wedelt, während sie redet, vielleicht auch nur, um mich abzulenken.

Der Brief ist einen Monat alt, und es ist ihm anzusehen, daß er einen Monat auf dem Empfangstresen zwischen Kaffeetassen und Aschenbechern gelegen hat.

Der Brief ist von Dave, der mir noch nie einen Brief geschrieben hat. Dave hat mich immer als einen problematischen, allerdings auch unterhaltsamen Aspekt des Familienlebens gesehen. Dave, der treue, ordentliche, aber auch eine Spur langweilige Ehemann meiner Schwester, der verläßliche Ersatzvater meines Sohnes aus den ersten, besonders empfänglichen Jahren seines Lebens schreibt mir. Mir, die er nicht hat anrufen können, die, ohne eine Adresse zu hinterlassen, verschwunden ist, die wieder einmal dafür gesorgt hat, daß sie in einer kritischen Phase im Leben eines Menschen nicht erreichbar ist.

Dave schreibt mir, und mein Leben ist ein spärlich beschriebenes Blatt in Gottes Hand. Die Hand schließt sich, sie zerknüllt den armen Papierfetzen und wirft ihn mit einer gleichgültigen Bewegung über Gottes Schulter hinweg direkt in die Flammen der Hölle.

Marge ist tot. Gott hat mich gefunden und wird seinem schlechten Ruf als eifernder, rachsüchtiger Gott voll und ganz gerecht, ein grausamer Gott, dessen Hand mein Leben ergreift. Irgendwo habe ich das immer gewußt und habe versucht, mich zu verstekken, aber Gott ist allmächtig, Gott ist allwissend, und zum Schluß hat er mich zwischen den braungestrichenen Wänden in einem leicht ramponierten französischen Hotel ausfindig gemacht.

Ich lausche auf den Donner, aber die Stille ist überwältigend. Die Lippen der Dame aus dem Hotel bewegen sich, ich sehe, wie sie hinter ihrem Tresen aufsteht und auf mich zukommt. Ihr Gesicht nähert sich meinem, ich spüre ihre Finger auf meinem Oberarm, und es gibt kein Entkommen.

Ich bin gefangen, so wie ich das wahrscheinlich immer gewesen bin, meine hoch gepriesene Freiheit, meine Ungebundenheit, was Konventionen und Gefühle betrifft, hat sich ein weiteres Mal als Illusion erwiesen.

Mutters moralische Vorstellungen haben schon meine Kindheit und Jugend überschattet und erstickt, schon früh lernte ich zu lügen und zu verschweigen, Dinge zu umgehen und zu verschwinden, sobald zu viele Verpflichtungen aus einer Sache zu erwachsen drohten, und solange es nur um Mutter ging, funktionierte das auch.

Aber im Hintergrund befand sich immer Gott, und Mutter und Gott zusammen konnten einem wirklich Angst einflößen. Wären sie nicht gewesen, dann hätte Joels Leben im Abfluß einer Engelmacherin geendet, und mir wäre viel erspart geblieben.

Mutters Tod bescherte mir eine Art Freiheit. Unter anderem bedeutete er, daß ich Gott endgültig den Laufpaß gab. Der Verlust beider ließ sich verschmerzen, Marges Tod hingegen nicht.

Marge ist tot, die Stille gibt jetzt nach. Marge ist tot. Die Worte hallen in meinem Kopf wider. Und selbst die durchdringende Stimme in meinem linken Ohr kann sie nicht übertönen. Geht's Ihnen nicht gut, Madame, hier, nehmen Sie ein Glas Wasser, und hier ist ein Stuhl.

Auf der Stelle tot. Ein Pick-up mit einem betrunkenen Indianer am Steuer. Marge auf ihrer wohlverdienten Joggingrunde, nachdem das letzte Kind gebadet, ins Bett gebracht und die Spülmaschine eingeräumt war, im Wald an der Grenze zum Indianerreservat, in der Stunde der Glühwürmchen. Undenkbar, daß sie direkt auf der Straße lief, sie zog die federnden Pfade vor, ich bin mit ihr zusammen unterwegs gewesen, wir sind durch die leuchtenden Pünktchen im funkelnden Stockdunkel und im Duft der Nadelbäume und des verrottenden Laubs gelaufen. Nächsten Sommer hätten wir das wieder getan, jetzt wird es nie mehr dazu kommen.

Auf dem Weg zu ihrem eigenen Wagen, ein paar Meter im Halbdunkel, und da kommt er direkt aus der Bar, in die Marge nie einen Fuß gesetzt hat, aber ich, ich habe den Tisch der Indianer und den der weißen Handwerker gesehen, die Bier- und Whiskygläser nebeneinander auf der Bar, die dauernd nachgefüllt wurden. Hier fragt niemand nach dem Alter, hier werden alle bedient.

Rein in den scheppernden Pick-up. Auf dem Boden rollt eine leere Bierdose zwischen Kippen und Strafzetteln wegen Falschparkens hin und her. Der Fuß schwer auf dem Gaspedal, die Glieder träge vom Alkohol, der Kopf wie ein Sack Maismehl, ohne jeden Gedanken, und die Augen tränend. Die Sonne ist untergegangen, jetzt wird es sehr rasch dunkel, aber nicht so rasch, daß man die Scheinwerfer einschalten müßte, der linke ist ohnehin seit dem Wildunfall mit einem Reh kaputt, und der Pick-up kennt den Weg, er braucht fast nicht die Hände für das Lenkrad, und im Halbdunkel ist meine Schwester in ihrem grauen Jogginganzug nicht von der Umgebung zu unterscheiden, der Körper meiner Schwester, in dem das Herz nach dem Laufen pocht, die Wangen meiner Schwester, die vor Wärme in der kühlen Abendluft glühen. Der Rücken meiner Schwester ist eine Zielscheibe, der Schütze ist blind, aber treffsicher, der Zusammenstoß schleudert ihren üppigen Körper in die Luft, einen Augenblick schwebt er über der Kühlerhaube, dann schlägt er mit dem Kopf zuerst auf den Asphalt auf, und der Hals bricht, der Kopf splittert wie ein weichgekochtes Ei, und es ist vorbei und kann nicht ungeschehen gemacht werden.

Dave hat immer wieder angerufen, schreibt er. Schließlich haben sie sie ohne mich begraben. Vater war natürlich da mit Mary-Ann, Joel aber nicht.

Joel durfte nicht Abschied nehmen von der, die ich widerstrebend seine wahre Mutter nennen muß. Das war Bills und Theresas Entscheidung, und Dave schließt sich ihrer Meinung an, daß es für ein Kind zu traumatisch gewesen wäre. Aber wie soll Joel je glauben können, daß Marge tot ist, wenn er nie an ihrem Sarg gestanden hat und wenn selbst ich es nicht glauben kann? Gleich werde ich sie anrufen und erfahren, daß das Ganze ein schlechter Scherz war, um mich dafür zu bestrafen, daß ich einfach abgehauen bin und nicht einmal eine Ansichtskarte geschrieben habe.

Endlich dringt die Stimme der Hotelbesitzerin zu mir durch.

»Wo hätten wir den Brief denn hinschicken sollen? Keine Adresse, Madame. Wenn Sie Post erwarten, wäre das doch das mindeste gewesen, das meinte mein Kollege auch.«

»Mein Kollege« ist der Nachtportier, ein großer Mann mit einem markanten Kinn, der jeden Tag Punkt fünf Uhr in einem Lieferwagen angerumpelt kommt und der in diesem Augenblick in Gesellschaft eines erschöpften Schäferhunds eintritt.

Der Hund schnuppert zerstreut an meinem linken Bein. Ich schiebe ihn weg und packe den Mann am Jackenärmel. Ob er mit Dave gesprochen habe und wann und warum sie nicht Wladimira um die Adresse gebeten hätten.

»Wladimira?«

Allgemeines Achselzucken, selbst der Hund wirft verächtlich den schweren Kopf zurück. Nein, sie sei nicht zurückgekommen, wir waren wirklich der Meinung, sie sei mit Ihnen gereist, Madame, und wie hätten wir das wissen sollen?

Selbst Wladimira ist weg. Abgerutscht, in der Vergessenheit verschwunden. Ich hätte meine nasse Wange an das weiche Kissen ihres Busens legen können, und dieser hätte meine Tränen geduldig aufgesogen. Ihre nasale Stimme hätte in meinen Ohren geklungen und vielleicht sogar das Heulen übertönt, das mein Trommelfell jetzt von innen zu sprengen droht.

Nicht einmal Wladimira. In diesem Augenblick, dem traurigsten meines bisherigen Lebens, bin ich rettungslos und fröstelnd und bis aufs Mark allein.

Nach Hause. Die Worte leuchten wie in Flammenschrift auf der Wand hinter dem schubladenähnlichen Unterkiefer des Nachtportiers. Nach Hause. Eine Fata Morgana, für manche eine Utopie, für mich bisher etwas, was ich zugunsten von Provisorien hinter mir gelassen hatte. Untermiete, Seesäcke, Koffer. Eine Schlafcouch in anderer Leute Wohnzimmer, Bananenkisten auf dem Speicher von Bekannten, so lange, bis ich mich vielleicht an sie erinnere und sie dann im besten Fall abhole.

Aber das war gestern. Das war vor fünf Minuten. Jetzt will ich nach Hause. Ich habe vergessen, was das bedeutet, aber diese Worte kommen aus meinem Mund.

À la maison.

Ein Haus. Dach und Wände, Fußboden und Decke. Das Bild flimmert ein wenig, aber plötzlich ist es da.

Die Terrasse aus Holz mit Aussicht auf die Obstbäume im Garten, auf die Gemüsebeete, in denen Regenwürmer den abgemähten Rasen in Erde verwandeln, das dicke Eichhörnchen im Baum vor meinem stets frischgeputzten Fenster.

Mutter war ein typisches Opfer ihrer Generation. Nur selten war sie ohne Putzlappen in der Hand zu sehen. Mutter und ihre Schwestern waren Nestbauerinnen. Sie schufen und unterhielten ein Zuhause. Ich war auf der Flucht vor ihr und vor dem Zuhause, und zwar seit Jahren. Jetzt hat es den Anschein, als sei diese Reise zu Ende.

Vor und hinter dem Tresen wird verständnisvoll genickt, und ich kann mir vorstellen, daß es eine Erleichterung ist, meinem Weinen, meinen Ausbrüchen und meinen unsinnigen Fragen nach Bananenkisten und russischen Immigrantinnen zu entrinnen. Bereitwillig stellen sie mir das Telefon am Empfang zur Verfügung und schlagen in den Telefonbüchern die Nummern der Fluggesellschaften nach. Dann rufen sie mir sogar ein Taxi.

Erst als ich auf dem engen Mittelsitz eines Airbus sitze, fällt mir ein, daß Vater vielleicht gar nicht zu Hause ist. Vielleicht macht er gerade eine Kreuzfahrt mit Mary-Ann, vielleicht schwingt er auf einem Golfplatz irgendwo in der Karibik einen Golfschläger, und ich stehe vor verschlossener Tür auf der Schwelle meines Elternhauses, Marges und meines Elternhauses, und alles wäre dann noch schlimmer, und es wäre besser gewesen, ich wäre in Paris geblieben.

Mein Vater ist am Telefon, als ich von Newark, wo ich umsteigen muß, anrufe. Er klingt müde und seine Stimme zurückhaltend. Doch jetzt rufen sie meinen Flug auf, und wenn wir uns sehen, ist immer noch genügend Zeit, über alles zu reden.

Nicht daß man behaupten könnte, daß Vater und ich jemals miteinander gesprochen hätten. Vaters Beitrag zu einer Unterhaltung beschränkte sich immer auf ein Brummen in passenden Abständen, während sein Blick zum Horizont schweifte.

»Joyce.«

Mary-Ann in einer lavendelblauen Jacke und einer gelbkarierten Golfhose erwartet mich am Ausgang. Wir umarmen uns etwas unbeholfen. Ich kenne Mary-Ann nicht und weiß nicht, welche Rolle ich in ihrem Weltbild besetze. In meinem wird sie, ohne irgendwelche persönlichen Eigenschaften, unter der Rubrik »Vaters Freundin« geführt.

Jetzt murmelt sie etwas über Trauer und Anteilnahme, aber ich kann Marge wirklich nicht mit einer Fremden teilen. Marge muß warten, bis ich meinen Kopf zum ersten Mal, seit ich mit sieben mit dem Fahrrad hingefallen bin und mir die Schienbeine bis zum Knochen aufgeschürft habe, an die Schulter meines Vaters lege. Jetzt habe ich das Gefühl, überhaupt keine Haut mehr zu haben.

»Wo ist Vater?«

»Dein Vater.« In der kurzen Pause, bevor sie weiterspricht, läuft in meinem gequälten Hirn ein Film ab, in dem mein Vater unheilbar an Krebs erkrankt ist, die fürchterliche Wiederholung eines bekannten Szenarios, aber glücklicherweise fährt sie fort: »Dein Vater mußte auf die Handwerker warten.«

Die Handwerker? Sind Handwerker wichtiger als die einzige Tochter, als die letzte, noch lebende Tochter?

»Wir hätten dir geschrieben, aber du warst ja nicht aufzutreiben.«

Ein verlegenes Lachen, aber entdecke ich da nicht einen vorwurfsvollen Unterton? Was hätten sie mir geschrieben? Was haben sie für Pläne?

»Dein Vater fand«, Mary-Ann holt tief Luft und legt ihre Worte auf die Goldwaage der Diplomatie. »Dein Vater wollte nicht mit mir zusammenziehen. Wegen Marge. Ihr Elternhaus. Marge bedeutete es soviel. All die Erinnerungen an eure Mutter.«

Mary-Anns Stimme verebbt zu einem Gemurmel. Offenbar ihre Zuflucht, wenn Dinge kompliziert werden.

Elternhaus. Marge bedeutete es soviel. Ob das Vaters Entschuldigung dafür war, daß er seine Siebensachen nicht endgültig mit denen der kleinen Blondine in Golfhosen zusammenwarf, die jetzt ächzend meinen Koffer in den Kofferraum ihres Kombis wuchtet? In diesem Fall rächt sich diese Ausrede jetzt. Offenbar stellt die Existenz einer weiteren Tochter keinen Hinderungsgrund dar.

Joyce ist das egal. Joyce hält nichts von Familie, mit Nostalgie hat sie nichts am Hut.

»Zusammenziehen?«

»Mein Haus ist bequemer, nur ein Stockwerk und ein Keller natürlich, halbunterkellert. Ein zusätzliches Badezimmer, daher die Handwerker. Das ist alles, was wir brauchen, wenn überhaupt.«

Auf dem Weg Richtung Autobahn lasse ich mir sämtliche Zimmer in Mary-Anns Haus beschreiben, einschließlich ihrer verschiedenen Verwendungszwecke über die Jahre hinweg.

Bis hinunter zum Kellerraum, in dem ihr verstorbener Mann seine Sammlung historischer Handfeuerwaffen aufbewahrte. Ich wollte diese Erinnerungen an Tod und Zerstörung nicht oben in den Wohnräumen haben, Joyce. Dieser Keller ist jetzt eine Werkstatt. Dort kann dein Vater an seinen Modellflugzeugen herumbasteln, sagt Mary-Ann, als wüßte ich alles über Vaters Modellflugzeuge. Das ist das erste Mal, daß ich überhaupt von ihnen höre, aber offenbar geben sie Vater in den golffreien Monaten etwas zu tun, in denen Mary-Ann selbst sich der Petit-point-Stickerei verschreibt. Sie fertigt kleine, dicke, mit Rosenblättern gefüllte Kissen an, die beim Kirchenbasar sehr begehrt sind.

Mary-Ann hat die Schlüssel. Mary-Ann schließt die Tür zum Haus meines Vaters auf, zu meinem Elternhaus, das den Rahmen des gemeinsamen Lebens von Marge und mir darstellte, es ist das einzige Zuhause, das ich je gehabt habe, das einzige, was mir geblieben ist.

Die Umzugskisten türmen sich bereits auf allen freien Flächen. Die Wände meines Zimmers weisen dort, wo meine Plakate gehangen haben, helle Flecken auf. Jimi Hendrix, Janis Joplin, Jim Morrison, die jungen Toten, die sich jetzt aller Wahrscheinlichkeit nach in einem der schwarzen Plastiksäcke auf dem Treppenabsatz befinden, die letzte Station vor der endgültigen Einäscherung.

Das Haus sei verkauft, informiert mich Mary-Ann, und das zu

einem vernünftigen Preis, das hätte auch mein Vater gefunden. An junge Leute. Gute Katholiken, die gerade eine Familie gründeten.

Der Zeitpunkt der Übergabe wird entweder nicht erwähnt oder geht im Gemurmel unter, vielleicht bin ich auch nicht in der Lage, diese Information aufzunehmen.

Mein Elternhaus soll das Elternhaus anderer werden, die dann wiederum irgendwann in andere Elternhäuser einziehen und neue Familien gründen, die, ohne sich umzusehen, dasselbe tun werden, die ihren Beitrag zur unendlichen Reihe von Elternhäusern leisten werden, mit einem Rasenstück und einer Schaukel, Dreirädern in der Auffahrt und Kinderskiern in der Garage.

Marge hat es getan. Alle anderen sind dabei, es zu tun. Das einzig Normale. Ich bin die Ausnahme.

»Wir dachten, du würdest am liebsten …«, sagt Mary-Ann, und ihre Augen irren ein wenig hin und her. Sie weiß genausogut wie ich, daß Vater sich keinerlei Gedanken gemacht hat.

Du hast dir das gedacht, Mary-Ann, du willst mit mir nicht unter deinem Dach wohnen, mit einer Schnorrerin, die die Idylle stören könnte. Hier im Haus bin ich nicht im Weg. Jedenfalls bis die Möbelpacker kommen, bis du die letzte Porzellanmadonna meiner Mutter auf dem Flohmarkttisch in der Einfahrt verkauft hast. Was dann passiert, ist nicht mehr dein Problem.

Wir stehen in der Küche, der Küche meiner Mutter, und Mary-Ann öffnet eine Tür nach der anderen und zeigt mir den Inhalt der Schränke. Die Wirtin einer Pension mit flatternden Händen. Hier steht der Kaffee, da haben wir den Orangensaft, vielleicht trinkst du ja lieber einen anderen, die Butter steht im Kühlschrank, wir essen aber nichts davon. Schont das Herz, sagt dein Vater, und auf Ärzte soll man hören.

Brot von Great Harvest, garantiert Biobrot, Marmelade ohne Zucker. Drei Sorten Kräutertee und eine Tüte ungespritzter Äpfel. Ob das Mary-Anns eigener Geschmack ist, oder stellt sie sich vor, daß Typen wie ich danach verlangen?

Die übrigen Mahlzeiten dürfe ich gerne am Tisch von Mary-Ann einnehmen. Falls ich nicht anderweitig verabredet sei.

Ich bin zu müde, um wütend zu werden, zu unglücklich, um zu

protestieren, zu gekränkt, um sie darauf hinzuweisen, wie manipulativ sie ist. Warum sollte ich auch?

»Danke«, sage ich. »Danke, Mary-Ann, wie fürsorglich.«

»Willst du erst ein wenig schlafen? Ich habe Bettwäsche rausgelegt. Handtücher liegen im Schrank, und ...«

Ich will nicht ein wenig schlafen. Ich will hundert Jahre lang schlafen, und wenn ich aufwache, will ich zwölf Jahre alt sein und meine kleine Schwester zu etwas überreden oder sie tyrannisieren, bis sie ihre besten Barbiekleider gegen eine Rolle Oreo-Kekse tauscht, die ich in der Speisekammer habe mitgehen lassen.

Ich müsse nur anrufen, dann würde sie mich abholen, sagt Mary-Ann, und ich wünsche mir nur, daß sie endlich geht, und schiebe sie vor mir her aus der Haustür. Ihr Auto ist noch nicht um die Ecke, da greife ich schon zum Telefon und drücke die eingespeicherte Nummer.

»Vater.«

Die Tränen lassen sich jetzt nicht mehr zurückhalten.

»Joyce, ich stehe hier gerade mit einem Maurer.«

»Vater.«

»Kann ich dich gleich zurückrufen? Hat dich Mary-Ann abgeholt? Bist du zu Hause? Joyce?«

Ich lege auf.

Mein Mountainbike hat keine Luft in den Reifen, ist aber sonst voll funktionstüchtig. Es steht immer noch in der Garage, und wenn Mary-Ann geglaubt hat, mein Kommen und Gehen kontrollieren zu können, indem sie anbietet, mich zu fahren, hat sie sich geschnitten. Fahrräder lassen sich in Null Komma nichts aufpumpen, und die Tür von Mary-Anns Haus, in dem alle Gardinen Borten haben, alle Kissen Troddeln und alle Möbel halb unter den flauschigen Kissen in Vanille, Lavendelblau und Rosa ersticken, steht offen. Der vergißmeinnichtblaue Teppichboden unterstreicht noch das Gefühl, daß man sich in einer gepolsterten Schachtel befindet.

Auch mein früher so sehniger Vater hat sich eine Polsterung zugelegt, gegen die nicht einmal das Golfspiel etwas ausrichten kann.

»Vater.«

Er steht mit dem Rücken zu mir bei einem bärtigen Mann in

Blaumann, ein paar Schritte entfernt. Erst hört er mich nicht, da im Radio Country-music läuft, aber der Bärtige hat mich gesehen und nickt in meine Richtung, und jetzt dreht Vater sich um.

Selbst auf Abstand ist offensichtlich, daß seine Augen feucht schimmern.

Wieso bekommst du glänzende Augen, Vater? Was denkst du in diesem Augenblick? Denkst du, daß die Falsche überlebt hat? Falls ja, dann möchte ich das lieber nicht wissen.

Ich bleibe stehen. Ich warte. Warte darauf, daß er sein Gespräch mit dem Maurer beendet und sich an einem Zementkübel und einer Palette mit blaßroten Fliesen vorbeizwängt.

In dem Augenblick, als er sich mir zuwendet, taucht Mary-Ann in der Küchentür auf.

»Joyce, ich habe doch gesagt, du brauchst nur …«

Vielleicht wären mein Vater und ich uns um den Hals gefallen, vielleicht hätte ich ja den Trost bekommen, den ich gesucht habe. Jetzt werde ich es nie erfahren. Der Augenblick ist für ewig dahin, und mein Vater ist nicht mehr mein Vater, sondern Mary-Anns Partner und zukünftiger Mitbewohner.

Die Persönlichkeit meines Vaters entfaltete sich früher bei der Arbeit zwischen künstlichen Hüftgelenken und defekten Menisken, und als diese ein Ende hatte, hatte Mary-Ann eine neue, schlüsselfertige Identität für ihn in petto. Er brauchte nur noch einzuziehen, und sie war erschwinglich und praktisch. Viele würden außerdem noch sagen: gemütlich. Wie ihr Haus. Wie Mary-Ann selbst. Keine Kanten, keine grellen Farben. Nur weiche Polster und ein schwacher Duft nach getrockneten Blüten.

Reibungslos ist Vater in diese Identität hineingeglitten. Männer ohne Talent für das Häusliche stellen für unternehmungslustige Frauen hilflose Opfer dar.

Vater reicht mir die Hand. Mein eigener Vater gibt mir die Hand, mit der anderen klopft er mir auf die Schulter, so wie man einem Arbeitskollegen auf die Schulter klopft, der mit irgendwas Pech gehabt hat. Mein Vater klopft mir auf die Schulter, und das, was uns beiden zugestoßen ist, das Schlimmste, das Schwerste, das Lebensentscheidendste, wird dadurch zu einer Bagatelle reduziert.

Jetzt steht die Zukunft auf dem Programm. Jetzt werden Badezimmer gebaut, jetzt zieht man zusammen.

Nicht daß er gesagt hätte, das wird schon wieder, Joyce, wir müssen darüber hinwegkommen. Es fühlt sich nur so an.

»Das Mittagessen ist fertig«, sagt Mary-Ann. »Setz dich doch, Joyce, ich kann dir auch ein Sandwich machen, wenn dir das lieber ist. Wir essen mittags nur was Leichtes, sagt dein Vater immer.«

Wohnt er schon bei ihr? Sein Bett zu Hause sah unberührt aus.

Der runde Tisch in der Küche ist für zwei gedeckt. Es duftet nach Toast, und der Kaffee läuft durch die Maschine. Mary-Ann zaubert rasch ein spitzenverziertes Platzdeckchen aus einer Schublade.

»Nimm doch noch einen Teller für Joyce aus dem Schrank, Schatz.«

Jetzt platzt mir gleich der Kragen. Ich komme gerade noch aus dem Haus, ohne über Werkzeug und Bottiche zu stolpern. Als ich mich aufs Fahrrad setze, sehe ich noch einmal über die Schulter. Niemand steht in der Tür und fuchtelt mit den Armen. Nur das leise Dudeln des Maurerradios verfolgt mich die Auffahrt entlang.

Es ist bereits dunkel, als mich die Stimme meines Vaters weckt.

»Joyce.«

Wenn sie dabei ist, weiß ich nicht, was ich machen soll. Ich krieche unter die Decke und warte.

Leises Klopfen an der Tür. Ich lausche, aber keine Schritte sind zu hören, kein geschwätziges Murmeln mischt sich in die Stille.

Ich brumme, und die Tür quietscht gewohnt verräterisch. Nein, ich komme nicht jetzt erst nach Hause, Mutter, ich wollte nur aufs Klo, du kannst also ruhig weiterschlafen, aber Mutter läßt sich nicht mehr hinters Licht führen und betrügen, und mit Marge kann ich mich auch nicht mehr verbünden. Es gibt nur noch Vater und mich. Und der ist auf der Schwelle stehengeblieben.

Komm nur rein, Vater. Es ist lange her, daß Marge und ich Zutritt-für-Eltern-verboten-Schilder an unsere Zimmertüren gehängt haben.

»Du bist sicher müde von der Reise«, sagt mein Vater von der Tür aus.

Ich setze mich im Bett auf. Ich sage nichts.

»Mary-Ann wollte wissen, ob du zum Abendessen kommst. Sie macht sich Sorgen, du könntest glauben, daß du nicht willkommen seist.«

Ich will nicht über Mary-Ann reden, Vater. Ich will über dich und mich reden. Ich will über Joel reden und darüber, wie es ihm jetzt wohl geht. Ich weiß nicht, mit wem ich sonst reden soll. Vor allem will ich über Marge reden. Über ihren Verlust. Darüber, wie es ist, diejenige verloren zu haben, die mein letzter Halt im Leben war.

»Du bist willkommen, Joyce. Es ist nur etwas unerwartet, ungewohnt oder was auch immer. Also für sie. Das verstehst du sicher.«

Mein Vater bittet um Verständnis für seine Geliebte. Er trägt eine hellblaue Windjacke und weiße Joggingschuhe, obwohl er eigentlich tiefste Trauer tragen müßte. Statt seine Kleider zu zerreißen und sich Asche aufs Haupt zu streuen, überwacht er den Einbau eines Badezimmers.

Ausnahmsweise bilden die Worte in meinem Kopf ein einziges Chaos. Das einzige, was ich über die Lippen bringe, ist ein unverbindliches Hm. Endlich sprechen wir dieselbe Sprache, Vater. Man kann nicht behaupten, daß das die Kommunikation erleichtert.

»Ich warte unten, Joyce. Laß dir Zeit. Ich muß noch meine Unterlagen sortieren. Alte chirurgische Zeitschriften. Wer will so was noch.«

Die Tür quietscht erneut. Die Treppe knarrt unter seinen Schritten. Das ganze Haus hallt von Schritten wider, es ist ein Resonanzkörper für quietschende Türen und vertraute Stimmen. Die Zimmer hallen von verzücktem Kreischen aus dem winzigen Schwimmbassin im Garten wider, die Wände vibrieren von nächtlichem Weinen über das erste, pubertäre Unglück der Liebe, die Fußböden wappnen sich gegen die Wutausbrüche wegen ungerechterweise verhängter Ausgangssperren.

Das Haus umfängt mich mit seinen Geräuschen, mit seinen Erinnerungen, und das Haus jagt mich davon. Ich kann dort nicht bleiben, und ich kann es auch nicht verlassen.

Ein Stockwerk tiefer packt mein Vater sein bisheriges Leben in schwarze Plastiksäcke. Er bereitet sich darauf vor, sich in einer erschwinglichen, pastellfarbenen Umgebung zur Ruhe zu setzen. Mich erwartet kein pastellfarbenes Zuhause. Überhaupt kein Zuhause. Das hat auch bisher nie eine Rolle gespielt, doch nun ist es anders.

Der Hunger läßt mich nachgeben, und ich begleite Vater. Mary-Anns falscher Hase aus Putenhack, fettarm und gesund, Joyce, schmeckt nach absolut nichts und wird mit Orangeade heruntergespült. Der Jetlag dient mir als willkommene Entschuldigung dafür, daß ich so schweigsam bin und früh das Weite suche. Vater fährt mich nach Hause, während Mary-Ann den Tisch abräumt. Zwei Autos stehen in der Garage, aber niemand bietet mir an, eines davon zu leihen, vielleicht war davon gar nicht die Rede, vielleicht haben sie es so besprochen, oder vielleicht hat Mary-Ann es so verfügt.

Vater tätschelt mir den Oberarm und murmelt irgendwas. Er wartet im Auto, während ich aufschließe, und fährt dann weg. Ganz selbstverständlich.

Der Jetlag und ein fürchterlicher Alptraum jagen mich gegen fünf Uhr morgens aus dem Bett.

Die Stunden bis zur Morgendämmerung, die langsam hinter den Bäumen des Gartens hervorkriecht, verbringe ich, in eine Wolldecke gewickelt, mit einer Tasse heißer Schokolade in meinen zitternden Händen am Schreibtisch in Vaters Arbeitszimmer.

Vaters Arbeitszimmer. Der Schreibtisch mit den Rollschränken hat dieselbe Schramme wie damals, als ich ihn für mein Ausbrecherkunststück verwendete. Die Karikaturen von Chirurgen in ihren matten Silberrahmen waren monatelang meine schweigenden Zeugen, als ich meine Doktorarbeit fertigschrieb, während Marge meinen Sohn auf der entgegengesetzten Seite des Kontinents stillte. Die Wände sind immer noch genauso optimistisch grasgrün wie damals.

Ich ziehe willkürlich irgendwelche Schubladen heraus und wühle zwischen alten Stempelkissen, Büroklammern und Rezeptblöcken. Ein Packen vergilbtes Papier, mit einem weißen Schnürsenkel umwickelt, der vielleicht von einem der ewigen Stoffturnschuhe meiner Mutter stammt, zieht meine Aufmerksamkeit auf sich. Die Schleife geht leicht auf. Jemand hat unlängst erst die

Sammlung aus losen Blättern und zerknitterten Umschlägen durchgesehen, und jetzt tue auch ich es, und anschließend weiß ich nicht, ob ich es nicht lieber gelassen hätte. Ob ich sie nicht als jene Illusion in Frieden hätte ruhen lassen sollen, in die das Leben sie verwandelt hat.

Meine Mutter hat existiert. Nicht daß ich darüber im Zweifel gewesen wäre. Meine Mutter war meine Mutter, jedenfalls erfüllte sie diese Rolle bis ins Kleinste. Meine und Marges Mutter war Vaters Frau. Die Vorkämpferin der Konventionen, die unbestechliche Wächterin der Moral, ständig unter Verstopfung leidend und phantasielos. Gut geeignet, an ihr den eigenen Freiheitsdrang zu erproben.

Aber der Papierstoß enthüllt, daß Mutter nicht erst zur Welt kam, als sie Vater heiratete, oder etwa, als sie mich zur Welt brachte. Ehe ich überhaupt noch als Gedanke existierte, konnte es die achtzehnjährige Schwesternschülerin nicht übers Herz bringen, ihren Liebsten in den Krieg zu schicken, ohne die fleischliche Liebe erlebt zu haben. Man stelle sich nur vor, die Japaner hätten ihn kaltgemacht und sein letzter Gedanke wäre gewesen, daß es dazu nie gekommen sei.

Für eine Hochzeit war nicht genug Zeit, für die Verlobung auch kaum, und im Schwesternwohnheim saß ein Drachen auf der Lauer, also liehen sie sich eine Berghütte *(Erinnerst Du Dich an den Hund, Gabriel, der Hund war bissig, aber Du hast ihn beruhigt, guter Hund, Brutus, guter Hund).* Der Brief geht seitenlang weiter, er ist schamhaft, und ob Mutter Spaß an ihrem Opfer hatte, geht aus dem Brief nicht hervor, aber die Verliebtheit ist echt und nicht zu übersehen.

Die Antwort hingegen ist kühl, und noch verhaltener werden die Antworten, als in den folgenden Schreiben die Unruhe über die ausgebliebene Menstruation auftaucht. Schließlich ist da nur noch Schweigen, und vielleicht ist er ja an der Front, vielleicht hat man ihn verlegt, vielleicht ist er sogar verwundet und nicht in der Lage, Briefe zu schreiben. Sie hofft es womöglich ein wenig, und im stillen gebe ich ihr recht.

Eine schwangere, achtzehnjährige, fromme Katholikin nimmt ihr Schicksal in die eigenen Hände, was bleibt ihr auch anderes übrig? Seine Familie weiß nichts davon, die ihrige will nichts davon wissen. Ihre Mutter betet für sie, heil dir, Maria, voller Gnade.

Aber da ist eine Leibesfrucht, und eine Leibesfrucht bleibt eine Leibesfrucht, meine Kleine. Schon möglich, daß der Vater den Namen des Erzengels trägt, aber ohne den Heiligen Geist als Alibi brauchst du auf nichts zu hoffen.

Ein Mütterheim. Nonnen, die ihr aus falsch verstandener Nächstenliebe bei der Geburt eine Augenbinde geben. Schreie, ihre eigenen und die des Kindes, der Geruch von Chloroform sind das einzige, woran sie sich erinnert, als das Ganze überstanden ist, und ob es ein Junge oder ein Mädchen war, das erfährt niemand außer den Nonnen und dem Paar, das es adoptiert. Gläubige Menschen. Falls das ein Trost ist, Gabriel.

Der letzte Brief des Packens ist voller Einsamkeit, Müdigkeit und Resignation. Es hat keinen Sinn, wieder mit der Krankenpflege anzufangen. Sie weiß nicht, ob sie zurückdarf, und sie hat die Lust verloren. Jetzt wohnt sie zu Hause und hilft ihrer Mutter im Haushalt. Mit der Zukunft beschäftigt sie sich nicht.

Irgendwann ist er dann heimgekehrt. Irgendwann haben die Schuldgefühle ihn dazu getrieben, das Verhältnis zu legalisieren. Das Hochzeitsfoto, das immer noch auf dem Kaminsims steht, zeigt ihn in der kleidsamen Uniform der Marine. Mutters Augen unter dem weißen Schleier verraten Panik. Die Angst davor, daß sich jemand aus einer der Kirchenbänke erheben könnte und der ganzen Gemeinde ihre Schande ins Gesicht brüllen könnte, vermute ich.

Du hast getan, was du konntest, Mutter. So gut du es konntest. Du hast nach bestem Gewissen gehandelt. Unter den herrschenden Umständen.

Später hast du dann nie mehr etwas loslassen können, du konntest die Kontrolle keine Sekunde lang abgeben. Du hattest bereits zuviel verloren, und was bekamst du dafür? Marge und ich mögen allenfalls das Pflaster auf ihrer unheilbaren Wunde gewesen sein, aber wir waren nicht das richtige Kind.

Niemand fragte danach, wer du hättest werden können, und so wurdest du die, die du geworden bist, doch was war dein Bedürfnis, dich zu jugendlich zu kleiden, deine weißen Kragen, dein

Hang zu Puffärmeln, deine weißen Söckchen und ständig strahlend weißen Stoffturnschuhe – was war das anderes als der Traum, noch einmal eine Achtzehnjährige zu sein, die das Leben noch vor sich hat?

Vaters Trauer, als sie krank wurde und starb, hielt ich damals für selbstverständlich, jetzt kommen mir Zweifel. Obwohl ich mich anstrenge, kann ich mich nicht daran erinnern, je gesehen zu haben, daß er sie geküßt hätte. Ein unbeholfenes Über-den-Arm-Streichen, das war alles. Über das Kind, das sie beide nie kennenlernten, haben sie sich wohl kaum unterhalten. Oder über Vaters moralischen Bankrott. Ich weiß nicht, ob sie sich je über etwas anderes als über praktische Dinge unterhalten haben. Über meine Zahnspange und darüber, in welches Ferienlager wir fahren sollten. Und wen sie sonntags zum Grillen einladen sollten.

Zum Schluß hatten sie sich vermutlich einfach aneinander gewöhnt.

Die Sonne ist aufgegangen. Ich schleppe mich die Treppe hinauf, grabe meine schweißgetränkten Joggingsachen aus meinem Koffer und schnüre meine Schuhe. Meine Füße sind nach fast vierundzwanzig Stunden in diversen Flugzeugen immer noch geschwollen.

Die Berge zeichnen sich messerscharf vor dem tiefblauen Himmel ab wie die Pappkulisse eines altmodischen Puppentheaters. Die Luft ist frisch, und die Wege unter meinen Schuhsohlen sind überraschend schneefrei und trocken. Der leichte Frost läßt die Haut schmerzen, und ich laufe, bis mir die Waden weh tun, bis mein Atem pfeift und kratzt. Ich laufe vor der Trauer davon, der doppelten, dreifachen Trauer, oder ich bilde mir das zumindest ein.

Ich laufe um mein Leben.

Edda

Vin d'honneur. So heißt das. Ehrenwein. Zu Ehren des Hotelbesitzers. Zu Ehren von Olafur, meinem Mann, dem Vater Carolinas.

Olafur feiert einen runden Geburtstag. Das Hotel wird hundert Jahre alt, und beides soll gefeiert werden. Die Angestellten haben das Ganze eingefädelt. Auf den Parkplatz haben sie eine mit französischen Fahnen geschmückte Tanne gestellt. Ganz oben die schwarzweiße Flagge, das Symbol der Bretagne.

Ein Wappen. Wir huldigen unserem Chef auf der einen Seite. Es lebe das Hôtel de la Poste auf der anderen.

Aus gutem Grund. Olafur gibt ihnen Arbeit und sorgt für Brot auf dem Tisch. Niemand braucht hier vom Fischfang abhängig zu sein. Olafur ist ein anspruchsvoller Arbeitgeber, aber die Leute respektieren ihn. Für Olafur ist Qualität das Wichtigste. Die Preise hält er niedrig. Die Gäste kommen jedes Jahr wieder. In der Saison ist es immer voll, und es wird zusätzliches Personal eingestellt.

Olafur feiert einen runden Geburtstag. Er hat immer jünger ausgesehen, als er ist. Die runden Wangen haben keine Falten. In den letzten Monaten hat er jedoch Fältchen um den Mund bekommen. Und die Stirn weist eine tiefe Furche zwischen den Augenbrauen auf.

Abends, wenn er die Treppe hinaufgeht, seufzt er. Das kommt von tief unten, vielleicht vom Herzen. Ein tiefer, müder Seufzer. Er glaubt vermutlich, daß ich ihn nicht höre. Aber ich höre es. Ich höre ihn. Ich sehe ihn. Sehe, wie er sich verändert und alt wird. Jeden Tag etwas mehr.

Er und Carolina führen Krieg. Sie weigert sich, in die Schule zu gehen, wenn er sie nicht fährt. Wenn er sie nicht fährt, bleibt sie zu Hause. Sie schließt sich in ihr Zimmer ein und ist beleidigt.

Wenn er in der Tür steht und ihr den Weg versperrt, wenn er ihr zuruft, daß sie sich gefälligst auf den Weg machen soll, dann knallt sie die Tür hinter sich zu. Im Verlauf des Tages ruft dann die Schulinspektorin an und beschwert sich, daß sie schwänzt. Olafur schimpft sie aus, wenn sie wieder aus ihrem Zimmer kommt. Aber das nützt nichts. Eine Woche später ist es wieder soweit.

Wenn ich etwas zu ihr sage, tut sie so, als würde sie nichts verstehen. Aber sie kann immer noch Isländisch. Ich kann hören, wie sie auf ihrem Zimmer Selbstgespräche führt, wenn Olafur sie ausgeschimpft hat.

»Dummer Papa. Idiot. Komm du nur, du Schwachkopf, du Affe. Ich hasse dich. Du bist ein alter, stinkender Hund. Du hast nur Scheiße im Kopf. Du bist ein fettes Schwein.«

So geht es immer weiter, manchmal eine ganze Stunde lang.

Der Dessertkoch beklagt sich darüber, daß sie von seinen Schokoladentafeln abbeißt. Mit den Fingern vom Eis und Sorbet probiert. Baisers stibitzt und Soße auf den Boden tropfen läßt, daß man ihr leicht auf die Schliche kommt.

Natürlich streitet sie alles ab. Sie sieht ihrem Vater in die Augen und behauptet, daß sie es nicht gewesen sei. Daß es jemand anders gewesen sein müsse. Aber sie wälzt die Schuld nicht auf jemanden ab. So eine ist sie nicht.

Vor einem Monat hatte sie ihre erste Regel. Ich war damit auch früh dran, aber nicht so früh. Damals war das noch was Peinliches. Die Jungs durften davon nichts erfahren. Aber ich war auch stolz. Darüber, eine Frau zu sein. Erwachsen genug zu sein, ein Kind zu bekommen.

Carolina wurde rasend vor Wut. Sie knallte die Binde, die ich ihr gab, auf den Fußboden. Sagte, das hindere sie daran zu leben. Ich versuchte sie zu trösten, aber sie schlug nach meiner Hand.

Die ganze Nacht lag ich wach und hörte sie weinen.

Die Unterhosen mit dem Blut versteckte sie unter ihrem Bett. Als ich sie fand, lagen dort fünf Stück. Sie zog lange Streifen aus meinem Beutel mit Watte und verwendete diese. Aber das hilft nicht, wenn das Blut wirklich fließt.

Mein kleines Mädchen. Das Blut ist etwas, womit man sich abfinden muß. Wenn man Mutter von jemandem wie dir werden will. Vielleicht würde es dir helfen, wenn du meine Geschichte kennen würdest. Die Geschichte von mir und deinem Vater kennst du nicht. Noch nicht. Aber die Geschichte von uns ist deine Geschichte, Carolina.

Dein Vater. Heute ist sein Geburtstag. Wir werden Wein trinken. Dein Vater und das Hotel sollen gefeiert werden. Alle, die in der Stadt etwas zu sagen haben, kommen.

Du hast kein Geschenk für ihn. Ich habe eines von uns beiden besorgt. Ein Bild von Reykjavík. Von der Kirche, in der du getauft worden bist. Gunlaug hat es von einem Künstler gekauft, der in ihrem Haus wohnt. Ich habe ihr das Geld geschickt. Französisches Geld in einem Umschlag.

Das Paket traf vorgestern ein. Ich habe es vom Postamt abgeholt. Habe in der Schlange gewartet und den Empfang quittiert, das ging ohne Probleme. Das Bild steckt in einem vergoldeten Rahmen. Das Glas war zerbrochen, aber ich konnte es entfernen. Es ist ohne Glas genauso schön.

»Für Olafur von Edda und Carolina«, steht auf der Karte. »Herzlichen Glückwunsch.«

Ich bitte Carolina, eine Blume auf die Karte zu malen. Erst will sie nicht. Aber schließlich gelingt es mir, sie zu überreden.

Sie sitzt da und singt, während sie malt. Wie früher, als sie klein war. Die ganze Karte ist voller Blumen. Sie verwendet ihre Aquarellfarben und gibt sich wirklich Mühe.

»Vater wird sich freuen«, sage ich.

Sie sieht mich von unten herauf an. Dann nickt sie.

Zum ersten Mal seit Monaten hege ich eine kleine Hoffnung. Daß sie doch wieder Freunde werden. Daß hier im Haus Frieden geschlossen wird. Unfrieden bekommt keiner Familie gut. Jedenfalls nicht auf Dauer.

Joyce

Natürlich kann ich nicht bleiben. Mein Stipendium schmilzt dahin, ohne daß die Arbeit erledigt würde, und ließe sich die französische Sprachpolitik zu Hause sinnvoll untersuchen, hätte ich ja gleich zu Hause bleiben können.

Meine Vertretung hat außerdem Anspruch auf geordnete Verhältnisse, das muß selbst ich verstehen.

Der Dekan, ein magerer Streber mit verkrampften Nackenmuskeln, gibt mir nicht einmal die Hand. Er kann meine Trauer nachempfinden, behauptet er zumindest, aber das hier sei ein Universitätsinstitut und keine Therapiegemeinschaft für Angehörige von Verkehrstoten. Sein Rat an mich lautet, und das sage ich, weil ich es gut mit Ihnen meine, Joyce, obwohl ich sehe, daß Sie sehen, daß ich Ihnen mit dem Blick ausweiche, Frauen wie Sie verunsichern mich nämlich, und Unsicherheit ist nicht gut für uns beide, Joyce, sein Rat lautet also, so schnell wie möglich den Hintern hochzukriegen und wieder nach Paris zu fahren. Ehe ich mich zu einem Problem entwickle, zu dem er ernsthaft Stellung beziehen muß.

Hier kann mich niemand gebrauchen.

Meine Kollegen gehen mir aus dem Weg. Selbst die Kollegin, die ich für meine beste Freundin gehalten hatte, reagiert auf mein plötzliches Erscheinen mit einem auffälligen Mangel an Begeisterung.

Bist du hier? Müßtest du nicht in Paris sein?

Niemand erwähnt Marge, obwohl ich mir sicher bin, daß es alle wissen. Sind sie beschämt, sind sie neidisch, oder tut ihnen diese Joyce, die immer alles bekommt, was sie will, einfach nur leid? Und haben sie mich schon immer dorthin gewünscht, wo der Pfeffer wächst?

Niemand spricht lange genug mit mir, daß ich es hätte herausfinden können. Wenn ich mich auf dem Gang zeige, sind sie gerade auf dem Weg zu einer Vorlesung oder Fakultätssitzung oder mitten in einem Gespräch mit Studenten, das sich nicht aufschieben läßt, und dann heißt es nur: »Hallo, Joyce, oder wie war noch mal dein Name?«

Sogar mein kleines fensterloses Büro in dem heruntergekommenen Gebäude ist mit Beschlag belegt. Den Schlüssel hatte ich ohnehin abgeben müssen. Meine Vertretung hat den Inhalt meines Schranks in ein paar Bananenkisten verstaut, die hinter dem Schreibtisch der Sekretärin stehen.

Die Sekretärin ist die einzige, die sich für ein Mittagessen mit mir Zeit nimmt, in meinem Stammlokal in der Nähe des Campus, in dem ich fast zum Inventar gehöre, in dem meine Studenten jedoch auf mein plötzliches Erscheinen nur mit einem zerstreuten Nicken reagieren.

Als sie gegangen ist, bleibe ich noch ein wenig sitzen. Ich trinke immer mehr von dem Kaffee, dem das Kunststück gelingt, sowohl dünn als auch ätzend stark zu sein.

Bei diesem Kaffee braucht man kein Klistier mehr.

Die Toiletten haben keine Türen. Ich verrichte so lautlos wie möglich mein Geschäft, aber gegen den Geruch kann ich nichts unternehmen. Die Studentin, die sich vor dem Spiegel die Augen bemalt, rümpft deutlich die Nase, als ich mir die Hände wasche.

»Ohne Gestank geht es nicht«, sage ich zu ihrem Spiegelbild, »willst du etwa, daß es nach Veilchen riecht?«

»Diese Toilette ist nur zum Pinkeln da.«

Ich könnte ihr ihre Mascarabürste ins Auge bohren oder sie ihr in ein Nasenloch stopfen oder ihr damit rasch das Trommelfell durchstoßen, warum nicht. Aber ich tue nichts dergleichen. Ich habe nicht einmal die Kraft, mir die Hände unter dem Händetrockner zu trocknen, während sie mich verächtlich ansieht.

Meine Hände tropfen noch, als ich in meine Nische zurückkehre und feststelle, daß mein Platz besetzt ist.

Die emsige Serviererin hat meinen Kaffeebecher abgeräumt und steht mit einem Block in der Hand da, um die Bestellung eines Mannes in roter Skijacke und mit Stirnband aufzunehmen.

»Ich war noch nicht gegangen.«

Mein Poncho ist unter den festgeschraubten Tisch auf den

Boden gerutscht. Ich ziehe ihn unter den Stiefeln des Mannes hervor.

»Das wußte ich nicht.« Die Serviererin verdreht die Augen. »Sie hatten schließlich schon gezahlt.«

»Setz dich doch«, sagt der Mann am Tisch, und in seiner Stimme schwingt dasselbe Zögern zwischen den Diphthongen wie bei meinem Vater mit, eine Besonderheit, die nur bestimmte Südstaatendialekte aufweisen.

»Arkansas?«

Er nickt. Er kommt mir irgendwie bekannt vor. Ich kann ihn nur nicht einordnen, und es ist mir auch egal.

Meine Augen tränen, und meine Zähne klappern in meinem Mund, als hätte ich Fieber.

Der Mann kratzt sich unter dem Stirnband umständlich am Kopf.

»Setz dich einfach hin«, sagt er.

Ich setze mich.

Ich sage nichts. Er sagt nichts.

Gegen meinen Willen, falls ich denn überhaupt über einen Willen verfüge, gegen den ich mich auflehnen könnte, bestelle ich eine Cola light. Beim ersten eiskalten Schluck beginne ich zu zittern, und die nächsten Minuten verbringe ich damit, die Eiswürfel aus dem Glas in den Aschenbecher zu transportieren.

Der Mann hat mir einen kurzen, graublauen Blick zugeworfen. Jetzt konzentriert er sich auf seinen Teller, erstickt sein Spiegelei unter grüner Chilisauce und läßt eine riesige Portion schwarze Bohnen zwischen seinen kauenden Kiefern verschwinden.

Jetzt läuft ihm der erste Schweißtropfen seine wettergegerbte Stirn herunter.

Er zieht seinen Skianorak aus. Sein Sweatshirt war einmal sonnengelb, jetzt ist es verblichen, und sauberer könnte es auch sein.

Ein Dreitagebart bedeckt den größten Teil seines Gesichts und kann sich wie der Rest von ihm nicht recht entschließen, ob er schick oder nur ungepflegt sein soll.

Plötzlich weiß ich, woher ich ihn kenne. Von einem Institutsfest in grauer Vorzeit. Damals war er mit einer meiner Kolleginnen verheiratet und unterrichtete am Institut für Theater und Tanz.

Seine Antikriegshappenings waren bekannt für das Wasser auf einem Großteil der Bühne, für die nackten Männer und die pyrotechnischen Effekte.

»Jesse.«

»Joyce?«

»Dachte ich mir's doch.«

Der Teller ist leer. Die Karaffe mit dem nach Chlor riechenden Leitungswasser steht unberührt auf dem Tisch. Er setzt sie an die Lippen, leert sie in einem gurgelnden Schluck und unterdrückt ein Aufstoßen. Dann steht er auf und betrachtet die Rechnung. Legt daraufhin einen kleinen Packen Geldscheine unter die Ketchupflasche auf dem Tisch.

Seine Skijacke hat in einem Ärmel einen Riß, aus dem die Daunenfüllung hervorquillt.

»Kann ich dich irgendwo hinfahren?«

Hier kann ich nicht sitzen bleiben. In das Haus meines Vaters, das bald nicht mehr das Haus meines Vaters ist, kann ich nicht zurück. Ich könnte die nächsten Stunden im Sekretariat in Gesellschaft meiner Bananenkisten verbringen, aber das würde nichts ändern.

Ich weiß nicht, wie mein nächster Schritt aussehen wird, und noch viel weniger kenne ich meinen nächsten Aufenthaltsort.

»Wohin denn?«

Die Worte kommen mir über die Lippen, ohne daß sich mein Gehirn eingemischt hätte. Anschließend weiß ich, daß sie nach Anmache geklungen haben. Daß ich etwas einfädele, woran ich wahrscheinlich nicht interessiert bin, aber ein Schiff in Seenot sucht eben einen Nothafen, ohne sich um die Konsequenzen zu kümmern.

Es zeigt sich, daß sich der Nothafen ein gutes Stück oben in den Bergen befindet. Eine Schneeböe wirbelt über die Windschutzscheibe des Wagens mit Allradantrieb hinweg, als wir die Hauptstraße verlassen, und der Weg verwandelt sich unter den kräftigen Reifen in eine Waschbrettpiste. Blaßblaue Wolken hinter dem scheinbar unendlichen Tannenwald versprechen ein Unwetter mit weiterem Schnee, aber im Auto ist es warm. Mein Mund ist trokken. Meine Zunge klebt am Gaumen. Wenn er von mir erwartet, daß ich mich an einer Unterhaltung beteilige, dann schaffe ich das nicht.

»Arbeitest du noch am Institut?«

Eine Erklärung würde zu weit führen.

»Hm.«

»Courtney ist in Phoenix.«

Courtney. Breite Hüften, lange schwarze Haare, die sie nach hinten warf, wie ein Pferd seine Mähne schüttelt. Ihr Spezialgebiet ist irgendwas mit amerikanischen Ureinwohnern.

Nichts könnte mich weniger interessieren, als was Courtney gerade unternimmt.

Der Schnee rieselt von den Tannen. Der Weg schrumpft zu zwei Wagenspuren zusammen. Wenn ich ihn jetzt bäte, mich abzusetzen, würde ich erfrieren, ehe mich jemand fände.

Courtney wird dort bleiben. Klagende Südstaatendiphthonge branden gegen meine widerstandslosen Trommelfelle.

Gleich breche ich zusammen, in wenigen Sekunden öffne ich die Tür, um mich aus dem Auto in den schneebedeckten Graben zu werfen. Wenn ich mir den Hals breche, dann hat das wohl so sein sollen.

Jesse gibt mit seinem robusten Bergstiefel Gas, und das Auto schlingert beunruhigend auf dem eisglatten Weg.

Meine Stirn ist feucht, obwohl ich Schal und Poncho ausgezogen habe. Die Not hat mich in dieses Fahrzeug verschlagen, das unterwegs zu einem unbekannten Ziel ist, und allmählich geht mir auf, daß die Lösung schlimmer sein könnte als das Problem.

Schließlich gleiten wir auf einer Art zweispuriger Rutschbahn in eine unter einem düsteren Blockhaus gelegene Garage.

Das Innere des Hauses ist trostlos. Michels Behausung besaß immerhin noch eine gewisse versöhnliche Funktionalität. In Jesses dominiert ein Gefühl permanenten Aufbruchs.

Ich hätte es nicht besser machen können.

Die Wände des Kaminzimmers sind mit einem Pelz aus Spinnweben überzogen. Staubflusen fliegen mir um die Nase und lösen ein heftiges Niesen aus.

Mit etwas Glück gibt es irgendwo einen Nachbarn, den ich mit noch etwas mehr Glück dazu bringen kann, mich in die Stadt zurückzubringen. Wenn der Schneesturm vorbei ist. Morgen oder in einer Woche.

Hier kann ich nicht bleiben.

Jesse macht sich am Brennholz zu schaffen und knüllt alte Zeitungen zusammen, gelbe Funken fallen auf die Schieferplatten vor dem Kamin, wo sie einfach verglühen, und wenige Augenblicke später brennt ein kleines Feuer mit klaren, ruhigen Flammen. Der schwache Rauchduft ist in meiner Nase mild wie Honig.

Wenn es Raubtiere in der Nähe gibt, werden sie Abstand halten, zumindest solange das Feuer brennt.

Kann ein Feuer die Antwort sein? Der häusliche Herd?

In der Mitte des Lagers, im Kreis des Feuerscheins, bleibt der Rücken kalt, aber das Gesicht glüht, und du kannst die Augen des anderen sehen. Hinter dir in der Dunkelheit lauern andere Augen und warten scharfe Zähne darauf, ihre Beute zu zerreißen.

Hier bist du geborgen.

Jesse legt ein Holzscheit auf die Flammen und noch eins.

»Setz dich«, sagt er, und alles ist ganz einfach.

Auf ein schmutziges Kissen auf einer schmierigen Couch bette ich meine Wange. Jemand legt mir meinen Poncho über die Beine. Das ist das letzte, was ich wahrnehme.

Olivier

Anschließend weiß er nicht einmal, daß es seine Hand gewesen ist, die zugeschlagen hat. Die Augen der anderen verraten es ihm. Der Schrecken. Die Verurteilung.

Falls er in einem Gesicht Verständnis erahnen sollte, so will er es nicht wahrhaben. Er selbst versteht es, er selbst weiß, warum es geschah. Warum es sich nicht vermeiden ließ. Was die anderen denken, hat keine Bedeutung. Verzeihen läßt es sich nicht.

Es hatte eigentlich gut angefangen.

Die Gäste drängen sich um ihn. Die Gesichter sind von der Wärme und dem guten Wein gerötet. Es perlt in den Gläsern, es wird durcheinandergeredet, und der Zigarettenrauch steigt an die Decke. Das Büfett mit den Delikatessen wird laufend nachgefüllt, zielbewußt gehen die Kellner hin und her, er braucht ihnen keine Anweisungen mehr zu geben, sie kennen ihn. Keine Platte wird auf die gestärkte Tischdecke gestellt, ohne daß der Rand vorher abgewischt worden wäre, und kein Glas bleibt länger als ein paar Sekunden lang leer.

Die Gäste drängen sich, und Olivier stößt mit allen an. Einige der Frauen küßt er auf beide Wangen. In seiner Kindheit haben sie ihn verspottet. Jetzt ist Schluß damit. Er fängt den einen oder anderen neidischen Blick auf, hier und da handelt es sich gar um Bewunderung, aber das meiste ist Wohlwollen.

Eddas Augen sind fern – wie immer, wenn sie in eine Rolle gezwungen wird, die ihr nicht paßt. Als wäre sie irgendwo anders. Aber sie ist da, an seiner Seite, und empfängt ihren Teil der Huldigungen. Ihr Haar leuchtet blond und frisch gewaschen, der Flaum auf den Wangen ist golden und lockt seine Lippen, aber der Tag heute ist offiziell. Heute ist es seine Aufgabe, sich als einer der größten Arbeitgeber der Stadt feiern zu lassen und nicht Eddas Olafur zu sein.

Das Geschenk von ihr und Carolina, das Bild des zum Himmel strebenden Bauwerks, das über den Anfang seines richtigen Lebens wachte, liegt auf einem Tisch neben der Gabe des Bürgermeisters, umgeben von riesigen Blumensträußen. Bei dem Geschenk des Bürgermeisters handelt es sich um eine Schiffsglocke aus Bronze, die die Fassade des Hotels zieren soll. Sie wurde unter tosendem Beifall und mit schönen Worten überreicht.

Olivier dankt und schüttelt Hände, aber Carolina hat auf die Karte von Edda und sich Blumen gemalt, und das ist wichtiger als alle Bürgermeister der Welt.

Die Sehnsucht lastet wie ein Druck auf seiner Brust. Vielleicht werden sie sich wiederfinden. Er kann ihr schließlich nie, nie weh tun. Wenn es nur nicht zu spät ist, wenn er sie bloß nicht unwiderruflich von sich gestoßen hat.

Carolina kreist am Rande der großen Gesellschaft, den Mund voller Pralinen, aber jetzt sollen Bilder gemacht werden. Die Lokalredaktion der Zeitung hat einen Journalisten mit einem Fotoapparat geschickt, und Edda ruft ihre Tochter zur Ordnung.

Olivier läßt sich auf einen Stuhl dirigieren. Edda wird auf den Platz neben ihm geschoben, und die Tochter des Hauses soll auch dabeisein, wer weiß, vielleicht sei sie ja eines Tages die Wirtin des Hotels, sagt der Journalist.

Carolina landet steif wie die Puppe eines Bauchredners auf seinem Schoß. Einer seiner Hemdknöpfe ist aufgegangen, und noch vor wenigen Monaten konnte sie frei über ihn verfügen, ihm stundenlang das Haar kraulen, auf seinem Schoß sitzen und ihm eine Hand ins Hemd schieben, und jetzt will sie ihm nur dabei helfen, den Hemdknopf zu schließen.

Eine Hand auf seiner Brust. In der Hemdöffnung und dicht an seiner nackten Haut. Diese Hand soll da nicht sein. Es ist eine gefährliche Hand.

Schauder und Schlag kommen gleichzeitig.

Carolina ist zu Boden geglitten. Edda hilft ihr auf. Sie drehen sich beide nicht um, als sie sich einen Weg durch die Menge bahnen.

Unfähig zu handeln bleibt er auf dem Stuhl sitzen. Der Blitz des Fotografen flammt ein paarmal auf, aber die festliche Stimmung hat sich verflüchtigt.

Jetzt verabschieden sich die Gäste, jetzt können sie nicht schnell genug diesen Ort verlassen, wo sich nicht einmal ein Kind vor dem Temperament des Gastgebers sicher fühlen kann.

Die Kellner entfernen die letzten Reste und sausen an Olivier vorbei, der sich mit den Gläsern und Flaschen zu schaffen macht. Vom Mittelpunkt des Festes hat er sich in einen alten Mann verwandelt, der im Wege ist.

»Ihr schließt ab und macht das Licht aus.«

Er hebt die Stimme, um ein wenig von seiner Autorität zurückzugewinnen, erhält aber nur ein rasches Nicken zur Antwort.

»Natürlich.«

Er hatte, nachdem alles überstanden war, mit den Angestellten noch ein Glas trinken wollen, um ihnen zu danken und ihnen ihren Teil der Ehre zu geben. Jetzt hat er dazu nicht mehr die Kraft.

Darüber wird man noch lange reden. Über seinen Geiz und seine Undankbarkeit. Seine Angestellten werden weiterhin alle Aufgaben genauestens ausführen, aber ohne Freude und ohne den Stolz, ausgerechnet in diesem Hotel zu arbeiten. Die Leute in der Stadt werden mit Fingern auf ihn zeigen, und dieses Mal zu Recht, aber nichts davon bedeutet noch etwas.

Die Treppe in den ersten Stock ist unüberwindbar. Dort oben packen sie, er ist sich dessen ganz sicher. Sie bereiten sich darauf vor, ihn zu verlassen. Wenn er sich weigert, sie zum Zug zu fahren, wenn er ihnen das Geld für die Fahrkarte verweigert, werden sie einen anderen Ausweg finden. Zurück bleibt dann nur die eiskalte Hölle, die er so gut kennt. Die Hölle der Leere. Die Hölle der Schuld.

Es bricht ihm fast das Herz. Aber Menschen leben auch mit gebrochenem Herzen weiter, sie schleppen sich durchs Leben. Einen endlosen Tag nach dem anderen.

Ein richtiger Mann holt ein Seil, knotet eine Schlinge und legt sie sich um den Hals, sucht sich dann einen passenden Haken und einen Hocker, den er beiseite treten kann. Ein richtiger Mann hat einen Plan in petto, wenn es soweit ist, aber auch in diesem Punkt kann man auf ihn nicht zählen.

Lange sitzt er auf Eddas Hackklotz im Schuppen, aber wie soll man mit einer Axt Selbstmord begehen?

Mitten in der Verzweiflung fällt ihm ein, daß seine Lebensversicherung bei Selbstmord möglicherweise nicht zahlt.

Es wird gerade dunkel, als er sich wieder auf den Hof traut. Es ist Dienstag und Ruhetag, und außer den zwei erleuchteten Fenstern im ersten Stock wirkt das massive Granitgebäude wie ausgestorben, ein gedrungenes, lebloses Monument seines vergeudeten Lebens.

Der Hang nimmt unter seinen müden Füßen kein Ende, er holt mühsam Atem in der steifen Brise, aber schließlich ist er da.

Die Tür der Kirche quietscht, als er sie öffnet. Im Innenraum ist es stockfinster, nur das kleine Lämpchen am Altar leuchtet schwach, ein kleines rotes Herz in einem eiskalten Körper. Der ekelhafte Gestank von altem Weihrauch schlägt ihm von den Quadersteinen der Wände entgegen, als er sich an der hintersten Bank entlangtastet.

Den Beichtstuhl hat er nicht mehr besucht, seit er ein Junge war. Das Wichtigste, was er zu erzählen hatte, mußte er für sich behalten, und alles andere war dann nicht mehr so wichtig.

Das ist keine Sünde, Olivier, nichts, was man dem Pater erzählen müßte. Mütter und Söhne tun das, das ist einfach Liebe und ganz normal. Aber niemand braucht davon zu erfahren. Liebe hält man geheim. Dies hier ist unser Geheimnis.

Sie hätte ihm das nicht zu sagen brauchen. Er hatte niemanden, dem er sich anvertrauen konnte. Was hätte er auch sagen sollen?

Endlich stoßen seine suchenden Finger an das Holz des Beichtstuhls. Er kriecht in das kleine Kabuff und zieht den Vorhang hinter sich zu.

Das kleine Gitter vor seinen Augen. Das harte Holz unter seinen Knien. Kein Priester leiht ihm sein Ohr, aber vielleicht hört ihn ja Gott. Falls Gott überhaupt existiert, dann muß er ihn jetzt anhören. Das ist die einzige Möglichkeit. Alles auszusprechen. Wie es war. Wie es ist.

Keine einleitenden Floskeln, kein »Vergib mir, Vater, denn ich habe gesündigt«. Niemand kann ihm Gebete und Buße auferlegen. Nur seine eigene, flüsternde Stimme ist da in der Dunkelheit.

Meine Mutter nimmt meine Hand. Meine Mutter nimmt mein ... Mein ... Es wird steif. Sie. Das Bett. Wenn ich schlafen soll. Der Busen. Der Geschmack. Meine Mutter hält meinen Kopf. Übelkeit. Geschmack. Geruch.

Komm her, Olivier. Ihre Hand auf meiner. Ihre Finger. Benutz die Zunge, Olivier. So. Und so. Etwas mehr. Und noch mehr. Und noch mehr.

Das dunkle Holz des Beichtstuhls unter seiner Hand ist schmutzig. In diesem stickigen Kabuff haben Menschen seit Hunderten von Jahren Angst und Reue geschwitzt, sie haben unter Gottes allwissendem Blick den Kopf gebeugt und waren bereit, jede Buße zu tun, um der Strafe zu entgehen, aber wer sich hier strafbar gemacht hat, wer das Opfer ist und wer sich versündigt hat, davon erzählt die Geschichte nichts.

Gott sieht ihn. Der ganze Beichtstuhl ist ein Auge, Gottes Auge, und Gottes Ohr hört ihn hinter dem Gitter des Beichtstuhls, aber Gott hat ihn damals im Stich gelassen. Gott war nie eine Hilfe, und jetzt ist es zu spät.

Der Schmerz in seiner Hand weckt ihn. Er hat mit den Knöcheln gegen das harte Holz geklopft. Gott ist sein Gegner, und er klopft immer weiter, bis der Schmerz vergeht und Gott in die Flucht geschlagen ist, nicht mehr Gott soll sein Bekenntnis hören, sondern Edda. Edda soll ihn anhören. Edda soll verstehen.

Der Traum, Edda. Carolina. Meine Hand. Unter dem Kleid. Auf ihrem Schenkel, ihrem schönen Schenkel. Ihrem weichen Hintern. Meine Hand. Mutters Hand. Es muß aufhören. Es muß ein Ende haben.

Aber es geht weiter. Und weiter. Stundenlang geht es weiter. Wie die Worte, die über seine Lippen kommen, über Scham und Schuld und erzwungenes Schweigen. Wie das Schluchzen, das ihm die Brust zerreißt.

Jedes Wort, jede Träne nimmt einen Schmerz mit. Schließlich ist er ganz leer.

Die Worte sind gesagt. Das letzte Geheimnis ist preisgegeben. Er hat niemanden um Vergebung gebeten, denn er hat keine Sünde begangen. Ein Kind weiß es nicht besser. Ein Kind tut, was seine Mutter sagt. Was sollte es auch sonst tun? Träume kommen, wann es ihnen gefällt. Was in den Träumen passiert, dafür ist niemand verantwortlich. Wenn man wach ist, versündigt man sich.

Er hatte nicht um den Traum gebeten. Genausowenig hatte er um das andere gebeten.

Carolina ist seine Tochter. Er ist ihr Vater.

Olivier erhebt sich. Sein Knie schmerzt gewaltig, als er den Weg zurück in die stürmische Dunkelheit ertastet, aber er merkt es kaum. Die Straßen sind menschenleer, die Lichtkreise der Straßenlaternen markieren seinen Weg zurück.

Von einem Lichtkreis zum anderen. Schließlich steht er vor der Tür des Hotels.

Zwei Fenster im ersten Stock sind immer noch erleuchtet. Sie sind wach dort oben. Vielleicht warten sie auf ihn.

Joyce

Das Haus nimmt mich nicht gerade in Empfang.

Sein Bewohner hat mich eingelassen und mir eine Couch angeboten. Keine Willkommensrituale, keine ausgesprochenen Forderungen und Erwartungen aneinander. Keine im Haus geltenden Regeln, du machst dies, und ich mache das, keine Musik nach Mitternacht.

Keine Bereitstellung von Bettwäsche und Handtüchern, kein Verteilen von Schlafplätzen.

Es ist auch nicht so, daß ich derartiges vermissen würde.

Unter einer klebrigen dunkelbraunen Schicht verbirgt sich eine Küche. Unter einer rostfarbenen und schwarzgrauen Schicht etwas, was man mit etwas gutem Willen als Badezimmer bezeichnen könnte.

Wenn Jesse nicht gerade Joints rollt oder raucht oder ein zerfleddertes Taschenbuch auf der anderen Couch liest, hackt er irgendwo in den Kellerregionen des Hauses Brennholz. Das rhythmische Schlagen der Axt punktiert die Stille, die notwendige Stille, die heilende Stille, aber das Feuer muß gefüttert werden. Auf das Feuer kann ich nicht verzichten.

Die Hitze ist intensiv. Mein Sweatshirt ist schweißnaß, aber ich kann nicht genug bekommen und verwandle nach und nach das Kaminzimmer in eine Sauna, in einen Ort, an dem sich böse Geister austreiben lassen.

Jesse protestiert nicht. Genaugenommen sagt er kein Wort. Schweigend segeln wir durch die Stunden, durch die Tage und durch die Nächte. Schweigend legen wir uns zum Schlafen, zumindest tue ich das.

Wenn meine Blase mich morgens weckt, ist Jesse verschwunden. Irgendwo im Haus hat er wohl ein Bett. Das interessiert mich nicht. Jedenfalls solange man mich auf meiner Couch in Ruhe läßt.

Ich stochere in der Glut des Kamins und lege Brennholz nach. Schlafe im Schein des Feuers wieder ein. Mein Kopf ist leer, mein Schlaf tief und traumlos.

Der Schnee drapiert seinen Pelzkragen um die Fenster und schlägt gegen die Fenster, wenn der Wind zunimmt. Ab und zu rutscht ein Schneebrett vom Dach, und Jesse sieht kurz von seinem Buch auf. Dann ist es wieder still.

Es knistert im Kamin. Ein Funken springt auf die Schieferplatte. Draußen ist es dunkel geworden, und Jesse steht auf und macht Licht an.

Mein Poncho bedeckt die dreckigen Stellen der Couch, und ich liege auf dem Rücken und sehe an die Decke, wo eine Spinne in dem warmen Luftstrom hin und her schaukelt.

Kein Summen ist zu hören, kein Schwirren von dünnen Flügeln setzt die Luft in Bewegung. Wovon sich die Spinne ernährt, ist ein Rätsel. Aber sie lebt. Ich habe gesehen, wie sie sich dort oben bewegt. Sie lebt. Sie überlebt. Vielleicht wartet sie auf bessere Zeiten. Vielleicht hält sie nur inne. Vielleicht hat sie jegliche Hoffnung aufgegeben.

Eines Tages schneit es nicht mehr. Eine neugeborene Sonne schickt einen vorsichtigen Strahl durch die Schmutz-, Ruß- und Staubschicht der Fenster und läßt ihn auf mein schlafendes Gesicht fallen.

Ich schwinge die Beine über den Rand der Couch. Eine Reihe von raschen Dehnübungen, die ersten seit Wochen, lassen mich vor Schmerzen aufstöhnen.

Selbst wenn man die Zeit anhält, geht der Verfall weiter.

Geschmolzener Schnee läuft an den Scheiben herunter. Durch eine von ihnen kann ich eine Gestalt mit einer Schaufel ausmachen, die damit beschäftigt ist, die Verbindung zur Umwelt, an deren Existenz ich bereits zu zweifeln begonnen hatte, wiederherzustellen.

Eine Umwelt, in der die Leute duschen und die Unterwäsche wechseln, als sei das ganz natürlich, und in der Zahnbürsten regelrecht als Notwendigkeit gelten.

Ich halte die hohle Hand vor den Mund und schnuppere. Mein Atem stinkt. Meine Zähne wackeln. Ich massiere mein Zahnfleisch und habe Blut auf der Fingerspitze. Die Substanz unter meinen Fingernägeln verrät mir, daß Jesse nicht der einzige ist, der sich in den Haaren kratzt.

Mein fast leerer Rucksack enthält außer meinem Augen-Make-up nur eine zerknitterte Zeitung und eine Schachtel Kopfschmerztabletten.

Die Zeitung ist drei Wochen alt. Ich werfe sie in den Kamin. Sie flammt kurz auf, und ein paar Ascheflocken segeln ins Zimmer.

Auf dem Bord vor dem Badezimmerspiegel sträubt sich eine abgenutzte Zahnbürste. Sämtliche Schränke sind mit schweren Vorhängeschlössern versehen.

Das Wasser, das in der Küche aus dem Wasserhahn kommt, riecht nach Erde und schmeckt nach Eisen. Eine rostfreie Schüssel auf einer Zeitung neben der Küchentür enthält noch einen Schluck Wasser. In einer zweiten Schüssel befindet sich ein Rest Trockenfutter.

Die Staubflocken im Kaminzimmer sind möglicherweise mit Hundehaaren durchsetzt. Der eine oder andere Pfotenabdruck könnte meiner Aufmerksamkeit entgangen sein. Ein Hund hat sich jedoch nicht blicken lassen, das hätte ich selbst in meinem Zustand bemerkt.

Die Gasflamme vom Herd sengt mir die Haare von den Fingern, aber ich brauche einen Kaffee. Ein Becher steht dampfend auf dem Küchentisch, als Jesse hereingepoltert kommt.

»Willst du auch?«

Ich habe mich erhoben, zu Diensten, um meinen guten Willen zu zeigen, aber Jesse kehrt mir den Rücken zu. Seine Stiefel hinterlassen kleine Seen grauschmutzigen Wassers.

Jesse setzt sich in den Schaukelstuhl am Fenster. Die Sonne beleuchtet die tiefen Falten um seinen Mund. In dem Lichtstreifen, der auf die Staubkörner fällt, erinnert er an einen alten Mann.

Er sagt etwas. Das ist so lange her, daß ich beim Geräusch seiner Stimme zusammenzucke.

»Bist du verheiratet?«

»Ich war es.«

Die folgende Pause wirkt unendlich. Ich breche das Schweigen.

»Hast du einen Hund?«

»Ich hatte einen.«

Jesse schließt die Augen. Die Unterhaltung ist beendet.

In den Rohren der Regenrinne gurgelt das Schmelzwasser. Schwere Tropfen klatschen auf das Fensterbrett, und der Himmel ist eine bemalte Wand. Der Schrei eines Raubvogels zerreißt die Stille.

Wilde Truthähne kollern in der Dämmerung, und ein weiterer Tag ist vergangen. Noch ein Tag eines schwesternlosen Lebens, und ich kann immer noch Luft holen. Mein Atem riecht möglicherweise nach Tod, aber ich hole noch Luft.

In dieser Nacht peitscht mich ein Alptraum von der Couch. Ich taumele in die Dunkelheit und heule wie ein Tier, ich stolpere über Teppiche und schlage mich am Türrahmen blutig, ich falle unbekannte Stufen hinunter und scheuere mir die Knie auf Zement auf. Ich reiße mir die Fingernägel an einer Tür auf, die sich öffnet und mich einläßt, in einen Raum, eine Höhle, und dort drinnen ist ein Monster, und nichts kann mich mehr retten.

Es wird Licht gemacht, das das Monster in die Flucht schlägt. Das Licht des Feuers hält das Wilde auf Abstand, hält die Gefahr in Schach, im Lichtkreis kann dir das Böse nichts anhaben, aber dieses Licht ist kein solches Licht. In diesem Licht entstehen die Monster.

Eines von ihnen sitzt auf der Bettkante. Eines von ihnen erhebt sich im Lampenschein und will eine Decke um sich wickeln, aber die Decke gleitet beiseite, und das Monster ist weder Mann noch Frau. Wo das Geschlecht hätte sein sollen, ist nur Haut, die Haut eines Riesen, ein Ungeheuer mit Echsenhaut an Bauch und Schenkeln und mit einem Plastikbeutel. Ein Plastikbeutel, der halb mit einer gelben Flüssigkeit gefüllt und auf der Haut der Echse festgeklebt ist, auf dem Bauch des Monsters, diese Haut ist nicht schuppig, sie glänzt wie Perlmutt, mit einem Muster wie die Schwangerschaftsstreifen auf meinem eigenen Bauch, knittrig wie Batikseide.

»Geh schon.«

Jesses Stimme. Jesse legt seine Hand auf meine Schulter und dreht mich zur Tür.

Den Rest der Nacht liege ich zitternd unter meinem Poncho.

Im Haus ist es still, aber irgend etwas bebt irgendwo, irgend etwas regt sich, kaum merklich, aber von Bedeutung.

Der ganze nächste Tag vergeht, ohne daß Jesse sich zeigt. Einmal höre ich irgendwo im Haus so etwas wie das Klappern einer Schreibmaschine. Etwas später das Geräusch eines Garagentors, das geöffnet wird. Vom Fenster aus sehe ich das Auto davonfahren. Das schlammige Schmelzwasser spritzt hinter den breiten Reifen auf.

Ich bin allein im Haus. Selbst die Spinne hat ihren Posten über meinem Kopf verlassen. Bestenfalls spinnt sie sich in Erwartung der Frühjahrsfliegen gerade ein neues Netz. Die Dunkelheit sikkert durch alle Ritzen herein. Im Kamin ist das Feuer erloschen, aber im Korb liegt genug Brennholz, um mich durch die Nacht zu retten.

Falls Jesse nicht zurückkommt. Aber er muß zurückkommen und mir eine Chance geben, das zu beenden, was wir nie beginnen konnten.

Ich verspreche zuzuhören, Jesse. Wie auch immer deine Geschichte klingen mag, verspreche ich, ihr mein Ohr zu schenken. Vielleicht wäre es ja gut für uns beide, wenn du sie erzählen würdest.

Alle noch funktionierenden Lampen im Wohnzimmer habe ich angemacht, damit du den Weg zurückfindest. Selbst eine Lampe, die bisher unter dem Schnee verborgen war, funkelt als vorsichtiges Leuchtfeuer draußen auf der Terrasse.

Aber Jesse kommt nicht zurück. Die Morgensonne findet mich allein auf meiner Couch. In der Garage ist ein Ölfleck, wo das Auto hätte stehen sollen. Ich öffne das Tor und setze mich auf eine Kiste in die Einfahrt.

Der Himmel ist wolkenlos. Die Sonne prallt auf mein Gesicht. Es handelt sich nur um Sekunden, bis ich mit Sommersprossen bedeckt bin. In wenigen Minuten wird sich meine versengte Haut ablösen. Trotzdem bleibe ich sitzen. Die Stunden vergehen, und ich bleibe sitzen.

Irgendwann rumpelt ein Schneepflug den Berg herunter, ein Mann in Arbeitskleidung hebt seine Hand zum Gruß. Ein paarmal kreist ein Hubschrauber lärmend über meinem Kopf, steigt dann auf und gleitet seitlich über den nächsten Bergrücken. Dann wird es ein weiteres Mal still um mich herum.

Das Telefon ist seit meiner Ankunft stumm geblieben, aber die Leitung funktioniert.

Die Nummer steht auf einem Block, der auf der Fensterbank liegt. Eine schrille Kinderstimme antwortet.

»Kann ich mit deiner Mutter sprechen?«

Courtneys Stimme ist leicht wiederzuerkennen, schnell und atemlos. Courtneys Kleinkinder lärmen im Hintergrund und haben mehr Anspruch auf Aufmerksamkeit als das mögliche Verschwinden eines Exmanns. Was ich eigentlich von ihr erwarten würde? Sie sei verdammt noch mal in Arizona, und Jesse rufe sie auch nur an, wenn er betrunken oder high sei und sie verbal überfallen wolle. Diese Formulierung gebraucht sie, verbaler Überfall.

»Warum rufst du nicht einfach die Polizei an?«

Warum eigentlich nicht?

In dem Augenblick, in dem ich auflege, hält ein Auto vor dem Haus.

Aber das ist nicht Jesse. Uniformen und Suchhunde, Männer und Tiere, die ihre Sache beherrschen. Die Hunde schnüffeln an Jesses gelbem Sweatshirt und verschwinden den Abhang hinauf.

Einer der Männer fragt, wer ich sei.

»Eine Freundin«, antworte ich.

Entschuldige, Jesse. Wäre ich deine Freundin gewesen, dann hätte es an diesem Tag nicht von Polizisten und Hunden gewimmelt. Hättest du Freunde gehabt, dann hätte dein Anwalt nie den Brief bekommen, den er mir persönlich zwei Tage später überbrachte und der jetzt auf meinen Knien liegt.

Hier, wo ich sitze. In deinem Schaukelstuhl auf deinem zerschlissenen Kissen. Es ist voller Hundehaare, es sind die Haare deines Hundes, der immer geblieben war, nachdem sich alle anderen aus dem Staub gemacht hatten, dein Hund, den du an jenem Morgen, bevor wir uns in einer Nische in Dot's Diner begegneten, getötet hattest.

Ich lese deinen Brief. Den Brief des Anwalts und deinen Brief. Immer wieder lese ich sie. Schließlich kann ich sie auswendig.

Zum Schluß ergeben sie einen Sinn.

Jesses Geschichte

Joyce, ich finde, Du hast Anrecht auf eine Erklärung, oder vielleicht schreibe ich auch nur meinetwegen.

Als ich Dich auflas, hatte ich mich schon entschieden. Ich hatte zum letzten Mal in diesem Wartezimmer gesessen. Zusammen mit den Transen, die darüber quasselten, was sie nach überstandener Operation mit ihrer neuen Ausrüstung anfangen würden.

Du hast gesehen, was mit mir geschehen ist.

Mein gelungenstes Werk. Einundzwanzig nackte Typen, die auf Bomben ritten, ich selbst in der Mitte. Meine Bombe war die größte. Die der anderen waren mit Lötlampen montiert. Meine hatte einen verdammten Flammenwerfer unter der Haube. Alles war feuersicher. Die Werkstatt hatte es versprochen, aber was hilft das schon, wenn der ganze Dreck explodiert.

Die Explosion kostete mich die ganze Haut, den Schwanz und die Eier. Verbrennungen dritten Grades an fünfunddreißig Prozent des Körpers.

Das schlimmste war, daß sich alle über mich lustig machten. Ein Mann, der mit dem Dreck nicht besser umgehen kann, als daß er sich seinen eigenen Schwanz wegsprengt. Wir haben es hier mit Idioten zu tun. Mit Leuten, die es nicht besser wissen, die eine Heidenangst davor haben, ihre eigene Manneskraft zu verlieren, aber was spielt das schon für eine Rolle, wenn man keine Bar mehr betreten kann, ohne ihre Kommentare zu hören.

Ein paar Monate später war der Krieg vorbei. Ich kann nicht behaupten, daß das mein Verdienst gewesen wäre, aber ich bedauere nicht, daß ich damals protestiert habe. Auf meine Art. Obwohl es mich letzten Endes teuer zu stehen kam.

Ich habe seither nicht mehr gearbeitet. Ich rauche einiges, das hast Du ja gesehen. Das kostet, und ich deale deswegen auch, damit ich es mir leisten kann. Ich mache eine Einkaufsreise im Auftrag von jemandem, wenn mir das Geld ausgeht. Die Versicherung fand, es sei meine eigene Schuld gewesen. Mein Vater nahm eine Hypothek auf, um die Krankenhausrechnungen zu bezahlen. Als die letzte Rechnung bezahlt war, machte sein Herz schlapp. Er war mein einziger Verwandter außer Courtney.

Courtney meinte, wir würden das schon schaffen. Als gute Ehefrau hielt sie zu ihrem Mann, und zwar genau acht Monate lang.

An jenem Morgen bei Dot's hatte ich meinen Entschluß gefaßt. Beim Veterinär verstanden sie nicht, was ich wollte. Der Hund war noch jung und vollkommen in Ordnung. Hört schon auf und bringt ihn um, sagte ich. Da stellten sie keine weiteren Fragen mehr.

Ich nahm Dich mit nach Hause, weil jemand wissen sollte, daß ich das Haus verließ, um nicht zurückzukehren. Es war Zufall, daß Du das warst.

Der Schneesturm durchkreuzte meine Pläne. Es soll draußen passieren. Das Haus soll nicht versaut werden.

Es schneit nicht mehr. Bald fahre ich ins Tal und werfe den Brief ein. Das Auto lasse ich stehen. Wenn Du den Weg drei Kilometer weit talwärts gehst, findest Du es. Der Schlüssel liegt auf der rechten Sonnenblende.

Ich ziehe meine Schneeschuhe an und nehme mein Gewehr mit. Ich finde schon eine Stelle. In der Dämmerung finde ich sie, in der Dämmerung kommen die Pumas hervor. Ich habe eine Stelle ausgesucht, von der ich weiß, daß sie sie aufsuchen. Sie gehen auf frisches Aas. Wenn der Sommer kommt, sind nur noch Knochen übrig. Das ist sauber. Das ist fast hübsch.

Ich weiß nicht, was Du für ein Problem hast, Joyce. Ich hoffe, daß ich nicht ein weiteres hinzufüge, wenn ich Dir jetzt mein Haus hinterlasse. Als Dank dafür, daß Du hier warst, als der Schnee fiel. Es ist ein gutes Haus. Ich habe es vom Erbe meines Vaters bezahlt. Es ist besser, als es aussieht. Vielleicht kann man sogar darin wohnen.

Mein Anwalt kümmert sich um die Formalitäten. Ich wünsche Dir viel Glück.

Jesse

Edda

Die Hoffnung hat dich zurückgebracht, Olafur.

Aber erst mußte ich Carolina trösten.

Dein Vater hat zugeschlagen.

Ein Vater darf nicht schlagen, Carolina. Kein Mann darf schlagen. Nicht daß dein Vater dich absichtlich schlagen würde. Dein Vater liebt dich. Wie er mich liebt. Und noch mehr. Viel mehr. Bis in alle Ewigkeit liebt er dich. Mehr, als ein Mensch begreifen kann.

Schläge lassen sich nicht verzeihen. Schläge lassen sich nicht verstehen.

Carolina versteht nicht. Ich wollte ihm doch nur das Hemd zuknöpfen, sagt sie. Ein kleines Mädchen kauert sich auf meinen Schoß. Läßt sich von mir die Tränen abwischen. Der Zorn ist weg. Der Zorn, der Carolina wie ein Schatten folgt, ist weg.

Wir befinden uns jetzt in der Dunkelheit, Carolina. In der Dunkelheit fällt es schwer, den Weg zu finden. Aber wir können unsere Stimmen hören. Und wir können uns Mühe geben.

»Bald kommt dein Vater. Dann empfangen wir ihn. Wir müssen ihn empfangen. Sein Unglück ist größer als deines und meines.«

Aber er kommt nicht. Die Stunden vergehen, und er kommt nicht. Vielleicht ist er für immer weg.

Carolina weint. Zu dieser nachtschlafenden Stunde sollte sie im Bett liegen. Morgen hat sie Schule, der Alltag wartet. Aber was ist, wenn Vater nicht zurückkommt? Wenn er nie mehr zurückkehrt?

Es ist nicht deine Schuld, Carolina. Ich weiß nicht, wessen Schuld es ist. Vielleicht ist es etwas, was niemand wissen soll.

Olafur ist irgendwo dort draußen. Das spüre ich. Irgendwo da draußen im Sturm und in der Dunkelheit spricht er zu mir, und ich höre zu.

Was auch immer du mir erzählst, Olafur, was auch immer du zu sagen hast. Ich höre zu. Das verspreche ich dir. Du bist dort draußen, und was auch immer du zu sagen hast, höre ich zu. Ich trage deine Last, so wie du meine getragen hast.

Die Nacht vergeht, so wie alle Nächte vergehen. Bald wird es Morgen.

Jetzt putzen wir die Zähne, Carolina. Jetzt ziehen wir unsere Nachthemden an.

Jetzt setzen wir uns in meinen Lehnstuhl, die Füße auf dem Lammfell. Es ist nach all den Jahren recht abgenutzt, aber immer noch weich, und es riecht nach Geborgenheit.

Unsere nackten Zehen graben sich in die Wolle. Unsere Füße ähneln sich. Klein und hübsch mit einem hohen Spann. Meine haben nie zu meinen kräftigen Beinen gepaßt. Deine sind perfekt, so wie du perfekt bist, meine Tochter, mein Licht.

Eine Geschichte.

Es ist lange her, daß du meine Geschichten hören wolltest, Carolina. Jetzt bekommst du eine. Von einem Mann, der Gunnar hieß. Ein Vogelfreier, der seinen Hof verlassen mußte und nie mehr zurückkehren durfte.

Gunnar reitet vom Hof. Niemand sieht ihm nach.

Auf dem Weg fort muß er über eine Brücke reiten. Ein Brükkenbalken ist unter dem Schnee des Winters verrottet. Ein Pferdehuf gerät ins Rutschen. Das Pferd stolpert und verliert seinen Halt.

Gunnar steigt vom Pferd. Er will es über die Brücke führen, damit sie sie sicher passieren können.

Der Abhang hinter ihm ist grün, das Gras üppig. Die Sonne funkelt im Tau.

Gunnar sieht dieses Grün. Sieht die Sonne. Die Tautropfen. Den Himmel. Die Blumen. Er steht da und schaut. So lange, daß das Pferd ungeduldig mit den Hufen stampft.

Gunnar steigt aufs Pferd. Aber er reitet nicht weiter. Er reitet den Weg zurück. Zum Hof. Zurück zum grünen Abhang. Zurück zu dem Haus, in dem er und seine Familie zu Hause sind.

»Kommt Vater zurück?« fragt Carolina.

Wenn wir darauf hoffen, dann kommt er.

Carolina ist auf das Lammfell hinabgeglitten. Sie ist eingeschlafen, als ich Olafur auf der Treppe höre.

Ich gehe ihm entgegen. Ich lege einen Finger an die Lippen.
Wer schläft, den soll man nicht wecken, Olafur.
Es ist Zeit genug.

Joyce

Ich wohne auf einem Berg.

Vögel haben Nester. Der Puma, der seine Zähne in Jesses entseelten Körper grub, hat irgendwo eine Höhle. Ameisen haben Haufen, Bienen Waben. Präriehunde strecken ihre kleinen Köpfe in die Luft und nehmen Witterung auf, dann verschwinden sie. Hinab in einen Bau unter der Erde, hinab in die behagliche Dunkelheit.

Die Schnecke trägt ihr Haus auf dem Rücken. Dieses Bild kommt meinem eigenen Leben am nächsten, aber der Vergleich hinkt. In der Heimatlosigkeit fühlte ich mich zu Hause. Bis Marge starb.

Jetzt wohne ich in einem Haus. Ich wohne. Ich lasse das Wort auf der Zunge zergehen. Ich spaziere um das solide Holzhaus herum. Vom Schnee sind nur noch zerbrechliche Reste in den Senken übriggeblieben, in die die Sonne nicht vordringt. Ich gehe durch den Tannenwald, bis ich zu einem anderen Weg gelange, von dem ich nicht weiß, wohin er führt. Ich will es am liebsten auch gar nicht wissen.

Meine Füße in den Stiefeln gleiten auf den Tannennadeln nur so dahin. Jesses Schuhwerk ist mir sechs Nummern zu groß, aber ich besitze sonst nichts, ich muß nur das Gleichgewicht halten, und das tue ich. Mit festen Schritten schreite ich Abstände ab, mit einer viereckigen Stiefelkuppe markiere ich mit einem Strich die Grenze meines Besitzes. Bald habe ich einen Überblick über jeden Baum, jeden Busch und jeden Ameisenhaufen am Weg.

Mein Besitz. Das steht auf diversen Papieren, es muß also wahr sein. Du wolltest mir kein neues Problem aufhalsen, Jesse. Ich kann es nur auf eine Art ausdrücken: Du hast mir eine Lösung gegeben. Eine, zu der meine Phantasie nicht ausgereicht hätte. Wie auch immer deine Beweggründe ausgesehen haben mögen, warst du klüger, als ich es je gewesen bin.

Dein Anwalt hat die Beerdigung organisiert. Während der Feier, die kurz und formell war, dachte ich an Marge. An den Unterschied, der darin besteht, etwas zu haben, das man zurücklassen kann, und nichts zu haben. Jemandem zu fehlen und niemandem zu fehlen.

Du fehlst niemandem, Jesse. Es wäre eine Lüge zu behaupten, daß du mir fehlst. Aber ich denke an dich. Denke an dich mit einer Zärtlichkeit, die uns beiden in unserem früheren Leben peinlich gewesen wäre. Vor allen Dingen denke ich an dich voller Dankbarkeit.

Du hast mir dein Haus gegeben. Vielleicht kann man sogar darin wohnen, hast du geschrieben. In aller Demut tue ich mein Bestes.

Mein Stipendium habe ich für eine Weile aussetzen lassen. Jetzt konzentriere ich mich darauf, dort zu sein, wo ich bin. Etwas, was für andere vermutlich den Normalzustand darstellt.

Drei Tage in der Woche stehe ich zwischen acht und achtzehn Uhr an einem Grill, und zwar unten in Dot's Diner. Der jetzige Besitzer ist übrigens ein Mann – Jimmy ist der Sohn der ursprünglichen Dot und hat immer Jobs zu vergeben. Nach ein paar Tagen verstehe ich, warum, bleibe aber trotzdem hängen. Der Job bringt mir das Notwendigste ein, und nach Feierabend kann ich Reste mit nach Hause nehmen, eine etwas zu weiche Melone, eine Tüte Bagels, die schon einen Tag alt sind, und trockene Muffins. Den Kaffee meide ich.

Mein Speck ist knusprig, und meine Hamburger sind schwarzgestreift, aber nicht trocken. Ich entwickle Talent darin, Spiegeleier zu wenden, zumindest hat sich noch niemand beklagt.

Die anderen Angestellten sind Studenten. Als Dozentin haben mich meine Studenten verehrt, hier bin ich eine von ihnen. Erledige denselben Drecksjob für denselben Deckslohn. Dafür bin ich doppelt so alt, und niemand redet mit mir. Das macht mir nichts aus. Ruhe und Frieden, das kann ich gebrauchen. Alles andere muß warten.

Der Job ermöglicht es mir, mich an meinen Berg zu gewöhnen.

Das Wohnen ist etwas, was ich von Grund auf lernen muß, und ich gehe es vorsichtig an.

Die ersten Wochen, nachdem der Sack mit Jesses sterblichen Überresten den Berg herabtransportiert worden war, unternahm ich nichts. Schlief auf der Couch ein und aß meine Erdnußbutterbrote stehend am Küchentisch. Ich bildete mir ein, daß ich das tat, um sein Andenken zu ehren, bis ich eines Morgens das Brennholz hackte, das ich für den Tag brauchte, und mir mitten in einem Axthieb aufging, daß das nur eine schlechte Ausrede war.

Die Schmutzschicht von den Wänden und der Decke des Kaminzimmers ist verschwunden, sogar die Fenster habe ich von innen und außen gründlich gereinigt. Eine Spinnwebe lasse ich aus alter Freundschaft hängen. Das Frühlingslicht hüllt mich und die Sofas ein. Auf den Sofas liegen indianische Decken, die ich auf einem Flohmarkt zusammen mit zwei ausgeblichenen Hängematten für meinen ersten Lohn erstanden habe. Die eine wird mein Schlafplatz. Fest verankert in den Balken des Kaminzimmers beschert sie mir einen schwerelosen Nachtschlaf zwischen Himmel und Erde.

Die Vorhängeschlösser im Badezimmer säge ich mit einer Metallsäge aus der Garage ab. Jesses Urinbeutel und seine übrigen Hilfsmittel landen zusammen mit seinen ausgeleierten Unterhosen und brandfleckigen Decken im Mülleimer. Das Holzkästchen mit seinem Warenlager endet im Kaminfeuer. Es reicht aus, um sämtliche Vögel in mehreren Meilen Umkreis eine Woche lang high werden zu lassen. Mich interessiert es nicht.

Eine Kühltruhe, die so groß ist wie ein Sarkophag, enthält in Plastik verpackte, bei der Jagd erlegte Vögel unter einer dezimeterdicken Eisschicht. Ich hacke ein Paket nach dem anderen los und lege es als Gruß von Jesse den Raubvögeln hin.

Die Waschmaschine funktioniert, und ich wasche. Jeden Morgen eine Maschine, und alte Sweatshirts erhalten neues Leben, stockfleckige Laken bleiche ich in der Sonne. Die Wäsche duftet nach Frühling, wenn ich sie bei Sonnenuntergang von der Wäschespinne nehme. Die Luft duftet mild und etwas bitter nach Butterblumen und schmelzendem Eis. Der Himmel gibt sich alle Mühe, so auszusehen wie eine Ansichtskarte.

Der Whirlpool auf der Terrasse vor dem Kaminzimmer hat wunderbarerweise den Winter überlebt, einen einzelnen Sprung habe ich repariert und hoffe, daß es hält.

Die Milchstraße, jedenfalls glaube ich, daß sie es ist, leuchtet über meinem Kopf, als ich in das heiße Wasser gleite. Der Mond geht stumm und japanisch über den Tannenwipfeln auf.

Der Wind hat nachgelassen. Die Kojoten heulen in der Ferne, sonst ist die Nacht still.

Die Jahreszeiten gehen mir hier auf meinem Berg unter die Haut. Ich kann mich gegen sie nicht wehren, kann mich nur anpassen und versuchen zu genießen, was sich noch genießen läßt. Ein lindernder, tröstender Zyklus umrahmt mein Leben, und alles ist Anfang und Ende, oder nichts beginnt oder endet, wie auch immer man es sehen will.

An einem Tag ist etwas eine Knospe, am nächsten eine Blüte. Der Schmetterling mit seinen leuchtenden Flügeln war gestern noch eine Raupe, heute wird er von einem Vogel aufgeschnappt, der noch vor einem Monat in einem Ei lag, und wenn der Winter kommt, wird mich dieser Vogel verlassen, er wird dann mit dem Tauwetter zurückkehren und ein Ei legen, und alles wird von vorn beginnen.

Das Netz der Kreuzspinnen versperrt mir bei meinen Trainingsrunden den Weg auf den Berg, und ich schlage einen anderen Pfad ein. Meine Bedürfnisse sollen niemanden daran hindern, sich zu entfalten. Die Kellerasseln trage ich auf einem Stück Pappe nach draußen, und selbst die Mücken bekommen noch eine Chance.

Ich sitze im schwächer werdenden Licht mit einem Buch auf der Terrasse. Es ist Spätsommer. Unten im Tal zittern die Blätter der Espe im Wind. Im nächsten Moment ist es so still, daß ich hören kann, wie die Ameisen die Reste meines Abendessens über die Kiefernnadeln schleppen.

Die Dämmerung kommt langsam. Zwischen den Bäumen funkeln die Glühwürmchen.

Die Glühwürmchen. Das letzte, was Marge gesehen hat, ehe sie über die Kühlerhaube des Pick-ups in den Tod geschleudert wurde. Zu Anfang ertrug ich ihren Anblick nicht, aber im Verlauf des Sommers sind sie für mich zu einem Halt geworden, ein Gruß von Marge. Eine Art, mit ihr zusammenzusein, ehe die Nacht mich und mein Haus verschluckt.

Es wird Herbst mit glühenden Farben und zitterndem Espenlaub, und eines Morgens hat der Winter eine kleine Vorwarnung hinterlassen, eine Schicht Rauhreif auf der Terrasse, nicht der Rede wert, aber zwei Tage später verschwindet er schon nicht mehr. Es wird ein eisiger, stürmischer Winter, und ich muß bei einer alten Kollegin unten in der Stadt übernachten, als das Wetter die Straßen unpassierbar macht.

Melinda hat mehrere Winter bei den kanadischen Inuit zugebracht und ist die Richtige, um sich ein Iglu mit ihr zu teilen. Melinda ist so schüchtern, daß es fast schon an Desinteresse grenzt, und solange ich nach einem Traum von Marges leblosem Körper mit tränennassen Wangen erwache, solange mir der Gedanke an Mutter und ihre leblosen, weißen Stoffturnschuhe immer noch die Tränen in die Augen treibt, gibt es Dinge, über die ich nicht sprechen will. Joyce Wortreich ist in diesen Monaten stumm, dafür hält mich Melinda über das Kommen und Gehen im Institut auf dem laufenden, und die Intrigen, die mir nicht gefehlt hatten, werden aufs neue wichtig. Jemand ist krank, eine andere schwanger, jemand hat sich unmöglich benommen, aber das wird sich schon alles wieder einrenken. Der Dekan ist verbissener denn je, aber selbst wenn er wollte, kann er mir mein gutes Recht nicht verweigern, nämlich an meinen alten Arbeitsplatz zurückzukehren, wenn das Herbstsemester beginnt.

Am Rand meines Bewußtseins treiben meine vernachlässigten Aufgaben vorbei. Am schlimmsten ist Joel. Eine Ansichtskarte aus Paris mit dem Eiffelturm ist das einzige, was ich seit meiner Abreise zustande gebracht habe. Bei meiner Rückkehr war Marge schon tot und begraben, und es war für alles bereits zu spät. Und auf ein reserviertes und höfliches Telefongespräch mit meinem Sohn kann ich wirklich verzichten.

Wenn ich mich an Jesses Schreibtisch setze, um den Brief zu formulieren, der schon längst hätte geschrieben, abgeschickt und gelesen werden müssen, endet es damit, daß ich stundenlang dasitze und auf das weiße Blatt Papier starre. Es kommt vor, daß ich mit der Stirn auf dem Schreibblock davon aufwache, daß der Kugelschreiber zu Boden fällt.

Das Tauwetter ist ungewöhnlich explosiv. Die Schneeschmelze bringt Rastlosigkeit mit sich, und es kommt der Tag, an dem ich ein Paar von Jesses Stiefeln anziehe und den lilafarbenen Parka, der Courtney gehört haben könnte, mich in das Auto mit dem Allradantrieb setze und es den Berg hinunterschlittern lasse.

In der Einfahrt meines Elternhauses ist eine Hochschwangere gerade dabei, ein Kind in den Kindersitz eines großen Kombis zu setzen. Ein großer, beigefarbener Hund springt schwanzwedelnd um ihre Beine, und ich verlangsame nicht einmal, ich fahre weiter, bis ich zu Mary-Anns Haus komme, wo nicht nur die Einfahrt von Autos blockiert ist. Autos stehen am Straßenrand und auch hinter der nächsten Ecke, und ich brauche ein paar Minuten, um einen Parkplatz zu finden, und natürlich hätte ich jetzt schon umkehren sollen.

Die Fahne auf der Veranda. Die Goldschleifen in den Vasen und die Tannenzweige an der Haustür. Worum geht es hier eigentlich? Haben sich die Freunde und Nachbarn versammelt, um das neue Badezimmer zu feiern, wollen sie gemeinsam ein Bad nehmen, oder wollen sie nacheinander die Toilette aufsuchen? Ich muß es einfach wissen.

Niemand reagiert auf mein Klingeln, aber die Tür ist nicht abgeschlossen, und die Rücken der ersten Gäste verraten mir, daß dies ein Fest mit Ambitionen ist. Die Kleidung ist überaus elegant, und auch der Pater ist da.

Der Priester ist der erste, der mich sieht.

»Joyce.«

»Pater Jeremy.«

Das runde Gesicht des Priesters glänzt vor Wohlwollen. Er nimmt meine Hand, und das Gleichnis vom verlorenen Sohn läßt die Luft über unseren Köpfen beben.

Pater Jeremy ist darin geschult, nicht Stellung zu nehmen, Unpassendes zu übersehen und sich auf den Menschen zu konzentrieren, in diesem Fall auf mich.

Pater Jeremys Priesterwangen zittern vor Anstrengung, während er die Löcher in meinen Cowboyjeans, die Harzflecken auf meinem Sweatshirt vom morgendlichen Holzhacken und meine Stiefel ignoriert. Besser gesagt Jesses Stiefel, die bereits zu seiner Zeit dafür bekannt waren, schmutzigen Schnee in ihren Gummifalten aufzusammeln, um ihn dann auf irgendeinem Teppich zurückzulassen.

Es ist immer noch Zeit umzukehren, und warum sollte ich nicht die Beine in die Hand nehmen, statt mich in diesen Film zu begeben, in dem ich gar nicht auftreten will und schon gar nicht in einer Hauptrolle. Ein Film, für den du kein Geld ausgeben würdest, auch wenn er in einem Kino bei dir um die Ecke liefe. Ein Film, bei dem dich jeder Schritt auf noch dünneres Eis führt und darauf abzielt, maximale Peinlichkeit ins Bild zu rücken.

Irgend etwas nagelt mich auf Mary-Anns lavendelblauem Teppichboden fest. Neugier, Schuldgefühle, ich weiß es nicht. Was ich weiß, ist, daß ich es nicht mehr in der Hand habe.

Mary-Ann steht inmitten einer Gruppe gleichaltriger Frauen in nachgemachten Chanel-Kleidern aus Goldlamé und mit Pailletten in Pfauenfarben. Die älteste von ihnen trägt sogar ein kleines Hütchen auf ihrem weißen Haar, und ihre Stimmen schlagen mir entgegen, sie umschließen mich milde und wohltönend, darauf geeicht, jeden Protest zu ersticken, und obwohl ich nicht glaube, ihnen je begegnet zu sein, kenne ich sie. Ich kenne und fürchte sie, so wie der Ketzer die Inquisition fürchtet.

Eine von ihnen hat mich gesehen. Die Unterhaltung verstummt.

Mary-Ann dreht sich um und braucht eine ganze Sekunde, um zu beschließen, daß ich nicht eine Abgesandte aus der Unterwelt sei, die Pater Jeremy in seinen Predigten geflissentlich übergeht.

Auf dem Sideboard entdecke ich etwas, was einem Hochzeitsfoto gleicht. Vater in seinem weißen Smoking ist sonnengebräunt. Mary-Ann mit Blumenstrauß. Exotische Blumen, die Gedanken an Hawaii wecken. Haben sie eine Barfußhochzeit an einem hawaiianischen Strand veranstaltet? Haben sie mir davon erzählt? Wenn, habe ich es vergessen.

»Joyce.«

Mary-Ann hat die nötige Fassung wiedererlangt und heißt mich in wahrhaft christlichem Geiste willkommen. Du willst sicher auch dabeisein und deinen Vater feiern, Joyce.

Was feiern? Vater taucht in der Wohnzimmertür auf. Vater ist der Mittelpunkt des Festes. Er ist ungewöhnlich rotwangig. Vielleicht hat er sich draußen in der Garage einen genehmigt, denn Mary-Ann serviert vermutlich nichts Stärkeres als Apfelsaft.

Das hoffe ich, Vater. Vielleicht können wir einfach von der Gesellschaft verschwinden und irgendwohin fahren. Eine ruhige Bar finden und uns richtig betrinken. Mal Ordnung in das Ganze bringen. Das Ganze. Du weißt schon. Mutter. Marge. Du und ich, die ganze Vergangenheit. Und Zukunft.

Vater. Verdammt.

»Joyce.«

Dann sehe ich es. Vaters Arm liegt auf den Schultern eines schlaksigen Jungen. Vater hat den Arm um einen Jungen gelegt, der so groß und dünn ist, daß sein Kopf einem Ball auf einem Stecken gleicht. Der Junge trägt eine Zahnspange, wie ich sie selbst in seinem Alter hatte, mit elf, fast zwölf, er ist rothaarig, und er ist mein Sohn.

»Joel.«

Alle anderen haben zumindest meinen Namen gesagt, sie haben der Erscheinung einen Namen gegeben. Wie Adam im Paradies.

Aber mein Sohn nicht. Mein Sohn sagt nichts. Mein Sohn windet sich unauffällig aus dem Arm seines Großvaters und verschwindet in der Menge.

Vater schweigt nicht.

»Joyce.«

Die Überrumpelung, das Wiedererkennen, vielleicht sogar eine gewisse Freude, die jedoch gleich von Entsetzen abgelöst wird.

»Joyce. Bleib da, Joyce.«

Aber es ist zu spät, Vater. Ich laufe hinter dem roten Haarschopf und dem mageren hellblauen Hemdrücken her, und da steht er. Seitlich zu mir. Mit dem Rücken zu Dave und das Gesicht David junior zugewandt, mitten in einem schützenden Heer aus Cousins und Cousinen, Megan und Jonathan und die Zwillinge, sie alle sind gekommen, um Großvaters Geburtstag zu feiern und stehen jetzt da und starren mich an.

Sie starren mich an, und es herrscht kein Zweifel. Sie haben

Joyce abgeschrieben, sie gehört nicht mehr zu den Lebenden, sie könnte genausogut eine Außerirdische sein, was die Sache im Grunde genommen nur noch interessanter machen würde.

»Joyce«, sagt mein Schwager.

Dir hätte ich auch schreiben sollen, Dave. Ich hätte dich anrufen und dir meine Hilfe anbieten sollen, wie ich dir hätte helfen sollen, ist mir unklar, aber es gehört sich so. Ich weiß das, Dave, kannst du mir vergeben?

Mary-Anns Stimme rettet mich. Mary-Anns Stimme und eine Geburtstagstorte, rechteckig und groß wie eine Küchentür. Meine Schätzung beläuft sich auf sechzig Kerzen, hier begnügt man sich nicht mit ein paar symbolischen, hier machen wir es gründlich, ein Flammenmeer auf bananengelber Buttercreme, Silberkugeln und kandierten Veilchen. Und dann müssen die Kerzen ausgeblasen werden, man ruft hurra, singt das Geburtstagsständchen und stößt mit etwas Süßem, Moussierendem an, und Vater ist so beliebt, wie es nur richtig harmlose Zeitgenossen sein können, die Freundlichen, Hilfsbereiten und Fürsorglichen, ein richtiger Prachtkerl, obwohl er nie etwas anderes getan hat als das, was auf der Operationsliste stand oder was Mutter und später Mary-Ann ihm nahelegten.

Eine vollbusige Frau, die mir bekannt vorkommt, drückt mir ein Glas in die Hand. Einer von Vaters jüngeren Kollegen lächelt mir gutgelaunt zu. Vater pustet Kerzen aus und läßt sich von Männern mit den Schlachterpranken orthopädischer Chirurgen auf die Schulter klopfen und von ihren unvermeidlich blonden Gattinnen umarmen und auf die Wangen küssen.

Es gelingt mir, mich neben Joel zu manövrieren. Sein Hemd ist frisch gebügelt und sein Krawattenknoten tadellos. Mein Sohn trägt einen Schlips. Jemand, ich gehe einmal davon aus, sein Vater, hat ihm das Krawattenbinden beigebracht. Vater und Sohn vor dem Spiegel im Schlafzimmer, das kurze Ende über das lange, oder war es umgekehrt, so, und dann so.

Auf dem Schlips sind Bilder von Pferden. Keine Teddybären, keine Mickymaus. Nicht zu kindlich, aber auch nicht zu erwachsen.

Meine Hand landet, ohne daß ich sie darum gebeten hätte, in

seinem Nacken, dort darf sie dann ein paar Sekunden lang liegenbleiben, bevor sie mit einer fast unmerklichen Bewegung abgeschüttelt wird.

Um uns herum hat sich der Lärm etwas gelegt.

»Joel«, sage ich, und ich sehe vermutlich aus wie ein Cockerspaniel und klinge wie eine verschmähte Geliebte. »Joel, können wir nicht miteinander reden? Wir könnten doch einen kleinen Spaziergang machen oder uns drinnen zurückziehen. Nur einen Augenblick, Joel.«

Ich weiß nicht, was ich dir sagen soll, Joel, aber ich verlasse mich auf die Eingebung, göttlich oder nicht. Ich will dich nur für mich allein haben, dir in die Augen sehen und darin lesen, was dort zu lesen ist. Ich will dir zu verstehen geben, daß du immer noch eine Mutter hast. Falls du sie haben willst.

Joels Blick irrt herum, er sucht Dave, aber Dave entfernt mit einer rosengemusterten Serviette Buttercreme von Megans Bluse. David junior hat sich einen Schritt zurückgezogen und sieht mich lauernd an. Einen Augenblick lang hat es den Anschein, als würde Joel meinem Druck nachgeben, aber da bricht eine der beiden Zwillingsschwestern in ein Geheul aus. Sie ist Marge wie aus dem Gesicht geschnitten. Beide gleichen Marge wie geklont, das hatte ich vergessen, denn das war gleichgültig, solange Marge am Leben war. Jetzt trifft es mich mitten ins Herz.

Dieser Zwilling ist über einen kleinen sinnlosen Hund gestolpert, den irgendein dummes Frauenzimmer mitgebracht hat, (Nimm sie schon mit, Vera, natürlich soll sie nicht einen ganzen Nachmittag allein bleiben), und der Zwilling schreit wie am Spieß, und seine Schwester schreit wie am Spieß, als hätte der Hund seine spitzen Pudelzähne in ihren Arm gegraben.

Mein Sohn, der eingeborene, nimmt das runde kleine Kind in seine Arme, tröstet es, streicht ihm über den Rücken, und noch ehe ich michs versehen habe, geleitet eine großmütterliche Mary-Ann ihn und den Zwilling zu Desinfektionsmittel und Pflaster, und Joel ist wieder einmal das fürsorgliche, liebevolle Kind, das ich so verzweifelt und hoffnungslos liebe, und wieder einmal ist er außerhalb meiner Reichweite.

Dave hat von der Buttercreme abgelassen. Megan wird losgeschickt, ein neues Stück Torte zu holen, und mein Schwager wendet mir ein ausdrucksloses Gesicht zu.

»Mit dir hatte ich nicht gerechnet.«

Höre ich da Enttäuschung oder Bitterkeit, Dave, ich habe für beides Verständnis. Aber könnten wir Scham und Schuld und Vorwürfe nicht einfach beiseite lassen? Wie kann ich dir verständlich machen, daß ich deine Hilfe brauche?

»Können wir die Erklärungen nicht einfach überspringen?«

»Bleibt mir was anderes übrig?«

Sarkasmus. Ich hatte auch nichts anderes erwartet. Der Lärm um uns herum nimmt wieder zu. Vaters Kollegen stimmen irgendein lustiges Chirurgenlied an, und ihre Frauen brechen in kreischendes Gelächter aus und stellen ihre Jacketkronen zur Schau.

Es gelingt mir, David mit auf die überdachte Terrasse zu locken, wo die Geranien in ihren Töpfen sehnsüchtig auf den Sommer warten, und es gelingt mir auch fast, eine Unterhaltung mit ihm zu führen.

Marge wird nicht erwähnt. Ich wage es nicht, ihren Namen in den Mund zu nehmen. Vielleicht geht es ihm ja genauso, ich kann es nicht beurteilen. Aber es gelingt mir, ihm eine Einladung aus den Rippen zu leiern.

In einem Monat. Nächstes Mal, wenn Joel zu Besuch kommt.

Ein Wochenende im Monat. Das hat Dave durch Verhandlung erreicht, oder ist Theresa einfach nur zur Vernunft gekommen? Wenn letzteres der Fall wäre, dann gibt es auch für mich noch Hoffnung. Wenn ich Glück habe. Wenn ich keine Dummheit mache. Wenn ich die Forderungen erfülle, die ich weder kenne noch verstehe und die ich auch nicht akzeptieren würde, wenn ich die Wahl hätte.

Der Monat schleppt sich dahin. Einige Nächte schlafe ich überhaupt nicht, andere dafür so tief, daß ich den Wecker nicht höre und Jimmy anrufen und Migräne vorschützen muß. Die habe ich zwar noch nie in meinem Leben gehabt, aber es heißt, daß die selige Dot daran gelitten habe, so daß Jimmy dafür Verständnis aufbringen müßte.

Endlich kommt der Freitag, an dem ich die staubige Frühsommerstraße Richtung Highway entlangrumpele.

Mein neugekaufter Rollkoffer ist randvoll mit Geschenken, Indianerschmuck für die Mädchen, winzige Bären aus Knochen und Türkis an dünnen Silberketten, ein Bolo, ein großes Messer für Dave und ein Armband für das Au-pair-Mädchen. Für die Jungen habe ich Drachen gekauft, strahlend bunt und seidig glänzend. Garantiert flugtauglich, wie der Typ in dem Spezialgeschäft meinte, der mir Thermik und Technik erklärte, und ich kann es kaum abwarten.

Wir werden Drachen steigen lassen, Jungs. Jonathan und David junior und Joel, und ich werde auf den Hügeln herumrennen, und sie werden in den Sommerhimmel emporsteigen. Anschließend sind wir müde und hungrig, aber vor allen Dingen sind wir zusammen. Wie eine Familie. So heißt das, glaube ich.

Drinks und Limo auf der Terrasse, wo Dave als Patriarch thront. Das Au-pair-Mädchen hat das warme Abendessen schon im Ofen, die Kinder spielen und lachen, und alles ist eitel Freude. Ich muß nur noch die Reise hinter mich bringen, aber das kann schließlich nicht so schwer sein. Mein Flugticket steckt in der Brusttasche meiner Cowboyjacke, die ich extra für diese Reise gekauft habe und die richtig vorzeigbar aussieht. Und bis zu meinem Flug ist noch viel Zeit. Ich bin eine Stunde zu früh von meinem Berg aufgebrochen, um auf Nummer Sicher zu gehen. Objektiv gesehen gibt es keinen Grund dafür, daß mir das Herz hörbar bis zum Hals schlägt.

Auf dem Stuhl eines Cafés – ich habe mir eine Tasse Kaffee und einen Donut geholt – holen mich die Zweifel ein.

Drachen steigen lassen? Nein, wir wollen lieber …

Geschlossene Zimmertüren, Geräusche von Videospielen. Die Mädchen sind zu klein für Schmuck, Joyce, wir legen es in den Schrank zu Mutters Perlenkette.

Marges Schrank. Das ganze Haus wird voller Erinnerungen an Marge sein, von ihren Abdrücken, von ihrer Abwesenheit. Voll von einer Leere, die niemand ausfüllen kann. Kein Dave, kein Au-pair-Mädchen, keine verirrte Tante, die glaubt, daß alles wieder gut wird, wenn man bloß Silberketten mit kleinen Bären kauft, Drachen steigen läßt und selbst wieder ein Kind wird.

Der Kaffee ist ausgetrunken. Mein nicht gegessener Donut

starrt mich von seinem Pappteller an. Ich schmeiße ihn in den Mülleimer, gehe dann auf die Toilette und übergebe mich.

In einem letzten Anlauf kaufe ich einen Arm voll Comic-Hefte am nächsten Kiosk. Alle Kinder mögen Comic-Hefte, und ich habe genug, um alle Geschmäcker zufriedenzustellen.

Der Monitor verrät mir, daß meine Maschine aufgerufen wird, Gate Nummer siebzehn. Mein Rollenkoffer singt aufmunternd auf dem Nadelfilz. Schlimmer als schlimm kann es gar nicht kommen.

Die Frage lautet, ob das nicht schlimm genug ist. Eine Sekunde bevor meine Bordkarte in einer Maschine verschwindet, weiß ich die Antwort.

Der Mut verläßt mich ein weiteres Mal, als ich vor einem Telefon in der Abflughalle stehe und Daves Nummer wählen will.

Einsam auf meinem Berg zu sitzen und über eine weitere Niederlage zu brüten ist keine Alternative, und die diskrete Melinda läßt mich in ihr Haus und stellt keine Fragen. Es ist mitten in der Examenszeit, und das Dot's ist voller übermütiger Jungen mit Bestnoten und verheulter Kandidaten, die durchgefallen sind, und in der stickigen Küche brate ich Spiegeleier und grille Hamburger, bis das Semester ein paar Wochen später endlich zu Ende ist.

Wenn ich den Blick vom Grill hebe, sehe ich den Sommer, und er ist leer und bedrohlich.

Melindas Husten ist meine Rettung. Melindas Igluwinter mit einer Kost aus gefrorener Forelle und geröstetem Gerstenbrot ist ihren Luftwegen nicht bekommen, und was wäre naheliegender, als ihr einen Aufenthalt in sauberer Bergluft anzubieten?

Als Gegenleistung erhalte ich eine Einführung in eine funkelnagelneue, uralte Sprache.

Mit großer Mühe eigne ich mir die einfachen und komplizierten Ausdrücke der Inuit für Erscheinungen und Gefühle und für Bewegungen und Zustände an. Ich schwanke wie ein Kind, das seine ersten Schritte tut, ich falle auf die Nase und sehe mich gezwungen, vorwärts zu robben, doch selbst als ich kurz vor dem Aufgeben bin, kämpfe ich weiter, denn die Arbeit mit der Sprache ist mein einziges Vergnügen in diesem trockenen Sommer, in dem der Rauch ferner Waldbrände meiner ohnehin schon grauen Stimmung einen weiteren Dämpfer verpaßt.

Das Herbstsemester beginnt, und die Gummizelle vertrauter Routine steht zum Einzug bereit. Melinda hat eine Professur an ihrer alten Universität angenommen. Einige meiner alten Kollegen sind durch neue ersetzt worden, aber neue Freundschaften setzen einen Austausch von Lebensgeschichten voraus, vor dem ich zurückschrecke.

Ein Gastdozent oder Doktorand von einem anderen Institut – ich will mich nicht dem Vorwurf sexueller Belästigung aussetzen – liefert die nötigen Orgasmen für den alltäglichen Gebrauch. Immer mit Kondom, nie mit Frühstück.

Wenn es so weitergeht, wird mein ganzes Dasein im selbstgesäten Dickicht der Verwahrlosung versinken, und schon bald werde ich mich hinter einer Dornenhecke befinden, ein betagtes Dornröschen. Ohne den Glauben, daß ein Prinz irgendeine Lösung zu bieten hätte.

Schlimmstenfalls ohne Glauben überhaupt.

Olivier

Sie sind wieder eine Familie.

Die Angst ist weg. Er hat sie im Dunkel des Beichtstuhls abgelegt wie eine alte Haut. Alles ist wie vorher, und alles ist verändert. Jetzt kann sie nur noch der Tod voneinander scheiden, und der Tod sitzt ihm nicht mehr im Nacken. Seine Kraft ist zurückgekehrt, selbst sein kaputtes Knie tut ihm weniger weh.

Carolina Olafsdóttir wohnt in seinem Haus, er besitzt sie nicht. Ein Vogel, der sich eine Zeitlang bei ihm niedergelassen hat und den nur Behaglichkeit und ruhige Bewegungen dazu veranlassen können, einen weiteren Tag zu verweilen. Und noch einen.

In der Nacht, in der er zurückkam, schlief sie. Er trug sie in ihr Bett und blieb bei ihr sitzen, bis sie die Augen aufschlug, und das genügte ihnen beiden. Das glaubt er. Das will er glauben.

Kein Wort wird über den Schlag oder das, was ihm voranging, verloren. Alle Puzzleteile sind noch da, aber die Konstellation ist neu. Was Carolina denkt, weiß er nicht. Aber sie ist nicht mehr die fordernde Kaiserin der Familie, deren kleinster Wunsch Gesetz ist.

Jeder Morgen ist ein Neubeginn.

Carolina muß dazu überredet werden zu erwachen, und er schleppt sich mehrmals die Treppe hoch, lange nachdem der Wekker geklingelt hat und er den Morgenkaffee zubereitet hat. Am Frühstückstisch sitzt sie, wie immer im Halbschlaf über ein Schulbuch gebeugt, mit einem Stück Brot in der Hand, aber in die Schule geht sie ohne Proteste, immer etwas zu spät, mit wippendem Pferdeschwanz und auf dem Rücken tanzenden Ranzen.

Edda kommt erst, wenn Carolina bereits gegangen ist. Ihr Haar ist feucht, kräuselt sich an den Schläfen und wird heller, wenn es trocknet. Er beugt sich über sie und schnuppert an ihr, und sie duftet nach Morgen und sauberer Haut.

Dienstagmorgen, wenn das Hotel Ruhetag hat, spazieren Edda

und er Seite an Seite zum Hafen. Olivier wechselt ein paar Worte über Wind und Wetter mit den Austernzüchtern, während Edda bis ans Ende der Mole geht und die Boote betrachtet.

Sie setzen sich auf die Bank beim hintersten Austernschuppen und warten darauf, daß die Flut kommt.

»Ich will lange leben«, sagt Olivier mit dem Wind als Zeugen.

»Wir wollen lange leben, Olafur«, meint Edda.

Eine Möwe fliegt kreischend auf sie zu, und sie müssen lachen. Er küßt sie. Ein alter Mann, der seine junge Frau küßt, denn Edda ist jung, obwohl sie bald vierzig wird, und er küßt sie, wann es ihm gefällt. Sollen die Leute doch schauen und reden, soviel sie wollen, er liebt seine Frau. Er liebt sie bis an die Grenze des Menschenmöglichen, und nicht nur wegen ihrer flaumigen Appetitlichkeit und ihres anschmiegsamen Wesens.

Der Hieb hat ein Ungleichgewicht aus der Welt geschafft, und zwar in mehrfacher Hinsicht. Edda ist keine Nebenperson mehr. Langsam weitet sie ihr Terrain aus. Die Sprache gibt allmählich ihren behutsamen Vorstößen nach und wird zu einem Hilfsmittel unter vielen. Nicht daß sie mehr Worte als nötig verwendet hätte, aber sie ist nicht mehr Oliviers stumme Begleiterin, die sich ihren Hotelbesitzer unter Umständen nur des Geldes wegen gesucht hat. Die Leute schütteln immer noch den Kopf, wenn sie sie Holz hacken sehen, und sie machen sich über ihren Akzent lustig, aber nicht bösartig. Unmerklich ist Edda zu einer Art Maskottchen geworden, ein exotischer Vogel im stillstehenden Leben der Provinz.

Unsere Wikingerin, sagt man zu den Fremden, die fragen, mit so etwas wie Stolz in der Stimme, und ihre Tochter geht mit ihren Kindern in eine Klasse. Vielleicht war sie als kleines Kind etwas wild, aber jetzt ist sie weder schlechter noch besser als die anderen Mädchen.

Die peinliche Episode beim Geburtstag haben sie als das Resultat von Streß abgetan und auf den allgemeinen Tumult bei dem großen Fest geschoben. Meine Güte, man kann sich auch wirklich über Mädchen in diesem Alter aufregen, und wer könne schon von sich behaupten, einem Kind in angespannter Lage noch nie eine Ohrfeige versetzt zu haben.

Alles ist wie früher, und alles ist verändert.

Vater und Tochter fahren immer noch einkaufen, aber jetzt ist auch Edda dabei, und ihre bloße Gegenwart dämpft die verrücktesten Einfälle und die allzu ungehemmte Kauflust. Carolina bekommt, was sie braucht, und noch mehr, aber die Einführung von Taschengeld hat das Gequengel und die ewigen sinnlosen Debatten überflüssig gemacht. Das war Eddas Idee, und Carolina hat sie fast ohne Protest akzeptiert.

Carolina ist keine Leuchte in der Schule, aber auf Zahlen versteht sie sich, und sie spart ihr Taschengeld und das Geld, das sie zum Geburtstag und für gute Noten bekommt. In Mathematik sind sie ihr sicher. Sie hat ein hübsches Sümmchen auf dem Sparbuch, und nach ihrem nächsten Geburtstag hat sie genug. Nach ihrem nächsten Geburtstag will sie ihr Geld ausgeben.

Ein Pferd. Vater und Mutter bezahlen den Großteil, aber Carolina will sich auch beteiligen. Sie will den Sattel kaufen, und der kostet einiges, aber niemandem soll alles in den Schoß fallen.

An einem strahlenden Frühsommertag stehen sie in Brest am Kai und sehen die Transportkiste am Kranhaken herabschweben. Aus der verschrammten Kiste kommt ein lebendiges Wesen, ein Wesen mit braunen Augen und einem dunkelbraunen Fell. Die Mähne ist so schwarz wie Carolinas Haar, und der schwarze Schwanz reicht fast bis zum Boden. Er heißt Hrimfaxe wie das Pferd der Nacht.

»Hrimfaxe, *je t'aime*«, flüstert Carolina in sein pelziges Ohr, als sie ihn in der Box striegelt, die sie ihm im Schuppen eingerichtet haben.

»Komm, Hrimfaxe, komm, Bursche«, ruft sie, galoppiert los und macht Strände und Hohlwege unsicher.

Edda und Carolina können den Namen des Pferdes aussprechen. Alle anderen verdrehen vor Anstrengung die Augen, wenn sie es versuchen, und das Pferd bringt Mutter und Tochter näher zusammen.

Hrimfaxe trabt und geht im Schritt und ist ein Teil des Landes, das Carolina vergessen hat, das Edda jedoch nie vergessen kann.

Eddas Mutter lebt und kommt gut über die Runden. Pakete mit französischen Pralinen und leckerem Gebäck gehen in regelmäßigen Abständen vom Postamt in Paimpol ab, und zum Geburtstag und zu Weihnachten kommen Karten. Gott segne dich, meine Tochter, steht auf ihnen, nicht mehr und nicht weniger.

Gunlaug und Edda schreiben sich immer noch. Gunlaug ist immer wieder arbeitslos, und einer ihrer Jungen sitzt wegen Einbruchs im Gefängnis. Er wollte doch nur seiner Mutter helfen, meint Gunlaug, aber der Polizei ist das egal. Edda legt häufig einen Geldschein oder auch zwei in den Umschlag. Ganz offen, obwohl ihr Mann die Stirn runzelt.

»Man hilft sich gegenseitig, Olafur«, sagt Edda, und er murmelt irgend etwas. Mit dem Zeigefinger macht er sich an der Narbe an der Oberlippe zu schaffen, aber er protestiert nicht.

Sie haben über eine Reise gesprochen, einen Besuch, damit ihre Mutter ihre Enkelin sehen kann. Damit Edda ihre Freundinnen treffen kann, damit sie zusammen die alten Orte besuchen und sich an ihre erste Zeit erinnern können.

Eddas Peiniger ist tot, er ist bei Sturm von Deck gespült worden. Besoffen, meint Gunlaug. Vor ihm braucht man jetzt keine Angst mehr zu haben.

Aber die Reise bleibt ein Traum. Der Alltag nimmt sie in Anspruch, und als die Saison zu Ende ist, muß schon wieder für die nächste geplant werden, und sie arbeiten alle drei mit.

Carolina hat die Schule beendet. Sie war erleichtert, die Bücher hinter sich lassen zu können, und was soll sie mit einer Ausbildung, wenn man sie zu Hause so gut gebrauchen kann? Kochen gefällt ihr nicht, als sie ein paarmal den Versuch unternommen hat zu kellnern, war die Katastrophe nahe. Keine zehn Pferde können sie dazu bringen, einen Besen oder einen Lappen in die Hand zu nehmen und die Zimmer zu putzen, aber ihr Talent für Zahlen übertrifft fast noch das von Olivier. Wenn sie nicht gerade reitet oder Hrimfaxe striegelt oder füttert, sitzt sie über den Rechnungsbüchern. Über der guten und soliden Bilanz des Hotels, die Erfolg verrät und eine gesicherte Zukunft verspricht, und zwar für mehr Leute als ihre eigene kleine Familie.

Unmerklich geht die Verantwortung von Olivier auf die Tochter über, und sie nimmt sie auf sich, sie ist praktisch veranlagt und ergreift Initiative. Ideen, die ihrem Vater nie gekommen wären, werden plötzlich Wirklichkeit. Die meisten Angestellten kennen sie, seit sie klein war, und sie müssen sich erst daran gewöhnen, daß sie bald erwachsen ist und sich allmählich in eine tüchtige Geschäftsfrau verwandelt, vor allen Dingen sind sie aber stolz auf sie, als sei das alles ihr Verdienst. Sie führen sie einander und der Welt vor, seht mal, Carolina, die Tochter des Chefs, was für ein Mädchen, mit so einem Aussehen, und dumm ist sie ja auch nicht, und sie schütteln bewundernd den Kopf, wenn sie vorbeigeht.

Carolina wächst schon lange nicht mehr. Irgendwann hat jemand entschieden, sie sei nun perfekt. Besser könne es nicht mehr werden. Schwarze Locken und eisblaue Augen, milchweiße Haut, eine schmale Taille und Brüste, die so klein und rund sind, daß sie in einer Hand Platz finden. Das reicht, damit die Leute Messer und Gabel weglegen, wenn sie durch das Restaurant geht.

Carolina bemerkt das nicht. In der Kindheit hat sie genug Bewunderung erfahren. Kleider und Schminke haben schon lange ihre Anziehungskraft verloren, sie schlüpft morgens in eine Jeans und zieht den nächstbesten Pullover über den Kopf. Mit dem Duschen wartet sie bis nach dem Reiten. Dann fährt sie sich einmal mit der Bürste durchs Haar und ist bereit, sich dem Tag zu stellen. Ihre Freundinnen sind aufs Gymnasium gegangen, und einige von ihnen haben einen Freund, aber bis auf weiteres ist das Pferd die einzige Leidenschaft in Carolinas Leben. Für bewundernde Blicke und Flirts hat sie nur ein Achselzucken übrig.

Nachmittags tauchen jetzt junge Burschen in der Bar auf. Immer zwei bis drei auf einmal, und Olivier sieht, wie sie sich anstoßen und lachen, wenn Carolina draußen vor dem Fenster vorbeireitet. Die Söhne der Sommergäste folgen ihr mit hungrigem Blick und wollen sie zum Tanzen einladen. In die Disko nach Rennes, und manchmal geht sie auch mit. Es hat keinen Sinn, ihr etwas zu verbieten, und warum sollten sie das tun, findet Edda. Carolina ist jung, sie soll ihre Jugend genießen, nicht vor dem Fernseher versauern, während sich ihre Gleichaltrigen amüsieren.

In solchen Nächten schläft Olivier erst ein, wenn er ihre Schritte auf der Treppe gehört hat, aber am Tag nach einem solchen Ausflug lassen Carolinas Kavaliere immer den Kopf hängen.

Oliviers Sehkraft ist nicht wie früher, und eine Brille hilft auch nicht mehr. Zu Hause im Hotel weiß er, wo alles liegt, und er kommt im Alltag zurecht, aber Auto kann er nicht mehr fahren, und Carolina ist nicht alt genug, noch nicht. Edda sitzt auf einem Kissen im Auto des Fahrlehrers, mit einem weiteren Kissen im Rücken, um über das Lenkrad schauen zu können, aber in kürzester Zeit fährt sie gut, mit kleinen, vorsichtigen Bewegungen, und hat ihre Augen überall.

»Mein Chauffeur«, sagt Olivier lächelnd.

Um die tägliche Arbeit im Hotel kümmern sich die Angestellten fast ohne seine Einmischung. Das ganze Unternehmen läuft wie eine gut geölte Maschine, und sobald die Speisekarte des Tages im Schaukasten neben der Tür hängt, kann er sich freinehmen, wäre ja auch noch schöner. In seinem Alter hat man seine Pflicht getan und mehr als das.

In diesem Frühjahr bildet die Landschaft nicht nur den Rahmen für einen Weg, der vom Start bis zum Ziel zurückgelegt werden muß, so wie es sein ganzes Leben lang gewesen ist. In diesem Frühjahr sitzt er neben Edda auf dem Beifahrersitz und saugt die Bilder auf, er trinkt die Farben und das veränderliche Licht und den Wind, der den Sand am Strand in weiße Wirbel verwandelt und den Schaum und die Gischt auf die runden, rosafarbenen Felsen peitscht.

Schweigend sitzen sie da, mit ausgeschaltetem Motor, und Olivier läßt seinen Blick auf dem tangbedeckten, breiten Strand ruhen und den auf Grund ruhenden Booten. Das ist seine Landschaft, sein Land, und zum ersten Mal ist er nicht nur ein unaufmerksamer Gast, sondern ein Teil davon. Zum ersten Mal versperren ihm die unendlich vielen Details der Arbeit nicht den Horizont, und er kann es sich erlauben, müde zu sein und auf dem Heimweg, an die Kopfstütze gelehnt, einzuschlafen, bis er von seinem eigenen Schnarchen und Eddas fröhlichem Gelächter erwacht.

»Du bist wohl eingeschlafen, Olafur.«

Seine Hand auf ihrem Bein. Es ist warm, es ist weich und fest, und er drückt es leicht. Ein Bonbon aus der Dose im Handschuhfach, der süße Geschmack und das angenehme Schaukeln des Wagens. Bald sind sie zu Hause. Bald schlägt ihnen Carolinas eifrige Stimme entgegen, und dann mache ich das so, Papa, und so, und ich gehe mal davon aus, daß das in Ordnung ist, und könnten wir nicht …?

Morgen. Morgen beginnt ein neuer Tag, und dann noch einer und noch einer. Die Zukunft ist eine Frage von morgen. Bis zu dem Morgen, an dem er erwacht und Edda ihn ansieht. Edda, die immer schläft, wenn er aufsteht, steht da und sieht ihn an. Sie ist vollständig angezogen in Bluse und Hose, und in ihr flaumiges Gesicht steht eine besorgte Frage geschrieben.

»Olafur.«

Ihr Name liegt in seinem Mund, Edda, meine Edda, tausendmal hat er ihn gesagt und noch mal tausendmal, aber an diesem Morgen will ihm die Zunge nicht gehorchen, und Eddas Name wird nur zu einem Gemurmel, zu nichts.

Carolina ist da, und gemeinsam richten sie ihn auf, sie ziehen an seinen Beinen, sie wollen ihn aus dem Bett bekommen, aber er gleitet ihnen aus den Armen und will seine Beine selbst heben, das muß er doch noch schaffen, er ist doch noch nicht ganz gebrechlich, aber nichts will ihm mehr gehorchen.

Der Bauch spannt unter dem hellblauen Pyjama, die Hosenbeine spannen an den Schenkeln, und auf dem hellen Stoff ist ein nasser Fleck, aber er spürt nicht, daß da etwas naß ist, er spürt überhaupt nichts außer Schwere und Müdigkeit, und die Hand, die er nach Edda ausstrecken will, regt sich nicht, aber das ist auch nicht nötig. Eddas Hand liegt auf seiner Stirn und streicht ihm über die Wange.

Die Nacht hat ihn in einen sperrigen, gefühllosen Klotz verwandelt, aber jetzt ist es Morgen und hell, und das Licht muß ihm helfen. Es gelingt ihm nicht, seinen Kopf zu drehen. Eddas Hand liegt in seinem Nacken und hilft nach, und die Sonnenstrahlen fallen ihm durchs Fenster in die Augen, aber das macht nichts. Er will das Licht sehen.

Seine Augen sind offen, seine Ohren hören jeden Laut, der draußen hereinweht, aber es ist kein drohender Sturm, sondern ein Morgenwind, eine milde Brise, und Eddas Stimme kommt schwebend, mein Olafur, und Carolinas Stimme ruft in ihm ein Echo hervor, Papa, Papa, es ist die Stimme eines kleinen Kindes, eines Kindes, das seinem Vater etwas zeigen will, komm, Papa, guck, was ich kann, und Edda singt ihm vor, und Carolina singt, und alle seine Tage und Nächte und all seine Freude liegen in diesen Stimmen, und sie folgen ihm, bis er angekommen ist. Bis er keine Verwendung mehr für sie hat.

Am schönsten Tag des Sommers legen sie ihn ins Grab. Nicht in das Grab von Caroline Créach, Olivier bekommt ein eigenes mit genug Platz für weitere. Mit Platz für Edda, wenn die Zeit kommt, mit Platz für kommende Generationen, ein großes, schönes Grab, und Edda hat alles organisiert. Die ganze Stadt, angeführt vom Bürgermeister, folgt Oliviers Sarg, und beim anschließenden Trauermahl reden alle mit gedämpften Stimmen, ein guter Mann für die Stadt, ein guter Mann, Ihr Mann, dein Vater, an ihn wird man sich erinnern, er wird uns fehlen. Carolinas Gesicht über dem schwarzen Kleid ist weiß, und es sieht so aus, als würde sie schlafen, während sie sich die Hände drücken und die Wangen küssen läßt. Selbst das Servicepersonal hat Tränen in den Augen.

Edda hat die Inschrift auf dem Grabstein ausgesucht.

Olivier Créach und die Jahreszahlen, das versteht sich. Darunter steht etwas auf isländisch, die Buchstaben hat Gunlaug besorgt, und der Mann vom Beerdigungsunternehmen rauft sich die Haare, als Edda darauf besteht, aber zum Schluß steht es da mit vergoldeten Bronzebuchstaben auf dem roten Granit.

Mein Glück.

Joyce

Die Frühjahrsferien dauern noch ein paar Tage, und die Korridore der Universität liegen im Dunkeln. Die Studenten, meine Nabelschnur zur Wirklichkeit, fahren in den umliegenden Bergen Ski. Alle Arbeiten sind korrigiert und alle Vorbereitungen für den Unterricht der nächsten Woche erledigt. Ich bin so frei wie der Specht, der ohrenbetäubend auf den toten Baum vor meinem Fenster einhämmert.

Ich habe die Freiheit, eine Runde zu joggen, aber die Wege sind zu matschig. Ich kann so viele Videos sehen, wie ich will, ich kann mir johlend die Profi-Ringkämpfe in der Glotze ansehen, das Bier in Reichweite, aber weder Ringkämpfe noch Bier können meinen Weg in eine akute Depression aufhalten.

Wladimira ist seinerzeit spurlos verschwunden. Obwohl sie so zerbrechlich war, war sie in einer Phase meines Lebens der Mensch, der mir am nächsten stand. Meine Nächste, hätte Pater Jeremy sie genannt. Der ich gab, was ich zu geben vermochte, und nach besten Kräften half, wofür sie mir im Gegenzug das Gefühl gab, jemandem etwas zu bedeuten.

Melinda und ich hielten ein Jahr lang Kontakt, dann verebbte auch dieser.

Jetzt könnte ich Jesses Beispiel folgen, ohne daß es mehr als ein Schulterzucken zur Folge hätte.

Meinen Angehörigen bin ich so lange aus dem Weg gegangen, daß mich jeder Kontaktversuch zuviel kosten und kaum zu mehr führen würde als zu Peinlichkeiten und noch größerer Einsamkeit. Aber im allgemeinen Durcheinander meines Hauses, das ich in Ermangelung einer besseren Tätigkeit ausmiste, finde ich Spuren.

Einige Monate nach meinem Verschwinden hatte jemand meine Adresse ausfindig gemacht, und Briefe begannen einzutrudeln. Den ersten öffnete ich unvorsichtigerweise. Er war Theresas Versuch, Marges Tod in Gottes übergreifenden Plan für die Menschheit einzuordnen. Die anderen blieben ungeöffnet, und der Strom versiegte aus erklärlichen Gründen im Laufe weniger Jahre. Mit Ausnahme von Weihnachten.

Theresa weiß, was sich gehört. Außerdem bin ich die Sünderin, über deren Bekehrung sich Gott mehr freuen würde als über all ihre eigene Rechtschaffenheit.

Ich öffne Theresas vier Monate alten Brief. Die Neuigkeiten aus dem vergangenen Jahr, Bills neuer Aufsichtsratsposten und das Jubiläum der Militärakademie, Theresas eigene unermüdliche Arbeit für die benachteiligten Klassen Bostons – alles ordentlich aufgelistet auf zweieinhalb dichtbeschriebenen Seiten, mit Stechpalmenblättern dekorierte Farbkopien in Dutzenden von Exemplaren und als Rundbrief an ihr Netzwerk verschickt. Ob ich zum primären oder zum sekundären Netzwerk gehöre, weiß ich nicht. Ich erfahre jedoch, daß mein Sohn Joel G., wie er noch immer genannt wird, das letzte Jahr vor dem College in England verbringt. Auf der besten Schule, die man für Geld kaufen kann, wie Theresa es formuliert.

Übersetzt in meine Sprache befindet sich Joel auf neutralem Territorium. In sicherer Entfernung von Theresas wachsamem Auge.

Meine Finanzen erlauben keine spontanen interkontinentalen Flugtickets. Aber das ist nicht das einzige Problem. Mein Sohn ist fünf Jahre älter als damals, als ich ihn zuletzt gesehen habe. Mein Schweigen in all diesen Jahren muß jeden Anspruch, den ich ihm gegenüber gehabt haben könnte, zunichte gemacht haben.

Ein Kind kümmert sich nicht um Gründe, es leidet nur unter den Folgen. Ein Kind kann mit Erklärungen nichts anfangen. Es tut mir sehr leid, Joel, ich war zu feige, zu hilflos. Was soll er damit anfangen?

Ich muß ganz von vorn anfangen. Ganz von vorn muß ich beginnen. Immer Schritt für Schritt, auch mit dem Risiko, Zurückweisung zu erfahren, Gleichgültigkeit, vielleicht sogar Hohn.

Das Papier liegt auf dem Tisch. Ich halte den Stift in den Fingern. Dieses Mal werde ich wach bleiben, Joel. Jetzt ist keine Flucht mehr möglich.

Nachdem ich mir eine Tasse Tee geholt habe, fange ich an.

Nachdem ich eine Handvoll Rosinen gegessen habe, schreibe ich den ersten Satz.

Ein kleines Schläfchen, und ich bin bereit zum Anfangen. Nach dem Film. Wenn ich die Waschmaschine gefüllt und angestellt habe. Wenn ich die Waschmaschine geleert habe.

So vergeht der Tag, so vergeht der Abend, bis die Uhr auf meinem Schreibtisch vier Nullen zeigt und ich den Stift aufs Papier setze.

Lieber Joel!

Ich wohne jetzt auf einem Berg. Mein Haus ist nicht groß, aber es ist gemütlich. Gleich vor der Tür wachsen Tannen und Kiefern. Von der Terrasse aus habe ich Aussicht über ein Tal, über dem die Raubvögel kreisen. Wenn ich dort draußen in meinem Whirlpool sitze, ist der Himmel über mir weiß vor Sternen. Man hat das Gefühl, als gäbe es hier mehr Sterne als über der Stadt, aber es gibt dafür sicher eine Erklärung.

Das ganze Jahr über kaufe ich Körner und füttere die Vögel. Die Zugvögel kommen im Frühjahr und verschwinden, wenn es kalt wird. Im Sommer summt die Luft den ganzen Tag von Bienen und Mücken. Im Herbst werden die Blätter der Espen gelb. Im Winter kommen riesige Schneemassen vom Himmel. Gelegentlich ist es so viel, daß ich nicht zur Universität pendeln kann und in der Stadt übernachten muß. Dann fehlen mir mein Berg und mein offener Kamin, an dem man gemütlich sitzen und Kakao trinken kann.

Jetzt ist es Nacht und dunkel. Oben in den Bergen bellen und heulen die Kojoten. Wenn es hell wird, kehrt der Specht zurück, sitzt an einem Baumstamm vor meinem Fenster und hackt nach Insekten. Das macht einen höllischen Lärm. Er kann die Insekten nicht sehen. Aber er kann sie hören.

Auf meinem Berg wohnen auch Pumas. Ich bin ihnen noch nie begegnet. Aber ich habe ihre Spuren gesehen. Ich weiß, daß sie da sind.

Ich habe in den letzten Jahren nicht so viele Spuren hinterlassen, Joel. Aber ich bin trotzdem da. Jetzt weißt Du, wo ich bin.

In Liebe

Ich lese den Brief noch mal durch. Wird er meine Handschrift lesen können? Sie ist eilig und nachlässig, obwohl ich mir Mühe gegeben habe, ist er zu kindisch, ist das eher ein Brief an einen Neunjährigen, und ist er vielleicht beleidigt, wird er den Brief achselzuckend in den Papierkorb werfen, vielleicht raucht er ja schon und hat was mit Mädchen, vielleicht rasiert er sich bereits, er hat bestimmt schon einen Führerschein, er ist genauso alt wie der jüngste meiner Studenten, und diese Joyce behandelt ihn wie eine Rotznase, und wie soll ich unterschreiben, bin ich Mutter oder Joyce? Gibt es mich überhaupt in Joels Universum?

Es endet mit einem Kompromiß. Am nächsten Morgen bringe ich einen Brief von Mutter = Joyce, die Adresse sorgfältig in Druckbuchstaben auf dem Umschlag, zum Postamt. Die Adresse habe ich mir besorgt, ohne Theresa damit zu behelligen. Ich verzichte darauf, die Gebühr für einen Eilbrief zu bezahlen, keine Panik, Joyce, immer mit der Ruhe. Jetzt schicken wir es los und warten ab.

Das tue ich dann auch. Und warte weiter. Und warte immer weiter, während die Wochen vergehen und englische Briefmarken in meinem Briefkasten durch Abwesenheit glänzen. Mehrere Male erwäge ich, einen neuen Versuch zu unternehmen. Jedesmal gebe ich auf.

Zum Schluß ist es zu spät.

Wladimira

Es juckt auf ihrer Haut. Es juckt am ganzen Körper, und in den Hautfalten unter den schweren Brüsten juckt es ganz besonders. Flöhe wird man nicht los, wenn man so lebt wie Wladimira, im Freien schläft und sich in Decken wickelt, die man dort erbettelt, wo man Sachen an Leute wie sie verteilt. Aber Flöhe hinterlassen leicht zu erkennende Stiche, eine kleine Perlenkette aus roten Punkten, das weiß sie aus Erfahrung. Dies sind keine Flöhe, das ist etwas anderes.

Der Arzt des Asyls zieht Gummihandschuhe über und hebt ihre Brüste an, eine nach der anderen, und die Krankenschwester desinfiziert sie mit Alkohol, pudert und gibt gute Ratschläge, was das Waschen und Abtrocknen angeht, alles mit einem resignierten Ausdruck in ihrem schönen Gesicht.

Das Talkumpuder kühlt ausgezeichnet. Es juckt nicht mehr, aber der Arzt ist noch nicht fertig.

»Was ist das?«

Ein Gummifinger deutet auf Wladimiras linke Brust, wo sich die Haut zusammengezogen hat, als hätte eine Hand von innen ein Bündel unsichtbarer Fäden gepackt.

Die Hände des Arztes drücken und pressen an beiden Brüsten herum. Dann setzt er sich an den Schreibtisch und telefoniert. Seine Stimme wird lauter, und er schimpft jemanden am anderen Ende aus.

Die Krankenschwester hält Wladimiras Hand und fährt mit ihr im Krankenwagen zur Klinik, und dann ist Wladimira allein in einem weißen und grauen und metallisch klirrenden Universum, umgeben von fremden Gesichtern und mit fremden Stimmen in den Ohren. Man wäscht sie und sticht Nadeln in sie hinein, und sie muß fast ohne Wasser einen kleinen Becher mit Tabletten schlucken. Sie darf nichts essen, aber hier ist sie nicht mehr gezwungen, nachzudenken und zu planen, hier kümmern sich andere darum, und sie läßt alles geschehen.

Die ganze Nacht wird ihr Schlaf von rasselnden Schnarchlauten aus dem Nachbarbett unterbrochen, aber die Schreie und das Gejohle des Obdachlosenasyls sind noch schlimmer, und sie ist vor der Kälte und dem Ausgeliefertsein in der Toreinfahrt, wo sie sonst die Nacht verbringt, geschützt. Als der Morgen kommt, rollt ein schwarzer Mann mit breitem, zufriedenem Gesicht sie auf einem Bett davon, und sie findet sich mit allem ab und stellt keine Fragen.

Die Nadel im Handrücken und die Stimme, die laut vorzählt, sind das letzte, was sie noch wahrnimmt, ehe sich ein Gesicht über sie beugt und ihr eine kühle Hand über die Wange streicht.

»Madame, sind Sie wach?«

Wach ist sie, aber am liebsten will sie wieder einschlafen, damit ihr der brennende Schmerz vorne am Körper und der Anblick der Decke erspart bleiben. Die Decke liegt platt und stramm und zwar dort, wo sonst immer ihre üppigen Brüste gewesen sind. Aber beharrliche Stimmen hindern sie daran, in ein behagliches Dösen zurückzusinken.

Zum Schluß versteht sie ein Wort. Sicherheitshalber. Sie wiederholt das Wort mehrmals und zwar in verschiedenen Tonhöhen. Sicherheitshalber. Sicherheitshalber, und die Gesichter nicken eifrig. Sie sind ihre Botschaft losgeworden und erleichtert, das sieht sie ihrem Lächeln an. Jemand streicht über ihre Hand, in der durch eine Injektionsnadel Flüssigkeit in eine Vene fließt. Jemand reicht ihr einen kleinen Becher mit Tabletten, die sie schluckt und die allmählich die Schmerzen vertreiben.

Mit einer schlecht verheilten Operationswunde kann man nicht unter freiem Himmel schlafen, aber Krankenhäuser sind für Kranke und nicht für Genesende. Der Arzt des Obdachlosenasyls tritt noch einmal in Aktion: Er erwirkt einen Monat Klosteraufenthalt irgendwo in der Provinz, bis Wladimira gesund genug ist, wieder auf die Straßen von Paris geschickt zu werden, um zwei Brüste ärmer. Aber als der Monat um ist, ist Wladimira kein zufälliger Gast mehr, sie hat ihren Platz im Alltag des Klosters gefunden und ist zu einer festen Bewohnerin mit eigenem Bett in dem kleinen Schlafsaal geworden.

Ihre Tablettenschachtel, die die Nonnen verwalten, liegt an ihrem Platz im Refektorium. Nachts jagen sie keine Alpträume mehr, ihr Schlaf ist tief und traumlos. Das Spiegelbild der Frau mit dem angegrauten Haar in einem Knoten löst nur ein schwaches Gefühl des Wiedererkennens aus. Und wenn die Glocke läutet, ist es Zeit, die Richtung zu ändern. Vom Bett in den Waschraum, vom Waschraum in die Küche, von der Arbeit zur Freizeit, von der Messe zur Mahlzeit.

Das Essen ist das Beste. Sich an einen Tisch setzen und sich satt essen zu können, sich keine Sorgen machen zu müssen.

Ihre Welt hat geflimmert wie ein Film, der reißt und unkontrolliert einige Sekunden lang weiterläuft, voller verschwommener Bilder und Gesichter, deren Münder keine verständlichen Laute mehr ausstoßen. Jetzt sind die Bilder klarer. Es gibt weniger Gesichter, und das Leben gestaltet sich einfacher.

Die Gesichter der Nonnen sind in der festen Umrahmung des Schleiers klein und vorhersehbar. Ein bestimmter Zug um den Mund zeichnet sie aus, ein Wohlwollen innerhalb gewisser Grenzen. Wladimira überschreitet keine Grenze und darf sich des Wohlwollens in seiner reinsten Form erfreuen.

Bei Wladimiras Gefährtinnen unter den Patientinnen und Laienschwestern liegen alle möglichen seelischen und körperlichen Diagnosen vor. Die geistig ein wenig Zurückgebliebenen, ewig Lächelnden, ewig Schwatzenden, die ewig einer Umarmung oder einer Liebkosung Harrenden bilden eine eigene Gruppe.

Die Küche wird Wladimiras Arbeitsplatz. Sie kratzt Essensreste von den Tellern und aus den Schüsseln in einen Plastiksack, eine leichte Arbeit, denn diese Reste sind bescheiden, außer freitags, wenn selbst die genügsamsten Nonnen Gräten auf dem Teller zurücklassen müssen. Sie stellt die Körbe mit dem schmutzigen Geschirr in den rostfreien Schlund der Spülmaschine, in der großen Spüle scheuert sie die Töpfe und Pfannen in einer Wolke aus schmutzigem Dampf, sie spült und schrubbt, bis alles glänzt, und zwar ohne mit jemandem zu sprechen.

Die Worte waren ihr Werkzeug, die beiden Sprachen ihrer Kindheit waren ihr Broterwerb und ihre Identität. Jetzt sind sie weg, vielleicht für immer, und ein möglicher Ersatz ist noch nicht aufgetaucht. In der Klinik, wo man sie und ihre entblößten Brüste erwartete, bediente man sich nicht gerade zimperlicher Methoden, und ihr Kopf ist seither nie mehr derselbe geworden.

Die letzten Reste sind im echolosen Raum der Narkose davongeschwebt und kehren nur sporadisch zurück. Ihre Kommunikation mit der Umwelt beschränkt sich auf einfache Zeichen und verbale Fragmente. Mehr ist nicht nötig, mehr wäre zu anstrengend, und es fehlt ihr auch nicht.

Widerstandslos versickert Wladimiras Leben, befreit von größeren Herausforderungen als dem Fischabfall auf dem Küchenboden und einem Fettfleck auf ihrem Kittel, ein ereignisloser Tag reiht sich an den anderen. Bis zu dem Februartag, an dem sich auf einen Schlag alles verändert.

Es ist ein Wintertag, an dem der Tramontana über die Weinberge fegt und in die großen Kastanien beim Kloster fährt und eine bleichnasige Wintersonne durch die hochgelegenen Fenster des Refektoriums fällt.

Durch die Türritzen und die undichten Fenster zieht es und die Frauen auf den Holzbänken an den langen Tischen schaudern. Wladimira spricht murmelnd das Tischgebet mit und schlingt die Arme um den Körper, um in ihrer Strickjacke nicht zu frieren.

Eine Nonnenhand landet auf Wladimiras Schulter. Schwester Blanche hat etwas auf dem Herzen, und Wladimira wird mit sofortiger Wirkung vom Abräumen und Abwasch befreit und zusammen mit zwei weiteren Frauen, einer mageren Mulattin und einer geistig Behinderten, in die Kapelle gelotst.

Schwester Blanche, die mit ihren breiten Wangen und ihrer untersetzten Figur an ein Marktweib erinnert, hält ein Bild in den ausgestreckten Händen.

Es ist ein besonderer Tag für Frauen wie sie. Der Tag der heiligen Agathe. Agathe, die Jungfrau und Märtyrerin, ist ihre Helferin im Kampf gegen das Böse, das ihnen ihre Brüste genommen hat. Die linke Seite der Mulattin wirkt flach, und der Kittel der Zurückgebliebenen hängt auf der rechten Seite schlaff herab.

Schwester Blanche wählt ihre Worte mit Bedacht. Sie kniet in ihrer raschelnden Nonnentracht nieder und gibt ihnen ein Zeichen, es ihr gleichzutun.

Wladimira denkt an die behaglich warme Küche und den Dampf der Spülmaschine, bei dem es ihr an einem eisigen Wintertag gleich ein wenig wärmer wird, und da sieht sie es.

Das Bild in Schwester Blanches Händen zeigt eine Frau mit dem Haar in einem festen Knoten. Sie trägt ein kariertes Kleid, dasselbe Karomuster wie Wladimiras eigener Kittel. In der Hand hält sie eine Schale.

In der Schale liegen zwei Brüste. Zwei Brüste, so rund wie Früchte. Wie Ersatzteile, ohne Kontakt zu einem Körper.

Jemand hat Wladimiras Brüste entfernt, während sie schlief. Vielleicht liegt ja eine von ihnen in dieser Schale, und Schwester Blanche will ihr zeigen, was aus ihnen geworden ist, und jetzt hört Wladimira zu. Sie lauscht auf Schwester Blanches helle Stimme, die von zerschlagenen Brüsten, abgeschnittenen Brüsten und von der Heiligen erzählt, deren Frömmigkeit sie durch Leid und Erniedrigung gerettet habe. Und jetzt wollen sie das Gebet der heiligen Agathe beten. Jesus Christus, Herr der Schöpfung, du siehst mein Herz, du weißt, daß ich möchte, daß du mich voll und ganz besitzt, alles, was ich bin, ich bin dein Lamm, verleih mir die Würde, das Böse zu überwinden.

Jesus Christus. Der halbnackte Mann, der am Kreuz hinter Schwester Blanches Schleier hängt, dem das Blut über die mageren Wangen läuft. Ein Tropfen ist ihm in den Augenwinkel gelaufen, ein Auge ist gebrochen, und wie kann jemand, der so elend aussieht, Herr über alle Dinge sein? Aber Schwester Blanche hat die Stimme erhoben, und das Gebet umfängt sie.

Der klare Sopran von Schwester Blanche steigt zielstrebig in das Gewölbe auf, die Stimme der Mulattin ist voll und dunkel, das Gebet erklingt aus ihrem Mund und breitet sich über die Steinplatten und das Strohgeflecht der Stuhlsitze aus. Der Zurückgebliebenen ist etwas Speichel aus dem Mundwinkel auf die Jacke gelaufen, aber aus ihren Augen leuchtet die reine Freude, und das Gebet erklingt speichelnaß von ihren Lippen. Auch in Wladimira singt es, du sollst mich ganz besitzen, ich bin dein Lamm, dein Lamm, und jetzt befreit sich der Mann am Kreuz von den Nägeln.

Der Mann am Kreuz hat unversehrte Hände, als er von seinem unbequemen Aufenthaltsort herabsteigt. Auch seine Füße sind unversehrt. Er hat hübsche Füße, wie die Füße einer Statue, es sind merkwürdig unverbrauchte Füße, ohne Hühneraugen oder Hornhaut. Sie will sie in ihre Hände nehmen und sie wärmen, er geht auf sie zu wie auf Luft, das Blut ist verschwunden, seine Brust ist nicht mehr eingefallen und mager, seine Oberarme sind athletisch, und er ist auch nicht mehr nackt, seine Schultern sind kräftig und breit unter dem senfgelben Hemd und der Jacke aus meliertem Tweed, sein Haar, eine Mähne, leuchtet golden und kupferrot im Schein der flackernden Kerzen, und er geht wie auf Luft auf Wladimira zu, und die anderen weichen zurück, die anderen hören auf zu beten, selbst Schwester Blanche weicht zurück, als der Mann seine Hand ausstreckt und Wladimira auffordert, ihren Kittel aufzuknöpfen und ihm ihren flachen Brustkorb zu zeigen, in dem das Herz hinter dem Eidechsenabdruck der Operationsnarbe hämmert.

»Du siehst mein Herz.«

Sie flüstert es, sie schluchzt es, und er kommt, er legt sich auf sie, und sie läßt sich nach hinten fallen und empfängt ihn.

»Du sollst mich ganz besitzen.«

Auf dem eisigen Steinboden der Kapelle erlangt sie ihre Wärme zurück. Etwas ist in Bewegung geraten, was ihr niemand nehmen kann, nicht Schwester Blanches harte Finger, nicht das entsetzte Heulen der Zurückgebliebenen und auch nicht die Jacke der Mulattin, die sie sich um ihren zitternden Körper wickelt.

Ihre Hände greifen unter ihren Kittel, sie will zusammen mit ihm nackt sein, will sich für seine Hände entblößen, für seinen Körper, und sie will das vollenden, was so lange unvollendet geblieben ist, und dann ist er plötzlich verschwunden.

Der Schleier der Nonne versperrt ihr den Blick, die Hände der Nonne ziehen sie vom Boden hoch, und er kann sie nicht mehr erreichen, er ist verschwunden, und sie wird geschleppt und geschubst, heulend und stöhnend, ich bin dein Lamm, dein Lamm, dein Lamm, an der Geistesschwachen vorbei, die verzweifelt wimmert, vorbei an den ausgestreckten Händen der Mulattin und hinein in ein schmales Zimmer mit einem schmalen Bett, auf das man sie mit breiten Lederriemen um Handgelenke und Beine fesselt.

Dann der Einstich einer Nadel in ihren rechten Schenkel, und sie läßt los.

Joyce

Ein staubtrockener Sommer ist bereits zur Hälfte um, als sie kommen.

Die Topfpflanzen auf der Terrasse stehen kurz vor dem Verdursten, aber es ist zu heiß, um zu denken, und zu heiß, um etwas anderes zu tun, als sich mit einer Kanne Eistee unter das Sonnensegel zu flüchten, während man auf den Sonnenuntergang und die Illusion der Abendkühle wartet.

Das Auto, das vor meinem Garagentor bremst, ist beige, alt und verbeult, und ich habe es noch nie gesehen, und vielleicht sollte ich jetzt in Deckung gehen und alle Türen verriegeln, vielleicht werden sie mich fesseln und mich einer nach dem anderen vergewaltigen und mir noch das letzte nehmen, was ich besitze, ehe sie mich hilflos zurücklassen, mit durchtrennter Telefonleitung und geknebelt mit dem eigenen T-Shirt.

Wenn sie mich in der Sonne zurücklassen, werde ich an Dehydrierung sterben. In der Hitze. In der sengenden, alles zerstörenden Hitze.

Ich habe mich erhoben. Ich bin auf dem Sprung, aber jetzt öffnen sich die Autotüren.

Der eine ist dunkelhaarig. Dicklich. Untersetzt. Kleine Brüste schwabbeln unter der weißen Baumwolle. Der andere ist lang wie eine Bohnenstange. Am Ende seiner dünnen Arme hängen die Hände wie ein Paar Boxhandschuhe. Der Kopf sieht aus, als würde er zu einem weitaus kleineren Körper gehören.

Das Haar ist unverkennbar rot.

Den einen habe ich noch nie gesehen. Der andere ist mein Sohn.

»Joel.«

»Hallo.«

Sie bleiben stehen. Sie sehen sich um. Sie sehen auf den

Asphalt. Sie sehen sich von der Seite an. Sie schauen zu mir auf. Sie warten darauf, daß ich etwas unternehme.

Das tue ich dann auch.

»Kommt rauf«, sage ich, und sie trotten die Außentreppe hoch, Joel als erster.

»Hallo, Joyce«, sagt er, als er auf der Terrasse steht.

»Hallo«, sagt sein Kumpel und reicht mir die weiche und dralle Hand eines Babys.

»Das ist Piers«, erklärt mein Sohn.

»Hallo, Piers«, sage ich.

»Hallo, Joel«, sage ich noch einmal, nachdem meine zwei Gäste unergründliche Blicke ausgetauscht haben.

Im Kopf gehe ich die Liste von Gesprächseröffnungssätzen durch und verwerfe einen nach dem anderen. Was verschafft mir die Ehre deines Besuchs, ach, wie unerwartet, wie nett, daß ihr auch mal vorbeikommt, wart ihr gerade in der Gegend?

Nichts paßt zur Situation, also sage ich nichts.

Joel schlendert auf den Rand des Whirlpools zu.

»Whirlpool«, sagt er.

»Stimmt«, erwidere ich.

Der Staub der Landstraße färbt den Schweiß auf seinen Wangen grau. Aus der Nähe wirken er und sein Freund recht schmutzig.

»Ihr wollt vielleicht ein Bad nehmen?«

»Sollen wir das?«

Piers' Akzent verrät, daß er aus Schottland kommt. Piers lacht, ein mädchenhaftes Kreischen. Seine breite Nase hüpft vor Freude, und selbst Joels reservierte Art knickt etwas ein. Jedenfalls huscht etwas, was einem Lächeln zum Verwechseln ähnlich sieht, über seine sommersprossigen Wangen.

Ich habe das erlösende Wort gesagt. Wenige Sekunden später beginnt ein Gelaufe auf den Treppen. Reisetaschen und Rucksäcke werden aus dem Kofferraum des Autos geladen. Im Badezimmer rauscht das Wasser, und ich habe gerade erst die Plastikabdeckung vom Whirlpool entfernt, als zwei Jungenhintern in den entzückendsten dunkelblauen Badehosen, die mein Whirlpool je gesehen hat, sich ins Wasser fallen lassen.

Eine halbe Stunde später lehnen zwei tropfnasse Jungen, jeder mit einem klirrenden Glas Eistee in der Hand, am Terrassengeländer. Meine letzten sauberen Handtücher haben sie höflich ausgeschlagen. »Wir haben selbst welche dabei, wir haben auch Schlafsäcke, du brauchst dir keine Mühe zu machen«, sagt Joel.

Schlafsäcke. Sie haben vor zu übernachten. Vielleicht haben sie sogar vor, länger zu bleiben.

Ob sie wohl auch ein Zelt dabeihaben? Natürlich haben sie das. Bei einem Campingausflug hat man ein Zelt dabei. Ein Campingausflug. Quer über den Kontinent. Das Auto haben sie zum Schrottpreis gekauft. Piers' Vater hat sich an den Kosten beteiligt. Was Bill eventuell beigetragen hat, bleibt offen.

Piers ist offenbar die Person, die Joel auf der besten Schule, die sich für Geld kaufen ließ, abbekommen hat. Kaum auszumalen, was sein Vater und Theresa davon halten.

Jeder für sich und zusammen erst recht sind die Jungen rührend spätpubertär. Ihre unfertigen Körper und wehrlosen Gesichter kann man nur belächeln, aber die Oberfläche verrät wie immer nur einen Teil der Geschichte.

Die Geschichte der Oberfläche handelt von einem Paar in der klassischen Komikerkonstellation. Piers ist klein und dick, bewegt sich rasch und hat zumindest theoretisch ein cholerisches Temperament. Joel ist schlaksig, einsilbig und phlegmatisch bis hin zur Selbstverleugnung, und plötzlich sehe ich es.

Mein Sohn und sein Freund sind die typischen Mobbingopfer gewesen. Die Form von Piers' Nase, seine reichlichen Fettpolster, seine Frauenbrüste und sein kreischendes Gelächter erzählen den Rest der Geschichte. Joels Blick erzählt sie ebenfalls. Ein Blick, dessen unausgesprochene Frage ich nicht unbedingt beantworten will.

Warum hat man mein Gesicht in die Toilette getaucht, was hatte Piers getan, um mit dem Kopf voran zuerst aus dem Dachfenster gehängt zu werden, bis er um Gnade winselte? Vielleicht gab es gute Gründe, uns Skelett und Marilyn zu taufen, aber war das wirklich nötig?

Manche Menschen brauchen die Folter, Joel. Für gewisse Menschen besteht die einzige Alternative zur Folterung darin, sich selbst vollkommen gehenzulassen. Die Folter erschafft Menschen neu. Die Folter verwandelt kleine, verängstigte Geschöpfe. Die Furcht der anderen gibt ihnen die freie Hand zu tun, was sie wollen. Dinge zu tun, von denen sie nicht einmal wußten, daß sie sie wollten, ehe die Euphorie von ihnen Besitz ergriff. Wenn das Ganze vorbei ist, wenn sie in den langweiligen, demütigenden Alltag zurückgekehrt sind, gibt es Zeugen dessen, daß sie nicht immer nur machtlos waren. Daß sie ein Teil von etwas waren, was größer war als sie selbst, ihre schweißnassen Hände und ihre Sprachlosigkeit. Daß sie es wagten, Grenzen zu überschreiten, daß sie überhaupt etwas wagten.

Joel. Ich bin mir sicher, daß dir Theresa mit Hilfe der Sonntagsschule beigebracht hat, daß man auch die andere Backe darbietet und an Jesus denkt, für den alles so viel schlimmer gewesen ist. Während du an ihn denkst, kannst du auch auf deinen Vater hören, der findet, daß ein großer Junge Schlägen und Drohungen aufrecht begegnen muß und kein Jammerlappen sein darf.

Irgendwo begegnen sich diese beiden Standpunkte, Joel. Irgendwo vereinen sie sich.

Du bist allein, Joel. Auf dem Feld des Herrn und weit außerhalb der Interessensphäre desselbigen Gottes. Das ist die Botschaft. Der Gott, der dir zu Hilfe hätte eilen können, ist mit wichtigeren Dingen beschäftigt. Mit den ungeborenen Kindern zum Beispiel. Damit, daß kein Gummihindernis sich einer Samenzelle und einem Ei in den Weg stellt.

Wenn es etwas anderes ist als das gemeinsame Schicksal, die gemeinsame Demütigung, die euch verbindet, dann habt ihr Glück, Piers und du. Wenn ihr es darüber hinaus noch vermeiden könnt, euch gegenseitig für das zu verachten, was ihr mit euch geschehen ließt, wenn ihr noch zusammenhaltet, wenn sich eine attraktive Alternative zu eurem Bund bietet, dann ist es möglich, daß die ganze schreckliche Geschichte klügere und bessere Menschen aus euch macht.

Was weiß ich schon davon, ein besserer Mensch zu sein. Was weiß ich überhaupt. Abgesehen davon, daß Joel, mein Sohn, freiwillig auf meinem Berg erschienen ist. Daß er freiwillig mit seinem Schlafsack und seinem Sechzigliterrucksack, mit Polohemden, gebügelten Shorts, Büchern, Unterwäsche und Schuhen zum Wechseln und Gott weiß, was noch in seiner nagelneuen Reisetasche steckt, in meine alte Rumpelkammer einzieht.

Piers und Joel baden mehrmals am Tag im Whirlpool, aber ich vermeide es einstweilen noch, mich ihnen anzuschließen. Mein eigenes Bad nehme ich unter dem Sternenhimmel, wenn sie in die Falle gegangen sind. Ich lege mich flach hin und lasse die Luftblasen meine Haut küssen, bis sie weiß und schrumpelig ist. Die Abendluft trocknet meinen nackten Körper. Ich atme sie ein und schmecke sie, und sie schmeckt nach Glück.

Zwei Tage sind vergangen. Wenn Joel nicht gerade mit Piers Schach auf einem Minischachbrett spielt oder seine Wäsche ordentlich auf der Wäschespinne aufhängt, sitzt er mit einem Buch in der Hand unter dem Sonnensegel. Joels Bücher sind immer in braunes Papier eingeschlagen, das keine Einblicke in seine Lesegewohnheiten zuläßt. Bei den Mahlzeiten, bei denen er sorgfältig alles, was nicht pflanzlichen Ursprungs ist, zur Seite schiebt, redet er mit mir über die Flora und Fauna des Berges. Auf höfliche Fragen folgen höfliche Antworten, es geht um Hornissen und Pumas, um giftigen Efeu und das Vorkommen eßbarer Pilze.

Mit Piers unterhalte ich mich. Piers hilft mir beim Abräumen. Piers wäscht den Salat, schneidet die Melone in Scheiben und geht mir wohlerzogen zur Hand. Piers liefert mir Informationen. Über die Schule, und natürlich habe ich recht, obwohl Piers sich nicht in die Karten blicken läßt. Ziemlich mühsam sei es gewesen. Ziemlich grobe Späße, aber ganz normal vermutlich. Das sei eben die Internatstradition. Piers' Vater hätte die Schule schließlich auch überlebt. Warum sich also beklagen. Das würde ja doch nichts nützen. Außerdem sei es jetzt ja überstanden.

Joel habe die Weihnachtsferien auf dem Gut von Piers' Familie in der schottischen Heide verbracht. Jetzt sei Joel an der Reihe, den Gastgeber zu spielen. Seit drei Wochen seien sie bisher unterwegs. Sie hätten vor, bis zur Westküste zu fahren, das Auto dort zu verschrotten und nach Boston zurückzufliegen.

Am Ende des Sommers warten Cambridge und ein Biologiestudium auf Piers. Joel solle mir selbst von seinen Plänen erzählen, findet Piers, es habe keinen Sinn, daß ich ihn fragte.

Am dritten Abend sitze ich nach meinem Bad wie immer auf der Terrasse. Die erste Brise des Sommers bringt das Espenlaub unten im Tal zum Zittern, das ist der erste Vorbote des Herbstes, und ich friere. Zum ersten Mal seit Wochen friere ich.

Ich wickele mich in ein Handtuch und gehe ins Haus, um meinen Bademantel zu holen. Auf dem Weg komme ich am Zimmer der Jungen vorbei. Die ersten beiden Nächte war es dort drinnen still. Jetzt läßt mich das Geräusch von Stimmen vor der Tür innehalten.

Zu allen Zeiten haben Mütter an Türen gelauscht, warum sollte ausgerechnet ich eine Ausnahme darstellen. Den Gedanken, daß Piers und Joel etwas miteinander haben könnten, habe ich schon längst als absurd von mir gewiesen, obwohl die Internate einen einschlägigen Ruf haben. Es ist auch nicht das Geräusch gemeinsamen Onanierens, es ist kein Stöhnen oder Orgasmusgebrüll, das zu mir nach draußen dringt, es ist Gebet.

Joel und Piers beten. Nicht den normalen Rosenkranz und auch kein Vaterunser. Sie beten für den Weltfrieden. Sie beten für die Politiker, die so viele merkwürdige Dinge tun, die atomare Aufrüstung betreiben und den Krieg der Sterne vorbereiten, und das, obwohl viele Menschen kein Wasser haben und Kinder in der Dritten Welt sterben, weil sie nichts zu essen und keine Medikamente bekommen. Sie beten. Zusammen und jeder für sich. Ich kann Piers' hohe Stimme und Joels zögernden Bariton ausmachen, und wenn ich Gott wäre, dann würde es mir schwerfallen, mich taub zu stellen.

Sie würden die Schwerter in Pflugscharen verwandeln. Alle Schwerter dieser Welt, wenn sie nur etwas Hilfe bekämen, Gott. Wenn sie doch nur nicht so allein wären.

Sie beten ganz inniglich. Ganz aufrichtig, ganz herzzerreißend schlicht, und ich würde am liebsten die Tür aufreißen und rufen, gebt mir einen Hammer, und ich schmiede drauflos, auf, christliche Soldaten, hier kommt eure Johanna von Orléans.

Ich reiße mich zusammen. Ich schlüpfe in den Bademantel, aber ich habe keine Lust mehr, auf die Terrasse zurückzukehren. Statt dessen lege ich mich in meine Hängematte und versuche einzuschlafen.

Eine Stunde später bin ich immer noch hellwach. Nach einer weiteren Stunde befinde ich mich endlich am Rande des Schlafes, als ein Geräusch mich weckt. Die Tür des Zimmers der Jungen quietscht, und ich höre nicht nur die Geräusche eines Teenagers, der aufs Klo muß.

Zwei flüsternde Stimmen kommen an meiner Tür vorbei und verschwinden die Treppe hinunter zur Garage.

Noch ehe ich meine Hängematte verlassen habe, höre ich den Motor des Autos. Obwohl ich mich in meine Kleider werfe, das Garagentor öffne und meinen Wagen anlasse, und das alles in Rekordzeit, sind sie vermutlich schon unten am Postamt, wo sich die Straße teilt, bevor ich sie eingeholt habe. Egal, wo sie hinwollen, es ist zu spät, um ihnen zu folgen.

Die Tür zu ihrem Zimmer ist nur angelehnt. Die Schlafsäcke liegen an ihren Plätzen auf den Luftmatratzen.

Sie haben sich nicht ganz davongemacht, sondern sie unternehmen nur einen Ausflug. Mädchenjagd wirkt ausgeschlossen, sowohl Piers als auch Joel sehen so aus, als hätten sie auf diesem Gebiet noch vieles vor sich. Beide trinken nichts Stärkeres als Eistee, und deswegen kann die bis spät geöffnete Bar, die ein paar Meilen entfernt im nächsten Cañon liegt, auch kaum ihr Ziel sein.

Taschen und Rucksäcke stehen in militärischer Ordnung an der einen Wand aufgereiht. Zwei Bücher in braunem Papier liegen neben den Luftmatratzen auf dem Boden.

Das eine ist eine zerlesene Bibel. Das andere ein Handbuch für zivilen Ungehorsam.

Anderthalb Autostunden von meinem Berg entfernt liegt ein Raketenstützpunkt. Endlich fügt sich ein Puzzleteil zum anderen. Das Puzzle, in dem die Sohnesliebe kein passendes Teilchen darstellt, geht auf.

Man hat mich benutzt. Ich werde benutzt. Ich werde auch zukünftig benutzt werden, wenn ich nicht eingreife.

Jetzt habe ich alle Hemmungen über Bord geworfen und durchwühle den ganzen Mist, alle Taschen und alle Rucksäcke, ich kehre die Schlafsäcke von innen nach außen und durchsuche die Kulturtaschen wie die Schmutzwäsche, aber keine Bolzenschneider fallen aus Joels Unterhosen. Keine Ketten und keine Hängeschlösser verbergen sich zwischen den Markenshorts.

Das Handbuch liefert mir die letzte Erklärung. Die Aktionen werden gründlich und über lange Zeit von kleinen, selbständigen Gruppen geplant. Joel und Piers sind so eine selbständige Gruppe, die gerade eine Aktion plant. Eine Aktion ist per Definition illegal. Eine Aktion, die sich gegen das Eigentum des Staates richtet, gegen die Kriegsindustrie, gegen die Aufrüstung. Ein kleiner Schlag mit dem Hammer, und der Moloch ist aufgehalten. Jemandem ein Bein zu stellen reiche aus, wenn man den enthusiastischen Autoren des Buches Glauben schenken will. Ein kleines symbolisches Beinstellen als Inspiration für zukünftige Beinsteller. Die das Ganze immer weiter fortführen.

Ziviler Ungehorsam. Meine Generation hatte Gelegenheit, gegen einen waschechten Krieg zu protestieren, und tat das auch. Einberufungsbefehle wurden vor den Augen deiner Mutter verbrannt, Joel, einige aus ihrem Bekanntenkreis verließen mitten in der Nacht ihr College und lebten jahrelang im Exil. Jesse sprengte aus Protest seine Fortpflanzungsorgane in die Steinzeit zurück. Jesses Freunde und meine Freunde wurden vom Krieg verstümmelt oder kamen darin um. An der Kent State University wurden junge Menschen niedergemetzelt, weil sie protestierten, ein persönliches Trauma deiner Mutter. Trotzdem erachtest du sie nicht als eine würdige Gesprächspartnerin oder als jemanden, den du wenigstens von deinen Plänen unterrichten müßtest. Denn du hast sicher Pläne. Pläne, die du in diesem Augenblick in die Tat umsetzt. Mit deiner Mutter als unwissender Komplizin.

Joel und Piers. Dick und Doof der Antikriegsbewegung. Aber hier wäre selbst der kleinste Heiterkeitsausbruch noch höchst unpassend. Hier haben wir es mit einer kleinen, selbständigen Gruppe zu tun, die dabei ist, eine illegale Aktion zu planen. Zwei kleine Menschen mit hehren Zielen und der Bereitschaft, die Konsequenzen zu tragen, wenn man dem Handbuch Glauben schenken darf. Das gehört zum Konzept. Daß man die Konsequenzen auf sich nimmt, egal wie sie aussehen. Daß man bereit ist, sich festnehmen zu lassen, daß man sich von der Polizei wegtragen und schlimmstenfalls verprügeln und von Hunden beißen läßt.

Vielleicht ist es auch umgekehrt, je schlimmer, desto besser. Jedenfalls gehört es dazu. Ein Prozeß stellt eine Bühne dar. Eine Gefängnisstrafe ein notwendiges Übel.

Der Raketenstützpunkt muß das Ziel sein. Die Recherche, auf die das Handbuch großen Wert legt, muß Zweck des Besuches sein. Des Besuches, den ich als ein unerwartetes Geschenk empfand. Als Beginn einer neuen Epoche, die es Joyce und Joel erstmals ermöglichen würde, von einem fortdauernden, vorhersehbaren Vakuum abzuweichen.

Recherche. Zwei Jungen, deren Leben kaum begonnen hat, bewegen sich in diesem Augenblick durch die Finsternis der Nacht auf eine schwer bewachte militärische Anlage zu, wo sie zweifellos von bewaffneten Wächtern aufgehalten werden, ehe sie überhaupt ihren Fotoapparat aus der Jackentasche ziehen können.

Meine mütterliche Gekränktheit darüber, nichts erfahren zu haben, unterliegt dem Gedanken, daß ich sie noch aufhalten könnte, ehe sie ans Ziel gelangen. Ich schneide also sämtliche Kurven auf dem Weg den Berg hinunter, doch zu dieser nachtschlafenden Zeit gibt es keinen entgegenkommenden Verkehr, oder es sollte ihn zumindest nicht geben.

Das Auto steht mit brennenden Scheinwerfern am Ende einer Bremsspur – auf der anderen Straßenseite und mitten in einer Kurve. Beim Bremsen muß der Wagen sich um sich selbst gedreht und den Berghang gestreift haben, zumindest ist der eine Kotflügel verbeult.

Ich bremse scharf ab. Das Scheinwerferlicht blendet mich, aber ich kann einen Blick auf Piers' Gesicht erhaschen, auf seine aufgerissenen, entsetzten Augen unter einer schwarzen Mütze. Joel ist nirgends zu sehen. Die Straße ist schmal, und es wäre lebensgefährlich, hier anzuhalten, nicht nur für mich, und ich fahre bis zur nächsten Ausweichstelle weiter. Die Fahrbahn ist jedoch nicht leer, dort liegt etwas. Etwas, was eben noch lebendig gewesen sein muß, aber jetzt vollkommen reglos daliegt.

Irgend etwas reflektiert im Licht meiner Scheinwerfer, etwas prallt gegen meine Reifen.

Etwas Pelziges. Etwas Schwarz-Weiß-Braunes. Es ist nicht mein Sohn, der da auf der Straße liegt. Es ist ein Tier, nein, es sind zwei Tiere, getötet von seinem Auto, zermalmt von seinen Reifen.

Ein paar hundert Meter weiter lenke ich meinen Allradwagen an den Straßenrand. Meine Beine geben fast unter mir nach, aber trotzdem renne ich, und da sitzt er. Am Straßenrand unter einem vorspringenden Felsen. Mein schwarzgekleideter Sohn, der dem Anlaß gemäß Trauer trägt. Etwas Zottiges liegt in seinen mageren Armen, und seine großen Hände streichen über einen blutigen Kopf. Dieser Kopf hat Augen, braun und voller Panik, und ich höre das Geräusch keuchender Atemzüge, von zwei lebendigen Wesen, die des Tieres und meines Sohns, und die Hände streicheln immer weiter über den klebrigen Pelz, und sie sind blutig, diese Hände. Sie bluten aus tiefen Schrammen, aber das Tier kämpft nicht mehr. Es keucht und zuckt ein wenig, dann ist es still.

»Joel.«

Ich strecke die Hand aus, aber er sieht mich nicht. Sein Blick ist auf den Kies zwischen seinen Füßen gerichtet. Ein paar Meter weiter übergibt sich Piers.

Der Windstoß erfaßt mich unerwartet wie eine Art riesiger Flügel. Es blitzt, und die Felswand hinter Joels Kopf ist erst blendend weiß, dann blau, die Luft in dem engen Cañon ein einziger kraftvoller Wirbel. Eine Sekunde darauf hallt der Donner.

Die Härchen auf meinen Armen stellen sich auf, große Tropfen klatschen auf meine nackten Schultern, der Asphalt dampft, die Tür zur Unterwelt steht offen, die Engel sind mit ihren kleinen Wasserkannen sehr beschäftigt, und der Regenguß spült das Blut von Joels Armen.

Es regnet Blut von Joels Händen, und dann ist es auch schon kein Regen mehr.

Hagelkörner prallen auf die Fahrbahn, sie schlagen Beulen in den Lack des Autos, trommeln auf meinen Kopf, auf Joels Kopf, Hagel, groß wie Ameiseneier, groß wie Mottenkugeln, steinhart und eiskalt. Piers ruft etwas, und ich rufe etwas, aber Joel regt sich nicht. Er hat sein Gesicht zum Himmel gewandt, und die Hagelkörner prügeln auf seine Stirn ein. Ich habe mir zum Schutz mein T-Shirt über den Kopf gezogen, jetzt ziehe ich es aus und versuche vergebens, es ihm ums Gesicht zu wickeln. Piers kommt von der anderen Seite angekrochen, und wir packen zu, ziehen und versuchen Joel hochzuheben, aber er entgleitet ständig unserem Griff, und zwar nicht, weil er Widerstand leisten würde, er läßt sich nur nicht festhalten und ist auch nicht zu erreichen.

»Setz dich ins Auto, Piers.«

Er zögert einen Augenblick, dann gehorcht er. Durch die vollkommen nasse Windschutzscheibe kann ich sein leichenblasses Gesicht mit den zugekniffenen Augen ausmachen.

Joels Lippen bewegen sich. Seine Stimme geht im Lärm des Hagels unter.

»Was sagst du?«

Mein Ohr ist ganz nah an seinem Mund, aber ein erneutes Donnern übertönt seine Stimme. Ich lege meine Arme um ihn und merke, daß er sich zurückzieht, aber jetzt reicht's, Joel. Mein Rücken bietet immerhin eine Art Schutz, den du annehmen mußt, Proteste hin oder her, egal wie gern du deine Schuld sühnen und dich zum Märtyrer machen willst. Jetzt bleibe ich sitzen, jetzt halte ich deine Arme fest und drücke mich an dich, und jetzt hagelt es auch nicht mehr. Der Donner ist nur noch ein fernes Gemurmel, und der Wind atmet auf, ein letzter Seufzer nach der Kraftanstrengung.

In der Stille das Geräusch von sprudelndem Wasser. In der Stille Joels Stimme.

»Weg von der Straße. Bring sie von der Straße weg.«

Die erste Dämmerung pinselt den Himmel grau. Im schwachen Licht des Morgens sind die Opfer des nächtlichen Blutbads nur noch tropfnasse Pelzklumpen auf der Fahrbahn. Waschbären, die auf ihrem Weg zum Bach auf der anderen Straßenseite aufgehalten worden waren, eine Mutter mit zwei Kleinen, die im Dunkel der Nacht eine Sekunde zu lang auf der Straße herumgetapst waren. Zwei Jungen, die unterwegs gewesen waren, um die Welt zu retten, hatten ihnen ihr Leben genommen. Ein Fingerschnipsen, und schon war es aus mit ihren Waschbärenplänen. Die Pläne von zwei Jungen wurden bei derselben Gelegenheit zunichte gemacht.

Joel sitzt immer noch mit dem Jungtier im Schoß da.

»Sie sollen von der Straße weg.«

Sie sind tot, Joel. Es ist egal, wo sie liegen. Es gibt Patrouillen, die sich um solche Sachen kümmern. Sie entfernen getötete Tiere von den Straßen. Was sie dann mit ihnen machen, weiß ich nicht. Vielleicht legen sie sie den Raubvögeln hin. Die Raubvögel müssen auch leben, Joel. Raubvögel essen tote Tiere, das ist ihre Nahrung.

»Sie sollen von der Straße weg.«

Piers ist aus dem Auto gestiegen. Zusammen heben wir die Kadaver von dem schmutzigen Asphalt. Eine Handvoll Hagelkörner, die noch nicht geschmolzen sind, hängen dem Kleinsten noch im Pelz. Er ist so klein, daß er beinahe in einer großen Hand Platz finden würde.

»In den Kofferraum.«

Joel erhebt sich. Vorsichtig legt er seine kleine bepelzte Last auf das geriffelte Gummi. Piers und ich tun es ihm gleich. Das Gefühl, einem Ritual beizuwohnen, ist fast übermächtig.

Einen Augenblick lang stehen wir mit gebeugtem Kopf da und betrachten die Tiere.

In meinem Kopf überschlagen sich die Gedanken, wie wir sie loswerden sollen, aber noch ehe wir soweit kommen, steht etwas anderes auf dem Programm.

»Laßt uns beten.«

Die Stimme ist erwachsen, das Gefühl ist das eines Kindes. Dieser Kombination läßt sich nichts entgegensetzen. Man kann sich also nur unterordnen, Piers hat das bereits getan.

Die Sonne geht gerade auf, als wir die Hände falten. Rot und bedrohlich rollt sie über den Felskamm, ein Vorgeschmack auf die Flammen der Hölle.

»Lieber Gott.«

Gott macht Kaffeepause, Joel. Gott frühstückt um diese Zeit. In diesem Augenblick sitzt er mit umgebundener Serviette da und überlegt, ob er Spiegeleier will oder ob die Eier auf beiden Seiten gebraten sein sollen. Das Küchenpersonal wartet aufmerksam auf seine Anweisung, und die Person in der gestreiften Schürze, die jetzt den Bratenwender schwenkt, kenne ich sogar.

Marge. Eigentlich solltest du hier sein.

»Lieber Gott. Nimm deine Geschöpfe zu dir.«

Marge. Du hättest mit ihm zusammen beten sollen, ich kann das nicht. Ich kann den Kopf senken und die Lippen bewegen, aber nirgends in meinem Wesen finde ich die Frömmigkeit und das Vertrauen, die ein Gebet erst möglich machen.

»Sieh mich in Gnade an, Gott, und vergib mir meine Schuld.«

Marge, du hättest seine demütigen Worte über Sünde und Gnade im Brustton der Überzeugung wiederholen können. Dein Trost und deine Sündenvergebung wären jetzt vonnöten, vielleicht sogar ebenso vonnöten wie die Gottes.

»Lieber Gott. Steh mir bei, damit ich nie wieder ein Leben verletze.«

Joels Stimme bricht. Einen Augenblick lang stehen wir schweigend da, dann intoniert Piers mit seiner Mädchenstimme das Ave-Maria, und wir befinden uns wieder auf sicherem Boden. Maria ist ein richtiges Universalmittel, immer gut für eine Rettung à la Superman in der Stunde der Not. Heilige Mutter Gottes, bitte für uns jetzt und in der Stunde unseres Todes, wozu hat man denn sonst die Mütter.

Marge hätte ein Auto mit Hagelschaden in einen Leichenwagen verwandeln können. Marge hätte auch eingesehen, daß der Tod der Tiere nicht deswegen traurig ist, weil sie klein, flauschig und niedlich sind, sondern vor allen Dingen, weil sie lebendig und deswegen heilig waren.

Marge hätte ein angemessenes Bärenbegräbnis veranstaltet. Ich könnte mir notfalls ein dummes Kostüm überziehen und einen Geistlichen parodieren.

Ich kann die Schrammen an Joels Armen und Händen reinigen und verarzten. Ich kann die Beulen auf seiner Stirn mit Eisbeuteln kühlen. Wenn das in diesem Zusammenhang nicht so unpassend gewesen wäre, hätte ich ein Steak auf sein blaues Auge legen können. Ich kann ihn dazu überreden, ein Aspirin zu schlucken, aber ansonsten gibt es keine Verwendung für mich und überraschenderweise auch nicht für Piers.

Joel gräbt in einer Lichtung ein Stückchen bergauf eine Grube, trägt die drei kleinen Bären eigenhändig zu ihrer letzten Ruhestätte. Dann wirft er mit einer kleinen Gärtnerschaufel dreimal Erde in die Grube. Von meinem Sessel auf der Terrasse, auf die ich mich mit einer Tasse starken Kaffees geflüchtet habe, kann ich ihn hören.

Er singt. Er betet. Er spricht Bibelverse. Mein Sohn, der trotz allem immer noch daran glaubt, daß der Herr sein Hirte ist.

Ein Kreuz aus zwei Stöcken, die von einem Stück Schnur zusammengehalten werden, markiert das Grab. Von jetzt an muß ein Stück meines Besitzes, ob ich es will oder nicht, als geheiligte Erde betrachtet werden.

Piers kommt auf die Terrasse. Piers hat sich umgezogen, kein Schwarz mehr, und er sieht in Polohemd und Shorts fast so aus wie vorher. Piers nimmt mir gegenüber Platz. Der Blick seiner kleinen blauen Augen ist unstet, die runden Wangen beben leicht.

»Was ist los, Piers?«

Er fingert an der Tischkante. Sieht über den Rand der Terrasse hinweg zu Joel, der mit Spaten und Gärtnerschaufel auf dem Weg in die Garage ist. Kaffee will er keinen, es ist etwas anderes. Ein Flugticket, ob ich ihm helfen könnte. Die Reise sei, was ihn beträfe, hier zu Ende. Keinesfalls würde er nochmals in dieses Auto steigen.

Jetzt kommen die Worte, und nichts kann sie mehr aufhalten. Nicht einmal Joels gequältes Gesicht, als er aus der Tiefe auftaucht.

Die ganze Idee. Wieso er sich eigentlich darauf habe einlassen können, ist ihm schleierhaft. Mitten in der Nacht so weit zu fahren. Aber auch von Anfang an. Kein Mensch, der noch halbwegs bei Trost ist, hat Lust, im Gefängnis zu sitzen. Joel ist zu weit gegangen. Er hat versucht, es ihm zu sagen, aber Joel hört nicht zu. Joel hört nur auf Gott. Piers ist nur ein Mensch. Das muß Joel verstehen.

Piers. Ich verstehe dich. Ich verstehe jedes Wort. Außerdem teile ich deine Verzweiflung. Ich teile auch deine Beschämung darüber, absoluten Ansprüchen nicht gerecht zu werden. Nicht genügend Kraft aufzubringen. Deine Beschämung über den Verrat, den Treuebruch, die Feigheit. Ich begreife, daß du um Verständnis bittest. Ich weiß auch, daß du nie erhalten wirst, worum du bittest. Dein verratener Freund wird dir nur die andere Backe darbieten. Auf mehr kannst du nicht hoffen. Nur das bleibt dir, Piers. Und die Schande.

Die schauerlichste aller Schauergeschichten in der Bibel handelt von einem Fast-Namensvetter von dir und spielt sich ebenfalls frühmorgens ab. Vor dem ersten Hahnenschrei, Piers. Du gehörst zu einer großen Familie, aber in dieser Familie kennen wir uns untereinander nicht, und wir bekennen uns nicht zu unserer Verwandtschaft. Statt dessen wiegen wir uns selbst und befinden uns ausnahmslos für zu leicht.

Später an diesem Tag fahre ich Piers zum Flughafen in Denver. Joel hat sich in die Rumpelkammer zurückgezogen, und ich höre aus dem Flur ihre lahmen Versprechungen, den Kontakt aufrechtzuerhalten, und mir blutet das Herz.

Joel und ich sind allein im Haus. Zum ersten Mal, seit er ein kleiner Junge war, sind wir allein zu zweit. Damals war ich erwachsen und hatte dadurch die Oberhand, zumindest in der Theorie. Wie es heute aussieht, muß sich erst zeigen.

Bill und Theresa wissen, wo er ist, aber es ist mir gelungen, zu verhindern, daß sie ihn abholen. Vorläufig bleibt er bei mir. Wir unterhalten uns, genaugenommen rede ich.

Joel behält seine Geschichte für sich. Ich glaube aber, daß ich sie trotzdem kenne.

Joels Geschichte

Das schwerste ist die Zeit, bis man den ersten Schritt unternommen hat. Anschließend ist man ganz ruhig. Das hat Pastor Wayne gesagt, und daran glaube ich. Pastor Wayne hat eingesessen, weil er gegen den Krieg in Vietnam demonstriert hat. Pastor Wayne war der beste Lehrer der Schule. Mein Vater war nicht begeistert von ihm, aber Tessie hat ihn überredet, mich weitermachen zu lassen. Ein falscher Lehrer ist kein Grund, die Schule zu wechseln. Solange ich zu Hause ein Gegengewicht hatte, war es okay.

Tessie ist mit meinem Vater verheiratet. Sie ist nicht meine Mutter. Wer meine eigentliche Mutter ist, läßt sich nicht so ohne weiteres entscheiden. Joyce hat mich zur Welt gebracht. Das steht auf meiner Geburtsurkunde. Joyce Deirdre Turnbull, geborene Dunne. Was dann geschah, darüber möchte niemand gern reden. Meine Großmutter starb am Tag meiner Geburt. Joyce hat ihren alten Rosenkranz aus Perlmutt übernommen, der am Spiegel im Badezimmer hängt, ein merkwürdiger Ort für einen Rosenkranz.

Als ich klein war, war Marge da. Sie war nicht meine richtige Mutter, aber das tat nichts zur Sache. Marge ist tot, sie wurde überfahren. Das ist jetzt fast sechs Jahre her. Eines Abends im St. Anthony's war sie plötzlich im Schlafsaal. Die anderen schliefen, und sie setzte sich auf meine Bettkante, und dann beteten wir zusammen. Gute Nacht, Joel, sagte sie und küßte mich auf die Stirn. Gute Nacht, Marge, sagte ich. Dann konnte ich einschlafen.

Ich bete viel. Das habe ich immer getan. Tessie sprach das Nachtgebet mit mir, nachdem ich bei ihnen eingezogen war.

Tessies Augen sind grau, bei niemand anderem habe ich je so leuchtend graue Augen gesehen. In diesen Augen befindet sich ein großes Büro mit Neonröhren an der Decke. Ein Sekretär sitzt an einem Pult und führt zwei Protokolle. In dem einen steht alles, was ein Junge in meinem Alter normalerweise tut. In das andere schreibt der Sekretär, was ich tue, damit Tessie es miteinander vergleichen kann. Sie wirft mir nie etwas vor, aber ich merke immer, wenn die Protokolle nicht übereinstimmen.

Ich habe mich daran gewöhnt, daß Joyce nur da ist, wenn es ihr gerade in den Sinn kommt. Ich glaube auch nicht, daß sie irgend etwas von mir erwartet. Den Brief, den sie mir ins St. Anthony's schickte, habe ich in meine Briefmappe gelegt. Erst als Piers und ich von diesem Raketenstützpunkt lasen, erinnerte ich mich daran, daß sie ganz in der Nähe wohnt. Ich weiß nicht, warum, aber ich hatte im Gefühl, daß sie es wohl okay finden würde, wenn ich einfach mit Piers im Schlepptau bei ihr auftauchte. Meinen Großvater und Mary-Ann wollte ich aus der Sache raushalten. Zuerst erwog ich, ihn zusammen mit Joyce an einem Sonntag zu besuchen, damit wir in die Messe gehen könnten, doch ich habe diesen Plan verworfen. Sie sehen sich offenbar nicht so oft, warum, weiß ich nicht.

Mein Vater ist Soldat gewesen. Er hat immer davon geträumt, daß ich in seine Fußstapfen trete. Aber Christus sagt, daß wir die andere Backe darbieten sollen, wenn uns jemand schlägt. Wir sollen anderen Menschen tun, wie wir wollen, daß sie uns tun. Du sollst nicht töten, sagt der Herr. Aber das Töten ist der Job eines Soldaten. Wenn es für eine gerechte Sache ist, dann macht Gott eine Ausnahme, sagt mein Vater, und Tessie gibt ihm recht.

Ich wurde nach England geschickt, weil ich in schlechte Gesellschaft geraten war. So drückte mein Vater es aus. Pastor Wayne hatte einen Bibelkreis gegründet, und das war die schlechte Gesellschaft. Wir lasen im Alten Testament die Propheten Jesaja und Micha. Micha hatte eine Vision. Daß jeder ohne Furcht vor dem anderen unter seinem eigenen Feigenbaum säße. Jesaja prophezeite, daß die Menschen Schwerter zu Pflugscharen schmieden würden und daß die Nationen sich nie mehr gegeneinander erheben würden.

Du sollst nicht töten. Das muß man ernst nehmen, es ist eines von Gottes Geboten. Gottes Gebote lassen sich nicht dehnen, sagt Pastor Wayne. Mein Vater dehnt sie, und Tessie tut es auch. Sie essen Putenfleisch und grillen Steaks und sind sauer, wenn ich von Leichenteilen spreche.

Zum Schluß haben wir zu Hause nicht mehr davon gesprochen. Es war eine Erleichterung, als ich endlich nach England aufbrach.

Du sollst deinen Vater und deine Mutter ehren. Aber ich kann ihm einfach nicht recht geben. Ehre ich ihn, wenn ich ihm recht gebe und Gott gleichzeitig verrate? Das glaube ich nicht. Es gibt die Gesetze der Menschen, und es gibt die Gesetze Gottes.

In der Welt meines Vaters muß ich abgehärtet werden, damit ich stark genug bin, um mich zu wehren. Pastor Wayne lehrte mich, daß man auch auf eine andere Art stark sein könne. Daß man Gewalt mit Demut begegnen könne, statt zurückzuschlagen. Im St. Anthony's habe ich gelernt, Demütigungen hinzunehmen. Das war schwer. Ich weiß nicht, ob ich es ohne Piers geschafft hätte. Beten half auch. Ohne Gebet und Piers wäre es vermutlich nicht gegangen.

Mein Vater und Tessie haben Geld in einen Fonds eingezahlt, der mein Studium finanzieren soll. Ich bin immatrikuliert und habe einen Collegeplatz, die Studiengebühren für das erste Jahr sind bezahlt. David wird dasselbe College besuchen. Wir sind zusammen aufgewachsen, bis mein Vater und Tessie fanden, ich solle bei ihnen wohnen. David ist immer noch mein Freund, obwohl er keine Lust hat, über die Dinge zu sprechen, die mich interessieren, er will lieber über Football reden. Oder Mädchen. Ich kenne außer Megan und den Zwillingen keine Mädchen. Wenn ich ihn frage, ob wir zusammen beten sollen, lacht er nur. Piers und ich haben uns verstanden. Das habe ich zumindest geglaubt, bis er nach Hause fuhr. Vielleicht ist es falsch von mir, aber irgendwie sehne ich mich nach einer neuen Familie.

Joyce ist anders als die anderen Erwachsenen, die ich kenne. Wenn sie, was selten vorkommt, ganz still dasitzt und auch nicht redet, ist sie sehr gutaussehend. Piers meinte, sie erinnere ihn an ein Gemälde von Tizian. Mir haben Gemälde von Rothaarigen immer schon gut gefallen.

Jeden Tag bete ich am Grab der kleinen Bären. Joyce findet, ich solle mir das selbst verzeihen, Gott habe es schon längst getan. Wenn Joyce von Gott spricht, klingt das immer so, als würde sie ihn in Anführungszeichen setzen. Sie erwähnt ihn vermutlich hauptsächlich meinetwegen.

Wenn ich an die Waschbären denke, dann denke ich auch an Marge. Das Leben so zu verlieren ist brutal. Aber der Verursacher kommt wahrscheinlich auch nie davon los.

Gott will mich prüfen, glaube ich. Marge ist bei Gott. Vielleicht spricht sie mit ihm. Vielleicht sind sie sich darin einig, daß ich geprüft werden muß.

Jesus ist am Kreuz gestorben. Pastor Wayne haben sie ins Gefängnis geworfen. Mir ist nur Geringfügiges zugestoßen.

Das schwerste ist die Zeit, bis man den ersten Schritt unternommen hat. Anschließend ist man ganz ruhig. Das hat Pastor Wayne gesagt, und ich glaube ihm.

Ich warte darauf, den ersten Schritt zu unternehmen. Ich hoffe, ich finde einen Weg.

Wladimira

In Wladimiras Tablettenschachtel gibt es zwei neue Pillensorten. Sie bewirken, daß sie einen trockenen Mund hat und noch unbeholfener ist. Aber die Pillen haben auch zur Folge, daß sie nicht mehr schreit und sich auf den Boden wirft. Zur Erleichterung der Nonnen läßt sich der Vorfall in der Kapelle als eine bedauerliche Ausnahme zu den Akten nehmen, aus der sich etwas lernen läßt.

Ein Neuzugang übernimmt ihre Arbeit in der Küche, und anfangs will Wladimira immer noch mithelfen, aber sie läßt Teller auf den Bodenfliesen zerschellen, Besteck fliegt lärmend auf den Edelstahlspültisch, Essensreste fallen herab und machen den Boden lebensgefährlich glatt, und zum Schluß haben selbst die geduldigen Nonnen genug. Wladimira wird vorläufig vom Dienst befreit, und man wartet ab, wie sich die Dinge weiterentwickeln.

Die Kapelle wird zu Wladimiras bevorzugtem Aufenthaltsort. Sie verbringt ganze Tage kniend vor dem Altar, vom Aufstehen, bis man sie zur Schlafenszeit holt. Die Haut an ihren Knien ist nach den vielen Stunden auf dem Steinboden hart und verhornt, trotzdem kommt sie immer wieder zurück. Von dem, auf den sie wartet, war sie getrennt, die Jahre sind vergangen, und plötzlich ist er dagewesen. Sie hat auch früher schon gewartet, und er ist zurückgekommen. Jetzt wartet sie wieder, sie wartet und betet das Gebet der heiligen Agathe.

Anfänglich betrachten die Nonnen Wladimiras plötzliche Frömmigkeit mit Wohlwollen. Eine Bekehrung ist nie unwillkommen, und Schwester Blanche stattet Wladimira mit einem Rosenkranz aus und übernimmt es, sie mit den Grundsätzen des Glaubens vertraut zu machen und ihr die notwendigen Gebete beizubringen.

Aber es ist nicht der leidende Christus, der Wladimira in die Kapelle treibt. Selbst mit viel Wohlwollen kann Schwester Blanche nicht davon absehen, daß Wladimira andere und zweifelhaftere Beweggründe für ihr plötzliches Interesse an religiösen Aktivitäten hat, und das Kloster hat keinen Platz für Leute, die für Kost und Logis keine Arbeit leisten.

Wladimira wird in den Garten versetzt, der das Kloster mit Gemüse und Kartoffeln versorgt und wo immer ein paar zusätzliche Hände gebraucht werden.

Wladimira kniet erneut, aber jetzt in den Kräuterbeeten. Ihre Hände sind nicht mehr gefaltet, sie jäten, säen und ernten, und die frische Luft tut ihr gut.

Im Garten erlebt sie zum ersten Mal in ihrem Leben die Jahreszeiten anders als nur in Gestalt von Kälte und Wärme und dem Impuls, Kleider aus- oder anzuziehen. Selbst die Pillen können die vielen sinnlichen Eindrücke des Gartens nicht betäuben, den bitteren Duft des Möhrenkrauts, den scharfen des Kohls und das durchdringende Aroma des blühenden Thymians. Insekten und Larven kriechen überall herum, kleine, elegante Käfer, deren Leben einen rätselhaften Verlauf nimmt. Wladimiras blasser Teint wird mit jedem Monat roter und wettergegerbter, nachts schläft sie wie erschlagen von dem Moment an, in dem sie ihren Kopf aufs Kissen legt, bis die Morgenglocke sie wach läutet.

Wenn die Glocke zur Freizeit am Nachmittag läutet, ist sie reif für einen Mittagsschlaf. Sie setzt sich einfach auf einen der unbequemen Holzstühle des Aufenthaltsraums, und Speichelbläschen treten auf ihre Lippen, die irgendwie an einen Fisch im Aquarium erinnern.

Wladimiras zweiter Gartensommer hat begonnen, und das sonst so stille Kloster ist voller Leben.

In einer Ecke des Klosterparks hat man ein Arbeitslager aufgebaut. Junge Katholiken aus aller Welt finden sich dort dreiwochenweise ein, wohnen in Zelten und helfen beim Bau eines Gästeflügels mit. Einige Sommerwochen lang wimmelt das Kloster von jungen Leuten, die bereit sind, die Ärmel hochzukrempeln, einen Einsatz für den Glauben zu leisten und die Barmherzigkeit in die Tat umzusetzen. Die gedämpfte Stimmung des Refektoriums ist einer schüchternen Munterkeit gewichen, und der Aufenthaltsraum ist kein Ort mehr für ungestörten Schlummer und stilles Bibelstudium, sondern ein Treffpunkt, wo Lebensgeschichten ausgetauscht und Blasen und blaue Flecken verglichen werden.

Ein Fenster zur Welt dort draußen ist aufgestoßen worden, und Bilder dringen herein in die bilderarme Welt des Klosters. Bilder des Lebens draußen, einer Welt, in der nicht sichere Monotonie herrscht, sondern unsichere Vielfalt und in der Gedächtnisverlust, sei er nun gewollt, unfreiwillig oder tablettenbedingt, ständig von Assoziationen und Erinnerungen provoziert wird.

Das Resultat läßt nicht lange auf sich warten. In diesem Sommer nehmen mit dem Fortschreiten des Neubaus auch die Heulkrämpfe und Brüllattacken im Dormitorium zu. Mitten in diesem Aufruhr geht Wladimira ihrer Arbeit nach. Von ihrem Posten zwischen Rüben und Bohnen hört sie das Stimmen- und Sprachengewirr auf dem Bauplatz hinter der Gartenmauer, hält jedoch den Fremden gegenüber Abstand.

Bis zu jenem Tag, als plötzlich ein Schachbrett auf einem der Tische des Aufenthaltsraums steht.

Der Anblick erzeugt in ihr ein Gefühl des Unbehagens, aber auch des körperlichen Begehrens. Sie kann einfach nicht an ihm vorbeigehen. Sie muß stehenbleiben und zuschauen und vielleicht etwas wiedererkennen.

Ein kleines Reiseschachbrett mit magnetischen Figuren. Ein Schachspiel, das sie an eines von früher erinnert. Es gehörte einem Mann, der schielte. In einer Sporthalle, an einem festlich gedeckten Tisch. In einer anderen Zeit, in einem anderen Leben.

Die Figuren sind aufgestellt, aber es sind keine Spieler da.

Das Bild der Sporthalle ist verschwunden. Nur das Schachspiel ist noch da, die weißen und schwarzen Vierecke des kleinen Spielbretts, und jetzt verklingt das Geräusch der Stimmen um sie herum. Das Zimmer löst sich auf und verwandelt sich in eine Kulisse, und Wladimira ist allein, aber nicht ganz. Auf der anderen Seite des Tisches kann sie die Umrisse eines vertrauten, geliebten Gegners sehen, der mit gebeugtem Kopf dasitzt.

Ein Stuhl steht für sie bereit, und sie stützt die Ellbogen auf die Tischplatte, ihre rissigen Gartenfinger ergreifen den Bauern der weißen Königin, und schon eilen die weißen Figuren übers Brett, spielen Katz und Maus mit den schwarzen, bewegen sich rasch und scharfsinnig und immer näher aufs Ziel zu, die ganze Zeit elegant und korrekt, und er hat verloren, und sie hat gesiegt.

Wladimira hebt den Blick vom Schachspiel. Eine kleine Schar hat sich um sie herum versammelt, und hinter dem Stuhl auf der anderen Seite des Tisches stehen ein paar Leute, die sie kennt.

Joyce.

Aber das ist nicht Joyce, da ist nur eine Ähnlichkeit. Ein junger Mann mit sommersprossigem Gesicht und rotem Haar, das ihm in die Stirn hängt, einem wehrlosen Gesicht ohne die sich ständig verändernde Mimik von Joyce. Ein junger Mann, der sich auf die Unterlippe beißt. Vielleicht ist das ja sein Schachspiel.

Wladimira läßt die Hände sinken, hinter ihr wird gemurmelt, jemand klatscht vorsichtig, andere schließen sich an.

Wladimira sieht sich im Kreis der jungen, neugierigen Gesichter um. Es ist offensichtlich, daß sie etwas von ihr erwarten, aber sie weiß nicht, was.

Ein Wort. Vielleicht warten sie auf ein Wort, aber sie hat keine Worte, die sie ihnen geben könnte. Statt dessen stellt sie die Figuren auf dem Schachbrett wieder zurück in ihre Ausgangsposition.

Ein erleichterter Seufzer geht durch die Gruppe, als sie den ersten Zug macht.

Der Rothaarige hat ihr gegenüber Platz genommen. Er hat seine Hände auf den Tisch gelegt, und sie sind groß wie Boxhandschuhe und haben Blessuren und eingerissene Nägel von der Baustelle, aber nichts kann Wladimira jetzt ablenken.

Kein Paar schwieliger Hände, kein fragendes Gesicht mit roten Ponysträhnen, die in der Sommerhitze an der Stirn kleben, keine Erinnerung an eine Frau, die sie einmal gekannt hat. Die Figuren sollen ihrer Bahn folgen, koste es, was es wolle, ihre Hände werden sie nach den vorherbestimmten Regeln bewegen, von Weiß nach Schwarz und von Schwarz nach Weiß, korrekt und elegant.

Die Freistunde ist vorbei. Die Nonnen und die übrigen Bewohner sind schon lange wieder bei der Nachmittagsarbeit, auch die jungen Leute haben widerstrebend den Aufenthaltsraum verlassen. Nur der Rothaarige sitzt immer noch auf seinem Stuhl.

Die Glocke hat vergebens nach Wladimira gerufen. Dieses Mal hat sie etwas Wichtigeres zu tun, als den Salat für das Abendessen zu pflücken. Sie beugt sich ein weiteres Mal über das Schachbrett, und das Gebet der heiligen Agathe ist vergessen, der Mann am Kreuz hat nie existiert. Hier am Schachbrett und bei den Schachfiguren hat sie den gefunden, den sie gesucht hat, und sie arbeitet sich systematisch durch ein weiteres Spiel und hört nicht auf, bis sie sich ein zweites Mal schachmatt gesetzt hat.

Schwester Blanches Hand auf ihrer Schulter weckt sie aus ihrem Rausch, als sie gerade die Figuren ein drittes Mal aufstellt, aber sie schüttelt sie ab. Von jetzt an soll sie nichts mehr hindern.

Edda

Olafur ist nicht mehr da. Ich wache nachts auf und meine ihn atmen zu hören. Sein hellblauer Pyjama liegt immer noch im Wäschekorb. Irgendwann einmal werde ich ihn waschen. Noch nicht.

Wenn ich an Olafur denke, dann denke ich auch an meinen Vater. An ihre runden Bäuche. Sie haben so gut gerochen. Niemand auf der Welt hat je so gut gerochen wie Olafur. Er roch so, wie ein guter Mensch riecht.

Als mein Vater starb, war ich in Carolinas Alter. Er fehlte mir. Mir fehlte jemand, an den ich mich ankuscheln konnte, einer, der mir etwas beibringen konnte. Damals suchte ich mir den Falschen. Ich war zu dumm, um zu warten, bis der Richtige auftauchte.

Aber Olafur kam, und Carolina wurde geboren. Am Ende wurde alles gut.

Jetzt bin ich Witwe. Carolina besitzt das Hotel. Olafurs Anwalt hat sich um das Finanzielle gekümmert, und so war es am besten. Wir wohnen so, wie wir immer gewohnt haben. Ich tue das, was ich immer getan habe. Aber Carolina versteht sich aufs Geschäft. Sie ist die Chefin. Sie ist tüchtig. Genauso tüchtig wie Olafur.

Aus ihr ist ein kleines Arbeitstier geworden. Das hätte ich nie geglaubt. Aber Carolina ist mehr die Tochter ihres Vaters als meine. Als Olafur noch lebte, war ich nur jemand, der auch noch dabei war. Das machte nichts.

Jetzt, wo wir allein sind, ist es anders. Wir sprechen mehr miteinander. Wir sprechen darüber, was im Hotel passiert. Carolina stellt Fragen, erkundigt sich, ob sie irgend etwas tun soll. Aber sie wartet die Antwort nie ab. Ich weiß auch gar nicht, was ich sagen sollte. Sie findet es stets selbst heraus. Sie überlegt vermutlich, was hätte Papa getan, und verfährt dann dementsprechend.

Von Olafur spricht sie nicht soviel. Aber sie denkt an ihn. Da bin ich mir sicher.

Eben ist Carolina mit einem Brief angekommen. Einem Brief auf französisch. Er ist lang und kompliziert. Also hat Carolina ihn mir vorgelesen und übersetzt, was ich nicht verstehe.

Der Brief kommt von einer Nonne, Schwester Blanche. Es geht um Wladimira. Ich hatte seit Jahren nicht mehr an sie gedacht, jetzt war sie plötzlich wieder da. Sie hat ein merkwürdiges Leben geführt. Ein Leben ohne Zuhause, immer auf Reisen. In dem Brief steht, sie hätte die letzten Jahre in einem Kloster in der Provinz gewohnt. Unser Hotel sei ihr letzter bekannter Aufenthaltsort gewesen, schreibt Schwester Blanche. Deswegen wende sie sich an mich.

Wladimira sei krank. Nicht nur etwas sonderlich, wie es eben ihre Art war, sondern richtig krank.

Alle im Kloster beteiligten sich an der Hausarbeit. Auch Wladimira habe bis vor kurzem ihren Teil getan. Schwester Blanche schreibt, sie habe sich von der Gemeinschaft zurückgezogen. Die Situation sei unhaltbar.

Sie fragen, ob sie sie hierherschicken könnten. Zunächst nur für zwei oder drei Wochen, während man entscheide, was weiter mit ihr geschehen solle. Ein junger Mann würde sie bringen, falls ich zustimmte.

Wladimira kam zu mir, nachdem Olafur damals, vor vielen Jahren, abgereist war. Damals hatte ich von allem zwei. Zwei Teller, zwei Messer, zwei Gabeln. Jetzt kann ich all das, was wir besitzen, nicht mehr zählen.

Carolina zuckt mit den Achseln, als ich sie frage. Ihr ist es egal, ob Wladimira für ein paar Wochen kommt. Die Saison ist fast zu Ende, und Platz gibt es genug.

Wladimira hat sich um Carolina gekümmert, als ich zu schwach war. Jetzt ist Carolina an der Reihe, sich erkenntlich zu zeigen. Ich sage das nicht, weil sie es vermutlich nicht verstehen würde. Sie denkt nicht so.

Carolina ist meine Tochter. Ich habe sie zur Welt gebracht, sie hat an meiner Brust gelegen. Jetzt ist sie erwachsen. Erwachsen und tüchtig. Und hübsch. Hübscher, als ich es mir je hätte vorstellen können.

Wir wohnen unter einem Dach, wie wir das immer getan haben. Wir sprechen miteinander. Über Alltägliches. Über die Tage, die kommen und gehen. Aber ich kenne sie nur halb. Ich sehe sie an und denke, ist das deine Tochter? Es gibt so vieles an ihr, was ich nicht verstehe. Dinge, die sie sagt. Ich wünsche mir, daß sie ein guter Mensch ist. Daß sie sich um andere kümmert. Aber es hat den Anschein, als wäre sie sich selbst genug.

Carolina ist meine Tochter. Aber sie ist auch eine Fremde. Vielleicht ist das einfach so. Daß sich Mütter und Töchter fremd sind. Daß wir uns nie richtig kennenlernen können.

Carolinas Geschichte begann mit einem Fremden. Einem Fremden auf einer Bank. Aber dann handelte sie auch von der Liebe. Ich habe ihr meinen Teil von dieser Geschichte erzählt, und ich glaube, sie hat zugehört. Der Rest der Geschichte ist ihre Geschichte.

Carolinas Geschichte

Mein altes Kindermädchen ist hier. Wladimira. So heißt sie. Seltsamer Name, ich weiß nicht, wo sie ihn herhat. Sie hat auf mich aufgepaßt, als ich klein war, und ist mitgekommen, als wir hierherzogen. Ihre Geschichte ist kompliziert. Ich hatte nie richtig Lust, mich damit auseinanderzusetzen.

Ich durfte mir bei ihr nie etwas herausnehmen, als ich klein war. Sie sagte immer, halt, das darfst du nicht. Ich glaube nicht, daß sie Kinder mochte. Damals hatte sie einen Riesenbusen, aber er war nicht so weich wie Mutters. Sie war hart wie ein Holzklotz. Jetzt ist sie platt wie ein Pfannkuchen. Ich glaube, sie färbte sich das Haar, sonst machte sie nicht sonderlich viel aus sich. Ihr Shampoo roch nach Fischernetzen. Damals war ihr Haar pechschwarz und fettig, jetzt ist es grau und trocken.

Sie ist ein bißchen verwirrt, um es milde auszudrücken. Mutter sorgt dafür, daß sie alle Pillen schluckt, die sie braucht.

Sie besitzt ein kleines Schachspiel, an das sie sich klammert. Sie sitzt manchmal stundenlang da und spielt gegen einen unsichtbaren Gegner. Ein junger Typ begleitet sie, ein Amerikaner. Es ist mir nicht ganz klar, ob er auf sie aufpassen soll oder einfach nur Ferien machen will. Sie essen zusammen, aber wenn sie nicht Schach spielt, ist sie mit Mutter zusammen.

Der Amerikaner läuft meist allein herum. Er sagt nicht viel. Aber gelegentlich redet er ein wenig mit mir. Ich kann nicht besonders gut Englisch, und er kann kaum Französisch. Irgendwie geht es dann aber doch.

Papa sah es am liebsten, wenn ich mit überhaupt keinen Jungs zusammen war. Daran konnte ich mich leicht halten. Die meisten tun auch nur so, als wollten sie sich unterhalten. Dann vergehen etwa zehn Minuten, und sie versuchen, den Arm um einen zu legen oder einen zu begrapschen. Oder sie fassen einem wie zufällig an den Po. Wenn man im Kino neben ihnen sitzt, wollen sie Händchen halten, aber einige von ihnen waschen sich garantiert nie die Hände. Sie bohren in der Nase und fassen ihren Schniepel an. Sie drehen Zigaretten und setzen sich zum Essen an den Tisch, ohne sich die Hände zu waschen. Ihre Mütter könnten ihnen gut mal was sagen, auch wenn sie keine Kinder mehr sind. Aber Mütter finden ihre Söhne immer ganz umwerfend, auch wenn sie unappetitlich sind.

Suzanne hat einen Freund an der Uni, einen blassen Typen mit Brille, der nur von sich redet und davon, wie begabt er ist. Christiane vögelt Philou. Er ist Automechaniker und hat Pickel im Nacken. Wie bringt sie es nur über sich, ihn überhaupt anzufassen?

Der Amerikaner heißt Joel. Ich spreche seinen Namen französisch aus, Joël. Er hat helle, sommersprossige Haut und wirkt recht weich. Ich habe noch nie jemanden mit so sauberen Nägeln gesehen. Sogar die Fußnägel sind einwandfrei. Es ist immer noch warm, obwohl September ist, und meist läuft er in Bermudashorts und Sandalen herum. Er ist groß und dünn, aber ziemlich hübsch. So wie ein Tier, eine Antilope oder ein Reh, und nicht, weil er eine bestimmte Frisur hat oder bestimmte Marken trägt.

Joël ist schüchtern. Er beißt sich auf die Unterlippe, wenn ich ihn unerwartet anspreche. Aber dann lächelt er, ein kleines, ernstes Lächeln, falls ein Lächeln überhaupt ernst sein kann, und antwortet in einer Mischung aus Englisch und Französisch. Er gibt sich mit allem Mühe. Ich habe gehört, wie er einem der Kellner erklärte, warum er kein Fleisch ißt, das machte er richtig gut. Er ist kein Draufgänger und findet auch nicht, daß sich alle nach ihm richten sollen. Er sagt etwas, und dann sieht er zu Boden, während er auf die Antwort wartet. Papa hätte seine Höflichkeit gefallen.

Papa ist tot. Er war alt, viel älter als Mutter. Als ich klein war, waren wir immer zusammen. Dann kam eine Zeit, in der er ziemlich unmöglich war. Wahrscheinlich war ich selbst auch ein bißchen unmöglich. Mutter sagte damals, irgend etwas quäle ihn. Ich weiß nicht, was es war. Ich war nicht alt genug, um zu begreifen, daß er Probleme haben könnte. Aber das ging vorbei, und wir waren wieder zusammen.

Papa brachte mir bei, wie man ein Unternehmen führt. Wie man den richtigen Preis festlegt. Daß jeder seinen Teil zu bezahlen habe. Daß man nichts aus Bequemlichkeit vereinfachen dürfe, die Gäste kämen nur wieder, wenn man sie korrekt behandele.

Jetzt bin ich erwachsen. Ich kann alle Papiere unterschreiben und ein Bankkonto eröffnen. Aber in mir steckt ein kleines Mädchen, dem sein Vater fehlt. Zwei Jahre sind vergangen, und ich höre immer noch seine Stimme, wenn ich erwache. Papa hat mich immer geweckt. Jetzt muß ich von allein aufwachen.

Wenn ich über mein zukünftiges Leben nachdenke, dann versuche ich mir mich selbst mit einem Mann vorzustellen. Vielleicht auch mit Kindern. Kinder mag ich. Bei uns wohnen auch Familien mit Kindern, wenn sie nett sind, dürfen sie am Empfang sitzen und malen, wenn es draußen regnet, so wie ich das als Kind getan habe.

Mutter hat mir erzählt, wie sie Vater kennengelernt hat. Sie wollte keinen Mann, sagt sie. Sie wollte nur mich. Aber dann traf sie Papa. Ihre Nase wird rot, wenn sie von ihm spricht.

Er wurde mein Glück, sagt sie. Immer wollte er das Beste. Für dich und für mich. Einen solchen Mann wünsche ich dir, Carolina.

Der Mann, mit dem ich zusammensein werde. Ich weiß nicht, wie so ein Mann sein soll. Es muß einer sein, mit dem ich reden kann. Einer, den ich respektieren kann. Einer, von dem ich etwas lernen kann. Es gibt vieles, was ich lernen will. Sprachen. Englisch ist schwer. Aber Joël hört sich meine Versuche an und korrigiert mich behutsam. Dafür korrigiere ich ihn, wenn er französisch spricht.

Joël ist als Kind geritten, und ich habe ihn zu Hrimfaxe mitgenommen. Er stand da und flüsterte dem Pferd genauso ins Ohr, wie ich das immer tue, dann kraulte er ihm den Hals und vollführte dieselbe kleine Bewegung mit dem Handgelenk, als er ihm ein Zuckerstück gab, wie ich. Ich versuchte, etwas darüber zu sagen, aber das endete, indem wir beide lachten. Joël lacht nicht so häufig. Wenn er lacht, hat es fast den Anschein, als täte ihm etwas weh.

Joël ist so ernst. Ich bin auch ernst, besonders wenn es um die

Geschäfte geht, aber nicht wie er. Jeden Tag geht er in die Kirche, um zu beten. Ich war noch nie in der Messe, Papa hat nicht an solche Dinge geglaubt. Meine Freundinnen erzählten begeistert von ihrer Erstkommunion und ihren Engelskleidchen. Papa hätte mir jederzeit ein Engelskleidchen gekauft, aber in die Kirche ging er nicht. Joël hat mich gefragt, ob ich ihn begleiten wolle, und vielleicht tue ich das auch. Morgen zum Hochamt. Dann habe ich es immerhin ausprobiert.

Joël spricht von Barmherzigkeit. Davon, etwas für andere zu tun. Er spricht so von Jesus, daß man glauben könnte, er sei mit ihm in eine Klasse gegangen. Das wichtigste sei, gegen den Krieg zu arbeiten und jedwedes Leben zu respektieren, sagt er. Das klingt gut. Aber ich kann mir nicht vorstellen, daß ich in die Küche gehe und zu den Köchen sage, stop, schmeißt diesen Hummer nicht in den Kochtopf. Die Gäste würden einen Schock bekommen, wenn es nur noch Gemüse zu essen gäbe.

Wenn ich mit jemandem wie Joël verheiratet wäre, müßte ich mich wohl anpassen. Ich kann mir nicht vorstellen, verheiratet zu sein. Sich nach jemandem richten zu müssen. Alles zu diskutieren und sich der Ansicht eines anderen zu beugen.

Die Messe war langweilig. Joël betete mit geschlossenen Augen, und auch ich machte die Augen zu. Joël wußte, wann man aufsteht, sich wieder setzt und niederkniet und all das. Ich tat einfach, was er tat. Als er zum Altar ging, blieb ich auf meinem Platz sitzen. Das ist der Leib Christi, sagte der Pfarrer. Das ist Christi Blut. Die alten Damen lutschten an der Oblate, als sei es Schokolade. Es sollte den Leib Christi darstellen, der reinste Kannibalismus, aber das würde ich nie zu Joël sagen. Warum auch.

Die meisten Besucher der Messe kannte ich. Sie machten große Augen, als sie mich sahen, aber ich grüßte nur und tat, als sei nichts. Als Joël und ich die Kirche gemeinsam verließen, wurde getuschelt.

Nach der Messe gingen wir an den Strand. Sonntagvormittag ist dort fast niemand, die Frauen kochen das Mittagessen, und die Männer trinken im Café des Sports ein Bier.

Der Strand war von toten Vögeln bedeckt. Ich habe in meinem Leben viele tote Möwen gesehen. Ich erinnere mich, daß ich sie streicheln wollte, als ich mit Wladimira am Strand spazierenging, und daß sie mich wegzog. Eine tote Möwe ist etwas ganz Normales. Aber jetzt lagen Hunderte auf dem Sand. Wie in einem Horrorfilm. Oder wie die Opfer eines Giftgasangriffes, die ich im Fernsehen gesehen hatte. Ein böser Alptraum. Ihre Augen waren mit einer Art Haut bedeckt. Die Schnäbel standen offen, als wollten sie schreien und könnten es nicht. Der Wind fuhr durch ihre Federn. Eine von ihnen war nicht richtig tot, sondern schlug mit einem kraftlosen Flügel. Es war Ebbe, und das einzige, was man hörte, war das Geräusch des Windes in der Takelage der Boote. Pling, pling. Pling, pling. Wie Totenglocken.

Ich gehe zwischen den Vögeln hindurch. Ich weiß nicht, warum, ob ich sie zählen will oder was. Ich kann schließlich nichts mehr tun, um sie zu retten. Sie liegen einfach in endloser Zahl da. Als ich mich umdrehe, sehe ich, daß Joël vollkommen reglos dasteht. Er hat das Gesicht in die Hände gelegt, und seine Brust hebt und senkt sich.

Ich renne zu ihm zurück, und es ist mir egal, daß ich dabei auf die Vögel trete. Joël, sage ich, Joël, was ist los? Ich lege die Arme um ihn. Zum ersten Mal fasse ich ihn an. Ich drücke ihn, und er legt seinen Kopf auf meine Schulter. Neben ihm bin ich so klein, aber er legt seinen Kopf an meinen Hals, und wir verharren in dieser Position.

Als ich seinen Atem an meinem Hals spüre, weiß ich, daß ich das schon lange gewollt habe. Vielleicht, seit ich ihn das erste Mal sah. Daß er mich mit seinen langen Armen faßt und sich zu mir herabbeugt und daß ich seine Hände auf meinem Rücken spüre. Joël hat große Hände. Jetzt liegen sie auf meinem Rücken. Er hebt den Kopf, und ich drehe mein Gesicht zu ihm hoch, und sein Gesicht ist vollkommen aufgelöst. Weine nicht, Joël, weine nicht, sage ich, aber er hört nicht auf.

Ich weiß nicht, was in mich gefahren ist, aber plötzlich stelle ich mich auf die Zehenspitzen und drücke meinen Mund auf seinen. Er ist so überrumpelt, daß er mit dem Weinen aufhört. Dann läßt er mich los, aber ich nehme seine Hände und lege sie auf meine Taille. Wir stehen ganz eng beieinander, und seine Brust hebt und senkt sich, und ich lege meinen Kopf auf sein Herz und sage, still, kleines Herz, still, kleines Herz, alles wird gut, mein Kleiner. Papa sagte das immer, wenn ich mir weh getan hatte. Papa konnte trösten, und jetzt stehe ich da und sage »mein Kleiner« zu Joël, der einen ganzen Kopf größer ist als ich, und es hilft.

Ich will ihn vom Strand wegholen, weg vom Tod. Ich nehme ihn an der Hand, und wir laufen den Hohlweg zu dem Wäldchen, in dem ich als Kind ein Versteck hatte, das niemand kannte. Über einen Steinwall hinweg hinter einem Dornengebüsch. Ich bin seit Jahren nicht mehr dort gewesen.

Das Gebüsch ist immer noch dicht, aber ich kenne eine Öffnung, und wir stechen uns fast gar nicht an den Dornen. Komm, Joël, sage ich, komm, ich zeig dir mein Versteck, und er kommt mit. Das Gras wächst hoch, es reicht mir bis zum Knie. Wegen der Messe trage ich einen Rock, und im Schatten ist es noch naß vom Tau. Joëls adrette Hose wird naß, dunkle Flecken auf dem hellen Stoff, deine Hose wird naß, Joël, komm hierher, und dann kommt die Sonne, und sie wärmt, und ich bringe ihn dazu, sich mitten in die Lichtung zu legen, wo das Gras trocken ist, und er liegt neben mir, und ich schmiege mich an ihn, mein Kopf paßt perfekt an seine Schulter, und wir liegen eng, eng beisammen, ich nehme seine Hand und schiebe sie unter meine Bluse, und er zieht sie nicht weg, seine großen Hände sind kühl auf meinen Brüsten, werden aber bald warm, und ich hake meinen BH auf, damit Joël mich ansehen kann, er hat die Augen geschlossen, und seine Lippen bewegen sich, als würde er beten, aber seine Hände wollen gerne, ich muß sie gar nicht erst festhalten, und er liegt ganz still und erlaubt es mir, daß ich seine Hose öffne, und alles an ihm ist so schön, so groß, und ich ziehe mich aus, ich ziehe alles aus und bringe ihn dazu, das auch zu tun, und jetzt geht es weiter, Hemd, Unterhemd und Unterhose, und ich lege mich auf ihn, und seine Brust ist hart an meinen Brüsten, sein weißer Körper mit den vielen Sommersprossen und dem roten Haar zwischen den Beinen, und mein Pferdeschwanz ist in Auflösung begriffen, und mein Haar bedeckt sein Gesicht, und ich habe einen trockenen Mund, und ich umarme ihn, spreize die Beine und ziehe ihn in mich hinein, das tut fast nicht weh, das ist fast nur angenehm, und ich habe mich so danach gesehnt, ohne es zu wissen, und wir rollen herum, bis ich unter ihm liege Joël ich liebe dich ich küsse seine Schulter und er gleitet in mich hinein und fast wieder heraus und ich halte ihn fest und wiege ihn und stemme mich zu ihm hoch und lege die Beine um seinen Po ich liebe dich Joël und dann ist es plötzlich vorbei.

Joël liegt neben mir auf den Knien. Ich liege auf dem Rücken im Gras und lasse mich von der Sonne bescheinen, die Sonne soll mich trocknen, und Joël soll mich streicheln und mich liebkosen, und er soll immer wieder in mich eindringen, Joël, sage ich, Joël, das war so schön, aber sein Gesicht ist starr, und seine Mundwinkel zucken. Wir müssen beten, sagt er, wir müssen Gott um Vergebung bitten, und ich verstehe nichts, was hat Gott damit zu tun, warum soll man Gott in diese Sache reinziehen, Gott könnte doch eher mal die toten Vögel wieder lebendig machen, statt sich um uns zu kümmern, Gott könnte sie auffliegen lassen, wenn wir wieder runter an den Strand kommen, sie über unseren Köpfen schweben und einen Gruß kreischen lassen.

Joël liegt auf den Knien im Gras, das wir plattgelegen haben. Er ist nackt, und sein Rücken ist gebeugt, als würde er darauf warten, daß jemand über ihm eine Peitsche schwingt, seine Hände sind gefaltet, seine großen Hände, die mich eben noch so fest gehalten haben, und er bittet Gott um Vergebung für seine Sünde, und das, was wir getan haben, ist seine Sünde, ich bin seine Sünde, das Beste, was mir in meinem Leben passiert ist, ist eine Sünde.

Ich erhebe mich. Ich wende Joël den Rücken zu und kleide mich rasend schnell an. Ein dorniger Ast reißt mir den Fußknöchel auf, als ich gehe, und das Blut tropft. Aber ich halte nicht an, ich gehe, so schnell ich kann, den Hohlweg entlang und an den Strand hinunter zu den toten Möwen. Ein paar Männer sind damit beschäftigt, sie in einen schwarzen Plastiksack zu schaufeln, der schwer zwischen ihnen hängt. Heute nachmittag, wenn alle zum Baden kommen, muß der Strand von den Spuren des Todes gereinigt sein.

Als Joël zurückkehrt, ist es Zeit zum Mittagessen, und ich habe ein Bad genommen, das Blut von meinem Knöchel gewaschen und meinen Slip in den Wäschekorb geworfen. Ich stehe unten an der Rezeption und unterhalte mich mit ein paar Gästen, als er durch die Tür tritt, und er bleibt etwas abseits stehen und wartet darauf, daß ich fertig werde, aber ich tue so, als würde ich ihn nicht sehen. Falls er mir etwas zu sagen hat, so muß er warten, bis ich Zeit habe. Ich gehe in die Küche, zu der die Gäste keinen Zutritt haben, und setze mich auf einen Stuhl. Einer der Köche fragt mich, ob ich was essen will, aber ich habe keinen Hunger. Ich hole mir eine Limo und trinke. Mein Kopf ist leer. Ich habe etwas Großes erlebt, die Unschuld zu verlieren ist etwas Großes, das sagen alle, es dem Mann, den man liebt, zu gestatten, in einen einzudringen, ist etwas Großes. Joël, den ich geliebt habe, ohne es zu wissen, war in mir, und mein Kopf sollte von verliebten Gedanken erfüllt sein, ich sollte alles mögliche empfinden, aber ich bin nicht einmal traurig. Nur leer.

Mutter steht in der Tür ihres Zimmers, als ich nach oben komme. Carolina, sagt sie, stimmt was nicht, aber ich gehe einfach an ihr vorbei und in mein Zimmer und schließe die Tür ab. Ich muß eingeschlafen sein, und als ich erwache, klopft es an der Tür, das ist bestimmt sie, und sie macht sich Sorgen um mich. Das hat sie nie getan, ehe Papa starb, aber jetzt kommt das ganz oft vor, und es ist einfacher, aufzuschließen und sie zu beruhigen. Zu sagen, es sei nichts als die toten Vögel. Aber nicht sie steht da draußen. Es ist Joël. Kann ich mit dir reden, sagt er, und ich lasse ihn eintreten. Er steht mitten im Zimmer, und da lasse ich ihn stehen. Obwohl ich ihn liebe, will ich es ihm nicht zu leicht machen.

Ich setze mich auf den Schreibtischstuhl und drehe mich, hin und her, hin und her. Joël sagt nichts.

»Was willst du?« sage ich zum Schluß.

»Ich liebe dich«, erwidert Joël.

Ich liebe dich auch, denke ich, sage aber nichts.

»Aber das, was wir getan haben, war verkehrt«, fährt er dann fort.

»Was soll daran verkehrt gewesen sein?« frage ich. »Es wurde erst verkehrt, als du das gesagt hast.«

»Das gehört zu einer Ehe«, sagt Joël, und es zuckt in seinen Mundwinkeln, um seinen weichen Mund, der nach Milch schmeckt.

»Wenn sich mein Vater und meine Mutter danach gerichtet hätten, wäre ich nicht geboren worden«, sage ich. »Das, was wir getan haben, war schön, bis du es zerstört hast.«

Joëls Gesicht ist zum zweiten Mal an diesem Tag in Auflösung begriffen.

»Kannst du mir vergeben?« Er redet immer leiser, und ich verstehe kaum, was er sagt. »Ich bitte dich, vergib mir, ich habe es nicht böse gemeint.«

Er ist auf dem Teppich auf die Knie gesunken. Jetzt kriecht er auf mich zu und legt mir den Kopf in den Schoß. Sein rotes Haar glänzt wie die Kupfersachen auf dem Kaminsims, wenn Mutter sie frisch geputzt hat. Ich muß es einfach anfassen. Ich ziehe an einer Locke, ich wickele sie um meinen Finger. Ich ziehe, und er hebt seinen Kopf.

»Hör auf zu heulen, du Dummkopf«, sage ich, und er schnieft erschrocken, und dann lachen wir plötzlich beide, und Joël schnieft noch mehr.

»Was muß ich tun, damit du mir vergibst?« sagt er dann.

»Steh auf und schließ die Tür ab«, sage ich, und er tut es. Dann ziehe ich ihn aus. Ich knöpfe sein Hemd auf und seine Hose, ganz ruhig. Ich ziehe ihm alle Kleider aus und bringe ihn dazu, auch die Sandalen abzustreifen. Zum Schluß steht er ganz nackt da und kann nicht verbergen, daß er Lust auf mich hat.

»Zieh mich aus.«

Er fummelt ein wenig herum, berührt mich, fast ohne mich zu berühren, als sei ich eine Puppe, die nicht zerbrechen darf, oder ein Schmetterling.

»Du kannst ordentlich zupacken«, sage ich. »Ich kann es verkraften.«

Wir liegen auf meinem Bett, und ich liebkose ihn und nehme seine Hand und bringe ihn dazu, mich zu liebkosen. Und dann dringt er in mich ein, und dieses Mal tut es nicht im geringsten weh, und dieses Mal ist er ganz tief in mir, und es darf nie, nie aufhören.

Aber das tut es. Es hört auf. Joël liegt da und schaut an die Decke. Ich liege neben ihm und weiß nicht, ob ich es wagen kann, ihn anzufassen.

Zum Schluß muß ich einfach etwas sagen.

»Betest du jetzt?« frage ich.

»Nein«, antwortet er. »Ich bete nicht.«

Eine Woche vergeht. Jeden Vormittag, wenn ich die Gäste ausgecheckt und die wichtigsten Telefonate erledigt habe, wartet er auf mich. Er kommt immer wie zufällig in die Lobby, und auch wenn ich ihn nicht direkt ansehe, weiß ich, daß er da ist, und er weiß, daß ich ihn gesehen habe. Auf dem Weg zum Strand sagen wir kein Wort. Wenn wir den Hohlweg entlanggehen, lege ich meine kleine Pfote in seine große Hand. Mein Körper ist schwer und weich, und es pocht zwischen den Beinen, ich habe einen Kloß im Hals und einen trockenen Mund. Ich brächte sicher kein Wort heraus, auch wenn ich das wollte. Dann liegen wir im Gras hinter dem Dornengestrüpp.

Meistens sind wir zum Mittagessen noch nicht zurück. Falls sich irgendwelche Leute deswegen Gedanken machen, ist mir das egal. Mutter stellt keine Fragen. Sie nimmt Wladimira mit hoch in die Wohnung, sie unterhalten sich auf isländisch und genügen einander.

Joël schlägt nicht mehr vor, Gott um Vergebung zu bitten.

Falls Gott existiert, glaube ich, daß er in seinem Himmel sitzt und dafür sorgt, daß die Sonne unsere nackten Körper wärmt. Daß die Sonne auf all unsere Freude scheint.

Er wurde mein Glück. Mutter sagt das über Papa. Ich denke das jetzt. Letzte Nacht hat er bei mir geschlafen, das war das erste Mal. Eine ganze Nacht zusammen und ein Morgen, und es war nicht Papas Stimme, die ich beim Erwachen hörte, Joël flüsterte in mein Ohr, Carolina, Carolina. Er zog sich an, kam zum Bett, legte mir die Hände in den Nacken und sah mir in die Augen. Dann stand er auf und ging. Ich wußte nicht, daß ich ihn zum letzten Mal sah.

Es kam ein Brief. Er war auf englisch, und ich verstand nur die Hälfte. Daß er mich liebe. Das wollte ich hören. Aber auch, daß er abreisen müsse. Er sei dazu gezwungen. Ich verstand nicht, warum. Daß etwas wichtiger sein konnte als er und ich. Auf dem Brief klebten amerikanische Briefmarken. Auf ihm stand auch eine Adresse, aber was sollte ich schreiben. Er war abgereist. Ohne Lebewohl zu sagen. Dafür hatte er sich entschieden. Also mußte auch ich mich entscheiden.

Am Anfang wartete ich darauf, daß er zurückkäme. Daß er mit seinem roten Haar, seinem ernsten Lächeln und seinen sauberen Zehennägeln in der Lobby stünde. Daß er eines Nachmittags an meine Tür klopfen, mich küssen und nach Milch schmecken würde. Aber er kehrte nicht wieder. Ich ging meiner Arbeit nach, ritt Hrimfaxe und sah zu, daß die Tage vergingen.

Joël ist abgereist, weil ihm etwas wichtiger war. Wenn ich an ihn denke, glaube ich manchmal, daß es so vielleicht am besten war. Ich kann mir uns nicht als Ehepaar vorstellen. Ich kann mir nicht vorstellen, daß Joël bei Mutter und mir hier im Hotel wohnen würde. Ich kann mir nicht vorstellen, daß ich mit ihm zusammen abreisen und alles Vertraute verlassen würde.

Hier will ich bleiben. Hier habe ich meine Arbeit, hier habe ich meine Kindheit verlebt. Dies ist Papas Platz, auf den will ich aufpassen.

Wladimira wohnt jetzt hier. Mutter hat mich gefragt, ob das in Ordnung sei, und zu diesem Zeitpunkt war mir alles egal, und deswegen sagte ich ja. Sie wohnt bis auf weiteres in meinem alten Kinderzimmer. Vielleicht haben wir dafür ja bald eine andere Verwendung.

Joyce

Grün ist, um es vorsichtig auszudrücken, nicht die vorherrschende Farbe. Vielleicht war es ja damals besser, als Erik der Rote, der erste Imperialist in diesen Breitengraden, nach Island heimkehrte und eine neue Bezeichnung lancierte, die seine Landsleute dazu bewegen sollte, zu emigrieren.

Grönland. Das Land der Möglichkeiten. Jedenfalls für jene, die sich zu Hause unmöglich gemacht hatten.

Wir befinden uns ständig in unmittelbarer Nähe des Polarkreises. Ehrgeizige Hausbesitzer bauen Kartoffeln in Mistbeeten an. Man kann ihre niedergeschlagenen Mienen in ihren kleinen, eingezäunten Gärten beobachten, wenn der Frost wieder einmal ihre Ernte zerstört hat.

Das Haus in dem alten Koloniehafen ist gelb und zerschrammt. Die Universität hat es gemietet. Ich darf dort wohnen, weil es zufälligerweise leer steht, obwohl anständige Häuser in dieser Stadt Mangelware sind. Ich habe mich daran gewöhnt, untergebracht zu werden, so wie man Gastforscher überall auf der Welt unterbringt. Ein Dach über dem Kopf, die örtliche Variante der nötigsten Einrichtung, einen Satz Schlüssel gegen Quittung, und wieder einmal kann eine gestreßte Sekretärin ihr Kürzel auf den Rand kritzeln und sich wichtigeren Aufgaben zuwenden.

Die Leute schauen zu Boden, wenn ich die Adresse nenne.

Das Haus seufzt nachts. Das haben alle alten Häuser getan, in denen ich im Laufe der Jahre gewohnt habe. Das Scharren unter meinem Bett sind wahrscheinlich Ratten. Für den eiskalten Lufthauch wie aus einem Grab, der mich ab und zu anweht, wenn ich die Tür zu meinem Arbeitszimmer öffne, gibt es zweifellos eine vernünftige Erklärung.

Geisterbeschwörung ist in diesen Breiten kein unbekanntes Phänomen. Heiler und Hellseher gehören zum Alltag einiger meiner Kollegen. Eine Frage würde nur eine Lawine von Warnungen, Adressen und gutgemeinten Ratschlägen auslösen. Ich beschließe, darauf zu verzichten. Wenn das Haus der Schauplatz okkulter Dramen ist, so will ich jedenfalls nicht daran teilhaben. Sofern ich überhaupt an etwas glaube, so ist es die greifbare Wirklichkeit.

Es ist Jahre her, daß ich zuletzt Anlaß hatte, mir über die nächtlichen Atemzüge eines anderen Gedanken zu machen, aber weder das Rascheln von Gespenstern noch die Stille des Grabes können mich daran hindern, Ohropax zu verwenden.

Ohropax, Bettsocken. Ein Glas Wasser auf dem Nachttisch. Eine kleine Pille, wenn alles schiefgeht. Anzeichen des Alterns. Bis auf weiteres belasse ich es bei einer Wärmflasche. In dieser Umgebung ist das nur eine Frage der Zeit.

Daß das Haus ein von mir unabhängiges Leben besitzt, kann ich akzeptieren. Die Nager bauen ihre Nester in der Isolierung. Die Feuchtigkeit läßt das Holz verfaulen. Der Zement verwittert, das Bedachungsmaterial verrottet. Wasser tropft, es rostet. Regen sickert durch unsichtbare Risse herein, und die Tapete bekommt Schimmelflecken. Die rotbraunen Flecken auf dem Linoleumboden der Küche wissen alte Geschichten zu erzählen. Hier wurden Seehunde ausgenommen und riesige Fische zerlegt.

Daß ich in dem Haus wohne, bedeutet nicht, daß ich es beherrsche, aber auch ich hinterlasse meine kleinen Abdrücke. Einen Zahnbürstenhalter an der Wand des Badezimmers, einen Korb für die Post, damit diese nicht auf dem Boden landet, die übervolle Pinnwand über dem Schreibtisch.

Den Krimskrams früherer Mieter habe ich in den Kleiderschrank verbannt.

Es ist kein hübsches Haus. Nur wenige Gebäude auf diesem kargen Felsvorsprung verdienen diese Bezeichnung. Aber es ist schlicht genug, um meinem Dasein einen Rahmen zu geben, der nicht stört. Skandinavische Askese, die zu meiner Gemütsverfassung paßt, ein gleichmäßiger und unkomplizierter Innenraum, in dem sich die Gedanken bewegen können, ohne daß man riskiert, über Erinnerungen oder Forderungen zu stolpern.

Kabelfernsehen glänzt durch Abwesenheit, und die lokalen

Sender vermitteln Nachrichten, die mich nichts angehen, die Wettervorhersage vielleicht ausgenommen. Wenn ein Orkan hereinbricht, dann merke ich das aber auch so früh genug.

Die Aufnahmen früherer Fernsehsendungen stehen ordentlich aufgereiht in meinem Büro und bilden das Untersuchungsmaterial meiner Forschungen, einer systematischen Erfassung der angelsächsischen Lehnwörter in der Sprache, die ich nach vielen Jahren energischen Einsatzes in Wort und Schrift beherrsche. In aller Bescheidenheit hoffe ich, daß meine Forschungsergebnisse die Grundlage einer Sprachenpolitik in diesem merkwürdigen Land bilden können.

Bildlich gesprochen habe ich mir die Decke über den Kopf gezogen. Gewisse Leute würden behaupten, ich wollte jeglichen Kontakt zu meinem kaputten Netzwerk meiden. Vielleicht haben sie recht. Mein mageres Adreßbuch enthält hauptsächlich berufliche Kontakte. Mein Hin und Her zwischen den Kontinenten während der letzten Jahre hat seinen Preis gefordert.

Vater und Mary-Ann sind in ihr Rentnerdasein abgetaucht. Die diplomatischen Beziehungen sind wiederaufgenommen worden, und Mary-Anns sporadische Anrufe halten mich über ihre Handicaps im Golf auf dem laufenden.

Wo Marge einmal ihren Platz und viel mehr als das hatte, herrscht eine quälende Leere. Die Trauer über ihren Tod macht mir trotz der vielen Jahre, die vergangen sind, ständig zu schaffen, und der Verkehr in dieser Minihauptstadt, wo Schwachköpfe in ihren Autos mit Allradantrieb herumrasen, verhindert ein Verheilen der Wunde.

Es heißt, daß der Tod einen Sinn haben kann. Marges Tod hatte nicht den geringsten Sinn. Gottes Wille wurde zwar in Theresas geschmacklosem Kondolenzbrief erwähnt, aber wenn Gott irgendwie beteiligt war, so ist das nur ein weiterer Grund, ihn nicht mehr zu verehren.

Bestenfalls mit Joel könnte ich das diskutieren, aber der befindet sich auf einer U-Boot-Entwaffnungsmission in Schottland und hat sich jeglichen Kontakt verbeten. Und wer weiß, ob er es für ein relevantes Thema halten würde.

Joel sucht Sicherheit im Absoluten. Mein Sohn hat eine engere

Beziehung zu Gott als zu seiner Mutter. Er ist ein erwachsener Mann, der an Magie und Wunder glaubt. Beispielsweise daran, daß Jesus auferstanden ist und leibhaftig zurückkehren wird, um über die Lebenden und die Toten zu richten – einschließlich aller Oberschurken dieser Welt –, und daß er und seine Gesinnungsgenossen besonders auserwählt sind, ihm während der Wartezeit dabei behilflich zu sein, das zu verhindern, was bisher sonst niemand verhindern konnte.

Joel glaubt. Joel handelt. Joel schwimmt mit Taucheranzug und mit seinem kleinen Hammer in der Tasche durch Hafenbecken. Das an sich ist schon eine Art von Sinnstiftung, obwohl die meßbaren Ergebnisse mager ausfallen. Ich kann nur einen Vergleich mit meiner eigenen Forschung anstellen.

Als ich jung war, konnte man Leuten ansehen, wo sie herkamen. Man konnte von Sprache, Kleidung, Schmuck, Frisuren, Farben, Schuhen und Körpersprache darauf schließen. Heute tragen tunesische Teenager dieselben T-Shirts *Made in Taiwan* wie ihre Altersgenossen an meiner Universität und sagen ebenfalls in jedem zweiten Satz *Hey*. Sie hampeln unbeholfen herum, wie die Schauspieler einer bestimmten Sitcom, die in allen Sprachen gleich heißt. Heute ist alles ein einziges Plagiat, bis hin zu den Dreadlocks und der Haarverlängerung.

Die Gesichtsmuskulatur stellt einstweilen noch eine Art Schlüssel dar. Eine Sprache, die weit vorn im Mund artikuliert wird und andere Spuren in der Muskulatur hinterläßt als die, die in der Kehlkopfregion angesiedelt ist. Die Leute sind immer erstaunt, wenn ich sie geographisch zuordnen kann, ohne ein Wort mit ihnen gewechselt zu haben. Aber das geht nicht mehr lange so, die Hybridisierung ist in vollem Gange, und welche Spuren die synthetische Globalsprache in den Muskeln der nächsten Generationen hinterlassen wird, ist ungewiß. Gesichtszüge sind außerdem ein Projekt, die eine ganze Industrie beschäftigen. Die Menschen betrachten sich als Cyborgs, als ein Zwischending zwischen Mensch und Maschine. Schräge Augen werden gerade operiert, flache Nasenlöcher werden fülliger, schwarze Haut wird in weiße verwandelt, und Falten verschwinden.

In meinem schlimmsten Alptraum umgibt mich ein Heer von

Gesichtern, die glatt wie Eierschalen sind und aus deren uniformen, silikongepolsterten Lippen ein ständiges Blablabla dringt.

Jahrelang habe ich davor gewarnt. Seht her, die Welt wird ärmer, wenn Sprachen angegriffen werden und verschwinden. Gebietet Einhalt, ehe es zu spät ist.

Berichte über den Zustand der Regenwälder kommen aus irgendeinem Grund immer auf die ersten Seiten der Zeitungen, aber auch das führt zu keinen sichtbaren Resultaten. Die Bulldozer machen ungeniert weiterhin alles platt. Einzigartige Gene werden manipuliert, bedrohte Arten hauchen ihr Leben aus, während irgendwo der letzte Greis das letzte Wort in einer Sprache sagt, die die Welt nicht länger zur Kenntnis nehmen will. Eine Welt, die etwas homogener und deswegen auch sicherer für alle ist, die das Fremde fürchten, aber auch etwas dümmer und etwas ärmer, und die unbeirrt auf die endgültige Gleichförmigkeit zumarschiert.

Die Wut treibt mich an. Davon will ich zumindest die anderen überzeugen. Davon will ich nach besten Kräften auch mich selbst überzeugen. Die Wut und eine tiefe, unzugängliche Trauer.

Im großen und ganzen investiere ich beträchtliche Energie darin, Deutungen meines Lebens zu schaffen, von denen ich hoffe, daß sie mit der Zeit und mit etwas Glück zu Wahrheiten werden.

In meinen wenigen stillen Stunden hat mich ab und zu der Gedanke gestreift, daß ich nur deswegen weitermache, weil es das einzige ist, was ich tun kann. Weil jegliche Alternative zu beängstigend wäre. Die unendliche Aneinanderreihung von Tagen, an denen ich keinen Grund hätte, aufzustehen, vollkommen leere Tage, vom Bett zum Sofa und wieder ins Bett, ein deprimierender, hoffnungsloser Teufelskreis.

Die wenigen Male, die ich es mir gestatte, mich zu entspannen, kommt das Wort zu mir. Jenes Wort, das mein emsiges Arbeiten, meine täglichen Verrichtungen und meine oberflächlichen Kontakte eigentlich von mir fernhalten sollten.

Hujuujaq.

Ein einziges Wort beschreibt meinen Zustand. In meiner eigenen Sprache wäre eine längere Erklärung nötig. In dieser enthält ein einziges Wort die Leere meiner Isolation, den schwindelnden Abgrund meiner Einsamkeit.

Die durch Abwesenheit anderer Menschen verursachte Trauer.

Diesen Zustand gibt es überall. Hier haben die Menschen ein Wort dafür. So lange es das Wort noch gibt.

Einen Monat lang bin ich jetzt hier, ohne ein Wort mit anderen Leuten als mit meinen Informanten und ein paar Kollegen zu wechseln. Auch mit den Frauen an der Kasse im Pissifik, das hier im Ort den Status eines besseren Warenhauses anstrebt, rede ich kaum. Niemand sucht mich auf.

Die Gastforscher, die ich bei meinem letzten Besuch kennenlernte, sind wieder nach Hause gefahren. Von meinen alten Bekannten unter den Herbeigerufenen, das ist die euphemistische Bezeichnung für Experten der alten Kolonialmacht, ist nur noch Martin hier.

Martin ist Veterinär und ein paar Jahre älter als Joel. Ein weiterer junger Mann mit großen Händen, der sich um die Welt sorgt. Wie Joel ist auch Martin ein Mann, der viel schweigt und sehr schüchtern ist. Unsere Ausflüge in seinem kleinen Motorboot haben Zugeständnisse erfordert. Es gibt nur eine Erklärung dafür, warum er mich überhaupt mitnimmt, obwohl ich seine Mutter sein könnte und wie ein Wasserfall rede.

Er war allein, als ich ihn vor zwei Jahren kennenlernte, und er ist offenbar immer noch allein. Das war seiner Stimme zu entnehmen, als ich ihn anrief. Zweifel, Atemlosigkeit, ist dieser Anruf wirklich für mich?

Eines der wenigen Dinge, die ich über ihn weiß, ist, daß er die Jagd haßt. Die Jagd zur Deckung des persönlichen Bedarfs der grönländischen Fischer und Jäger akzeptiert er. Ihm selbst würde es nicht im Traum einfallen, zum Freizeitvergnügen Tiere zu töten. Daß diese Haltung nicht gerade zu seiner Integration in eine Gesellschaft beiträgt, in der Männlichkeit bedeutet, auf alles zu schießen, was sich bewegt, ist dann vielleicht wenig verwunderlich.

Ich habe es aufgegeben, herausfinden zu wollen, warum er hier gelandet ist. Meine eigenen Motive, hierher zurückzukehren, könnten mir sicher eine Erklärung liefern, wenn ich nur willens wäre, tief genug zu graben. Daß die Einsamkeit nämlich weniger stigmatisierend ist, wenn sie selbstgewählt erscheint.

Hujuujaq.

Ich bin mir nicht sicher, ob Martin dieses Wort kennt. Seine Schüchternheit hat derart auf mich abgefärbt, daß ich ihn nicht zu fragen wage.

Das Gefühl kennt er. Danach brauche ich ihn gar nicht erst zu fragen.

Die Arbeit erfüllt meine Tage. Die Mahlzeiten nehme ich an den Tagen, an denen ich zu Hause arbeite, auf einem Stuhl am Fenster mit einem Tablett auf den Knien ein oder, wenn ich mitten bei einer Sache bin, im Stehen am Küchentisch. Es kommt vor, daß ich das Essen ganz vergesse.

Die Nächte, ja, die Nächte. Im besten Fall schlafe ich.

Mein Arbeitsplatz, die Universität, ist ein nationaler Schatz, ein rührendes, rotes Holzhaus, das fußkalt ist und in dem es überall zieht. Den Weg zwischen Universität und meinem kleinen gelben Haus lege ich zu Fuß zurück und versuche dabei wacker, den Blutkreislauf in Gang zu halten, selbst dann, wenn Feuchtigkeit und Eis dies zu einem äußerst gemischten Vergnügen machen.

An Tagen, an denen ich zu müde oder zu verfroren bin, um mit der Arbeit fortzufahren, gehe ich an den Strand hinter der Universität und nehme dort einen der glattgeschliffenen Steine mit. Auf dem Heimweg liegt er beruhigend schwer in meiner Hosentasche, und die Steinpyramide auf dem Felsen vor meinem Haus wird immer größer.

Solche Steinpyramiden leisten den Menschen Gesellschaft. Wenn man einsam ist, eignen sie sich als Gesprächspartner, ohne daß man sich deswegen gleich für verrückt halten müßte.

Wenn ich den Stein des Tages ablege, lasse ich ein paar Worte fallen. Über Wind und Wetter und über meine rechte Ferse, die von der Kälte rissig geworden ist. Über den Geruch des allgegenwärtigen Meeres. Über den Wal, der im Frühlicht direkt vor dem Koloniehafen eine Fontäne in die Luft blies und dann abtauchte. Über Joel. Ja, vor allem über Joel.

Die Steinpyramide ist ein Freund. Sie wächst mit jedem Tag, der vergeht. Ich lege meinen Stein und meine Worte dort ab und betrachte das, was in diesen Monaten den Rahmen meines Daseins bildet. Ein heruntergekommenes gelbes Haus auf einer felsigen Anhöhe.

Gestern, als ich meinen Stein ablegte, stand die Luke, die in den Keller führt, offen.

Diese Luke ist mir noch nie aufgefallen, vertraue ich meiner Steinpyramide an, kein einziges Mal in dem Monat, den ich jetzt schon in dem Haus wohne. Jetzt steht sie offen.

Hinter der Luke verbirgt sich etwas, was auf den ersten Blick aussieht wie eine Anhäufung von Dingen, die man im Laufe der Jahre ansammelt, dann aber aus Faulheit oder Vergeßlichkeit bei einem Umzug einfach zurückläßt.

Ich überquere einen Flecken schmelzenden Schnees, um die Luke zu schließen, fest entschlossen, mich um diese Müllkippe unter meinem Schlafzimmer nicht weiter zu kümmern.

Gerade als ich den Riegel vorschieben will, sehe ich, daß dort jemand wohnt.

Zwei etwas stockfleckige, geblümte Gardinen aus Samt. Zusammen mit einem Schaumgummipolster bilden sie eine Schlafstätte. Eine gelbe Windjacke liegt, noch mit Preisschild versehen, in einem Einkaufswagen vom Brugsen-Supermarkt, der als Kleiderschrank dient.

Darauf befindet sich ein hellblaues Sweatshirt mit dem Logo meiner amerikanischen Universität. Wahrscheinlich ist es zusammen mit den Skisocken, die mir schon seit ein paar Tagen fehlen, von der Wäscheleine auf meiner Veranda verschwunden. Die Socken sind vollkommen steif und lehmig, gehören aber zweifellos mir.

Die Joggingschuhe in Größe vierzig haben abgelaufene Sohlen, und die Schnürsenkel fehlen immer noch, weil ich mit ihnen ein Buchpaket verschnürt hatte, ehe ich die Schuhe in den Mülleimer warf.

Mein Fuß stößt gegen eine Taschenlampe. Sie funktioniert und wirkt neu. Eine Quality-Street-Pralinendose, im allergrößten Format, scheppert, als ich sie hochhebe. Ich unterlasse es, sie zu öffnen, sei es aus Nervosität, sei es aus Diskretion.

Die Größe der Kleidungsstücke, die nicht mir gehören, verrät mir, daß der Bewohner ein Kind ist. Wahrscheinlich ein Junge mit einer Vorliebe für fettarme Leberpastete und Hotdog-Brötchen und etwas, was aussieht wie halbvergammeltes Seehundfleisch. Eine Plastiktüte mit Resten hängt an einem Haken an der Wand.

Der Raum ist niedrig. Ich beuge den Kopf und hebe einen Lappen vom Boden auf. Der scharfe Geruch von Feuerzeugbenzin schlägt mir entgegen.

Zwei Teelichter in einer geschnitzten Schale. Eine große Schachtel Streichhölzer. Falls sich das Haus, das alt und trocken ist, dazu entschließt, abzubrennen, dann will ich zumindest den Grund dafür wissen.

Vorläufig klappe ich die Luke einfach wieder zu, ohne den Riegel vorzuschieben.

Einige Minusgrade haben die Holztreppe verräterisch glatt werden lassen, und ich klammere mich am Geländer fest. Glücklicherweise hat mich das Leben auf meinem Berg gelehrt, auch in rauher Umgebung zu überwintern, ohne mir Verletzungen oder chronische Krankheiten zuzuziehen. Immer noch im Parka fülle ich den Wasserkessel und drehe den Heizlüfter auf die höchste Stufe. Während meine Füße, die in Seehundfellpantoffeln stekken, allmählich ihr Gefühl wiedererlangen, trinke ich Tee und verfolge mit dem Blick einen Eisberg, der den Fjord entlangtreibt.

Einige Kinder aus der Stadt schlafen an den Tagen, an denen Lohn und Sozialhilfe ausbezahlt werden und in den endlosen Betonmietshäusern Saufgelage und Gewalt explodieren, nicht zu Hause. Das Datum nähert sich. Mein blinder Passagier könnte morgen verschwunden sein. Ich leere meinen Becher und beschließe abzuwarten.

Am Tag darauf ist die Luke geschlossen, sowohl als ich gehe als auch am Nachmittag, als ich meinen Stein auf die Pyramide lege. Tauwetter und Platzregen haben eventuelle Spuren in der dünnen Rasendecke auf den Felsen weggespült. Die Wäscheleine ist leer und lockt keine Diebe an.

Am Abend stelle ich versuchsweise eine Plastiktüte mit einem Becher Leberpastete auf die Treppe, ehe ich zu Bett gehe. Am nächsten Morgen ist sie weg, aber als ich nach Hause komme, ist die Luke immer noch geschlossen.

In der Nacht nimmt der Wind zu, der Sturm ist so gewalttätig, daß er droht, das Haus vom Fundament zu heben. Die Vibrationen wecken mich, und ich nehme meine Ohrenstöpsel heraus und lausche, in meine Daunendecke gewickelt, auf die Windstöße, während ich am Horizont nach der ersten Morgendämmerung Ausschau halte.

Unter mir hustet jemand. Ein hohles, lungenzerreißendes Husten. Die Anfälle kommen in kurzen Abständen und werden immer gewaltsamer. Ein paar von ihnen scheinen in Erbrechen zu enden.

Eine Pause, und das Husten beginnt erneut.

Der Sturm rüttelt an Fenstern und Türen. Irgendwo dort draußen schwingt eine Luke hin und her und schlägt immer wieder gegen die Wand.

Ich stecke meine nackten Füße in meine pelzgefütterten Stiefel und schließe die Haustür hinter mir. Das Licht meiner Taschenlampe fällt auf die geschlossene Luke. Als ich mich ihr nähere, fliegt sie im Wind auf und knallt an die Wand.

Ich halte sie auf und richte den Strahl meiner Taschenlampe in die Dunkelheit dort drinnen.

Ein Paar geblendeter Augen, schwarz inmitten der weißen Augäpfel, die vom Rot geplatzter Blutgefäße durchzogen sind. Ein rundes Gesicht, die Zähne sichtbar, der Mund zu einer Grimasse verzogen, vielleicht vor Schmerz, denn jetzt hustet er wieder, während er sich hinkniet, hustet und schwankt, als er auf mich zuläuft und sich gegen meine Beine wirft. Er hustet immer noch, als ich ihn am Haar fasse, er hustet und ringt nach Luft, als ich seine Arme umklammere, während er sich losreißt und nach meinem Kopf schlägt.

Er gibt mir einen Tritt, und ich falle nach hinten. Im letzten Augenblick gelingt es mir, mich festzuhalten und das Gleichgewicht wiederzuerlangen. Ein weiterer Tritt trifft mich im Bauch, hat jedoch keine Kraft, und es gelingt mir, sein Bein zu ergreifen. Er fällt um, und jetzt hustet er auch nicht mehr.

Die Taschenlampe habe ich verloren, aber sie leuchtet noch. Der Lichtkegel trifft die Matratze und die geblümte Gardine, die von dem hellgelben Erbrochenen ein zusätzliches Muster erhalten hat, er trifft die Quality-Street-Dose und ihren bescheidenen Inhalt an Kleingeld. Eine gelbe Windjacke, fleckig und inzwischen ohne Preisschild, und den Inhalt der Jacke.

Ein blutiges Rinnsal sammelt sich neben dem Kopf des Jungen zu einer kleinen Pfütze. Die Zähne klappern in meinem bebenden Mund, als ich mich hinknie und mich über das runde Gesicht mit den halboffenen Lippen beuge. Mir fällt auf, daß ihm ein Eckzahn fehlt, ehe mir sein Mundgeruch den Magen umdreht, eine Mischung aus Übelkeit und Erleichterung.

Er lebt noch. Seine Brust zuckt, als ich eine Hand auf seine Wange lege, aber er erwacht nicht. Er schläft nicht, aber er erwacht auch nicht. Er ist jenseits einer Grenze, und er hustet nicht, er ist ganz still, und ich höre nur mein eigenes Schluchzen, meinen eigenen keuchenden Atem und den Sturm, der noch einmal die Luke packt und gegen das Betonfundament schleudert.

Mit Mühe rolle ich die Gardinen zusammen und schiebe sie dem Jungen unter den Kopf, ehe ich ins Haus gehe und Martin verständige. Die Panik in meiner Stimme muß deutlich gewesen sein, denn es vergehen nur wenige Minuten, da höre ich schon die Reifen seines Autos auf dem Kies knirschen.

Mit vereinten Kräften tragen wir den Jungen hoch aufs Sofa und legen ihm eine Zeitung unter die Füße, die immer noch in Joggingschuhen in Größe vierzig stecken, allerdings mit neuen Schnürsenkeln.

Gehirnerschütterung, sagt Martin. Ihn ins Krankenhaus zu fahren hat keinen Sinn. Sie würden ihn höchstens vierundzwanzig Stunden zur Beobachtung dort behalten und ihn dann entlassen, und wohin? Das Jugendamt ist bereits überlastet, und die Alternative sind Drohungen und Prügel oder noch Schlimmeres.

Ich habe ihn umgerissen, das ist mir klar. Es ist meine Schuld, daß er da liegt. Ihn ein paar Tage bei mir zu beherbergen ist das mindeste, was ich tun kann, auch auf das Risiko hin, daß er mich im Schlaf erschlägt.

Martin verschwindet für eine halbe Stunde und kommt mit einer Luftmatratze zurück, bläst sie auf und legt sich dann neben das Sofa. Der Junge soll nicht bewegt werden, er soll sich ausruhen und wieder zu sich kommen. Dann sehen wir weiter.

Plötzlich heißt es wir. Wir haben eine Aufgabe, und wir sind nicht mehr allein.

Alle drei Stunden richten wir den Jungen auf und helfen ihm auf die Toilette. Martin murmelt etwas dabei, und der Junge schlägt die Augen auf, als wir ihn wieder aufs Sofa packen, und hustet, als sein Rücken auf die Kissen fällt. Ein paarmal übergibt er sich. Er trifft genau neben den Eimer.

Vermutlich hat er eine Lungenentzündung, hat Martin gesagt, ehe er zur Arbeit gegangen ist, von wo er mit ein paar Ampullen Penicillin und Spritzen zurückkommt. Er hat auf dem Weg auch eingekauft, Dosen mit bräunlichem Inhalt und Spaghetti. Er gießt Saft ein und streicht Margarine und Marmelade auf Weißbrotscheiben.

Ich habe keinen Appetit. Und Martins Vorstellung von einem Menü regt ihn nicht gerade an.

»Wann wird er aufwachen?«

Ich flüstere, ich weiß selbst nicht, warum. Der Junge schnarcht. Liegt auf der Seite und schnarcht trotzdem, laut und pfeifend.

»Er hat eine Gehirnerschütterung. Er wacht bald auf.«

Es klingt wie eine Beschwörung.

»Wie kannst du dir da so sicher sein?«

»Er wacht bald auf.«

Den Rest der Erklärung höre ich nicht. Am wichtigsten ist, daß er die Verantwortung übernimmt. Martin legt seine strumpfsockigen Füße auf die Fensterbank, zieht ein dickes Buch aus seiner Tasche und fängt an zu lesen. Er holt sich die Lampe näher heran, damit er besser sieht, und zwar die Lampe, die ich als Leselampe verwende, er pustet auf seinen Kaffee und blättert um, pustet, trinkt und blättert, und all das in meinem Wohnzimmer, in dem Haus, das zur Zeit mein Zuhause ist, und das sollte mir eigentlich ein Gefühl der Geborgenheit vermitteln.

Im Badezimmer mache ich mich bettfertig, putze meine Zähne und wasche mich, wie ich es Tausende von Malen getan habe, aber dieses Mal tut mir etwas körperlich weh, ich weiß nicht, was, ich weiß nur, daß der Schmerz allumfassend und nicht zu ignorieren ist.

Der Bademantel auf meinem schmerzenden Rücken fühlt sich

kalt an, die Härchen an meinen Armen, die ebenfalls weh tun, sträuben sich. Ich öffne die Tür. Davor steht Martin. Er würde mich auffangen, falls ich umfiele. Diese Gewißheit sorgt dafür, daß ich auf den Beinen bleibe.

»Du mußt vermutlich ein wenig schlafen.«

Nicht nur ein wenig. Ich will schlafen und nie wieder aufwachen.

Seine Riesenhand landet auf meiner Schulter, und ich drehe mich um und tapse gehorsam die fünf Schritte zur Schlafzimmertür.

Martin folgt mir. Er holt eine Wolldecke aus dem Kleiderschrank und bringt mich ins Bett.

»Ich wecke dich dann.«

Die Lampe neben meinem Bett brennt noch, als ich erwache. Martin steht mit einem Glas am Kopfende, und ich trinke das Leitungswasser, das nach Chlor und anderen Chemikalien schmeckt.

»Er ist ein paarmal aufgewacht.«

Zusammen stehen wir in der Tür zum Wohnzimmer und betrachten den Jungen. Er schläft immer noch, aber jetzt atmet er leicht, so leicht, daß man glauben könnte, er würde überhaupt nicht atmen, aber seine Unterlippe bewegt sich im Schlaf, und seine Lider zittern.

Wir hätten einen Arzt verständigen können. Wir hätten den bewußtlosen Jungen in Martins Dienstwagen, einen geräumigen Kombi mit Platz für mindestens ein frischerlegtes Ren, legen und ins Krankenhaus fahren oder wir hätten das Jugendamt und die Polizei alarmieren können.

Wir haben nichts dergleichen getan. Jetzt ist es zu spät.

Er schläft, und er unterliegt meiner Verantwortung, unserer Verantwortung.

»Versuch, ihm etwas Wasser einzuflößen, wenn er aufwacht.«

Aber er erwacht nicht, und als Martin schlaftrunken aus dem Schlafzimmer auftaucht, um die Wache zu übernehmen, schläft er immer noch. Ich falle wieder ins Bett, und es gelingt mir tatsächlich, einzuschlafen. Ohne Ohropax und andere Hilfsmittel als die Erschöpfung.

Martin verbringt den Rest der Nacht auf der Luftmatratze. Das Geräusch brausenden Wassers aus dem Bad weckt mich. Meine Pantoffeln sind irgendwann im Tumult der Nacht verschwunden, und ich gehe auf Zehenspitzen über die Eisfläche des Fußbodens.

Die Wohnzimmertür steht weit offen. Die Luftmatratze ist leer, und der Junge sitzt auf der Sofakante. Er stützt die Ellbogen auf die Oberschenkel, seine Stirn ruht in den Händen, und ich kann sein Gesicht nicht sehen. Sein Haar ist verklebt wie von getrocknetem Blut.

Ein breiter Silberring funkelt an seinem dreckigen Ringfinger. Der Rest seiner kleinen, kompakten Person ist ein schmutziger Klumpen aus Blut, Dreck und Erbrochenem.

»Willst du was trinken?«

Ich habe grönländisch und laut gesprochen, aber er verändert seine Stellung nicht und sitzt weiter mit der Stirn in den Händen da.

»Jetzt hole ich Wasser«, informiere ich ihn zu allem Überfluß, und das tue ich dann auch. Vielleicht kann ihn das dazu bewegen, meine Existenz zur Kenntnis zu nehmen.

Als ich zurückkomme, liegt er auf dem Sofa. Er starrt mit braunen, glänzenden und blutunterlaufenen Augen an die Decke. In dem milden Morgenlicht ist er ein kleiner Seehund.

Ein Tier, das auf den Gnadenschuß wartet.

»Hier.«

Natürlich kann er nicht flach auf dem Rücken liegend trinken, aber er macht auch keine Anstalten, sich aufzurichten oder auch nur den Kopf zu heben, und ich wage es nicht, mich ihm weiter zu nähern.

Im Badezimmer ist das Rauschen der Dusche vom Geräusch einer großen Person abgelöst worden, die sich mit einem zu kleinen Handtuch abtrocknet: ein Prusten und ein Hin und Her auf etwas zu kleinem Raum.

Ich stehe immer noch mit dem Wasserglas in der Hand da, als Martin in der Türöffnung auftaucht.

»Ich gehe jetzt zur Arbeit.«

Einen entsetzlichen Augenblick lang kehren die Schmerzen in meinem Körper zurück, und ich will mich auf ihn werfen, mich an sein Bein klammern und ihn daran hindern, mich zu verlassen, während er mir die Verhaltensmaßregeln aufzählt und ich alles tue, um gefaßt auszusehen.

Als das Auto mit quietschenden Reifen verschwunden ist, setze ich mich in meinen Sessel am Fenster. Draußen ist der Morgen in Licht explodiert. Das Unwetter hat sich ganz gelegt, und eine dünne Schicht Rauhreif bedeckt Felsen und Gras, der Fjord hat sich in geschmolzenes Metall und funkelnde Steine verwandelt.

Alles ist so schön und friedlich wie ein Sonntag auf dem Land, und hier im Wohnzimmer schöpfen wir Atem. Wir schöpfen beide Atem. Trotzdem weigern sich die Schmerzen, mich loszulassen.

Auf meinem Sofa liegt ein verletztes Kind, und ich habe es verletzt. Selbstverteidigung würde vielleicht ein Gericht überzeugen, aber nicht mich selbst, nicht jetzt, wo ich darauf warte, daß das Schweigen gebrochen wird, daß er die Lippen bewegt und daß Laute aus seinem Mund kommen. Worte, die mich freisprechen. Worte, die mir vergeben, die begütigen und begnadigen. Die mich aus einem Alptraum entlassen, der wie ein Film in meinem Kopf abläuft.

Selbst wenn ich davon absehe, daß er tot sein könnte und es nachweislich nicht ist, gibt es genug, worüber ich mir Sorgen machen kann. Irreversible Hirnschäden zum Beispiel. Vielleicht hat sein Gehör etwas abgekriegt. Vielleicht hat er auch einfach die Sprache verloren, und sollte sich herausstellen, daß er alles heil überstanden hat und sich innerhalb von ein paar Tagen oder drei, wie Martin behauptet, wieder erholt, dann ist das kein Trost, sondern nur ein Grund für neue Sorgen.

Was tut er, was tue ich, was tun wir, morgen, nächste Woche, in einem Monat? Um diese Verantwortung habe ich nie gebeten. Jetzt liegt er auf meinem Sofa, übelriechend und schmutzig, und ich weiß keine Antwort und will mich auch den Fragen nicht stellen.

Am dritten Tag bin ich gerade dabei, mein Bett im Schlafzimmer zu machen, als ich es aus dem Badezimmer plätschern höre. Martin repariert Haustiere in einem Bauwagen am anderen Ende der Stadt, wo die Klinik untergebracht ist, und ich unterdrücke einen ersten Impuls, ihn anzurufen und zu verlangen, daß er Katzen und Meerschweinchen sich selbst überläßt und sofort herkommt.

Statt dessen mache ich ein Leberwurstbrot und stelle Joghurt auf den Küchentisch und lege Bananen dazu. Mit angehaltenem Atem warte ich darauf, daß die Badezimmertür aufgeht, was sie nach unendlichen Minuten schließlich tut.

»Willst du was essen?«

Ich rufe lauter als eigentlich beabsichtigt. Schließlich muß ich nur das Hämmern meines eigenen Herzens übertönen und nicht einen ganzen Schulhof.

Dann steht er in der Küchentür. Ich habe das Brotmesser zurück in die Schublade gelegt, schlimmstenfalls kann ich ihn mit dem Schneidebrett bewußtlos schlagen.

Er ist ein kleiner Junge, höchstens zwölf, mit langem Oberkörper und kurzen O-Beinen. Seine breiten Füße stecken in meinen schmutzigen Socken. Er hat einen Versuch unternommen, das Blut aus dem Haar zu waschen, und das Wasser ist seinen Oberkörper heruntergelaufen. Mein altes Sweatshirt ist durchnäßt und hat rostfarbene Flecken. Es hängt ein gutes Stück über seine kräftigen Oberschenkel.

Mit dem Rücken zu mir schlingt er das Butterbrot hinunter. Dann schiebt er eine ganze Banane in den Mund und kaut, als hätte er keine Zähne. Der Inhalt des Joghurtbechers verschwindet ebenfalls. Als alles aufgegessen ist und er ein paarmal laut gerülpst hat, dreht er sich auf dem Absatz um und geht. Ich folge ihm ins Wohnzimmer. Er liegt auf dem Sofa und starrt an die Decke, an die eine bleiche Sonne Muster zeichnet.

Sein Geruch erfüllt das Zimmer. Ein Gemisch von etwas Säuerlichem und Verfaultem, von Fisch, Tier und Mensch, ein Geruch von fortschreitendem Verfall.

Die Decke ist auf den Boden gerutscht. Ich hebe sie auf und hänge sie über die Rückenlehne des Sofas.

»Wenn du baden willst. Saubere Kleider. Vielleicht wenn Martin kommt?«

Ich spreche langsam und pädagogisch, mein kleiner Akzent soll einer eventuellen Kommunikation nicht im Weg stehen. Nichts funktioniert. Falls er weiß, wer Martin ist, läßt er sich das nicht anmerken. Die braunen Augen sind unablässig an die Decke gerichtet, und es läßt sich nicht sagen, was er dort sieht.

Den Nachmittag verbringe ich mit einem mißglückten Versuch, mich auf einen Stapel Notizen zu konzentrieren. Ich mache Tee mit Unmengen Zucker und stelle einen Becher davon auf einen Stuhl ans Kopfende des Sofas, wo er abkühlt. Meinen eigenen Tee trinke ich am Küchentisch. Als ich zurückkomme, ist der Becher des Jungen leer. Von der Rückenlehne hat er sich eine Decke genommen, die ihn ganz und gar bedeckt, nicht einmal ein Haar ist zu sehen.

Jedes Geräusch vom Sofa läßt mich zusammenzucken. Jeder Seufzer, jedes Knirschen, jedes kleine Husten unter der Decke. Ab und zu läßt er einen fahren, ohne sich die Mühe zu machen, das geräuschlos zu tun. Aber jede Lebensäußerung muß als etwas Positives gewertet werden, rede ich mir ein, und ein Pups mehr oder weniger spielt bei dem allgemeinen Gestank auch keine Rolle.

Die Sonne ist bereits in einer Orgie aus Gelb und Grau untergegangen, als der Wagen vor dem Haus hält und Martin die Wache und die Verantwortung übernimmt. Ich selbst falle ins Bett und schlafe erleichtert, bis ich ein paar Stunden später wachgerüttelt werde.

In der Küche fläzt sich der Junge auf einem Stuhl, die Ellbogen auf dem Tisch. Er trägt einen neuen Fleecepullover und eine etwas zu lange Trainingshose. Das Haar steht in alle Richtungen ab, es ist immer noch nicht geschnitten, aber jetzt zumindest sauber.

Martin hat meinen Schreibtischstuhl in die Küche getragen, und wir essen. Im Fenster spiegeln sich drei ungleiche Personen, die um die zerkratzte Platte des Küchentischs herumsitzen.

Ein blonder Mann mit hohen Wangenknochen und riesigen Händen macht sich an Töpfen und Rührlöffeln zu schaffen, ein Pfadfinder am Lagerfeuer. Ein schwarzhaariger Junge zerdrückt Fisch und Kartoffeln unbeholfen mit der Gabel, schaufelt das Ergebnis in sich hinein und spült mit Milch nach. Eine Frau unbestimmbaren Alters mit glanzlosem roten Haar und müden Falten um den Mund hat ihren Blick auf den Teller gerichtet und stochert im Essen.

Drei Generationen, die auf einen Aufbruch warten und von funktioneller Stummheit heimgesucht worden sind. Ein modernes Genrebild voll verräterischen Friedens.

Die Tage vergehen, und eine Art Alltag stellt sich ein, in dem ich die eine von zwei Erwachsenen in einem Haushalt bin, in dem sich alles um die Bedürfnisse eines Kindes dreht und in dem ich eine zentrale, aber widersprüchliche Rolle spiele.

Einerseits bin ich die eigentliche Bewohnerin des Hauses und die Person, die den Großteil des Tages zu Hause sein kann. Andererseits ignoriert mich die Hauptperson vollkommen.

Während die Wochen vergehen und zu Monaten werden, sitzen wir abends an einem Eßtisch, den Martin und ich abwechselnd decken, und während die Tage kürzer werden und fast im Winterdunkel verschwinden, gewöhnen wir uns an die Kaugeräusche der anderen, an das Knirschen, Schmatzen und Schlürfen.

Die Universität muß auf meinen Anblick verzichten. Meine Informanten besuche ich in ihren Wohnungen, sonst arbeite ich zu Hause. Ich schlafe ohne Ohropax und wache beim geringsten Geräusch auf, mußte aber bisher nicht vorzeitig das Bett verlassen. Martin übernachtet auf seiner Luftmatratze, und der Schlafsack liegt tagsüber zusammengerollt in einer Ecke. Meine Decke hat der Junge übernommen, ich kaufe eine neue, und die Nächte vergehen.

Im Verlauf des Vormittags erwacht der Junge. Er streut eine dicke Schicht Zucker auf eine Riesenportion Haferflocken und ertränkt das Ganze in Milch. Ich halte mich mit dem Putzlappen im Hintergrund, bis er fertig ist. Den Rest des Tages verbringt er in seiner normalen Stellung auf dem Sofa. Er liegt auf dem Rücken, den Blick unablässig und ausdruckslos an die Decke gerichtet.

Für Stunden vergesse ich manchmal, daß das Haus mehrere Bewohner hat und daß die Zeit nicht mehr mir gehört, aber auf einmal ist es spät, und ich muß los und Tütensuppen, tiefgefrorene Hühner und Pizza kaufen.

Im Pissifik kaufe ich eine Mikrowelle, und der Junge nimmt allergnädigst die Schüssel Popcorn an, die ich ihm anbiete. Ich sitze auf meinem Stuhl am Fenster, er sitzt in die Decke eingehüllt auf dem Sofa, und die salzigen, warmen, buttertriefenden Blasen knirschen zwischen unseren Zähnen.

Popcorn muß man mit geschmolzener Butter essen, teile ich ihm mit. Ich habe es aufgegeben, mit einer Antwort zu rechnen. Martin hat ein paar Worte aus ihm herausbekommen. Mir gegenüber schweigt er eisern.

Aqqaluk heißt er. Das sagt Martin. Aqqaluk. Kleiner Bruder. Der Bruder einer Schwester. Aber wer die Schwester ist, bildet nur eines der vielen Rätsel.

Ich versuche es mit seinem Namen. Aqqaluk, sage ich, aber das macht keinen Unterschied. Nur bei Martin reagiert er, doch auch nicht jedesmal. Dann entscheide ich mich für eine andere Taktik.

»Mitaartoq«, sage ich. »Ich glaube, ich werde dich Mitaartoq nennen. Mitaartoq.«

Zum ersten Mal sieht er in meine Richtung.

Weihnachten ist vorüber und damit auch die vagen Erwartungen, die niemand von uns so recht benennen kann und an denen auch niemand so wirklich interessiert ist. Die Weihnachtstage verschwinden wie alle anderen in der Kälte und alles einhüllenden Dunkelheit, und jetzt ist Silvester. Ein neues Jahrtausend, wofür wir es auch immer verwenden mögen. Draußen auf der Straße taumeln Leute in Gruppen herum, und hinter Hausecken springen junge Männer hervor, die als Geist, als Mitaartoq, verkleidet sind und Schrecken unter Frauen und Kindern verbreiten. Die Kleinsten heulen, und selbst Männer bekommen einen Schock, wenn so einer plötzlich aus der Dunkelheit hervortanzt, sich zu Boden wirft und vor ihren Füßen wälzt. Es wimmelt von ihnen, und kein Laut kommt über ihre Lippen.

»Bist du ein Geist oder ein Mensch?« frage ich und erreiche nur, daß er sich mit dem Gesicht seitwärts zur Wand dreht und so liegenbleibt, während das Feuerwerk dröhnt und Sterne in großen, leuchtenden Kaskaden vom Himmel fallen.

Martin und ich sitzen in der Küche und trinken Kakao mit einem ordentlichen Schuß Cognac. Normalerweise trinken wir nichts, aber heute ist schließlich Silvester, und es ist fast zwölf Uhr.

Nach Neujahr müssen wir eine Entscheidung treffen. Der Junge ist jetzt körperlich wieder gesund, aber sein psychischer Zustand bleibt weiterhin undurchschaubar. Jemand könnte sich um ihn sorgen. Vielleicht wird sogar nach ihm gesucht, und was ist mit seiner Schulbildung? Die Fragen lasten schwer auf dem Küchentisch, wo eine Kerze in einem Flaschenhals für Gemütlichkeit sorgt.

»Wo soll er wohnen?« fragt Martin. Wir umklammern beide unsere Becher. Draußen ist es eisig, die Kälte dringt überall ein, und man hat gar keine Lust, draußen etwas zu berühren. Wenn man einmal etwas angefaßt hat, kommt man gar nicht mehr davon los. Ist der Gegenstand warm, umklammert man ihn nur noch fester.

»Er wohnt doch hier.«

Nach Neujahr. Die Fragen sind zu komplex. Die Schule beginnt nach den Weihnachtsferien wieder, ohne daß einer von uns etwas unternommen hätte, um die Situation zu verändern. Wir schweigen und machen weiter, während die Tage wieder länger werden. Zu Ostern werde ich nach Hause fahren, falls man mir mein Stipendium nicht verlängert. Ich habe einen Antrag gestellt und warte auf Antwort. Ich bin mit meiner Arbeit aus Gründen, die ich für mich behalte, arg in Verzug geraten.

Im Haus verlaufen drei Leben parallel nach festen Regeln. Ich habe weniger Kontakt mit dem Jungen als mit einem Haustier. Martin hat ihn mit einer Zahnbürste und einem Waschlappen ausgestattet. Es ist fraglich, ob er etwas davon verwendet, er badet nie, aber nur wenn ich direkt aus der frischen Luft hereinkomme, macht mir der Geruch etwas aus. Mein Ehrgeiz hat sich an die Gegebenheiten angepaßt, und meine eigene Stimme leistet mir Gesellschaft, ein Monolog in zwei Sprachen.

Das Licht ist zurückgekehrt, eine sonst angelehnte Tür wird weit aufgerissen, das Eis schmilzt, und Eiszapfen hängen lebensgefährlich von Regenrinnen und Dachgiebeln herab. Das Wasser spült den Schmutz des Winters aus den Abflußkanälen. Die Zugvögel zeichnen Linien an den Himmel.

Die Rastlosigkeit, der Vorbote des Frühlings, hat Einzug gehalten und wächst mit zunehmendem Licht. Ich habe Mühe, meine Beine ruhig zu halten, sie trommeln gegen den Boden, seit ich auf dem Stuhl sitze, und jetzt steht Aqqaluk auf und geht zum Fenster, kommt zurück, setzt sich kurz auf die Sofakante und schlurft auf die Toilette, obwohl er eben erst dort gewesen ist. Er kommt mit einer Banane aus der Obstschale in der Küche zurück und öffnet sie im Gehen. Sein Oberkörper schwingt hin und her, hin und her im Takt einer unhörbaren Musik.

Martin ist auf Dienstreise irgendwo im Süden, und der Junge und ich sind allein im Haus. Der Fernseher ist leise geschaltet wie immer, wenn Martin weg ist, ein dritter, neutraler Anwesender. Eine Natursendung flimmert über den Bildschirm, Haie, Haie und nochmals Haie, bedrohlich und elegant.

Ich beginne die Lebensgewohnheiten der Haie zu kommentieren, aber wie immer bleibt selbst der dümmste Scherz unbeantwortet in der Luft hängen.

Stromlinienförmige Körper durchpflügen das blaue Wasser, Schweinsäuglein glotzen in Taucherbrillen. Messerscharfe Zähne zerreißen und zerfetzen etwas, Wolken von Blut färben das Wasser rot.

Ich mache eine Portion Popcorn in der Mikrowelle, und fast harmonisch schaufeln wir sie in uns hinein. Unter der Oberfläche lauert die Unruhe wie ein Schwarm nervöser Fische. Ich schüttele die ganze Zeit den Kopf, ohne es zu wollen, kratze mich hinter dem linken Ohr und raufe mir die Haare, und schon wieder stimmt etwas nicht mit den Beinen. Die Oberschenkelmuskeln spannen sich an, und ich bekomme einen Wadenkrampf.

Auf dem Bildschirm zerfleischt ein Hai einen weiteren Fisch, als ich in meinen Parka schlüpfe und ihm die gelbe Windjacke reiche. Ohne mich eines Blickes zu würdigen, zieht er sie an und verschwindet durch die Tür.

Mit zwei Schritten ist er auf der Straße, die bergab auf die roten Museumsgebäude des Koloniehafens zu führt, er rennt im Zickzack wie ein verschreckter Hase. Das langjährige Joggen sitzt mir quasi immer noch in den Knochen, und ich renne ihm, so gut es geht, hinterher. Auf Höhe der Kirche habe ich ihn eingeholt, aber er biegt ab und rennt, von mir gefolgt, den Pfad zum Aussichtsplatz hoch.

Es ist ein kalter Abend, sternenklar und windstill. Unsere keuchenden Atemzüge übertönen das ferne Brausen der Autos aus dem Stadtzentrum. Seite an Seite atmen wir den Geruch von Rauhreif, Salzwasser und feuchtem Granit ein.

Es scheint so, als seien keine Worte nötig. Jedenfalls meldet sich keins. Andererseits war ich jetzt lange genug unsichtbar, und die Situation ist neu und lädt zu gewagten Schritten ein. Ich strecke den Arm aus, und meine Hand berührt einen gelben Ärmel, dann donnert er den Weg wieder hinunter.

Ehe ich mich noch entschließen kann, ihm zu folgen, ist er weg. Ich gehe ziellos suchend von einer Straßenlaterne zur nächsten bis ans Wasser. Ein Streifen Mondschein schwappt an den Kai, um das Museum und die dunklen Werkstätten herum und gegen die Betonblocks.

Braune Augen betrachten mich neugierig von den Laufgängen an den Häusern, als ich seinen Namen rufe.

Aqqaluk. Aqqaluk.

Das Echo verhallt zwischen den Häusern. Vielleicht ist er ja schon vorgelaufen, vielleicht ist er nach Hause gelaufen, wenn es sich nun als Zuhause bezeichnen läßt.

Nur die Haie bewegen sich im Haus, als ich zurückkomme. Ich werfe mich aufs Sofa und versuche mich auf das Programm zu konzentrieren. In meinem Kopf klingt ein Name, Aqqaluk, Aqqaluk, und der Bildschirm verwandelt sich in ein Schneegestöber, ohne daß er zurückgekommen wäre. Was, wenn er überhaupt nicht mehr kommt?

Ich drehe eine Runde ums Haus, öffne die Luke zum Keller, wo die Reste seines Verstecks immer noch so daliegen wie in der Nacht, als wir ihn ins Haus trugen. In der Küche koche ich Kakao, genug für uns beide, und trinke meinen am Schlafzimmerfenster, von dem man Aussicht über die Straße bis zur Kurve am Ende der Anhöhe hat.

Als ich die Haustür höre, war ich mit der Stirn auf dem Fensterbrett eingedöst. Ich verfolge das Geräusch seiner Schritte von meinem Lauschposten hinter der Schlafzimmertür aus, seine Bewegungen vom Bad ins Wohnzimmer, die Decke wird geschüttelt, und die Schuhe werden in eine Ecke gepfeffert. Etwas dort drin geht zu Bruch, ich vermute, die Popcornschüssel, aber er ist zurück, zu Hause, in Sicherheit, und den Geräuschen nach zu urteilen, wird er bleiben, zumindest bis morgen früh, und endlich lasse ich los, endlich schlafe ich ein.

Das Heulen eines Wolfs reißt mich aus dem Schlaf. Ein Heulen, ob es schon lange andauert oder eben erst begonnen hat, weiß ich nicht, aber es hallt in der großen Stille zwischen meinen Schläfen wider.

Ich stoße mir den kleinen Zeh an einem Bettpfosten und humpele fluchend in die Diele, und jetzt ist das Geräusch wieder da, heulend, klagend, vielleicht eine der streunenden Promenadenmischungen der Stadt.

Aber das Geräusch wird von einem Hustenanfall erstickt, schlimmer als alles, was ich je gehört habe. Es ist kein Wolf. Im Licht der Deckenlampe sehe ich Aqqaluk in einem Zustand panischer Auflösung auf der Sofakante sitzen. Seine kurzen Arme fuchteln um seinen Kopf, und da ist kein Fliegenschwarm, den er vertreiben könnte. Was es ist, kann ich nur raten.

Ehe ich mich noch dazu durchringen kann, ihm eine Ohrfeige zu verpassen, ihn zu umarmen oder einen Eimer Wasser zu holen, um ihn damit zu übergießen, ist er nach vorn gerollt und liegt auf Knien vor mir, die Stirn auf dem Fußboden, und die Wände beben von einem tierischen Geheul, das aus einem Abgrund kommt und mir die Nackenhaare sträubt. Wenn er weitermacht, fange ich auch noch an. Es zuckt bereits in meiner Kehle, und ich hole tief Luft, aber im letzten Augenblick gelingt es mir noch, es aufzuhalten. Ich knie mich hin und packe seine Ohren. Dann drücke ich seinen Kopf nach hinten und zwinge ihn, mir in die Augen zu sehen, ich wiege seinen Kopf vor und zurück, und ganz allmählich hört das Heulen auf und geht in ein leises Schluchzen über.

Allmählich läßt auch die Anspannung seiner Glieder nach, ich kann seine Ohren loslassen und lege meine Arme fest um seinen Oberkörper und drücke ihn, bis unsere Knochen knacken.

Er heult nicht mehr und hustet auch nicht. Es bebt um seinen Mund, und er ist ein kleines Kind, ein ganz kleines, verzweifeltes Kind, besessen von Geistern. Gerade jetzt machen sie Pause, aber wie lange?

Ich liege neben ihm auf dem Boden. Streiche ihm über sein struppiges Haar und streichele seine feuchte Wange.

Im blaßgelben Schein der Lampe auf dem harten Boden, während die Nacht zum Morgen wird, die Wolkendecke aufreißt und die ersten Sonnenstrahlen auf den zersplitterten Spiegel des Fjords fallen, erzählt er seine Geschichte, und jedes Wort ist ein Schmerz, jeder Satz eine Geburt, und als die Worte endlich zu Ende sind und er in meinen Armen einschläft, ist er mein Kind.

Aqqaluks Geschichte

Das Gesicht, wo ist das Gesicht.

Die Hunde. Kämpfen.

Rote. Flecken. Fell. Geheul. Schnauzen. Rote. Geknurr.

Reißen. Schwarze. Graue. Weiße. Schnee rot. Würgen. Würge Blut hoch. Kloß. Klumpen. Zähne.

Das Gesicht, wo ist das Gesicht.

Die Hunde. Därme. Rotes Fell. Schnauzen. Zähne. Zähne. Zähne. Rote Schnauze. Rote Zähne. Rot. Schnee. Fußspur. Rot.

Die Füße. Zwei Füße. Kleine Füße. Der Boden. Der Schnee. Laufen. Laufen. Davonlaufen. Laufen her. Laufen weg.

Füße. Der Kasten. Die Schlinge. Der Pfosten. Fällt um. Streift die Schlinge ab. Stirbt nicht. Fällt. Fällt auf die Knie. Auf den Bauch. Fällt nach hinten. Stirbt nicht. Nicht jetzt. Stirbt nicht.

Die Schlinge. Der Hals. Der Pfosten. Der Kasten. Fällt um.

Die Hunde. Die Füße. Einer hier. Einer da. Und die Hunde. Das Gesicht. Der Bauch. Das Bein, wo ist das Bein. Hier ist ein Fuß. Hier ist noch einer. Zerfleischt. Läßt nicht locker. Das Gesicht, wo ist das Gesicht.

Schnee rot. Fell rot. Der Bauch kaputt. Blut sprudelt.

Därme. Roter Schnee. Das Gesicht, wo ist das Gesicht. Stirbt. Die Hunde.

Nagen. Die Zähne. Rotes Fell.

Zwei. Schwarze. Zwei. Graue. Weiße. Auf dem Schnee. Rote Flecken. Auf dem Fell. Rote Schnauzen. Rote Flecken, Schnee.

Füße. Ein Fuß. Noch einer. Rot. Das Gesicht. Wo ist das Gesicht.

Naia. Naia. Naia.

Wer ist Naia?

Schwester.

Deine Schwester?

Schwester. Naia.
Deine Schwester. Ist sie tot?
Naia.
Ist sie tot, Aqqaluk?
Naia.
Aqqaluk. Ist deine Schwester tot?
Schwester. Naia.
Naia. Ist sie tot?
Tot.
Warum ist sie gestorben, Aqqaluk?
Naia. Tot.
Warum?
Nicht leben.
Wollte Naia nicht leben?
Naia. Und Naia. Nuka. Risa. Poyo.
Sind sie tot?
Tot.
Waren sie krank? Warum sind sie gestorben?
Nicht leben.
Wollten sie sterben? Haben sie Selbstmord begangen?
Hängen. Am Hals. Erschossen. Gewehr.
Wer schoß? Haben sie sich erschossen?
Peng, peng. Erhängt.
Hat sich jemand erhängt?
Naia.
War Naia deine große Schwester?
Große Schwester. Naia.
Warum wollte Naia nicht leben, Aqqaluk?
Nicht leben.
Weißt du, warum?
Weiß, warum.
Warum?
Warum?
Warum?
Die Hunde. Die Hunde. Die Hunde.
Waren die Hunde schuld, daß sie sterben wollte?
Nicht die Hunde.

Was ist da passiert, Aqqaluk? Weißt du, was da passiert ist?

Die Schlinge. Rutschte ab. Stirbt nicht. Fällt. Hintenüber. Stirbt nicht. Noch nicht.

Fällt. Hintenüber. Stirbt nicht. Die Hunde.

Haben die Hunde sie erwischt?

Die Hunde.

Aqqaluk. Leg dich hierher.

Die Hunde.

Aqqaluk. Ich bin hier. Ich gehe nicht. Ich liege hier. Neben dir, Aqqaluk.

Die Hunde.

Hier. Aqqaluk. Hier.

Gedärm im Schnee. Hirnsubstanz an einer Wand. Ein lavendelblauer Körper wird von einer Welle hochgespült, Trauer bricht aus, soviel Trauer, wie der Körper, der Kopf und das Gefühlsleben nur aufbringen können, mariniert in Alkohol, eine tierische und heulende Trauer. Kleider werden zerfetzt, Haarbüschel ausgerissen. Fingernägel reißen blutige Striemen in gegerbte Wangen.

Selbstbestrafung und Selbstquälerei, bis die Flasche Trost spendet, ehe das Sicherheitsnetz des Schlafes den Erschöpften noch einmal auffängt, bevor er zerschmettert wird.

Aqqaluk ist nicht mitteilsam. Aber wir haben eine Spur, und Martin stochert herum, sucht und erkundigt sich. Irgendwo im Norden findet er die Antworten. Findet das, was Aqqaluk auf die Reise geschickt hat, deren vorläufige Station mein gelbes Haus ist.

Unbeachtete Zeitungsartikel zeichnen vage Konturen. Leute, die es genauer wissen, sprechen von einer Epidemie, aber was für eine Epidemie? Selbstmord ist eine zu schnelle und zu hysterische Erklärung. Was als Epidemie bezeichnet wird und was Aqqaluks Schwester in den Rachen hungriger Schlittenhunde trieb, ist nur ein akuter Ausbruch, der für wenige Augenblicke die Ursachen aufscheinen läßt, ehe er wieder in ohnmächtigen Erklärungen und halbherzigen Initiativen untergeht.

Die Ursache. Ein endemisches Unglück. Eine kaputte Gesellschaft, zerstörte Gemeinschaften. Menschen in allgemeiner und unheilbarer Not.

Aqqaluk selbst steuert gestochen scharfe Momentaufnahmen bei. Sie sind ein paar Sekunden lang präsent und lassen sich dann nicht wieder hervorrufen.

Aqqaluk, Protegé, Schmerzenskind, Belastung. Quelle der Sorge und der schamhaften, zögerlichen Freude.

Inmitten einer Touristenattraktion vom Ausmaß eines Weltkulturerbes, von Eisschlössern in Weiß und Grün und Vergißmeinnichtblau, das Dröhnen kalbender Gletscher in den Ohren, bildeten er und seine Schwester füreinander eine Garantie fürs Überleben. Bereits in jungen Jahren hatten sie sich, wenn die Flaschen flogen, wenn die Fäuste geschwungen wurden und auch das Bett keinen Schutz bot, Schutz- und Ausweichtechniken angeeignet.

Kinder, die sich vollkommen aufs Überleben konzentrieren. Ein großes Projekt für jeden Menschen, für zwei kleine Menschen geradezu überwältigend.

Aber der Bund hält nicht, vielleicht ist es das Alter, die Pubertät, eine Verliebtheit, eine Gruppe, die anderes zu bieten hat als ein kleiner Bruder, der plötzlich nur noch ein Klotz am Bein ist, und jeder für sich sind sie doppelt so verwundbar, als das Unglück da ist, und das Unglück hat einen Namen, es ist ein Verrat, vielleicht auch nur eine Enttäuschung, etwas, was die Schwester von der kleinen Anhöhe der Hoffnung stößt, von der aus der Horizont fast zu sehen gewesen war.

Aqqaluk steht nicht mehr zur Verfügung. Er ist jetzt stärker, aber diese Stärke reicht nur für ihn selbst, und bevor der Monat um ist, der erste Frühlingsmonat, in dem sich das Licht ein weiteres Mal unerbittlich den Menschen aufzwingt, der Monat der Rastlosigkeit und des Hungers, ist es geschehen.

Der Schnee ist rot, das Fell der Hunde ist rot. Hervorquellende Därme und Blut auf weißem Grund, ein weggenagtes Gesicht. Ein Fuß hier, einer da.

Aqqaluk nutzt den allgemeinen Tumult, um sich aus dem Staub zu machen. Er versteckt sich auf einem Schiff nach Süden, und bald ist er Teil einer Schar herumstreunender Kinder in der Hauptstadt. Einige Monate lang lebt er am Rand des städtischen Lebens, am Rand allen Lebens, bis er unter meinem Haus landet. Der Rest der Geschichte ist auch meine Geschichte.

Aqqaluk ist sparsam, was Lebensäußerungen angeht, und verschwendet nur wenig Kraft auf Worte. Aqqaluks Körper bewegt sich in der Welt, er nimmt Nahrung zu sich, wenn sie zur Verfügung steht, und er scheidet die Ballaststoffe aus, ganz so wie andere Lebewesen auch, und jetzt ist er hier, und nicht nur das. Der ganze Aqqaluk ist auf dem Weg zurück. Oder auf dem Weg nach vorn. Zu etwas, was ein Leben werden könnte.

Ich bin selbst an diesem Punkt gewesen, Aqqaluk, die drei Wochen auf Jesses Sofa werde ich für immer mit mir herumschleppen.

Aqqaluk hat sich für uns entschieden, statt auf der Straße oder in einer Institution zu leben. Ob wir bloß das geringste Übel waren, weiß ich nicht. Martin und ich haben uns entschieden, ihm zu geben, was wir zu geben haben, und bis auf weiteres scheint es zu funktionieren. Meinem Stipendienantrag wurde teilweise entsprochen, erst im September läuft es aus.

Als Joels Mail bei einem meiner seltenen Besuche in der Uni auf dem Bildschirm auftaucht, ist mein erster Gedanke Flucht.

Mein Sohn ist wieder einmal, keiner weiß, wie, einer längeren Gefängnisstrafe entronnen und befindet sich nach einem kürzeren Aufenthalt in irgendeiner schottischen Besserungsanstalt wieder auf freiem Fuß. Jetzt braucht er offenbar eine Pause, das sagt er zumindest. Eine Weile in schöner Natur ausruhen.

Ein paar Jahre sind vergangen, seit wir uns zuletzt gesehen haben, und unter normalen Umständen hätten Stolz und Vorfreude alle Bedenken verdrängt. Jetzt löst der Gedanke an Joel in dieser Menagerie, in die ich durch die Umstände und durch meinen eigenen freien Willen hineingeraten bin, fast Panik in mir aus.

Wo soll er schlafen, wo soll er sich überhaupt aufhalten, was soll er tun? Im Kopf habe ich bereits mit dem Fremdenverkehrsamt Kontakt aufgenommen und gehe Listen mit Sehenswürdigkeiten durch, er muß an einer Walsafari teilnehmen, was soll er eigentlich essen, ist er immer noch Vegetarier, ich erinnere mich nicht.

In meinem schmerzenden Kopf ist er neun Jahre alt, und ich habe die Verantwortung für ihn. Unser gemeinsamer Weg ist mit Angebot und Ablehnung gepflastert, und wer was gegeben hat, steht mit schmerzlicher Deutlichkeit fest.

Ihn jetzt zurückzuweisen wäre undenkbar.

Martin ist das kleinste Problem. Er verbringt mittlerweile sowieso die meisten Nächte in seiner eigenen Wohnung, einem Einzimmerapartment in einem trostlosen Block ein paar Straßen weiter.

Jetzt versuche ich mich davon zu überzeugen, daß ohnehin eine Entscheidung über Aqqaluks Zukunft fällig ist. In meiner Phantasie entsteht ein Bild von Aqqaluk, der ein Leben wie seine Gleichaltrigen führt, ein Leben mit verkehrt herum aufgesetzter Baseballmütze, mit Computerspielen, mit Schulpflicht und dem verantwortungsvollen Eingreifen zuständiger Behörden. Martin und ich einstweilen als eine Art Schattenfamilie, die Erwachsenen in Aqqaluks Nähe.

Nachts hält mich eine unschöne Auswahl an Gefühlen wach, aber die Zeit ist knapp, und Gespräche werden geführt, hauptsächlich von Martin und mir. Trotz allem sind wir es, die die Entscheidungen treffen.

Aqqaluks Beitrag zu den Überlegungen besteht aus einem einzigen Wort: Nein.

Nachts steht er plötzlich an meinem Bett. Das anmaßende Frühlingslicht vom Fenster hinter ihm hindert mich daran, sein Gesicht zu sehen, aber ich höre die Geräusche aus seiner Kehle, knurrende Laute der Wut und Verzweiflung. Sie verebben erst, als ich ihn auf die Bettkante ziehe und in die Arme nehme. Er riecht nach ungewaschenem Jungen und alter Trauer.

Ich wiege ihn, bis er aus meinen Armen kriecht.

»Nein«, sagt er. »Nein. Nein.«

Mein Gesicht zwischen seinen Händen. Sein Ring drückt sich in meine Wange. Vielleicht sind wir ja genauso unglücklich.

»Ich verspreche es, Aqqaluk. Ich verspreche es.«

Was ich verspreche, weiß ich nicht. Nichts, als daß sich alles wieder einrenken wird. Irgendwie.

Es endet damit, daß wir den gordischen Knoten einfach durchhauen.

Aqqaluk wird vorläufig auf Martins Fußboden einquartiert.

Eine Luftmatratze ändert ihre Adresse. Ein kleiner Rucksack mit Unterwäsche und sauberen T-Shirts begleitet ihn in Martins Wagen. Ich laufe ihm mit seiner Windjacke und seinen Schuhen hinterher, mit einer Plastiktüte voller Süßigkeiten, mit Bananen und Äpfeln, soviel wie für eine längere Reise.

Er dreht sich nicht um, als das Auto anfährt. Der Anblick seines Hinterkopfs in der Heckscheibe klagt mich an.

Ganz objektiv betrachtet, müßten er und Joel sich kennenlernen können. Vielleicht würden sie sich sogar mögen. Vielleicht würde Joel in Aqqaluk den Bruder finden, den er nie gehabt hat. Vielleicht würde Joels stille Frömmigkeit Aqqaluk Halt geben.

Objektiv betrachtet ist alles möglich. Nur in mir ist es unmöglich. In mir geht es nicht einmal um Zweifel oder innere Kämpfe, es ist einfach ausgeschlossen. Aus Gründen, die ich gar nicht genauer verstehen will.

Martin und ich vereinbaren, telefonischen Kontakt zu halten. In ein paar Wochen wird Joel wieder abreisen, und dann können wir zur Normalität zurückkehren.

Joel ist kleiner, als ich ihn in Erinnerung hatte, als er im Gewühl des Flughafens auftaucht. Kleiner und rothaariger. Genauso spindeldürr wie mit siebzehn, aber schon etwas gebeugt. Eine knochige Erscheinung mit bleicher Haut. Selbst seine großen Hände wirken dünner.

Sein rechter Zeigefinger ist verbunden und steckt in einer Art Schiene.

»Was ist mit deiner Hand passiert?«

Er wendet mir den Rücken zu, um einen abgenutzten Rucksack vom Gepäckband zu wuchten. Als er sich umdreht, sehe ich, daß seine Stirn eine schmale, weiße Narbe aufweist, die einem Blitz ähnelt.

»Deine Hand, Joel.«

»Das ist nichts.«

Zusammen tragen wir den Rucksack zum wartenden Taxi. Auf dem Weg in die Stadt rettet uns der redselige Fahrer vor der Stille.

Trotz seiner Proteste bekommt Joel das Schlafzimmer. Ich schlafe auf dem Sofa im Wohnzimmer. Von Jetlag kann bei einer Reise von Schottland über Reykjavík nach Grönland kaum die Rede sein, und ich zeige ihm meine Broschüren und erkläre ihm, aus welchen Ausflügen, Vergnügungen und Erlebnissen er wählen kann, und das nur, damit ich nicht meinem Sohn gegenüber Stellung beziehen muß.

Zerstreut betrachtet Joel die Unterlagen. Er trinkt am Küchentisch eine Tasse Hagebuttentee, während ich ihn mit den Augen verfolge. Er ißt einen Keks.

Mitten in einer Lobesrede über die Mumiensammlung des Nationalmuseums unterbricht er mich.

»Entspann dich, Joyce.«

In der folgenden Stille kann ich mir fast einbilden, die Worte wären nicht gefallen. Ich fülle die Lungen mit Luft wie ein Taucher, der einen neuen Versuch unternehmen will.

»Ich meine es ernst. Entspann dich.«

Mein Sohn legt Autorität an den Tag. Mein magerer Sohn spricht gedämpft, dabei jedoch klar und deutlich. Mein erwachsener Sohn bittet mich, seine Mutter, sich zu entspannen und es ihm zu überlassen, wie er seine Ferien gestaltet.

Falls es Ferien sind. In diesem Punkt ist er vage. Er nennt es eine Pause. Näher kommen wir der Sache nicht.

Eine Pause, na gut. Aber wovon?

Mein Sohn, der Friedensaktivist, hat das Geld seines Vaters, eines ehemaligen Offiziers, dazu verwendet, in solch einem Ausmaß subversiv tätig zu sein, daß kein Platz mehr für etwas anderes bleibt.

Ich springe ins kalte Wasser und frage ihn direkt.

»Hast du immer noch Pläne, dein Examen zu machen?«

Studien, Joel, das ist etwas, wovon deine Mutter etwas versteht. Ein halber Abschluß löst bei ihr eine instinktive Reaktion aus. Gute Ratschläge und Fingerzeige werden, wenn sie befolgt werden, das Halbe innerhalb einer überschaubaren Zeit zu etwas Ganzem machen.

»Meine Pläne.« Die glatte Haut mit den hellen Sommersprossen legt sich in Falten. Mein Sohn lächelt, wir lächeln beide. »Meine Pläne sind nicht so konkret.«

Dann sitzen wir wieder da. Der Tee ist ausgetrunken. Ich habe die Kekskrümel in meine hohle Hand gefegt und in die Mülltüte geworfen. Vor dem Fenster brennt die Sonne auf einen wehrlosen Fjord.

Joel gähnt. Seine Augen sehen müde aus. Bekommst du genug Schlaf, Joel, oder wozu verwendest du die Nächte, das würde deine Mutter gerne wissen, aber sie wagt es nicht, den Mund aufzumachen und zu fragen.

»Willst du die Stadt sehen?«

Das will zumindest ich. Ich will alles andere als diesen unbeholfenen Tanz, einen Schritt vor und zwei zurück, die Hummerquadrille aus *Alice im Wunderland*.

Bei Alice beginnt man damit, das Ufer von Quallen zu säubern. Hier räumen wir gar nichts weg. Wir laufen auf Zehenspitzen herum und riskieren ständig auf irgend etwas auszurutschen und auf dem Hintern zu landen.

Die Stadt ist, wie sie ist. Eine Ansammlung von Häusern auf Felsen, die meisten beleidigend häßlich. Mein ramponiertes Exemplar stellt keine Ausnahme dar.

Kleine Müllberge liegen überall herum. Einkaufswagen rosten in Abwasserkanälen vor sich hin.

Schwindelnd steile Holztreppen verbinden die Stadtteile miteinander. Auf den Terrassen hängen Teppiche zum Trocknen.

Warum trocknen so viele Teppiche auf den Terrassen in dieser Stadt? Mein Sohn ist wißbegierig, und ich beglückwünsche ihn zu seinem anthropologischen Blick, und der Tag gleitet milde und harmonisch dahin, ohne Widerhaken, ohne Minenfelder.

Unsere langen Beine tragen uns in gemächlichem Tempo über Stock und Stein. Normalerweise rase ich herum, immer mit dem Gefühl, zu spät zu kommen. Jetzt verfalle ich in Joels Rhythmus und bleibe stehen und sehe mich um. Bleibe stehen und atme die salzige Luft ein. Bleibe stehen und spüre die Sonne auf meiner Haut.

Es überrascht mich, daß Joel die Stadt hübsch findet.

Die einem Bauklotz ähnliche Kirche, in der gerade eine Hochzeit stattgefunden hat und wo nun Brautpaar und Gäste in ihren besten Anoraks einen emsigen Fotografen anlächeln, findet er regelrecht hinreißend.

Die Kirche ist sonst immer abgeschlossen, und ich gehöre nicht zu den Leuten, die Gottesdienste besuchen, wenn es sich vermeiden läßt. Jetzt zieht mich Joel in den hellen Raum hinein, in dem uns ein Kirchendiener zunickt und dann fortfährt, den Sand, den die Hochzeitsgesellschaft in die Kirche getragen hat, auf ein rotes Kehrblech zu fegen.

»Frag ihn, ob wir eine Weile hierbleiben können«, sagt mein Sohn, und die Kirche ist keine Kirche mehr, sie ist eine Reuse, und ich bin eine wehrlose Flunder.

Mein Magen knurrt bedrohlich. Ich habe den ganzen Tag nichts gegessen, das Frühstück habe ich aus reiner Nervosität übersprungen. Ehe ich vollkommen die Kontrolle über die Situation verliere, murmele ich was von Mittagessen.

»Ich habe keinen Hunger.«

Joel hat sich in die vorderste Bank gesetzt. Jetzt faltet er seine imponierenden Hände und beugt das Haupt.

Ich sehe, daß er die Lippen bewegt.

Ich bin jetzt älter, Joel. Ich bin nicht mehr die Mutter, die, ohne zu protestieren, mit dir über deinen überfahrenen Waschbären betet. Wärst du nicht mein Sohn, würde ich treten und schreien. Oder vor etwas die Flucht ergreifen, was ich als einen groben Übergriff auf meine geistige Freiheit und meine persönliche Integrität betrachte.

Ich bleibe sitzen. Bis meine Füße einschlafen. Bis es überall im Körper kribbelt.

Der Kirchendiener ist ein paarmal an uns vorbeigetrottet. Jetzt klappert er hinten bei der Tür mit den Schlüsseln.

»Joel.«

Er hat so helle Wimpern wie ich, wenn ich keine Wimperntusche auftrage. Helle Wimpern und einen Blitz auf der Stirn. Der Kriegsgott mit dem Donnerkeil hat ihn gezeichnet, und ich war nicht da, um den Schlag abzuwehren.

Er schlägt die Augen auf. Zum ersten Mal seit seiner Ankunft sieht er ganz wach aus. Ich folge ihm wie ein herrenloser Hund auf den Fersen, weg aus dem kühlen Kirchenraum und hinaus in die Sonne.

Der Fjord strahlt uns entgegen. Über der vernarbten Stirn meines Sohns schwebt das Licht der Verklärung. Ich suche nach einem besseren Wort, finde aber keins.

Unheilschwangere Wolken hängen über meinem eigenen Kopf.

Meine Freude über die gemeinsame Wanderung ist verschwunden und hat in mir das Gefühl zurückgelassen, in einem Schraubstock der Erwartungen, vornehmlich meiner eigenen, festzusitzen.

Ich will die Wünsche meines Sohnes erraten und erfüllen, noch ehe er sie ausspricht. Ich will mich wahnsinnig ins Zeug legen und meine eigenen Grenzen zwanzigmal in der Minute überschreiten, alles, damit er mir näherkommt. Ich gehe so weit, mit ihm die Kirche zu besuchen, geduldig neben ihm zu sitzen, während er seine Gebete verrichtet, und mir das Gefasel und den Unsinn des Pfarrers anzuhören.

Ein vertrautes Gefühl in meinem Inneren sagt mir jedoch, daß Joel, was immer ich anstelle, nichts von dem annehmen wird, was ich zu geben habe. Er kann es nicht gebrauchen. Zumindest glaubt er das.

Wenn ich ganz tief in meiner Seele grabe, weiß ich es sehr wohl. Joel ist ein Fremder. Joel lebt sein eigenes Leben, und ich würde zerbrechen, wenn ich versuchen würde, dieses Leben mit ihm zu teilen. Wenn ich ganz tief grabe und das berühre, was ich lieber nicht berühren will, weiß ich, daß ich meinen Teil zu Joels Wahl an Überlebensstrategien beigetragen habe und daß Joels Gründe, den Kontakt mit mir aufrechtzuerhalten, wahrscheinlich auf etwas beruhen, woran ich selbst nicht glaube.

Beschämt, aber dankbar nehme ich es entgegen.

Jeden Morgen, wenn Joel unter der Dusche steht, rufe ich Martin an. Jeden Morgen ist die Botschaft dieselbe, alles unter Kontrolle. Ich setze alle verfügbaren Nervenenden ein, um aus Martins Stimme irgendwelche Untertöne herauszuhören, aber offenbar verläuft Aqqaluks Exil unproblematisch. Offenbar fehle ich ihm nicht. Das sollte mich freuen, tut es aber nicht.

Die Tage verbringt Aqqaluk in der Wohnung in Gesellschaft der Videos, die ihm Martin auf dem Weg von der Arbeit ausleiht, drei Stück pro Tag.

Abends sehen sie fern.

Die Tatsache, daß Martin keine Freunde hat, ist in diesen Zeiten von Vorteil. Niemand erwartet, ihn in den Kneipen der Stadt oder auf irgendwelchen privaten Partys zu treffen. Kein Nachbar wird sich berufen fühlen, sich nach seinem Mitbewohner zu erkundigen.

In dem gelben Haus geht das Leben weiter seinen Gang. Joel hat sich mit einem hübschen kleinen Kruzifix und seiner Bibel auf dem Nachttisch eingerichtet. Vormittags sitzt er in meinem Sessel und liest in seiner in Papier eingeschlagenen Bibel mit all den vielen Lesezeichen oder auch in einem Stapel knittriger Fotokopien, die er aus der Tiefe seines Rucksacks hervorzieht. Er liest und runzelt die Stirn mit ihrem weißen Blitz. Macht sich Notizen auf einem kleinen Block. Ich habe bisher der Versuchung widerstanden, ihn mir näher anzusehen.

Joels Mutter ist zu ihrer Arbeit zurückgekehrt. Hauptsächlich um zu vermeiden, daß sich ihre Frustration in unkontrollierter Form Luft macht.

Das Kochen hat Joel übernommen. Hülsenfrüchte stellen den Hauptbestandteil dar, Linsen und Bohnen, höchstens mal Spaghetti. Das Ganze wird mit Leitungswasser hinuntergespült, das Joel morgens in Flaschen füllt und in den Kühlschrank stellt.

Wenn ich beim stillen Tischgebet meines Sohnes den Kopf beuge, kreisen meine Gedanken um ein blutiges Steak.

Bei einer Schüssel Popcorn finden wir vorübergehend zueinander. Ich erzähle lustige Geschichten über meine Informanten, und in dieser guten Stimmung gelingt es mir, hinter Joels abweisender Fassade die eine oder andere Information hervorzulocken. Umrisse des Lebens in der katholischen Wohngemeinschaft, die seinen neuen Stützpunkt darstellt, zeichnen sich ab, und meine Neugier nimmt zu.

Aber spontane Fragen meinerseits sind unmöglich. Fragen, die für jede andere Mutter natürlich gewesen wären. Die in jedem anderen Fall als Joels höchstens ein gönnerhaftes Achselzucken ausgelöst hätten.

Fragen nach Freundinnen (Was ist mit dieser Willow, Joel, die du jetzt innerhalb von acht Minuten ebenso viele Male erwähnt hast? Ist sie etwas Besonderes?) werden verworfen, noch ehe sie in meinem Kopf richtig Gestalt annehmen. Das nennt man Zensur, und ich selbst übe sie aus, selbst wenn ich es vorziehe, Joel die Schuld dafür zuzuschieben.

Die Tage mit meinem Sohn zwingen mir eine Form auf, seine Form. Sein Rhythmus teilt meine Zeit ein, und ich esse seine Linsen und Kichererbsen, ohne zu protestieren. Meine Haut fängt an so wie Joels zu riechen, ein fader und abgestandener Geruch nach Teufelsdreck und halb verdautem Grünfutter.

Je mehr ich von Joels mönchsähnlichem Dasein höre, desto mehr hasse ich es. Ich hasse die Beschränkungen, die Askese, das Lebensverneinende. Trotzdem nicke ich. Ich lächele zustimmend, stehe neben mir und sehe mir dabei zu, wie ich das Ganze billige.

Die Waffen dieser Welt zu zerstören und die Aufmerksamkeit der Weltbevölkerung auf Aufrüstung und militärische Idiotie zu lenken sind Vorsätze, mit denen ich nur sympathisieren kann. Aber daß dies im Namen Gottes geschehen soll, daß junge Menschen dies in freiwilliger Isolation von der Welt bewältigen wollen, für die sie zu arbeiten vorgeben, das widerspricht der Natur.

Trotzdem stimme ich zu und sympathisiere mit ihm, ich sage, ja, Joel, und nein, Joel, weil alles andere die noch zugänglichen Informationsquellen über meinen Sohn endgültig zum Versiegen bringen würden.

Jeden Tag nach dem Frühstück verläßt Joel das Haus, ohne mir mitzuteilen, wohin er geht. Erst Stunden später ist er zurück, trinkt in der Küche eine Tasse Hagebuttentee und nimmt sein Bibelstudium wieder auf, bis es Zeit ist, einen Topf brauner Bohnen auf den Herd zu stellen.

Ich ertappe mich bei dem Wunsch, daß es bald überstanden sein möge. Gleichzeitig wünsche ich mir, es würde ewig dauern.

Worte wie Wunder und Vorsehung tauchen auf, ohne daß ich es verhindern kann. Es kostet mich Überwindung, die Hände nicht zum Gebet zu falten für etwas, das Joel und mich vereinen könnte. Nicht als Mutter und Sohn, sondern als etwas derart Bescheidenes oder Großartiges wie zwei Menschen.

Am Tag vor Joels Abreise kommt er nicht zur gewohnten Zeit nach Hause. Ich bringe gerade Ordnung in meine Disketten, und es vergeht eine Stunde, bis ich auf die Uhr schaue und mir sein Ausbleiben auffällt.

Eine Stunde später stelle ich mir bereits vor, er sei ertrunken. Vielleicht liegt er ja auch tot am Fuß eines Felsens, hat einen Dolch im Rücken oder ist bis zur Unkenntlichkeit verstümmelt.

Ich kann nicht einfach dasitzen und warten, bis mir die Polizei die Trauerbotschaft überbringt.

Die Leute sind auf dem Heimweg von der Arbeit, und an den Bushaltestellen stehen Schlangen, als ich mich nach draußen begebe, um nach ihm zu suchen. Vor dem Brugsen-Supermarkt torkeln die Trinker mit ihren Bierflaschen herum und fuchteln mit den Armen. Unten am Hafen bekommen die Hausfrauen die letzten Walsteaks billiger. Am westlichen Himmel steht ein großartiger Sonnenuntergang bevor.

Die ganze Stadt scheint an diesem Freitag in Bewegung zu sein, aber Joel ist nirgends zu sehen. Die Kirchen sind hermetisch verschlossen, und die Friedhöfe, auf denen ich ihn zwischen weißen Holzkreuzen und Plastikblumen meditierend vermutet hätte, sind menschenleer.

Offenbar ist er in der Buchhandlung gewesen, aber das liegt schon mehrere Stunden zurück. Im Pissifik bestreitet die freitagsmürrische Kassiererin, die uns mehrere Male zusammen gesehen hat, überhaupt zu wissen, wer er sei.

Wenn ich mich auf die Straße stelle und seinen Namen rufe, werden die Leute nur glauben, ich sei betrunken, und einen etwas größeren Bogen um mich machen.

Inmitten der vielen Menschen bin ich allein. Es gibt niemanden, den ich anrufen könnte, selbst wenn ich das wollte. Marge ist tot, und der Gedanke an Bill und Theresa erfüllt mich mit dem unangenehmen Gefühl, ich könnte zurechtgewiesen werden, und was könnten sie schon ausrichten. Joels Wohngemeinschaft ist – abgesehen von dem Mädchen mit dem botanischen Namen – eine unbekannte Größe. Wenn er etwas mit ihr hat, dann soll sie mich nicht als flennende Hysterikerin kennenlernen.

Meine Angst und Verzweiflung gehören mir, nur mir.

Tränen lassen alles verschwimmen, und mein Herz droht meine Brust zu sprengen, als ich mich wenig später auf Martins Fußmatte wiederfinde.

Die Klingel ist schon lange kaputt, hier reparieren die Vermieter nur das Nötigste. Nichts hindert mich daran einzutreten, also tue ich es, um mir meine unheilbare Einsamkeit ausreden zu lassen und mich vor dem Untergang zu bewahren.

Statt dessen stürzt die Welt ein.

Die Gardine vor dem einzigen Fenster des Zimmers ist zugezogen, und ich bleibe einen Augenblick lang in dem kleinen Windfang stehen, bis sich meine Augen an das Halbdunkel gewöhnt haben. Ich bin von den Treppen außer Atem, und ich kann nicht einmal »Hallo« oder »Ich bin es, Joyce«, sagen, ehe es zu spät ist. Ehe ich es gesehen habe.

Ehe ich einen Tod sterbe, den ich jeden Tag sterben werde, bis mich der richtige Tod befreit, bis mein Körper in Rauch aufgeht und sich meine Seele, falls ich denn eine habe, mit der versöhnlichen Leere des Universums vereinigt.

Aqqaluk sitzt halb und liegt halb auf der Kante von Martins Schlafcouch. Er lehnt sich auf die verschränkten Ellbogen, als würde er ein Sonnenbad nehmen. Den Kopf hat er in den Nacken gelegt, und ich kann seine Augen nicht sehen, ich sehe nicht, was er sieht oder ob er überhaupt etwas wahrnimmt.

Zwischen seinen nackten Schenkeln bewegt Martin rhythmisch seinen Kopf, vor und zurück, vor und zurück, wie ein Kolben oder eine Pumpe. Die Hände, die großen Hände, Symbol für Geborgenheit und Fürsorge, drücken Aqqaluks Schenkel auseinander.

Im Fernsehen übt eine Gruppe Jungen laut rufend Karate.

In der Nachbarwohnung dröhnt Musik. Lautstarkes Lallen läßt darauf schließen, daß das Wochenende bereits begonnen hat.

Die Luft im Zimmer ist schwer von Körpergerüchen.

Kein Stöhnen dringt an mein Ohr, aber ich weiß, daß gestöhnt wird. Vor Genuß, Scham, was weiß ich. Was will ich auch schon wissen, am liebsten gar nichts, aber ich sehe, und ich weiß.

Draußen steht die Abendsonne am Himmel. Schwankend begebe ich mich zwischen den ersten Volltrunkenen dieses Freitags nach Hause, nach Hause in das gelbe Haus, wo Joel am Herd steht und in einem Topf rührt, und in diesem Augenblick hasse ich ihn. Ich will ihn bestrafen, schlagen und treten, aber ich bin stumm, und meine Glieder wollen mir nicht mehr gehorchen.

Ich kann nirgends mehr hin. Das Schlafzimmer ist Joels Revier, und im Wohnzimmer bin ich eine leichte Beute. Vertraue ich mich jemandem an, wird es nie verschwinden.

Ich stelle mich unter die Dusche und lasse das warme Wasser laufen, bis es aufhört. Opfer von Vergewaltigungen zerstören so die Beweise, und ich kann sie verstehen.

Unter der allmählich kälter werdenden Dusche verstehe ich sie.

Die Behörden müßten jetzt eingeschaltet werden, das Jugendamt, die Polizei. Aqqaluk hätte schon lange diesen in den Augen aller normal denkenden Menschen richtigen Händen übergeben werden müssen.

Aber könnte ich die Person sein, die Martin, den einsamen, schwachen, kläglichen Martin, hinter Gitter bringt, verachtet von allen, verfolgt von den Mithäftlingen, seinem eigenen Unglück überlassen? Könnte ich es verantworten, wenn Aqqaluk in irgendein Kinderheim gesteckt würde, wenn das nun die Alternative wäre? Ich weiß nicht, wie so etwas in diesem Land gehandhabt wird, in dem es allzu viele vernachlässigte Kinder gibt, die sich herumtreiben und die niemand zur Kenntnis nimmt.

Joel und ich sitzen, den Topf zwischen uns, am Küchentisch, und mir hat es einstweilen die Sprache verschlagen. Außerdem bin ich nicht in der Lage, meine Bewegungen zu koordinieren.

Mein Teller landet auf dem Fußboden, ein Wasserglas folgt ihm, und ehe ich michs versehe, liegt der Inhalt des Topfes im Ausguß, und ich habe ihn ausgeleert. Wasser platscht, Tomatensoße spritzt, und eine laute, durchdringende Frauenstimme, meine eigene, ruft, jetzt sei es genug mit diesem verdammten Fraß.

Es nützt nichts, sich irgendwelche Entschuldigungen auszudenken. Es nützt nichts, nach Erklärungen zu suchen. Joel muß auf sich nehmen, was ich nicht auf mich nehmen kann, und um es mit ihm zu teilen, fehlt mir der Mut.

Ich habe angefangen, und jetzt kann mich nichts mehr aufhalten.

»Nimm deine Bibel, und fahr nach Hause, Joel. Fahr nach Hause zu deiner heiligen Willow, die du vermutlich nicht mal flachlegst, keusch, wie du bist. Fahr nach Hause und putz deinen Märtyrerheiligenschein. Ab ins Gefängnis für die gute Sache. Du und dein kleiner Hammer werden denen, die den Krieg wollen, genausoviel bedeuten wie ein Mückenstich. Du und deine Kumpane, ihr schafft es doch nicht einmal mehr in die Schlagzeilen, ihr bekommt doch höchstens noch eine Meldung von drei Zeilen.«

»Joyce«, sagt mein Sohn, »hör mir mal zu.«

Wenn ich jetzt nachgebe, ist alles verloren. Meine Stimme hat sich zu einem unangenehmen Falsett hochgeschraubt, jetzt senke ich sie wieder eine Oktave. Ich schreie ihm in seine selbstgefällige Visage. Mein Sohn, mein Sohn, warum hast du mich verlassen.

»Eine Religion, die ein halbnacktes Folteropfer anbetet, ist in jeder Beziehung pervers.«

»Joyce. Du hast das Recht zu glauben oder es bleiben zu lassen. Räume mir dasselbe Recht ein.«

Er bleibt provozierend ruhig, mein Sohn, Gewaltlosigkeitsstrategie, das lernen sie bei ihren Schulungen, das hat er mir selbst erzählt, aber kein Pazifismustheoretiker hätte mit der unbändigen Wut gerechnet, die sich meiner bemächtigt und mich für alles andere blind und taub macht.

Nichts kann mich jetzt noch aufhalten. Ich schreie um mein Leben, ich kämpfe um meinen Verstand, und Worte sind meine einzigen Waffen.

»Gott ist allmächtig, sagt ihr, warum braucht er dann so kleine Lebensverweigerer wie dich? Kannst du mir das sagen, Joel? Gott ist allmächtig, aber wenn es drauf ankommt, kehrt er uns den Rücken zu. Er kehrt uns den Rücken zu, Joel, versuch nicht, mir irgend etwas anderes einzureden. Lasset die Kindlein zu mir kommen, sagt dein Held, aber wenn es drauf ankommt, läßt er sie im Stich. Schlittenhunde zerfleischen ein Kind, ist das Gottes Werk, Joel, ein Kind, das von seinen Eltern geschlagen und mißbraucht wird, von den Menschen, denen es vertraut, ist das ein Kind Gottes, Joel, wer erlöst ein solches Kind?«

»Ist was passiert, Joyce?« fragt mein Sohn.

Mein Sohn Joel, der Ritter ohne Furcht und Tadel, breitet seinen Mantel im Rinnstein aus, damit ich drauftreten kann, und wie leicht wäre es, ihm zu beichten, ihm alles zu erzählen, das Schlimmste. Ihn um die Hilfe zu bitten, die ich so nötig habe und die ich nicht will. Mit der ich nicht umgehen kann. Die mich direkt in eine noch heißere Hölle befördern könnte als die, in der ich mich bereits befinde.

Der Teil von mir, der immer noch bei Bewußtsein ist, sieht ein, daß Joel unschuldig ist, es nützt nichts, meine eigene Ohnmacht an ihm auszulassen.

Es muß jetzt aufhören, und es hört auch auf. Ich hole Lappen und Eimer aus dem Besenschrank und mache mich ans Aufwischen. Joel bleibt sitzen, und ich spüre seine Nähe und seine Augen in meinem Rücken. Wenig später steht er auf. Ich höre ihn im Schlafzimmer rumoren. Vermutlich packt er.

Die Dämmerung zieht sich hin. Der Himmel im Westen gleicht einer überreifen Eiterbeule, aber endlich geht die Sonne unter. Über meiner Wut. Und die Nacht vergeht, wie Nächte eben vergehen in Häusern, in denen Unfrieden herrscht. Kein Geräusch ist so gering, daß man nicht aufhorchen würde, jedes Knarren einer Diele, jedes Gluckern von Wasser im Abfluß bereitet mir Magenkrämpfe.

Hinter einer geschlossenen Schlafzimmertür schläft Joel. Oder er wacht. Wacht und betet, wie es geschrieben steht. Vielleicht betet er für mich. Wenn ich glauben könnte, daß es einen Sinn hat, wäre es vielleicht ein Trost.

Auf dem Flughafen umarmen wir uns wie Trauernde bei einer Beerdigung. Der Rucksack verschwindet auf dem Fließband, ein Apfel beult Joels Jackentasche aus. Sein Finger spreizt sich auf der Schiene, und ich bleibe am Zaun vor dem niedrigen Gebäude stehen und verfolge mit den Augen seine Wanderung auf dem schadhaften Asphalt und sehe ihn im mütterlichen Schoß des Hubschraubers verschwinden.

Ein Gewitter hätte mir vielleicht eine Frist eingeräumt, alles wiedergutzumachen, aber die Sonne strahlt unerbittlich, die Rotorblätter donnern los, und in wenigen Sekunden ist das lärmende Fahrzeug nur noch eine Mücke am Horizont. In ein paar Stunden sitzt er in einem Flugzeug, und nach einigen weiteren landet er auf einem anderen Kontinent, und vielleicht habe ich ihn zum letzten Mal gesehen, und nichts läßt sich mehr ungeschehen machen.

Das Schlafzimmer in meinem gelben Haus ist gähnend leer. Joel hat abgesehen von einem schwachen Duft nach Waschpulver keinen Abdruck hinterlassen. Am letzten Tag vor seiner Abreise hing Joels Unterwäsche auf allen Möbeln zum Trocknen.

Ich liege, die Füße auf seinem ordentlich zusammengefalteten Bettzeug, auf dem Bett, und mir wird übel, und ich warte darauf, daß sich mein Körper wie ein Ofen erhitzt.

Die Hitzewallungen haben während Joels Besuch zugenommen. Während der letzten Tage suchten sie mich mehrmals pro Stunde heim.

Die Übelkeit verebbt, während die Wärme zunimmt, bis mir der Schweiß von der Stirn tropft. Vor meinen Augen verschwimmen die Risse an der Decke, und erst nach wenigen Minuten spüre ich etwas Hartes in meinem Rücken unter der Bettdecke, unter der sorgfältig aufgeschüttelten Decke, die frisch bezogen in den nächsten Wochen meinen Schlaf mit ihrem jungfräulichen, daunenweichen Weiß beschützen soll.

Zumindest im Prinzip.

Das Harte erweist sich als Joels Bibel. Ich bin keine Prinzessin auf der Erbse, aber eine Bibel ist ein dicker Gegenstand, der sich kaum ignorieren läßt.

Eine Bibel, die Joel vielleicht vergessen hat. Vielleicht hat er sie auch seiner ungläubigen Mutter als eine Art Beschwörung zurückgelassen.

Das kompakte Buch liegt in meinem Schoß. Ein Buch, aber nicht nur das.

Joel hat es in seinen großen Händen gehalten. Joels lange Finger haben darin geblättert, haben gelbes Papier in Streifen gerissen und die wichtigen Stellen damit markiert. Joel hat das Buch mit Anmerkungen versehen, mit Verweisen, mit Ausrufezeichen und Pfeilen. Joels Spuren sind überall.

Der Ledereinband ist an den Ecken abgenutzt. Einige Eselsohren zeugen von fleißigem Gebrauch. Zahlreiche Lesezeichen ragen hervor.

Jedes andere Buch hätte Hoffnung bedeuten können, Hoffnung auf Kontakt, auf ein mögliches Wiedersehen. Jedes andere Buch hätte ich ihm mit einer Entschuldigung für mein unpassendes Verhalten zurückschicken können. Oder ich hätte es behalten können. Darin die Worte lesen können, die Joel gelesen hat, die er vielleicht sogar auswendig gelernt hat. Ich hätte die Spuren seiner Hände berühren können, und er wäre mir nahe gewesen.

Jetzt liegt eine Bibel in meinem Schoß.

Die Bibel knallt an die Wand. Die Bibel liegt auf meinem Fußboden. Das unerwünschte Geschenk, falls es nun eines ist, verschwindet im Papierkorb, wird aber bald wieder herausgefischt.

Joels Bibel steht auf meinem kleinen Bücherregal zwischen einem Kriminalroman und einer Doktorarbeit. Trotz ihres diskreten Umschlags ruft sie mich an, ohrenbetäubend, sie macht es mir unmöglich, mich auf meine Arbeit zu konzentrieren, und ich reiße sie aus dem Regal. Ich trage sie durch das ganze Haus, die Treppe hinunter und zur Mülltonne. Ich hebe den Deckel an, nur um ihn wieder fallen zu lassen, das verdammte Buch zurückzutragen und in meinen Besenschrank zu legen. Zwischen Lappen und Flaschen wirkt es recht unschuldig. In Wirklichkeit ist es radioaktiv, es strahlt. Unmerklich, aber effektiv.

Joel. Du bist anwesend in diesem Buch, und vielleicht werde ich es eines schönen Tages nicht einmal mehr als Anklage empfinden. Bis dahin lasse ich das Buch dort liegen.

Ich hoffe, die Halbwertszeit von Bibeln ist geringer als die von Strontium oder wovor auch immer wir als Kinder Angst hatten.

Aqqaluk ist zurückgekehrt. Ich versuche sein Gesicht und sein Verhalten nach Spuren des Unaussprechlichen zu erkunden, finde aber nichts. Martin ist auf einem Kurs in Dänemark, und es ist kein Wort darüber verloren worden.

Äußerlich ist alles wie vorher, die Alltagsroutine ist dieselbe. Small talk gehört nicht zu unserem Alltag, normalerweise stellt die Anwesenheit des anderen nur eine sehr oberflächliche Geborgenheit dar, während wir uns mit anderem beschäftigen, an der Oberfläche ist also nicht viel verändert.

Ich gehe meiner Arbeit nach und halte die kleinen Zahnräder des Haushalts in Bewegung. Aqqaluk ißt und schläft und klaubt ab und zu seine Kleider vom Boden auf. Die minimalen Pflichten, die ihm zuteil geworden sind, führt er fast ohne Protest aus, und es kommt vor, daß er sich wäscht, zumindest Gesicht und Hände. Abgesehen davon sieht er fern und liest ab und zu einen Comic.

Neu ist, daß er ein paar Bücher mitgebracht hat. Bücher über Natur und Tiere. Bücher mit vielen Bildern. Sie sind für kleinere Kinder, aber ich sehe ihn darin blättern und vielleicht auch lesen.

Die andere Neuigkeit ist, daß meine Verdauung streikt. Seit dem Tag, an dem ich vor vielen Jahren auf meinen Berg zog, habe ich mich jeden Morgen wie auf Kommando erleichtert. Jetzt verläßt nichts mehr meinen Körper freiwillig.

Mein Bauch schwillt an, mein Atem riecht nach Affenkäfig, und ich weiß jetzt, was Mutter zurückhielt, was sie nicht sagen konnte, nicht tun konnte, aber sie ist ja inzwischen von den Würmern gnädig zu Kompost reduziert worden. Jetzt geht es um mich, im Hier und Jetzt.

Meine Wut wächst in gleichem Ausmaß wie mein Magenumfang. Sie lauert an meinem Ellbogen, wenn ich am Computer sitze, sie schreit mir ins Ohr, wenn ich höre, wie Aqqaluk sein Essen kaut, wenn ich sehe, wie er eine Seite in seinem Buch umblättert, oder höre, wie er über etwas im Fernsehen lacht.

Auf ihn habe ich eine Wut. Jede seiner Lebensäußerungen, jeder Pups, jede Bauchlandung auf dem Sofa erinnert mich daran, daß er es hat geschehen lassen.

Martin ist kein klassischer Vergewaltiger. Aqqaluk kann sich unmöglich bedroht gefühlt haben, es könnte sich dabei um einen Männerpakt handeln, der mich ausgrenzen soll.

Mein Intellekt weiß, daß das eine Lüge ist. Mein Intellekt weiß einfach nicht, was er hätte sagen sollen. Aber hier wird nicht gedacht, hier wird gefühlt, und nur äußerste Beherrschung kann mich davor bewahren, auf Aqqaluk einzuprügeln, als er über die Schuhe stolpert, die er mitten im Zimmer abgestreift hat.

In dieser explosiven Atmosphäre leben wir, und ich warte nur auf den Funken.

Die Nacht vor meinem Fenster ist erschreckend hell, und das Rumoren in meinem Bauch hält mich wach. Nach einem weiteren erfolglosen Toilettenbesuch sehe ich ins Wohnzimmer. Aqqaluk liegt auf dem Rücken auf dem Sofa, die Decke hat er von sich gestrampelt, er ist nackt.

Sein verwachsener, pubertärer Körper liegt auf dem Rücken, mit gespreizten Beinen und halbsteifem Geschlecht, den einen Arm hat er über die Augen gelegt, eine Odaliske auf dem Präsentierteller. Ist es möglich, daß er der Verführer war, hat er sich mit

Hilfe seines Geschlechts Vorteile verschafft, für die ich jetzt den Preis bezahle?

Es ist seine Schuld, daß ich so denke, seine Schuld, daß ich hier stehe und leide, nicht nur wegen dessen, was passiert ist, sondern auch meiner fürchterlichen, meiner inakzeptablen und haarsträubenden Gedanken wegen. Ich bleibe stehen und blicke auf ihn hinab, bis sich mir der Magen umdreht, und ich hasse ihn. Er ist mein geliebtes Kind, und ich hasse ihn. Unbändig, unbegründet und schockierend ungerecht.

Auf dem Weg ins Bett komme ich am Besenschrank vorbei. Wie in Trance öffne ich die Schranktür, wie im Schlaf ziehe ich Joels Bibel aus ihrem Versteck unter den Putzlappen hervor.

In meinem Bett schlage ich das Buch an einer Stelle auf, die mit einem Lesezeichen markiert ist.

Joel hat mit dicken Bleistiftstrichen einen Vers eingerahmt. Offenbar fand er eine Äußerung seines gekreuzigten Helden besonderer Aufmerksamkeit und Meditation in stillen Stunden wert. Über den Abgrund hinweg, der uns trennt, schickt er mir eine Botschaft.

Denn wer hat, dem wird gegeben werden; wer aber nichts hat, dem soll auch das wenige, was er hat, noch genommen werden. Sagt Jesus, unser Herr. Der liebevolle Menschensohn, den mein eigener Sohn als seinen Guru auserwählt hat, das mußt du mal toppen, Joyce.

Es ist nicht so, daß ich nichts besäße. Ich bin voller Dreck. Mein armer Kopf ist voller Gedanken, die schlimmer stinken als mein Körper. Ich bin ein Mülleimer für menschlichen Abfall. Eine Müllkippe für vergeudete Chancen.

Mein ganzes Leben lang bin ich vor der Verantwortung davongelaufen. Jetzt wird mir jene Verantwortung, die ich endlich auf mich genommen hatte, abgenommen, und die neue, die mir aufgebürdet wird, will ich nur abschütteln. Ich bin für solche Bürden nicht gemacht. Wer sie mir auferlegen will, der muß die Konsequenzen selbst tragen.

Die Tage vergehen. Unter verschiedensten Vorwänden verbringe ich immer mehr Zeit an der Uni, so weit weg wie möglich von Aqqaluk und der unausgesprochenen Forderung, Stellung zu beziehen. Im übrigen verlasse ich mich auf die Routine, und plötzlich ist Martin zurück.

Wir sitzen auf unseren gewohnten Plätzen um den Küchentisch. Auf dem Herd dampfen die Töpfe.

Martin ist einsilbig und bedächtig, in dieser Hinsicht ist alles unverändert, aber zwischen ihm und Aqqaluk spielt sich etwas Wortloses ab. Ein chemischer Prozeß, der eine Art Spannung erzeugt. Etwas Vibrierendes, kaum Spürbares, das aber zweifellos da ist.

Zwischen ihnen und mir wurde eine Jalousie heruntergelassen. Mir bleibt nichts anderes übrig, als sie durch die Lamellen zu beobachten.

Ich häufe Fisch und Kartoffeln auf die Teller und stelle eine Schüssel mit geriebenen Möhren mitten auf den Tisch.

»Ohne Rosinen?«

Jetzt reicht's. Es ist mehr als genug. Du hast selbst darum gebeten, Aqqaluk, und jetzt kommt es.

Ein unterkühltes Quaken dringt aus meiner Kehle.

»Hol dir deine verdammten Rosinen selbst.«

Sie starren mich an. Sie starren mich beide an. Ich bin ein Naturphänomen, ein Tornado an einem sonst so blauen Himmel.

Aqqaluk trottet zum Küchenschrank und kommt mit der Sun-Maid-Schachtel zurück.

Sie sehen mich nicht an und streuen Rosinen über ihren Möhrensalat, zwei kleine, artige Jungen, denen man im Eßsaal der Schule auf die Finger gehauen hat.

Die Schachtel steht neben Aqqaluks Ellbogen, und plötzlich liegt sie auf dem Boden. Sie ist nicht ordentlich verschlossen, und die Rosinen fallen auf den staubigen Boden.

»Kannst du nicht ausnahmsweise mal aufpassen?«

Quak, quak.

Martin holt das Kehrblech aus dem Besenschrank. Beide liegen sie auf den Knien und klauben Rosinen auf, langen unter den Stuhl, auf dem ich sitze, und ich fühle mich lächerlich.

Dort unten auf dem Boden sind sie gleich alt. Zwei Buben, auf frischer Tat ertappt. Erleichtert darüber, für das kleinere Vergehen bestraft worden zu sein, erleichtert darüber, daß das größere offenbar nicht entdeckt worden ist, aber unsicher, ob das Gericht nicht noch etwas in der Hinterhand hat.

Ich habe alles mögliche in der Hinterhand. Nichts davon läßt sich verwenden.

Der Rest der Mahlzeit schleppt sich unter Schweigen dahin. Andere Mütter kennen diese Situation vermutlich und wissen, was man tut, aber die mütterliche Autorität, die mir Martin und Aqqaluk wie selbstverständlich zuteilen, ist für mich ein rätselhaftes Zubehör, für das ich keine Gebrauchsanweisung besitze.

Die letzte Kartoffel ist verspeist, Aqqaluk hat sich zu einem Naturfilm vor den Fernseher verzogen. Martin beugt sich über die Spüle, und ich trinke Kaffee. Einen Becher, noch einen Becher, bis mein widerstrebendes Verdauungssystem schließlich reagiert.

Martin hat bereits seine Jacke an, als ich von der Toilette zurückkomme. Der Abend ist zu Ende, ehe er begonnen hat, nichts ist gelöst, und es ist wieder einmal meine Schuld.

In drei Wochen fahre ich. Drei Wochen, das ist wie in den Ozean gespuckt. Falls ich je Pläne hatte, den Versuch zu unternehmen, Aqqaluk auf legale Art mitzunehmen, so haben sie sich schon längst erledigt. Würde ich jetzt zu den Behörden gehen, dann wäre der Teufel los. Mittäterin bei einem Übergriff wäre noch das Geringste.

Aber ich kann ihn nicht einfach nur zurücklassen und sein weiteres Schicksal in Martins Hände legen. Was ich bisher aus der festen Überzeugung heraus, es sei das Beste, getan habe, hat sich gegen mich gewandt. Es läßt sich auch ganz anders deuten, ich deute es selbst ganz anders, jetzt im nachhinein.

Man hat vermutlich geglaubt, der Junge sei tot. Ohne es zu wollen, habe ich vielleicht Aqqaluks Eltern großen Kummer bereitet. Er ist nicht in die Schule gegangen, und Gleichaltrige hat er auch nicht getroffen. Was erst wie Betreuung wirkte, läßt sich auch anders deuten. Wenn Aqqaluk richtig wütend auf mich ist, so ist es ein leichtes, mich als Kidnapperin und Kindesmißhandlerin hinzustellen.

Der eventuelle Skandal würde mir dabei noch am wenigsten ausmachen. Meine Angst ist, ausgebootet zu werden. Der Knoten zieht sich fester zu, und mit jedem Tag, der vergeht, sinken meine Möglichkeiten, ihn zu lösen.

Martin hält Abstand. Vielleicht wartet er auch nur darauf, daß ich abreise, damit er den Jungen in seine Wohnung holen kann, um sich weiter an ihm zu vergehen. Wenn man das so bezeichnen kann. Wenn es überhaupt darum geht.

Eine diffuse Scham, ich habe kein besseres Wort dafür, hindert mich daran, ihn mit meinem Wissen zu konfrontieren. Zwischen uns herrscht jetzt keine Einsilbigkeit mehr, sondern regelrechte Sprachlosigkeit.

Aqqaluk sagt wie gewöhnlich nichts. Nachts höre ich ihn rastlos im Haus herumlaufen. Wenn ich nach einer weiteren schlaflosen Nacht in die Küche komme, liegen Bananenschalen und Milchtüten auf dem Tisch. Zerfledderte Comic-Hefte sind auf dem Wohnzimmerfußboden verstreut.

Er gibt vor zu schlafen. Mein Abschiedsruf in der Tür löst keine Reaktion aus. Viele Stunden später, wenn ich erschöpft von der Uni zurückkehre, sitzt er vor dem Fernseher. Mit einem Grunzen beantwortet er meinen Gruß.

Mein Forschungsprojekt ist in Auflösung begriffen. Mein Hirn ist zu durchgeprügelt, um irgendwelche Schlüsse zu ziehen, die ernsthafte Arbeit muß warten, bis bessere Zeiten kommen. Ich packe zusammen und werfe weg, packe zusammen, werfe weg. Aqqaluk bekommt einen Stapel alter Sweatshirts. Er ist in den letzten Monaten in die Höhe geschossen, und sie passen ihm gut, aber er reagiert kaum auf sein Spiegelbild.

Seit Joels Besuch habe ich ihn nicht angefaßt. Sein Haar, das ich sonst immer geschnitten habe, wächst wild in alle Richtungen.

Jetzt breite ich eine Zeitung unter seinem Stuhl aus, gehe mit der Schere auf seine struppige Mähne los, und die Haarbüschel fliegen. Er hält den Kopf gebeugt, und ich muß sein Kinn hochheben, um an sein Pony zu kommen.

Mit den Fingerspitzen hebe ich sein Kinn hoch, und unsere Augen begegnen sich. Es gibt keinen Weg zurück.

»Aqqaluk.«

Er windet sich einen Moment, dann gibt er auf.

»Aqqaluk. Ich weiß, was passiert ist.«

»Was ist denn passiert?«

»Du und Martin.«

Er schließt die Augen. Verzieht den Mund zu einer Grimasse, holt schwer Luft.

»Das ist nicht deine Schuld.«

»Schuld?«

»Du bist ein Kind. Martin hat die Verantwortung.«

Ich lege meine Hände auf seine Schultern, aber er stößt mich weg. Dann bereut er es und ergreift mein Handgelenk. Meine Hand liegt auf seinem Mund, der warm ist, brennend heiß. So stehe ich mehrere Minuten lang da, bis er mich endlich losläßt.

»Ich weiß nicht, was ich tun soll, Aqqaluk. Ich fahre weg, und ich weiß nicht, was ich tun soll, ich weiß nicht, was das Beste für dich ist.«

Im selben Augenblick bereue ich schon meine Worte. Das muß das Schlimmste für ein Kind sein. Eine Erwachsene, die nicht weiß, was sie tun soll. Die nicht voller Überzeugung sagen kann, das wird schon wieder. Die die Verantwortung dem Schwächsten überläßt, den Hilflosesten dazu zwingt, ein weiteres Mal eine Überlebensstrategie aus dem Felsboden zu stampfen.

Den Kampf um Joel habe ich damals verloren. Jetzt weiß ich nicht einmal, welchen Kampf es überhaupt auszutragen gilt. Etwas in mir hat aufgegeben, etwas in mir will dem Ganzen nur ein Ende bereiten, will die Fenster mit Isolierband abkleben und den Gashahn aufdrehen. Will Aqqaluk vom Aussichtsfelsen stoßen und hinterherspringen. Will ihn an mich drücken, während wir das bittere, betäubende Gas einatmen, während wir uns durch die Kälte in ein tröstendes Dunkel sinken lassen.

Ich lege meine Hände auf seine Schultern. Seine Jungenschultern, seinen breiten Oberkörper, der bald der eines Mannes sein wird, aber noch unbeholfen und pubertierend ist. Nichts an Aqqaluk hängt zusammen, nichts ist harmonisch, nichts ist zweckmäßig, er ist wie ein Bausatz, zu dem niemand eine Bauanleitung besitzt, am allerwenigsten ich selbst. Wenn es jemanden gibt, der Aqqaluk zusammenbauen kann, dann nur Aqqaluk selbst, aber wie soll er das machen, wenn ständig etwas dazwischenkommt und wenn die, die es ihm zeigen sollten, genauso hilflos sind wie er selbst?

»Wir lassen uns schon was einfallen, Aqqaluk«, sage ich schließlich. Das klingt harmlos und überzeugt nicht einmal mich selbst.

Aqqaluk sitzt auf seinem Stuhl, die schwarzen Haarbüschel auf der Zeitung unter ihm bilden ein Muster. Ich fege zusammen, und er bleibt sitzen, bis ich ihn bitte, aufzustehen, damit ich die Zeitung zusammenrollen und wegwerfen kann. Als ich von meiner Expedition zur Mülltonne zurückkehre, liegt er mit dem Gesicht zur Wand auf dem Sofa.

Ich mache den Fernseher an und setze mich neben seine Füße. Meine Hand ruht auf seinem Knöchel, wohin die Socke, die ein Loch in der Ferse hat, gerutscht ist. Bald darauf schlafen wir beide.

Einige Tage später will Martin Aqqaluk auf eine Inspektionsfahrt zu einem kleinen Ort weiter innen am Fjord mitnehmen. Anstandshalber fragt er auch mich, und ich bemerke seine Enttäuschung, als ich zusage. Ich dachte, du seist zu beschäftigt, sagt er, aber ich bin nicht zu beschäftigt. Nicht einmal, wenn es aussieht, als würde es den ganzen Tag regnen und stürmen, und die Fahrt in seinem Motorboot drei Stunden dauert. Nicht einmal, wenn alles dafür spricht, daß ich seekrank werde.

Samstag morgen stehe ich im peitschenden Hagel auf der Mole im Bootshafen. Aqqaluk ist bereits an Bord gesprungen. Die Flut hat ihren höchsten Stand erreicht, und Martin steuert uns routiniert aus dem Hafen. Draußen auf dem Fjord verhindern die harten Schläge der Wogen gegen die Bootswand jeden Gesprächsansatz. Falls einer von uns überhaupt Lust darauf hätte.

Aqqaluks schwarzes Haar neben Martins blondem. Wie selbstverständlich hat man mich auf den Frauenplatz verwiesen: an dem festen Tisch ganz hinten in der kleinen Kajüte. Ich trinke Tee und versuche zu ignorieren, daß die Eisschollen zahlreicher werden, je weiter wir uns nach Norden bewegen, vielleicht kommen sie ja von Aqqaluks Gletscher. Vielleicht führen sie jahrtausendealtes Unglück von dort oben mit sich. Wollen sie hier unten schmelzen oder bloß verdunsten? Sich in Luft auflösen, die wir einatmen, unsere Lungen schädigen und Signale an unser Gehirn senden über eine allgegenwärtige Gefahr, der niemand entgehen kann, wie sehr er sich auch anstrengen mag.

Der Wind läßt nach. Wir fahren durch schwere Gardinen senkrechten Regens, die grauen und goldenen Gipfel der Berge sind kaum zu sehen. Ein vergißmeinnichtblauer Eisberg ragt linker Hand auf, und Martin drosselt die Fahrt, während wir ihn passieren. Niemand von uns sagt etwas. So viel Schönheit, so viel Gefahr, und kein Wort, um es zu benennen.

Unter anderen Umständen hätte ich die Stille genossen. Die Ausflüge mit Martin haben mich gelehrt, daß ich die Erlebnisse nicht notwendigerweise durch Schlagfertigkeit auflockern muß, aber heute brauche ich Worte. Rede, Laute, Sprache. Normalität.

Keiner von uns bringt das zustande.

Die heruntergekommenen Häuser des Dorfes klammern sich mit ihren wackligen Fundamenten an die Felsen. Die notdürftige Vegetation errötet kleidsam, in den Niederungen reifen schwarze Beeren, und niemand macht sich die Mühe, sie zu pflücken, ebensowenig wie sich jemand die Mühe macht, bei strömendem Regen die Wäsche von den Leinen zu nehmen.

Aus einem einzigen Schornstein steigt Rauch auf. Der Rest des Dorfes wirkt ausgestorben. Ein Boot nähert sich von der anderen Seite des schmalen Sundes. Das Motorengeräusch mischt sich mit dem Geräusch der Tropfen, die auf die Wasseroberfläche, die Felsen und den gegossenen Betonabsatz treffen, der den Vorplatz des kleinen Schlachthauses abgibt – das Ziel unserer Fahrt.

Die Augen des Schafzüchters haben dieselbe Farbe wie der Eisberg, Blumen in einem wettergegerbten, eckigen Gesicht. Das Haar seines Pferdeschwanzes ist lockig und schwarzglänzend, seine Schönheit ist so aufdringlich, daß ich den Blick senken muß.

Wir stehen vor einer verschlossenen Tür, und Martin und der Mann sprechen dänisch, Martin leise, der andere mit lauter Stimme. Es wird gedeutet und gefuchtelt, und ich verstehe rein gar nichts.

Aqqaluk blickt den Schafzüchter unverwandt an. Martin und ich stehen neben einer Pfütze einige Meter vom Schlachthaus entfernt, der Schafzüchter und Aqqaluk mitten in der Pfütze. Der Schafzüchter in seinen riesigen Gummistiefeln, Aqqaluk in meinen alten Joggingschuhen. Seine Füße müssen in Auflösung begriffen sein, seine Zehen in Lehm baden, aber offensichtlich ist ihm das gleichgültig, und ich habe nicht das Recht, mich einzumischen. Eine Fürsorge, die sich auf den Versuch beschränkt, ihn daran zu hindern, sich zu erkälten, wäre unter den gegebenen Umständen vermessen.

Mitten in der Schlammpfütze, mitten im Regen steht er da. Den Rücken hält er ausnahmsweise gerade, seine Hände hat er tief in den Taschen seiner Windjacke vergraben, er will dieser Schafzüchter sein. Ich sehe, wie er sich in diesem schönen Menschen spiegelt, wie er ihn mit seinen Gliedern aufsaugt, seine sehnige Kraft, seine Ruhe und seine Entschlossenheit, wie er auf dem nassen Felsen in sich ruht. Vor meinen Augen verwandelt sich Aqqaluk in eine rührende Kopie, die Konturen etwas unscharf, der Gesamteindruck etwas mißlungen, aber an der guten Absicht ist nicht zu zweifeln, und mein Herz schlägt schneller und treibt mir fast die Tränen in die Augen.

Offenbar ist der Besitzer des Schlüssels zu dem kleinen grauen Gebäude, wo der Schafzüchter seine Lämmer schlachten will, wenn er die notwendigen Genehmigungen erhält, zum Fischen gefahren. Oder er ist auf Rentierjagd. Niemand weiß es genauer, und der Schafzüchter verschwindet mit Aqqaluk auf den Fersen zwischen den Häusern. Martin und ich bleiben im Regen stehen, der schon bald als Gesprächsthema erschöpft ist. Schweigend konzentrieren wir uns darauf, einander nicht anzusehen.

Die Oberfläche des Fjordes schillert dicht am Land in einem hellen Grüngelb, weiter draußen unter dem Gewitterhimmel schwarzblau. Auf der anderen Seite des Fjordes ficht eine Rauchsäule einen vergeblichen Kampf gegen den feuchten Wind aus. Zwei niedrige hellblaue Gebäude drücken sich unter einer monumental geneigten Felswand aneinander. Das Gras ist bei all dieser Feuchtigkeit schreiend grün.

Der Schafzüchter und Aqqaluk sind in einem der heruntergekommenen Holzhäuser am Ende des Weges verschwunden.

Meine Blase zwingt mich, hinter dem nächsten Felsvorsprung zu verschwinden. Ich rutsche mit einem Fuß aus, als ich die Hose hochziehe, und lande auf Felsen und niedrigen, nassen Büschen, aber der Schmerz in der Hüfte macht mir nichts aus, die Hautabschürfung an den Handflächen ist mir gleichgültig, mein ganzer Körper ist gefühllos wie nach einem Schlag.

Am Ufer spüle ich das Blut von der Hand. Kleine Wellen lecken meine Füße. Das Wasser ist eiskalt. Ich bleibe stehen und will, daß sich die Kälte im Rest des Körpers ausbreitet. Bald wären die Füße weg und die platschenden Gummistiefel leer. Danach muß ich nur warten, bis das Gehirn einwilligt, sich zu Eis gefrieren zu lassen, massiv und unschmelzbar.

Ich könnte hinausschwimmen, und die Kälte würde mich betäuben. Es würde nur ein paar Minuten dauern, bis die Träume überhandnehmen würden, die Träume vom ewigen Schnee und unendlichen Eis, von Gletscherspalten und dünenhohen Schneewehen. Der Traum von einer Eishöhle könnte die letzte Wärme sein, die ich in meinem Leben empfände.

Das Geräusch von Stimmen weckt mich, und ich bin zurück in der Wirklichkeit, in der es einfache und wichtige Dinge gibt, wichtiger als meine persönliche Misere. Dinge wie Bohrmaschinen, einen Schlagbohrer, mit dem sich Schlösser aufbohren lassen, und Batterien mit der richtigen Spannung. Dinge wie den Verlauf des Tages und das baldige Hereinbrechen der Dunkelheit. Wenn wir nicht in der nächsten halben Stunde in das verdammte Haus kommen, ist es zu spät, um heute wieder nach Hause zu fahren.

Martins sonst tadellos ruhige Stimme wird ungeduldig. Der Schafzüchter scharrt nervös mit den Füßen, er hat die Hände endlich aus den Taschen genommen, und ich sehe, wie er sie zu Fäusten ballt. Die Farbe der Augen ist von Blumenblau in Schiefergrau übergegangen, seine Worte sind keine Worte mehr, sondern kleine Geschosse.

»Meine Zeit ist genauso wichtig wie deine.«

Erst als Martin den Kopf schüttelt, geht mir auf, daß der Schafzüchter grönländisch gesprochen hat, ein Gefühl der Zusammengehörigkeit ergreift von mir Besitz. Etwas in mir schließt sich seinem Protest an. Etwas in mir erhebt sich zur Verteidigung einer großzügigeren Lebensform als der, die Martin vertreten soll.

Warum kannst du nicht begreifen, Martin, du Verwalter von Paragraphen und Verordnungen, Vertreter von Recht und Ordnung, daß in dieser Randgesellschaft andere Regeln gelten, die nicht notwendigerweise schlechter sind als deine? Hier geht man auf die Jagd, wenn es etwas zu jagen gibt, und hier fischt man, wenn der Vorrat leer ist. Ein vergessener Schlüssel ist doch nicht die Welt. Morgen ist morgen, heute ist heute.

Aqqaluk sieht vom Schafzüchter auf Martin, von Martin auf den Schafzüchter, und zum ersten Mal an diesem Tag öffnet er den Mund, und Worte kommen über seine Lippen.

»Können wir heute nacht hier schlafen?«

Natürlich können wir das. Das Eis ist gebrochen. Selbst Martin sieht erleichtert aus, als wir in dem kleinen Boot des Schafzüchters sitzen und uns auf dem Weg zum gegenüberliegenden Ufer befinden.

Aqqaluk sitzt achtern neben dem Schafzüchter, und der Lärm des Motors läßt keinen Wortwechsel zu. Aber da hinten auf der Ruderbank, in Einklang mit den Bewegungen des Ruders, spricht sein Jungenkörper eine eigene Sprache. Er spricht von Sehnsucht und von der Notwendigkeit, ab und zu auch einmal seine eigenen Wünsche erfüllt zu sehen.

Die Tür im Haus des Schafzüchters ist so niedrig, daß ich den Kopf einziehen muß, um über die Schwelle zu kommen. Die Hitze schlägt uns aus dem niedrigen Raum entgegen. Hinter den Scheiben eines großen gußeisernen Ofens brennt ein Torffeuer, es dampft aus einem Topf auf dem schwarzen Eisenherd in der Ecke. Es riecht säuerlich nach Essig und Gewürz und außerdem nach Rauch und Säugling. Die Bänke an den Wänden mit ihren Schaffellen sehen einladend aus. Die eine Schmalseite bildet einen breiten Absatz mit einer Rückenlehne aus Kissen, die in Wolldecken gewickelt sind.

Die Frau des Schafzüchters ist schockierend hellhäutig, eine zierliche Frau mit weißblondem, geflochtenem Haar. Wimpern und Brauen sind hellgolden, die Haut milchweiß, und eine Handvoll Sommersprossen zeichnen einen Sternenhimmel auf ihren Nasenrücken. Ein schläfriges Kind, das nur eine Windel anhat, schaukelt auf ihrer Hüfte.

Der Schafzüchter entledigt sich seiner Stiefel.

»Das ist Ane«, sagt er. »Und Rasmus.«

»Kaffee«, sagt die blonde Frau. »Und bitte, setzen Sie sich.«

Sie spricht Grönländisch. Martin tritt unruhig von einem Fuß auf den anderen. Seine Autorität als Vertreter der Behörde ist in Gefahr, und der entspannte Umgang mit fremden Leuten ist ohnehin nicht seine Stärke.

Polternd nehmen wir an einem abgenutzten Eßtisch Platz. Schüchtern schweigend warten wir auf irgendwas, das eine Unterhaltung ermöglicht. Die Frau am Herd klappert mit einer Kelle in einem Blecheimer, ein Kessel wird auf den Herd gehoben.

Das Baby hat seinen Platz gewechselt und sitzt jetzt auf dem Arm des Vaters und hält dessen Pferdeschwanz in einem festen Griff. Ein Bäuerchen läßt etwas Milch auf die Schulter des Vaters tropfen, das Kind lächelt mit seinem einen Zahn in die Welt, und die Stimmung wird deutlich unbeschwerter.

Der Schafzüchter heißt Jonas. Ich übernehme es, mich und Aqqaluk, den man mit einer gewissen Neugier betrachtet, vorzustellen, aber niemand stellt Fragen.

Aqqaluk ist Aqqaluk. Sollten weitere Informationen vonnöten sein, dann jedenfalls nicht jetzt.

Wir trinken Kaffee. Und noch mehr Kaffee. Honigküchlein, im Laden gekauft und in Zellophan verpackt, werden aus einer Schublade gezogen, sie sind trocken, aber offenbar für Gäste reserviert, und es ist in Ordnung, daß wir sie in den Kaffee tunken.

Aqqaluk haut rein. Er hat sich neben Jonas auf die Bank gezwängt und folgt ihm mit den Augen, ahmt seine Bewegungen nach. Schaufelt mit dem eigenen Teelöffel Zucker und Milchpulver aus den Dosen und rührt laut klirrend in seinem Becher um. Trinkt den kochend heißen Kaffee in großen, maskulinen Schlucken.

Draußen hat es kurz vor Sonnenuntergang aufgeklart, und Jonas, Martin und ich ziehen Stiefel an. Aqqaluk hat sich ein Paar von Ane geliehen. Seine Schuhe stehen zum Trocknen am Kamin, die Socken, gewaschen und fast sauber, hängen an der Stange am Herd.

Als kleine Prozession bewegen wir uns durch das tropfnasse Gras hinunter zur Hürde, aus der uns die Schafe mit ihren unergründlichen Augen ansehen, zum Lagerplatz hinter dem Haus, wo die Rentierfelle in Reih und Glied hängen, zu der kleinen Räucherei, die Jonas gebaut hat, eine Idee seiner Frau, sagt er. Sogar die Rentierherzen räuchert er, und Schafsmist sei der beste Brennstoff. Wenn Jonas nur seine Genehmigung für das Schlachthaus erhielte, dann könnte er Fleisch an die Supermarktkette Brugsen verkaufen, und die Zukunft der Familie an diesem Ort wäre gesichert, eine Zukunft, die aus jeder anderen Perspektive unsicher und mühevoll wirken mag, die in Jonas' Version jedoch vom Glanz der Utopie umstrahlt ist.

Aqqaluk folgt uns auf den Fersen. Martin ist etwas zurückgeblieben. Er hat Gesellschaft von einem schwarzen, lebhaften Hund bekommen, mit dem er leise spricht.

Jonas und ich unterhalten uns auf grönländisch, und die Sprache gleicht einer eisenbeschlagenen Tür: Wenn wir sie zuschlagen, kann sich Martin seine Nase an ihr platt drücken, soviel er will, er wird doch nicht eingelassen. Er weiß das, er muß es wissen. Seine hängenden Schultern haben ihn bereits verraten. Sein ausweichender Blick, die holpernde Sprache des Einsamen.

Ein magischer Kreis wird dich beschützen, Aqqaluk. Noch habe ich keine konkreten Pläne, aber etwas ist in Gang gebracht, und wie auch immer das Resultat aussehen mag, so habe ich wenigstens einen Versuch unternommen.

In einem kleinen Gehege steht das Hauslamm, ein Zwillingslamm, das schon früh vom Euter der Mutter verjagt wurde. Ein Widderlamm, die Stirn ist bereits breit, aber das wollige kleine Tier frißt aus der Hand und läßt sich streicheln.

»Komm her«, sagt Jonas.

Er nimmt Aqqaluks Hand. Das Lamm knabbert an seinen Fingern, und er wirft den Kopf zurück, lacht überrascht und aus reiner Freude, er ist jetzt das Kind, das er nie hat sein dürfen.

»Das kitzelt.«

»Rupf etwas Gras für ihn aus.«

Jonas grinst ihn aufmunternd an, und er und ich setzen unseren Rundgang ohne Aqqaluk fort, in den Winterstall, der nach Heu duftet, und mit einem Mal ist alles ganz selbstverständlich. Mir ist schwindlig vor Aufregung beim Gedanken an die Lösung, die sich abzeichnet, aber die Zeit ist knapp, und alles steht jetzt auf dem Spiel, nichts darf schiefgehen.

Wir essen an diesem Abend saftige Scheiben geräucherten Lamms, die Seehundsuppe ist fett, das Fleisch und die Beilagen sättigend. Aqqaluks Kinn glänzt, er streckt die Hände nach mehr aus, und seine Wangen sind von Hitze und Sattheit gerötet.

Jonas macht Bier auf, und wir trinken. Ein Schnaps zu dem fetten Essen ist auch nicht zu verachten, nicht wahr, Martin, aber Martin legt seine Hand auf das Glas, niemand soll sagen können, daß er sich bestechen ließe. Diese Probleme habe ich nicht, ich lasse mir jeden Bissen schmecken und genieße das wohlige Erschauern beim Trinken des Alkohols.

Aqqaluk ist auf der Bank eingeschlafen. Ich habe eine Wolldecke über ihn ausgebreitet und streiche ihm über sein schlafendes Gesicht.

Ehe ich selbst auf meinem Ende der Bank in die Falle gehe, bitte ich Ane, mir hinaus in die klare, kalte Nacht und zum Klo zu folgen, und zum ersten Mal seit Wochen kann ich mich ohne Mühe erleichtern. Ich erhebe mich von dem Holzsitz mit dem Gefühl, neugeboren zu sein.

Vor dem Schuppen wartet Ane im Licht eines eisblauen Mondes. Sie bleibt stehen, als ich sie zurückhalte. Sie hört zu, als ich ihr von Aqqaluk erzähle, die ganze Geschichte oder zumindest fast. Martins Rolle unterwerfe ich einer gewissen Zensur, das bin ich ihm aus irgendeinem Grund schuldig, oder will ich bloß mich selbst schützen? Ich weiß es nicht, und es ist mir auch gleichgültig.

»Kann er bei euch bleiben?« frage ich schließlich, und dann habe ich keine weiteren Worte. Ich bin leer in jeder Beziehung und fühle mich plötzlich todmüde.

Ane preßt die Lippen zusammen und nickt ein paarmal, aber sie sagt nichts. Vielleicht sollte ich jetzt enttäuscht sein. Statt dessen dominiert ein Gefühl der Erleichterung darüber, endlich etwas getan zu haben.

Zusammen gehen wir zurück zum Haus. Ehe Ane die Tür öffnet, legt sie einen Arm um meine Schultern. Ich lehne meine Stirn an ihren Hals, ein friedliches Jetzt mitten im Sturm.

In der Nacht höre ich sie und Jonas auf der großen Schlafstelle, wo sie mit dem Kind zwischen sich liegen, miteinander flüstern.

Ich kann keine Worte verstehen, aber ich hoffe, ich weiß, worüber sie sprechen.

Ohne es zu merken, habe ich die Hände unter der Wolldecke gefaltet.

Joel hätte vermutlich gebetet. Für Aqqaluk und für mich, aber hier ist kein Joel, hier sind nur ich und ein bleicher, ausgezehrter Martin, der mit seinen eigenen Dämonen genug hat.

Jonas ist bereits seit ein paar Stunden auf, als ich die Beine über die Kante der Schlafbank schwinge. Ich habe ihn hinausgehen hören und gesehen, daß Aqqaluk ihn begleitet. Am Herd hebt Ane den Deckel von einem Topf, der Dampf schlägt ihr entgegen und verwandelt sie für einen Augenblick in eine der Hexen aus *Macbeth* mit Macht über Vergangenheit und Zukunft.

Martin regt sich allmählich, und ich stecke die Füße in meine Stiefel und gehe nach draußen, in das blasse Licht des Morgens. Die Luft ist von dem Geruch nach Heide, Torf und Salzwasser gesättigt, und ein Sprühregen legt sich kühl und mild um mein Gesicht.

Eine schmale Rauchsäule steigt vom kleinen Schornstein der Räucherei auf, unten bei der Schafhürde bellt der Hund, und das Blöken der Herde hallt von den Felsen wider. Weder Jonas noch Aqqaluk sind zu sehen.

Als ich aus dem Klohäuschen trete, wartet Ane unter einem ramponierten Regenschirm. Durch das nasse Gras gehen wir zurück zum Haus, und eine Last wird von meinen Schultern genommen, und ein Stein fällt mir vom Herzen. Aqqaluk ist in Sicherheit, und vielleicht ist ja genau das mit Liebe gemeint. Sein Bestes zu tun und loszulassen, wenn es nötig ist.

»Wir beantragen die Pflegschaft für ihn und all das.« Ane ist praktisch. »Ich kann ihn zu Hause unterrichten, die Schule hier ist nur für kleinere Kinder. Er kann Jonas mit den Schafen helfen, jetzt in der Schlachtzeit haben wir viel zu tun.«

Der Schlüssel zum Schlachthaus ist endlich aufgetaucht, und Martin und Jonas tuckern in dem kleinen Boot über den Sund.

Aqqaluk ist den Männern hinterhergelaufen. Vom Fenster aus sehe ich, wie Jonas ihn zurückschickt. Einen Augenblick später steht er finster in der Tür.

Ane stillt den Kleinen in einem Stuhl mit hoher Lehne. Ich gieße mir noch eine Tasse Kaffee ein.

»Aqqaluk.«

Er schnieft beleidigt.

»Wieso durfte ich nicht mitfahren?«

Eine Fliege hat sich auf der Tischplatte vor mir niedergelassen und ihren Saugrüssel in etwas verstreutem Zucker versenkt. Ich könnte sie mit meiner Hand platt machen, aber ich wage es nicht, auch nur einen Muskel zu bewegen.

»Wir haben uns etwas überlegt«, sagt Ane. Sie läßt sich viel Zeit, nimmt dem Kind die Brustwarze aus dem Mund und zieht ihren Pullover wieder hinunter. »Wir dachten, daß du vielleicht hierbleiben willst, also hier wohnen, meine ich.«

Die Tür fällt hinter Aqqaluk zu. Sekunden später rennt er am Fenster Richtung Schafhürde vorbei.

»Laß ihn«, sagt Ane. »Er kommt schon zurück.«

Eine Viertelstunde später halte ich es nicht mehr aus. Im Halbdunkel des Stalls finde ich ihn. Wir umarmen uns, und ich weine. Vor Erleichterung und aus Trauer darüber, ihn zu verlieren, bis keine Tränen mehr da sind.

Martin ist bereit, die Leinen loszumachen, als ich an Bord springe. Sein Gesicht ist leer und gequält, als er sieht, daß ich allein bin. Ich höre seine unausgesprochene Frage. Ich beantworte sie nicht.

Keine Worte sind besser als die falschen, Martin, und ich habe keine, die ich dir geben könnte.

Während der Hinfahrt vergoldet die Sonne die Berggipfel und läßt die Eisschollen funkeln. Irgendwo wühlt eine Schar Seehunde die Wasseroberfläche auf, und der schwere Körper einer Robbe kreuzt den Kurs des Bootes. Abgesehen davon sind wir die einzigen lebendigen Wesen auf der ganzen Strecke, zwei einsame Menschen in einem zerbrechlichen Boot.

Die letzten Tage verbringe ich mit Packen und damit, die Spuren meiner Anwesenheit zu beseitigen und mich auf das Gefühl des Verlusts vorzubereiten, von dem ich weiß, daß es kommen wird. Nicht bloß des Verlusts Aqqaluks, sondern auch dieser Insel, auf der sich die Menschen unerschütterlich an den Rudimenten aussterbender Lebensformen festklammern, weil es sie ihre Würde kosten würde, es nicht zu tun. Am Tag vor meiner Abreise bringe ich ein Paket aufs Postamt. Joels Bibel, ordentlich in Packpapier eingeschlagen, sowie einen Schlüssel zu meinem Haus auf dem Berg. Ein eisiger Wind reißt die Gischt von den Wellen des Fjords, die Sonne steht tief. Bald ist es Abend. Auf dem Weg zu meinem Haus lese ich zwei Steine auf, einen für Aqqaluk, einen für mich selbst. Sie sind schwarz, das Meer hat sie glattgeschliffen, und ich lege sie auf meine Pyramide.

Hujuujaq.

Jenseits des Meeres wartet mein Berg. Mein Haus wartet und die verschiedenen Jahreszeiten.

Eines Tages werde ich eine alte Frau sein. Wenn ich Glück habe.

Wenn ich Glück habe, wischt mir jemand den Mund ab. Entfernt den verkleckerten Spinat von meiner Wolljacke und kämmt die Knoten aus meinem dünnen Haar.

Und sagt: Mach dir keine Sorgen.

Morgen hast du es besser.

PIPER NORDISKA

Hjalmar Soederberg
Verirrungen

Roman. Aus dem Schwedischen von Verena Reichel.
208 Seiten. Gebunden

»Verirrungen«, die Liebesabenteuer des jungen Tomas Weber, ist die leichthändige und doch treffende Geschichte eines Flaneurs und Tagträumers: »Ein junger Herr in dunkelblauem Mantel und roten Handschuhen trat aus einer Boutique auf der Arsenalsgatan.« So beginnt Hjalmar Söderberg seinen Roman um den Medizinstudenten Tomas Weber, einen charmanten jungen Mann mit glänzenden Talenten und großer Wirkung auf die jungen Damen. Tomas verliebt sich in Ellen, die ihm eben seine roten Handschuhe verkauft hat. Es ist mehr als eine Laune und ernst genug, um die Liebe zu Märta aufs Spiel zu setzen, die den heißen Sommer mit ihrer Familie in den Schären verbringt und nur zu Mittsommer in die Stadt kommt. Die kühle Eleganz seiner Sprache und die eindrückliche Atmosphäre Stockholms um die Jahrhundertwende machen »Verirrungen«, der wegen angeblichen Unsittlichkeiten bei seiner Veröffentlichung für einen Skandal sorgte, zu einem der meistgelesenen Romane der schwedischen Literatur.

08/1007/01/R

PIPER NORDISKA

Christian Jungersen

Ausnahme

Roman. Aus dem Dänischen von Ulrich Sonnenberg.
672 Seiten. Gebunden

Ein Roman über die Psychologie des Bösen. Ein Roman, in dem vier Frauen sich das Leben gegenseitig zur Hölle machen: Iben, Malene, Anne-Lise und Camilla, vier Frauen, die gemeinsam im Dänischen Zentrum für Information über Völkermord arbeiten. Iben und Malene sind enge Freundinnen, die sich auch privat sehr häufig sehen und viele Geheimnisse miteinander teilen. Im Büro schieben sie sich gegenseitig die interessanten Aufgaben zu, während sich vor allem die Bibliothekarin Anne-Lise von ihnen ausgegrenzt fühlt. Eines Tages erhält Iben per email eine anonyme Morddrohung. Zunächst geht sie davon aus, daß der Absender ein serbischer Kriegsverbrecher sein muß, über den sie einmal gearbeitet hat. Bald aber schließen sie und Malene auch Anne-Lise als Absenderin nicht mehr aus.
Selten ist ein Buch geschrieben worden, das auf so kluge, spannungsvolle und so unnachsichtige Weise das Schicksal seiner Figuren mit seinem gesellschaftlichen Anliegen verknüpft.

08/1001/03/R

PIPER NORDISKA

Jette Kaarsbøl
Das Versprechen der Ehe

Roman. Aus dem Dänischen von Christel Hildebrandt.
560 Seiten. Gebunden

Kopenhagen, Ende des 19. Jahrhunderts: Die junge und unerfahrene Frederikke Leuenbech soll den Theologiestudenten Christian Holm heiraten, einen zuverlässigen Mann mit solidem Einkommen, kurzum das, was man eine gute Partie nennt. Sie selbst hinterfragt ihre Entscheidung kaum und verliert sich in ihren Tagträumen – bis sie den umschwärmten und charismatischen Arzt Frederik Faber kennenlernt und zum ersten Mal in ihrem Leben tiefe und aufrichtige Liebe empfindet. Fasziniert ist sie auch von seinem Freundeskreis, der aus Intellektuellen, Bohemiens und Künstlern besteht, denn sie repräsentieren das, was sie als Pfarrfrau nie würde haben können – ein Leben jenseits aller gesellschaftlichen Konventionen. Christian ist empört über Frederikkes Umgang, und als sie gar die Verlobung löst, kommt es zum Skandal. Nur wenig später unterbreitet ihr Frederik ein verlockendes Angebot: eine Ehe mit ihm, die ihr finanzielle Unabhängigkeit und persönliche Freiheit bringen soll. Überglücklich willigt Frederikke ein. Doch rasch begreift sie, daß Frederik unter einem Eheversprechen etwas anderes versteht als sie.

08/1002/01/R